dtv

Im New York der frühen 70er-Jahre werden Lili und Duke ein Paar: sie, die Tochter einer weißen Intellektuellen-Familie, mit allen Möglichkeiten aufgewachsen, und er, der schwarze junge Mann aus dem Süden. Während Duke zu einem gefeierten Weinexperten avanciert, wird die verträumte Lili als Model entdeckt. Ihr gemeinsames Leben entwickelt sich schnell zu einem rasanten Auf und Ab, voller Möglichkeiten, Verführungen, Rückschläge. Beide verlassen sich aufeinander, doch hinter Lilis Schönheit, ihrem Charme, ihrer Klugheit und Raffinesse, verbirgt sich nicht zuletzt eine mörderische Wut, die alles und jeden zu verschlingen droht.

Irene Dische wurde in New York geboren und wuchs dort auch auf. Von 1970 bis 1972 arbeitete Dische für den Paläoanthropologen Louis Leakey in Ostafrika. Nach ihrer Rückkehr studierte sie an der Harvard University und veröffentlichte erste Reportagen in ›The New Yorker‹ und in ›The Nation‹. 1977 zog Dische nach Berlin, wo sie bis heute neben Rhinebeck, New York vorwiegend lebt. Sie ist Mitglied im P.E.N.-Club Liechtenstein, einem Zentrum der internationalen Schriftstellervereinigung P.E.N.

Irene Dische

Schwarz und Weiss

Roman

Aus dem amerikanischen Englisch
von Elisabeth Plessen

dtv

Von Irene Dische ist bei dtv außerdem lieferbar:
Ein Job (13019)
Großmama packt aus (13521)
Loves/Lieben (13665)
Fromme Lügen (13751)
Der Doktor braucht ein Heim (13839)
Clarissas empfindsame Reise (13904)
Veränderungen über einen Deutschen oder
Ein fremdes Gefühl (13958)

Ausführliche Informationen über
unsere Autoren und Bücher
www.dtv.de

MIX
Papier aus verantwortungsvollen Quellen
FSC® C083411
FSC www.fsc.org

2019 dtv Verlagsgesellschaft mbH & Co. KG, München
Lizenzausgabe mit Genehmigung des Hoffmann und Campe Verlag

Umschlaggestaltung: dtv nach einem Entwurf von
Hoffmann und Campe Verlag unter Verwendung des Bildes
›Skyscrapers‹ (1926) von Frans Masereel (VG Bildkunst, 2018)
Satz: C.H.Beck.Media.Solutions, Nördlingen
(Satz nach einer Vorlage des Hoffmann und Campe Verlag)
Druck und Bindung: CPI books GmbH, Leck
Gedruckt auf säurefreiem, chlorfrei gebleichtem Papier
Printed in Germany · ISBN 978-3-423-14684-5

Im Land der Freien ist vieles streng geregelt, manches aber, obgleich es einfach zu steuern wäre, bleibt dem Zufall überlassen, oder wie immer man die blutige Hand nennen will, welche die Würfel wirft. Schon die Liebe macht das deutlich. Und so geschah es eines Tages: Lili traf Duke.

Ich bin's. Jo.

Hier bei uns unten im Süden haben die Landstraßen keine schicken Namen wie Broadway oder Park Avenue. Sie tragen Nummern wie die Kettensträflinge, die sie gebaut haben, und sehen genauso freudlos aus. Die Landschaft ringsherum ist auch nicht groß anders. Egal ob Sommer oder Winter, sie ist grün. Grün ist die Farbe der Fruchtbarkeit, heißt es. Kann man mal drüber nachdenken, wenn man sich hier verirrt hat, wie Duke Butler damals. Er war von seiner hohen Position in New York geflohen, Richtung Süden, so weit nach unten, wie es ging, bis er schließlich in Florida, dem dicken Schwanz Amerikas, in der denkbar merkwürdigsten Klemme feststeckte.

Die Butlers waren schwarz und weiß, was hier keine sehr beliebte Farbkombination ist, und die weiße feine Dame trat gerne großspurig auf. Sie kauften zusammen ein normales Eigenheim an einer Landstraße, aber sie musste es aufhübschen. Während ihr schwarzer Mann Geld verdiente, beseitigte die Hausherrin den grünen Schleim auf dem Teich, ein unfassbarer Aufwand, um ihr Spiegelbild darin sehen zu können. Dann schmückte sie das Ufer mit giftigen pinken Orchideen. Dahinter setzte sie Lilien. Die Alligatoren türmten. Sie pflanzte einhundert ausgewachsene Orangenbäume. Ihr süßer Duft verbreitete sich meilenweit, und jeder wusste, woher er kam. Dann strich sie das graue Betonhaus golden an, damit es im Sonnenschein strahlte. Nach Sonnenuntergang leuchtete das Haus im Scheinwerferlicht der vorbeifahrenden Autos. Und schließlich hängte sie ein schmiedeeisernes Schild mit der Aufschrift »Palace Versailles« über die Einfahrt. Es hatte den gleichen Schwung wie das Eingangsschild über Auschwitz, und reimte sich sogar mit ihm. Außer mir bemerkte das aber niemand.

Alle gratulierten ihr. Trotzdem spürte jeder die merkwürdigen Schwingungen und tuschelte hinter ihrem Rücken, der Ort sei verflucht. Bei der Nummer 1865 an der Country Road 510 mussten sie an den 10. Mai 1865 denken, an den schwarzen Tag, an dem Florida vor den Nordstaaten kapituliert hat. Diese Geschichte liegt hier in der Luft. Der Ärger begann, sagten sie, gleich mit der Ankunft von »Mr. & Mrs. Butler« in Versailles. Sie sprachen den Namen des Ortes falsch aus – »For sales« statt »Verseil«. Gleich in ihrer ersten Nacht fing auch das Sterben an, als Jugendliche aus dem Ort mit ihrem Motorrad gegen die riesige alte Eiche neben der Einfahrt knallten. Die Armen flogen durch die Luft und hingen dann wie Lametta von den Zweigen runter.

Okay, kann jeder Einfahrt passieren. Ein paar Wochen später aber, Lilis Umgestaltungen waren schon in vollem Gang, kam ein Schulbus voller Kinder ins Schlingern, krachte gegen die Eiche und fing Feuer. Der Baum brannte ab, und irgendein Schlaumeier beklagte im Lokalfernsehen den Verlust einer 500 Jahre alten Virginia-Eiche, als wäre das schlimmer als das, was einem Haufen Achtjähriger passiert war. Na ja. Das sind also unnatürlich viele Todesfälle, rechne die überfahrenen Tiere nicht mal mit. Es passte jedenfalls ins Bild, als Duke Butler verhaftet wurde und den Namen »Das Monster von Versailles« verliehen bekam.

Am Tag, als er hingerichtet wurde, explodierte das goldene Haus der Butlers, und das Sterben hörte endlich auf. Ein »FOR SALE«-Schild tauchte am Straßenrand auf und blieb dort stehen, bis es verrottet war. Aus der Country Road 510 wurde wieder eine langweilige Strecke Teer.

Natürlich wollte niemand, der bei Verstand war, dort wohnen

oder auch nur etwas bauen. Es vergingen fünf Jahre. Duke lebte im Todestrakt vor sich hin. Nichts Besonders dabei, in Florida leben dort Hunderte. 2005 kaufte ich Mrs. Butler das überwucherte Grundstück ab – ein Schnäppchen – und schaffte mir einen schönen neuen Wohnwagen an. Das »Palace Versailles«-Schild war verrostet; ein paarmal mit dem Besen draufgehauen, und es fiel runter und wurde von den Sträuchern am Straßenrand verschluckt. Die Natur gibt nichts auf schicke Dinge – Mäuse und Kaninchen hatten die Blumenstauden aufgefressen, die Alligatoren eroberten das Seeufer zurück, und der Boden verschlang die Orangen. Von dem Blockhaus war nichts mehr übrig, von den schlechten Schwingungen auch nicht. Bei mir hätten die eh keine Chance.

Soll ich mich jetzt vorstellen? Mein richtiger Name ist Jutta, Jutta Bolin. Für mein Alter sehe ich phantastisch aus. Ich bin blond, Single, Raucherin und verstehe was von engen Jeans. Mit Cowboystiefeln. Manchmal hört jemand meinen leichten Akzent und fragt, wer ich »wirklich« sei. Wenn ich nicht sage »Verpiss dich«, sage ich: »Griechin.« Eine Notlüge. Bei Deutschen gehen die Leute immer vom Schlimmsten aus.

Tatsache ist, seit ich Alkohol trinken darf, lebe ich auf ein paar wenigen Quadratmeilen im Süden. Hier nennt man mich »JO«, mit einem großen O bitte, oder »Mom«. Hier habe ich Buchhaltung gelernt und auf Gott zu vertrauen – statt auf die Regierung. Hier muss man sich das Glück nur greifen, kostenlos. Alles, was man dafür tun muss, ist »loslassen«. Das ist die Kurzform von »loslassen und auf Gott vertrauen«. Die Leute wissen, dass das ein guter Deal ist, und die meisten sind mit ihrem Schicksal zufrieden. Sie machen das Beste daraus.

Ein Beispiel. Mein Pastor, Pastor Mark Smith, war früher Lastwagenfahrer. Als seine Frau im dritten Monat war, sagte ihr der Arzt, dass das Baby einen genetischen Defekt habe – es werde fünfmal so groß wie normal, aber ohne Gehirn. Wenn sie es nicht abtreiben lasse, werde es sie in Stücke reißen und trotzdem tot auf die Welt kommen. Aber die Smiths wollten keinen Mord an ungeborenem Leben begehen. Sie beteten Tag und Nacht zu Gott, er möge die Ärzte Lügen strafen. Das Baby wuchs und wuchs, und sein Kopf blieb so klein wie ein Smartie. Sie beteten einfach weiter. Man sagte ihnen, es sei ein Junge, und sie waren zuversichtlich. Bei der Geburt riss er Mrs. Smith in Stücke. Ihr Mann begrub das zwanzig Pfund schwere, hirnlose Baby hinter dem Haus, unter einer Gedenktafel, auf der »Unser Engel« stand, während die Mutter im Krankenhaus heilte. Als sie die sechsstellige Krankenhausrechnung nicht bezahlen konnten und ihr Auto und ihr Haus »verloren«, ließen die Smiths trotzdem nicht den Kopf hängen. Sie nahmen an, dass der Herr sich schon was dabei gedacht hatte. Sie sagten »Danke, Jesus!«, zogen in ein Obdachlosenheim und gingen jeden Tag zur Kirche, um sich noch mehr bei Jesus zu bedanken.

Bald darauf ließ Mark das Lastwagenfahren sein, besorgte sich per Post ein Predigerdiplom und machte seine eigene Kirche auf. Jetzt hat er einen Haufen Geld, ein abbezahltes Eigenheim, einen weißen Cadillac und einen Monster-Truck. Glaubt mir: Es tut gut, wenn man alles akzeptiert, was einem passiert. Duke Butler merkte das auch irgendwann und gab den Kampf auf. Versucht es mal, sagt einfach mal »Ich bin glücklich«, ganz egal, was grade passiert. Dein Leben wird sich enorm verbessern.

Zurück zu mir – ich bin hart im Nehmen. Katastrophen machen einen Bogen um mich. Wenn überhaupt, dann versuchen sie, mir einen Gefallen zu tun. So wie der große, böse Wirbelsturm, der mir letzten Monat ein Geschenk vor die Tür gelegt hat. Das war einer dieser trockenen Twister, die auf einen Sprung vorbeikommen, wenn der Sturm in der Ferne vorübergezogen ist und man nicht mehr mit ihm rechnet. Schlich sich in der Nacht an und weckte weder mich noch meinen Hund. Erst am nächsten Morgen, als ich mir auf der Veranda die erste Zigarette anzünden wollte, packte mich die Angst. Das Streichholz brannte ganz herunter und sengte meinen Daumen an. Der komplette Orangenhain war verschwunden, puff!, und der Boden war mit etwas bedeckt, das wie eine hübsche Schneewehe aussah. Mein Hirn sprach zu mir: hey, wir sind nicht mehr in Berlin, kleine Jo, dafür ist es zu heiß, über dreißig Grad, es muss etwas anderes sein.

Ich zündete meine Zigarette an. Die weiße Decke kräuselte sich leicht. Es war Papier. Massen davon. Wären es Dollarscheine gewesen, dann wäre ich jetzt schon reich. Die Blätter waren nummeriert, genau wie Dollarscheine, und weil ich dachte, dass sie wertvoll sein könnten, sammelte ich sie ein. Ich sollte erwähnen, dass ich auch einen rostigen alten Safe gefunden habe; die Tür war abgebrochen und lag ein paar Meter daneben. Den habe ich auch aufgehoben, könnte ja sein, dass jemand den kaufen will. Ansonsten schicke ich ihn Duke Butler ins Gefängnis, als kleinen Scherz.

Während ich darauf wartete, dass der Kaffee kochte, sortierte ich die Blätter. Ja, ich bin sehr ordentlich. Als ich fertig war, war der Kaffee kalt. Ich weckte meinen alten Pitbull, Ulysses, benannt nach meinem ersten Ehemann, gab ihm sein Frühstück, nahm den Kaffee, den Papierstapel und eine Schachtel Newport und machte es mir auf der Holzschaukel gemütlich. Schaukelte ein bisschen. Rauchte ein bisschen. Streichelte den Hund. Fühlte mich sehr wohl. Nahm mir schließlich die Papiere vor. Und gleich auf der ersten Seite ging es um mich.

Die Blätter waren von Lili Butler vollgeschrieben, in einfacher Blockschrift, die Buchstaben nach rechts gebeugt, als ob sie es eilig hätten. Sie hatte über Jahre ein Tagebuch über ihre Ehe geführt, die sie gleich auf der ersten Seite als »wunderbarste und schönste Beziehung seit Pocahontas und John Smith« beschrieb. »Das Schreiben über einen selbst ist wie der Blick in einen Spiegel. Eine Pose. Der Spiegel soll lügen.« Das verstehe ich sehr gut. Man fixiert sein Gesicht, neigt sich etwas zurück, damit die Backen nicht hängen, lächelt mit dem halben Mund, damit der braune Backenzahn nicht sichtbar ist. Und man ist blöde genug, dem Spiegel zu glauben. Aber Lili Butler wollte wieder mal eine Ausnahme sein. Ihr Tagebuch sollte nur die Wahrheit beinhalten. »Keine Posen. Keine Lügen. Ich will Duke und mich so sehen, wie wir wirklich sind.« Die Wahrheit schloss sie in einen Safe. Als ihr Haus in die Luft flog, nahm sie an, dass die Wahrheit auch verbrannt war. Aber da hat sie sich gründlich getäuscht.

Lili hat einen Hochschulabschluss, aber dumm ist sie trotzdem. Jeder, der einen Krieg erlebt hat, wie ich als Kind in Deutschland, weiß, dass bei einer Explosion manchmal alles verbrennt und manchmal nicht. Meine Theorie geht so: Als das goldene Haus der Butlers vor zehn Jahren explodierte, wurde der Safe hinauskatapultiert, bevor ihn die Flammen erfassen konnten, und dann machte das Haus einen Kopfstand. Begrub den Safe unter sich. Niemand kam auf die Idee, die Trümmer wegzuräumen, und die wilde Natur zog wieder ein. Der Tornado von letzter Woche hat alle Sträucher und Bäume weggefegt. Er hat den rostigen Safe ausgegraben und geknackt und seinen Inhalt in die Lüfte gewirbelt. Und dann habe ich diese Blätter auf meinem Stück Land gefunden. Deswegen gehören sie jetzt mir.

Einen Tag später schickte mir Jesus eine »Autorin« aus New York. Ich darf euch jetzt Tilda Johnson vorstellen. Sie ist halb so groß wie ich, sie trägt langweiliges Schwarz, einen Dutt und kein Make-up. Sie wird nicht gerne beobachtet, sie beobachtet lieber. Mein Pitbull hat dafür einen sechsten Sinn – als sie bei mir anklopfte, knirschte er nicht mit den Zähnen, sondern wedelte mit dem Schwanz.

Sie sagte mir ihren Namen und bat um Erlaubnis, »das ehemalige Grundstück der Butlers zu betreten«.

Ich sagte ihr, »nur zu, Miss Tilda. Ich sage schon mal den Alligatoren und den Wasserschlangen Bescheid, dass es gleich etwas Leckeres zu essen gibt. Sie sehen zwar mager aus, aber das ist ja besser als nichts.«

Darüber dachte sie kurz nach und sagte dann: »Sie haben es sich ja wunderschön eingerichtet! Ob ich vielleicht kurz eintreten dürfte?«

Es stellte sich heraus, dass sie gerade Material über die Butlers sammelte. Sie will eine authentische Fernsehserie über Duke und Lili schreiben, »eine Liebesgeschichte zwischen einem Monster und einer Heiligen«. Sie setzte sich an meinen Esstisch. Ein kaltes Bier wollte sie nicht, lieber »eine Flasche Wasser«, aber aus der Leitung wäre auch okay. Dann fiel ihr Blick auf den Stapel Papier auf dem Tisch. »Was ist denn das?« Was für eine Überraschung! Jemand wie ich liest auch noch! Sie wurde wirklich sehr neugierig, deswegen habe ich ihr meinen Schatz kurz gezeigt.

Sie las ein paar Zeilen und fragte dann, ob sie vielleicht die gesamten Aufzeichnungen lesen könne, gleich hier und jetzt, sie würde mich auch nicht stören. Sie raucht nämlich nicht, sondern kaut nur Kaugummi. Sie nahm den Stapel mit auf die Veranda und saß dann einfach da. Ich habe noch nie gesehen, dass jemand so schnell liest. Wie eine Lesemaschine. Am nächsten Tag kam sie wieder. Sie wohnte im Versailles Motor Court und hatte einen Mietwagen mit Navigationssystem. Zwischendurch kam sie rein, ging aufs Klo und trank noch etwas Leitungswasser. Wenn ich rauchte, hustete sie, um zu zeigen, dass mein Rauchen sie stört, aber weil ihr Husten mich nicht störte, rauchte ich weiter. Dann las sie weiter. Am Ende seufzte sie wie jemand, der gerade einen ganzen Teller mit wirklich guten Nudeln restlos aufgegessen hatte.

Sie kam wieder rein und fing an, viele Fragen zu stellen. Meine Antworten schrieb sie auf. So wie sie hat sich noch niemand für mich interessiert. Die meisten Leute lenken das Thema auf sich, wenn man von seinem Leben erzählt, aber sie saß nur still da und hörte zu. So merkte ich gar nicht, dass ich ihr mehr als jedem anderen Menschen erzählte. Zufällig weiß ich nämlich sehr viel über Duke Butler. Sogar mehr als er selbst. Ich bin nämlich seine Mutter.

Nur einmal hat mich Miss Tilda kurz genervt, als sie wissen wollte, ob ich an diesen Ort gezogen sei, um Duke wieder nahe zu sein. »Was ist denn das für eine kranke Scheißidee?«, antwortete ich. Sie erwähnte das Thema dann nie wieder. Aber vielleicht hatte sie recht. Sie sagte auch, dass meine »Enthüllungen« und Lilis Tagebuch ihm vielleicht etwas Trost spenden können. Hoffentlich hat sie damit auch recht. Jedenfalls versprach sie mir, dass ich die Hälfte der Einnahmen kriege, weil ich ja schließlich das Tagebuch gefunden habe. Da seht Ihr, dass Jesus tatsächlich wenigstens eines meiner Gebete erhört hat. Danke, Jesus, endlich werde ich reich.

Dukes Leben begann mit meinem Leben. Seine Geschichte ist also ganz und gar »meine«. Der Rest dazwischen ist schwer zu glauben, aber wahr.

NORDEN

DER REKRUT

Die Siebziger

Der Eintritt

Duke Butlers Leben als New Yorker begann im Juni 1972, an einem jener Tage, an denen die Bewohner der Stadt ihr die sadistischen Winterspielchen verziehen. Man stelle sich die Wirkung auf einen Neuankömmling vor, der die Schrecken nicht kennt – seidiger Sonnenschein, der Himmel so blau wie das Kleid der Madonna, eine verführerische und dennoch kühle Straße, ein Baum, der geduldig darauf wartet, Schatten zu spenden, das verheißungsvolle Läuten des Eisverkäufers. Selbst jemand, der die Wahrheit über New York kennt, gerät wegen eines solchen Augenblicks der Juniseligkeit ins Schwärmen.

Es war Sonntag. Die Geschäfte hatten geschlossen, Computer kosteten zwanzigtausend Dollar plus Steuern (da sie mehrere Kubikmeter groß waren, gab es sie aber sowieso nur in Laboren), die Leute benutzten Telefone mit Wählscheiben und fassten sich kurz, um die Kosten niedrig zu halten, sie trafen sich zum Rauchen und zum Trinken oder um auf irgendeiner Droge das Gaga-Land zu erkunden. Manche priesen die »Werte« im Unterschied zu den »Wertgegenständen« (Erstere waren unbeständig), der Widerstand gegen das politische Establishment hatte an Elan verloren, die sexuelle Revolution hatte ihre Kinder noch nicht gefressen. Patriotismus, die Religion des Abschaums, war in Manhattan noch immer verpönt.

Duke Butler, in einer prächtigen Armeeuniform in Olivgrün, ganze einundzwanzig Jahre alt, mit dunkelbrauner Haut, die ihn als »Schwarzen« kenntlich machte, stieg am Port Authority Terminal mit einem kleinen Gummikoffer aus dem Flughafenbus.

In seiner Hand war ein Zettel mit einem Namen und einer Telefonnummer, zwei Silben und sieben Ziffern, eine Inschrift auf dem Grabstein seiner Zukunft. Die Größe des Moments war ihm nicht klar, als er vor einem Münzfernsprecher stehenblieb. Ein Polizist starrte ihn an. Duke Butler, der unwillkürlich bemerkte, dass auch der Polizist dunkelhäutig war, überlegte, ob er irgendwas falsch gemacht hatte. Da er sich keiner Schuld bewusst war, bewahrte er die Ruhe. Er nahm die Brille ab, um die hingekritzelten Zahlen zu entziffern, steckte ein Zehncentstück in den Schlitz und wählte. Er sprach leise, mit Südstaatenakzent:

»Lili? Ich bin's, Duke.«

Lili konnte ihre Freude nicht verbergen, als sie Dukes Stimme hörte. Er solle in ein Taxi springen und zu ihrer Wohnung auf der Upper West Side fahren – die Kosten zu erwähnen, kam ihr nicht in den Sinn. Sie sagte nicht »zur Wohnung meiner Eltern«, sondern »zu meiner Wohnung« – sie war ein Einzelkind.

Der Polizist wandte sich ab und studierte weiter die allgemeine Szenerie; einige Jahrzehnte später würden seine Kollegen mit Handschellen zurück sein.

Im Plastikportemonnaie aus Armeebeständen, das in Duke Butlers Uniformtasche steckte, befanden sich nur drei Dollar. Ein Taxi zog er also nicht in Betracht. Er marschierte fünfzig Blocks gen Norden und erschrak über die Rebellen, die bei Rot über die Straße rannten. Er selbst wartete an jeder Ecke und fühlte sich als Herr seines Schicksals, weil ihn seine eigenen Beine trugen. Er hatte Vertrauen in seine Füße, die den permanenten Vorwärtsdrang bestimmten, während sein Oberkörper in der eng sitzenden Jacke, der nackte, aufgerichtete Adamsapfel und die scharf geschnittene Nase stetig in die ihnen befohlene Richtung wiesen. Seine Füße in den glänzenden grauen Halbschuhen waren der Kopf der Operation.

100 Riverside Drive lag in einer Seitenstraße, am Fuß eines Hügels,

an der Stadtgrenze – er sah die filigranen Bäume des Nordens auf der gegenüberliegenden Straßenseite und dahinter den breiten Rücken eines Stromes, auf dem das Sonnenlicht funkelte und Boote tanzten, und in der Ferne das ruhige, ländliche New Jersey. Das Gebäude an der Straßenecke wurde von einem uniformierten Mann bewacht. Er hatte einen Dienstgrad, den der Neuankömmling nicht kannte. Der Concierge wiederum traute weder der Uniform des Besuchers noch seiner Rasse. Er bestand darauf, die Erlaubnis der Stones einzuholen, bevor er – »Wie war der Name?« – einen »Gefreiten Butler« nach oben ließ. Duke hörte Lilis Stimme – »ja!« – durch die Gegensprechanlage. Er betrat die Lobby. Auf dem Marmorboden hallten seine Schritte, und kurz fragte er sich, ob er aus Versehen in einer Bank gelandet war.

Lili öffnete die Tür. Vlado und Bucky, ihre Eltern, waren gerade von einer Europareise zurückgekehrt. Als der Summer ertönte, baten sie die Tochter des Hauses, die leidigen Freunde zu verscheuchen. Vlado musste sich erholen. Ihm blieb nur noch eine Stunde bis zu seinem Ersatztermin bei seinem Analytiker. Lili war in dem Glauben aufgewachsen, dass die Leute nach Europa reisten, so wie sie die U-Bahn nahmen, und das Gejammer darüber langweilte sie, aber jetzt war die Müdigkeit ihrer Eltern ein Himmelsgeschenk. Sie versprach, alle Besucher abzuwimmeln, und verschwieg, dass dieser Gast in Wahrheit ihrer war.

Leider stand Bucky doch auf, als sie die seltsam leise Stimme hörte, und fand ihr einziges Kind allein mit einem großen schwarzen Mann in Uniform in der Diele vor. Ein flüchtiger Blick genügte, um die Gefahr zu erkennen, bei einem zweiten stellte sich die Umarmung jedoch als einvernehmlich heraus. Der genügende Abstand zwischen beiden Körpern belegte die freundschaftliche Natur des Körperkontakts. Bucky ging zurück und riss ihren Mann aus dem Schlaf. Dann drängten sie sich gemeinsam ins Bild.

Lili überließ ihren Gast den Eltern. Sie starrte durch ihre Brillengläser wie durch ein Mikroskop, das die winzigsten Details vergrößerte, wie die Älteren die Hand des jungen Soldaten schüttelten: nicht so, wie sie den Keime tragenden Handteller eines weißen Fremden angefasst hätten, einfach so nämlich, sondern mit zaghafter Vorsicht, wie es einer von zweihundert Jahren amerikanischer Geschichte, Sklaverei und später dann mit Rache befleckten Faust zustand. Duke nahm nur sein eigenes Unbehagen wahr und erwiderte ihre verkrampften Bemühungen mit Südstaaten-Höflichkeit, die einem durch Gespräche mit den merkwürdigsten Leuten helfen kann.

Sie führten ihn gleich in die Küche, deren Wände voller Bücher waren. Nachdem sie ihm den neuen Swiss Mocha angeboten hatten, den er ablehnte, weil er Kaffee noch nie gemocht hatte, und nachdem sie den Kaffee weggeschüttet und ihm ein Bier angeboten hatten, das er ablehnte, und nachdem sie ihm Beuteltee in der Kaffeetasse vorgesetzt und ihm mit breitem Lächeln gezeigt hatten, dass sie ihn als ihresgleichen betrachteten, wurde er ihnen umgehend sympathisch. Zu ihrer Verwunderung war ihm weder bekannt noch interessierte es ihn sonderlich, dass Angela Davis kürzlich von einer zu Unrecht erhobenen Mordanklage freigesprochen worden war, doch sie nahmen es hin. Sie waren sich ohnehin unsicher, was seine Hautfarbe anging, und selbst »Amerikas gefährlichstes Mundwerk«, Bucky, war so rücksichtsvoll, keine Erkundigungen über seinen Hintergrund einzuholen.

Duke wiederum wusste nichts über Lilis Hintergrund. Als er sie kennengelernt hatte, zwei Jahre zuvor, hatte ihr Nachname ihm nichts gesagt. Er kannte die Nationalgarde und die Ehrengarde, von der Avantgarde aber hatte er noch nie gehört. Und er wusste es an diesem Juninachmittag auch nicht zu schätzen, dass die Stones ihn, ungeachtet ihrer herausragenden Stellung in der New Yorker Kunstszene, freundlich und warmherzig behandelten. Er reagierte darauf, als wäre es die natürlichste Sache der Welt. Er lächelte zu oft. Wie wenig wusste er von New York! Es kam ihm auch nicht in den Sinn, dass das berühmte Paar den gesellschaftlichen Unterschied zwischen ihnen fürchtete. Oder den Rassenunterschied. Vom Altersunterschied ganz zu schweigen.

Die Stones fanden die Bescheidenheit ihres Gastes irritierend. Als sie ihn baten, doch Platz zu nehmen, schaute der junge Mann sich um und entschied sich für einen wackligen Lehnstuhl, den jeder mied. Reparaturen bedürfen der Planung, und die verschwendete man nicht an unbelebte Objekte. Duke setzte sich furchtlos hin, allen stockte der Atem, aber der Stuhl hielt stand, ein wahres Wunder, denn Duke war kein winziger, knochenloser Gelehrter. Aus dieser günstigen Position sah er Lili an, während seine Hand die weich gepolsterte Lehne streichelte. Die Therapeuten, die ständig im Bewusstseinsäther der Stones herumschwebten, hätten gespöttelt, dass Duke in Wirklichkeit ihre Tochter streichelte. Es schien eindeutig, dass nichts am Besuch des seltsamen jungen Mannes normal war, dass er nicht einfach nur ein weiterer interessanter Gast war, der in 100 Riverside Drive einkehrte. Zum ersten Mal waren Bucky und Vlado von der Freundeswahl ihrer Tochter beeindruckt. Die Stones hofften, dass die beiden sich in Harvard kennengelernt hatten oder in Cambridge; es gab auch andere Bildungseinrichtungen, die in Betracht kamen.

Aber Bucky stellte andere Fragen: »Wann sind Sie eingezogen worden? Waren Sie in Vietnam?«

Er beantwortete die Frage, ohne zu ahnen, wie geradezu abwegig ihre Einstellung war: »Ich bin nicht eingezogen worden, ich habe mich freiwillig gemeldet. Mein Vater hat in Korea gekämpft. Er war Sergeant. Mein älterer Cousin Carl ist auch Offizier, bei der vierten Infanterie in Nam. Ich wollte immer Soldat werden und meinem Land dienen. Aber in der ersten Stunde der Grundausbildung wurde mir klar, dass ich dafür nicht geeignet bin.«

Er hielt inne. Niemand sagte etwas. In bescheidenem Ton fuhr er fort.

»Es gab kein Zurück. Ich wurde ausgebildet und mit dem Rest meiner Einheit nach Vietnam geschickt. Vierte Infanterie, wie mein Cousin.«

»Sie waren also mitten im Krieg?«, fragte Bucky begierig.

»Nein, Ma'am«, sagte er. »Nein, war ich nicht.«

Er zögerte und schlug beschämt die Augen nieder. »Ich konnte einfach nicht auf Menschen schießen. Ich konnte überhaupt nicht schießen. Colonel Pickens, meinem befehlshabenden Offizier, habe ich gesagt: ›Ich glaube, ich bin ein Kriegsdienstverweigerer. Ich lehne es aus Gewissensgründen ab. Es ist, wie Gott sagt: du sollst nicht töten‹.«

»Oh!« – »Unglaublich!« – »Erzählen Sie weiter!«

Der Soldat saß kerzengerade da, als wäre er dazu abkommandiert worden. »Der Colonel hat mich in ein Verhörzimmer gebracht, und da hat er mich halbtot geprügelt. Ja, das kann man so sagen. Manchmal legte er eine Pause ein und fragte mich: ›So. Bist du immer noch ein Kriegsdienstverweigerer?‹ Und ich habe gesagt: ›Ja, Sir, immer noch.‹ Das Problem war: Der Colonel und ich, wir kannten uns von zu Hause. Das hat ihn noch wütender gemacht. Ich selbst war nicht wütend. Irgendwie hatte ich diese Strafe ja verdient. Nach einer Weile war ich so erschöpft von seinen Schlägen, dass ich eingeschlafen bin. Als ich aufwachte, war ich im LBJ. Kennen Sie das Long Binh Militärgefängnis? Ich kam in Einzelhaft, das war mein Glück, weil es im übrigen Gefängnis Aufstände gab. Ich bin zu einem Jahr Haft verurteilt worden, aber nach einem Tag bekam ich eine neue Chance.«

Er blickte in die Runde, um sicherzugehen, dass niemand sich von seiner Geschichte genervt fühlte. Doch sie saßen wie gebannt da, mit aufgerissenen Augen, voller Anteilnahme. Die Rassenunruhen im LBJ hatten landesweit für Schlagzeilen gesorgt. So viele tote schwarze Soldaten. »Am zweiten Tag kam der Aufseher zu mir und sagte: ›Der Sergeant Major weiß über dich Bescheid.‹ Ich wusste überhaupt nicht, warum, aber ich wurde vorgeladen. Das war, als hätte mich der König einbestellt. Er war in voller Montur, stand an einem langen Tisch, auf dem eine Karte von Vietnam lag. Er hat auf die Karte geguckt, während ich die Orden an seiner Brust gezählt habe. Er hatte achtzehn Orden, und ich war achtzehn Jahre alt. Er war aus Texas. Meine Ehre sei ihm ziemlich egal, hat er gesagt, aber nicht das Ansehen seiner Einheit, und er habe gehört, dass ich Trompete spiele.«

»Trompete!«, rief Vlado erfreut dazwischen.

»Na ja, das stimmte überhaupt nicht«, sagte Duke. »Aber er glaubte es eben. In meiner Akte stand aus irgendeinem Grund, dass ich Trompeter bin, und da ich Duke heiße, schien ihm die Sache klar zu sein. Die Divisionskapelle war sein Steckenpferd. Ich habe mich natürlich bereit erklärt mitzuspielen, und er war bereit, meine Strafe aufzuheben. Ich bin in der Armee geblieben und tue jetzt schon ein Jahr lang so, als könnte ich Trompete spielen. Ich halte sie ganz fest an meinen geschlossenen Mund und blase die Backen auf. Niemand hat je etwas bemerkt. Ich bin in ganz Vietnam aufgetreten und zwar vor den richtigen Goldfasanen. Die, die wirklich den Ton angeben.«

Die Stones brauchten eine Minute, um den Witz zu kapieren.

»Man hat mich sogar befördert. Ich bin jetzt Obergefreiter!«

Familie Stone war baff. Der Besucher hatte eine erstaunliche Geschichte erzählt, ohne ihren hohen Unterhaltungswert zu erkennen. Der Rest seines Berichts erwies sich als profaner. Dukes Vater war unten im Süden auf die Intensivstation eingeliefert worden – »Was hat er denn?« – »Irgendwas mit dem Herzen, glaube ich« –, man rechnete mit seinem Tod, und der Obergefreite bekam eine Woche Heimaturlaub, damit er um die halbe Erde reisen konnte, um Abschied zu nehmen.

Er war in einem Militärflugzeug bis Frankfurt geflogen und dort in ein Verkehrsflugzeug nach New York umgestiegen, wo er sechs Stunden Aufenthalt hatte, ein weiterer Glücksfall. Und noch einer: Der alte Mann hatte sich unverhofft erholt. Duke standen jetzt einfach ein paar Urlaubstage zu Hause bevor. Er sah auf die Uhr und erhob sich. Er musste zurück zum Flughafen, um seinen Anschluss nach Hause nicht zu verpassen.

Als Lili hörte, dass er wieder gehen wollte, malte sich plötzlich tiefer Kummer auf ihr junges, rundes Gesicht – die reine Unschuld und das Fehlen einer klar konturierten Persönlichkeit (wie ihre Mutter sinnierte). Bucky machte große Augen. Der junge schwarze Mann war interessant, exotisch, von der falschen Straßenseite, aber integer. Er musste ziemlich intelligent sein. Vlado kam auch nicht aus dem akademischen Hochadel. Duke hatte Lili bezirzt, und Bucky war davon überzeugt, dass ihr Kind – in einem kurzen Kornblumenkleid, das ihren langen weißen Nacken frei ließ und ihre geschmeidigen schlanken Arme und ihre geschmeidigen runden Knie – den Gast bezirzt hatte.

Was für ein schönes Paar! Sie wären ein Symbol für Entspannung zwischen den Rassen, und ihre Kinder und Kindeskinder würden die Welt erobern.

Wie schrecklich für die beiden, dachte Bucky, deren Herz für die gesamte Menschheit schlug, nur ein paar gemeinsame Stunden, wie in einer altmodischen Romanze, und noch schrecklicher: die Rückkehr eines jeden Einzelnen dieser unschuldigen Männer zur militärischen Pflicht. Ein Rettungseinsatz war vonnöten.

In New York hilft man niemandem, ohne vorher eine Gegenleistung zu vereinbaren. Doch Bucky folgte oft ihren Impulsen und brach diese Regel schamlos. Um dieses Betragen zu entschuldigen, hatte sie über die Bedürftigen und die Gebenden eine Theorie aufgestellt – »normalerweise sind sie austauschbar« –, die sie in regelmäßigen Abständen überprüfte. Jetzt ergab sich eine weitere Gelegenheit. Dieser benachteiligte junge Mann musste aus der Militärkaste in die erhabene Sphäre der Stones verpflanzt werden.

Bucky dachte scharf nach. Mr. Perkins kam ihr in den Sinn. Erst vor kurzem hatte sie bei einem Empfang die Bekanntschaft des schwerfälligen, scheuen Weinhändlers gemacht. Seine unaufgefordert vorgetragene Klage hatte sie fasziniert; er sprach davon, dass die Preise für alten Bordeaux jäh gestiegen seien, seit irgendein Jungspund, der reich geerbt hatte, sich immer öfter auf Weinauktionen blicken ließ. Am Ende hatte der Bursche mehr als fünfhundert Dollar für eine Flasche 1865er Lafite gezahlt, es mit dieser Protzerei in die Abendnachrichten geschafft und Deppen aus Memphis und Dallas auf die Idee gebracht, dass ihnen zu ihrem Glück doch noch etwas fehlte. Sie eilten zur nächsten Auktion und boten mit, und über Nacht stiegen die Preise für alten Bordeaux auf hohe fünfstellige Summen. Das große Geld war der Feind. Mr. Perkins sagte, er träume davon, einen Wolfsjungen feinste Weine verkosten zu lassen, und wenn es den nicht gebe, dann eine, wie er es nannte, »Weinjungfrau«, einen Menschen, der nie zuvor Wein getrunken hatte, einen Nichtraucher mit einem »reinen Mund« und sensiblen Geschmacksknospen. So jemanden würde er sofort gegen Bezahlung einstellen und seine Reaktionen aufzeichnen.

Jetzt konnte Mr. Perkins seine Worte wahrmachen. Sie rief ihn in seinem Laden an. Sie habe jemanden gefunden, der nicht mal Kaffee trinke. Er werde sich umgehend vorstellen. Als Nächstes musste der Flug storniert werden. Und dann würde sie sich um die »Fahnenfluchtgeschichte« kümmern. Ein Soldat weniger für Uncle Sam, das war doch eine gute Sache. Sie würde ihre Beziehungen spielen lassen.

»Duke, kann ich bitte Ihr Flugticket sehen?«

Während Lili Duke die Wohnung zeigte, stand Vlado hinter Bucky in der Küche, als sie telefonisch die Strippen zog. In Gesellschaft hielt er seinen Kopf geneigt, um neugierigen Blicken auszuweichen. Oft betrachtete er Buckys Füße, ihre geschwollenen Knöchel, wie der Bund ihrer schwarzen Socken darüber spannte; ihre Hose war zu kurz. Bucky war mal ein »heißer Feger« gewesen, Vlado hatte von ihren außergewöhnlich schönen Beinen geschwärmt, die ihren fehlenden Sinn für Mode mehr als wettmachten. Buckys Geheimwaffe war ihr schlauer, anzüglicher Blick, der sie für schlaue, anzügliche Männer schon als Teenager unwiderstehlich gemacht hatte. Und auch heute noch, Jahrzehnte später, konnte ihre intellektuelle Hochnäsigkeit auch in brisanten gesellschaftlichen Situationen potenzielle Feinde lähmen, den eigenen Ehemann eingeschlossen.

Lange nachdem ihre langen Beine klobig geworden waren und sie den ältlichen Matronen aus Brooklyn glich, die Vlado in seiner Jugend herumkommandiert hatten, entzückte ihn die reine Freude, die sie an ihrem Grips hatte. Ihr Übergewicht störte ihn nicht, denn er selbst hatte damit nie ein Problem gehabt. Obwohl er jede körperliche Anstrengung vermied – in seinen Augen: brain drain –, war er noch immer gut in Form, auch sein Haar war noch voll. Als Einziger in der Familie brauchte er keine Brille, aber seine Gesichtszüge blieben den Blicken verborgen, weil ihr Ausdruck so abweisend war und weil der Rauchvorhang seiner Camel sie verschleierte. Diese Wolke hüllte jetzt auch Bucky ein, als sie den Hörer auflegte, einmal hustete und dann posaunte: »Duke. Du hast einen Job!«

Als Duke zwei Stunden später wieder ging, hatte Bucky sowohl seinen Heimflug verschoben als auch seine Rückkehr nach Vietnam. Der Hausarzt tippte einfach unbesehen ein ärztliches Attest, das Dukes Verbleib in New York für einen Monat sicherte. Die Stones gaben Duke einen Wohnungsschlüssel – ein Magnet, der weiteres Glück anziehen würde. Er hatte die Aussicht auf den Hudson aus drei verschiedenen Zimmern bewundert, die 1,19-Dollar-Kekse gekostet, die aus einem berühmten Delikatessengeschäft stammten, von dem er noch nie gehört hatte, und einen schüchternen Blick ins Gästezimmer geworfen. Lilis Eltern mussten berühmt sein, weltberühmt, das hatte er inzwischen gemerkt, doch bislang kümmerte ihn das nicht; für ihn spielte es eine größere Rolle, dass sie vermögend waren, vermögender als sämtliche Menschen, denen er je begegnet war.

Kurz nachdem sich die Tür hinter Duke geschlossen hatte, merkte Vlado, dass er gerade seine Therapiesitzung verpasste. Er rief den Analytiker an, sagte ihm, dass er nach fünfzigtausend Dollar jetzt endlich »durch« sei mit der Therapie, und knallte den Hörer auf, bevor Dr. Friedberg widersprechen konnte. Er legte sich auf das Doppelbett, nach so vielen Jahren Ehe eher eine Gartenliege als ein Liebesnest, und wurde in den Schlaf gewiegt von Buckys Singsang aus dem Wohnzimmer, wo sie mit ihren Höflingen, Redakteuren, Verlegern und Busenfreundinnen telefonierte und von ihrer Neuerwerbung schwärmte: »Ein Soldat, aus dem tiefsten Süden. Ganz in Uniform. Aber in Wahrheit Pazifist. Was für eine Mischung! Er ist sehr intelligent, das merkt man einfach. Ihm entgeht nichts. Vor uns ist er sehr schüchtern. Kaut einem ein Ohr ab oder sagt gar nichts. Hat aber sehr spannende Dinge zu berichten. Übrigens ein Mulatte. Nein, nicht nur wegen der Hautfarbe. Ja, dunkel, vielleicht sogar noch dunkler durch das Leben in Vietnam – auch Schwarze werden bekanntlich von der Sonne gebräunt. Sein Haar ist kraus. Glaube ich. Er hat einen, wie sagt man, einen Militärhaarschnitt. Die Nase breit, aber wie gemeißelt – ein aristokratisches Profil, wirklich! Aber seine Augen. Seine Augen sind blau. Sensationell, ein ägyptisches Blau, genau genommen die Farbe einer Vase aus dem Neuen Reich, circa 1300 vor Christus!

Vlado unterbrach sie und rief rein: »Sie sind unheimlich. Wie ein Eisblock aus der Urzeit – was in dem alles eingefroren sein könnte!«

Bucky kicherte und erzählte weiter: »Man sieht sie gar nicht wirklich. Er trägt eine dicke Brille, genau wie Lili. Das haben sie gemeinsam.«

Sie hatten mehr gemeinsam, als Bucky ahnte. Einer stillschweigenden Übereinkunft zufolge, die der aufdringlichen Anteilnahme der Stones Grenzen setzen sollte, hatte keiner von ihnen Einzelheiten ihrer ersten Begegnung vor zwei Sommern im fernen Ostafrika ausgeplaudert. Früher gab es die Freundschaftsform der »Reisegefährten«, eine ungeplante, unromantische Beziehung, die zwei Fremde, wenngleich nur für kurze Zeit, so intensiv aneinanderband wie ein Ehepaar. Das Ende der Reise bedeutete auch das Ende der Beziehung. Nach vierundzwanzig gemeinsamen Stunden in einem fremden Land waren Lili und Duke auseinandergegangen. Sie schrieb ihre Telefonnummer auf, er seine Adresse, weil Anrufe so teuer waren. Sie machten keine Pläne für eine erneute Zusammenkunft. Duke war heimgereist, in den Süden, und in die Armee eingerückt, und Lili war nach Cambridge gegangen, aufs College. Dukes plötzliche Wiederkehr passte zur Spontaneität ihrer früheren Partnerschaft und kam für Lili nicht überraschend. Was sie überraschte, war ihr brennender Wunsch, ihn in New York zu behalten, wohinter sich der Wunsch verbarg, ihn ganz und gar zu behalten. Sie musste sich dafur irgendeine Erklärung zurechtlegen. Anfangs nahm sie an, dass sie, wie ihre Mutter Bucky, schlicht hilfsbereit war. Sie würde ihn durch dieses Land der extremen Raffinesse führen. Als der feindselige Concierge zögerte, dem Soldaten die Tür zu öffnen, und Duke selbst nach der Klinke griff, kreischte Lili: »Das macht hier der Concierge!«

»Oh, tut mir leid.« Duke ließ die Tür los.

Sie fuhren mit der U-Bahn zu Mr. Perkins' Laden, der Wagen laut wie ein Kriegsgefecht und heiß wie der Dschungel. Während sie schwankend nebeneinanderstanden, die Haltestange fest in den Händen, runzelte Duke die Stirn: Lilis Haut schien ihm weißer als in seiner

Erinnerung, ihr Haar blonder. In Afrika war er hellhäutig gewesen, genau wie Lili, in New York aber war er ein Farbiger. Es war ihm unangenehm, mit ihr gesehen zu werden.

Als sie ihr Ziel erreicht hatten und Lili die Treppe hochrannte, sich auf der obersten Stufe zu ihm umdrehte und »du Trantüte« rief, vergaß er, was sie voneinander trennte, und eilte zu ihr.

Perkins *Spirits and Fine Wines* war ein Zweihundert-Dollar-im-Monat-Laden in einer schäbigen Gegend gleich bei der Houston Street, wo die Stadt gewaltige Neubauten hochzog. Während Duke den Laden betrat, besah sich Lili ihr Spiegelbild in der dreckigen Fensterscheibe. Der Laden versorgte notgedrungen Laufkundschaften und Gourmets. Im Eingangsbereich stand der Fusel. Weiter hinten im Laden, durch sorgsam geschichtete Kisten abgeschirmt, lagerten exklusive Weine aus ganz Europa. Mr. Perkins war kühn; er empfing Kundschaft auch an Sonntagen. Er kaufte Weine aus Übersee, von denen man in New York noch nie gehört hatte, nicht einmal im Jetset: Grünen Veltliner aus Österreich, Bondolas aus der Schweiz, Riesling aus dem Elsass. Mr. Perkins, der vor ewigen Zeiten in der Upper East Side aufgewachsen war, als Manieren noch etwas galten, ließ sich sein Erstaunen nicht anmerken, als Duke Butler in voller militärischer Montur bei ihm vorstellig wurde. »Die Stones haben immer interessante Bekannte«, sagte er und bat den Soldaten herein. »Und Sie haben wirklich noch nie einen Schluck Wein getrunken?«

»Nein, in meinem ganzen Leben nicht«, versicherte ihm Duke. »Wo ich herkomme, trinkt man härteres Zeug. Das hat mich nie gereizt.«

Mr. Perkins' Gesicht schien wie das alte Porträt eines Gutsherrn. Nur die Zeit hatte sich daran zu schaffen gemacht und die weiße Haut mit feinen Linien überzogen. Die dichten grauen Augenbrauen verharrten in der ihnen zugewiesenen Wölbung, der kleine rosa Mund war durch Nahrungsaufnahme oder Sprechweise in seinem Ernst nicht entstellt. Doch durch die großen braunen Augen kam Leben in das Porträt. Weil sie als Gefangene einer angeborenen Krankheit namens »Tanzende Augen« in ihren Höhlen kreisten, richtete Mr. Perkins seinen Blick nur selten direkt auf einen anderen Menschen, weil er es nicht konnte. Schon als kleinen Jungen hatte man ihn vom Sport befreit, weswegen sein Körper schon früh größer und schwerer als die der anderen gewesen war. Er war also längst an seine Parameter gewöhnt und konnte flott um seine Flaschen herumkurven, eine aussuchen und seinem Gast ein wohlgefülltes Glas Gallo Burgunder für 1,50 Dollar vorsetzen. Er sah seinem Gast beim Trinken zu. »Was halten Sie davon?«

»Ich weiß nicht, was ich davon halte«, sagte Duke, der nur nicht wusste, was er sagen sollte.

Mr. Perkins wandte enttäuscht seine Wackelaugen ab, und da sagte Duke die Wahrheit: »Es ist merkwürdig, Sir. Es flitzt einem im ganzen Mund herum, und dann glitscht es einem wie eine Eidechse durch die Kehle und rollt sich im Magen ein …« Er betrachtete die Tropfen in seinem Glas, legte die Nase daran und schnupperte. Als Duke einen weiteren Schluck nehmen wollte, riss Mr. Perkins ihm das Glas aus der Hand und ließ wenige Tropfen eines siebzehn Dollar teuren 1956er Bordeaux Château Haut-Brion Pessac-Leognan in ein anderes Glas rinnen. »Und der hier?«, fragte er.

»Anders«, antwortete Duke so erschüttert, dass seine schwarze Brille ein Stück herabrutschte. »Das Blut Jesu. Nur feuriger.«

Der Weinhändler engagierte Duke für einen Probemonat. Er sollte Weine verkosten und würde fünfzig Dollar die Woche verdienen. Rausgeschmissenes Geld, aber so ist das nun mal mit dem Vergnügen. »Haben Sie etwas anderes anzuziehen?«, fragte Mr. Perkins zaghaft.

Ziviles Durcheinander

An diesem Abend nahm Duke leise seinen Koffer aus der Diele und wanderte an den Felswänden von Bücherregalen vorbei zum Gästezimmer. Eine Stunde verging, in der die Stones dem Ticken ihrer Armbanduhren lauschten. Das Telefon wollte nicht klingeln. Ihr Gast machte nicht das leiseste Geräusch. Sie ließen sich im Wohnzimmer nieder und schlugen Bücher auf, doch die bedruckten Seiten kamen nicht an gegen das Kampfgetümmel des wirklichen Lebens. Die Stones waren, was selten vorkam, gelangweilt.

Eine wichtige Information für Nicht-New-Yorker: Eine dreiköpfige Familie wie die Stones hat nicht drei, sondern sechs Mitglieder, weil jedes Mitglied rund um die Uhr von einem unsichtbaren Therapeuten begleitet wird, einem Vertrauten, auf den man sich beruft und den man zitiert und der so an allem beteiligt ist, an jedem Zerwürfnis, jedem Kuss und jedem Gespräch. An Dukes erstem Abend in New York war Vlados Therapeut nicht mehr anwesend, da Vlado ihn gefeuert hatte. Die Einheit war instabil. Duke konnte sie festigen. Doch wieso kam er nicht zum Essen?

Schließlich stürmte Lili ins Gästezimmer. Die unbewachte Tür sprang auf, und Lili fand ihren Gast in der Mitte des Zimmers, vor Anker gegangen, den Blick auf das offene Fenster gerichtet, das den Hudson einrahmte und den grünen Horizont von New Jersey. Für eine so malerische Aussicht, die von den Gästen ausnahmslos gerühmt wurde, musste man schon damals viel Geld hinblättern.

»Wie gefällt dir die Aussicht?«, fragte Lili scheu.

Er drehte sich prompt zu ihr um, als hätte er nur auf diese Frage gewartet, und Lili sah, dass er noch nicht ausgepackt hatte.

»O nein!«, schluchzte sie. »Du bleibst nicht? Gefällt es dir nicht?« Derart dramatische Töne hatte sie sich noch nie erlaubt. Das Zimmer war ihr immer gleichgültig gewesen, wie alle anderen Zimmer auch, aber Dukes Anwesenheit hatte es in einen erhabenen Raum verwandelt: Bald würde er auf dem altmodischen Einzelbett liegen. Der rustikale Schreibtisch konnte ausgetauscht und sofort zum Müllplatz gekarrt werden, falls er Duke nicht gefiele. Das Chintzsofa wiederum war wie für sie beide gemacht. Überquellende Bücherregale bedeckten die Wände – dort standen die anspruchslosen Bücher, die Bucky aus den anderen Zimmern verbannt hatte, aber durch Dukes Anwesenheit verwandelten sie sich in einen hübschen Zimmerschmuck.

»Nein, es gefällt mir«, versicherte er. »Aber ich sollte nicht hierbleiben. So ein Quartier wird doch gebraucht.«

Er gab nicht zu, dass er am liebsten gleich gehen wollte, um nicht noch weitere derart exotische Situationen zu erleben. Sie wären bloß schmerzhaft. Er gehörte nicht hierher.

»So etwas Lächerliches habe ich noch nie gehört. Ja, dieses ›Quartier‹ wird gebraucht. Du brauchst so was.« Das Wort »du« war auf einmal kostbar, und ihre Stimme vibrierte vor Zuneigung. Sie wollte es immer wieder sagen. »Du«, »du«, »du«, aber stattdessen sagte sie: »Komm, essen wir was. Bucky hat sich richtig ins Zeug gelegt.«

Essen aus dem Deli. Bucky hatte den Tisch gedeckt und das Tafelsilber in der Mitte verstreut. Duke ging um den Tisch herum, um es ordentlich hinzulegen, während die Stones, die schon Platz genommen hatten, ihre Teller beluden. Ihre glühenden Zigaretten verstärkten die Lagerfeueratmosphäre. Duke setzte sich und nahm eine kleine Portion. Das Wortgefecht begann.

»Steve wird Johns und Yokos neues Album verreißen«, verkündete Bucky. »Er sagt, es ist monumentaler, selbstherrlicher Kitsch. Texte auf dem Niveau von Kinderliedern. Nächste Woche sind wir zusammen mit den Lennons auf einer Party. Niemand wird ihnen in die Augen schauen können«, stöhnte sie.

»Wir können doch Lili hinschicken!«, schlug Vlado vor. »Dann fühlen sie sich gleich entspannter.«

Lili reagierte nicht darauf. Duke lächelte.

Bucky erklärte es ihrem Gast: »Lili ist unsere Spezialistin für Süßholz und Smalltalk.«

Dukes Lächeln war wie festgezurrt.

Bucky fuhr fort. »Gestern hat sie den neuen Concierge gefragt, wie viele Kinder er hat. Wir waren in Eile. Warum diese Frage? Warum? Ich wusste, jede Antwort hätte sie begeistert. Sie hätte seine Weisheit gelobt, keine Kinder zu haben, oder die Weitsicht, nur eins, oder das sagenhafte Glück, der Vater von fünfen zu sein.«

Lili aß ungerührt weiter.

»Und jetzt kommt's«, sagte Bucky. »Er hatte sein Portemonnaie rausgeholt und zeigte uns die Fotos, die Leute klingelten nach dem Aufzug und mussten warten, während Lili die Fotos bewunderte.«

Lili erwachte zu Leben. »Nächste Woche tritt Elvis in New York auf«, sagte sie zu Duke.

Seine Augen leuchteten auf, endlich verstand er etwas.

»Noch ein Musiker, der auch in der Armee war«, sagte Lili und nickte Duke zu.

»Da höre ich lieber Dukes Trompete«, bemerkte Bucky. Allgemeines Gelächter. Lili drehte sich von Duke weg.

»Elvis' Musik ist so viel einflussreicher als deine!«, sagte Lili Vlado brutal auf den Kopf zu. »Und viel interessanter. Deine Musik langweilt mich. Und ein einziger guter Comic begeistert viel mehr Menschen als alle Bücher von Bucky zusammen.«

Die Stones konzentrierten sich auf den überraschenden Angriff. Sie kauten und rauchten nicht einmal mehr. Sie hatten keine Verteidigungsstrategie. Schließlich sprang Bucky auf und rief: »Wir haben keine Gläser.« (Sie fand ein paar im Bücherregal.) Duke lächelte den abgetretenen Perserteppich unter dem Tisch an.

Bucky setzte sich wieder hin, weil ihr ein Gegenangriff eingefallen war. »Lili, wenn du nach der Beliebtheit gehst – die Met ist fast immer ausverkauft, bei viertausend Plätzen.«

»Die New York Mets spielen vor fünfzigtausend«, sagte Lili gelassen.

Duke schaute jetzt wieder auf und lächelte noch immer. Vlado versteckte sich hinter seinem Rauchvorhang.

»Schluss jetzt«, sagte Bucky. »Ich habe eine Idee. Ihr beide könntet doch morgen Abend in die Oper gehen. Ich habe zwei Karten für Turandot. Ist seit sechs Monaten ausverkauft.«

»Duke war noch nie in der Oper«, warnte Lili. »Stimmt doch, oder? Höchstens in der Grand Ole Opry?«

In diesem Moment sah Vlado Duke zum ersten Mal an. »Wirklich wahr?«

»Wirklich wahr?«, fragte Bucky.

Duke schüttelte den Kopf. »Nein. Noch nie.« Er schämte sich etwas.

»Ich beneide Sie«, sagte Vlado. »Die Ruhe, der Frieden …«

»Ich beneide Sie«, sagte Bucky. »Sie werden überwältigt sein. Ich wünschte, ich könnte mit Ihnen tauschen, ehrlich. So was zum ersten Mal zu hören! Und zwar als reifer Erwachsener, nicht als dummes kleines Kind. Das hätten wir mit Lili auch machen müssen. Wir haben dich völlig falsch erzogen!«

Lili war ganz ihrer Meinung.

Eine der Tragödien im Leben der Reichen und Berühmten ist es, dass sie nicht begreifen, wie sehr ihr gesellschaftlicher Rang ihre Kinder belastet. Die Armen wissen es, die Unterdrückten wissen es: Sie verstellen sich vor ihrem Nachwuchs und tun so, als gehörten sie zur Mittelschicht. Die Reichen und Berühmten sollten ihrem Beispiel folgen. Als Tochter der Stones war Lili ernstlich benachteiligt. Einer ihrer liebsten Tagträume als Kind war der, dass Daddy ein Lehrer wäre oder ein Handwerker und Mommy eine Hausfrau mit Lockenwicklern im Haar und Fertigessen im Backofen. Tatsächlich nannte Lili ihre Eltern seit dem Kindergartenalter Bucky und Vlado, weil sie gemerkt hatte, dass sie auf »Mommy« und »Daddy« nicht reagierten. In Lilis Phantasie konnten sie nur Englisch sprechen. Und ihr Familienname war wirklich einfach Stone, nicht Sztejn.

Lili hatte ihre Eltern ebenfalls enttäuscht. Sie hatten ihren Intellekt als selbstverständlich vorausgesetzt, während sie mit dem eigenen beschäftigt waren. Keine Frage, dass ein zartes blondes Mädchen im Alter von drei Jahren lesen und schreiben konnte. So wie es bei ihnen selbst gewesen war. Mit vier kam Lili in einen teuren Kindergarten und lernte die Grundlagen des Schachspiels; mit fünf schlug sie ihren Vater, was ihn tatsächlich sehr ärgerte. Mit sechs traktierte sie ihre Eltern so lange, bis sie ihr einen Wellensittich kauften. Sie nannte ihn »Mommy« und weigerte sich, die Namenswahl zu erklären. Es folgten Mäuse, Rennmäuse, Hamster, Kaninchen, die sie alle »Mommy« oder »Daddy« taufte. Die Tiere schenkten Lili stets ihre ungeteilte und unkritische Aufmerksamkeit, sie waren weich, flauschig, dumm und immer für sie da. Und sie vermehrten sich. Das stumme chinesische Hausmädchen Wei Wei munterte sich selbst mit Liedern, alles Hymnen aus der Kulturrevolution, auf, wenn sie Lilis Zimmer sauber machen musste. Einmal die Woche schlug sich ein Psychiater mit ihrem Unterbewusstsein herum.

Lili passierte die üblichen Meilensteine weit vor der Zeit und wurde mit vierzehn auf dem Parkplatz einer amerikanischen Pubertät abgestellt. Sie wurde pummlig und picklig. Die Tiere starben nach und nach, und die Stones waren froh, dass sie die Viecher wieder los waren. Sie erwarteten, dass Lili mit dem Komponieren oder dem Schreiben anfing oder sich für Politik interessierte – Vlado hatte sie nach Lili Boulanger benannt, die sich allen drei gewidmet hatte und jung gestorben war. Lilis verheißungsvoller Name gab ihm das Gefühl, alles in seiner Macht Stehende für sie getan zu haben.

Schönheit war keine Tugend, die man in der Familie Stone erwartete oder erhoffte, aber Hässlichkeit war dann doch noch einmal eine ganz andere Sache. Die Tatsache, dass Lili so unattraktiv war, verunsicherte ihre Eltern. Sie sprachen mit ihren Therapeuten darüber und sondierten Fragen verletzter Eitelkeit – schließlich war es ihnen nicht gelungen, ein Wesen nach ihrem Bilde zu schaffen. Nur ihr Haar war schön, voll und blond. Doch auf wohlmeinende Komplimente von Erwachsenen in diese Richtung reagierte sie drastisch. Vor dem Badezimmerspiegel stutzte sie sich selbst die Haare. Missfiel ihr eine Strähne, schnitt sie gleich noch ein paar mehr ab. Als feststand, dass sie kurzsichtig war, suchte sie sich die klobigste und hässlichste Männerbrille aus, die sie finden konnte. Die Gläser bedeckten ihr halbes Gesicht; sie sah albern damit aus. Die Stones beschwichtigten sich selbst: immerhin war sie belesen und klug.

Eines Tages kam Lili aus der Schule und erklärte, ihr sei jetzt endlich klar, was sie einmal werden wolle. Mutter und Vater und ein Haufen desinteressierter Besucher hörten mit halbem Ohr hin; na, was denn – eine Intellektuelle wie Mom oder ein Künstler wie Dad?

»U-Bahn-Fahrerin!«, rief sie begeistert und verwandte nun ihre Intelligenz darauf, sich das Liniennetz von New York einzuprägen. Lili Stone wurde eine virtuose Kilometerfresserin. Sie konnte einem wie aus der Pistole geschossen den allerumständlichsten Weg zu jedem beliebigen Ziel beschreiben. Ihre Studien führten sie durch sämtliche Bezirke. Ihre Beziehung zu Wei Wei intensivierte sich.

Auf dem Weg zum Psychiater versicherte Wei Wei Lili, dass in ihrem Kopf nichts in Unordnung sei, was ein paar Wochen Arbeitslager nicht beheben könnten. Als sie einmal zusammen einkaufen gingen, murrte Wei Wei über den gestiegenen Preis für ein Pfund Hühnerfleisch (einunddreißig Cent) und ließ ein ganzes Huhn in ihrer Handtasche verschwinden. »Ein Schnäppchen«, lobte sie sich beim Auspacken in der Küche selbst. »Gratis.« Lili stellte sich vor, dass die schlichte, unauffällige Chinesin in Wirklichkeit ihre Mutter sei und Bucky unfruchtbar. Als ihr klar war, dass Wei Wei einen Sohn hatte, zu dem sie jeden Abend nach Hause fuhr, glaubte Lili, dass Wei Wei zwar mit dem blöden biologischen Balg festsaß, aber in Wirklichkeit sie bevorzugte.

Dr. MacBride stand auf verlorenem Posten, denn für fünfundzwanzig Dollar die Stunde, inzwischen zweimal die Woche, erzählte Lili ihm ausschließlich von Liniennetzen, Popmusik und Wei Weis Überlegenheit. Öfter als über die eigenen Eltern sprach sie über Wei Weis; sie waren reiche Kapitalisten gewesen und hatten ihren letzten Yuan geopfert, damit ihre minderjährige Tochter nach Hongkong fliehen konnte, bevor sie selbst zur Umerziehung in die Laogai-Arbeitslager geschickt wurden, wo sie sich an den Händen fassten und gemeinsam in einen Mähdrescher sprangen. Das war Liebe, das war Courage.

In der Schule gab Lili sich alle Mühe, keine guten Noten zu bekommen. Sie weigerte sich, ihre Hausaufgaben zu machen; ihre Lehrer weigerten sich, sie durchfallen zu lassen, zum Teil, weil Lili ihre eigenen wohlkalkulierten Pläne sabotierte. Als sie in Mathe einmal in einem Archie-Comic blätterte, packte der Lehrer sie von hinten, doch Lili musste nur kurz zur Tafel gucken, um die Gleichung zu lösen, ehe sie sich wieder ihrem Comic zuwandte. Die Rektorin durchschaute Lili und forderte sie auf, schon mit fünfzehn am Hochschultauglichkeitstest teilzunehmen. Lili wollte ihre Antworten nach dem Zufallsprinzip verteilen, aber die kniffligen Fragen weckten ihre Neugier und brachten sie dermaßen aus dem Konzept, dass sie die höchste Punktzahl erreichte. Sie wurde mit Briefen der Ivy League-Colleges überhäuft, die allesamt um ihre Gunst buhlten. Lili warf sie in den Mülleimer. Wei Wei fischte die Briefe heraus und überreichte sie Bucky, die Antwortschreiben aufsetzte, in denen sie die Einladungen zum Vorstellungsgespräch annahm.

Die drei Therapeuten der Stones brüteten über dem Problem, doch am Ende stellten Vlado und Bucky selbst die Diagnose – Lili ging es zu gut; ihr fehlte die schmerzliche Erfahrung ihrer Eltern, die während der Wirtschaftskrise aufgewachsen waren. Sie ließen ihre Beziehungen spielen und verschafften Lili einen Sommerjob in Ostafrika. Schocktherapie. Das wahre Leid kennenlernen und aufhören, über ihre eigene kümmerliche Version davon zu grübeln. Sie assistierte bei einem Forschungsprojekt über Bilharziose und verbrachte Zeit mit den Verdammten dieser Erde. Sie nahm ab. Die Stones ahnten nicht, wie schief das Ganze gehen würde. Im September kam Lili zurück, endlich mit Normalfigur, wortkarg, brav, und schrieb sich am College für Chemie ein.

In Harvard konnte sie allein schon durch Nennung ihres Namens Freunde gewinnen. Lili Stone. Irgendwie mit dem Komponisten verwandt? Ihr Vater. Irgendwie mit der Essayistin verwandt, die man auf den Schutzumschlägen ihrer Bücher zur »Mutter Empörung« salbte? Ihre leibliche Mutter. Lili hasste diese Verbindungen und hielt sich getreulich an diejenigen, die aufrichtig an ihr interessiert zu sein schienen und nicht an ihrer Familie – ihre einzigen Freunde waren kleine College-Angestellte. Sie war viel jünger als die anderen Studenten und wirkte auch so, mit ihrem kindlichen Gesicht, ihrer sehr flachen Brust. Ihre schwere schwarze Brille baumelte auf der Nase. Ihre monotone, sackartige Kleidung aus dickeren Tagen machte sie fast unsichtbar. Ein Witzbold gab ihr den Spitznamen Gray Girl. Nur ihre sehr guten akademischen Leistungen übersah niemand.

Sie war viel stolzer auf ihre anderen Heldentaten: Sie konnte sich jeden Geburtstag merken und konnte die ganze Nacht mit der Bibliotheksgehilfin palavern und ein psychisches Problem lösen, indem sie es mit Gerede aufpumpte, bis es platzte wie ein Eiterbläschen.

Als sie zu Besuch nach New York kam, wurde sie von Wei Wei geknuddelt. Ihre Eltern stichelten: für Naturwissenschaften, so hatten beide beschlossen, brauche man keine Phantasie. Lili verschrieb sich eine doppelte Arbeitslast aus Hochschulseminaren und Ferienkursen, damit sie in zwei Jahren das Examen machen konnte, kurz vor ihrem achtzehnten Geburtstag. Als bei der Examensfeier in Harvard ihr Familienname aufgerufen wurde, weil sonst niemand in Chemie mit summa cum laude abgeschlossen hatte, hielt sie sich die Hand vor den Mund und kicherte.

Während der ganzen Zeit in Harvard fühlte sie sich von etwas angezogen, das die Einheimischen »das echte Leben« nannten. Sie tauschte ihr Examen und ihre Talente gegen einen Platz in einer New Yorker Schwesternschule ein und lebte wieder zu Hause. Lilis Krankenhausgeschichten waren unterhaltsam, sofern sie die abstoßenden Details aussparte. Pflege erschien ihr nicht das Richtige zu sein. Sie beschloss, sich auf Notfallversorgung zu spezialisieren, und schrieb ein Referat mit dem Titel »Die Effizienz von TLC für die Patientengenesungsquote«. Bucky bat sie, ein anderes Wort als »Effizienz« zu nehmen; es sei so hässlich.

»Und gegen TLC hast du nichts?«, fragte Lili überraschend spitz beim Frühstück. »Das bedeutet nämlich ›Tender Loving Care‹ und ist kein Medikament. Dr. MacBride meint, genau davon hätte ich in meinem sogenannten Zuhause nicht genug bekommen. Wei Wei einmal ausgenommen.«

Der Rabatz hörte auf, als Lilis Vater das Thema wechselte und die Partitur zerriss, die er zum Porridge hatte lesen wollen. Vlado brachte immer Arbeit zum Essen mit, für den Fall, dass Bucky ihm auf die Nerven ging und er sich retten musste. Doch jetzt, da Duke mit am Familientisch saß, dachte Vlado nicht mehr an seine Hilfsmittel. Er war neugierig.

Das Abendessen verlief störungsfrei; die Stones waren froh, Wei Weis freien Tag gemeistert zu haben. Das chinesische Hausmädchen schützte sie seit Lilis Geburt vor den kleinen Belästigungen des täglichen Lebens, aber an den Wochenenden, Monat für Monat, Jahr für Jahr, ließ sie die Familie in ihrem Elend sitzen. Das Wochenende war ein Fluch. Mahlzeiten aus dem Restaurant oder dem Feinkostladen waren nur ein schwacher Trost.

Duke schmeckte das Essen gut. Er bat um Nachschlag. Was in seiner Heimat als Kompliment galt, war in New York schlicht unpassend. Was sollten Komplimente, wenn man gar nicht selbst gekocht hatte? Essensreste waren eine Lebensversicherung. Lili sprang Duke zur Seite und bat ebenfalls um Nachschlag. Er bemerkte seinen Fauxpas nicht, und Bucky entspannte sich. Der Abend war amüsant. Niemand kam auf den Krieg in Kambodscha zu sprechen; auch dafür war später noch Zeit.

Als Bucky einen abschließenden Kaffee servierte, bat Duke stattdessen um ein Glas Milch. Dieser Wunsch ließ ihn nicht kindisch erscheinen, sondern wie einen schwitzenden und erschöpften Arbeiter, der sich jetzt Kalorien reinschütten musste. Aber Duke schüttete nichts. Er nippte an der Milch, als sei sie heiliger Nektar. Die anderen rauchten und warteten, dass der Kaffee abkühlte. Ein Teller Löffelbiskuit wurde am Tisch herumgereicht, nach einer Runde stand Duke auf und bedankte sich entschlossen für »das wunderbare Essen«. Dann drehte er sich um. Er hatte angenommen, dass das Dessert gleichzeitig das Ende des Abends darstellte und es Zeit war, ins Bett zu gehen.

Lili füllte die von ihm hinterlassene Leerstelle, indem sie über ihn sprach. Sie wollte den gelangweilten Blick aus den Augen ihrer Eltern vertreiben. Er sei der Ururenkel von Thomas Jefferson, sagte sie und glaubte es selbst. »Wirklich!«, riefen ihre Eltern aus und beugten sich vor. Sie warnte, dass man das Thema nicht ansprechen dürfe, weil Duke der Niedergang seiner Familie sehr belaste. Die Familie habe hoch im Norden gelebt und sei mit jeder Generation weiter nach Süden gezogen, bis zu Dukes Geburt in Florida. Er sei in großer Armut aufgewachsen, ohne Schuhe und immer hungrig zu Bett. Die Verbindung zu Jefferson beschämte ihn nur. Aber eines Tages, prophezeite sie, würde er stolz darauf sein. Er müsste vorher nur einen Grund dafür finden.

Der Neuling wird befördert

Einige Nächte vor Ablauf der ärztlich verordneten Schonfrist träumte Duke, er sei wieder in Saigon. Er war inmitten einer Gruppe pöbelnder Soldaten gefangen, die eben an Mr. Perkins' Weinhandlung vorbeikamen. In einem peinlichen Ansturm uniformierter Rohheit drangen die Männer in den Weinladen ein. Sie wollten Fusel kaufen. Duke drängelte sich zum Tresen vor, aber Mr. Perkins erkannte ihn nicht. »Ich hätte gern den 1959er Domaine Leroy, Richebourg, Côte de Nuits, den Sie mir gestern gezeigt haben«, sagte Duke in der Hoffnung, dass Mr. Perkins sich dann an ihn erinnere. Der Weinhändler sah ihm trotzdem nicht in die Augen. Er stellte die Flasche auf den Tresen und tippte den Betrag in die Kasse. Zweihundertfünfundzwanzig Dollar. Das konnte Duke sich nie und nimmer leisten! An der Front würde er nie wieder Wein trinken können. Er schrak aus dem Schlaf auf.

An diesem Abend tauchte Dr. Gorokin, der Hausarzt der Familie, mit seiner kostbaren pillengefüllten Aktentasche auf. Seine Besuche fielen oft mit der Essenszeit zusammen. Was Gavrijl Gorokin dazu qualifizierte, ein Freund der Familie zu sein, war der Umstand, dass er Pharmaka verschreiben konnte und ein russischer Aristokrat war – im Rang gleich unter einem Prinzen –, der seine Jugend in einem Schloss verbracht hatte und bittere Anekdoten über die Kollaboration seiner Familie mit Stalin erzählen konnte.

Dr. Gorokin war zart und kränklich, sein früh ergrautes Haar wie eine mottenzerfressene Pracht, sein Gesicht faltig, wie nach langer Lagerung eben ausgepackt und ausgerollt, seine dreiteiligen Anzüge eine Art Bretterverschalung. Er war wohlerzogen und auch von entlegeneren Körperteilen niemals angewidert. Bei Hausbesuchen benahm er sich ganz ungezwungen; er reinigte den verstopften Anus praeter eines Kranken, mit dem er anschließend Kaffee trank. Wei Wei hasste ihn, auf ihre stille, zurückhaltende Art, weil er aus einem kommunistischen Land stammte, und ließ sich nicht einmal ein Aspirin von ihm geben. Seine Anwesenheit verursachte ohrenbetäubendes Geschirrspülen und Topfklappern. Dr. Gorokin nahm Wei Weis Feindseligkeit gnädig hin, wusste er doch, dass sie beide am Hof koexistieren konnten.

Nachdem Wei Wei die Teller abgeräumt hatte, packte er seinen Schreibblock auf den Tisch, und alle schauten ihm über die Schulter, während seine Spinnenfinger ein zweites Schreiben aufsetzten, aus dem hervorging, dass die akute Pyelonephritis des Patienten auf die Medikamente nicht angesprochen habe.

Dr. Gorokin verordnete zwei Monate Bettruhe. Der Patient konnte seinen Sommerjob behalten. Duke bedankte sich, aber er war verwirrt. Zwar freute er sich, dass er länger in New York bleiben konnte, doch das Attest entstammte irgendwie nicht seinem eigenen Entschluss. Sein Vater wäre angeekelt, würde er die Wahrheit erfahren. Duke fragte sich, ob er ihn anlügen könne.

Statt Dr. Gorokin darüber aufzuklären, entschuldigte sich Duke für einen Moment und stattete seiner Uniform im Gästezimmer einen Besuch ab. Er schüttelte den leeren Ärmel. Dass er länger in New York bleibe, sei nicht mehr als ein Kavaliersdelikt, ein Akt der Höflichkeit seinen Gastgebern gegenüber. Der Anzug protestierte nicht.

In den folgenden Wochen gewöhnte sich Duke an die einheimische Tracht: Jeans und sorgfältig gebügelte T-Shirts oder Hemden mit Button-Down-Kragen und hochgekrempelten Ärmeln, alle geerbt aus Vlados Bestand alter Alltagskleidung. Den guten Stoff auf der Haut zu spüren, war äußerst angenehm, und da er sein schwindelerregend hohes Gehalt von fünfzig Dollar die Woche kaum ausgeben konnte, fiel ihm ein, dass er sich bald selbst ausstaffieren könnte. In Vietnam verdiente er weniger als fünfzig Dollar im Monat.

Nach nur einem Monat hatte Mr. Perkins einen blutigen Laien in einen jungen Experten verwandelt. Der pummelige Gentleman mit dem Flatterblick war gleichermaßen gerührt und erstaunt, wie dieser Junge alles in sich aufsaugte – er konnte sich Namen, Marken, Rebsorten und Silben merken, die er überhaupt nicht aussprechen konnte, aber der Wein war ihm so wichtig, dass sein Gedächtnis jeden damit zusammenhängenden Laut behielt. Duke war nie in Europa gewesen und wusste nichts über europäische Geschichte. Mr. Perkins war nicht viel in Amerika herumgekommen und einem solchen Bildungsmangel noch nie begegnet. So einem Talent allerdings auch nicht. Er amüsierte sich gut.

Duke hatte aber weiterhin Alpträume. Nacht für Nacht war er wieder mit den Jungs zusammen, um sich volllaufen zu lassen, gepeinigt von einem Verlangen nach Weinen, die er sich nicht leisten konnte. Der Wein ruinierte Duke Butler, er rettete ihn nicht. Dem gesellschaftlichen Kreis, den Biographie und eigene Wahl ihm vorgegeben hatten, entfremdete er sich. Bei der Arbeit dachte er nicht an diese Gefahr. Doch sobald er Mr. Perkins' Laden verließ, befiel ihn die Angst.

Angst und Umsicht auf dem neuen Terrain machten ihn verschlossen; die Verschlossenheit machte ihn in den Kreisen älterer Leute in Manhattan sogar noch populärer, die ihre Intelligenz als seltenen, bedrohten Artikel feierten und deren Gaumen durch jahrelange demokratische Kost stumpf geworden war. Sie liebten diesen höflichen schwarzen Soldatenjungen, diesen Nachfahren von Jefferson, mit seinen herausragenden Manieren und den vorzüglichen Geschmacksknospen – ein echtes Novum. Ein paar Wochen lang bestanden sie darauf, dass er die Stones zu jeder Party begleitete. Lili wurde in den Hintergrund gedrängt, während sie über ihn herfielen, ihn mit den Stones zusammen mit Einladungen bombardierten, Lili ignorierten und in der Absicht, Duke zu unterhalten, illustre Namen fallen ließen. Das fing mit berühmten Autoren an, weiter ging es mit Politikern und Schauspielern. Er hatte keine Ahnung, wer diese »Susan« sein sollte, über die alle sprachen. Als Reaktion auf seinen verständnislosen Blick ergänzten sie Nachnamen. Auch der sagte ihm nichts, ach wie charmant. Sie stachelten sich gegenseitig auf: »Wir müssen etwas für ihn tun!«

Bis zum Hochsommer musste nicht sehr viel getan werden. Lilis sonderbarer Freund stand bereits hoch in der Gnade des menschenscheuen Mr. Perkins. Eines Tages stieg er noch höher auf.

Der Weinexperte beauftragte Duke damit, für seinen Laden Werbetexte zu verfassen. Perkins hatte die ausgefallene Idee, einem Wein, den er zum Wein des Monats erklärte, eine schriftliche Erläuterung seiner Wahl, unterzeichnet mit »Samuel Perkins«, beizugeben und diese Urkunde ans Regal zu pinnen. In Wahrheit handelte es sich um den letzten Versuch, die Ladenhüter loszuwerden.

»Das schreiben Sie diesen Monat, Mr. Butler«, wies er Duke an. »Der Kunde braucht diese kleine Rückversicherung, dass er keinen Fehler macht. Gehen Sie alles durch, doch lassen Sie sich zum Bouquet etwas Originelles einfallen.«

»Für den Geschmack bietet sich immer ›komplex‹ an. Und erwähnen Sie bitte auch, dass es sich um ein günstiges Angebot handelt.« Mr. Perkins drückte Duke die Flasche in die Hand. »Gehen Sie nach Hause, kosten Sie diesen herrlichen Wein und schreiben Sie alles auf, was Ihnen dazu einfällt.« Er sah Dukes entsetzten Blick und stutzte. »Die Stones haben bestimmt einen Schreibtisch für Sie. Ganz sicher. Die Stones haben wahrscheinlich sogar in ihren Badezimmern Schreibtische.«

Früher waren Schreibtische für Duke Gegenstände aus dem offenen Vollzug gewesen. Nach seiner Ankunft in New York hatte er gelernt, dass dieses Möbel das Herzstück des höfischen Lebens war. Schon das Herausziehen des Stuhls und das Hinsetzen zum Schreiben kamen ihm wie anspruchsvolle Tanzschritte vor. Zu Hause entkorkte er den Beaujolais, schenkte sich ein kleines Glas ein und zog sich in sein Zimmer zurück. Er setzte sich an den Schreibtisch, nahm einen Fünf-Cent-Kugelschreiber wie eine Gabel in die Hand und richtete seine Spitze auf das Blatt. Mit der anderen Hand hob er das Glas an seine Lippen. Er kostete. Aber seine Schreibhand rührte sich nicht. Er war geduldig. Er wartete und schaute sich das Abendkonzert auf dem Hudson an: einen gierig schlingenden Sonnengott, der sich in den Fluss senkte, welcher in Flammen aufzugehen schien, die lumpige zweistöckige Skyline von Weehawken unter einem glühend roten Himmel, Rampenscheinwerfer, die langsam erloschen, bis der Fluss verschwand und ein paar Lichter am anderen Ufer aufblinkten, als bescheidene Imitation des darüber befindlichen Weltalls. Ende. Er schaute wieder auf das Blatt. Der Stift hatte ein Loch hineingebohrt.

Er riss das Blatt vom Block ab und warf es in den Papierkorb. Lili beobachtete ihn durch die offene Tür. Er starrte auf das nächste leere Blatt. »Kann ich dir helfen?«, platzte es aus ihr heraus.

»Schreib Folgendes«, diktierte sie und kam damit ins Zimmer. »Dieser Wein hat Noten von Kaffee … Himbeeren … der Geschmack ist komplex. Und er ist preiswert.« Buchstaben machen den Mann, dachte Duke und formte jeden einzelnen mit Akribie. Er stellte sich vor, wie seine schön geschriebene Empfehlung für alle sichtbar an der Wand hing.

»Können Sie nicht tippen?«, schnauzte ihn Mr. Perkins tags darauf an. »Blumige Handschriften kann ich nicht lesen. Lesen Sie einfach laut vor!«

»Es ist ein sehr langweiliger Wein, Sir«, stammelte Duke. »Ich mochte ihn nicht. Er ist wie ein … Backstein … in einem Garten. Mir ist nichts dazu eingefallen!«

Mr. Perkins schämte sich. Er misshandelte seinen jungen schwarzen Assistenten, wenn er ihn dazu zwang, sich zu bücken und an einem Backstein zu riechen, während rundum die Rosen blühten. »Verzeihen Sie bitte«, entschuldigte er sich. »Ich möchte es wieder gutmachen. Hier, bitte.« Er bot Duke einen Schluck von einem jungen Barbaresco an.

Mr. Perkins sah, wie Dukes Wangen durch die Stöße aus seinem Inneren zu zittern begannen. Sollte der junge Mann die Noten von Kaffee und Himbeeren doch wirklich genießen. Der Anfänger beugte sich über den Spucknapf und spie die feurige rote Flüssigkeit aus. Er murmelte: »Er pirscht nach vorne!« Sich langsam aufrichtend, fuhr er enttäuscht fort: »Aber es hält nicht vor. Es verwandelt sich in ein Gespenst und … verschwindet … es bleibt nur ein Abgang … von Schießpulver. Es ist wunderbar. Vielen Dank, Sir«, setzte er höflich hinzu.

Mr. Perkins öffnete eine Kiste, in der er seine besten Weine verwahrte. Er breitete eine Serviette darüber, damit man die Etiketten nicht sah. »Dies ist sehr teurer Wein, ich opfere ihn für Sie«, erklärte Mr. Perkins. »Nur um zu hören, was Sie dazu sagen.« Er schenkte jedem von ihnen ein Glas ein.

Mr. Perkins achtete genau auf Dukes Reaktion. Der junge Mann kaute den Wein. Der demütige Ausdruck war einer imposanten Konzentration gewichen. Seine Haltung war nicht mehr militärisch devot, sondern zwanglos, vertraulich – Upper Class. Während er ausspuckte, streckte er die Hand aus und riss die Serviette von der Flasche herunter. Er las laut vor: »1968er Gevrey-Chambertin Lavaux-St.-Jacques Premier Cru«, und wandte sich dann an seinen Chef: »Da stimmt was nicht.«

»Du lieber Gott!«, rief Mr. Perkins mit Angst in der Stimme.

Vorrücken an anderer Front

Mr. Perkins erholte sich von seinem Schock und verwöhnte Mr. Butler. Er verdoppelte sein Gehalt. Er bemerkte, dass Duke kein Kapital aus seinen Vorzügen schlug – der ärmlichen Herkunft, der Hautfarbe und seiner neuen familiären Verbindung mit den Stones. Für seine Ausbildung blieb keine Zeit mehr. Dukes Abreise stand kurz bevor. Seine Beziehung zu Lili Stone würde enden.

Doch was für eine Beziehung war es? Die beiden lebten miteinander in einer Art maßvoller Neutralität, der die Stones nicht auf den Grund kamen. Provinzler und Schwarze waren doch alle versessen auf Sex, oder? Der hier war es nicht. Sie schliefen in getrennten Zimmern. Und doch achteten sie selbst im Schlaf aufeinander und erwachten Tag für Tag genau im selben Moment. Die Stones schliefen schlecht und waren immer früh wach. Sie hörten Geraschel, junge Menschen, die sich anzogen. Das reife Paar hatte mit Feinden zu kämpfen, von denen diese jungen Menschen nichts ahnten – Kissen mit unsichtbaren Krallen, die ihnen über Nacht das Gesicht zerharkten und Matratzen, die sie einquetschten. Sie wachten geschunden auf, humpelten in die Küche, wo Duke und Lili aus unterschiedlichen Richtungen in die Morgensonne blinzelten.

Lili saß am hinteren Ende des Küchentischs und schaute Duke beim Kochen komplizierter Gerichte zu, Kräuteromelett zum Beispiel oder

Pfannkuchen mit Walnusssplitterfüllung. Helfen durfte sie ihm nicht. Sie probierte und lobte seine Kochkunst in höchsten Tönen.

Die Stones waren an schwarzen Kaffee, Zigaretten, mehrere Ladungen Zeitungspapier und Schweigen gewöhnt. Das Essen gefiel ihnen besser als die Geräusche.

Noch nie hatte man so oft Lilis kehlige Stimme vernommen. Duke ließ sie reden und machte zur Erwiderung Brat- und Rührgeräusche. Dann machte er Abwaschgeräusche, und Lili las ihm währenddessen aus der Zeitung vor, wobei sie Walter Cronkites heroischen Tonfall und seine ruckenden Kopfbewegungen imitierte, ein Kunststück, das Duke stets von Neuem amüsierte.

Nachdem sie ausgiebig gefrühstückt hatten, gingen Lili und Duke zusammen aus dem Haus und kehrten auch zusammen heim, meistens etwas später, nachdem sie sich, wie sie zugaben, irgendwo zum Abendessen getroffen hatten. Zu Hause blieb jeder für sich, und sie berührten sich nie. Zu Bett gingen beide gleichzeitig.

Bucky ertappte die beiden dabei, wie sie sich, einen Gutenachtkuss gaben, bevor sie sich in ihre Zimmer zurückzogen, und war begeistert. Sie berichtete Vlado von ihrer Beobachtung – ein Kuss auf die Wange! –, während das altehrwürdige Paar sich an den Händen nahm, um einzuschlafen: »Ihre Beziehung ist platonisch. Jetzt bin ich mir sicher. Gott, diese Generation ist mir wirklich ein Rätsel.«

»Ob Lili wohl mit Dr. MacBride darüber spricht.«

»Dr. Schwartz glaubt, dass Dr. MacBride das Thema Sexualität bei seinen weiblichen Patienten ausspart.«

Auch wenn er die Beziehung nicht durchschauen konnte, versicherte Dr. Schwarz Bucky, dass niemand »verwirrter« deswegen sei als Duke und Lili selbst.

Dabei handelt es sich hier nicht um Raketenwissenschaft, höchstens um Physik für Anfänger: »Gegensätze (N und S) ziehen sich an.« Die beiden widersetzen sich der magnetischen Anziehung, weil sie vor ihr Angst haben. Lili war es, die Duke auf die Wange geküsst hatte, aber ansonsten berührten sie sich nie. Sie waren oft allein zu Hause. Es zog sie zum Sofa. Dort saßen sie am jeweils anderen Ende und führten lange Gespräche. Einmal lehnte sich Duke zu ihr, um eine Wimper wegzuwischen, bei dieser Gelegenheit legte Lili ihr Gesicht in seine Hand. Er zitterte, und beide lehnten sich schnell zurück. Sie fingen an zu plappern, damit der andere nicht merkte, dass ihre Zähne vor Aufregung klapperten. Er wollte viel von ihr wissen, vor allem, wie es sich anfühlte, als eine Stone aufzuwachsen. Jedes Fitzelchen Information, das sie ihm schenkte, war wie ein Schatz. Sie erzählte ihm sogar von ihren Tagträumen, die ihr einst geholfen hatten, ihr Leben als dickes, unbeliebtes, aber kluges Mädchen zu vergessen. In einem war sie eine tyrannische Königin, die die Enthauptung ihrer Eltern befahl. In einem anderen war sie arm, ungebildet und schwarz und lebte mit vielen Brüdern und Schwestern in Harlem. Dort ging sie in die Kirche und spielte auf der Straße.

Sein einziger Tagtraum verblasst im Vergleich: Er wollte es in der Army zu etwas bringen. Von seiner eigenen Familie gab es nicht so viel zu erzählen. »Ich sehe sie kaum vor mir«, gestand er. »Sie sind wie Schatten hinter mir. Und das Licht liegt vor mir. Das Licht bist du.« Nach diesem plötzlichen Kompliment sprang er auf, weil er noch einen Telefonanruf machen musste.

Seine Verschlossenheit faszinierte Lili. Nach einem Monat miteinander haben Menschen normalerweise die eigene Lebensgeschichte mindestens zehnmal durchgekaut. Aber Duke hatte Lili so wenig über sich anvertraut – sie wusste, dass er aus Dunmovin, Florida kam – dass sie ihn sich nie erklären würde können. Mit einer in Jahren der Therapie erworbenen Gewandtheit steuerte sie den Löwenanteil biographischer Angaben bei, doch sie drängte ihn zu nichts. Immerhin war sie erst achtzehn Jahre alt, verglichen mit ihr war er ein Elder Statesman, mit einundzwanzig Jahren schon alt genug, um zu wählen und Alkohol zu trinken. Sie wusste, dass er seine Unschuld verloren hatte – in Kenia war er auf ihren ausdrücklichen Wunsch hin zu einer Prostituierten gegangen, und in Vietnam hatte es ein paar unvermeidliche Partys gegeben. Zur selben Zeit hatte die uncoole Lili im College ihre Jungfräulichkeit gegen zahllose Bittsteller verteidigt, die darauf brannten, die Tochter berühmter Eltern ins Bett zu bekommen.

Lili fürchtete sich weniger vor dem Uncoolsein als vor ihrer eigenen Kälte – sie hatte Angst, dass ihr jeder Mann unsympathisch wäre, der nach dem intimen Zusammensein mit ihr Besitzansprüche erheben würde.

Umso überraschender war die plötzliche Erkenntnis gewesen, dass sie ihm gegenüber niemals kalt sein könnte. Dr. MacBride hatte hart daran gearbeitet, sie »fähig für Intimität« zu machen. Schließlich hatte einfach eine höhere Macht ihr Herz geöffnet und die Heizung aufgedreht. Sie waren einander nah, ohne sich zu berühren, und quatschten pausenlos, um wenigstens so zu dem anderen vorzudringen. Lili sonnte sich in Dukes Gegenwart und wollte sich ausziehen. Und tat es nicht. Sex war eine Fremdsprache, die sie nicht gelernt hatte. Sie überließ es Duke, sie darin zu unterrichten, wann immer ihm danach war. Doch der hielt die körperliche Distanz zwischen ihnen aufrecht. Sein plötzliches Glück hatte ihn aus der Bahn geworfen, und jetzt war er unfähig, die Initiative zu ergreifen.

Dann, eines Abends, als die Stones zum Essen ausgegangen waren, verführte die Jungfrau, ohne Hintergedanken, den behutsamen Hausfreund.

Da sie allein zu Hause waren, wollten sie Familienfotos angucken. Sie setzen sich auf die Wohnzimmercouch. Zwischen ihnen stand eine schäbige Holzkiste, vollgestopft mit Fotos – für die meisten ein kostbares Gut, das zu ehren und in Ordnung zu halten war. Die Stones hatten nie eine Kamera besessen und alle Fotos, die man ihnen aufnötigte, in die Kiste geschmissen. Ein Mangel an Nostalgie, der Lili auf einmal wütend machte. Sie schwor sich, Alben anzulegen, die man zu besonderen Anlässen anschauen konnte, schnappte sich die schwere Kiste und hielt sie hoch. Für immer würde Duke den Anblick ihrer in die Höhe gestreckten Arme in Erinnerung behalten und die ruckartige Bewegung, als sie die Kiste umkippte. Die Bilder flatterten und fielen wie abgeschossene Vögel vom Himmel. Als die Kiste leer war, schleuderte Lili sie in die Ecke und starrte auf den leeren Platz zwischen sich und Duke. Dann betrachtete sie die Bescherung auf dem Fußboden und verkündete: »Meine Eltern haben mich nicht verdient.« Mit diesen Worten wischte sie sich die Brille von der Nase und sank vom Sofa hinab auf die Bilder, rekelte sich darauf und schaufelte sie auf sich, bis sie fast vollständig bedeckt war. Unter dieser Decke öffnete sie den Reißverschluss ihrer Jeans und zog sie aus und dann auch ihren schulmädchenhaften weißen Baumwollschlüpfer. Sie knöpfte ihr Hemd auf, und als ihr Körper für Duke sichtbar wurde, langte sie nach seiner Hand und zog ihn ebenfalls herunter.

Wochenlang hatte sich die Sehnsucht angestaut. Für Furcht oder Finesse blieb keine Zeit. Dukes Liebe detonierte. Ihre eigene dehnte sich aus, das Begehren war eine Empfindung, die sie als Schmerz identifizierte, und während dieser Schmerz durch den Körper der Krankenschwesternschülerin raste, stufte sie ihn, auf einer Skala von eins bis zehn, bei zwanzig ein. Eine Zeit lang lagen sie umklammert da, in Nachbeben versunken. Sie war soeben auf spektakuläre Weise entjungfert worden, das wusste Lili, und sie war sich sicher, dass ihnen ein langes und glückliches Leben bevorstand.

Jeder für sich standen sie auf, ohne Worte. Beide tasteten sie nach ihren Brillen. Ein Foto war zerknickt. Lili strich es glatt und sah, dass es mit Blut befleckt war. Das Bild zeigte eine Beatnikfamilie, zwei dreckige Erwachsene in Arbeitsanzügen und Stiefeln, zwischen ihnen ein niedliches Mädchen in einem Kleid. Es hielt ein Kaninchen beim Nacken in die Höhe und starrte in die Kamera, während die Eltern verlegen den Hoppel anguckten.

Lili säuberte das Foto mit ihrer Jeans und zeigte es Duke, der bemerkte: »Ich mag keine Kinder.« Worauf Lili erwiderte: »Ich auch nicht. Für mich gibt es jetzt nur noch dich.« Die beiden schaufelten die Bilder in die Kiste zurück; einige klebten zusammen. »Pass auf! Jetzt sorge ich für Ordnung«, sagte Lili und warf die ganze Kiste in den Mülleimer. Den Stones würde das nie auffallen. Es fiel ihnen allerdings auf, dass ihr exotischer Gast sich von nun an nachts in Lilis Einzelbett quetschte. Buckys Angebot, dem Paar ein größeres Bett zu kaufen, stieß auf Ablehnung. Kein Zentimeter sollte sie voneinander trennen.

Ende des Heimaturlaubs

Seine Krankenzeit war vorbei, Duke musste zurück zum Dienst. Er war in Fort Bragg stationiert und sollte von dort ausgeschifft werden.

Aus dem Sumpf der Großstadt drang ein kollektiver Seufzer der Erleichterung. »Phantastisch, im Verlauf nur eines einzigen Sommers stieg er vom Obergefreiten zum Weinhauptmann auf«, witzelte jemand, den es freute, dass die Stones ihren begehrenswerten Hausgast wieder ziehen lassen mussten. Überall in der Upper West Side wurde dieser Satz zitiert, ganz zu Buckys Missfallen.

Als es nur noch um ein paar Tage ging, erbot Dr. Gorokin sich, Duke ein paar diagnostischen Tests zu unterziehen. Der Doktor würde sich selbst Blut abnehmen und Gicht diagnostizieren. Dann stünde Duke eine ehrenhafte Entlassung zu. Als Bucky Duke davon erzählte, sagte er nur: »Wie nett von Ihnen.« Ohne jeden Enthusiasmus.

Bucky sprach mit ihrem Psychiater über ihre Frustration, und er willigte unter Umgehung der Vorschriften ein, den jungen Mann zu empfangen und ihm vielleicht bei der Entscheidungsfindung zu helfen.

Duke lehnte vehement ab. »Welche Entscheidung? Trotzdem vielen Dank für Ihr freundliches Angebot.«

Er besprach seine Zukunft nicht mit Lili, und sie erwähnte sie nicht, obwohl die Angst sie schier umtrieb. Er versuchte, ihren Appetit zu wecken, aber eher halbherzig. Was sie mit ihrem Fasten eigentlich erreichen wollte, verstand er nicht. Er sollte seine bescheidene Militärkarriere aufgeben und in New York bleiben.

Einen Tag vor dem Labor-Day-Wochenende gaben die Stones Wei Wei frei und fuhren nach Amagansett, damit sich das Paar voneinander verabschieden konnte. Es war Dukes letzter Tag in der Stadt. Eine Stunde davon verbrachte er beim Friseur und ließ sich die Haare viel kürzer stutzen, als es die New Yorker Mode erlaubte. Dabei hätte er sich auch einen Afro stehen lassen können, eine weiche, majestätische Krone. Stattdessen sah man seinen mit glitzernden Schweißschichten bedeckten Schädel. Sein Gesichtsausdruck war starr; sein Körper noch starrer. Beim Einschlafen klammerten sie sich aneinander wie Ertrinkende.

Früh am Morgen machte Duke sich frei. Lili hörte, wie er die ausgeliehenen Kleidungsstücke zusammenfaltete und in Vlados Garderobe zurücklegte, obwohl Bucky darauf bestanden hatte, dass er alles behielt. Lili zog das rote T-Shirt und die Trompetenhosen an, die sie am Vortag getragen hatte; dieser Tag, an dem sie zusammen gewesen waren, sollte nicht enden. Duke hatte seine grüne Militäruniform schon an.

Er sieht aus wie ein Filmstar, der einen Soldaten spielt, dachte Lili, ein Fremder. Sie sehnte sich nach seinem nackten Körper. Er schnappte sich seinen alten grünen Koffer und lenkte die Schritte in Richtung der Diele, wo sie sich, zwei Monate zuvor, zum ersten Mal umarmt hatten. »Ich mach mich dann jetzt mal auf den Weg«, sagte er. »Ich hoffe, dich bald wieder zu sehen. Bitte danke deinen Eltern noch mal von mir.« Er sprach mechanisch, das Tor fiel zu. Er schloss sein Herz weg.

Sie standen einander im Fahrstuhl gegenüber und gingen mit gähnend weitem Abstand zwischen sich zum Broadway. Lilis Bewegungen hatten sich von ihren Gedanken abgekoppelt, die in dem engen Raum festsaßen, den ihr wachsender Kummer immer kleiner werden ließ. Ihre Hand betrog sie und winkte ein Taxi herbei. Duke öffnete die Tür, stellte den Koffer ab und drehte sich um. Seine Lippen streiften Lilis Lippen. Sie sah, dass Fußgänger stehenblieben und sie anstarrten. Sie nahm seine Hände, formte sie zu einem Kelch, bettete ihr Gesicht darin und benetzte sie mit ihren heißen Tränen. Der Schmerz war nicht auszuhalten.

Er, ohne weitere Umstände, kehrte ihr den Rücken zu, einfach so, und sank tiefer und tiefer in das glühende Sitzpolster. Er schaute zu ihr auf, ohne sie wirklich zu sehen, lächelte höflich, eine Grimasse, die die Winkel des einzigen Mundes nach oben zog, den sie jemals geküsst hatte, und knallte die Autotür zu. Er winkte durchs offene Fenster.

Das Taxi entfernte sich vom Bordstein.

Dann geschah ein Wunder: Am Wochenende, wo es nachmittags

normalerweise keinen Verkehr gibt, fuhr Dukes Taxi mitten in einen Stau hinein und blieb dort für einige Zeit stecken. Duke sah sich gezwungen, weiter durch die Heckscheibe zu winken. Denn Lili ging nicht weg. Um sich von ihrem inneren Aufruhr abzulenken, kaufte sie am Stand an der Ecke einen Hotdog.

Zwischen den Bissen winkte sie Duke mit gekünstelter Fröhlichkeit zu. Viele Minuten später, als das Taxi immer noch stillstand, jaulten Autohupen auf. Lili hatte den Hotdog aufgegessen, und ihre Tränen waren in der Hitze getrocknet. Sie ging die Straße hinauf und stellte fest, dass das Schicksal auf der nächsten Kreuzung eine gewaltige Karambolage arrangiert hatte. Ein Lkw-Fahrer hatte eine Herzattacke erlitten. Hätte sein Herz ihn ein paar Sekunden früher attackiert, wäre der Lastwagen wahrscheinlich über den Bordstein gebrettert und hätte weitere Menschenleben ausgelöscht. Lili verstand die kosmische Botschaft. Sie lief zu Dukes Taxi zurück, setzte sich auf die Rückbank und erklärte: »Sieht aus, als würdest du hierbleiben.« Zeit verging. Sie köchelten auf der Rückbank. Bald würden sie in Flammen stehen. Dann sagte er auf einmal, so als hätte er die Geduld verloren: »Ich liebe dich so sehr.«

Sie gab das Kompliment nicht zurück. Sie sagte nicht: »Ich liebe dich auch.«

Da diese Worte abgedroschen waren, von der Gosse bis zum Olymp, so gewöhnlich wie »Ich habe Hunger« oder »Ich muss mal pinkeln«, und so schwammig wie »Äh«, was man hauptsächlich sagte, um Zeit zu gewinnen, wusste Lili genau, dass sie so etwas noch nie zu irgendwem gesagt hatte oder auch nur daran gedacht hatte, es einmal zu sagen. Sie war sprachlos. So saß sie einfach auf der heißen Rückbank und sah ihm beim Atmen zu. Die Phrase hatte das Netz der Konversation nicht überquert, der Ball war noch immer auf Dukes Seite. Er sagte: »Mr. Perkins hat mir erzählt, dass sechzig Prozent aller Ehen geschieden werden. Es ist also eine Art legalisiertes Glücksspiel.« Lili antwortete nicht. Duke fuhr fort: »Ich glaube, ich könnte schon hierbleiben, und dann könnten wir heiraten. Erst mal müssen wir aus diesem Taxi raus.«

Ich bin's wieder. Jo.

Woher sollte ich wissen, dass Duke in New York war und nicht in Vietnam? Oder dass er gerade dabei war, ein reiches weißes Mädchen zu heiraten? Oder diesen ganzen Humbug über Jefferson? Das wird wohl Lilis Idee gewesen sein, sie hat ein bisschen die Wahrheit bearbeitet, um Duke vor ihren mistigen Eltern zu beschützen. Von denen war er ja so beeindruckt. Jemand wie ich konnte nicht mehr mithalten. Schon besser, dass ich mich damals nicht bei ihm gemeldet habe. Als er wieder unten war, wo er hingehört, da war ich sofort da. Weil er mich gebraucht hat. Ich war sogar am ersten Prozesstag dabei.

Plötzlich sollte jeder wissen, dass er mein Sohn und ich stolz auf ihn war. Ich wollte ihm sogar im Gerichtssaal ein Küsschen zuwerfen und rufen »Hab dich lieb, Duke! Ich weiß, dass du unschuldig bist!« Also habe ich krankgemacht und bin zum Gericht gefahren. Aber die Polizisten wollten mich nicht reinlassen, weil ich ein Niemand war. Ich habe protestiert: »Ihr müsst mich reinlassen, ich bin seine beschissene Mutter!«, aber die haben sich nur kaputtgelacht. »Ewige Schande über euch! Mögen all eure Kinder eines langsamen Todes vor euren Augen sterben!«, habe ich noch gerufen und bin gegangen. Den Rest des Tages saß ich auf einer Bank vor dem Gericht und habe gebetet: »Bitte, Jesus, lass die Geschworenen meinen Sohn für unschuldig befinden, dann versuche ich dieses Familiending.«

Nach einigen Tagen war der Prozess schon vorbei, nachdem ein wirklich ekliges Geständnis beim Staatsanwalt gelandet war. Duke bekannte sich schuldig. Na ja, so steht es im Gesetz, so steht es in der Bibel – Auge um Auge. Wer jemanden tötet, der kann von seinen Nächsten auch getötet werden. Mal schauen, wie dir das gefällt. Recht so. Vor Gericht war ich seitdem nie wieder.

Und dann kam Tilda. Sie sagt, sie sei ein »Schreiberling«, weil sie alles aufschreibt, was ich sage. Sie wollte meine Kirche sehen. Um zu schauen, wie die Einheimischen so leben, nehme ich an. Na gut. Mittwochabend, Essen bei Pastor Mark in seinem großen Wohnwagen, und jeder bringt etwas mit. Ich habe meine »Schwarzwälder Kirschtorte griechischer Art« gemacht, mein eigenes Rezept. Das ist Schokoladenkuchen mit Schlagsahne und Kirschen obendrauf. Lässt sich auch ohne Zähne gut essen, das kommt vielen hier gelegen. Aber Tilda ist eine dieser spindeldürren New Yorkerinnen, die ihre Knochen für sexy halten. Ich präsentiere meine Titten, sie ihr Schlüsselbein. Wenn Kuchen vor ihr steht, wird sie fahrig, wie ein Tier im Käfig. Sehr lustig anzusehen. Und Fernseher machen ihr Angst.

Na ja, bei Pastor Mark lief sein großer Fernseher, und ich packte ihr Kuchen auf den Teller. Weglaufen ging nicht.

Sonst laufen bei ihm nur religiöse Fernsehsendungen, aber jetzt kamen die Nachrichten auf Fox. Der Pastor wollte auf keinen Fall das Interview mit dem Mörder Duke Butler verpassen. Nach der Vorankündigung wandte sich Pastor Mark an uns: »Wir sprechen jetzt alle zusammen ein kleines Gebet, denn gleich werden wir den leibhaftigen Satan sehen!« Und alle, bis auf Tilda, riefen: »Preiset den Herren!«

Tilda reagierte toll. Sie stupste mich an und sagte »Schau mal!«, dann biss sie ein riesiges Stück Kuchen ab. Um mich vom Interview abzulenken, steckte sie sich so ein großes Stück Kuchen in den Mund und gaukelte Begeisterung vor. Tilda, du bist ein Schatz. Ich beruhigte mich, und niemand um uns herum ahnte auch nur, dass Duke mein Sohn war.

Aber etwas ging in meinem Herzen vor, als er dann zu sehen war. Ich war irgendwie stolz. Ja, ich hätte vor Stolz platzen können. Eins muss man ihm lassen – in diesem Interview sah er wie ein richtiger Gentleman aus. Sie sagen zwar »Afro-Amerikaner« zu ihm, weil er die dunkle Haut seines Vaters hat und weil sein Haar jetzt silbrig und kraus ist. Aber seine etwas breite Nase, die hat er von mir, und seinen herzförmigen vollen Mund auch. Oh, und seine Augenbrauen, die auch. Meine Augenbrauen sind sehr schön. Manche hier sagen zum Spaß, sie sähen aus wie flauschige Miniversionen des Torbogens am Eingang von Disney World. Und er hat meine blauen Augen. Beim Interview konnte man sie nicht sehen, weil er eine Sonnenbrille trug. Kleine, runde Gläser, mit denen er sehr klug aussah. Die waren bestimmt teuer. Er hatte keinen Schlabberbauch und auch keine Tattoos, wie die Weißen hier. Er sah einfach entspannt aus, als wenn er in Lu's Diner sitzen und auf sein Bauernfrühstück warten würde. Der kleine schwarze Sambo, ganz erwachsen geworden.

Am Rand des Bildes konnte man die gefalteten, milchigen Hände von Lili Butler sehen. Ich habe sie gleich am Achtkaräter am Finger erkannt, von dem ich irgendwo gelesen hatte.

Jemand außerhalb des Bildes, wohl der Reporter, stellte eine Frage: »Können Sie uns sagen, wie Sie sich hier fühlen?«

Was für eine dumme Frage! Meinte er hier auf Gottes schöner Erde oder hier im Todestrakt? Duke tat so, als hätte er die Frage nicht gehört. Antwortete nicht. Schaute nur geradeaus. Jemand räusperte sich. Das musste Mrs. Butler sein. Die Kamera schwenkte zu ihr, sie saß neben Duke. Oh Gott, die verpixelten ja ihr Gesicht!

»Wir, Lili und Duke, sind das perfekte Paar«, sagte sie, als ob es an ihr war, auf die Fragen zu antworten.

Ein paar Tage später druckte der Sentinel das Interview mit ihr ab. Wer mir nicht glaubt, kann es gerne googeln. Es liegt hier vor mir.

»Wie können Sie sich nach den Ereignissen immer noch als ›perfektes Paar‹ bezeichnen?«, fragte der Reporter.

»Das waren wir einfach, das sind wir noch«, antwortete sie. »Schauen Sie, in unseren Kreisen, wo wir verkehren, da gibt es das eigentlich gar nicht, eine perfekte Ehe. Jeder zweifelt am anderen. Und niemand glaubt an die wahre Liebe.«

Beim Wort »Liebe« nickte Duke, wie Kirchgänger, wenn sie den Namen des Herren hören.

Seine Frau sprach das Wort – »Liebe« – noch einmal aus, diesmal nickten beide. Können Sie sich das vorstellen? Und wieder fing sie an, mit ihrem Nordstaaten-Akzent. »Wir sind wirklich das ideale, das perfekte amerikanische Paar. Aus ganz unterschiedlichen Gründen. Sie wissen ja, dass Duke ein direkter Nachfahre von blablabla.« Jetzt hielt sie niemand mehr auf.

»Aber Duke ist auch auf den Rest seiner Herkunft stolz. Sein Urgroßvater war Concierge in einem Nachtzug, sein Großvater hat für einen Bestatter gearbeitet. Sein Vater war ein dekorierter Soldat, ein Sergeant, der alle Auszeichnungen bekommen hat, die ein schwarzer Soldat damals bekommen konnte. Im Vergleich mit Duke bin ich Neuankömmling. Ich stamme vom Abschaum Amerikas ab, von Intellektuellen. Aber mein Gehirn hat sich nie in meinen Kopf verirrt. Die Leute wissen schon, warum sie sagen, auf Köpfchen kommt es überhaupt nicht an. Ich will auch nichts zergrübeln. Ich bin immer gut gelaunt und bester Dinge. Duke ist eher ruhig. Aber wir glauben beide ganz fest an uns. Deswegen bewundern auch so viele unsere Verbindung, unseren Gleichmut. Diesen Gleichmut kann nur ein Paar spüren, das an seine Ehe glaubt. Und das kann uns niemand nehmen, auch jetzt nicht. Oder, Duke?«

Er ist so ein Arsch. Antwortet gar nicht, sondern schaut sie nur mit steifem Grinsen an. Als ob er schon tot und aufgebahrt ist.

Reich ihr den kleinen Finger, und sie bequatscht dich bis zum Jüngsten Gericht. »Kinder haben wir dafür nie gebraucht. Kinder waren uns nie wichtig, so wie Großstädter keine Autos brauchen. Wir wollten keine Kinder, weil, na ja, wir wollten unsere Ruhe. Vielen fällt ja auf, was wir für ein schönes Bild abgeben: Seht, da sind die Butlers.« Ein gefurzter Lacher entfuhr ihrem Mund. Eklig. Sie fand alles wahnsinnig unterhaltsam. Das Interview war zu Ende, aber ich erinnere mich an den Rest.

»Zeit ist um«, blaffte der Aufseher.

»Habe ich noch Zeit für eine letzte Frage? An den Häftling selbst.«

Gott stehe uns bei. Die Kamera schob Lili aus dem Bild und konzentrierte sich nur auf meinen Duke. Sein orangefarbener Sträflingsanzug schimmerte auf dem Bildschirm, wie ein Ganzkörper-Heiligenschein.

»Eine kurze letzte Frage an Mr. Butler: wieso, wieso wollen Sie die Todesstrafe?«, fragte der Reporter.

Seine Antwort war toll. Wie er die Sonnenbrille abnahm und jedem Fernsehzuschauer direkt in die Augen schaute, verschlug mir den Atem. Auch, weil seine Augen so merkwürdig schienen – als ob er schon in den Himmel blickte. Aber sein Lächeln, das war mir vertraut, ein richtiges Südstaatenlächeln.

Ich mein's nicht böse, aber hier ist die harte Wahrheit. Ich kann mich an jedes seiner Worte erinnern. »Ich freue mich auf die Todesstrafe.« Ha! »Er soll ein Gnadenbrot fressen, aber er tut so, als wäre es Kirschtorte«, flüsterte mir Tilda zu. Ich wollte aufstehen und rufen: »Duke! Du bist so cool!« Aber, na ja, hab mich nicht getraut. Unter diesen Kirchenmenschen fühle ich mich manchmal wie ein altes Kleid, das auf dem Flohmarkt hängt.

Dann war das Interview zu Ende. Sein altes Gesicht machte mich traurig. So traurig, wie Mütter nur sein können seit Anbeginn der Zeit, seit Mütter ihre Söhne verlieren. Tilda war so nett, mich nach Hause zu bringen. »Du kannst ihn einfach besuchen«, sagte sie. »Aber zuerst müssen wir das hier beenden und ihm schicken.« Sie kann ihm ruhig alles erzählen.

Dukes Grundausbildung in New York

Lili hatte Duke früh gewarnt: »Im Vergleich mit Manhattan ist Rocket Ridge in Vietnam ein Kinderspielplatz!« Er erklärte sich das mit ihrer bezaubernden Unkenntnis darüber, was Krieg bedeutet. Aber sie blieb dabei. »Du bist lieb und sanft. So jemanden habe ich noch nie getroffen! Du willst nur das Gute auf der Welt. Aber hier, an diesem Ort, gibt es viele böse Menschen. Die Bösen.« Er lachte, dass er noch keinen einzigen dieser Bösen getroffen hätte. »Oh doch, das hast du. Du bist nur zu unschuldig, um sie zu erkennen. Du erkennst das Böse nicht.« Sie wollte ihn beschützen.

»Der Code sagt: Fürchte deinen Nächsten«, belehrte sie ihn.

»Haha, du bist lustig«, erwiderte er. Er hatte sich fest vorgenommen, Teil dieser Stadt zu werden.

Das soll man nicht verurteilen. Diese Gesellschaft bemüht sich aufrichtig um die Gleichheit aller. Die Mittel und Wege zu höheren Positionen unterliegen keinen Beschränkungen, der Weg nach oben steht jedem frei. Das Geraufe im Treppenhaus löst Panik aus. Jeder Straßenköter kann das bestätigen: eine klare Rangordnung macht das Leben leichter.

Einst, in der guten alten Zeit, war die Rangordnung in New York unkompliziert und stabil: ganz oben saß das alte Geld. Der New Yorker Teufel, dessen Großvater wegen Fahnenflucht aus Deutschland verbannt wurde, der Teufel, der gerade ganz oben sitzt, hätte es in dieser alten Ordnung nie zu etwas gebracht. Heute gibt es vor allem neues Geld, aber das hält sich nicht lang, und deswegen geht es auf und ab in der Rangordnung, kein Status ist mehr beständig, alle sind in Gefahr abzustürzen. Am besten versteckt man gleich die Brieftasche. Sich über Steuern beschweren, ja, aber dabei bloß nicht erwähnen, wie viel man zahlen muss.

Unter den nobleren New Yorkern ist Geldausgeben eine Ausscheidung geworden, die Diskretion verlangt. Die Adresse hat inzwischen als Titel kaum mehr Aussagekraft – in vergangenen Zeiten verriet sie alles: Sutton Place und Park Avenue für die altmodischen Reichen, Riverside Drive und Central Park West für die neumodischen Reichen, Clermont Avenue für die gut betuchten Akademiker. Heutzutage dient ein zum Fluss zeigendes Fenster in der schmuddeligen Spitze von Spanish Harlem und ein Monatsticket für die U-Bahn den Reichen für das Zurschaustellen ihrer Sparsamkeit. Wer etwas über Status lernen will, schaue sich lieber das Email-Adressbuch seines Forschungsobjekts an oder ein weiteres wichtiges Nachschlagewerk: den Terminkalender.

Als Duke in den Siebzigern nach New York kam, spielten in den Terminkalendern Debütantenbälle, Hochzeiten und Taufen keine Rolle mehr. Selbst Ehen waren nach einer vieltausendjährigen Geschichte von ihrem Platz als verlässliche Stütze im sozialen Gefälle gestürzt. Man sprach kaum noch über sie.

Zu heiraten war keine hinterwäldlerische Idee von Duke gewesen, wie dann fälschlicherweise jeder annahm, bloß weil Duke südlich der Mason-Dixon-Linie aufgewachsen war, wo der staatlich sanktionierte Menschenbesitz sich schon immer großer Beliebtheit erfreut hatte. Im Süden heirateten die Leute und blieben zusammen, bis sie ihren Ehepartner satthatten, und dann brachten sie ihn um.

Tatsächlich sprach Duke, nachdem er das Thema aufgebracht hatte, Lili gegenüber nie wieder davon. Ein volles Jahr verging. Sie »dateten«, sie waren »in einer Beziehung«, sie »lebten zusammen«. Eines Sonntags im Herbst breitete das Paar Buckys Decke auf dem Rasen im Park in der Nähe der West 76th Street aus, und Lili stellte ihren neuen roten Picknickkorb daneben. Über diese Anschaffung hatte sie tagelang nachgedacht, ging es doch um 4,99 Dollar. Sie gab ihr das Gefühl, als hätte sie sich endlich auf die verrückten Luftsprünge der Erwachsenen eingelassen. Plötzlich kam ihr eine Idee.

»Das ist mein Hochzeitsgeschenk für uns.« Duke starrte sie an.

»Du hast gefragt, ob ich dich heiraten will«, erinnerte sie ihn. »Vor einem Jahr.«

»Ja, stimmt. Da war ich noch kein New Yorker. Ich wusste nicht, dass man hier noch heiratet. Mr. Perkins meint, das Gesetz hat sich nicht in Privatangelegenheiten einzumischen.« Er schaute den Korb an. Noch hatte er an den Neuanschaffungen nichts auszusetzen. Lili schämte sich kurz und setzte dann zum Gegenschlag an.

»Mr. Perkins ist ein alter Spießer. Die werden sich noch alle wundern. Das muss ein richtiges Spektakel werden. Eine traditionelle Zeremonie, mit einer Kutschfahrt von der Fifth Avenue zur St. Patrick's Cathedral. Der Mohr im Smoking, seine blonde Braut in einem Kleid mit langer Schleppe!«

Duke packte ihr Mittagessen aus.

»Ich will unser Bild in allen Klatschblättern sehen. Und einen Teppich aus weißen Lilien auf den Stufen zur Kathedrale. Und mein Vater muss ein Stück für die Orgel schreiben. Er hasst Orgelmusik, aber diese Bitte wird ihn rühren. Bucky wird sagen, dass man das Schicksal mit nichts so herausfordert wie mit einer bombastischen Hochzeit.« Duke arrangierte die Teller neu und legte die weißen Plastikgabeln und -messer daneben.

»Bombastisch heißt maßlos übertrieben«, sagte Lili.

Duke stellte die Coladosen hin. »Und teuer«, sagte er. »Wo ich herkomme, da kommen die Eltern der Braut für alles auf. Das Essen ist angerichtet. Ich möchte dich sehr gerne heiraten.«

»Meine Eltern werden auf keinen Fall ein großes Tamtam finanzieren«, bedauerte Lili. Sie saßen einander gegenüber, und in ihren verhaltenen Bewegungen und Blicken lag die gleiche tiefe Trauer.

»Wir können auch ohne großes Tamtam heiraten«, schlug Duke vor und wickelte ihre Sandwiches aus. »Wir müssen es ja noch nicht mal jemandem erzählen!«

»Nein. Ich will eine Riesenhochzeit. Ich habe immer davon geträumt.« Sie verzog die Mundwinkel und konnte einen Schluchzer nicht verbergen. »Enttäusch mich nicht.«

»Also gut. Abgemacht. Riesenhochzeit.« Sie entspannte sich. Strahlendes Glück, bis in alle Ewigkeit. Im Paradies feiern sie dieses Sandwich, die Zartheit dieses Wunderbrotes, den salzigen Aufschnitt, die stechende Schärfe des goldenen Senfs. Als Duke die Delikatesse gegessen und noch ein paar Minuten in der Sonne gebadet und Lilis warmen Körper an seinem gespürt hatte und ihn, ganz schlicht, für immer bei sich haben wollte, ließ er jeden Widerstand fallen und griff Lilis Vorschlag begeistert auf. Er rechnete laut vor, wie viel Geld sie bräuchten, um alles selbst zu bezahlen. Allein die Kutsche und die Kirche, schätzte er, würden eintausendfünfhundert Dollar kosten. Die konnte er sich unter einem Vorwand von Mr. Perkins leihen und in drei Monatsraten zurückzahlen, wenn er an den Wochenenden arbeitete.

Sie lagen rücklings ausgestreckt im Gras, der Himmel war königsblau, die Bäume standen still, Duke ging mit Lili die Zahlen durch, als sie es sich anders überlegte, sich umdrehte und sich neben ihn kauerte.

»Vielleicht sollten wir mit der Hochzeit noch warten.«

Sie sah, wie seine Mundwinkel kurz herabsanken und sich dann wieder nach oben bewegten. Er war auch damit einverstanden: »Oh, okay. Ja, lass uns warten.« Es war ihm nicht wohl dabei, sich Geld zu leihen, und es war ihm zu viel Aufmerksamkeit. Sie fand diesen unheilvollen Umschwung ihres Schicksals unerträglich. Wie konnte er nur warten wollen! Ohne zu denken, verlieh sie ihrem Schmerz Ausdruck und knallte ihm eine.

Sein Gesichtsausdruck veränderte sich wieder, erschlaffte, Duke schloss die Augen, sodass sie nicht erkennen konnte, was in ihm vorging. Ihre Hand schwebte über seinem Gesicht. Er verteidigte sich nicht. Er lag einfach da. Sie fing bitterlich zu weinen an, entsetzt darüber, was sie getan hatte, und legte sich auf ihn und presste ihre Nase so fest an seinen Hals, dass sie fast zu brechen schien. »Bitte verzeih, das wollte ich nicht! Aber deine Antwort war so brutal.«

Er ergriff ihr Gesicht mit beiden Händen, zog es zu sich heran und küsste sie stürmisch, als wäre sie ein verängstigtes Tier. Das Entsetzen darüber, dass seine Bereitwilligkeit, die Hochzeit abzublasen, nur um Lili zu gefallen, ihr eher weh getan hatte, hob seine Gewissensbisse wegen der öffentlichen Zurschaustellung seiner Gefühle auf. Er war zu blöd gewesen, um Lilis Bauernopfer zu durchschauen, während sie seinen Kuss zärtlich erregt erwiderte, weil er ihre Ohrfeige klaglos ertragen hatte und nicht aufgesprungen und weggegangen war, sondern sie trotz ihrer Fehler immer noch liebte. In Wirklichkeit hatte dieses Paar gar nicht die Wahl zwischen einer großen oder kleinen Hochzeit, denn sie trauten sich nicht einmal, einen so ungeheuren Plan irgendjemandem gegenüber zu erwähnen.

Schließlich brannten sie durch. Um ihre Spuren zu verwischen, hatten sie etwas über unaufschiebbare Zahnarzttermine zusammengelogen, ein Kniff, der beinahe aufgeflogen wäre. Der sonst so reservierte Mr. Perkins hatte unendliches Mitgefühl, wenn jemand an etwas litt, das mit dem Mund zu tun hatte, besonders, wenn es um Dukes Mund ging. Er wollte genau wissen, welcher Zahn es war, ob er pochte oder stach und der Schmerz jeden anderen Gedanken lähmte. War Duke womöglich hysterisch, und es gab überhaupt kein Problem? Der Mund eines Weinverkosters musste frei von Zahnfäule sein, denn kein Zahnarzt sollte ihm zu nahe kommen!

»Zeigen Sie mir die Stelle«, befahl er. »Vielleicht müssen Sie ja gar nicht zum Zahnarzt.«

»Ganz hinten«, stammelte Duke und schaute zur Wanduhr, während Mr. Perkins auf ihn zukam.

»Ganz hinten? Wahrscheinlich bloß eine Migräne. Ihr Zahnarzt will Geld verdienen«, rief Mr. Perkins. »Mund auf!«

Duke gehorchte, und Mr. Perkins spähte in die Mundhöhle, während Dukes Blick dem unerbittlichen Minutenzeiger folgte.

»Perfektes Gebiss«, erklärte Mr. Perkins und trat einen Schritt zurück. »Stornieren Sie den Termin. Die Schmerzen werden von allein vergehen. Ihren Zahnarzt sollten Sie feuern!«

Mr. Perkins genoss das Wort »feuern« und spürte dem Gefühl nach, wie die beiden Vokale rund und schwer in das Unterzungengewebe tropften und dadurch alle Zurückweisungen linderten, die ihm je widerfahren waren.

Zwanzig Minuten später, inzwischen »zu spät!« für den Arzttermin, wie Mr. Perkins feststellte, fiel Duke ein, dass er im Postamt einen Brief aufgeben musste.

»Bin gleich wieder da!«, sagte er zu seinem Mentor. Als Duke mit einer halben Stunde Verspätung aus der U-Bahnstation *City Hall* kam, stieg seine Braut aus einem Taxi. Sie sah aus wie eine kleine Plastikfigur von einer Hochzeitstorte.

Im Taumel ihres Glücks hatte sie siebzehn Dollar für ein ihrer Meinung nach wahrhaft prächtiges Hochzeitskleid bezahlt, secondhand, aber kaum getragen und aus hundert Prozent Polyester. Es war lang genug, um ihre Sandalen zu bedecken, weiß genug, um als hochzeitsweiß durchzugehen, und hauchdünn genug, um durch ein Kirchenschiff geführt zu werden. Im überfüllten Standesamt hatte nur sie ihren großen Auftritt. Duke hielt sich an den Rüschen fest, um sich zu beruhigen, und Lili hielt sich an einer Plastiktüte fest, in der ihre Straßenkleidung steckte.

Als der hässliche kleine Standesbeamte das Paar geringschätzig und desinteressiert musterte, als wären der farbige Bräutigam in Jeans und seine blonde Braut mit all dem Putz etwas Alltägliches, und die Frage stellte, ob sie die gesetzlichen Pflichten und Bürden, die sie auf sich nehmen wollten, »ganz und gar verstanden« hätten, schimpfte Lili: »Pflichten? Bürden? Wie können Sie so negativ reden! Hier geht's um wahre Liebe!« Duke schaltete sich ein: »Sir. Wir verstehen ganz und gar die, die, die –«

»Gesetzeskacke. Es gibt keine Bürden«, murmelte Lili.

»Und wir sind Ihnen sehr dankbar für Ihre Besorgnis, aber sie ist überflüssig.« Woraufhin Lili von einem Lachen geschüttelt wurde, das so gewaltig und unbeherrschbar war wie ein schwerer epileptischer

Anfall. Duke sah sie besorgt an. Lili krümmte sich, mit purpurrotem Gesicht. Der Friedensrichter, aus Angst vor einem Nervenzusammenbruch in seinen Räumen, sagte: »Bitte küssen Sie die Braut, damit sie still ist.« Und er tat es, und sie war es.

Anschließend tafelten sie in einem Deli, wo Lili sich in der Toilette wieder ihre Straßenkleidung anzog. Das Hochzeitskleid stopfte sie in den Mülleimer. Sie kehrten an ihre Arbeitsplätze zurück und rieben sich die Kiefer, als hätte ein Zahnarzt die Schmerzen dort verursacht und nicht ein »Ich will«. In dieser Nacht flüsterten sie einander »Mann« und »Frau« zu, und nur selten in der Geschichte der Menschheit haben zwei einfache Wörter jemanden so glücklich gemacht.

Alles war wie vorher, und niemand schöpfte Verdacht. Bucky machte Vlado darauf aufmerksam, dass das junge Paar fast »übertrieben ruhig« sei. Es gefiel ihr, wie die beiden das Wort »wir« benutzten – ohne Anstrengung und ohne den üblichen aggressiven Hochmut, der mit der ersten Person Plural unweigerlich ins Verderben führt.

Lili ging nicht mehr zu Dr. MacBride. Er hatte sie durch ihre Teenagerjahre begleitet und zweimal wöchentlich mit ihr telefoniert, als sie in Harvard war, doch als Duke auftauchte und ihr Vater seinen eigenen Therapeuten aus dem Familienkreis verbannte, hatte sie ihren Mittwochs-um-drei-Termin augenblicklich abgesagt und nie wieder von sich hören lassen. Früher hatte sie rasch im Leben vorwärtskommen wollen. Jetzt nicht mehr. Im Auge des Großen Glücks und des Großen Unglücks ist Ruhe. Es gibt dort keine offenen Fragen, und die Zeit steht still.

Es kam der Spätsommer, dann kam Jom Kippur. Im Nahen Osten war Krieg, und dauernd schauten Gäste bei den Stones vorbei, um sich gemeinsam um Israel zu sorgen. Wenn es den Stones wieder am Nötigsten, an Kaffee und Zigaretten, fehlte, holte Bucky Nachschub. Sie war gereizt und deprimiert, als sie ihre Tochter den Broadway entlangschlendern sah, jung und ohne Sorge. Bucky starrte ihr hinterher. Und Lili starrte auch. Sie hatte sich in einer polierten Fensterscheibe entdeckt. Ein folgenschwerer Moment. Die Achtzehnjährige kümmerte sich um ihre eigenen Belange – ihr Haar, zu einem straffen Knoten gebunden, das Baumwollhemd ein Segel, das schlaff von ihren Schultern fiel, als der Spiegel begann, mit ihr zu reden.

Spiegel belügen nicht jeden, nicht immer. Dieser hier sagte die Wahrheit. Bucky, einst die Göttin des Universums, zeigte er ältlich, übergewichtig, ihr Haar ein grauer Besen, Lili dagegen war wie neu, glitzernd, golden, sie würde ihre Mutter überleben und also überstrahlen. Ein ketzerischer Einfall weckte ihren Narzissmus aus seinem Schlaf auf. Sie war ihrer Mutter überlegen.

»Worüber freust du dich? Die Welt geht unter!«, fuhr Bucky sie an.

»Duke und ich haben geheiratet«, wisperte sie. Ganz ohne die Einflüsterungen ihres Therapeuten über »Wut« und »Enttäuschung« wurde Lili sich zum ersten Mal ihrer wahren Gefühle für Bucky bewusst und wünschte, ihre Mutter würde auf der Stelle tot umfallen.

Bucky fiel nicht tot um. Sie runzelte die Stirn, nur ihre Hand, die gerade noch eine Tüte mit Einkäufen gehalten hatte, ließ los.

»Lili und ich haben geheiratet«, sagte Duke im selben Moment.

Er hatte Mr. Perkins in den Norden Manhattans begleitet, in den Augen seines Chefs also Feindesland, zu einem Termin mit einem Millionär. Der Millionär entpuppte sich als kleiner Angeber, kaum älter als Duke, mit geföhntem blondem Haar. Er hatte beschlossen, unbedingt einen Weinkeller in seinem Penthouse an der Upper East Side haben zu müssen. Der werte Herr hatte Mr. Perkins selbst die Tür geöffnet und dann instinktiv gezögert, als Duke ihm hineinfolgen wollte. Er lächelte, indem er seine strahlend weißen Zähne aufeinanderlegte. Sein Blick wurde finster, als er Duke sah.

»Mr. Baste, das hier ist mein Kollege«, sagte Mr. Perkins mit leicht übertriebenem Pomp. »Mr. Butler, genauso wie der englische Schriftsteller.« Der Gastgeber verstand nicht, aber er trat trotzdem zurück. »Komm schon!«, blaffte Mr. Perkins zu Duke. Er schob den Hausherrn mit seiner Aktentasche zur Seite. Sie betraten das kühle Foyer.

Duke kannte bislang nur den schlichten, von Büchern überwucherten Haushalt der Stones am Riverside Drive. Die mit Glanzlichtern und Ornamenten ausstaffierte Einrichtung hier war mehr nach seinem Geschmack. Inzwischen war eine ähnlich herausgeputzte Ehefrau aufgetaucht. Wie ein Gemälde hing sie im Hintergrund herum, bis sie schließlich sagte: »Ich trinke nur Cocktails …« Der Gastgeber kniff sie in den Po. Mr. Perkins und Duke wendeten ihren Blick ab und hörten ihn flüstern: »Es interessiert hier keinen, was Mrs. Baste gerne trinkt. Vor allem, wenn sie noch nicht Mrs. Baste ist.« Sie blieb bockig stehen, und der Kunde führte seine Gäste einfach um sie herum. Seine Schuhe waren zu dreckig für den glänzend sauberen Boden, fand Duke. Tief in seinem Hinterkopf bildeten sich Urteile, doch einstweilen blieben sie nur schemenhaft. »Sie haben es wirklich schön hier«, sagte er. Mr. Perkins warf ihm einen vernichtenden Blick zu, während der Hausherr ihn einfach ignorierte.

Es war bisher nicht Dukes Art gewesen, sich über irgendwen oder irgendwas zu ärgern. Verärgert waren die anderen, und er war dankbar, wenn dieser Ärger sich nicht gegen ihn richtete. Sie gingen in den Keller. Mr. Perkins arbeitete schnell. Als sie wieder oben waren, setzten sie sich alle drei an einen langen Mahagonitisch, in dessen Holz sich die Ellbogen und Gesichter spiegelten, und es wurde ein Scheck ausgestellt. Adrenalin lag in der Luft. Der Kunde suchte trotzdem nicht das Weite, obwohl ihm sein Körper dazu riet.

»Wollte Mr. Baste nicht zahlen?«, fragte Duke, als er Mr. Perkins hinaus in die Hitze des Altweibersommers folgte.

»Wer will das schon«, erwiderte Mr. Perkins. »Auch ein wohlerzogener Hund gibt seinen Knochen nicht her, ohne leise zu knurren. Und so ein junger Erbe schon gar nicht.«

Mr. Perkins schob ihn ins Taxi und schwieg. Er sah mürrisch aus. »Wahrscheinlich gehört das Haus seinem Vater. Nur die Freundin, die hat sich der Junior selbst erarbeitet. Hoffentlich heiraten sie. Dann wird sie ihn nämlich so richtig quälen. Satan persönlich hat die Ehe erfunden, um sich einen Spaß zu machen.«

»Sir, Sie sollten wissen, dass Lili und ich geheiratet haben«, gestand Duke und starrte auf seine neuen Budapester.

Als Bucky das forsch-fröhliche Wort »geheiratet« hörte, fiel ihr die Milchpackung aus der Hand, der Inhalt spritzte in alle Richtungen, der Kaffee rollte davon, und die Zigaretten verteilten sich in alle Winde. »Jetzt schau, was du angerichtet hast!«, sagte Bucky und musste dann lachen.

Mr. Perkins reagierte überhaupt nicht. Eine Weile starrte er einfach nur aus dem Fenster und ignorierte seinen Begleiter. Er war selbst einmal »verliebt« gewesen, aber unter viel zu schwierigen Bedingungen. Es war lange her, und er wollte sich nicht daran erinnern, aber er erinnerte sich. Endlich sagte er etwas. »Meinen Glückwunsch, Mr. Butler. Und wenn Ihr Herz durch die Mangel gedreht wird oder vor Langeweile und Widerwillen verrottet, dann haben Sie mein Mitgefühl. Wahre Liebe gehört auf die Leinwand, nicht in die eigenen vier Wände.«

»Vielen Dank, Sir«, sagte Duke. »Aber es wird schon gut ausgehen.«

Rauschen

Die Älteren waren entsetzt. Ihre Kinder mussten nicht mehr heiraten. Aber zu ihrer Zeit war die Ehe, jedenfalls in ihren Kreisen, so unumgänglich gewesen wie der Tod. Ein paar hatten Glück gehabt und blieben von kostspieligen Scheidungen verschont, das galt auch für die Stones, die wegen eines Hotelzimmers geheiratet hatten. Der Süden hatte sie auf einer Pilgerreise zum Black Mountain College zur Ehe gezwungen. Avantgardistische Künstler hatten dieses kleine Zentrum für die freien Künste im hintersten Winkel von North Carolina errichtet. Es übte eine starke Anziehungskraft auf die geistige Schickeria aus dem Norden aus. Die Umgebung dieser Enklave hielt am Althergebrachten fest, und so kam es, dass ein zwei Dollar teures Hotelzimmer im nahen Asheville, das nur an ausgewiesene Ehepaare vermietet wurde, über Buckys und Vlados Zukunft entschied. In einem Dime Store kauften sie goldene Ringe für das Standesamt, die sie beim Einchecken trugen und nach dem Auschecken wegwarfen.

Eine Feier gab es nicht, und sie kehrten nie wieder nach Black Mountain zurück. Denn schon bald diente der bescheidene Campus, der so viele berühmte Persönlichkeiten beherbergt hatte – Dichter, Maler und Komponisten –, als Sommerlager für christliche Jungen; ein dichtes geistiges Rankenwerk hatte das Institut so rasch überwuchert, dass kaum ein Einheimischer sich noch daran erinnert.

Trotz ihrer Heirat blieben die Stones einander zugetan. Beide hatten eine beengte Kindheit hinter sich – ihre Eltern waren russische Einwanderer, die auf altertümliche Weise zu neuem Reichtum gekommen waren, indem sie mit Schmuck oder mit Pelzen handelten. Sie hatten ihren jeweiligen Platz an der Sonne gefunden, die Stones in Las Vegas, die Rosensteins in Miami. Bucky und Vlado hatten ihre Tochter vor der eigenen Familie beschützt und das Thema Großeltern genauso wie den Weihnachtsmann als alberne Erfindungen behandelt, aus denen man herauswuchs.

Nach dem ersten Schock waren die Stones doch gerührt. Das junge Paar hatte die kluge Entscheidung getroffen, sich auch offiziell zu lieben. Sie wollten an der Hochzeit teilhaben. Als die beiden Jungvermählten nach Hause kamen, warteten Bucky und Vlado im Foyer auf sie.

Bucky trug ein Kleid, ein gelbes Marimekko-Zeltkleid, in dem sie wie ein Schulbus aussah, Vlado einen Anzug. »Was gibt's zu feiern?«, fragte Lili. Bucky begann mit ihrer Rede »Großes Glück, wie Weißbrot, hält sich nicht lange. Nicht meine Meinung. Die von anderen Leuten. Zynikern. Dein Vater und ich beweisen ihnen schon seit Jahrzehnten, dass sie falschliegen. Doch eine eigene Wohnung hilft.«

Sie präsentierte die Schlüssel zu einer solchen, ein Hochzeitsgeschenk, ein Fünfundzwanzigtausend-Dollar-Schnäppchen im selben Haus, eine Etage tiefer, drei Zimmer kleiner, genauso hübsch und bezugsfertig. Dr. Schwarz, nach zehn Jahren Therapie, hatte das Geschenk befürwortet. Er glaubte, diese Geste von verschwenderischer Generosität werde Bucky glücklich machen. Sie freute sich auf eine engere Mutter-Tochter-Bindung.

Die Stones begleiteten die Butlers nach unten. Bucky hatte sich vom Hausmeister einen alten Malertisch geliehen und vier Klappstühle aufgestellt. Auf dem Tisch standen Pappteller und Becher, ein Taschenmesser und eine klassische dreistöckige weiße Hochzeitstorte im Miniformat, das Paar aus Zuckerguss obendrauf, dazu mehrere Flaschen billigen Proseccos aus Kalifornien. Vlado wies die Gastgeberin darauf hin, dass sie das wichtigste Geschenk, die essentiellste Zutat für eine Hochzeitsnacht vergessen hatte: ein Ehebett. Der Rest der Möbel konnte warten.

Bucky zeigte sich, wie immer, als erfinderisch. Sie rief in einem Woolworth an, der rund um die Uhr geöffnet hatte und konnte den Manager davon überzeugen, zwei Luftmatratzen zu senden, die sie bei der Ankunft bezahlen würde. Dem Lieferjungen versprach sie ein Trinkgeld, wenn er sie aufbliese. Während er im zukünftigen Schlafzimmer seine Lungen im Luftventil leerte, schlug Bucky mit einem Löffel gegen ein Weinglas und hielt eine Rede epischen Ausmaßes. Sie lobte den guten Männergeschmack ihrer Tochter, die Unnachahmlichkeit ihres Schwiegersohns und ihr Hochzeitsgeschenk. An diesem Punkt unterbrach der Lieferjunge die Rede, er hatte fertig geblasen und wollte gehen. Bucky drückte ihm einen Scheck für die Matratzen in die Hand, ein Stück Kuchen war sein Trinkgeld.

Er legte es unberührt im Eingangsbereich ab. Als ihre beiden Gäste abrupt die Wohnung verließen, war das junge Paar wieder allein. Sie konnten ihr Glück kaum fassen. Sie hatten Hunger und teilten sich das letzte Stück Kuchen. Dann legten sie sich auf ihr neues karges Bett, um, wie sie es jetzt nannten, Liebe zu machen. Der Ausdruck kam ihnen noch nicht leicht über die Lippen.

Als es dämmerte, lagen sie immer noch wach da. »Erinnerst du dich an unser erstes Hotelzimmer in Kenia?«, fragte Lili. Duke antwortete: »Ich weiß noch, wie du ausgesehen hast, als ich dich zum ersten Mal schlafen gesehen habe.«

Sie setzten sich an den wackligen Malertisch, sahen sich an, was vom Fest übriggeblieben war, und tranken noch ein bisschen Champagner, Lili sogar noch ein bisschen mehr. Sie war noch nie betrunken gewesen. »Erzähl mir, wie ich ausgesehen habe«, bettelte sie und öffnete die letzte Flasche Champagner – der Korken ein Projektil, das auf Dukes Gesicht zuschoss. Er duckte sich, und sie lachten wie verrückt. »War ich schöner, als ich jünger war?«, fragte sie, plötzlich ernst.

»Du warst noch nie so schön wie heute Nacht«, versicherte er ihr.

»Ich möchte jedes Jahr schöner werden, über alles menschliche Maß hinaus. Für dich. Sonst habe ich dich nicht verdient.« Duke sagte nichts. Während er grazil wie üblich mit seiner Gabel hantierte, stand Lili auf, stellte sich hinter ihn, hob die Champagnerflasche hoch und kippte sie über ihm aus. Duke blieb aufrecht sitzen, als die farblose Flüssigkeit sich über sein Gesicht ergoss, über seine nackten Schultern und seinen Oberkörper, und in seinem Schoß zusammenlief. »Ich taufe dich als mein eigen!«, intonierte Lili. Er rührte sich nicht. Sie schnappte sich das mit Vanilleglasur beschmierte Messer und hielt es ihm an die Kehle. Er rührte sich nicht. Sie ritzte ihn mit der Klinge, ein winziger Tropfen Blut trat aus. Duke saß reglos da. Lili wollte wissen, ob er sie immer lieben werde, komme, was wolle. Er lachte. »Natürlich, deswegen haben wir doch geheiratet! Jetzt leg das Messer weg.« Sie rieb seinen nassen Oberkörper mit den Händen und leckte mit ihrer rosigen kleinen Zunge die weiße Glasur und den Blutstropfen von seinem schwarzen Hals, schließlich seinen Lippen, bis sie sich ruhig öffneten. Sie murmelte: »Ich liebe dich, wie noch nie eine Frau geliebt hat. Ich liebte dich vom ersten Augenblick an. Ich liebte dich schon, bevor ich dich traf. Ich liebte dich, ehe die Zeit begann.«

Die Rettung

Der kenianische Kellner musterte den hungrigen Mittagsgast, so wie man eine Ameise vor seinen Füßen betrachtet. Der neue Gast konnte ihm nichts anhaben; käme er ihm zu nahe, ginge er einfach weg. Ließe er den Gast lange genug warten, würde der Gast wieder verschwinden. Beschwerte er sich, würde er darauf hinweisen, dass es ein Büfett gebe. Der Gast müsste sich nur bedienen.

Der Kellner richtete seinen professionellen Blick in die Unendlichkeit. Irgendwann erreichte seine Langeweile einen solchen Grad, dass er etwas dagegen unternehmen musste – er fing ein Gespräch mit einem Kollegen an, worin er auch eine Bemerkung über diesen Gast fallenließ, einen »Akata«. Das war ein Schimpfwort für Afroamerikaner; es bedeutete »Baumwollpflücker«. Es gab noch andere, grausamere Ausdrücke.

Der Gast, der ihre Verachtung so erregte, war vor allem falsch gekleidet. Auf der Suche nach ihren Wurzeln in Ostafrika kamen viele Amerikaner nach Nairobi. Die Ostafrikaner hatten keine Arbeitskräfte an die Sklavenhändler abgegeben und fanden die amerikanischen Rassenprobleme langweilig, bestenfalls nebensächlich. Wenn sie sich überhaupt für ein Rassenproblem interessierten, dann war es die Minderwertigkeit der Asiaten. Im übrigen knauserten die Amerikaner mit Trinkgeld, sie hatten kein Gespür für Stammesunterschiede und machten sich mit jedermann gemein, selbst mit den widerwärtigsten Massai oder den faulenzerischen Luo, und statt ordentlicher Anzüge trugen sie westafrikanische Trachten. Dieser hier trug einen billigen Boubou, ein weißes Gewand und eine kleine braune Kappe. Seine Hautfarbe war herrlich, sehr hell. Die meisten Akata hatten Blut von Weißen.

Der Akata machte, wie alle seine Landsleute, kein Aufhebens davon, dass er übergangen wurde. Unruhig spielte er mit dem Besteck und schaute sich nach den Angestellten um, die ihm schlicht nicht in den Blickfang gingen. Die Zeit verging. Eine vielköpfige Familie britischer Teeplantagenbesitzer setzte sich an einen Nebentisch, und ein Schwarm von Kellnern bediente sie umgehend. Der Akata hatte bislang noch nicht einmal ein Glas Wasser. Er beschwerte sich nicht, sondern wartete weiter, wie ein Hund. Er schien es gewöhnt zu sein, so behandelt zu werden.

Ein junges weißes Paar kam herein. Bevor ein Kellner die beiden zu einem weit entlegenen Tisch geleiten konnte, damit der Akata gefälligst isoliert blieb, setzten sie sich an den Tisch neben ihm.

Die Frau war jung und etwas schlampig gekleidet für ein Restaurant dieses Kalibers. Ihr Haar hatte die erstaunliche Farbe einer Ndunda, aber sie pflegte es nicht, sondern ließ es auf ihre Schultern fallen. T-Shirt und Blue Jeans waren nicht gebügelt. Sie hatte sich nicht zurechtgemacht, trug weder Schmuck noch Make-up, dafür eine dunkle, hässliche Brille, die jemand so Jungem nicht stand. Ihr Begleiter war klein und dick, versteckte seinen Körper aber geschickt in eleganter Kleidung, einem weißen Leinenanzug mit Weste und Fliege, wie ein altmodischer Entdeckungsreisender. Er war auf dem Weg zu einer Glatze. Die Kellner eilten beflissen auf die beiden zu. Plötzlich blieben sie stehen. Ein Streit war ausgebrochen. Die Kellner zögerten – Taktgefühl war typisch für ihren Stamm.

»Ich würde sagen, Sie sind frigide«, sagte der Mann mit britischem Akzent.

»Hab ich recht? Das würde auch erklären, weshalb Sie sich nicht um Ihr Äußeres scheren. Sie machen sich nicht mal die Mühe, ein Kleid anzuziehen, in dem sie ansprechend aussehen. Und diese abscheuliche Brille. Sagen Sie mir die Wahrheit. Sie sind frigide, stimmt's?«

»Nein, Professor Thompson«, antwortete sie leise und bescheiden, mit amerikanischem Akzent. »Ich bin nicht zu haben, das ist alles. Ich habe einen Freund. Ich mag Sie, doch nicht so. Ich möchte Ihre Gefühle nicht verletzen. Ich habe nur – einen Freund eben. Andernfalls würde ich sehr gern mit Ihnen ausgehen.«

»Aber der ist weit weg«, erwiderte ihr Kavalier. »So allein zu sein wie Sie – das ist doch nicht normal.«

»Schon möglich«, sagte sie gepresst. »Er hat gesagt, dass er herkommt.« Sie schlug die Augen nieder. »Nach allem, was ich weiß, könnte er schon heute Vormittag hier sein. Ich erwarte ihn jeden Augenblick.«

»Dann werden Sie uns einander vorstellen müssen«, sagte Professor Thompson. Die Kellner kannten den Sarkasmus der herrschenden Engländer. »Ich hole mir etwas zu essen. Mein Appetit ist normal, und wenn ich nichts esse, bin ich hungrig.« Er stand auf, schritt zum Büffet und bediente sich. Die Kellner standen untätig herum. Die junge Frau blieb sitzen und starrte auf die Getränkekarte.

Dann geschah etwas Seltsames. Der Akata lehnte sich zu der Frau hinüber, die ihm den Rücken zugewandt hatte, und sagte etwas, woraufhin sie, als hätte er einen Knopf gedrückt, sich zu ihm umdrehte.

Seltsamer noch war, dass sie sich sichtlich entspannte. Ihre Lippen öffneten sich zu einem Lächeln, das im Dunkeln als Fackel gedient haben könnte. Erregt sah sie den Gast zweiter Klasse an und sagte: »Ja! Ja! Aber machen Sie schnell!« Dann drehte sie sich wieder um.

Sofort stand er auf und setzte sich neben sie. Die Kellner waren wie gebannt. Der Akata sah dem Engländer am Büffet zu und sagte zu dem Mädchen: »Ich heiße Duke.«

Und sie erwiderte: »Lili Stone. Wäre es Ihnen sehr unangenehm, mich Darling zu nennen? Ich weiß, das hört sich seltsam an. Aber es wäre mir eine große Hilfe.« Professor Thompson kehrte an den Tisch zurück, mit einem Teller voller Delikatessen, die sich die meisten Engländer, wie die Kellner gehört hatten, in ihrer Heimat nicht leisten konnten. Er nahm es wie ein Mann, als ihm »mein Freund, der direkt hinter uns gesessen und sich kaputtgelacht hat« vorgestellt wurde. Er nickte, lächelte und wandte sich seiner Mahlzeit zu. Duke und Lili betrachteten einander hellauf entzückt. Dann räusperte sich Duke und sagte steif: »Darling.« Mehr fiel ihm nicht ein. Er warf einen Seitenblick auf den Professor und sagte noch einmal »Darling«, diesmal etwas zärtlicher. Und sie sagte: »Ja, Darling!« Ihnen gefiel dieses Spiel. Sie wollten nicht, dass es jemals aufhörte.

Der Concierge kam an den Tisch. Er hielt der jungen Blondine ein Silbertablett hin. Es lag eine Karte darauf. Sie nahm sie an sich und las. Der Professor machte ein erstauntes Gesicht.

»Ah ja … Die Lewis haben uns heute zum Lunch eingeladen«, sagte Lili zu Duke.

»Die Lewis haben Sie eingeladen? Unfassbar«, sagte Professor Thompson.

»Ich hatte es ganz vergessen, sonst hätte ich Sie versetzt.« Augenkontakt traute sie sich nicht. »Gut, dass ich nichts gegessen habe. Und ich kann heute nicht zur Arbeit kommen. Tut mir wirklich leid. Hoffentlich ist das okay.«

»Bei wem sollte ich mich darüber beschweren? Bei den Lewis? Sie bezahlen mich, finanzieren mein Forschungsprojekt, lassen uns in ihrem Hotel wohnen und wollen mich nicht mal kennenlernen. Aber mit Ihnen verabreden sie sich. Das verstehe, wer will. Sie sind eine ahnungslose, unbezahlte Hilfskraft – nicht mal Ihr Gehalt kann ich Ihnen kürzen! Hätten Sie mir gesagt, dass Sie die Lewis kennen, hätte ich wenigstens in dieser Hinsicht etwas von Ihnen gehabt. Ihre Bescheidenheit ist wirklich krankhaft.« Ein Stück Melone tauchte zwischen seinen Zähnen auf.

Jetzt richtete sich Lili an ihren falschen Verlobten. »Mr. Lewis und mein Vater haben sich als Studenten ein Zimmer geteilt. City College, in New York.«

»Eine große Adresse«, schnaufte der Professor verächtlich.

Der Chauffeur der Lewis', ein Wakamba, besaß das Selbstvertrauen, das nur eine zweireihige graue Uniform mit Goldknöpfen und eine steife weiße Mütze verleihen konnten. Er sollte eine junge Amerikanerin auflesen, die im Hotel wohnte, aber als sie erschien, hatte sie sich bei irgendeinem Westafrikaner eingehakt. Der Chauffeur war nicht dazu verpflichtet, das Paar zu trennen, und nahm sie beide mit.

Sie hatten die Arme noch immer ineinander verschränkt, als sie im vornehmsten Außenbezirk von Nairobi vor dem Anwesen der Lewis' aus dem Wagen stiegen. Es lag im duftenden Band von Gärten und Villen gleich hinter den Slums von Nairobi. Der Chauffeur führte die Besucher zu den Butlern, und die führten sie in den Hof, wo Mrs. Lewis in einem Sessel saß und eine britische Zeitung las. Ihre Gesichtszüge verhärteten sich, als sie den Afrikaner in seiner Tracht erblickte, sie fragte Lili: »Habe ich diesen Gentleman eingeladen?«, um sich dann selbst die Antwort zu geben: »Unmöglich. Zum Lunch sind ausschließlich Damen geladen, so leid es mir tut.«

Die Dienstmädchen rannten amüsiert im Hintergrund herum und genierten sich für den jungen Mann. »Nur Damen, ohne jede Ausnahme. Mr. Lewis zeigt dem Vizepräsidenten der Vereinigten Staaten unser Land, und seine Gattin ist hier bei mir, auch die Gattin des Präsidenten der Pan-American-Airlines – keine Männer!«, sagte Mrs. Lewis bemüht fidel. »Ihr Bekannter kann gern in der Bibliothek zu Mittag essen. Sie dürfen hier neben mir Platz nehmen.«

Duke wurde von einem Butler abgeholt. »Weshalb esse ich nicht mit ihm zusammen in der Bibliothek?«, erbot Lili sich freiwillig. »Ich bin auch keine Dame.«

»Vielleicht ist es das Beste, wenn Sie beide wieder zurück zum Hotel fahren«, sagte Mrs. Lewis freundlich. Sie sprach mit südafrikanischem Akzent. »Das ist mir nun doch ein bisschen zu viel Trubel. Und ich weiß nicht, was Mr. Lewis oder der Vizepräsident sagen werden, wenn sie zufällig früher zurückkommen und sehen, mit wem ich hier verkehre. Sie hatten eine schlechte Kinderstube, meine Liebe.«

Ein Heer von Butlern eskortierte die beiden wieder hinaus, und Mrs. Lewis widmete sich von Neuem ihrer Zeitung.

Die unwillkommenen Gäste stiegen wieder in die Limousine und saßen dann steif nebeneinander auf der Rückbank. Der Chauffeur nahm an, dass ihnen der Wirbel, den sie verursacht hatten, peinlich sei. In einer Anwandlung von Großmut sagte er:

»Im Hotel ist es sowieso viel schöner.«

Als der Wagen den hübschen Vorort verlassen hatte und den angrenzenden Slum erreichte, in dem der Chauffeur aufgewachsen war, hörte er das Mädchen seinen Begleiter fragen: »Kannst du Auto fahren?«

»Natürlich kann ich Auto fahren. Du etwa nicht?« Er hatte einen amerikanischen Akzent. Der Chauffeur beobachtete ihn im Rückspiegel. Ein Akata, kein Zweifel.

»In New York bekommt man erst mit achtzehn den Führerschein.« – »Wie alt bist du denn?«, fragte er konsterniert. So ein dummer Akata hat mal wieder Glück, fand der Chauffeur. Je jünger, desto besser.

»Das willst du nicht wissen.« Sie beugte sich vor und bat den Chauffeur, sie am Nationalmuseum abzusetzen, statt am Hotel. Sie hatten ihm nichts vorzuschreiben, doch er war nicht kleinlich, und es war nicht weit, sodass er eine Zigarettenpause einlegen konnte. Das Museum war eine Oase, hoch auf einem Hügel gelegen, im kühlen Schatten von Bäumen. Der Chauffeur ließ die beiden aussteigen, lungerte herum und rauchte genüsslich. Er war neugierig, was sie jetzt tun würden.

Sie ließ ihren Kavalier vorm Eingang warten, verschwand im Museum und kam wenige Minuten darauf mit Schlüsseln in der Hand wieder herausgeflitzt. Sie führte ihn zu einem Landrover und gab ihm die Schlüssel. Er war ihr offensichtlich rettungslos verfallen. Er gehorchte ihr. Stieg ein und ließ fachmännisch den Motor an. Der Chauffeur sah ihnen nach, als sie wegfuhren.

Sekunden später rannte ein kleiner, gutgekleideter Mann aus dem Gebäude heraus, brüllte, dass sie anhalten sollten, und nahm die Verfolgung auf. Er stolperte und fiel hin. Der Chauffeur tat, als wüsste er von nichts. Nach ein paar Sekunden stand der kleine Mann wieder auf. Er schimpfte und humpelte dann wieder ins Gebäude.

Der Chauffeur fuhr langsam wieder zurück. Er hing den Erinnerungen an dieses seltsame Paar nach. An die Art, wie die beiden sich angesehen hatten, wie zwei Diebe, und er malte sich aus, wohin sie mit ihrem gestohlenen Landrover fahren und wie sie die Nacht miteinander verbringen würden.

Einzelunterricht für Fortgeschrittene in New York

Das afrikanische Gewand wurde in Nairobi am Flughafen zurückgelassen und gegen eine Uniform getauscht, die in New York zurückblieb. Ein Jahr verging und noch weitere. Lili hatte gehofft, dass ihre Ehe sie aus dem Muttergestein ihrer Familie herausbrechen würde. Es war nicht geschehen.

»Können wir nicht aus New York wegziehen?«, sagte sie eines Tages. »Lass uns in deine Heimat ziehen, in den Süden, und glücklich sein bis ans Ende unserer Tage. Als Krankenschwester kann ich überall arbeiten.«

»Ja, das können wir«, antwortete Duke. »Aber lass uns noch ein bisschen warten.«

In New York war er mitten im Geschehen, wurde ins Theater mitgenommen, in die Oper und selbst zu kleinen Aufführungen interessanter neuer Kammermusik.

Solche irdischen Vergnügungen waren für die Stones kostenlos; ihre Anwesenheit galt als Aufwertung jeder künstlerischen Darbietung. Duke hatte schnell begriffen, wie man Eindrücke sammelte und mit anderen darüber diskutierte. Mittlerweile fand er sich ganz allein im Kulturteil der *Times* zurecht, der anfangs wie eine gefährliche Stromschnelle ausgesehen, sich jedoch bald in einen berechenbaren Meinungsfluss verwandelt hatte. Und er erkannte jetzt mühelos, was guter Geschmack war, er konnte zustimmen oder unverbindlich widersprechen und einen Satz dezent mit »Meiner Meinung nach« beginnen, seit er den leichten Nachdruck beim Sprechen beherrschte, eine winzig kleine Hebung bei dem Wort »mein«, die in New York gesundes Selbstvertrauen signalisierte. Fand er sich einmal außerhalb seiner Liga wieder, hörte er aufmerksam und gebannt zu, was denen, die redeten, außerordentlich willkommen war.

Die Stones bestanden darauf, dass Duke sich bei all ihren Zusammenkünften zeigte, und Lili kam sich weiter wie die ungeliebte Prinzessin vor, die einen beliebten Parvenü geheiratet hatte. Sie saßen nebeneinander, und während der Saft des Roastbeefs auf ihrem Teller sie dazu brachte, ein Forschungsprojekt zu schildern, in dem es um Blutgerinnsel ging – degoutant –, hielt Duke sein Glas in unterschiedlichen Neigungswinkeln, wobei der Ehering an seiner Hand funkelte, und studierte die Flüssigkeit, in der er fraglos etwas sah, das niemand sonst sehen konnte. Er steckte die Nase so tief wie möglich hinein, bevor er schließlich einen winzigen Schluck nahm und mit allen Sinnen untersuchte, als wäre es ein neuentdeckter Planet. Nachdem er zum ersten Mal den Ring gehört hatte, verglich er Weine für eine Zeit lang mit unterschiedlichen Figuren der Nibelungensage.

»Vollmundiger Siegfried«, sagte er zu einem Barolo.

»Hättest du ihn nicht geheiratet, dann hätten wir Duke adoptiert«, erklärte Vlado. Lili wich zurück und überließ ihnen ihren Mann. Sie wurde zur Außenseiterin und er zum auserwählten Sohn.

Die Stones waren immer sehr gesellig gewesen. Sie telefonierten ständig mit bestimmten Leuten, die fast alle Bucky ausgewählt oder zumindest genehmigt hatte. Obwohl die Stones standesbewusst waren, ließen sie sich dadurch nicht vorschreiben, wen sie zu ihren Freunden zählten. Sie dachten nicht darüber nach, ob ihnen jemand »nützlich« sein könnte. Dafür teilten sie die Welt unbekümmert in Leute, die »interessant«, und solche, die es nicht waren. Es gab Unterabteilungen für solche, die dauerhaft, und solche, die nur ein, zwei Abende lang interessant waren, da sie von der Norm abwichen – durch eine eigenartige Vergangenheit oder ungewöhnliche Behinderung. Menschen mit viel Esprit und hoher Begabung konnten auf ihre Freundschaft zählen, falls sie künstlerisch oder sozialwissenschaftlich tätig waren und nicht naturwissenschaftlich, was die Stones langweilig fanden.

Das *Placement* in diesem Gefolge wurde bei einer ersten Promenade festgelegt: einer Theaterpremiere oder einer Vernissage, Lesung oder Party. Vlado beteiligte sich nicht an der Auswahl. Er ging zu den meisten Festivitäten, weil sie sich nach Sonnenuntergang abspielten und er nichts mit sich anfangen konnte, wenn die geistige Konzentration nachließ. Er stand einfach herum, bis man ihm einen Stuhl brachte, und dann saß er in einer Camelwolke da und paffte, wie andere atmeten, und wenn ihm etwas einfiel, redete er eruptiv auf jeden ein, der sich ihm zuwandte. Wenn andere sprachen, machte er sich nicht die Mühe, Interesse zu zeigen. Sein Blick ging ins Leere, und der jeweilige Gesprächspartner verabschiedete sich bald unter irgendeinem Vorwand. Mit sich allein amüsierte Vlado sich bestens.

Die größer gewordene Familie verwandelte Vlado. Seine Tochter war ihm immer als fremdartiges Wesen mit einem fremdartigen Körper und einer fremdartigen Denkweise erschienen. Was sie verband, war die Vorliebe für Camels, die sie nach ihrem Auszug an die Uni von ihm übernommen hatte, um ihm auf ihre Art nahezubleiben. Seine Frau rauchte Kents. Sein schwarzer Schwiegersohn aus den Südstaaten hingegen, der überhaupt nicht rauchte und der, wie er fand, kultivierter war und eine subtilere Herzensbildung besaß als alle ihm bekannten Künstler, kam ihm fast altvertraut vor. Er wollte ihn beschützen, und er interessierte sich für ihn auf eine Weise, wie er sie zuvor noch nie jemandem gegenüber empfunden hatte. Vlado war auf der Hut vor Raubvögeln.

Einmal kam ein linker Linguist aus Paris zum Abendessen. Statt Blumen brachte er mehrere seiner Bücher mit, die Bucky ungeöffnet auf einem Couchtisch liegenließ, wo Duke sie entdeckte. Er blätterte in den schwergewichtigen Bänden mit einem Ausdruck der Ehrfurcht. Dem Linguisten wäre es lieber gewesen, wenn Bucky die Bände mit diesem Ausdruck studiert hätte, und er wurde nervös. Er sah es als Beweis seiner moralischen Objektivität an, dass er die Ansichten eines Schwarzen anzweifeln konnte, und nachdem die große Gesellschaft sich am Tisch niedergelassen hatte, riskierte er eine joviale öffentliche Attacke: »Duke, ich bin mir sicher, dass ich Wein genauso liebe, wie Sie es tun, und wahrscheinlich habe ich mehr davon getrunken als Sie. Aber wenn es auf der Erde mehr als vier Milliarden Menschen gibt, von denen drei Viertel hungern, wie kann man dann sein Leben dem Wein weihen?«

Gottes Faust schlug auf den Tisch, bevor Duke antworten konnte – ein Überschallknall ließ die Fensterscheiben erzittern und schleuderte Vlados Hand gegen das Rotweinglas seines Tischnachbarn, sodass sein Inhalt sich über die cremefarbene Leinenhose des Franzosen ergoss. »Vielleicht sollten Sie nach Hause gehen und sich umziehen«, schlug Vlado vor und sprang auf, um ihn zur Tür zu bringen: »Sie lassen uns doch sicherlich wissen, wie man sein Leben bei den Millionen Hungernden in der Welt dem Ursprung des antiken armenischen Buchstabens H widmen kann!«

Er ging zurück zu Duke und fauchte: »Dir werde ich noch Arroganz beibringen! In dieser Runde bist du der allerinteressanteste Mensch! Nie wieder wirst du jemandem schmeicheln. Das ist jetzt vorbei.«

Später an diesem Abend, als das Frauenvolk sich im Wohnzimmer eine Wiederholung von »Die Sieben-Millionen-Dollar-Frau« ansah (Lili fand das unterhaltsam, und Bucky betrachtete es als bedeutsames Beispiel zeitgenössischer Volkskunst), rief Vlado Duke zu sich in sein Arbeitszimmer.

Mit einer verächtlichen Geste, als würfe er stinkende Essensreste weg, schmiss Vlado einen Stapel alter Fotos in den Papierkorb. Dabei behielt er Duke im Auge. Die Fotos zeigten bekannte Gesichter. Der Ruhm flog in den Papierkorb.

Duke hatte, wie Vlado wusste, gelernt, dass alle Fotos, auf denen man selbst an der Seite einer Berühmtheit zu sehen war, gerahmt und an prominenter Stelle platziert werden mussten. Die Fotos waren eine wichtigere Währung als ein großes Auto oder ein protziges Schmuckstück. Meist gab es in New York wenig Platz, Beistelltische und die Deckel von Klavieren, die sich nicht mehr richtig öffnen ließen, hielten für aufgestellte Familienfotos her, damit die Besitzer samt ihrem Hofstaat und ihren hochstehenden Bekannten renommieren konnten. Je mehr Fotos man hatte, desto reicher war man. Wer nur ein bedeutendes Foto besaß, hängte es in die Eingangshalle, um die Besucher schon auf der Türschwelle in Angst und Schrecken zu versetzen.

Dukes Wohlstand war in dieser Hinsicht noch gleich null. Duke lag nichts daran, mit extrem einflussreichen Leuten herumzukungeln, sondern nur mit denen, die das ihrerseits taten.

»Macht sich Mr. Perkins was aus solchem Mist? Ich wette, dass er ihn zur Schau stellt, um Kunden anzulocken«, sagte Vlado, während die Bilder in den Abfall segelten. Und tatsächlich stellte Mr. Perkins sie zur Schau – silbergerahmte Fotos auf einem Tisch mit Marmorplatte, einem Altar, den Duke von jedem Körnchen Staub freihielt. Nicht vorn im Geschäft, wohlgemerkt, sondern ganz hinten, wo sich nur die seriösen Kunden tummelten, dort, wo das Hochamt der Weinproben stattfand.

»Ja, er hat ein paar«, sagte Duke, von Vlados Achtlosigkeit so erschüttert, dass er mit seiner Hand in den Papierkorb langte und ein Foto rettete, welches Vlado mit der First Lady des Landes zeigte. Sein eigener Schwiegervater mit einer First Lady.

»Am Respekt vor Berühmtheiten kann man die eigene Demut erkennen«, versetzte Vlado. »Ich bin nicht demütig.«

Für solchen Unfug hatte Duke keine Antenne. »Ich rahme dir das«, sagte er. »Es wäre mir ein Vergnügen.«

Vlado lachte. »Aber ich will es doch wegschmeißen! Mrs. Ford ist eine Kuh! Weshalb sollte ich mich mit ihr sehen lassen?«

Duke behielt seine Gedanken unter Verschluss; auf einen Kampf war er nicht aus. Vlado schnappte sich das Foto, und bevor Duke reagieren konnte, zerriss er es und warf die Fetzen in den Papierkorb.

Duke kam es vor, als hätte er gerade jemandem beim Schreddern vieler Banknoten zugesehen. »Wann hast du sie kennengelernt?«, fragte er.

Vlado fasste seinen Schwiegersohn ins Auge und fuhr mit dem Unterricht fort.

»Vor ein paar Tagen hat mich jemand angerufen und zu einem Treffen mit einem Mr. X eingeladen. So hatte ich es jedenfalls verstanden. Ich sagte: Gut, wenn Sie darauf bestehen, obwohl ich wirklich nicht weiß, warum. Dann wurde mir nahegelegt, mit niemandem darüber zu sprechen. Aber mit wem hätte ich darüber sprechen sollen? Ich hatte nicht mal den Namen verstanden. Das konnte also kein Problem sein. Dann habe ich nicht mehr daran gedacht. Letzte Woche klingelte es an der Tür. Bucky war nicht da, also musste ich öffnen. Es war ein Chauffeur. Er hetzte mich die Treppe runter – ich vergaß sogar mein Portemonnaie. Die Fahrt ging bis nach Washington. Lunch im Weißen Haus. Ich wurde neben diese Frau gesetzt, und offensichtlich hat uns jemand fotografiert, ohne dass ich es merkte. Ich kann solche Einladungen nicht ausstehen. Der ganze Tag war im Eimer.«

»Was hat es zu trinken gegeben?«

»Das weiß ich nicht mehr. Ich erinnere mich nicht mal an das Essen.«

Kleinere Ehescharmützel

Eines Abends lud Dukes Frau Kolleginnen aus dem Krankenhaus zum Dinner ein. »Ihre Freundinnen«, nannte sie diese Krankenschwestern. Duke hörte, wie Lili ihnen am Telefon nach dem Munde redete und sie das Datum bestimmen ließ. Am Tag des Dinners war sie in heller Aufregung. Was sollten sie essen? Duke wollte sich nicht freiwillig anbieten zu kochen. Ihm fiel niemand ein, den er »Freund« nennen würde. Sie war seine beste Freundin.

Als er abends aus dem Weinladen nach Hause kam, hatte Lili mehrere Pizzapackungen in den Backofen gesteckt, um sie warm zu halten. Duke ging ins Schlafzimmer, wo er das Dinner heil überstehen wollte. Es klingelte, und er rührte sich nicht. Kurz darauf klopfte Lili an und flüsterte: »Hilf mir, bitte!« Und dann, zur Entschuldigung: »Sie wollen Cola.«

Er stolzierte ins Esszimmer. Einen farbigen Mann hatten sie in Lilis Wohnung nicht erwartet. Sie sprangen von den Stühlen auf, in großer Verlegenheit.

»Meine allerbesten Freunde auf der ganzen Welt!«, sagte Lili und stellte sie alle namentlich vor. Fade Namen. Ein tiefschwarzes Gesicht und darüber eine geglättete Haarkrause, die nach Toast roch. Das war Nancy. Ein junger Arzt, der Mann von Linda, der schlanken Krankenschwester mit dem Rotschopf. Dr. Mays. Nur Linda nannte ihn »Billy«, alle anderen sagten »Doktor«. Er wirkte schwächlich und blasiert, ein Hahn im Stall voller Hühner.

Duke sah Lili an, als er fragte, ob die Gäste etwas Wein probieren wollten. Einen, der zur Pizza passte. Er habe da etwas Besonderes, erklärte er. Und Lili sah in die Runde und versicherte: »Es ist wirklich sehr, sehr guter Wein.«

Duke sah über die Köpfe hinweg, wie er es bei Mr. Perkins gesehen hatte, wenn ihn etwas irritierte. »Wir sind nicht knickrig mit unserem Wein.«

Das Wort »knickrig« schlug ein und machte der Runde Angst, nur der schwarzen Nancy nicht, der nichts auffiel. Alle wollten Weingläser, ohne zu wissen, wie man sie hielt. Duke entschied sich für eine Flasche Napa Fume Blanc, die er selbst kosten wollte. Er teilte gerne, selbst mit diesen Leuten. Duke bediente, ohne Hintergedanken, Nancy als Erste. Sie wirkte betreten – weil er sie als Erste bedient hatte, wie er annahm. Er schenkte den anderen ein. Die Runde hob ungeschickt ihre Gläser hoch. Nur Nancy rührte ihr Glas nicht an. Und dann sah Duke ihren Bauch.

Eine große, runde, infernalische Waffe. Sie hatte sich einfach an seinen Tisch gesetzt.

»Starrst du Nancys schönen Bauch an, Duke?«, frotzelte Lili. »Willst du, dass ich auch so einen kriege? Das lässt sich arrangieren. Und, keine Sorge, falls ihre Wehen einsetzen, wissen wir Mädels, was zu tun ist!«

Alle Mädels kicherten. Nancy war stolz und gelassen. »Wenn es hier saubere Handtücher und eine brauchbare Schere gibt, werden wir zurechtkommen«, sagte Dr. Mays.

Das Lächeln saß starr in Dukes Gesicht. Die siebzehn dafür notwendigen Muskeln schmerzten langsam. Lili bezog ihn in die Unterhaltung ein, indem sie den Gästen Geschichten über die jüngsten Reisen ihres Mannes zu französischen Schlössern erzählte und die höhlenartigen Weinkeller beschrieb, den durchdringenden Geruch nach Eichenholz, die pichelnden Aristokraten und ihr durch einen Kettenpanzer komplizierter Familiennamen geschütztes Selbstwertgefühl – sie hätten Duke im großen Saal alten Wein zu sahniger Gänsestopfleber serviert.

Duke sah, wie gern die Gäste sich belügen ließen. »Lili kann fast alles viel besser beschreiben als ich«, warf er ein. Dann fachsimpelten die Damen über das Krankenhaus, bis Dr. Mays sich die Ohren zuhielt und sagte, dass er den ganzen Tag über nichts anderes höre und ob sie bitte das Thema wechseln könnten. Mit einiger Anstrengung gelang es der Gesellschaft, ein Gespräch über Filme in Gang zu setzen, die sie gesehen, und Konzerte, die sie besucht hatten – offenbar hatten sie für die Karten sogar Schlange gestanden.

Duke öffnete einen Bordeaux, von dem Lili sagte, er sei ein Geschenk des Baron Rothschild. Wenn sie etwas wahrhaft Exzellentes probierten, würden sie dessen Bedeutung vielleicht begreifen! In der Tat brachen sie allesamt in Begeisterungsrufe aus, bis auf Nancy, die »nichts trinken durfte«. Wie sie das sagte, die Hand auf dem beladenen Bauch, trieb Duke den Schweiß auf die Stirn. Er trank jetzt hemmungslos. Lili führte das große Wort. Sie stellte fest, dass ihre Lebensgeschichte in vielen Punkten mit der von Dr. Mays übereinstimmte.

Zum Beispiel ihre Geburtstage (»Ich kann nicht glauben, dass wir beide Schütze sind!«) und die Namen von Verwandten (»Meine eine Großmutter hieß ebenfalls Helena!«), und als herauskam (»Nach so vielen Monaten, in denen wir uns auf dem Flur über den Weg gelaufen sind.«), dass sie beide in ihrer Freizeit gern weiße Kleidung trugen, erklärte sie, dass ihre Freundschaft ewig währen würde.

Duke war zu betrunken, um weiter zu lächeln. Die Unterhaltung schleppte sich durch ein flaches eintöniges Gelände, während er sich vorstellte, wie Nancy ihm einen tropfenden schwarzhäutigen Säugling überreichte, mit den Worten: »Sag Hallo zu deinem Daddy!«

Endlich sahen die Gäste auf die Uhr. Zwei mussten zurück zu ihren Babysittern. Dr. Mays half Nancy beim Aufstehen. Sie legte sich die Hände stolz auf den Bauch und sagte: »Es tritt mich wieder.«

Duke sprach mit zu lauter Stimme. Er war noch nie zuvor betrunken gewesen. »In Hanoi habe ich gesehen, wie ein paar von unsern Jungs einer schwangeren Frau in den Bauch getreten haben«, sagte er. Plötzlich schnitt er eine alberne Grimasse und wurde sie nicht mehr los. Eine finstere Miene hinter einer Maske des Lächelns. Er wusste, wie unpassend das war. Er hatte die Kontrolle über seine Gesichtsmuskeln verloren. Für weitere Erklärungen war er zu müde, und er schwankte zum Schlafzimmer. Er knallte die Tür von innen zu.

Lili überspielte die Sache und erzählte ihren Gästen etwas über den traumatisierenden Einsatz in Vietnam. Duke habe eine furchtbare Bauchverletzung davongetragen, behauptete sie. Nancy guckte skeptisch. Die anderen akzeptierten Lilis Erklärung. Ja, natürlich, er war in Vietnam verwundet worden, das lag auf der Hand. Sie kehrten 100 Riverside Drive den Rücken, glücklich »besorgt« über die Gastgeberin.

Lili fiel ein, dass sie aufräumen könnte, da es ja ihre Party gewesen war, aber wie die Dinge lagen, fand sie es nicht nötig. Stattdessen legte sie sich zu Duke ins Bett, im Dunkeln, badete in seiner Wärme und atmete seinen Geruch ein. Sie war sehr einsam. Er schlief sehr tief.

Gefechte an beiden Küsten

Am nächsten Morgen, nach Lilis albernem Dinner, wandelte sich Dukes Schicksal, als er von Carol Remark geweckt wurde. Ihr Name, von ihr selbst in den Telefonhörer gesprochen, war eine Trophäe in Dukes Adressbuch.

Carol Remark war eine Art weiblicher Tarzan. Sie hatte sich im Dschungel der New Yorker Gesellschaft von Ast zu Ast nach oben geschwungen und saß Bucky als Autorin beim renommiertesten Magazin der Stadt im Nacken. In dieser Höhenlage registriert man jede Windveränderung, und Carol Remark merkte, dass die Brise des Patriotismus kräftiger wurde, selbst in Manhattan. Der 200. Geburtstag des Landes nahte. Bei einem Dinner hörte sie zufällig jemanden sagen, Burgunder und Chardonnay aus Kalifornien seien »eigentlich gar nicht übel«. Sie beschloss, einen Artikel über amerikanischen Wein zu schreiben. Ihr Redakteur war einverstanden: Da sie nicht das Mindeste von Essen und Trinken verstand, hatte sie einen unvoreingenommenen Blick. Ein Journalist braucht nur den Verstand von jemandem, der ihm alles erklärt. Sie benötigte einen Dolmetscher, der ihr den Weinjargon erklärte. Sie rief Mr. Perkins an. »Erklären Sie mir alles, und ich schreibe über Sie!«, versprach sie ihm. »Schreiben Sie über Duke, der ist viel spannender als ich«, antwortete Perkins.

Sie war gekränkt, aber vielleicht hatte die Sache doch ihr Gutes. Junge Assistenten sind zu allem bereit. Sie griff nach dem Hörer.

Er sollte Carol Remark am Flughafen La Guardia treffen, in der Eingangshalle. Da würden sie auch über seinen Lohn sprechen. Es war seine erste Dienstreise.

Er packte; Lili, in Panik, weinte und wütete. »Der Abend gestern war so hässlich! Du warst gemein zu meinen Freunden. Als ob sie dir nicht gut genug sind. Und jetzt verlässt du mich, um Carol Remark zu treffen. Ich begreife das nicht!«

Die Regeln ehelicher Kabbelei waren ihnen beiden noch nicht vertraut. Man zankt und hasst sich, verträgt und liebt sich wieder. »Perkins feuert mich, wenn ich da nicht hingehe.«

»Soll er dich doch feuern. Oh, nein. Die Karriere geht vor? Du willst doch bloß dazugehören. Selbst wenn ich vor Verzweiflung sterbe.«

»Ich muss los«, entschied er. Lili legte sich hin und nahm die Pose einer toten Heiligen ein.

»Dieses Bett ist mein Sarg. Solange du fort bist, bin ich tot«, informierte sie ihn. »Ich werde nicht zur Arbeit gehen. Nichts essen und nichts trinken. Du wirst mich hier finden. Ich hoffe, du kannst mich reanimieren.«

Ihm fiel wieder ein, wie sehr er ihren Witz liebte, ihr Eifer ging ihm ans Herz. »Das mit letzter Nacht tut mir leid. Ich mochte deine Gäste einfach nicht. Du bist zu gut für sie, ganz einfach. Ich mag es lieber, mit dir alleine zu sein. Ist das so schlimm? Ich muss jetzt wirklich gehen. Den schönen Pullover, den du mir zu Weihnachten geschenkt hast, nehme ich mit. Bitte steh jetzt auf.«

»Sind Sie Duke?« Die rothaarige Frau winkte ihm mit ihrer Zigarette zu. Es kam ihm nicht in den Sinn, wie leicht er zu erkennen war – ein junger Schwarzer, der aus einem Taxi stieg. Er erkannte die kratzige und tiefe Stimme. Die Frau streckte ihre rechte Hand aus, in der sie immer noch die Zigarette hielt, und er umfasste ihren Ringfinger und ihren kleinen Finger. Sie nahm einen letzten Zug und trat die Zigarette dann mit dem Absatz ihres braunen Lederstiefels aus. Dann tauchte sie Duke in den Sonnenschein ihrer Aufmerksamkeit.

»Diese Stiefel sind handgefertigt und haben hier in der Sohle ein Metallplättchen, extra zum Austreten von Zigaretten.« Sie zeigte es ihm. »Sie sind aus Spanien. Ich war dort auf Francos Beerdigung.«

»Mein Beileid«, sagte Duke. Sie wusste nicht, ob sie lachen sollte »Können Sie mir mit dem Gepäck helfen? Vielen Dank. So einen Koffer haben Sie bestimmt noch nie gesehen – das Patent ist gerade angemeldet worden. Ich bin mit dem Chef der Firma befreundet.«

Sie warf einen Blick auf seinen alten grünen Koffer. »Sieht aus, als könnten Sie einen neuen Koffer gebrauchen.«

Carol Remarks Koffer hatte eine lange Leine und unten vier winzige Räder; er folgte Duke wie ein gehorsamer Hund.

»Leider können wir nicht nebeneinandersitzen«, gestand sie ihm, als sie in der ersten Klasse angelangt waren. Sie bekam es mit der Angst zu tun. Was sollte werden, wenn er die Kränkung, dass er weiter hinten sitzen musste, irrtümlich auf seine Hautfarbe zurückführte und nicht auf seinen niederen Stand? Die Weißen alle vorn im Flugzeug wie in den Bussen im Süden. Ein Upgrade wäre wahrscheinlich möglich gewesen, sogar im Flugzeug. Sie könnte es aus eigener Tasche bezahlen und die Rechnung manipulieren und sie bei der Zeitschrift einreichen. So viel Umstand für einen kleinkalibrigen Assistenten? Neulich war sie im Kongo gewesen, mit den Schwarzen da ließ sich so viel einfacher sprechen als mit Schwarzen hier. Man musste nicht erst ein missgünstiges Minenfeld überqueren. »Diese Dinge werden von der Geschäftsleitung geregelt, ich habe da keinerlei Mitspracherecht«, jammerte sie.

»Ich hoffe, dass Sie einen guten Platz haben. Und jetzt muss ich erst mal eine rauchen. Beim Starten ist das nicht erlaubt.«

»Ja, klar«, erwiderte Duke. Er fragte sich, wann sie auf sein Honorar zu sprechen käme. Er saß auf seinem bis jetzt wohlverdienten Platz, mitten im Pöbel, und tagträumte sechs Stunden lang.

Als es noch keine elektronischen Spielzeuge gab, waren Tagträume ein beliebter Zeitvertreib. Sie waren gebührenfrei, mobil, unterlagen keiner Zensur und mussten nicht bestellt oder nachgeladen werden. Wildeste Szenen ließen sich bei langweiligen Gesprächen, Vorträgen oder Predigten heimlich einschalten. Eine Reise eignete sich bestens dazu. Einem jeden sein eigener Traum: Während Carol Remark ihre Affäre mit einem spanischen Revolutionär aufwärmte, sah Duke seine Tante Bessy Maispudding kochen, der ihr erstaunlich cremig gelang; während Carol sich einen Dreier mit ihrem süßen alten Mann vorstellte, hatte Duke im Hinterzimmer von Mr. Perkins' Weinladen Sex in Missionarsstellung mit seiner Frau.

Ihr Ziel war ein Hilton-Hotel, das im Nachmittagssonnenschein glitzerte, ein Palast aus Glas und Stahl, Limousinen glitten heran und wieder davon. Es wimmelte von Dienstboten. Als eine behandschuhte

Hand Duke die zwei Gepäckstücke abnehmen wollte, ging Carol dazwischen und rief: »Nein! Nein danke!«

»Mein Koffer ist ganz leicht«, sagte sie. »Die wollen immer ein absurdes Trinkgeld haben.« Natürlich rollte er ihr den Koffer. Seine Frage nach seiner Unterkunft verwirrte sie. »Oh, gibt es hier eine Jugendherberge in der Nähe?« Er sah sie fragend an. »Blödsinn. Sie schlafen natürlich auch hier. Ich bezahle das.« Sie schickte ihn wieder in die Lobby, wo er ein zweites Zimmer buchen sollte.

Carol Remarks erster Interviewpartner war ein Mr. Poole, ein Winzer und Weinkritiker, ein Aristokrat in diesem Geschäft. Sein Name sagte Carol nichts. Als sie Mr. Poole telefonisch um ein Interview bat, war sie davon ausgegangen, dass er vom Donner gerührt wäre. Stattdessen ließ er sie den Namen Remark zweimal buchstabieren und gab ihr dann einen Korb. Er behauptete nicht, dass er zu beschäftigt sei oder einen Termin außerhalb habe, sondern sagte nur: »Nein, tut mir leid.« Ein starkes Stück. Carol insistierte und rief ihn wieder an. Sie sei auf sein Expertenwissen angewiesen. Das war ihm egal. Schließlich bot sie ihm an, ihn zum Essen einzuladen, in ein Restaurant seiner Wahl. Da willigte er ein und nannte ein Fischrestaurant am Hafen. Zweifellos wusste er, dass dieses Restaurant in Carol Remarks Magazin erst kürzlich vorgestellt worden war, in einem Artikel über die zehn teuersten Restaurants der Welt.

Als Duke und Carol dort eintrafen, hatte Mr. Poole sich schon häuslich eingerichtet und die Vorspeisen probiert. Ein älterer Herr, soigniert – ein steingrauer Pullover, efeufarbene Cordhosen, weiter unten parkten seine glänzenden Oxfords. Seine frische Gesichtsfarbe war von der Art eines englischen Lords. Auch der weiche kalifornische Akzent brachte kaum Leben in seine Erscheinung.

Man setzte sich. »Das ist ja sensationell«, ärgerte sich Carol beim Blick auf die Speisekarte.

»Sehen Sie hier – Hummer zwanzig Dollar! Der kam wahrscheinlich mit unserem Flugzeug an. In dieser Gegend gibt es keine Hummer, oder? Der Hamburger klingt verlockend. Ich nehme eine Vorspeise.«

Sie holte ihren Notizblock und einen Stift aus der Handtasche und legte beides auf den Tisch.

Als der Kellner kam, bestellte Carol einen kleinen Salat, Duke den Hamburger und Mr. Poole den Hummer. Er präzisierte: »Eine doppelte Portion, bitte. Zwei Hummer. Ich habe heute noch nichts gegessen. Und dazu eine ganze Schale Butter. Soll ich den Wein aussuchen?«

»Wir beginnen mit dem 1936er Georges de Latour Cabernet Sauvignon«, fuhr er fort. »Woher sie die Flasche wohl haben? Das war der erste Jahrgang. Den wollte ich schon immer mal probieren.«

Carol sah sich die Weinkarte an. Die Flasche kostete hundertzwanzig Dollar. Der Kellner kehrte mit der Flasche zurück und präsentierte sie Mr. Poole wie ein Neugeborenes.

»Darf ich bitte auch mal sehen?«, fragte Carol kleinlaut. Eine Flasche. Auf dem Etikett ein Schloss. Ziffern. Der Kellner hielt ihr die Flasche länger hin als nötig, als wäre sie ein Vexierbild. »Danke, das genügt«, sagte Carol und klopfte gegen die Flasche. Der Kellner ging zurück zu Mr. Poole, der es offenbar völlig normal fand, dass er als Erster bedient wurde. Carol sah mit Missfallen zu, als eine Flüssigkeit in blassem, gräulichem Violett herausfloss statt in tiefdunklem Rot, das sie bei einem solchen Preis erwartet hatte. Mr. Poole hob das Glas, schwenkte es und steckte den kalten Bolzen seiner Nase hinein. Carol kritzelte etwas in ihren Block und hörte nicht, wie Mr. Poole »Eine zweite Meinung« murmelte, den Kellner ansah und auf Dukes Glas deutete. Der Kellner schenkte auch dem jungen Mann ein wenig ein.

Carol legte ihren Block beiseite und starrte den Kellner verärgert an. Hastig goss er ihr einen Fingerhut voll ein. Sie sah Duke an seinem Glas schnuppern. Wie ein Hund, dachte Carol, ein Hund, der auf der Straße an einer Urinpfütze schnuppert. Schließlich setzte er das Glas an die Lippen. Während Mr. Poole Duke gespannt beobachtete, nahm Carol einen kleinen Schluck und überlegte, wie sie Mr. Pooles Aufmerksamkeit zurückgewinnen könnte. »Erzählen Sie mir bitte was über diesen Wein, Mr. Poole.« Sie zückte ihren Stift.

Zum Reden war Mr. Poole aber zu hungrig, und beim Essen konnte er erst recht nicht reden, dazu war der Hummer zu arbeitsintensiv. Er beantwortete alle ihre Fragen mit Nicken, Kopfschütteln, Achselzucken oder zeigte auf seinen vollen Mund. Als der letzte Bissen aus der Hummerschale gekratzt war, lehnte Mr. Poole sich zufrieden zurück. »Ich bin seit Jahrzehnten nicht mehr an der Ostküste gewesen«, sagte er, ohne jemanden direkt anzusprechen. »New York fehlt mir nicht. Die New Yorker auch nicht.«

Carol konnte ihre Verachtung nicht länger verbergen. Immerhin hatten New Yorker so viel Anstand, andere nur hinter deren Rücken zu beleidigen, dachte sie. Sie entschuldigte sich, sie müsse mal telefonieren. Kaum war sie verschwunden, entspannte sich Mr. Poole. Er setzte ein überschwängliches Lächeln auf, das dunkle, vom Wein verfärbte Zähne enthüllte.

»Ich finde, ich war jetzt gerade sehr unhöflich!«

»Sie ist eine berühmte Autorin«, protestierte Duke.

»Erzählen Sie mir lieber, wie es dem alten George Perkins geht. Ich hab mit ihm auf einer Auktion einmal um eine Flasche Burgunder gekämpft, seitdem reden wir nicht mehr miteinander. Eine Flasche 1945er Romanée-Conti. Er wollte sie für einen Kunden, ich wollte sie für mich haben. Niemand sonst wollte sie, und er hat den Preis weiter nach oben getrieben. Der Hund. Er gewann!«

»Das tut mir leid.«

»Sie können ja nichts dafür. George hat die Flasche mit einer kleinen Gewinnspanne verkauft. Für ihn war das rein geschäftlich. Einer seiner Kunden brauchte was zum Angeben. Es vergingen mehrere Jahre. Ich dachte so oft an diese Flasche. Dann musste der Besitzer Konkurs anmelden. Er musste sein Drei-Etagen-Apartment verkaufen. Der Romanée-Conti lag ganz hinten in seiner Hausbar. Der Insolvenzverwalter war gebildet, kannte den Wert und rief George an, und George rief meine Frau an, weil er wusste, dass ich nicht mit ihm reden würde. Der Wert hatte sich mehr als verhundertfacht. Meine Frau hatte auf einen neuen Volvo gespart. Statt sich selbst ein Auto zu kaufen, hat sie die Flasche Wein für mich gekauft. »Trink, während ich meine Mutter besuche«, sagte sie zu mir.«

»Und wie war der Wein?«, fragte Duke.

Mr. Poole versank in Schweigen. Dann rührte er sich endlich. »Sehr dumm von Ihnen, dass Sie nicht den Hummer bestellt haben.«

»Was ist mit dem Romanée-Conti?«, hakte Duke nach. »Carol kommt zurück.«

»Und sehen Sie: Sie spiegelt sich im Weinglas.« Mr. Poole hielt es hoch, beobachtete den Raum. »Nun ja, ich hatte Angst, enttäuscht zu werden. Diese Flasche Wein war meine verlorene und nach langer Zeit wiedergefundene Liebe. Ich wollte nicht bereuen, dass ich so oft an sie gedacht hatte. Ich öffnete die Flasche und ging damit zur Bushaltestelle. Ich habe sie dem Säufer geschenkt, der da immer bettelt. Nicht mal gerochen habe ich daran.«

Carol kam zum Tisch zurück. Er winkte ihr mit dem Glas zu und wiederholte: »Ich habe nicht einmal daran gerochen.«

Carol setzte sich. »Na, worüber redet ihr Experten?«

Mr. Poole stand auf. »Es war mir ein Vergnügen, Sie kennenzulernen, und ich wünsche Ihnen viel Erfolg mit Ihrem Artikel. Ich muss jetzt wirklich nach Hause.« Sie schüttelten sich die Hände.

»Arschloch«, fauchte Carol, als er außer Hörweite war.

»Sehr gesprächig war er nicht«, tröstete Duke sie.

Sie fuhr ihn an: »Sie haben keine Ahnung davon, wie dieses Geschäft funktioniert, nicht wahr?«

In New York fuhr Lili gerade zur Arbeit ins Krankenhaus. Dukes plötzliche Abwesenheit ließ keinen Raum für einen Gedanken in ihrem Kopf. Ihr dummer Körper merkte nicht, dass niemand mehr ihn steuerte und er im Automatikbetrieb lief. Auf dem Korridor biss sie sich heftig in die Weichteile ihres Arms und hörte sich stöhnen. Der Schmerz bewies ihr immerhin, dass etwas Verstand noch da war, und wenn er auch nur ausreichte, um sich selbst zu verletzen. Sie entschuldigte sich bei ihrem Arm; es ging ihr besser. Schmerz war erträglicher als Angst. Als die Angst zurückkehrte, biss sie sich noch einmal in den Arm.

Der Arbeitstag näherte sich dem Ende. Doch dann? Die leere Nacht. Wei Wei war bestimmt längst mit dem Putzen fertig und auf dem Weg nach Hause. Als Dr. Mays sie zu einem späten Abendessen in die Kantine einlud, willigte sie ein. Sie wollte ihm von ihrem Elend erzählen, sein Mitgefühl ein Seil sich dran zu klammern.

Aber Dr. Mays hatte ganz andere Nöte. Seit Wochen dachte er an nichts anderes als Schwester Lili, wie sie jeden Abend fröhlich aufbrach, während er noch zögerte, zur Frau und den Kindern heimzukehren. Ihre auf dem Korridor verhallenden Schritte und das Schwingen der Tür waren eine Tracht Prügel. Der Begegnung mit Lilis Mann hatte er mit gemischten Gefühlen entgegengesehen und erleichtert festgestellt, dass auch ihre Ehe unglücklich war. Bei gehacktem Corned Beef und gebackenen Bohnen gestand er Lili, er habe Liebeskummer. Endlich konnte er sich aussprechen. Dr. Mays teilte Schwester Lili mit, dass sie ihn foltere.

Schwester Lili hatte nichts von Dr. Mays' Verlangen geahnt. Sie war so überrascht, dass sie ihm nichts von ihren eigenen Sorgen erzählte. Es fiel ihr dadurch leicht, großzügig zu ihm zu sein. Sie beglückwünschte ihn zu seinem Marlboro-Mann-Gesicht, den süßwassergrauen Augen, die sich verengten, wenn er von seinen seelischen Schmerzen sprach. Der Duft seines Colorado-Sage-Rasierwassers verfolge sie.

Schwestern und Ärzte gingen rein und raus und fragten sich: »Was nehmen wir ein und was geben wir aus?«

Dr. Mays zog sich mit der Krankenschwester in sein Büro zurück. Die Begegnung war kurz und kraftvoll. Ist ja nur Sex, versicherte Lili sich danach. Und dem traurigen Doktor ging es jetzt besser. Seine Freude war ansteckend und linderte auch ihre Depression etwas. Wahnsinn, wie unterschiedlich Männer sein konnten. Sie freute sich auch, dass Dr. Mays sie in einem Taxi nach Hause begleitete, aber dann fragte er sie, warum sie keinen Lippenstift trage, und das verletzte sie. Plötzlich hasste sie den Geruch von Colorado Sage.

Zu Hause überfiel sie wieder die Angst. Was, wenn Duke niemals wiederkommen würde? Lili tigerte durch die Wohnung, kniff sich in den Arm und deklamierte: »Duke, Duke.« Über siebenhundertmal hatte sie seinen Namen heruntergeleiert, als das Telefon klingelte. Es war Duke. Ihre einzige Liebe. Er rief aus einer Telefonzelle an. Ein

R-Gespräch. Sie stöhnte vor Erleichterung. Sie riss sich die Kleidung runter, warf sich aufs Bett und stellte sich vor, sie lägen beieinander und redeten. Er war ruhig. Er schien sich nicht an ihren Krach zu erinnern oder auch nichts dabei zu finden, dass er dreitausend Meilen weit weg war. Er erzählte nur von seinen Erlebnissen in San Francisco. Nach ein paar Sätzen fühlte sie sich wieder als Person und hatte sich unter Kontrolle. Sie sah die tiefen Bisswunden an ihrem Arm, von Blutergüssen umrahmt, und wurde wütend. Dafür war Duke verantwortlich.

Er redete weiter, während sie die Landschaft ihres nackten Körpers aus Dr. Mays' Blickwinkel betrachtete. Dr. Mays hatte die Frechheit besessen, sie zu kritisieren, weil sie keinen Lippenstift trug. Duke kritisierte sie nie. Sie hörte seine Stimme, losgelöst von seiner Person, als wäre er tot und spräche aus dem Jenseits zu ihr. Ihre Wut verflüchtigte sich. Niemals darf er sterben! Sie unterbrach ihn mit einem Monolog, wie furchtbar ihr Tag gewesen sei und dass sie ohne ihn nicht leben könne. Jetzt, wo er angerufen habe, sei sie ruhiger. Sie flüsterte eine Entschuldigung – sie sei sehr müde; aus lauter Angst, nicht schlafen zu können, habe sie eine Valium genommen; dieses Bett hasse sie, wenn er nicht da sei.

In seinem Hotelzimmer zog Duke die Vorhänge zu, die über dem langen Fenster mit Blick auf die laute Straße hingen. Ihm gefiel das Geräusch: wuschhh. Feine Menschen hatten Vorhänge. Er bewunderte sein Bett. Selbst Mr. Baste würde sich hier wohlfühlen. Selbst der Fernseher hatte einen Angestellten: mit einer tragbaren Bedienung konnte man, wenn man nur wusste wie, wie von Zauberhand auch aus großer Entfernung den Kanal wechseln. Dem Schreibtisch fiel eine weniger imposante Stellung zu, aber auch er hatte goldene Ränder und feinstes Büttenpapier. Duke setzte sich an den Tisch, wie Mr. Baste es tun würde, und nahm den Stift in die Hand und den kleinen Notizblock. Der Stift schrieb wie von selbst. Er schrieb die Geschichte von Mr. Poole und seiner geliebten Flasche Burgunder, bis zwei ganze Seiten gefüllt waren. Duke richtete sich auf. Jetzt musste er nur noch die einzelnen Wörter zusammenfügen, bis Sätze und dann Absätze daraus wurden. Carol Remark würde es mit Stolz erfüllen, wenn sie von seinem Debüt als Autor erfuhr und es sich als Verdienst anrechnen. Und Lili wäre stolz, wenn Duke einen der Throne von New York City erklomm – den eines berühmten Schriftstellers. Er hätte nie einen *Word Processor*, denn so etwas »zerstört die Literatur«, aber dafür eine *IBM Selectric*. Er musste das Maschineschreiben lernen. Aber zuerst musste er schlafen. Er suchte sich eine Ecke des riesigen Bettes aus und machte es sich bequem. Die weißen reinen Laken erinnerten ihn an seine Frau, und sein Herz entflammte wieder, voller Liebe und Dankbarkeit. Ihr hatte er dieses wunderbare und unfassbare Leben zu verdanken.

Morgens machte er sein Bett selbst und faltete alles auf Kante. Er duschte, rasierte sich und zog den Kaschmir-Pullover mit größter Präzision an. Lilis Geschenk fühlte sich gut auf seiner Haut an. Er ging in die Lobby, um mit seiner Chefin zu frühstücken.

Carol Remark hatte furchtbar schlechte Laune. Ihr Redakteur hatte angerufen. Ein Kollege – das heißt: ein Rivale – habe gerade einen sehr schönen Artikel über kalifornischen Wein abgeliefert. Sie hatten sich nicht abgestimmt – von den Autoren des Magazins wurde nicht erwartet, dass sie ihre Themen mit den Redakteuren besprachen, und schon gar nicht redete man mit anderen Autoren darüber, damit sie einem nicht »die Idee klauten«. Die passende Antwort auf die Frage »Woran arbeitest du?« lautete: »Oh, darüber kann ich noch nicht sprechen.« Dann schlotterten alle in Erwartung des großen Wurfs.

»Also fliegen wir wieder zurück«, verkündete Carol. »Erstattet bekomm ich nichts. Das kommt alles aus meiner eigenen Tasche.«

Duke wollte sie trösten und meinte, dass der Ausflug vielleicht doch nicht vergebens gewesen sei. Er könne ja die Geschichte über eine Flasche Burgunder schreiben. Er legte seine Notizen auf den Tisch und hörte Carols Zähne aufeinanderschlagen, ein Geräusch wie beim Entsichern eines Revolvers.

»Was fällt Ihnen ein! Sie sind als mein Assistent mitgekommen.

Nicht als ein weiterer Autor. Wagen Sie es bloß nicht, so was überhaupt zu versuchen.«

Das Flugzeug war leer. Er zwängte sich auf einen Platz in der letzten Reihe. Die Sitze kehrten ihm den Rücken zu, lauter Schultern ohne Köpfe, als wären sie enthauptet worden. Er fühlte sich wie ein Hund, der Essen vom Tisch gestohlen hatte und von Frauchen deswegen in den Garten verbannt wurde.

Auf halber Strecke sah er Carol in die Touristenklasse kommen und nach ihm Ausschau halten. Das erleichterte ihn. Er stand auf und winkte ihr zu. Sie schwankte beim Gehen wie ein betrunkener Matrose; der Flug war holprig. Sie sackte auf den Nebensitz, mit ihr der Geruch von Zigaretten und Zahnfäule. Er atmete durch den Mund. Sie entschuldigte sich für ihre so »energische« Reaktion. Sie warnte ihn vor dem Literaturbetrieb. Er solle sich besser davon fernhalten. Sie erzählte ihm, dass sie selbst in Wirklichkeit die Autorin von etwas sei, das sie »imaginative Fiktion« nannte. Sie hatte einen Roman geschrieben. Drei Jahre hatte sie dafür gebraucht. Als der letzte Satz geschrieben war, hatte sie den wolkenkratzerhohen Papierstapel auf den Schreibtisch gepackt und auf sich wirken lassen. Sie hatte sich in ihrem Bürostuhl zurückgelehnt und vor Seligkeit geweint. Alle hatten auf den Roman gewartet: ihr Agent, ihr Verleger, ihr Mann, die Freunde. Niemand hatte vorher eine Zeile lesen dürfen. Es sollte eine Riesenüberraschung werden. Sie hatte das Manuskript bloß noch kopieren und verteilen müssen. Sie war zur Damentoilette gegangen, um sich für diesen Anlass hübsch zu machen.

Bei ihrer Rückkehr war ihr Schreibtisch leer gewesen. Das Manuskript war verschwunden. Sie sei durch die Flure gerannt, fieberhaft auf der Suche, während ihr Herz sich wie ein Wildpferd aufgebäumt habe. Sie wisse noch, wie sich das Telefon in ihrer Hand angefühlt habe, der Hörer schwer und glitschig, als sie alle möglichen Leute um Hilfe gebeten hatte. Die Papierkörbe in dem Gebäude und die Abfalleimer in den Straßen der Umgebung waren durchforstet worden; Redakteure hätten wie Penner im Müll gewühlt. Carols Verleger hatte fünftausend Dollar Finderlohn ausgesetzt. Doch es gab keinen Finder. Er hatte die Summe auf zehntausend Dollar erhöht.

Carol war ins Krankenhaus eingeliefert worden. Ihr Agent hatte sie dazu gedrängt, sich hinzusetzen und unverzüglich alles noch einmal niederzuschreiben, solange die Erinnerung noch frisch war, aber im Krankenhaus hatte sie das nicht gekonnt; sie hatte unter dem Einfluss von Medikamenten gestanden und gelernt, wie man Topflappen häkelt. Ein Jahr lang war sie außer Gefecht gewesen. Das Magazin hatte niemand anderen für sie eingestellt, und ihr Büro war geschlossen geblieben. Als sie zurückkehrte, schrieb sie wieder journalistische Texte. Mehrere Jahre waren vergangen. Dann war sie eines Vormittags in ihr Büro gekommen und hatte gesehen, dass jemand die erste Seite ihres Buches unter der Tür durchgesteckt hatte. Sie hatte das Blatt überall herumgezeigt. Alle waren sich darin einig gewesen, dass es ein brillanter Anfang sei. Sie hatte eine Lösegeldforderung erwartet. Nichts. Sie hatte nie wieder ein Buch oder einen anderen fiktiven Text geschrieben; es war zu qualvoll.

Duke wusste nicht, wie er sie trösten sollte. Er wollte nichts Falsches sagen, deswegen schüttelte er nur bestürzt den Kopf. Nachdem sie eine Weile schweigend dagesessen hatte, entschuldigte sich Carol und ging zurück in die erste Klasse.

Nach der Landung in New York bot Carol Duke an, ihn im Taxi mitzunehmen; von ihrer Wohnung aus könne er zu Fuß nach Hause gehen. Am nächsten Vormittag solle er wiederkommen, dann würden sie über sein Honorar sprechen.

»Carol ist … in Ordnung«, berichtete er Lili. »Kannst du den Lippenstift abmachen? Ich erkenne dich gar nicht wieder.« Das Getrenntsein von ihr hatte eine Spannung in ihm erzeugt, als würde er in die Länge gezogen, um wieder mit ihr zusammenzukommen, und es war eine grenzenlose Erleichterung, in ihrer Nähe zu sein.

Er beklagte sich nicht über Carol Remark. Er hatte sich mit ihr anfreunden wollen, aber das war ihm nicht gelungen, und so schilderte er stattdessen sein Abendessen mit dem legendären Mr. Poole. Lili witterte die Auslassungen und traktierte sein Gedächtnis mit scharfen Nachfragen, bis die Einzelheiten unsortiert herausquollen. Er war ein konfuser Erzähler und fing damit an, wie empört seine Chefin über Mr. Pooles üppige Bestellung im Restaurant gewesen sei. Lili fand alles, was er sagte, amüsant und geistreich. Er aalte sich in ihren Komplimenten, die ihm nach Carol Remarks Zurechtweisungen sehr willkommen waren.

Schließlich zeigte er Lili seine Notizen für die Biographie einer Flasche Wein.

»Soll ich das für dich abtippen?«, bot sie an. »Kann ich gerne machen.« Duke ging auf und ab, deklamierte wie ein Prediger. Er lauschte dem Kreuzfeuer ihrer Finger auf der Schreibmaschine. »Und morgen bringe ich dir bei, wie man tippt. Du kannst meine Schreibmaschine haben, ich will sie nicht mehr.«

Lili brauchte eine Stunde, um Dukes anekdotischen und gemütlichen Ton auf Papier einzufangen. Am Ende, sagte sie, glich das Ergebnis einem der Artikel des Magazins, für das auch Carol Remark schrieb.

Am nächsten Vormittag zeigte Duke Mr. Perkins das Ergebnis der Arbeit, eine lange Geschichte über die unglückliche Liebesaffäre eines kalifornischen Weinhändlers mit einer Flasche Burgunder. Sein Mentor las und sagte: »Junger Mann, das ist ein Meisterwerk.«

Er wurde direkt vor Carol Remarks Nase gedruckt, von einem Magazin, das ebenso renommiert wie ihres war, wenn man Renommee, wie in New York üblich, nach Honorar bemisst. »Ein Dollar pro Wort!«, sagte Duke, als er mit den Druckfahnen nach Hause kam, denn er hatte die Goldene Regel verinnerlicht: Du sollst nicht zu erwähnen vergessen, wie viel man dir bezahlt, wenn man dich gut bezahlt.

Das Honorar von Carol Remark holte er sich nie ab. An dem Tag, als sein Artikel erschien, gewannen kalifornische Weine bei einer Blindverkostung in Paris den ersten Preis; französische Sommeliers zogen amerikanische Wildwestweine ihren eigenen vor – ein epochales Urteil. Dieser Triumph brachte eine Welle patriotischer Gefühle ins Rollen. Und Duke ritt darauf. Von einer Minute auf die andere war Wein der letzte Schrei. Die Schreibmaschine stand in seinem Zimmer.

Duke brauchte kein Autor zu sein. Schließlich sind Hinz und Kunz Autoren. Sein Gespür für Wein war beispiellos, und sein Flug nach ganz oben schien gesichert.

Ein Blindgänger muss entschärft werden

Doch dann brachen die Südstaaten in Dukes nördlichen Außenposten ein.

Vorher sah alles gut aus. Winter war für ihn noch etwas ganz Besonderes: wie die Fußgänger und Autos vom Schnee zur Langsamkeit angehalten wurden, die Seen aus Matsch, die geröteten Nasen und Ohren, die helle Sonne und die klare Luft an einem wirklich kalten Tag. Er hatte sich gerade seinen Weg durch einen nächtlichen Schneesturm gebahnt, sich über seinen Wiedereintritt in die warme, sichere Zone seiner Diele gefreut, als die Sprechanlage wie wild klingelte. Lili sprang vergnügt aus ihrem Zimmer, um ihn zu begrüßen, da hörte sie Dukes »Ja?« und dann ein gequetschtes »Oh«, als hätte sich etwas in seiner Luftröhre verfangen. Er räusperte sich und sagte: »Schicken Sie ihn hoch.« Er wartete an der Tür.

Lili bezog in einiger Entfernung Stellung, noch immer in der Schwesterntracht, paffte eine Zigarette und aschte absichtlich auf den Fußboden, was Duke normalerweise zum Lachen gebracht hätte, weil es so ungezogen war und ihre Ungezogenheit ihn amüsierte. Jetzt aber nahm er es nicht einmal wahr. Der Aufzug rumpelte, ein Trommelwirbel. Sie sah, dass seine Hände zitterten, als sich das goldene Fahrstuhlgitter öffnete. Ein Schwarzer in einem schneebestäubten Armeemantel betrat den Flur. Voller Verachtung schaute er Duke an, dann drängte er sich an ihm vorbei in die Wohnung. Der Liftboy konnte nur starren.

Duke schloss die Tür. Die zwei Männer sahen sich bloß stumm im Foyer an, bis Lili mit einem freundlichen »Hallo!« das Eis zu brechen suchte. Der Geruch seiner ungewaschenen Kleidung stach ihr schon von weitem in die Nase. Das gefiel ihr. Sie lachte und wollte dabei möglichst freundlich und einladend klingen. Der Mann überragte Duke. Arme und Brust füllten den Mantel vollständig aus, das Gesicht war geschwollen, von rosa Scharten überzogen, und die Augen schwammen in einem blutroten See. Er ließ Duke nicht aus den Augen.

»Ich hab die Adresse aus deinen Entlassungspapieren«, brummte er. »Mann, bin ich froh, dass ich die behalten habe! Ist arschkalt da draußen.«

Sein Blick wanderte. »Deine Frau?« Er sprach jetzt deutlicher. »Eine Krankenschwester, was? Hast dir eine hübsche weiße Schwester angeschafft. Dann kann sie sich ja um mich kümmern.«

»Nein, kann sie nicht.«

Er sah auf Duke herab. »Ein aufpoliertes Niggerchen. Siehst gar nicht krank aus. Die Entlassung war Bullshit, stimmt's? Lässt du mich rein?«, setzte er hinzu, obwohl er schon tief in Dukes Territorium eingedrungen war. »Schön, schön. Riecht nach Geld hier drin. Aus dir wird was. Wer hätte das gedacht? Dein Daddy wär erstaunt. Bloß ist er tot. Letzte Woche hops. Auf'm Klo. Ganz schön beschissen für einen Soldaten. Wusstest du noch gar nicht, was? War ja klar. Was du alles nicht weißt.«

Aus seinen blutunterlaufenen Augen tropfte es jetzt. »Ich bin komplett durchgedreht, als ich das gehört hab. Nicht wie du. Ich hab ihn geliebt. Dann bin ich rüber in die Wäschekammer von der Kaserne. Nachts ist da nie wer. War aber wer. Eine Weiße. Sah wie deine Mutter aus. Die hatte Angst vor mir, obwohl ich geheult hab. Ich hab sie ein bisschen aufgemischt. Für Onkel Ulysses. Hab mit der Tante gemacht, was er mit deiner Mutter hätte machen sollen.« Seine Stimme wurde ruhiger. »Na ja, jetzt bleibe ich ein paar Tage hier, stört dich doch nicht?«

»Ich gebe dir Geld, und dann gehst du bitte wieder.«

»Was, Mann, du schmeißt mich raus? Dein eigen Fleisch und Blut?«

»Nein, macht er natürlich nicht!«, kreischte Lili.

Er ignorierte sie. »Das gibt's doch nicht! Ich sitz in der Klemme. Hör zu, Cousin, ich brauch Ruhe, nur für paar Tage. Okay, paar Stunden. Ihr habt doch ’n Bett, oder? Ich zieh die Stiefel aus, bevor ich mich da reinlege.«

Duke drehte sich zu seiner Frau um. »Das ist mein Cousin«, sagte er. »Carl Pickens. Ich hab dir von ihm erzählt.«

»Ich glaube nicht«, sagte sie und lächelte den Eindringling an, der ihre Höflichkeit nicht erwiderte.

»Na, jetzt braucht er Ihnen wohl nichts mehr zu erzählen«, sagte Carl Pickens. »Sie sehen es ja selbst.« Er sah wütend aus, und dann beschämt. »Ich will mich waschen.« Er drehte sich um, ging in ihr Schlafzimmer und fand auch das Bad ohne Probleme.

Von selbst kam Carl Pickens nicht wieder aus dem Badezimmer heraus. Da er nicht abgeschlossen hatte, öffneten seine Gastgeber nach einiger Zeit die Tür. Er lag rücklings auf dem Boden, eine Spritze im Arm. Lili zog die Spritze heraus, fühlte seinen Puls. »Er lebt!« Duke hatte sich schon seinen Mantel übergeworfen. Er griff nach Carl Pickens’ Rucksack und schulterte den bewusstlosen Riesen.

»Bleib hier«, befahl er. Er schien wütend zu sein, aber sie wusste nicht warum. Dann schaffte er den schweren Körper an den erschrockenen Liftboys und Türstehern vorbei nach unten, hinaus ins Schneegestöber und verfrachtete ihn in ein Taxi. Die Einfahrt der Notaufnahme war von einer Limousine, Streifenwagen und Schaulustigen, einige mit blitzenden Kameras, blockiert. Duke musste seinen Cousin außen herum schleppen und erreichte dann endlich die Eingangshalle. Er pflanzte ihn auf einen rosa Plastiksitz und packte ihm seinen Rucksack auf den Schoß.

Das Gebilde aus Mann und Gepäck hielt das Gleichgewicht, als Duke kehrtmachte und zurück zum Taxi rannte, und glitt dann langsam zu Boden, wo man ihn schon nach einer Stunde fand.

Es mochte eine übernatürliche Fügung sein, dass genau in dem Moment, als Duke Butler mit einem ohnmächtigen Soldaten über der Schulter das Krankenhaus betrat, Elizabeth Taylor auf einer Krankentrage eintraf, eskortiert von einer Heerschar Paparazzi und Fans. Das Foto des Filmstars, der stilvoll in die Notaufnahme getragen wird, während im Hintergrund ein Schwarzer einen anderen Schwarzen schleppt, erschien in der *New York Times*. Es wurde zu einem ikonischen Abbild der Klassenunterschiede und für den Pulitzer-Preis nominiert.

Gnädigerweise wurde Duke auf dem Foto von niemandem erkannt, denn er hatte sein Gesicht abgewandt, sodass sich kein Zusammenhang herstellen ließ.

Carl Pickens' Porträt hingegen wurde von den Medien immer wieder übermalt: Anfangs war er ein anonymer Soldat; dann war er ein Opfer, ein dekorierter schwarzer Offizier, einer aus der Legion der vom Krieg hervorgebrachten Rauschgiftsüchtigen, die sich eine Überdosis Heroin verpasst hatten; und zuletzt ein Gesetzesbrecher, der in der Wäschekammer einer Kaserne eine ältere weiße Frau vergewaltigt und erstochen hatte. Ihren Fingernägeln nach zu urteilen, hatte sie sich zur Wehr gesetzt. Sollte Carl Pickens überleben, würde er vor ein Militärgericht gestellt werden.

Als Lili beim Abendessen quietschvergnügt darauf zu sprechen kam, schnitt Duke ihr das Wort ab und sagte leise, dass er davon nichts hören wolle. Seine Entschlossenheit schüchterte die Stones ein. Mehrere Tage lang blieb er distanziert, auch Lili gegenüber, und was er sagte, war fahrig; er klang wie ein markiger Soldat. Dann trugen ihn die Gezeiten von New York wieder zurück.

An dem Tag, als Carl Pickens zu lebenslanger Haft im Bundesgefängnis Leavenworth verurteilt wurde, gestand Duke Lili: Carl, der Sohn seiner Tante Bessy, war der Feind, der befehlshabende Offizier, der sich freiwillig dazu gemeldet hatte, dem gemeinen Soldaten Duke Butler Vernunft einzubläuen, als der gemerkt hatte, dass er niemanden umbringen konnte. Sein eigener Cousin hatte ihn bewusstlos geschlagen und eingesperrt. Im Gegenzug hatte Duke dem Schreckgespenst das Leben gerettet. Als er den bewusstlosen Patienten anonym im Krankenhaus abgesetzt hatte, war er anständig genug gewesen, ihm den Armeetornister mit seinen Besitztümern mitzugeben. Er enthielt

Carl Pickens' Führerschein und seinen Wehrpass. Man hatte rasch eine Verbindung zwischen dem Namen aus dem Süden und dem Patienten im Norden hergestellt und die Polizei von dem Fang unterrichtet.

Für Carls Mutter, Dukes Tante Bessy, muss es ein furchtbarer Schlag gewesen sein. Sie hatte gerade erst ihren Bruder verloren, der für sie wie ein Mann und Vater gewesen war. Wenn Duke seine Tante Bessy jetzt nicht anrief, konnte er es nie wieder tun. Sie wusste nicht, dass Duke Carl verraten hatte. Doch sie würde es Duke niemals vergeben, dass er nichts von sich hören ließ, als die Familie in so großer Not war.

Lili hatte eine Offenbarung: Duke war jetzt genauso allein und einsam auf der Welt wie sie. Duke hatte seinem grausamen Cousin das Leben gerettet, doch nach Hause zurück könnte er nun tatsächlich nie mehr. Niemand liebte ihn jetzt noch, nur noch sie. Und deswegen liebte sie ihn umso mehr.

Als sie an Dr. Mays auf dem Krankenhausflur vorbeiging, sagte sie ihm sehr laut, wie sehr sie ihn verachte, weil er seine Frau betrogen hatte. Er versuchte, seine Panik wegzulachen: »Keine Ahnung, wovon Sie reden!« Auch sie lachte und ging mit schwingenden Schritten davon. Den ganzen Nachmittag überlegte sie, wie sie Duke ihre Treue und Ergebenheit zeigen könnte. Dann kam ihr die Idee: ein Auto würde auf ihn zurasen, und sie würde sich davorwerfen, um ihn zu retten. Das würde sonst niemand für ihn tun. Die Stones waren dafür zu wankelmütig, das würde er noch selbst merken. Lili bewahrte die Heroinspritze als Andenken auf.

Eine wirklich große Beförderung

Eines schönen Frühlingsnachmittags, als sie gerade zweiundzwanzig Jahre alt war, fand Lili heraus, was sie bis dahin nicht gewusst hatte – sie war nicht nur schön, sie war die Schönste im Land. Der Manager einer großen Modelagentur entdeckte Schwester Lili auf der Altenpflegestation, als sie die Untersuchungsergebnisse nachschlug, die seine demente Mutter betrafen. Dankbar für jede Ablenkung nahm der Sohn die Figur der Schwester wahr. Sein Jagdinstinkt erwachte. Sie hatte Porzellanhaut, langes blondes Haar, das zu einem losen Knoten hochgebunden war, und einen schlanken Hals. Ihre karamellbraunen Augen wurden von einer Brille verschattet. Keine Spur von Make-up. Er lud sie zu Probeaufnahmen ein. Ohne Brille natürlich.

Lili schrak zurück.

Aber als sie an diesem Nachmittag heimging, schaute sie sich auf der Straße um, und dabei fiel ihr auf einmal auf, dass die Männer zurückschauten. Auf einmal spürte sie in jedem zufälligen Blick sexuelles Interesse an ihr. Während ihr die Blicke folgten, erkannte sie, dass sie nicht jeder Frau folgten. Damit wusste Lili nicht umzugehen.

Ihre Einstellung war dem Manager unheimlich. Er erzählte Frauen unentwegt, dass sie atemberaubend schön seien, und sie stimmten ihm ausnahmslos zu. Diese hier war entsetzt. Doch sie war von Natur aus freundlich, und sie konnte nicht nein sagen. Sie war einverstanden damit, dass er sie persönlich zu einem Optiker brachte, der ihr Kontaktlinsen anpasste. Lili fühlte sich bei dem Manager geborgen. Mit seinen weißen Stummelfingern nahm er ihr persönlich das klobige schwarze Brillengestell ab, und da wurde ihr schwindlig – sie breitete die Hände über ihr Gesicht, um es vor dem turbulenten Raum zu schützen, der sie umgab. Dann setzte der Optiker ihr die Kontaktlinsen ein, und die beiden Männer führten Lili vor den Spiegel.

Sie sah ihr Gesicht zum ersten Mal nackt. Sie atmete schneller. Schönheit ist keine Ansichtssache. Sie runzelte ein wenig die Stirn, was niedlich aussah, und die zwei hässlichen alten Männer lachten und stupsten sie vom Spiegel fort. Sie musste lernen, die winzigen durchsichtigen Näpfchen auf der Fingerspitze zu balancieren und sie in die weit aufgerissenen Augen zu befördern. Sie übte zu Hause, bis ihre Augen von den darin herumwühlenden Fingern wund waren, und immer wieder fielen ihr die Linsen von der Fingerspitze und mussten gereinigt werden, ehe sie es wieder versuchen konnte. Duke protestierte. Mit Brille gefalle sie ihm sehr gut, sagte er. Die Brille unterstreiche ihre Schönheit, behauptete er. Lili hörte nicht auf ihn, übte fieberhaft weiter, als hinge ihr Leben davon ab, und nach zwei Tagen schon gehorchten ihr die Linsen, und sie warf alle ihre Brillen in den Müll und ging nach draußen, um zu promenieren.

Die Zahl der auf Lili gerichteten Blicke stieg rasant an.

Eine leidenschaftliche Liebesaffäre mit dem Spiegel begann. Anfangs verheimlichte sie es ihrem Mann. Verstohlen betrachtete sie während der kurzen, aber immer ekstatischeren Zusammenkünfte ihr Abbild. Sie war vernarrt. Bei der Arbeit verschwand sie für längere Zeit im Pausenraum. Der Agent hakte nach, rasch willigte sie ein und nahm an ein paar »Go-See«-Terminen teil, bei denen ganze Räume voller »Mädchen« wieder weggeschickt wurden.

Nur Lili nicht. Sie brachte es quasi über Nacht vom Probelauf zur Professionalität. Sie schloss einen Vertrag mit einer Tabakfirma für Fernsehreklame im Ausland, von Italien bis Südkorea. Die Spots waren auf die jeweilige Landeskultur zugeschnitten, und in allen stand eine blonde Schönheit im Mittelpunkt. Der Vertrag wurde unterzeichnet, doch sie hatte es ihrem Mann immer noch nicht gesagt. Sie hatte Angst, dass er auf längere Reisen genauso wie sie reagieren könnte, mit wütender Ablehnung.

Duke ahnte nichts. Ihm gefiel ihr Gesicht mit Kontaktlinsen genauso wie mit Brille. Sie erklärte ihm, dass sie jetzt immer Frühschicht hatte, und er stand jeden Morgen früher auf, um ihr Kaffee zu kochen. Hätte er hinausgeschaut, hätte er gesehen, wie die lange Limousine die Straße entlangglitt. Aber er legte sich immer wieder schlafen. In der Nacht vor ihrem ersten Auslandsshooting schien es an der Zeit, alles zu beichten.

»Heute ist was Sensationelles passiert, Duke«, flötete sie, als sie zu ihm aufs Sofa hüpfte. »Wie ich dich liebe!«, erinnerte sie ihn, holte tief Luft und datierte die Aufwartung durch den Talentscout nach, wobei Lili sie zu einer einzigen freudigen Episode verdichtete. Sie glaubte, dass Duke ihrem Enthusiasmus unmöglich widerstehen könne.

Duke war baff. Das war ihm nie in den Sinn gekommen, Lilis Anblick einmal mit irgendjemandem teilen zu müssen. Er saß da, betrachtete sie und fühlte sich verletzt, weil er nicht davon ausgehen konnte, dass eine solche Schönheit nur einen einzigen Bewunderer hatte.

»Darling«, fuhr sie fort, »meine Karriere ist quasi vorherbestimmt. Mein erster Kunde ist eine Zigarettenfirma, die Butler & Butler heißt. Unglaublich, oder? Ich habe einen eigenen Manager. Das Beste hab ich dir noch nicht erzählt – ich werde unglaublich gut bezahlt.«

»Wirklich?«

»Du hast keine Ahnung, wie viel. Darf ich's dir zeigen?«

Sie zog ihren alten Koffer aus dem Flurschrank. Seit dem Tag, an dem sie sich in Nairobi begegnet waren, hatte Duke den Koffer nicht mehr gesehen, und sein Anblick griff ihm ans Herz. Er war aus einfachem blauem Stoff, mit großen aufgemalten gelben Lettern stand auf der Seite: LILI STONE. Jetzt sah Duke, wie hässlich und billig der Koffer war. Sie pfefferte ihn auf den Boden und forderte Duke auf, ihn zu öffnen. Ein grüner Geldscheinteich. Einhundertdollarnoten schwappten heraus: »Wenn ich will, bezahlen sie mich bar.« Das Geldmeer überschwemmte alle Sorgen, die er hätte haben können.

Wenige Monate später sah man Lili auf dem Cover von Mademoiselle, und es kamen immer neue Anfragen.

Der Talentscout fühlte sich geehrt, dass ihm das Glück so hold war. Er hieß Stanley Heaps. Er schätzte weibliche Schönheit, rechnete sie den Frauen aber nicht an. Ohne ihn war ihre Schönheit wertlos. Der schlaffe Rotschopf fühlte sich auf romantische Weise nur zu uniformierten kraftstrotzenden Typen hingezogen – am liebsten mochte er die Monturen von Spezialeinheiten. Seine Mutter war die einzige Frau, die er je geliebt hatte, eine Tyrannin mit Witz. Der Witz war weg, die Tyrannin lag im Krankenhaus. Jetzt zog Lili in sein Herz ein. Stanley Heaps' schweifende Gedanken sammelten sich wie Regen in Gullis und flossen zu ihr hin. In ihrem Beisein erzählte er jedem, dass sie die außergewöhnlichste Frau sei, die er je getroffen habe. Er nannte sie um in Lilith, wie die jüdische Dämonin. Er überließ ihr die Limousine für alberne kleine Besorgungen, und dann wartete der Fahrer vor dem Geschäft. Wenige Menschen können der Versuchung widerstehen, über einen Chauffeur zu verfügen – es bläht das Ego auf, noch stärker als Geld.

Seine Lilith war, wie sich herausstellte, aus Fleisch und Blut. Sie kündigte unverzüglich ihre Stelle im Krankenhaus, warf das Schwesterndiplom und ihre Geburtsurkunde in den Müll, schnitt fünf Jahre von ihrem Alter ab und teilte der Modelagentur mit, sie stehe zur Verfügung. Anfangs nannte sie ihren Mentor Sir Heaps und folgte seinen Anweisungen, wozu auch die Eliminierung ihres Nachnamens gehörte. »Lilith steht für den Asteroiden, der nach Lili Boulanger benannt ist«, erklärte sie Duke. »Du bist der Einzige, der mich Lili nennt.«

Über Nacht verwandelte sich ihr Erscheinungsbild – sie trug nun auch in ihrer Freizeit Make-up und ausgefallene Kostüme. Sie hatte ein Radarsystem eingeschaltet, das ihr sagte, wer sie anschaute und wie. Wenn sie abends nach Hause kam, sprach sie nicht mehr von endlosen Krankenhausfluren, sondern Gangways und Laufstegen, die wie Planken in einem Ozean von Gesichtern endeten.

Für die Stones war es genauso schwierig, sich mit dem Ruhm und der Kompetenz ihrer Tochter abzufinden, wie damals, als sie Krankenschwester geworden war. Sie heuchelten Stolz und fühlten sich dabei unbehaglich. Als auf einer Reklametafel am Times Square das Gesicht der rauchenden Lilith plakatiert wurde, machten die Stones einen Ausflug dorthin. Sie standen vor dem Plakat wie irgendwelche Touristen und gafften hoch, bis Bucky sagte: »Jedenfalls sieht sie keinem von uns ähnlich. Vielleicht hat man sie ja auf der Säuglingsstation verwechselt.«

»Nein«, erwiderte Vlado, der darüber offensichtlich auch schon nachgedacht hatte. »Sie hat mein Zahlengedächtnis. Sie hat das absolute Gehör, auch wenn sie nie davon Gebrauch macht. Das ist Beweis genug.«

Und dann fügte er selbstgefällig hinzu: »Und meine Haare.«

»Ich wusste gar nicht, dass du so eitel bist«, sagte Bucky überrascht. Vlados Selbsteinschätzung war rührend und richtig. Sein blondes Haar hatte sie früher angemacht. Aus lauter Sentimentalität tätschelte sie seinen dünnen Oberarm.

Einige Wochen nachdem Lili auf dem Cover der *Vogue* erschienen war, änderte sich ihr Verhalten gegenüber ihrem Mentor. Sie war nicht mehr so nett zu ihm. Sie machte sich über die Lichtung in seinen roten Locken lustig, einem leuchtenden Fleck auf seinem Hinterkopf, den sie eine »Plakette der Sterblichkeit« nannte. Sie stippte die Enden eines der makellosen weißen Schals, die seine marineblauen Anzüge abrundeten, in Rotwein. Die Schals waren seine weißen Flaggen, mit denen er den Kerlen, für die er schwärmte, seine Kapitulationsbereitschaft signalisierte, und er geriet in Panik, wenn einer der Schals schmutzig wurde. Lili kaufte ihm neue, und seine Augen strahlten vor Glück, als er sich bei ihr bedankte.

Täglich versicherte sie ihm: »Du bist der wichtigste Mensch in meinem Leben.«

»Und du in meinem«, antwortete er.

»Außer Duke«, sagte sie und beobachtete, wie er seine Gekränktheit unterdrückte. Sie hatte herausgefunden, dass gelegentliche Kränkungen die Liebe anheizten. Heaps war ihr erster wirklich guter Freund. Sie schwelgte in den Annehmlichkeiten ihres Ruhms: der kniefälligen Bewunderung und dem ohne Rückfragen immer verfügbaren Geld. Sie zählte es nicht. Sie kaufte sich einen Nerz, und wenn noch etwas übrig war, kaufte sie noch einen. Und noch einen. Sie besaß zehn Nerzmäntel, in jeder Länge und jedem Stil. Sie trug sie überall zu allem. Bis zum heutigen Tag wird Lilis Name damit verbunden, dass sie als erster Mensch auf Erden einen langen Nerzmantel über einem schlabberigen Tank Top und abgeschnittenen Blue Jeans trug. In diversen Frauenmagazinen machte das Schlagzeilen. Niemals wurden in diesen Gazetten die Eltern des Models erwähnt, von denen nur wenige Amerikaner etwas gehört hatten. In der Öde des Landesinneren würde man allenfalls fragen: »Bucky WER?«

Als Duke merkte, dass ihr Erfolg sie gleichzeitig immer abhängiger von ihm machte, legte sich seine Angst davor. Sie erklärte es ihm – anders, als die meisten Leute glauben, ist das professionelle Schönsein Knochenarbeit, Wolgasklavenschinderei. Man bekommt natürlich viel

Zustimmung, muss aber auch stundenlang stillsitzen, während das eigene Gesicht sich in etwas verwandelt, das es in Wirklichkeit nicht ist, und dann wirst du herumgeschubst und angestarrt, während du dich entspannen sollst. Entspannst du dich nicht, ist alles für die Katz gewesen, also wirfst du eine Beruhigungstablette ein, aber wenn die Wirkung nachlässt, bist du erst recht nicht entspannt. Die Anerkennung durch Fremde befreit einen nicht von diesem furchtbaren Druck. Du brauchst jemanden um dich, den du liebst.

Je mehr man ihre Schönheit lobte, desto mehr ärgerte es Lili, wenn jemand sie übersah. Eine sehr kurze Zeit lang machte Duke sich über jede Unvollkommenheit lustig, die er entdecken konnte, von einem unspektakulären kleinen Pickel auf dem Rücken bis hin zu den Ohrläppchen, die eine Spur zu lang seien, wegen ihrer schweren Ohrringe, wie er sagte, sodass sie »afrikanischer« aussehe als er selbst. Sie akzeptierte sein Urteil, bekämpfte den Pickel und trug kleinere Ohrringe.

Eines Tages schoss Duke ein Foto von Lili, wie sie eine Tomatensuppe aß, mit vollen Backen, den Blick konzentriert auf den nächsten Löffel, einen Klacks Suppe am Kinn. Zu seiner Überraschung riss sie ihm die Kamera aus der Hand und warf sie aus dem Fenster im vierten Stock. Ein Engel lenkte sie einige Millimeter am Kopf eines alten Mannes vorbei, sodass sie auf dem Bürgersteig zerschellte.

Duke schamte sich. Seine Frau, ob jetzt Lili oder Lilith, ehrte ihn mit ihrer Liebe und ihrer Gegenwart. Nie wieder würde er etwas an ihr in Frage stellen. Von jetzt an wollte er der perfekte Ehemann sein. Er begriff, dass kein Kompliment überflüssig war und keines eins zu viel. Ihr Stolz war noch nie so zerbrechlich gewesen.

Sie lobte sich selbst. Schönheit sei »die größte aller Begabungen«, die einzige, für die man keine Muse benötigte, und er stimmte ihr begeistert zu. Sie ließ sich einen Umhang schneidern, nach einem Madonnenbild von da Vinci, »Die Jungfrau auf dem Felsen«, ein orangefarbenes Gewand mit dunkelblauem Futter. »Da Vinci ist dein Designer!«, sagte Duke.

Lili sorgte für Schlagzeilen, als sie in dem Gewand im Club 21 erschien, eine mondgesichtige, brachycephale Puppe in den Armen, die ein Fan ihr zugeschickt hatte. Stumm und ausdruckslos saß sie da, sah die Puppe an und trank Wodka. »Ich sehe aus wie die Mutter Gottes«, wurde sie zitiert. »Nur mit dem Unterschied, dass sie auf den meisten Bildern ganz belanglos aussieht. Hohl. Die Leute verwechseln Leere mit Güte. Wahre Schönheit ist weder gütig noch hohl.« Darüber musste Duke erst einmal nachdenken. Die Bemerkungen sorgten für Unmut in der Modeindustrie, einem Schutzgebiet vor dem Halligalli des weiblichen Intellekts. Die Boulevardpresse verbreitete das Bild.

Stanley Heaps hatte alle Hände voll damit zu tun, Liliths Verträge aufzustocken. Dafür musste er jede Menge Überzeugungsarbeit leisten, mit falschen Versprechen locken, denen seine Lieblingsklientin niemals zugestimmt hätte. Jedes kleine Mädchen wollte auch so eine Puppe haben, Tausende davon wurden verkauft, aber niemand bedankte sich bei Lili für ihre PR-Arbeit. Stanley bestellte sie stattdessen in sein Büro und berichtete ihr hinter verschlossener Tür von dem Aufruhr, den sie verursacht hatte. Lili nannte ihn einen »Feigling« und fegte alles von seinem Schreibtisch, eine Geste, die ihr aus Filmen vertraut war und die sie schon immer mal hatte ausprobieren wollen. Lili sah zu, als Stanley alles aufsammelte und seinen Tisch wieder ordnete. Die Schreibmaschine hatte keinen Schaden genommen. »Lilith, ein Model muss mysteriös sein. Ein Rorschachtest. Je mehr man über dich weiß, desto geringer dein Wert. Die Zeitschriften stellen keine Models ein, sondern Firmen.«

»Duke, dass wir verheiratet sind, muss in die Presse«, erklärte Lili zu Hause. »Ich sehe uns als das ›Große Amerikanische Paar‹. Und jetzt musst du posieren lernen.« Sie führte Duke sein Bild im Flurspiegel vor.

Er sah es an und sagte: »Was soll damit sein? Ich weiß, wie ich aussehe.«

»Wenn du könntest, hättest du am liebsten überhaupt kein Aussehen und wärst unsichtbar«, staunte sie. »Nimm bitte die Brille ab.«

»Nein«, erwiderte er. »Das mache ich nicht.« Er floh.

Er hasste Spiegel. In seinem Fall wussten sie zu viel. Sie erkannten den schwarzen Mann in ihm, den er nicht mehr sehen wollte.

Jenseits ihrer Schlafzimmertür, der Treppe und des Stadtzentrums, am anderen Ende der Stadt, lag der Schah danieder. Er hatte Krebs. Als er ein paar Wochen vor diesem schicksalhaften Sonntagnachmittag nach New York gekommen war, standen alle Türen weit offen. Solange er die Kosten seines Aufenthalts aus eigener Tasche zahlte, konnte man ihm die Gastfreundschaft nicht verwehren. Als zahlende Gäste nahmen der Schah und sein Gefolge einen ganzen Flügel der nobelsten Universitätsklinik in Beschlag. Kranke wurden umgebettet. Die New Yorker meckerten nicht darüber. Sie interessierten sich mehr dafür, was denn nun genau mit dem Patienten los war.

Lilith, das berühmte Model, hatte den allgemeinen Schrei nach Neuigkeiten vernommen. Sie rief ihren alten Freund Dr. Mays an. Sie aßen im Krankenhaus zu Abend wie in den guten alten Zeiten. Er konnte sein Glück kaum fassen, als sie ihm erzählte, dass sie sich an seinen Penis erinnere, und dessen Farbton und spektakuläre Proportionen beschrieb. Sie hatte nichts gegen eine neuerliche Begutachtung.

Durch diesen nicht unbesungenen Krankenhausbesuch wurde Lili für ihre Eltern interessant – sie besaß Insiderinformationen über den Schah, er hatte Waldenströms Makroglobulinämie, eine Form des Hodgkin-Lymphoms, die ihn wahrscheinlich nicht sofort dahinraffte; er sorgte sich mehr wegen seines Haarausfalls infolge der Chemo; sie hatten ein straff sitzendes Kopfband für ihn konstruiert, damit die in seinem Körper zirkulierenden Medikamente nicht zu seinen Haarwurzeln durchsickerten. Die Herrscherin, die Schahbanu, hatte darauf bestanden, obwohl das Band so scharf wie eine Dornenkrone war. Aber auch das würde ihn nicht umbringen. Das eigentliche Problem war auf seinen Lebenswandel zurückzuführen: Er hatte sich Hepatitis eingefangen, und seine Leber war im Eimer.

Als Lili ein paar Tage darauf die Neuigkeit hinterherschob, dass man einem Mädchenschwarm aus Hollywood soeben eine Gurke aus dem Rektum entfernt hatte, war die Upper West Side angenehm schockiert. Selbstverständlich erklärten alle, dass diese Nachricht dämlich sei, doch sie gaben sie weiter, als kleine Münze einer höflichen Konversation. Es war eine dieser langen, dünnen, aus Europa importierten Gurken gewesen.

»Der Arzt vom Schah hat auch Vlados Steißbeinfistel behandelt«, berichtete Bucky. War das angeberisch? »Er hat uns einen Sonderpreis gemacht. Er stammt aus Island!«

»Was hat das gekostet?«, fragten die anderen. »Inklusive Anästhesie? Wo hat der Chirurg studiert? Doch hoffentlich nicht in Reykjavik?« Sie fanden Vlados Problem interessanter als das des Schahs.

Wie Kreuz- und Schulterschmerzen war die Steißbeinfistel die Rache der Schwerkraft dafür, dass man seinen Geist in alle Richtungen schweifen ließ, während man den Körper einem harten Stuhl preisgab. Selbst ein Lastwagenfahrer gibt seinem Hinterteil ein paar Tage frei. Die erste Erfahrung mit bitterem Schmerz und Hilflosigkeit legte einen Schalter um in Vlados Gehirn – er erwies sich als Heulsuse und nahm einen Monat lang Schmerztabletten, und die hielten ihn vom Komponieren ab. Er hasste den Anblick seiner eigenen großen Hand, wenn sie ihm den entwürdigenden Sitzkringel unterschob, den er benötigte, sobald er sich hinsetzte, und sei es nur zum Essen. »Selbst für einen Takt Musik bin ich zu schwach«, schluchzte er. Es war kein Trost, dass vor allem junge Leute zwischen fünfzehn und zwanzig Jahren eine Steißbeinfistel bekamen, Männer zumeist, es war eine männliche Krankheit, und dass der Patient daraus schließen konnte, entweder eine bemerkenswerte Ausnahme oder immer noch jung zu sein. In Vlados Fall schien der Schmerz alle Komplimente zu entwerten.

Sein neuer Psychiater Dr. Goldberg verschrieb ihm mehr Pamelor und ermutigte ihn, sich bewusst zu machen, dass Bucky sich über seine Krankheit irgendwie freute. Nicht aus Gehässigkeit, sondern weil er ihr einen Dienst erwies und ein abscheuliches Terrain sondierte – er war ein Jahrzehnt vor ihr sechzig geworden und dann fünfundsechzig, und nun erforschte er das Invalidendasein.

Bucky dachte auch an einen ganz anderen Weg, den sie mit ihm zusammen erkunden wollte. Ein Königreich braucht eine Dynastie. Bucky war es leid, um den Fortbestand ihrer Macht zu kämpfen. Die Stones hatten ihren guten Namen an ihre Tochter weitergereicht; so sehr daran gewöhnt, machte sie sich nicht viel daraus.

Jedes Jahr marschierte eine Brigade cleverer junger Leute an die vorderste Front, und sie rempelten sich gegenseitig an, während sie die ältere Garde bedrohten und sogar offen attackierten. Nichtbeachtung war die einzige taugliche Waffe, aber irgendwann wurde sie stumpf. Vor langer Zeit war Bucky eine von ihnen gewesen, und sie hatte nie aufgehört, sich selbst als junge Aufsteigerin zu betrachten. Sie hatte es fertiggebracht, ihren fünfzigsten Geburtstag zu ignorieren. Nicht einmal um die routinemäßige Instandhaltung ihres Äußeren hatte sie sich geschert.

Stattdessen hatte sie sich an gelegentliche Komplimente geklammert, wie jung sie doch aussehe, keinen Tag älter als dreißig, und daran geglaubt. Aber die in ihre Biographie eingebrannte Zahl sechzig war unwiderruflich. Sie würde sich nicht ewig an ihrem Intellekt erfreuen können. Schon jetzt fand sie ihre Einfälle weniger berauschend als früher. Während ihr einst die Ideen zugeflogen waren und die Hauptaufgabe darin bestanden hatte, sie in die richtigen Bahnen zu lenken, tröpfelten sie jetzt nur noch von Zeit zu Zeit und ohne jede Kraft herein. Der Hauptmotor, der die Ideen angetrieben hatte, war Ehrgeiz, und der war hin. Aber dann kam ihr ein neues, eher konventionelles Projekt in den Sinn, das auch die Nachkommenschaft und die Statuserhaltung betraf.

Es war Herbst geworden. Der Schah regenerierte sich in einer Villa auf Long Island. Ein neues Schuljahr begann. Der Preis einer Gallone Benzin schnellte von den allseits beliebten rund fünfundsechzig Cent, einem Drittel des Preises für eine Gallone Milch, auf empörende fünfundneunzig Cent. Eines Abends berichtete Lili auf einer Party, dass sie bei einem Besuch in ihrer einstigen Wirkungsstätte, dem Krankenhaus, von einer neuen Krankheit gehört habe, die schon bald Schlagzeilen machen würde, weil sie viel, viel schlimmer sei als alles bisher Dagewesene, viel schlimmer als jeder Tripper, es gebe kein Heilmittel, und man stecke sich einfach durch Sex damit an. Die Leute feixten, und Lili stimmte mit ein – selbst im Krankenhaus, wo sie davon gehört hatte, würden die Ärzte und Krankenschwestern sich aufführen wie wild gewordene Kaninchen.

Für kurze Zeit erlebte Bucky eine Glanzzeit. Ihr bahnbrechender Essay über den Zusammenhang zwischen Leere und Reinheit in den Madonnendarstellungen aus mehreren Jahrhunderten der Kunstgeschichte war erschienen, eine Erweiterung von Lilis skandalträchtigen Äußerungen über da Vinci. Er war mit Bildern geistig zurückgebliebener Patienten und berühmter Marienjungfrauen illustriert. Buckys Wagemut, die Wahrheit zu erkennen und sie auszusprechen, war eine Sensation, in New York und in Europa. Als der Aufruhr sich legte, wie es jeder Aufruhr unweigerlich tut, ließ Bucky einen Essay folgen, in dem sie den Prozentsatz – siebenunddreißig Prozent – der täglichen Fernsehsendezeit, in der es entweder um Mutterschaft oder um Kriminalität ging, mit dem Prozentsatz – achtunddreißig Prozent – repräsentativer Gemälde im Louvre verglich, die sich entweder dem Säugen oder der Geiselnahme widmen.

Diesmal horchte auch die amerikanische Presse landesweit auf. Bucky wurde geschmäht und gepriesen, es war ein einziges rauschendes Fest zu ihren Ehren.

Dann stahl ihr plötzlich der Schah die Show. Unschuldige Amerikaner waren in einer Botschaft in Teheran als Geiseln genommen worden und sollten bis zur Auslieferung des Schahs an sein Volk in Gefangenschaft bleiben. Eine Welle kollektiven Zorns brandete aus dem restlichen Land herüber und schlug über Manhattan zusammen. Kultivierte Menschen erkannten in den Iranern das Böse, den Feind. Es war alles schrecklich aufregend. Gleich nach dem Aufwachen stellten die Leute das Radio an, um das Neueste zu erfahren, und rannten aus dem Haus, um mehrere Zeitungen zu kaufen; man brauchte so viele Berichte über die Ereignisse wie irgend möglich, und abends gab es gar keine Diskussion darüber, was man sich anschaute: die Nachrichten.

Therapeuten machten Überstunden wegen der Ängste der Menschen. Bei allen stand die Vaterlandsliebe obenan. Das Geistesleben war weniger wichtig. Buckys Absturz aus dem Interesse der Öffentlichkeit war jäh und qualvoll. Als sie abfällige Bemerkungen über den Schah machte, wie in Europa jeder denkende Mensch, ignorierte man sie. »Das ist jetzt nicht der richtige Zeitpunkt, unser Land zu kritisieren«, fertigte ihr Verleger sie ab. Seine leidenschaftliche Überzeugung hatte seine chronische Furcht vor Buckys spitzer Zunge abgeschwächt. Bucky wehrte sich nicht. Sie kam sich erledigt vor. In der Öffentlichkeit, bei einer Podiumsdiskussion, gab sie zu, dass die Zeiten sich geändert hätten. Insgeheim war ihr klar, dass sie ihr Leben ändern musste. Als sie eines Nachmittags zufällig im Aufzug ihren Schwiegersohn traf, teilte sie ihm ihren Entschluss mit. »Es wird höchste Zeit, dass ich Enkel bekomme.«

Befreiung

Eine Woche später und nach intensivem Studium der Village Voice hatte Duke am anderen Ende der Stadt ein ganzes Haus zur Miete gefunden und quartierte Lili aus der Heimstatt ihrer Kindertage aus. In seinem Ungestüm hatte er sich das erstbeste leerstehende Haus in Fußnahe des Weinladens geschnappt. Es befand sich in einem Stadtteil namens Tribeca, der als so unattraktiv galt, dass man dort nur wohnte, wenn man um jeden Preis in Manhattan bleiben wollte. Es war vor allem für Bürogebäude ein fruchtbarer Boden, und sie schossen dort in die Höhe und zogen eine tagaktive, wimmelnde Population von Bürohengsten an. Auf der Upper West Side hielt man Duke für töricht.

Tatsächlich lag seine neue Behausung einen Block entfernt von den größten und hässlichsten Bauten, die die Stadt jemals errichtet hatte, Zwillingstürmen, deren Schatten sich auf die gesamte Umgebung legten, und im Gegensatz zu dem sonnenlichtdurchfluteten Wohnsitz mit Flussblick war die neue Bleibe der Butlers finster wie der tiefste Wald. Sie lag eingezwängt in einer engen Gasse zwischen alten, größtenteils baufälligen Fabrikgebäuden. Hinter dem Haus befand sich ein Stück Rasen, den sie als ihren »Naturzipfel« bezeichneten, was seine Ausmaße recht genau beschrieb.

»Wir brauchen doch keine Wände zwischen uns, oder?«, fragte Duke. Lili verneinte natürlich begeistert.

Das Bett stellten sie in eine Nische, Lili kümmerte sich um das Bad, Duke brachte Lampengirlanden an und installierte funkelnde Küchengeräte. Wenn er kochte, drangen die Gerüche auf die kopfsteingepflasterte Straße und lockten in den gefährlich leeren Nächten wilde Tiermenschen an. Manchmal versuchte jemand einzubrechen. Sahen sie Duke, ergriffen alle sofort die Flucht.

Das junge Paar fühlte sich sicher. Wei Wei änderte ihren Arbeitsplan, damit sie dort zweimal wöchentlich saubermachen konnte. Sie kaufte sich ein Paar rosa Hausschuhe, die sie »Twantzie« nannte, und stellte sie in der Diele ab. Endlich lebten Duke und Lili glücklich und zufrieden miteinander.

Einmal riskierte Bucky einen Anruf bei Duke und fragte, was sie mit der Wohnung machen solle. »Wenn du sie jetzt sofort verkaufst, bekommst du viel Geld dafür«, sagte er mit einer solchen Überzeugung, dass Bucky spurte. Noch an dem Tag, an dem das Inserat erschien, griff jemand zu. Bucky hatte dem Paar die Schlüssel überlassen, aber nicht das Eigentumsrecht, und nach Abzug aller Steuern und der Maklergebühren hatte sie einen stolzen Gewinn von dreizehn Prozent gemacht. In weiten Kreisen sah man darin einen Beweis für Buckys Genie, denn New York war ein Käufermarkt.

Fünf Jahre waren vergangen, seitdem Duke in der New Yorker Szene einen bescheidenen Platz eingenommen hatte, da erschien ein Kamerateam im Laden, um Mr. Perkins über den jüngsten Skandal wegen falsch etikettierter Weinflaschen zu befragen, und er bestand darauf, dass sein junger schwarzer Assistent die Fragen beantwortete. Obwohl Duke Spiegel hasste, war er keineswegs kamerascheu. Er erklärte, dass das Einfüllen billiger, gepanschter Weine in Flaschen mit falschem Etikett nicht damit gleichzusetzen sei, dass man Nullen an eine Dollarnote hängt, nein, viel schlimmer, sagte er in die Kamera blickend, es sei so, als gäbe man Toilettenspülwasser als Champagner aus. Er redete sich in Rage und schien völlig aus der Rolle zu fallen und imitierte fast unbewusst Perkins' echten New Yorker Tonfall.

Ein aufmerksamer Fernsehdirektor erkannte das Potenzial. Er ließ Probeaufnahmen von Duke machen und bot ihm die Pilotsendung einer Kabelfernsehtalkshow über Wein an.

Welch ein Triumph! Keine Videokamera zwang Duke in die Knie. Er war gelöst, charmant, souverän. Sein erster Gast war Mr. Perkins, sein zweiter Mr. Poole, der den Flug aus Kalifornien selbst bezahlte, um den jungen Mann zu unterstützen, und der sich auf dem Bildschirm so gesprächig zeigte, dass die Sendung dem landesweiten Fernsehen eine Meldung wert war.

Als ein Wochenmagazin über die außergewöhnliche Entwicklung amerikanischer Weine am Beispiel Duke Butlers berichten wollte, eines Nachfahren des ersten leidenschaftlich für Wein engagierten Amerikaners, der Burgunder auf die Scholle von Virginia gebracht hatte, nahm Butler die Reporter nach Tribeca in seine seltsame Wohnung mit und stellte ihnen seine weltberühmte Frau vor. Der Artikel nahm eine andere Richtung. Er befasste sich mit der neuen Aristokratie der jungen Generation. Der Geburtsort ihrer Romanze war Afrika – sie hatten sich am Ufer des Victoriasees verliebt. Dann war Duke zur Armee gegangen und Lili nach Harvard, sie hatten sich wiedergefunden und sich ein Heim in New York City geschaffen.

Das Foto von ihr in Weiß und ihm in Schwarz, auf dem sie sich die Arme um die Hüften legten – eine weiße Hand mit Ehering vor schwarzem Kaschmir, eine schwarze Hand mit dazu passendem Ehering vor weißer Seide , die Gesichter Wange an Wange, ihre Augen braun, seine blau, landete auf dem Cover des Magazins.

DER CODE

Die Achtziger

Gewinne und Verluste

Im berüchtigten Jahr 1984 fand Duke Butler heraus, wie man elegant ausspuckt. Er bewunderte Mr. Perkins' makellosen Strahl und übte unermüdlich. Er wollte den Wein mit dem gleichen geschmeidigen Geräusch wie Mr. Perkins im Spucknapf platzieren. Nach und nach gewann sein Strahl an Grandezza, wuchs an Breite und nahm ein gemessenes Tempo an. Das Ganze glich einem unerklärlichen Naturphänomen. Duke übertraf Mr. Perkins. Natürlich vermutete man, die Form seiner Lippen habe etwas mit seiner Fertigkeit zu tun, eine nie zuvor auf die Probe gestellte Überlegenheit seiner Rasse, worüber allerdings niemand gern sprach. In Wahrheit liegt das Geheimnis tiefer – in der Gurgel.

Doch das Stadtgespräch kreiste nicht lange um diese Ejakulation. Man hatte dringendere Sorgen. New York war besessen davon, herauszufinden, wer die A-wie-Apple-Krankheit hatte. Kranksein war unglamourös, und die Befallenen hüllten sich in Schweigen. Sie überschminkten die verräterischen Male und ließen die Haare wachsen, um die geschwollenen Lymphknoten zu verdecken. Die Ärzte hielten dicht, und das Rätselraten war groß. Freie Liebe konnte man sich nicht länger leisten. Die anderen selbstverursachten Leiden – Suchtkrankheiten und Geldmangel – waren im Vergleich dazu bequem wie alte Pantoffeln.

Ansonsten war die Welt in Ordnung – selbstverständlich war die Börse nervös, aber der Wohlstand sickerte bis in die letzten Winkel der Mittelschicht, sodass die auf 1,10 Dollar pro Gallone gestiegenen Benzinkosten zwar die Angst vor dem Unbekannten schürten, aber kein Hindernis für Wochenendausflüge in die Hamptons darstellten. Obwohl das Monopol der Bell Telephone Company gebrochen war und die Telefonkosten rasch sanken, schraken selbst die geselligsten Leute vor Ferngesprächen zurück, wenn sie nicht beruflicher Natur waren. Ein Gespräch entgegenzunehmen und den Anrufer dafür zahlen zu lassen, bedeutete einen Triumph, ganz gleich, wie billig telefonieren mittlerweile war.

Unaufhaltsam gewann das Wort »Geld« in den Kreisen der Stones neuen Respekt – der umgangssprachliche Ausdruck dafür, »Kohle«, wurde in den Ruhestand geschickt, der wahre Name war jetzt wieder an der Reihe. Die Leute legten vierhundert Dollar für einen Walkman hin, weil das Musikhören nach Lust und Laune, ohne dass man befürchten musste, jemanden zu stören, als eine Lebensnotwendigkeit galt, so wie der Besitz des neuesten, 2495 Dollar teuren, Apple mit 8-Megahertz-Prozessor und 128 Kilobyte großem Arbeitsspeicher. Das Universum teilte sich in Leute, die einen Computer haben wollten oder hatten, und solche, die keinen haben wollten, die sich verweigerten und sich in ihrer Weigerungshaltung für überlegen hielten, die einander kannten und spöttelten, wenn die Frage, wie man Ordnung in seine Computerdisketten bekomme, ein Gespräch aufleben ließ, wie die jüngste Kabbelei im Nahen Osten. Kochen, sagte man, sei eine Kunstform; ein Essen im richtigen Restaurant könne so viel kosten wie ein Theaterbesuch, fünfzig Dollar pro Person, wenn nicht noch mehr, falls man auf den Putz hauen müsse, und Duke sei derjenige, der die besten Restaurants empfehle, also so etwas wie ein Theaterregisseur. Es gab Leute, die jeden Abend Tausende von Dollars in Restaurants ausgaben. Einige von ihnen litten an der Krankheit, und es war begreiflich, dass sie ihr Geld lieber verschleuderten, bevor sie es vollständig verloren. Es hieß, Duke Butler habe sich seinen Mund versichern lassen. Die Details seiner Police änderten sich, während

Gerüchte darüber kursierten; die Versicherungssumme stieg von fünfundzwanzigtausend Dollar auf eine Million Dollar und sank dann wieder, und die Leistungsausschlüsse verwandelten sich von fahrlässig selbstverschuldeten Unfällen in sexuell übertragene Krankheiten.

In Wirklichkeit hatte er sowohl seine Nase als auch seinen Mund versichert. Das war jeden Penny wert, weil es sein großes Können bewies.

Jeden Montagabend spielte Duke Butler Lotto, wenn er das Weingeschäft verlassen hatte, in dem er montags immer vom Nachmittag bis zum Abend arbeitete, mit rot angelaufenen Zähnen, als hätte der verkostete Rotwein seinen Mund verletzt, denn Montag war Pinot-Noir-Nacht, Pinot Noir der neueste Geheimtipp. Er steckte sich den Lottoschein in die Jackentasche und wartete auf die Ziehung. Die Zwischenzeit blieb nicht ungenutzt – jeden Nachmittag steckte er einen Vierteldollar in den Spielautomaten im Eckladen an der Hudson Street. Die Angestellten und die Kunden sahen zu, wie der Automat den Quarter unweigerlich wieder ausspie und obendrein noch einige andere Münzen, manchmal in einer Sturzflut. Duke zählte nie nach.

Seine eigentliche Stärke war das Lottospiel. Seine Zahlen trafen auf frappierende Weise und im krassen Widerspruch zu statistischen Gesetzmäßigkeiten ins Schwarze. Doch damit gab er nie an. Im Süden war Bescheidenheit eine Tugend, im Norden war sie verpönt. Es war ihm nicht klar, dass der Verzicht auf Angeberei in New York als Eingeständnis galt, dass man nichts hatte, womit man angeben konnte.

So hatte es ihm Lili erklärt: »Der Code sagt: Du sollst deine Erfolge und Vorzüge stets im Munde führen.«

Duke sprach weder über seine Gewinne noch über seinen erlauchten Ahnherrn, geschweige denn über seine privilegiert-unterprivilegierte Kindheit. Seine Frau schon. Sie erzählte jedem jederzeit, dass ihr Mann, wie das Lottospiel beweise, »gesegnet« sei, ein aus dem Süden stammender Ausdruck, den sie aufgeschnappt hatte, dass er, ein Jefferson, im tiefsten Innern von Amerika aufgewachsen sei, wohin noch kein Entdeckungsreisender aus Manhattan seinen Fuß zu setzen gewagt habe.

Einmal trieb ein Trupp New Yorker Duke im Haus seiner Schwiegereltern in die Enge, beim Aperitif, und bombardierte ihn mit Fragen nach seinem Stammbaum, aber Lili ging dazwischen – »Mit Plebejern diskutieren Aristokraten nicht über ihre Familie.« – und zog Duke fort.

»Mein Gott, wie ich dich liebe«, flüsterte er ihr zu. Das war sein Mantra, sein Lied, sein Gebet. Er verriet ihr nicht, dass er beim Betreten eines Raumes automatisch registrierte, wie viele andere dunkelhäutige Menschen sich darin aufhielten, und wie er ihnen, so es welche gab, unter irgendeinem Vorwand aus dem Weg ging. Er beherrschte die Regeln, nach denen in New York Konversation geführt wurde, er wusste, wie man seine Meinung äußerte. Und dann entdeckte er einen anderen, ihm viel genehmeren Weg, der nur denen in höchster sozialer Stellung offenstand. Er legte eine befriedigte Miene auf und sagte fast gar nichts. Die meisten ihrer Bekannten waren von Dukes Einsilbigkeit fasziniert – wahrhaftig, er war dunkel und geheimnisvoll.

Seine Frau war das Gegenteil. Nach Jahrzehnten eines Lebens als hässliches Entlein im Schatten ihrer Eltern hatte Lili sich zu einem schillernden Paradiesvogel gemausert, und ihr Mann war ein Bestandteil ihrer allseits geschätzten Farbpalette. Da Lili von sich selbst restlos begeistert war, empfand sie Dukes atemberaubendes Spielglück auch als das ihre. Jedesmal, wenn er etwas gewann, selbst wenn es keine große Summe war, fuchtelte sie noch Tage danach mit dem Lottoschein herum – »Seht mal, was mein Mann für ein Glück hat!« –, bis sie den Schein so beschädigt und mit Rissen versehen hatte, dass Duke ihn mühsam wieder zusammenflicken musste (während sie sich über seine Pingeligkeit lustig machte), um seinen Gewinn abholen zu können.

Den Code, den Duke noch immer nicht zur Kenntnis nehmen wollte, fand Lili unerträglich. Sie kannte die Regeln nur zu gut: Lottospielen war albern, eine Geldverschwendung für die Habenichtse. Börsenspekulation hingegen war eine intellektuelle Herausforderung für die Klugen, die wussten, wie man gewinnt. Als ein Schriftstellerinchen in einer illustren Runde bei den Stones von einer Kapitalanlage schwärmte, die es mit List und Tücke erschlichenen Insiderinformationen verdanke, und Bucky sich unbedingt die Details notieren wollte, platzte es aus Lili heraus: »Duke hat meinen Kapitaleinsatz letzte Woche mit 6-aus-59 verdoppelt.« Alle legten ihre Gabel aus der Hand und begafften Lili, sodass sie hinzufügte: »Das ist das neue Lottospiel, bei dem er mitmacht.« Jetzt begafften sie Duke, auf den Tellern gafften die Austern aus dem Puget Sund, und Lili raunte Bucky zu: »Die Frauen kommen rein- und rausgerannt und reden von ihrem Portfolio.«

Bucky nahm die Gäste in Schutz und blaffte die Tochter an: »Verdien du erst mal Geld mit deinem Hirn, dann kannst du dich über Finanzen lustig machen.«

Worauf Lili schlagfertig entgegnete: »Wenigstens sterbe ich nicht stückchenweise an emotionaler Blutarmut. Ihr alle hier liebt Geld, nur ich nicht. Geld interessiert mich nicht. Mich interessiert nur Duke.« Sie spießte eine, zwei, drei, vier und schließlich fünf kostspielige Austern auf ihre Gabel, warf den Kopf in den Nacken und schlang alle auf einmal hinunter.

Ihre Worte, die sie wie eine gewaltige Fahne schwang, elektrisierten Duke. Er stellte ständig seine Glückszahlen auf die Probe, in zahlreichen Kombinationen, die mit seiner Frau zu tun hatten, zuletzt 38–19–32, Lilis Maße, in Zoll, als sie bei ihrem ersten bezahlten Fototermin einen falschen Busen getragen hatte. Gibt es Zufälle? Bucky war am 3.8.1932 geboren. Als er ein paar Tage später die Zahlen verglich, stellte er fest, dass er gewonnen hatte.

Sein Gewinn belief sich auf zwanzigtausend Dollar. Die Silben waren handfest; ließen sich, sooft man wollte, wiederholen, sie zergingen nicht in akustisches Butterschmalz. Die anderen konnten ihre Geringschätzung glücklicher Zufälle endgültig fallenlassen. Jeder konnte jetzt das Licht sehen. »Recht« zu behalten, setzt eine Dopaminflut frei.

Anfangs bewahrte er die Ruhe. Es langte für den brandneuen roten Jaguar SX, den Lili haben wollte. In New York kümmerte man sich um seinen Erlös; im Süden wollte man erlöst werden.

Alle wussten, dass Duke auf altmodische Weise großzügig war.

Selbst in größter Eile blieb er stehen und hielt einer nichtswürdigen Tranfunzel die Tür auf; aus seiner Tasche angelte er an Kleingeld, was er gerade zu fassen bekam, und gab es Bettlern, ohne vorher nachzuzählen; wenn das Essen auf seinem Teller einem anderen verlockend erschien, reichte Duke den Leckerbissen weiter; er hielt die andere Wange hin; wenn jemand prahlte, unternahm er nichts dagegen und prahlte auch nicht zurück; Duke konnte, wenn er in einem Restaurant auf die Rechnung wartete, die Spannung nicht ertragen, mit der andere fertig wurden, indem sie vom Tisch aufsprangen und zur Toilette gingen – man konnte sich darauf verlassen, dass er das Problem löste, indem er seine Diner's Card zückte und alle freihielt. Die anderen Gäste wussten natürlich, wie viel jeder verdiente, und sie mochten stolz darauf sein, dass sie mehr verdienten als ein junger Weinexperte, und trotzdem war es für sie ein Triumph, auf seine Kosten zu essen. Duke glaubte wohl, seine Freigebigkeit werde ihm irgendetwas einbringen. Dieser Trottel! Sie hatten nicht erwartet, eingeladen zu werden, und schuldeten ihm nichts. Sie begriffen es nicht – konnten es nicht begreifen –, dass es ihm einfach eine Freude war, eine Rechnung bezahlen zu können.

Wenn Mr. Perkins dabei war, duldete er das nicht. Er prüfte die Rechnung akribisch und verlangte von jedem Gast seinen Anteil. War eine Flasche Wein geöffnet worden, wurde der Preis durch die Zahl der Trinker geteilt, und er sah zu, dass Duke nur seinen Anteil bezahlen musste. »Ich rechne das mal aus«, sagte Mr. Perkins, setzte feierlich seine billige Lesebrille auf, entkorkte seinen Stift und schrieb auf die Rechnung. Als das Ladenmädchen kündigte, zeigte er sich interessiert daran, Wei Wei einzustellen, unter der Bedingung, dass er ihr nie ein anderes Trinkgeld als das Weihnachtsgeld geben müsse. »Sie zahlen ihr fünf Dollar die Stunde, das werde ich also auch tun müssen. Aber fünf Dollar die Stunde sind hier der Höchstsatz! Keinen Penny mehr. Und ihre rosa Slipper lässt sie nicht im Eingang stehen. Die kommen in den Wandschrank.«

Er war keineswegs geizig, sondern befolgte bloß die New Yorker Etikette. Der alleinstehende ältere Herr fand schon bald Gefallen an

Wei Wei, die ihm mit ihrem runden, ausdruckslosen Gesicht und ihrer geraden, starren Figur wie ein Strichmännchen auszusehen schien, das ein Kind gemalt hatte. Sie sprach nur, wenn sie dazu aufgefordert wurde, ein zustimmendes Murmeln. Wann immer er damit durchzukommen glaubte, steckte Mr. Perkins ihr heimlich etwas zu. Bald bekam Wei Wei das höchste geheime Weihnachtsgeld in der ganzen Branche, wozu auch eine Woche bezahlten Urlaubs an einem Ort ihrer Wahl gehörte. (Sie entschied sich für regionale Busreisen mit ihrem Mann, zum Sightseeing – das eine Jahr Atlantic City, das andere Washington D.C., und nie länger als drei Tage. Sie mochte die Stones nicht alleinlassen.)

Am großzügigsten war Mr. Perkins mit dem, was er sich für Duke erträumte. Er genoss seit Jahrzehnten alle Anerkennung, die in der Branche zu vergeben war, und sein Ehrgeiz war gesättigt – sein eigener Erfolg langweilte ihn. Er wollte von Duke überflügelt werden. Sein Leben lang hatte er für Wein geworben, und er betrachtete Duke als seinen natürlichen Erben. Doch zuvor musste er Duke in den perfekten New Yorker verwandeln, damit niemand ihm schaden konnte. Aus diesem Grund war er unermüdlich damit beschäftigt, ihn anzuspornen und Maßstäbe zu setzen, die Duke nach Mr. Perkins' fester Überzeugung übernehmen würde.

»Verkauf dich nie unter Wert!«, sagte er zu Duke, als der an seiner eigenen Kennerschaft zweifelte.

»Nur Jesus versteht mehr von Wein als Duke!«, sang Mr. Perkins sein Lob, wenn er außer Hörweite war, und ließ ein plump tremolierendes Glucksen darauf folgen, das zu seinen Augen passte. Mr. Perkins gab so oft mit Dukes außergewöhnlichen Fähigkeiten an, dass schließlich niemand mehr was davon hören wollte.

Eines schönen Frühlingstages machte Duke heimlich das Radio an, hörte die neuesten Lottozahlen und stellte fest, dass er einen riesigen Jackpot gewonnen hatte. Er schäumte fast über vor Glück. Doch er bezwang sich und sagte Mr. Perkins im Weggehen nur wie immer: »Schönen Feierabend noch, Sir.« Die Art, wie er zur Tür tänzelte, verriet ihn.

»Was gibt's denn so Tolles?«, fragte Mr. Perkins.

»Alles!«, erwiderte Duke.

Mr. Perkins hüpfte das Herz angesichts eines jungen Mannes voller Optimismus. »Ich bin ein paar Tage weg«, warnte er Duke. »Weißt du noch? Ich reise nach Paris. Jetzt bist du der Chef. Und gib nicht dein ganzes Geld aus, bevor ich zurück bin.« Was wusste er schon! Er sah hinterher, als sein Assistent sich in eleganten Sprüngen auf der kleinen Straße entfernte, um einen Bus in den Norden von Manhattan zu erreichen. Duke hatte eine Verabredung mit seiner Frau.

Duke wollte Lili nichts von dem Geldsegen erzählen, sondern sie mit einem spektakulären Geschenk überraschen. Lili hatte gerade eine Modenschau auf der Eislaufbahn am Rockefeller Center absolviert. Als sie ihren Mann entdeckte, tanzte sie auf ihn zu und sprang ihm in die Arme. Sie wollte unbedingt wissen, wie sein Tag gewesen war, und unterbrach seine Erzählung dann mit einer wichtigen Nachricht: sie hatte Hunger. Da fühlte sich Duke genötigt, seinen Gewinn zu erwähnen. »Du bist gesegnet!«, kreischte Lili und tollte durch die Umkleideräume und posaunte die Neuigkeit aus, und als jemand spaßeshalber versprach, dass Großzügigkeit belohnt werde und es noch nie eine bessere Gelegenheit gegeben habe, andere am eigenen Glück teilhaben zu lassen, lud Lili alle dazu ein, mitzukommen und die Beute zu verpulvern.

Sie zogen los, die Fifth hinunter, ein aufgekratzter Haufen. Innerhalb von zwei Stunden hatte Duke für alles, was Lilis Bekannte haben wollten, mehr als zwanzigtausend Dollar ausgegeben. Sie bestanden darauf, dass der Gewinner sich einen neuen Anzug kaufte, und suchten ein Modell von Lanvin für ihn aus, eine Patrick-Lacroix-Kreation mit grauen und braunen Nadelstreifen, aus Wolle und Polyester. Die Ärmel waren zu kurz; man rief nach dem alten Schneider, um die Angelegenheit mit ihm zu besprechen. Der zuckt ja, dachte Duke, mit keiner Wimper beim Anblick dieser vielen schönen Menschen, die jemanden mit dem Aussehen und der Haltung eines Butlers umringen. Duke sprach mit feierlicher Höflichkeit zu dem Angestellten und zwinkerte den anderen zuliebe mit den Augen.

Himmel, das waren Stunden des Glücks! Später, viele Lebensjahre später, würde man daran zurückdenken, so wie man sich an eine Kindergeburtstagsfeier erinnert, auf der alle jung und fröhlich waren.

Tags darauf entdeckte Duke seinen Fehler. Er hatte beim Ausfüllen des Lottoscheins einen Bock geschossen und die falschen Zahlen angekreuzt.

Am nächsten Morgen ging er zur Bank. Die Kassiererin musterte ihn kühl, als sie ihm seinen Kontoauszug gab. Er sah die Bescherung. Als hätte ein riesenhaftes Maul sich über den prachtvollen Garten hergemacht und alles ausgerissen, was dort war, und am Ende einen letzten Abdruck seines Rachens hinterlassen: eine Kreisfigur, die mit Freuden noch mehr in sich aufnahm. Null. Absolut null. Vor den wartenden Bankkunden fing er an zu zittern.

Er wusste, wie die Zuschauer auf seinen Anblick reagierten – ein einsamer schwarzer Mann, der vor dem goldenen Gitter des Bankschalters zu beben begann. Ihr Adrenalinspiegel schoss in die Höhe, sie waren bereit zu fliehen, da ihnen ihr Leben wichtiger war als ihr Platz in der Schlange. Duke kehrte auf dem Absatz um und ging.

Draußen auf dem Bürgersteig zog er sein Scheckbuch aus der Brusttasche und berechnete den Schaden, den Geld und Stolz genommen hatten, nach ungedeckten Schecks. Vier Schecks waren noch nicht eingelöst worden: Miete, Strom, Telefon und Wei Weis Wochenlohn. Sein eigener Lohn, in zwei Tagen fällig, konnte nur den Boden seines Bankkontos bedecken. Er stand mit leeren Händen da, ein geschlagener Mann. Er konnte Lili nicht die Wahrheit sagen; sie wäre entsetzt. In einer Woche würde sie alles herausfinden, wenn das Elektrizitätswerk ihnen wegen Zahlungsverweigerung den Strom abdrehte oder der Hausverwalter aufkreuzte, um nach der ausgebliebenen Mietzahlung zu forschen, oder man ihnen das Telefon abklemmte.

Er schlich zur Arbeit und vermied den Augenkontakt mit seinen Kunden.

Eine Hoffnung hatte er noch – Lili könnte Heaps um einen Vorschuss für die neue Pall-Mall-Reklame bitten. Das würde ihnen durchhelfen. Es war nicht ehrenhaft, aber Duke griff nach jedem Strohhalm.

Verluste und Gewinne

Als er am frühen Abend nach Hause kam, sah er Lilis weiße Stiefel und ihre Handtasche auf dem Fußboden liegen. Er hatte noch nicht mit ihr gerechnet. Er rief ihren Namen, diese teuren Silben, doch sie gab keine Antwort. Er folgte der Spur weiterer Kleidungsstücke und entdeckte Lili auf dem braunen dänischen Sofa, schlafend, unter einer cremefarbenen Decke. Er hätte sie vielleicht gar nicht gesehen, doch ihr üppiges Haar bedeckte das ganze Kissen, und ein kleiner nackter Arm lugte heraus.

Er hielt den Atem an und fuhr mit dem Finger über eine blonde Augenbraue. Seine Anbetung galt vor allem diesem großartigen und weichen Detail. Mit einem Mal, ohne die Augen zu öffnen, sprach sie: »Ich bin in meinem Leben noch nie so einsam gewesen. Die zwei Jahre ohne dich waren nicht so lang wie die letzten zwei Stunden.« Sie setzte die Füße auf den Boden, warf die Decke ab und Duke sah, dass ein Wundverband ihre Taille entstellte.

»Was ist passiert?«, stieß er hervor.

»Ach, das«, sie sah an sich hinunter. »Nichts. Ich bin so froh, dass du endlich da bist.« Sie drückte ihre trockenen Lippen auf seine, als würde sie einen Löffel auf den Tisch legen; ihr Atem schmeckte vertraut, nach Zigaretten und Wein. Er küsste sie, doch sie suchte ihr Spiegelbild in einem der Fenster – sie kannte die spiegelnden Oberflächen im Haus wie andere den Standort ihrer Möbel –, bis er schließlich ungeduldig, kühl wiederholte: »Lili, was ist passiert?«

Sie war beleidigt, dass er den Kuss abgebrochen hatte. »Hab ich doch gesagt. Nichts. Nichts ist passiert.«

Sie griff nach einer Packung Pall Mall und greinte: »Ich hasse Pall Malls!« Sie rupfte eine Zigarette heraus, steckte sie an, inhalierte und blies den Rauch aus, als wollte sie böse Geister austreiben. Duke warf nicht einen Blick auf ihren bandagierten Bauch, sondern lächelte freundlich und sagte angeberisch: »Ich glaube, ich habe in Idaho was ganz Tolles aufgetan.« Sie erwiderte nichts. »Idaho auf der Pinot-Noir-Landkarte. Ich möchte hinfahren und mit den Winzern reden.«

Sie nickte, stieß eine weitere Rauchwolke aus, wedelte mit der Zigarette vor ihm herum und sagte: »Also, wenn du's wirklich wissen willst, ich hab mich mit einer von denen hier verbrannt.«

»Tja«, täuschte er Desinteresse vor. »Es ist gefährlich, mit dem Feuer zu spielen.« Doch er war neugierig. »Wie ist denn das passiert? Gehört das zu deinen beruflichen Pflichten?« Er wollte gereizt erscheinen. Aber der Gedanke an ihre Verletzung weckte sein Mitgefühl: »Dein armer schöner Bauch!«

Sie entspannte sich und ließ dem Selbstmitleid freien Lauf. »Heute war das Pall-Mall-Shooting. Ich bin das Pall-Mall-Girl, und die behandeln mich wie einen hirnlosen Roboter. Lassen mich Ewigkeiten mit 'ner brennenden Zigarette rumstehen, während sie über das Licht nachdenken und sich über belangloses Zeug streiten – wie ich die Zigarette halten soll, rechte Hand, linke Hand, vor den Lippen. An einem künstlichen Strand. An einen klapprigen Pick-up-Truck gelehnt. Als Kontrast, verstehst du: schöne Frau, hässlicher Truck. Und im Vordergrund ein Mann, der aussieht wie ein Pappkamerad, aber der ist echt. Jack Somnolo. Behandelt mich von oben herab. Der darf im Vordergrund ein breites Lächeln aufsetzen. Ich bin Hintergrund, wie die Schrottkarre auch. Und so geht das stundenlang! Alle fünf Minuten ein Foto. Zwischendurch überschütten sie mich mit Komplimenten, damit ich schön ruhig bleibe. Dabei muss ich mich die ganze Zeit konzentrieren! Auf einmal fangen sie nämlich wieder zu knipsen an, und wenn ich nicht bereit bin, schnauzen sie mich an, wie den letzten kleinen Laufburschen. Ohne Kokain würde ich das nicht durchstehen. Damit versorgen sie einen. Die verpflegen ihre Sklaven mit Kokain.«

Er berührte ihre Stirn, wie er reflexartig den eigenen Körper an einer Stelle berührt hätte, die ihm weh tat.

»Aber wie hast du dich verbrannt? Hast du die Zigarette fallen gelassen?«

Sie rückte wieder von ihm ab. Es war für Lili selbstverständlich, dass sie sich jederzeit von ihm umarmen lassen konnte. Dann erzählte sie den Rest: »Nach ungefähr zehn Minuten in diesem Stil, frage ich mich, ob ich noch am Leben bin. Oder mich noch jemand für lebendig hält. Da hielt ich mir die Zigarette an den Bauch, wollte sehen, wann und ob ich oder irgendwer das überhaupt bemerkte. Am Set hat's wie beim Barbecue gerochen.« Ihre Stimmung stieg.

»Zum Schreien!«, sagte er, um sie anzufeuern. »Aber hat das nicht weh getan?«

»Natürlich tat das weh. Und dann sah der Kameramann den Rauch. Er hat getobt und gebrüllt, ich sei bescheuert. Das ist der Typ, der immer mit mir ins Bett will.«

»Das wollen sie alle«, bestätigte er sachlich.

»Ja! Ich weiß! Und er hat mir auf die Hand geschlagen. Die Zigarette flog weg und landete im Ausschnitt des Make-up-Mädchens. Im Tunnel zwischen ihren Titten. Ein Volltreffer.« Beide mussten kichern. »Die will immer im Mittelpunkt stehen. Da war sie nun endlich. Danach nur noch Chaos. Der Arzt kam. Sie heulte und jammerte wegen ihrer angebrannten Titten, aber er untersuchte natürlich mich zuerst. Verbrennung zweiten Grades am Bauch. Keine große Sache, ich brauchte bloß ein bisschen Salbe und einen klitzekleinen Verband. Ich wollte gleich weitermachen. Jetzt war wenigstens Leben in der Bude, was die Sache ja erleichtert.«

Sie hielt inne und zuckte die Achseln. Ihre Mundwinkel sanken herab. Die Mascara war zerlaufen und sammelte sich unter ihren Augen, dass sie aussah wie ein trauriger junger Clown.

»Und?«

»Sie haben Heaps angerufen. Ich war noch auf dem Set. Ich bin gefeuert. So wie du eine matschige Pflaume aus der Obstschale nimmst und wegschmeißt. Lilith ist nicht mehr das Pall-Mall-Girl. Heaps ist bestimmt stinksauer.«

Sie sank ihm in den Schoß, das Gesicht nach unten; Duke streichelte die Porzellanknochen ihres Nackens und ihre Schultern. Seine sanfte Berührung trieb ihren Kummer auf die Spitze. Sie brach in Tränen aus. Sie war froh, so froh, den verhassten Job los zu sein, endlich konnte sie etwas Neues anfangen, eine Familie gründen. Eine »Mutter« sein. Diesen Titel wollte sie so gerne tragen. Sie wollte vor dem feindlichen Leben geschützt werden, sie wollte ihre eigene bedingungslos loyale Truppe, ihre Sippe. Liebenswerte Mini-Dukes und wunderschöne Mini-Lilis. Immer da. Ein Dutzend Kinder für das Familienporträt, die sich um sie scharten, sie roch sie, den sauberen Geruch schmutziger Kinder, hörte ihre hellen Plapperstimmen, die sie ihrer stürmischen Liebe versicherten. Glücklicherweise konnte Duke ihre Gedanken nicht lesen. Stattdessen erinnerte er sich an den New Yorker Code: »Wir sprechen mit einem Anwalt.« Und dann sah er den Moment gekommen, ihr die Wahrheit zu sagen:

»Wir haben kein Geld mehr. Wir sind komplett pleite.«

Sie drehte sich in seinem Schoß herum, bedächtig, bedrohlich. Sie erkannte einen Schöpfungsfehler. Was war jetzt das? Ihre Aufmerksamkeit ermutigte Duke zu sagen: »Wir hätten wenigstens ein bisschen was von den zwanzigtausend Dollar behalten sollen.«

Sie empörte sich. »Was? Das kann nicht sein. Was hast du mit dem Geld gemacht? Ich bin Großverdienerin. Sonst würde ich mich doch mit dieser Arbeit nicht so abquälen.«

Plötzlich war sie nicht mehr in seinem Schoß, nicht einmal mehr in seiner Nähe – als hätte sie sich aufgelöst. Duke saß benommen da, bis er hörte, wie die Haustür ins Schloss fiel und es durch den Hof hallte: »Ich hasse Geld! Aber immerhin weiß ich, wie man's ranschafft.«

Er lief ihr nicht nach. Er wusste, dass sie zu dem vornehmen französischen Restaurant ging, in dem Heaps immer allein zu Abend aß. Jetzt würde sie sich auf seinen Schoß setzen und darüber jammern, was ihr zugestoßen war, mit den Fingerspitzen durch die ihm verbliebenen Locken fahren, ihm zur Robustheit seines Oberkörpers gratulieren und Heaps die Schuld an dem Fiasko geben – wenn er am Set gewesen wäre, hätte sie sich wohler gefühlt und sich nicht danebenbenommen. Früher hatte Heaps kein einziges ihrer Shootings versäumt. »Wieso? Wieso kommst du nicht mehr?«

»Oh, das tut mir so leid«, würde Heaps sich entschuldigen und alle Schuld auf sich nehmen.

»Mein Liebster, ich brauche dich! Du bist der Vater, den ich immer haben wollte. Du musst dabei sein«, würde sie sagen.

Duke beklagte sich nicht darüber, dass er den Superlativ »Liebster«

mit anderen teilen musste, denn er wusste, dass sein Status gesichert und Lilis Liebe zu ihm größer war. Zu den anderen, der Legion ihrer Anbeter, die sie mit ihrem emotionalen Überschwang beglückte, war Lili bloß liebenswürdig. Er wusste, »Mein Liebster« war ihre Standarderöffnung, wenn sie irgendjemandem einen Brief schrieb oder einen Fremden umarmte.

In Wahrheit war Lili sich der dauerhaften Zuneigung anderer Menschen keineswegs sicher, und sie hatte herausgefunden, dass diese Schmeicheltour bei den meisten Leuten unfehlbar verfing; sie entflammte ihnen das Herz und kochte ihnen das Gehirn. Nur Heaps brauchte nicht mit Komplimenten gefüttert zu werden, und Lili bewahrte sie für besondere Gelegenheiten auf, das heißt, wenn er ihr einen Gefallen tun sollte. Sie hätte sich die Mühe ohnehin sparen können. Heaps war distanziert und misstrauisch und wurde oft als »kalt« bezeichnet, und wenn seine Gefühle sich auf jemanden richteten, was selten vorkam, waren sie aus Stahl. Sie waren nicht anfällig für Veränderungen; sie würden auch dann noch bestehen, wenn Heaps schon lange dahin war. Anreisende Marsianer könnten sie vom Weltraum aus sehen – das Skelett einer Liebeserklärung an Lili in einer Ecke, die früher mal Amerika war.

Duke setzte sich aufs Sofa. Eine vollständige Ausgabe von Ezra Pounds Cantos lag an ihrem Platz auf dem Couchtisch. Bucky hatte Duke den dicken Band mit dem gravitätisch schlichten Cover zu Weihnachten geschenkt. Er hatte sich geehrt gefühlt. »Lies das nicht, hör es dir an«, hatte sie befohlen und die Ausgabe aufgeschlagen und ihm daraus vorgelesen. Was Duke hörte, in Buckys New Yorker Akzent, war ein undurchdringliches Dickicht aus Liedern, fremdartigem Schnattern und seltsamem Sirren. Seine Aufmerksamkeit hatte eilig den Rückzug angetreten. Lilis verächtliches Schnauben hatte ihm nicht geholfen, alles durchzustehen. Nach ihrem Vortrag hatte Bucky das Buch zugeklappt und es Duke überreicht, und da hatte Lili sich zu ihm gebeugt und ihm ins Ohr geflüstert: »Es wäre spannender, ein Knöllchen zu lesen.«

Und hier lag das vernachlässigte Buch nun einfach herum; Duke schlug es auf, um dem Autor gnädig zu sein. Es überraschte ihn, dass jemand mit einem gelben Marker Textstellen hervorgehoben und etliche Seiten mit Eselsohren versehen hatte. Ein Buch aus zweiter Hand. Er war entrüstet. Gebrauchte Bücher waren so schlimm wie Essensreste. Er sah sich das Titelblatt an. »Dieses Buch gehört Vlado Sztejn, 11. Klasse.« Eine Adresse in Brooklyn.

Ein Buch von Vlado zu besitzen – was für eine Auszeichnung! Er betrachtete Vlados Gekritzel. Nur sehr große Geister, dachte er, konnten sich eine derartig verkommene Handschrift einfallen lassen. Während er sich auf dem Sofa fläzte und die Wörter untersuchte, nahm er einen Ausdruck leichten Amüsements an, als würde er durch eine herrliche Landschaft fahren. Zu seiner Überraschung konnte er Bruchstücke entziffern – genug, die Reise zu genießen –, aber dann stieß er sich an einer Zeile: »Sie stirbt stückchenweise an emotionaler Blutarmut.« Lili, erinnerte er sich, hatte das zu Bucky gesagt. Er hatte sie für die scharfe Beobachtung bewundert. Jetzt ging ihm auf, dass sie die Cantos gelesen haben musste. Diese Seite war besonders abgegriffen. Wahrscheinlich hatte sich die Familie beim Lesen abgewechselt.

Wie deplatziert er sich fühlte. Wie unwürdig. Er rief sich seine Fähigkeit in Erinnerung, sie durch seine Anwesenheit zu beruhigen, durch seinen Sachverstand in kulinarischen Dingen, und seine »stoische Liebe« für ihre Tochter, wie sie es ausdrückten. Wie oft sagten sie, dass es in ganz New York, wie sie betonten, keinen Zweiten gab wie ihn. Das war höchstes Lob. Trotzdem wollte er am liebsten einer von ihnen sein oder wenigstens die Wahl haben. Wenn er sich anstrenge, könne auch er sich von Pound unterhalten lassen.

Er ging mit Augen und Stimme an die Arbeit und las laut. Ihm war, als müsste er mit seiner Stimme schwere Gewichte von der Kehle zu den Lippen schieben. Die Augen schafften es nicht, sich zwischen den aufragenden Wörterfelsen schnell genug zu bewegen. Er sank tiefer in den Sitz, um es bequemer zu haben, und schon bald übermannte ihn der Schlaf.

Lili rüttelte ihn wach und schwang sich über ihn. Sie saß auf seinem Bauch, haute ihm ein Blatt Papier um die Ohren und schrie: »Hiiiier!«

Ein Scheck über zwanzigtausend Dollar, ausgestellt auf ihren Namen, unterschrieben von Heaps. »Ich hab ihm gesagt: ›Wir brauchen es jetzt, sofort. Wenn du uns das Geld nicht geben kannst, kündige ich. Das Mindeste, was ich als Gegenleistung für diesen widerlichen Job verlangen darf, ist die Gewissheit, dass wenigstens mein Konto gedeckt ist.‹ Und er hat gesagt: ›Schon gut, schon gut‹, und mir den Scheck ausgestellt.«

Duke spürte, wie die Angst, die ihn den ganzen Tag begleitet hatte, nachließ, so wie ein Fieber sinkt, ganz langsam, und den Patienten geschwächt, aber dankbar zurücklässt.

»Ich bin mit Geld gesegnet«, erklärte Lili. »Das ist mein Schicksal, oder es ist ein Naturgesetz – ich brauche mich nie wie andere darum zu sorgen. Und du bist ebenfalls gesegnet. Weil du mich hast.«

Sie war unbesorgt, selbst als sie nach dem Pall-Mall-Debakel kein anderer Tabakkonzern mehr engagierte. Schlimmer noch – es war nicht ungefährlich, mit Tabak identifiziert zu werden; man verbrannte dadurch alle Brücken hinter sich, und viel wurde darüber getratscht, dass Lili nicht länger markttauglich sei. Das Gerede über ihr schlechtes Benehmen und dessen köstliche Folgen brachte die Gerüchteküche in Wallung, doch sickerte nichts an die Presse durch, und die Stones erfuhren nichts davon. Lili verkündete, sie wolle bis auf weiteres das Haus hüten. Sie ging ihrer Strategie gutgelaunt und mit Entschiedenheit nach – sie verschrieb sich eine Diät aus Xanax und Seconal und schlief, abgesehen von kurzen Pausen, in denen sie mit Duke scherzte und plauderte. Es vergingen Tage und Nächte, während sie ohne Schmerzen und Panik auf die Rettung wartete, von deren Eintreffen sie überzeugt war. Ihre Gelassenheit ließ Dukes Zuversicht wieder aufleben. Er rief Mr. Perkins in Paris an und führte das Gespräch ohne Hast, obwohl es teuer war. Er müsse Urlaub nehmen, wegen familiärer Probleme, über die er nicht sprechen könne. Es war Mr. Perkins sehr recht, nichts Näheres darüber zu erfahren, und er versicherte, er hoffe, dass die Probleme, was immer sie seien, bald gelöst werden könnten. Der Laden blieb eine Woche lang geschlossen.

Wei Wei erledigte die Hausarbeiten auf Zehenspitzen. Um die Ohren ihrer Herrin zu schonen, unterließ sie das Staubsaugen und putzte die Böden nur mit einem Schwamm, Zentimeter für Zentimeter, so wie sie es als junges Mädchen zu Hause getan hatte, nach der Revolution. Von Zeit zu Zeit schlich Duke aus dem Haus, um eine Zeitung und Lebensmittel zu besorgen, kalorienarme Delikatessen für Lili und die erlesensten Zutaten für Speisen, die er in langen, wohltuenden Stunden für sich selbst kochte.

Es waren überaus friedliche und harmonische Tage – am Ende seines Lebens sollte Duke sich oft daran erinnern. Jede Stunde ging er zu ihrem gemeinsamen Bett im hinteren Teil des Hauses und betrachtete Lilis Gesicht, ein altmeisterliches Bildnis mädchenhafter Unschuld, ohne das Spinngewebe der Craquelé, ihre Haut wie eine polierte Perle, die Lippen und Augen sittsam geschlossen. Wenn er hörte, dass sie sich im Bett umdrehte, sah er noch einmal nach. War sie durstig? Hungrig? Er fütterte sie mit Beeren, eine nach der anderen, Himbeeren, Blaubeeren, hielt ihr die Süßigkeit an die Lippen, bis sie sich öffneten und das unterrockweiße Gebiss dahinter entblößten, das sich teilte, um die Beere passieren zu lassen. Oft schlief Lili ein, während sie die Frucht noch im Mund hatte, und dann küsste er ihre Nase, sodass Lili kurz wieder zu sich kam und ihn anlächelte, ohne die Augen zu öffnen, und schluckte, wie ein gehorsames krankes Kind. Duke war alles, was sie brauchte. Wenn anonyme Freunde anriefen und sie sprechen wollten, sagte er ihnen, dass sie beschäftigt sei.

Nach einer Woche überbrachte Heaps telefonisch die Botschaft, dass es einen neuen Job gebe, und da weckte Duke Lili auf.

Lilis Ruf wird repariert

Fünf Tage hatte Heaps gebraucht, um alles zu organisieren. Lili war jetzt das Plakatgirl für eine neue Haarkosmetiklinie.

Wer sonst hatte solches Haar? Vielleicht eine Bauerntochter in einem Dorf in Nordschweden. Vlados genetisches Geschenk an sie, ein Blitzschlag in einer dunkelhaarigen Familie. Vlados Mutter hatte den kleinen Jungen wegen seiner dichten blonden Locken angehimmelt und ihn allen anderen vorgezogen, aber ihr Mann hatte ihr vorgeworfen, den Fehler, der ihnen unterlaufen war, einen ungewollten Letztgeborenen, in einen »Fegaleh« zu verwandeln, eine Schwuchtel. Als kleines Mädchen hatte Lili das Spießrutenlaufen zwischen lüsternen und vielbeinigen Männern auf der Straße, die sich nach ihr umguckten, auf ihr Haar bezogen; es saß wie eine Glühbirne auf ihrem Kopf, die plötzlich aufstrahlte und alle Männerblicke auf sich zog, wenn Lili vorüberging. Als Teenager war Lili ihr Haar nicht geheuer gewesen – sie hatte es in strengen Knoten versteckt und in ungekämmten Pferdeschwänzen. Jetzt sprach sie oft von ihrem Haar. Sie nannte es »meine fünf Pfund Gold«, oft als ein non sequitur, wie es ein Sonnenuntergang ist.

Sie suchte sich selbst von seinem Wert zu überzeugen, denn die Wahrheit tat furchtbar weh: ihr Haar war nicht gut genug für die Werbung. Sie musste sich die Haare verlängern und färben lassen und stundenlang stillsitzen, sich »totstellen«, wie sie es nannte, während eine Armee von Leuten an ihr herumzupfte. Für ein Laufstegmodel gab es wenigstens immer genug zu tun, die Modenschauen in Europa waren am besten, Non-Stop-Action, Kameraderie mit den anderen Mädchen und ein unmittelbares Feedback für die eigenen Mühen, lüstern starrende, keuchende, klatschende Horden von Bewunderern und nicht bloß ein kleiner Kreis von Korinthenkackern. Ein Reklamefoto war Agonie, schlimmer als eine Entbindung, stöhnte sie, doch sie vergaß die Qual, als ihr Bild auf einer Reklametafel am West Side Highway erschien und Plakate in jedem U-Bahnwaggon folgten.

Bald war Lili wieder auf den Laufstegen und auf der Starliste der Fashion Week.

Von Neuem floss Geld auf das Bankkonto der Butlers. Sie verprassten es sofort. Unter dem Siegel der Verschwiegenheit erhöhte Duke Wei Weis Stundenlohn auf sechs Dollar. Unter dem Siegel der Verschwiegenheit gab Lili Wei Wei fünfzig Dollar für die Anschaffung einer Uniform. Eine von der schwarzweißen Sorte. »Einfach aus Spaß!« Als Duke sie so aufgeputzt sah, konnte er sich ein zufriedenes

Lächeln nicht verkneifen. Nach dem zweiten oder dritten Mal sagte Lili: »Okay, das reicht jetzt, Wei Wei. Es sieht furchtbar unbequem aus, und es langweilt mich.«

Wei Wei war stolz auf ihre Uniform. Sie trug sie weiter und legte sie vor ihrer Nachmittagsschicht bei den Stones ab. Die bekamen es mit, als sie die Butlers eines Morgens besuchten. Wei Wei ignorierte ihre entsetzten Blicke. Bucky bemerkte bissig zu Lili: »Das hier ist Tribeca, nicht Park Avenue.«

»Was ist an der Park Avenue verkehrt? Ich gäbe alles darum, an der Park Avenue zu wohnen!«

Klassenwechsel

Den Stones fiel zum ersten Mal eine Veränderung auf, als ihr Schwiegersohn sich vor dem Abendessen eine Serviette ins Hemd steckte: In ihren Kreisen war so etwas nicht üblich. Sie bemerkten es einmal und noch ein zweites Mal, und dann ging ihnen auf, dass er nie wieder Freizeitkleidung trug. Die Entschiedenheit, mit der er seine Zelte abgebrochen und 100 Riverside Drive hinter sich gelassen hatte, schmerzte sie noch immer, sie luden ihn nicht mehr ein, wenn sie Besuch hatten.

Es ergab sich, dass Lili kurz nach ihrer Rückkehr von einem Job in Tokio Wind davon bekam, dass an dem Ort, den sie immer noch als ihr Zuhause ansah, eine Party steigen sollte. Die ganze Stadt sprach darüber – die Stones schmissen eine Feier nur für junge Leute. An Jugendlichen waren ihre Eltern normalerweise nicht sonderlich interessiert. Wer mochten die Gäste sein? Lili rief ihre Eltern an und murmelte zu Duke: »Bucky sagt, nur Redakteure und unbezahlte Praktikanten von irgendeiner Zeitschrift.« Sie war eifersüchtig.

»Die sind sauber und trotzdem schlecht gekleidet, schlagen sich mit ihren kleinen Gehältern durch und leben in koffergroßen Zimmern in Wohngemeinschaften, obwohl viele von ihnen Erbschaften haben, an die sie bloß noch nicht rankommen. Wir werden den Laden stürmen, Liebling.«

In 100 Riverside Drive war das Abendessen bereits serviert. Auftritt der Butlers: Lili noch etwas beschwipst nach sechzehn Stunden mit unbegrenzt vielen Drinks, die in der ersten Klasse ausgeschenkt worden waren. Ihr »Big Hair« zog alle Blicke auf sich, eine fixierte toupierte Masse, die man nur in Magazinen sah. Darunter ein schwarzes Gewand und ein blumenstraußgroßes Collier aus zwölf Champagnerdiamanten, ein Schnäppchen, das sie bei Tenshodo in Tokio gefunden hatte. An ihrer Seite ihr farbenfroher Gatte, mit Manschettenknöpfen, die zu ihrem Collier passten. Er trug gebügelte Jeans und ein Smokinghemd, weil sein üblicher Anzugspanzer die Schmuckstücke an seinen Handgelenken verdeckt hätte. Sein Schädel war gepflegt und fast kahl rasiert.

Natürlich erweckte der hier auftretende Teil der Familie Stone sofort freundliche Neugier. Rasch wurden zwei Gedecke und zwei Stühle zum Tisch getragen. Duke war freundlich und still. Lili setzte alle Register ihrer Verführungskunst ein – ihre Schönheit und ihre Schrullen. Sie funkelte wie ein menschlicher Kronleuchter.

Duke war dankbar, dass sie die gesamte Aufmerksamkeit auf sich zog. Er war den Umgang mit gebildeten Menschen seines Alters nicht gewohnt und fühlte sich fehl am Platz. Er wusste, dass die Stones ihn mochten, aber in der Öffentlichkeit schien diese Zuneigung nicht mehr als die auffällige, oberflächliche Herzlichkeit zu sein, die Leute mit einem zu großen Freundeskreis oft zur Schau tragen – jeder ist etwas Besonderes, und auf keinen kommt es wirklich an. Es nützte nichts, dass Bucky ihn mit den Worten »unser wunderbarer Schwiegersohn aus dem tiefen Süden« vorstellte, denn das fand er erniedrigend – sie meinten den geistig tiefstehenden Süden. Lili eilte ihm zu Hilfe. »Und ich bin sein liebendes dummes Weib aus dem aufgeblasenen Norden. Ich bin ein Givenchy-Model.« Woraufhin jemand zu fragen wagte, ob die Diamanten an ihrem Hals echt seien.

Sie lächelte stolz und antwortete das: »Da sie einhundertsiebzigtausend Dollar gekostet haben, sind sie hoffentlich nicht aus Glas.«

Dieses Eingeständnis liederlicher Verschwendung brachte die Konversation zum Stocken. Wei Wei, die gerade das Abendessen serviete, war die Einzige, die das Collier freimütig bewunderte. »Das ist der schönste Schmuck, den ich je gesehen habe!« Woraufhin Lili geschickt den Verschluss öffnete, aufsprang und auf Wei Wei zuging, die den Reis herumreichte, und als sie sich vorbeugte, um ihn anzubieten, stellte Lili sich hinter sie, hängte ihr das Collier um die sehnige Kehle und sagte: »Es gehört dir, meine Liebe.«

Duke lachte schallend auf, die erste wirkliche Äußerung, die man an diesem Abend von ihm zu hören bekam, und sein zuvor über dem Essteller starr eingerastetes Gesicht wirkte auf einmal lebhaft und anteilnehmend. Die Gäste zogen daraus den Schluss, dass das Collier in Sicherheit und nur zum Scherz verschenkt worden war. Selbstverständlich würde Lili einen solchen Wertgegenstand zurückverlangen. Doch schon beim Nachtisch dachte Lili nicht mehr daran. Als alle zum Kaffeetrinken ins Wohnzimmer gingen, packte Bucky Lili am Arm und führte sie ins Arbeitszimmer, sie müssten »mal kurz reden«. »Lili. Diese Kinder da draußen halten dich für einen Trottel. Und ich gebe ihnen recht. Wie du das Geld zum Fenster hinauswirfst! Im Ernst. Du wirst nicht mehr lange so viel verdienen. Du wirst noch im Armenhaus enden!«

Wie elend, von der eigenen Mutter so heruntergemacht zu werden! Lili drehte sich um und rannte weg, ihre Vergnügtheit blutete aus, Bucky hinter ihr her. Lili preschte ins Wohnzimmer. Sie bemerkte die plötzliche Stille und sagte:

»Bucky hat mich gerade zusammengestaucht. Wegen meines Aufzugs. Jedesmal, wenn ich hier bin, muss ich mich dafür verteidigen, wie Duke und ich unser Geld ausgeben. Ich nehme an, dass auch hier alle darüber reden.«

»Eigentlich haben wir gerade über den Nahen Osten gesprochen«, sagte ein junger Mann wohlgelaunt. Duke und Vlado, die Köpfe am Rand dieses Gesprächs zusammengesteckt, nickten.

Lili beachtete ihn nicht. »Arme Bucky. Der Schekel hat sie versklavt. Sie trägt seine eisigen Schäkel rund um ihr Gehirn. Wir sind frei, und dafür hasst sie uns. Klar, wir geben viel aus. Wir mögen nur vergängliche, teure Dinge wie Kaviar, Haushaltshilfen, Drogen und Reisen in der ersten Klasse. Wenn ein Luxusartikel das hat, was ihr Substanz nennt … ein Designerkleid … das kostet so viel, wie meine Eltern zusammen in einem Jahr verdienen, und ich kauf's mir, ohne auch nur drüber nachzudenken. Und nach ein paar Stunden werf ich's weg oder schenke es dem Erstbesten, der es bewundert, und mache ihn damit glücklich. Großzügigkeit ist der netteste der vergänglichen Luxusartikel.«

Dann setzte sie hinzu: »Was ich ausgebe, verdiene ich übrigens. Die Hälfte von euch hat wahrscheinlich Erbschaften zu erwarten. Die protestantische Arbeitsmoral hat nichts gegen ein Vermögen, das man nicht verdient hat. Aber ich will das nicht. Die Stones brauchen mir kein Geld zu hinterlassen, weil ich viel verdiene. Ich gebe das Äußerste, was man überhaupt geben kann, meine gesamte Erscheinung – warum soll sich die Belohnung dafür in vernünftigen Grenzen halten? Ich habe letzte Woche alle acht Stunden siebzigtausend verdient. Und die Woche davor –«

Jetzt erhob Vlado die Stimme und rammte seine Gedanken in Lilis Satz: »Meine Tochter hat wirklich einen schweren Job. Jeden Tag wird sie aufs Neue getestet. Ihr Stolz ist ständig unter Beschuss. Kann sie vor der Kamera bestehen? Mein Gott, welcher andere Beruf macht so gnadenlos Jagd auf das Selbstvertrauen seiner Opfer? Meiner nicht. Einmal im Jahr, wenn's hochkommt, muss ich einen kleinen Test bestehen, kommt drauf an, wie fleißig ich bin. Nicht jeden Tag. Das Geld ist wohlverdient für so viel Mühe und Leid. Wenn es sie glücklich macht, es aus dem Fenster zu schmeißen, hat sie meinen Segen.«

Lili starrte ihren Vater an, von Dankbarkeit überwältigt – ein stechender Schmerz, der ihr die Tränen in die Augen trieb. Hastig wandte sie sich zur Tür. Duke folgte ihr.

Als das Paar die Schwelle erreicht hatte, rief Lili über die Schulter:

»Herzlichen Dank für das Abendessen, Bucky. Tschüss zusammen, es war wundervoll mit euch.«

Den ganzen Heimweg über schwiegen sie, bis Lili erklärte: »Das war das allerletzte Mal, dass ich meine Eltern besucht habe.« Duke nahm diese Drohung natürlich nicht ernst. Er erwiderte nur: »Ich bin froh, dass du mir die Manschettenknöpfe gelassen hast.«

Ein ziviles Opfer

Am 16. März 1985 feierte Duke ohne viel Aufheben seinen fünfunddreißigsten Geburtstag. Er führte seine Frau nach Coney Island aus, trank im Riesenrad Champagner mit ihr, dann gingen sie auf dem eisigen Sand spazieren. Lili schlug eine Opfergabe vor, um das Schicksal günstig zu stimmen. Sie steckten eine Einhundertdollarnote in die leere Champagnerflasche, verkorkten sie, und Duke schleuderte sie fort.

Lilis Gedächtnis hielt das bewegte Bild eines dunklen jungen Mannes in einer grauen Landschaft fest, den Pomp von Coney Island hinter ihm. Seine hochgewölbten, nackten Füße, die aufgerollten grauen Hosenbeine, ein graues Sweatshirt, das ihm lose um den schlanken Oberkörper hing, aber eng an den Schultern saß, sein Arm, weit zurückgeworfen und dann vorwärtsschnellend, wobei ihm die Brille von der Nase rutschte, die Brille, die ihm vom Kopf fiel, während die Flasche in hohem Bogen Richtung Horizont segelte. Ein winziges Klatschen kündigte ihren Eintritt in den ruhigen Ozean an. Nippflut – die Flasche würde nicht weit kommen.

Lili tanzte hinter Duke herum, taumelnd, in hochhackigen Stiefeln. Mit der einen Hacke trat sie auf Dukes Brille. Die Zerstörung war lautlos. »Endlich ist deine Brille hinüber!«, kreischte Lili und umschlang ihn. »Die brauchst du nicht mehr!« Das gesprungene, im Sand liegende Brillenglas nahm Lilis wilde Umarmung und Dukes angstverzerrte Miene auf.

»Vielleicht waren einhundert Dollar nicht genug als Opfer«, murmelte er.

»Vielleicht solltest du mich reinschmeißen«, schlug Lili vor.

Das schien ihm zu missfallen. »Nein. Lieber nicht. Nein, nein, nein.« Hier endete Lilis Erinnerung, mit Dukes unschuldigem Nein, das wie ein Nebelhorn im Dunkeln klang. Lili konnte sich nicht vorstellen, dass er sich jemals anders entscheiden würde und sie doch ins Meer schleudern würde, und sie konnte sich auch nicht vorstellen, dass Zeit einmal ein Faktor sein könnte. Wenn ihr Mann fünfunddreißig sein wollte, na schön, das ging nur ihn selbst etwas an. Sie war schon so lange, wie irgendjemand zurückdenken konnte, eine Anfangzwanzigerin.

Bei Dukes und ihrem Strandurlaub im März, als Schneeflocken den grauen Himmel punktierten, trug Lili einen scharfen rosa Bikini und Overknees. Ihr war nicht kalt, weil sie nicht wollte, dass ihr kalt war. Die anderen Strandgänger, in formlose Daunenjacken gehüllt, drehten sich nach ihr um, als sie vorüberging – sowohl sie als auch Duke nahmen an, dass sie ihre Schönheit bestaunten. Und plötzlich war Lili von seiner eigenen schockiert.

In der Öffentlichkeit hatte sie ihn nie ohne sein großes schwarzes Brillengestell gesehen. Aus der Perspektive, die die Blicke anderer Leute hergestellt hatten, nahm sie die Wölbung seiner Stirn wahr, die Säulen seiner Wangenknochen und Kiefer, die Augen, so atemberaubend wie Bleiglasfenster in einer dunklen Kirche. Sie packte seinen Kopf mit beiden Händen, »Du bist viel, viel schöner als ich«, jammerte sie. Er glaubte ihr nicht, und ihre Worte weckten auch nicht seine Eitelkeit. Er hätte nichts dagegen gehabt, unsichtbar zu sein. »Ich beneide dich darum, dass deine Schönheit dir egal ist«, sagte sie. »Eitelkeit ist eine solche Last.« Sie begruben die Brille in einer Sanddüne.

Es war dunkel geworden, als sie in einem Diner mit Blick auf die Promenade einkehrten. Duke war der einzige schwarze Gast, aber solche Dinge fielen ihm nicht mehr auf. Lili ging auf die Damentoilette. Dort bürstete sie sich das Haar zu einem Fächer um den Kopf, legte den festlichen Schmuck an, den sie mitgebracht hatte, zog eins von Dukes weißen Businesshemden als Kleid über ihren Bikini und klatschte sich noch mehr Lippenstift, Rouge und Mascara ins Gesicht – ihre Wimpern sahen aus wie fette Ausrufezeichen in Großdruck. Sie promenierte durch das Restaurant und zog empörte Blicke auf sich.

Lili und Duke saßen nebeneinander in einer Nische. »Du hast Geburtstag«, sagte Lili, »wir müssen Hummer essen!«

Duke erinnerte sich an seine Bibellektüre. »Das Buch Leviticus sagt: Und alles, was keine Flossen und Schuppen hat, im Meer und in den Flüssen, soll euch ein Gräuel sein. Oder so ähnlich.«

»Ja«, sagte Lili. »Richtig. Nicht koscher. Zwei Hummer bitte!«, rief sie dem Kellner zu. »Meine Großeltern haben immer koscher gegessen«, erklärte sie ihm. »Deshalb werden sie uns heute keine Gesellschaft leisten. Außerdem sind sie tot.« Der Kellner eilte davon. Da Duke das nicht lustig fand, lachte sie für zwei, lauthals, bis er schließlich mitlachte.

Duke hatte noch Skrupel. »Mr. Perkins hat mir erzählt, dass Hummer was für arme Leute gewesen ist, als er ein kleiner Junge war. Man hat sie Strafgefangenen vorgesetzt. Und Fabrikarbeitern. Er hat gesagt, dass die Arbeiter streikten, wenn sie zu viel Hummer essen mussten.«

»Dann ist das jetzt unser Armenhausfraß. Ist doch auch lustig«, erwiderte Lili. »Nur dass es nicht stimmt. In Paris hab ich neulich achtzig Dollar für einen Hummer bezahlt.«

»Das hat mir Mr. Perkins auch erzählt. Aber er meinte, dass sie in Paris ungefähr so schmackhaft sind, wie es deine Großeltern wären, weil nur die alten Hummer mit richtig dickem Panzer die Reise nach Europa überleben.«

»Mr. Perkins redet zu viel«, sagte Lili. »Ich verstehe nicht, wie du es mit jemandem aushältst, der so irre Augen hat. Sie flackern! Wenn Augen die Fenster der Seele sind, dann ist seine Seele im Eimer.« Lili weigerte sich, die Bestellung rückgängig zu machen.

Duke hatte eine zweite Flasche Champagner mitgebracht und schenkte ihnen davon etwas in die Wassergläser ein. Der humorlose Kellner deckte den Tisch mit Nussknackern, Servietten und Hummerzangen.

Laut Lexikon ist eine Hummerzange ein langes, schmales Besteckteil, das dazu dient, Fleisch aus den Gelenken, Beinen, Scheren und anderen kleinen Partien eines Hummers herauszulösen. Sie haben einen langen, strukturierten, zylindrischen Griff, der in zwei Zinken mündet. Im Lexikon wird nicht erwähnt, dass die Hummerzange eine Miniaturausgabe der Mistgabel des Teufels ist.

Der Kellner trug ein Tablett durch das Restaurant, hoch erhoben, sodass alle die Hummer bewundern konnten.

»Das perfekte Paar«, merkte der Kellner an. »Die Hummer, meine ich. Ein großer und ein kleiner. Mann und Frau.«

»Wussten Sie, dass Hummer die gleiche Lebenserwartung wie Menschen haben?«, setzte Lili sich zur Wehr. »Siebzig Jahre. Sie unterstützen also eine Form von Kannibalismus. Schämen Sie sich!« Der Kellner zog sich zurück.

Nur widerwillig widmete Duke sich der Hummerdame. Sein Blick fiel auf ihre federweiche, feminine Unterseite, als er eines ihrer Beine abschraubte, und dann bog er eine ihrer Scheren zurück, bis sie abbrach und salzigen Saft versprühte. Lili beobachtete jede Bewegung seiner Hand, den Widerstand des Hummers und seine Kapitulation. »Die Tierschützer macht es fuchsteufelswild, dass man Hummer isst. Weil sie drei Minuten brauchen, um zu sterben, wenn man sie in kochendes Wasser wirft. Was für ein Todeskampf!«

»Vielleicht sollte ich mir ein paar Jakobsmuscheln bestellen«, dachte Duke. Doch der offenkundige Appetit seiner Frau stimmte ihn um. Sie steckte die lange Gabel in den aufgebrochenen Panzer der Hummerschere und zog das perlmuttfarbene Fleisch heraus. Duke sah ihr zu, als sie es aß, rasch, viel zu rasch, wie er fand. Die Gabel funkelte in ihrer Hand, das Collier an ihrem Hals.

»Ich dachte, du hättest die Kette Wei Wei geschenkt!«, sagte er.

»Die hier?« Sie berührte die kostbaren Steine. »Ach, das war nur ein Witz. Wei Wei hat sie mir zurückgebracht, am Vormittag danach, in einer Schachtel mit kandiertem Ingwerkonfekt. Weil beides so schön glitzert. Sie hat gebrabbelt, dass ihr die Kette nicht zusteht. So durcheinander hatte ich sie noch nie erlebt. Ich habe sie beruhigt und ihr gesagt, dass Heaps mir das Collier geschenkt hat, und dass sie mich vor einem Riesenkrach bewahrt.«

»Heaps hat dir das geschenkt?« Duke hatte noch nicht darüber nachgedacht.

»Ich hatte ihn darum gebeten«, prahlte sie. »Er wollte nicht. Ich konnte gar nicht glauben, dass er nein sagt. So ein Geizkragen! Dann habe ich ihm gesagt, wenn ich nur halb so viel hätte wie er, würde ich ihm alles kaufen, alles, was er will.«

Duke reichte ihr den Hummerschwanz. Er betrachtete die Diamanten, die an Lilis weißem Hals funkelten. Als ihre Zähne sich in das zarte Fleisch gruben, schmeckte er den weichen Meeresboden und spürte, wie der Speichelschaum eine Delikatesse in einen ordinären Bissen verwandelte. Ein durchschnittlicher Erwachsener schluckt zweimillioneneinhundertdreiundsechzigtausend Mal im Jahr. Auch Duke war hungrig, doch er hatte Geduld.

»Los jetzt, fang mit dem großen Hummer an. Ich will, dass du ihn zertrümmerst«, sagte Lili. »Neulich hab ich Heaps gefragt, wie viel er mir in seinem Testament vermacht und wann er endlich sterben wird. Na, das war eine lustige Party – kein Gerede vom Nahen Osten oder von der Aktienbörse oder der Brutalität der Polizei. Lauter wunderschöne Leute, bloß Stanley nicht.«

Duke sah auf den großen Hummer, sah seine blinden schwarzen Augen. Er nahm den Nussknacker, klemmte eine Schere ein, bog sie nach unten und fragte:

»Und? Was hat Stanley gesagt?«

Sie wartete, hielt den Atem an, um zu hören, wie die Schere zersplitterte. Als die Schere aufbrach, atmete sie aus und erzählte weiter. »Er flüsterte, weil er sich aus irgendeinem Grund schämte: ›Ich habe noch lange nicht vor zu sterben.‹ Er klang unsicher. Ich sagte ihm, ich sehe mich nach jemand anderem um, der sich um mich kümmert. Einem, der besser aussieht. Stanley sieht nämlich wie ein geschniegelter Hummer aus, mit seinem dünnen roten Haar und seiner weißen Haut. Nur dass Hummer ein langes Leben haben und er nicht.«

Duke fing an, den zweiten Hummer zu zerlegen. Mann und Frau hatten buttrige Lippen, als sie sich über ihre herrliche Zukunft unterhielten: Ihr Leben war ein Fest. »Ich werde einen Millionär für uns auftreiben, der uns ein bisschen Geld vermacht. Dann setze ich mich zur Ruhe und gründe unsere Familie«, versprach Lili. Ihre Lippen kräuselten sich, als sie das größte Hummerbein aussaugte. Die Diamanten an ihrem Hals schienen lautlos zu explodieren. »Irgendeinen Reichen, der verklemmt ist, aber nicht knickerig. Vlado reißt sich zweimal im Jahr zusammen, um den langweiligen Millionär zu bezirzen, der Aufführungen seiner Werke sponsert. Also, so scheinheilig wie er bin ich nicht. Ich mag meine Gönner. Dir macht das doch nichts aus, oder? Ich will eine Yacht im New Yorker Hafen, mit einem Baby im Arm zum 100 Riverside Drive segeln und meinen Eltern vom Deck aus zuprosten.«

Duke Butler war glücklich. Er sah sein geliebtes Weib an seinem Geburtstag Hummer essen, das Feuerwerk ihres Diamantcolliers bezauberte ihn, so wie ihre weiße Hand, die eine funkelnde Gabel in das herrliche Fleisch bohrte.

Dann passierte etwas Unerwartetes. Die Gabel stieß in dem Hummergelenk auf Widerstand, und Lilis Hand rutschte seitlich ab, genau in dem Moment, als Duke sich nach vorn beugte, um sich den zweiten Hummer zu holen. Das Schicksal, das Duke am Strand die Brille genommen hatte, zielte jetzt mit den Gabelzinken auf Dukes rechtes Auge.

Lili verdrängte ihre Schuldgefühle und versicherte, sie leide mehr als Duke. Das Gefühl, wie die Gabel auf Duke zuflog, ließ sie nicht los. Sein unbändiger Aufschrei hallte in ihrem Kopf nach wie ein Ohrwurm, Tag für Tag. Das Geräusch hatte sie verblüfft, überraschend unmännlich war es ihr vorgekommen. Während der Fahrt zum Krankenhaus und später, nach der Operation, hatte Duke sich heldenhaft betragen und kein Wort der Klage geäußert. In besorgtem Ton trug er ihr auf, sein weißes, mit Hummersaft und Blut bespritztes Hemd wegzuwerfen. Er schien sich seiner Verletzung zu schämen, als würde sie nur seine Schwäche beweisen. Das Schicksal hatte ihm viel gegeben, jetzt zwang es ihn kurz in die Knie. Er ließ nur eine Woche lang die Arbeit ruhen und trug eine Sonnenbrille, die den riesigen Verband über dem einen Auge nicht ganz verdeckte. Er erzählte allen, ein Champagnerkorken habe das Unheil angerichtet. Lili fügte hinzu, dass der Korken dem Geschoss einer Haubitze geglichen habe.

Vor allem Mr. Perkins war entsetzt. In der ganzen Stadt hielten die Leute das Öffnen von Champagnerflaschen fortan für lebensgefährlich. Duke brauchte nur einen Monat, bis er sich einigermaßen an seine eingeschränkte Sehkraft gewöhnt hatte. Als der Verband weg war, trug Duke eine Sonnenbrille aus dem Drugstore, bis Lili sie durch eine hundertneunzig Dollar teure Cazal-Aviator ersetzte, die er nur abnahm, wenn er schlafen ging. Sie erklärte das verletzte Auge zum schöneren der beiden – die Iris war eher weiß als blau. Es sah nicht blind aus, keineswegs, es sah aus, als könne es ins Jenseits blicken.

Jo hier.

Leider konnte Duke nicht ins Jenseits blicken, sonst hätte er bestimmt einiges anders gemacht. Aber kein Preis war ihm zu hoch, um Frieden mit seiner Frau zu halten. Alles, nur kein Kind. Sie raubte ihm das Auge, und er sagte nur: na ja, ich kann auch ohne leben. Das hatte es ihn gekostet, kein Baby haben zu wollen. Schon als kleiner Junge fand er schwangere Frauen hässlich. Vor Babys hat er sich gegruselt, kleine Kinder gingen ihm auf den Geist. Das hat er nicht so gezeigt, sondern meistens versteckt. Wir haben da nur drüber gelacht. Ich hab mir das damit erklärt, dass er Kinder hasste, weil er selbst eins war. Er zählte damals die Jahre, dann die Monate und schließlich die Tage, bis er endlich ein richtiger Erwachsener war. Der 16. März 1968 war für uns alle ein großer Tag. Sein achtzehnter Geburtstag.

Er war nur ein farbiger Junge mit Babyspeck und wahnsinnig blauen Augen, die er hinter einer schwarzen Brille versteckte. Er wollte das werden, was sein Daddy einen »Mann« nannte. Es war kein leichter Kampf: Duke wusste nicht, wer der Feind war. Ich glaube, er weiß es immer noch nicht. Sein Daddy sagte immer, dass sein schlimmster Feind seine beiden Hände seien. Duke wusste noch nicht mal, wie man eine Faust ballt. Ulysses redete immer Klartext.

»Duke hat einen niederen Rang«, sagte er.

»Duke ist für uns ein Familienhund – du fütterst ihn und erwartest dafür, dass er ein paar Tricks lernt.« Einmal sagte sein Daddy: »Duke passt nicht in diese Familie.« Und seine Schwester, Tante Bessy, die Colonel Pickens geheiratet hatte, sagte: »Wer von unserem Fleisch und Blut ist, passt in unsere Familie.« Sie starrte mich an, das hieß: du nicht, Jo; du bist weiß.

Das muss ich Ulysses lassen: Solange er richtig im Kopf war, erzählte er keiner Seele, nicht mal seiner Schwester, Tante Bessy, dass Duke viel war, aber bestimmt kein geborener Butler. In Wahrheit konnte Ulysses nämlich keine Kinder zeugen, auch wenn er es immer versuchte. Ich konnte also auch nichts sagen. Es war meine Idee, dass Duke sich in West Point bewarb – die waren damals auf der Suche nach Rekruten aus »Minderheiten« und ich hatte mir so gewünscht, dass er Offizier wird. Und auch einer bleibt, nicht wie Ulysses, aber dazu komme ich noch.

Faul war Duke nie. Während er auf die Zusage wartete, verdiente er sich ein bisschen Geld. 1,60 Dollar die Stunde, Kistenschleppen bei Woolworth. Er gab alles für Süßigkeiten aus. Er war ein echter Süßigkeitenkenner, nicht gierig – pingelig. Er schwor auf Choward's Scented Gum, er rastete aus, weil die Abba-Zaba-Erdnussbutterriegel plötzlich süßer schmeckten, und er dachte lange darüber nach, wie sich die neue Verpackung der Necco Wafers auf deren seiner Meinung nach »kreidige« Oberfläche auswirkte. Alle wussten, dass er seine gesparten Dollarnoten an Süßigkeitenhersteller schickte, die ihm die eine oder andere bei uns im Süden nicht erhältliche Spezialitat zuschicken sollten. Wenn Pakete kamen, waren sie für ihn. Er gab immer etwas davon ab, die Ferrara Pats, die Big Hunk Minis. Hat ihn in der Schule auch nicht beliebter gemacht. Ich glaube, er dachte, wenn er mit einem Gewehr über der Schulter aufmarschierte, würden ihn die Leute respektieren. Also zog er sich jeden Tag, wenn er von Woolworth nach Hause kam, um, rannte nach hinten und exerzierte im Garten.

Ich kann mich sehr gut an diesen Nachmittag im März erinnern, aber nicht, weil es Dukes Geburtstag war. Der Feldwebel, sein Vater, verspätete sich, und mein Junge nahm Stellung und wartete, auf diesem wintergrauen Rasen hinter dem Holzhaus, in dem er immer gelebt hatte, dachte er jedenfalls. Sonst war niemand zu Hause.

Sein älterer Cousin Carl war nicht da. Ich habe Carl gehasst. Tu ich immer noch. Carl war ein Colonel, er war groß, stark, hatte eine Pickens-Nase, die das ganze Grundstück von Gesicht einnahm, und er hatte Akne. Der picklige Carl liebte seinen Onkel, der wie ein Vater zu ihm war, seit sein eigener Trottelvater in Korea gefallen war. Jetzt war Carl in Vietnam stationiert, mit Heldentaten beschäftigt, also nicht in Dunmovin, zum Glück. Dann war da noch seine Mutter, Bessy, Ulysses' Schwester. Die habe ich auch gehasst.

Am Nachmittag von Dukes Geburtstag war Tante Bessy in der Kirche. Und mich gab es noch. Ich war auch nicht zu Hause. Ich hatte endlich mal Spaß. Dann kam Ulysses von der Arbeit im Beerdigungsinstitut nach Hause. Mein Sergeant hatte zweifellos den besten Job in der ganzen Stadt. Da war ich schon stolz drauf.

Das Beerdigungsinstitut gehörte ihm. Dunmovin war fast durchgehend dunkelhäutig bis auf mich; es war von Schwarzen für Schwarze gegründet worden. Es gab nur ein Beerdigungsinstitut, und das war ausgelastet. Nicht mal der Kirchenprediger hatte so viel Anhang. Ulysses besaß ein schniekes Auto, einen weißen Studebaker Silver Hawk von 1959, der zweitausendfünfhundert Dollar gekostet hatte. Auf dem Heimweg von der Arbeit kam er durch ärmliche Viertel mit »Shotgun Houses«, wo die nicht so Seligen wohnten. Er fuhr sehr langsam, guckte sie an und ließ sich von ihnen angucken. Ein bisschen schneller fuhr er durch die Villengegend, in der die Häuser mindestens hundertvierzig Quadratmeter Grundfläche hatten und im Wohlstandsrhythmus aufeinander folgten, so nannte er das – also: Rasen, Haus, Rasen, Rasen, Haus, Rasen. Im März pflegt noch der Frost diese Rasen, doch den Sommer riecht man schon.

Ulysses parkte immer am Bordstein – wir hatten noch keine Garage; er wollte immer eine bauen. Dann marschierte er auf dem gepflasterten Weg zur Fliegengittertür der Veranda und ins Haus. Im Garten hinter dem Haus konnte Duke den Trommelwirbel der Schritte seines Daddys nicht hören, auch nicht, wie er die Treppe hochging.

Ich hatte ein Dutzend Mal gesehen, wie der arme Junge zusammenzuckte, wenn Ulysses plötzlich im Dachbodenfenster erschien. Dort ging der Feldwebel in Stellung. In Dunmovin hatten übrigens nur sieben andere Familien einen zweiten Stock. Der große Mann stieg auf die Fensterbank und balancierte auf dem Sims, und seine breite rote Krawatte baumelte hin und her. Es fiel ihm ganz leicht, als würde er auf der Veranda stehen. »Ach-tung! Stillgestanden! Zur Meldung – Augen – rechts!«, brüllte er dann. Diesmal aber schwenkte er den Brief, den er gerade aus dem Kasten geholt hatte. Er war von der Militärakademie. Es war ein Ablehnungsbescheid. Ulysses wedelte Duke damit zu und schrie: »Herzlichen Glückwunsch zum Geburtstag. Das hier ist für dich von der Akademie. Das erste Wort lautet ›Bedauerlicherweise‹. Sie wollen dich nicht! Sie haben dich abgelehnt!!«

Die Nachbarn erzählten mir später, dass sie alles zufällig mitbekommen hatten. Als Duke die Nachricht von seinem Geburtstagsarschtritt hörte, beendete er den Gruß. Und Ulysses fing an zu keifen.

»Du blauäugiger Nigger, du! Du Mutant! Was ist das wichtigste militärische Zeremoniell?«

»Der Gruß, Sir«, schrie Duke zurück. Die Nachbarn lachten ihn aus.

»Wenn das stimmt, weshalb grüßt du dann nicht so lange, bis der befehlshabende Offizier den Gruß erwidert hat? Willst du wirklich eine Uniform tragen? Glaubst du, du bist es wert, dir meine Uniform zu leihen? Dein Cousin Carl hat sich meine ausgeliehen; jetzt trägt er seine eigene! Und die ist jetzt schon voller Orden! Das Militär ist die mit Abstand exklusivste Gesellschaft in ganz Amerika! Du willst dazugehören? Dann lern die Regeln! Jetzt noch mal! Ach-tung! Stillgestanden! Zur Meldung – Augen – rechts!«

Duke salutierte. Er wartete darauf, dass der befehlshabende Offizier den Gruß erwiderte.

Aber nichts passierte. Duke machte alles richtig. Er blickte starr nach rechts, die Handfläche im korrekten 45-Grad-Winkel vor der Mütze. Er rührte sich nicht vom Fleck, da bin ich mir sicher, selbst dann nicht, als er ein Krachen und ein lautes Ächzen hörte. Er hatte gar nicht gemerkt, was passiert war, erzählte er mir später. Er hatte sich wohl nicht getraut, nach oben zu schauen, als die Fensterbank abbrach und seinen Daddy zwang, sich in die Lüfte zu schwingen. »So ein Scheiß, Sohn. Du hast es nicht gesehen, obwohl es direkt vor deinen Augen war?«

Muss ein tolles Bild gewesen sein, der fliegende Ulysses. Wirklich schade, dass ich das verpasst habe. Manchmal kann ich nicht schlafen, und dann stelle ich mir das Bild vor. Sehr beruhigend. Ulysses dreht und dreht sich in der Luft, ganz langsam, seine rote Krawatte flattert im Wind. Das Erbeben, wenn Ulysses landet, das Gesicht nach oben, die Augen zu. Ich sehe meinen Sohn Duke in Grußhaltung vor seinem Vater dastehen, während der Spätnachmittagsdunst und die Mücken sich als Netz über die beiden legen. Und dann kommen plötzlich Frühling und Sommer hereingestürmt, zur gleichen Zeit, wie sie es hier im Süden tun. Der Rasen wird dunkelgrün, und die Magnolie am Ende des Gartens treibt violette Blüten, die aufplatzen und in alle Richtungen fliegen.

Dann tauche ich auf.

Ich war ein paar Stunden in Orlando gewesen. Man kann sich schon mal alt und hässlich fühlen, wenn der eigene Sohn achtzehn wird. Deshalb war ich in den Bus gestiegen und zum Friseur gegangen und hatte mir die Nägel machen lassen und dann mutterseelenallein in einem Diner zu Mittag gegessen. Saß neben einem muskulösen weißen Jungen namens Jerry Bolin. Wir kamen miteinander ins Gespräch. Jerry hatte mich auf seinem Motorrad, einer Tiger Triumph 650, den ganzen Weg nach Hause gefahren. Ich sprang direkt vorm Haus runter, und sein Motorrad brauste wieder davon. Ich winkte Jerry nach und ging rein, und weil keiner da war, ging ich durch die Hintertür und fand den Sergeant und Duke im Garten, wo sie eine friedliche Zeit miteinander verbrachten, eine sehr friedliche.

Ich wusste nicht, was los war, also setzte ich mich auf eine Holzbank. Ich wollte die Stille nicht stören. Ich trug ein rotes Kleid, das zu meinen roten Nägeln passte, ich war damals brünett, mit Außenwelle und Pony, ich sah aus wie Doris Day mit rotbraunen Haaren. Ich saß einfach nur da und sah die Nylonstrümpfe auf meinen Beinen schimmern. Vielleicht saß ich da eine Minute, aber es kam mir wie Stunden vor. Irgendwann sagte ich zu Duke: »Alles Gute zum Geburtstag, mein Sohn. Weshalb liegt er da und schläft?«

»Er ist runtergefallen, Momma«, sagte Duke, immer noch in Grußstellung.

»Und wo ist Tante Bessy?«, fragte ich.

Die hockte natürlich wieder in der Kirche. Nie da, wenn man sie braucht.

»Schätze, wir müssen uns allein um ihn kümmern«, sagte ich.

Wir schleiften meinen Mann über den Rasen zu seinem Auto und lieferten ihn fünfzig Meilen weiter im nächsten Krankenhaus ab, in der Stadt Versailles. Noch lange Zeit, nachdem der Arzt gesagt hatte, dass er für Ulysses Butler nichts mehr tun könne, weil er sich den Schädel gebrochen habe, hielt sein Sohn Wache. Man sprach auf der Station über nichts anderes als diesen jungen Mann, der am Fußende des Krankenbettes seines Vaters stand und eine Armeeuniform trug, die ihm viel zu groß war, mit zu langen Hosenbeinen, die er aufgerollt hatte, sodass unten die polierten schwarzen Schuhe und zwei dürre Fußgelenke herausstakten.

Tante Bessy, Ulysses' Schwester, kam jeden Tag; sie war so etwas wie die dicke, grinsende Aunt Jemima auf den Sirupflaschen, nur eben in wütend, und sie machte ein Riesenremmidemmi, weil man sich im Krankenhaus nicht gut genug um ihn kümmere. Abends schlief mein Junge auf einen Stuhl gefläzt ein, den Kopf im Nacken und die Beine ausgestreckt. Sehr bequem war das sicherlich nicht. So war mein Duke, immer nett, zu allen.

Einmal schlug sein Daddy die Augen auf.

Ein paar Tage vergingen. Der Versailles Sentinel sprach von einem Wunder: Ein Neger erwacht aus dem Koma, weil sein Sohn am Krankenbett ausharrt, und läuft in Nullkommanichts an Krücken herum. Mehr Berichte gab es nicht. Die Reporter haben nicht erwähnt, dass der Wunderpatient sich weigerte, seinen wild wuchernden grauen Bart stutzen und sich die langen weißen Haare scheren zu lassen, oder sein weißes Krankenhaushemd nicht wechseln wollte. Zu guter Letzt, nachdem er zum x-ten Mal nach einem Spiegel verlangt und sich lange darin angeguckt hatte, sagte Sergeant Butler, dass er Gott sei. Er habe es immer geahnt und es nur niemandem verraten wollen.

»Aber dieser Junge da, guckt ihn euch an!«, schrie er und streckte den ganzen Arm aus und richtete den Zeigefinger wie einen Hirtenstab auf Duke. »Dieser blauäugige Nigger da ist nicht mein Sohn!«

Sein Vater sagte, er werde einen der Krankenpfleger als seinen Sohn adoptieren. Er stopfte Duke Dollarscheine in die Taschen und brüllte ihn an: »Achtung, Jesus!« Er verkündete, er sei zum ersten Mal seit zwanzig Jahren glücklich. Dann erschien ich auf der Bildfläche.

Ich wusste, welchen Eindruck ich machte. Ich war weiß, gut angezogen, hübsch und selbstbewusst. »Ich bin seine Frau, ich bin Jo!«, rief ich allen zu, so als wäre das ganz normal. Das war es ja auch immer gewesen, jedenfalls für mich. Ich hatte ihn aus anderen Gründen satt.

Als ich meinen Sohn umarmte, drehte sein Daddy durch. Er schrie: »Schaff den blauäugigen Nigger hier raus, der ist nicht von mir!«

»Gut«, sagte ich, »dann ist die Katze ja aus dem Sack. Duke, hier ist ein Dollar, hol dir eine Limo.« Hey Duke! Da! Die Wahrheit! Hätte er mal besser zugehört. Hat er aber nicht. Dachte bestimmt, dass sein Vater halt so war, störrisch. Auch alle anderen machten sich dünne und ließen uns allein. Der Kranke zog mich aufs Bett und versuchte, mich ins Ohr zu ficken, vielleicht verwechselte er mich mit der Jungfrau Maria, doch ich konnte ihn dazu bringen, sich zu beruhigen und es auf die richtige Art zu tun. Wir hatten beide unseren Spaß, obwohl das Bett auf Rollen stand und wie wild an die Wände stieß. Wahrscheinlich kriegten das alle mit, aber sie kamen nicht rein. Und dann hörten sie ihn weinen und jammern wie eine alte Oma. Ich hatte ihm gesagt, dass es aus sei zwischen uns.

Es ging ihm wieder gut, er konnte das Krankenhaus bald verlassen. Als Tante Bessy am 4. Juli in der Kirche war, rückte ich mit einem Haufen Freunde an, um Ulysses mitzunehmen. Ich ließ ihn ins Irrenhaus einweisen. Als ich wenig später aufbrach, hinterließ ich Tante Bessy und Duke eine Nachricht: »Ich habe das Glück gefunden und gehe mit ihm.« Duke hat nie gefragt, wer »er« war. »Er« war Mr. Bolin, der junge weiße Mann mit dem Motorrad und jeder Menge Geld. Jerry war für mich etwas sehr Exotisches, denn ich hatte immer nur dunkelhäutige Männer gehabt. Ich nahm meinen grünen Goodyear-Koffer, der stets griffbereit in meinem Schrank stand, verstaute meine besten Sachen darin und kehrte nie wieder zurück.

Wie ich hörte, war Tante Bessy viel netter, seit sie die Familie für sich allein hatte, und sie holte ihren Bruder schon bald aus der Anstalt und brachte ihn nach Hause. Der alte Ulysses hütete das Bett, schweigsam und grämlich. Er war auf Pillendiät. In allen Großstädten brachen Aufstände aus, schwarze und weiße Jugendliche randalierten. Mein Junge, Duke, hätte zweifellos den ganzen Sommer damit zugebracht, in der Uniform seines Vaters im Garten herumzumarschieren, ungeachtet der Hitze und des Nachrichtenlärms. Er würde noch sein ganzes Leben damit verschwenden. Ein kleiner Mann auf einer noch kleineren Leiter.

Das konnte ich nicht zulassen. Ich schrieb ihm, dass ich ihn sehen will,»dieses Mal nur«. Ich legte meinem Brief ein Ticket für die Busfahrt nach Orlando bei und bat Duke, allen zu erzählen, dass er den Sommer über in Disney World arbeite – der Park hatte gerade aufgemacht. Ein richtiger Mamabrief war das. Vergiss deine Zahnbürste nicht, solche Sachen. Tat er alles, er hatte sich wohl einen aufregenden Job ausgerechnet.

Ich holte ihn mit meinem roten Mercury am Busbahnhof ab. Mir war nicht nach reden, und wir fuhren einfach vor uns hin. Mir war auch nicht danach, ihm ins Gesicht zu sehen. Ich guckte durch die Windschutzscheibe. Dann hielt ich am Straßenrand. »Das hier ist das Letzte, was ich für dich tue«, sagte ich.

Ich drehte mich zu ihm um, ließ die Hände auf dem Lenkrad und versuchte, ihn zum Abschied so traurig anzulächeln, dass es Jahre vorhielt. Er starrte mich an. Ich Trottel glaubte, ihn beeindruckte, wie hübsch ich mit meinen frisch gewellten Haaren und dem roten Lippenstift war. Aber dann merkte ich, er sah mein Umstandskleid und meinen Ehering an.

Ich fuhr Duke nicht zu Disney World, sondern zum Flughafen. Wir standen vor der Abflughalle. Ich gab ihm seinen Reisepass und ein Ticket für den Flug nach Nairobi, und dazu meinen grünen Koffer mit »afrikanischer Kleidung«, die ich einem Afrikaner in Orlando abgekauft hatte. Er fiele dort so nicht auf.

»Dein richtiger Vater stammt aus Kamerun.« Er fragte nicht, was zum Teufel ich mit »richtiger Vater« meinte. Ich hatte ihm ein Ticket nach Nairobi besorgt, das war billiger, er könnte ja einfach mit dem Bus nach Kamerun fahren. »Du musst die Nijoyas finden. Verstehst du? Ni-jo-ya. Du bist kein Butler, auch kein Pickens. Du bist ein Nijoya, okay? Sie werden sich freuen. Sie sind adelig. Dein Großvater ist König eines großen Stammes. Die werden dich mit offenen Armen willkommen heißen, du wirst zwölf Ehefrauen haben, deine eigene Hütte und vielleicht bist du selbst irgendwann König. Dann kannst du mich einladen.«

Es war so: Jerry wusste nichts von Duke. Und dass er farbig war erst recht nicht. Und das sollte auch so bleiben. Aber ich wollte Duke auch nicht verletzen und ihn verstecken. Man tut, was man kann. Als Jerry mir das Geld für einen neuen Wagen gegeben hatte, da kaufte ich diesen gebrauchten Mercury, und mit dem Rest bezahlte ich das Flugticket für Duke, und noch ein wenig Taschengeld.

Wir saßen noch immer im Auto, und plötzlich wollte ich alles ein für allemal wieder gutmachen und streckte meine Arme nach ihm aus und nahm seinen Kopf in die Hände und küsste ihn auf die Schläfe. Er ging sofort mit der Hand dazwischen, denn wenn man gleich neben dem Ohr einen Kuss abkriegt, ist das wie eine Explosion. Ich ließ ihn los und sagte: »Hab dich lieb. Und jetzt raus mit dir.«

Dann griff das Schicksal ein. Es katapultierte ihn langsam direkt aus meinem Wagen in seine Gefängniszelle. Denn wenn er nicht nach Afrika geflogen wäre, hätte er niemals diese Lili Stone in einem Hotel in Nairobi getroffen, und er wäre nie im Norden gelandet, wo er sich für was Besseres hielt, besser als jemand wie ich. Aber er wusste ja auch nie, wer ich war. Aber darauf komme ich noch. Ich erzähle rückwärts, oder? Alles der Reihe nach.

Ein Sieg

Es dauerte nur ein paar Wochen, bis Duke sich an sein fehlendes Auge gewöhnt hatte. Er musste jetzt einfach nur den Hals ein bisschen weiter drehen, um alles zu sehen. Und was er sah, gefiel ihm. Er sah sein Glück, größer, als er es sich je erhofft hatte. Da Lili sich für Geld nicht »interessierte«, pflegte nur Duke das, was er für den wilden Garten ihrer Finanzen hielt. Er stutzte nichts zurecht, er sah einfach zu, wie alles blühte; unbekümmert erntete er die erlesensten Früchte, denn trotz gelegentlicher Unwetter, wuchsen sie immer wieder nach.

Natürlich trug die Metapher nicht weit. Er musste sich auch mit so langweiligen Dingen wie Bankangelegenheiten und dem Bezahlen von Rechnungen befassen. Mr. Perkins fragte ihn manchmal nach seinen Geldanlagen, und es gelang ihm, sich vor solchen Unterredungen durch Einsilbigkeit zu entziehen. Er bunkerte das Geld dort, wo er es in Sicherheit wusste – auf dem Girokonto der Butlers. Er freute sich über die Länge der Summen, die sich auf diesem schlichten Konto anhäuften, und wurde wütend, als die Steuerbehörde sich meldete, per Post, mit unverschämten Formschreiben. Er hielt Geld für eine Privatangelegenheit, über die man nicht mit Fremden sprach, und dazu gehörte auch das Finanzamt.

Mr. Perkins bekam nur allzu bald Wind von der Sache, schließlich war Duke sein Angestellter. Er setzte sich brüsk über das Recht seines jungen Kollegen auf den Schutz seiner Privatsphäre hinweg und bestand darauf, den Namen seines Steuerberaters zu erfahren, und als sich herausstellte, dass die Butlers keinen hatten und Duke noch nie eine Steuererklärung abgegeben hatte, schleifte Mr. Perkins ihn zu seinem eigenen Steuerberater und bezahlte Butlers Rechnungen über die neu aufgelaufenen Bußgelder und die geleisteten Dienste. Die Strafe war, wie durch ein Wunder, äußerst niedrig. Das kurze Unbehagen, das durch den Beinahe-Zusammenstoß mit der Justiz verursacht worden war, hatten die Butlers kaum gespürt. Der Steuerberater stellte fest: »Sie müssen einen Pakt mit dem Teufel abgeschlossen haben. Sie sollten Ihr Glück mal beim Pokern versuchen.« Er gratulierte Duke zu seinem Sieg.

»Er wäre ganz bestimmt ein guter Pokerspieler«, versicherte ihm Lili. »Er hat unglaublich viel Glück im Lotto.« Sie schenkte dem Steuerberater einen ihrer professionell intensiven und einladenden Blicke, um ihn etwas aufzumöbeln, denn er war alt und hässlich.

»Glück im Spiel, Pech in der Liebe«, sagte der undankbare Buchhalter zu seiner Sekretärin, als das Paar gegangen war. »Ich frage mich, ob Mr. Butler klar ist, dass er eine Schlampe geheiratet hat.«

Mr. Perkins war es jedenfalls klar. Lili gefiel ihm nicht, aber darüber sprach er nicht. Er machte ihr Vorwürfe: sie war dabei gewesen, als Duke sich die Gabel ins Auge rammte. Er war bestimmt nicht der geschwätzige Typ. Er war gerne für sich. Seinen Psychiater suchte er nur auf, um sich ein neues Rezept für den Sandmann zu holen, Restoril, und er weigerte sich, über anderes als die Dosierung zu sprechen. Er glaubte, dass Vertraulichkeiten, wie Keime, niemals ausgetauscht werden sollten. Niemand wusste genau, wo und wie er wohnte. Nur einmal verriet er Duke, dass er eine Katze hatte – Louise, die an etwas litt, das sich als Prostatakrebs erwies. Aus Louise wurde dann Louis, der bloß noch einmal erwähnt wurde, als er »verschied«. Mr. Perkins war mehrere Wochen lang sehr schweigsam. Duke begriff, dass er trauerte.

Weil Duke ihn niemals aushorchte, fühlte Mr. Perkins sich verstanden und riskierte eine weitere Vertraulichkeit. »Ich habe die Hölle hinter mir«, sagte er eines Tages, als sie Weinflaschen sortierten. Ein paar Wochen später fügte er hinzu: »Die Vergangenheitsform passt nicht recht, weil meine Vergangenheit die Gegenwart besetzt hält.« Als immer noch keine Fragen kamen und ein weiterer Monat verstrichen war, hatte Duke Mr. Perkins' volles Vertrauen gewonnen.

»Kurz vor meinem dreißigsten Geburtstag«, sagte er eines Abends, als sie den Laden schlossen, »ist mein Kind, ein kleiner Junge, gerade mal ein paar Wochen alt, bei einem Autounfall ums Leben gekommen, zusammen mit seiner Mutter, der einzigen Frau, die ich je geliebt habe.« Duke räumte weiter Weingläser ein. Hinter ihm schloss Mr. Perkins die Kasse ab. »Meine junge Liebste, Mary, war mit einem Mann verheiratet, der nicht ahnte, dass das Baby nicht sein eigenes Fabrikat war. Sie log ihrem Mann vor, dass sie eine Freundin besuchen wolle, und kam zu mir, um mir mein Kind zu zeigen. Wir haben eine wundervolle Nacht zusammen verbracht. Mary beschloss, ihrem Mann die Wahrheit zu sagen. Wir studierten ein, was sie sagen sollte. Am nächsten Morgen fuhr sie nach Hause, aber ihr gingen die Nerven durch, und sie ist gegen einen Baum gefahren. Es hat also nie einen Skandal um die Sache gegeben.«

»Das ist eine sehr traurige Geschichte, Mr. Perkins«, sagte Duke, irgendwie enttäuscht, und schob weiter die Gläser im Regal hin und her. Sein Mentor hatte etwas Glanz verloren.

»Ja, so wird es wohl sein«, sagte Mr. Perkins. Und sie sprachen nie wieder darüber.

Mr. Perkins' Tragödie lag lange zurück. Sein Körper war nicht im Wagen gewesen, doch hatte er sich von dieser Karambolage nie erholt. In seiner Vorstellung wurde die Frau, die er liebte, niemals älter, während ihr gemeinsamer Sohn heranwuchs und sich veränderte. Mr. Perkins hatte seine Fortschritte auf der Straße verfolgt, vor Schulen, auf der Schlittschuhbahn, überall. Dann war Duke aufgetaucht. Er war so alt, wie sein Sohn heute gewesen wäre, und Mr. Perkins' Herz griff nach dem, was ihm zustand.

Ja, am Anfang hatte ihn die falsche Hautfarbe gestört. Aber nach ein paar Wochen ließ die Vertrautheit es zu, dass er über die auffällige körperliche Verschiedenheit hinwegsah. Zum ersten Mal seit Jahrzehnten verspürte Mr. Perkins Zuneigung. Mr. Perkins freute sich maßlos, als Duke ihn in aller Öffentlichkeit übertrumpfte. Jeden Mittwochnachmittag um drei konnte man die Sendung The Wine Patriot einschalten und von »Thomas Jefferson dem Fünften« etwas über amerikanische Weine lernen. Duke hatte sich naturgemäß auf kalifornische Weine konzentriert, aber nach einem Jahr sich nach Osten gewagt, absolutes Niemandsland, um Idaho einzubeziehen.

Mr. Perkins' Haltung zu diesen provinziellen amerikanischen Weinen unterschied sich zwar von der Dukes, trotzdem organisierte er seinen Mittwoch stets so, dass er sich die Sendung ansehen konnte. Er nahm an, dass Nörgler die Nase rümpften, weil *The Wine Patriot* nicht auf einem der Hauptsender lief, sondern im Kabelfernsehen, das in der Stadt kaum irgendjemand wahrnahm. Es ärgerte Mr. Perkins, wenn jemand zugab, er kenne die Show nicht oder habe sie mal wieder verpasst. Er konnte die Vorstellung nicht ertragen, dass die Sendung hauptsächlich von abgestumpften Vorstadthausfrauen gesehen wurde.

Und es beruhigte ihn nicht, dass jede Menge Nichtzuschauer wussten, wer Duke Butler war, denn neben der Bibel lasen sie ihre Frauenzeitschriften. In diesen Blättern wurde er als Halbgott dargestellt, der Wein in Brot verwandelt hatte, Fusel in Geld. Als Gemahlin hatte er ein noch höherstehendes Geschöpf gewählt, ein Model. Lilith wurde gezeigt, wie sie in Stretchlimousinen vorfuhr, um exklusive Partys zu besuchen, oder wie sie das Privatflugzeug eines Milliardärs bestieg und in die Hamptons flog. Ihr Mann begleitete sie nur selten zu diesen Anlässen, und dann sprach er mit niemandem. Er saß lieber alleine und beobachtete sie. Aber auch so ließ Lili niemanden ihren Gatten vergessen, über den sie so sprach, als würde er nur hinter der nächsten Ecke warten.

Mr. Perkins fürchtete, dass dieser Lebenswandel Dukes Karriere viel mehr schadete, und er gab Lilith und ihrer Sucht nach dem Highlife die Schuld daran. Und wahrhaftig berichteten die Magazine dauernd darüber, dass das Paar jetzt in sämtlichen europäischen Metropolen zu

Hause sei. Lili hatte von ihren kleinen »pieds-à-terre« in London und Paris gesprochen (»im 16ten«) und von einem größeren, »sehr privaten« an der Côte d'Azur. Als Mr. Perkins im Wartezimmer seines Kardiologen eines dieser Magazine in die Hände fiel, schnellte sein Blutdruck in die Höhe.

Lili Butler log. Sie war eine Lügnerin. Grässliches Weib. Duke war nie in Europa gewesen. Nicht einmal für seine Geburt. Er weigerte sich, dorthin zu gehen. Ein Rest von Patriotismus oder etwas in der Art.

Der Code sagte: Fühl dich in mindestens einer europäischen Hauptstadt zu Hause.

Duke musste nach Frankreich! Dukes Frau hätte ihn zweifellos dazu überreden können, davon war Mr. Perkins überzeugt. Voller Rührung hatte Duke erzählt, dass Lili gekichert habe, als er den lukrativen Job als Berater für ein Restaurant abgelehnt hatte, nur weil der Geschäftsführer die gleiche Weinkarte haben wollte wie das Ritz in Paris. Mr. Perkins kicherte nicht. Äußerlich blieb er ruhig, als er hörte, dass Duke mit einem Formschreiben dazu eingeladen worden war, in London als Experte an der vertikalen Verkostung von Bordeaux teilzunehmen, und nicht einmal geantwortet hatte. Als wäre diese Einladung bedeutungslos gewesen! Mr. Perkins veranlasste, dass man Duke anrief, und erfuhr später, dass Mrs. Butler das Gespräch entgegengenommen und behauptet hatte, ihr Mann sei nicht zu Hause, obwohl im Hintergrund deutlich zu hören war, wie er fragte: »Wer ist dran?«

Duke Butler würde man nicht noch einmal fragen. Als die gleiche Gesellschaft in New York wieder zusammentraf, stand sein Name nicht auf der Liste. Mr. Perkins nahm teil.

Am nächsten Vormittag schimpfte Mr. Perkins im Laden mit ihm. *Tout le monde* sei dort gewesen, minus Duke Butler. Der »nicht eingeladen« war. Weil er schon einmal abgesagt hatte. Weil er ganz Europa abgesagt hatte. Dukes Brille sank seine Nase herunter. Er drehte sich um und beschäftigte seine Hände mit dem Auspacken einer Kiste.

An Dukes Rücken gewandt, fuhr Mr. Perkins fort, dass Duke es abscheulich gefunden hätte, die niedrigste Lebensform sei erschienen, aus Texas, Memphis, San Diego, »Milliardärsschnuckis«, wie Mr. Perkins sie nannte, »die Typen, die sich gern ein Model in die Arme legen lassen«. Er schimpfte über die Art und Weise, in der sie rund um die Welt jetteten, eingepfercht in eine neue Rakete namens Concorde (Lili nahm immer eine Concorde), um sich dann im flittrigen Speisesaal irgendeines ordinären Hotels zu versammeln, das auch in Las Vegas hätte stehen können (Lili liebte Las Vegas), wo sie in zwei Stunden sechs Flaschen Bordeaux aus älteren Jahrhunderten als dem neunzehnten probiert und ausgespuckt hätten, jede einzelne davon eine Erfahrung fürs Leben, aber in der Mischung hätten sie sich gegenseitig aufgehoben, und das alles in einer derart unpassenden Umgebung! Mr. Perkins war kein Spielverderber gewesen, doch hatte es ihn angewidert. Und dann gestand er, dass er achttausend Dollar Eintrittsgeld bezahlt habe.

Bei den Silben »achttausend« wirbelte Duke herum.

»Weshalb haben Weine aus unserem Teil der Welt nicht den gleichen Respekt verdient?«, fragte er aufgebracht. »Finanziellen Respekt! Warum können wir beispielsweise keine horizontale Verkostung amerikanischer Weine aus dem Mittleren Westen veranstalten?«

Anstatt darüber nachzudenken, führte der schockierte Mr. Perkins einen kleinen Tanz auf. »Unfassbar!«, rief er aus. »Sie sind der begabteste Önologe, den ich je getroffen habe, und Sie, ausgerechnet Sie, schlagen so etwas vor!«

Duke schämte sich. Das Wort »Önologe« klang so großartig – alle sagten »Önologe«. Mr. Perkins beruhigte sich. »Sie ruinieren Ihren Ruf!«, erklärte er.

»Aber was weiß ich schon. Vielleicht haben Sie recht. Sie müssen nächste Woche nach San Francisco mitkommen.« Eine illustre Zusammenkunft französischer und deutscher Sommeliers. Mr. Perkins bestand darauf. »Das ist Ihre Chance. Wir fliegen in der Economy Class und wohnen im Hilton. Und dass mir keine Klagen kommen. Ich will nichts davon hören, dass Ihre Frau erster Klasse fliegt und im

Ritz wohnt, okay?« Seine Augen flitzten herum wie in einem Glas gefangene Fliegen.

Duke fuhr nur äußerst ungern mit, aber dann verbesserte sich seine Laune. Mr. Perkins genoss das Reisen. Er machte den Wolken Komplimente, lobte das Fehlen jeglicher Turbulenzen und freute sich vor allem darüber, mit Duke unterwegs zu sein. »Wir sind ein Zweimannvolk. Die letzten Gentlemen.«

An ihrem Ziel, einem hässlichen Konferenzsaal mit hässlichen Metalltischen, billigen Weingläsern und Klappstühlen, würde Duke in der größtenteils europäischen Menge aufgehen, dachte Perkins. Aber er hielt sich zurück. Während der nächsten drei Tage, an denen Mr. Perkins lebhaft an dem Ereignis teilnahm, saß Duke auf einem Stuhl im Hintergrund und hörte schweigend zu. »Jetzt werden Sie schon aktiv!«, ermahnte ihn Mr. Perkins. »Bei passender Gelegenheit«, versprach Duke. Er hatte beschlossen, bis zum letzten Nachmittag der Konferenz zu warten, bevor er seinen Zug machte.

Als nur noch vier Stunden übrig waren, begann Duke schließlich seine Offensive. »Gentlemen«, sagte er sanft und ging mitten in den Saal. In der Hand hielt er eine Flasche Rotwein aus Missouri »Gentlemen, erinnern Sie sich an die Wiener Weltausstellung von 1873?« Dukes gedehnte Sprechweise und die Sonnenbrille weckten die Aufmerksamkeit der Umstehenden. Er griff absichtlich auf seinen Südstaatenakzent zurück.

Fast alle hörten zu, wobei sie mit den Füßen scharrten, und ein paar tuschelten vernehmlich über andere Dinge. »Ein Wein aus Norton, Missouri, hat dort Gold gewonnen.« Dukes Ton war zwanglos, als würde er zu einem Freund sprechen. »Henry Vizetelly – erinnern Sie sich an ihn? Er war einer der Juroren. Er hat geschrieben, die Weine aus Missouri würden den großen Weinen aus Europa eines Tages qualitativ Konkurrenz machen.«

»Vizetelly war Engländer«, rief jemand mit französischem Akzent.

»Vizetelly war ein Engländer, der in Paris lebte«, fuhr Duke fort. »Er bewunderte den französischen Wein und die französische Literatur. Er übersetzte Zola. Ein Buch wurde für obszön befunden und verboten, woraufhin er es privat veröffentlichte und für drei Monate ins Gefängnis musste. Er schrieb drei Bücher über Wein, zwei über französischen Wein und eines über Weine aus aller Welt. Er war nicht philiströs.«

Er wiederholte: »Nein, er war nicht philiströs.« Er fragte sich, ob die anderen wussten, was »philiströs« bedeutete. Er selbst hatte das Wort erst kürzlich gelernt. Jedenfalls war die Menge jetzt ruhig, und er sprach weiter, jetzt mit erhobener Stimme, im Singsang eines Predigers aus dem Süden.

»Sie alle sollten sich diesen Namen merken: Henry Vizetelly. Er war ein guter, aufrichtiger Mensch. Er urteilte nicht vorschnell über Provenienzen. Nein, das tat er nicht. Er setzte sich 1873 für Wein aus Missouri ein und wurde als Juror für die Pariser Weltausstellung von 1878 bestimmt. Zwischen 1878 und 1904 haben Weine aus Missouri acht Goldmedaillen gewonnen. Sie können das als Triumph für Deutschland ansehen, denn Missouri ist von Leuten aus dem Rheinland besiedelt und kultiviert worden. Drei deutsche Familien haben Missouri Mitte des neunzehnten Jahrhunderts in das drittproduktivste Weinland der Welt verwandelt.

Und ist Ihnen bekannt, dass Missouri die französische Weinindustrie gerettet hat?« Er wiederholte das Wort »gerettet« und zog es in die Länge: »Ja, er hat sie gereeetttet!«

»Natürlich wissen Sie, dass der gefürchtete Schädling mit dem hübschen Namen Reblaus eine Plage war und die französischen Trauben in den siebziger Jahren des neunzehnten Jahrhunderts vernichtet hat. Die Franzosen waren außer sich. Sie standen für Generationen vor dem Ruin ihrer Weinernte! Was haben die Franzosen also unternommen? Hatten sie keinen französischen Experten, der ihnen aus dieser Misere heraushalf? Nein, den hatten sie nicht. Deshalb beauftragten sie einen weltberühmten Entomologen – einen Mann aus Missouri. Den in Missouri geborenen und aufgewachsenen Charles V. Riley. Merken Sie sich den Namen, Charles V. Riley. Er hatte in seiner Heimat im Mittleren Westen Amerikas läuseresistente Trauben gezüchtet. Er brachte Millionen von Ablegern, um die französischen Trauben damit zu veredeln. Ein Mann aus Missouri rettete die französische Weinanbau im Alleingang vor dem Ruin. Sie haben ihm in der Innenstadt von Montpellier ein Ehrendenkmal errichtet. Wussten Sie das? Ich wette, das wussten Sie nicht. Die Prohibition hat die Weinberge vernichtet und begraben. Aber sie kommen wieder.«

»New York ist schon wieder da.« Er hielt eine andere Flasche hoch. »Dank eines sowjetischen Hausmeisters, einem einfachen Tellerwäscher, einem Einwanderer ohne Englischkenntnisse. Er hatte in Odessa Weinbau studiert, und entwickelte dort seine Ideen, wie man Vitis vinifera auch im kältesten Klima anbauen könnte. Konstantin Frank nahm sein ganzes Erspartes und erwarb ein kleines bisschen Land in den Fingerlakes. Hier ist ein Riesling, Trockenbeerauslese, aus diesem Weinbau. Eines Tages, das sage ich hier und jetzt voraus, wird man diesen Wein in Paris verkaufen.« Die Fingerlakes! »Ich lade Sie ein, ihn zu kosten.«

Und so kam es, dass sie alle, nachdem sie wohlwollend gegluckst hatten, ganz still wurden, als er ausspuckte: einen langen, langsamen, perfekten Bogen aus Wein; kein einziger Tropfen ging daneben. Duke sah auf und nahm ihre Verblüffung wahr. Sie waren beschämt. Mr. Perkins strahlte ihn an.

Probleme und Lösungen

Duke war glücklich. Er liebte seine Arbeit, er liebte sein Zuhause, und er liebte die Frau an seiner Seite, diese schüchtere Schönheit, die ihn vor mehr als zehn Jahren aus den Fesseln einer Uniform befreit hatte. Nur so war sie für ihn real. Ihr Körper schenkte ihm Vergnügungen, die er nicht kannte, und von denen er nie auch nur gedacht hätte, dass man sie auch woanders bekommen könnte. Und ihr Wesen sorgte dafür, dass jeder Tag aufregend blieb. Lili wurde mit dem Alter immer besser, fand er. Ihre Launen und ihr tollkühner Mut beeindruckten ihn, ließen ihn sprachlos, weil er so ganz anders war, viel vorsichtiger und reservierter.

Sie lebte gerne »gefährlich«, erklärte sie ihm, und das verstand er. Als Beobachter schlossen, dass dieser Wunsch etwas mit Verzweiflung oder Selbstzerstörung zu tun hatte, überraschte ihn das. Diese Pessimisten hatten keine Ahnung, fand er. Sie müssten Lili einfach nur mal zuhören. Das wilde Leben beeinträchtige doch nicht ihre Fähigkeit, selber zu entscheiden, ob es ihr gut ging und was ihr Spaß machte.

Bestätigung suchte sie jetzt nur noch bei ihm. Je mehr er sich um Lili kümmerte, desto weniger musste er auf seine eigenen Gefühle hören, und das war ihm angenehm. Er befeuerte und ermunterte sie bei ihren vielen Gefechten. Als die Modeljobs seltener und weniger lukrativ wurden, polsterte sie ihr Gesicht mit neuartigen Kollagen-Injektionen auf, und das Ergebnis gefiel ihm sehr. Er lernte, ihr wöchentlich Hormonspritzen zu verabreichen und verbrachte gerne viel Zeit mit ihren Pobacken. Deswegen wusste er schon lange von den kleinen Grübchen, die sich auf ihnen gebildet hatten, aber davon sollte sie nicht wissen. »So ein perfekter Po!«, rief er aus.

Sie ließ sich Implantate einsetzen, mit denen ihre Brüste fast unrealistisch rund, groß und hochliegend waren. Auch das entfachte Dukes Feuer nur noch mehr. Alle starrten auf den Busen seiner Frau, und das stimmte ihn zufrieden. Die Butlers zählten die Blicke, die sie auf sich zogen, wenn sie gemeinsam einen Raum betraten. Dass in diesen Blicken auch Spuren von Amüsement oder sogar Verachtung stecken könnte, kam ihnen nicht in den Sinn. Duke war der schattige Platz neben seiner Frau sehr recht.

Doch Gefahren lauerten überall. Lilis Vertrag mit der Agentur lief aus. Nachdem sie in Atlantic City ein Hotelzimmer verwüstet hatte (nach einem winzigen Laufstegauftritt), weil vom Zimmerservice ein Korb mit frischem Brot zu ihrem Essen gestellt worden war – sie hatte sich Brot ausdrücklich verbeten –, legte die Agentur ihr nahe, einen Psychiater aufzusuchen. Lili war tödlich beleidigt. Duke, was für ein Unsinn! Aber dann machte sie eine ihrer liebenswerten Kehrtwendungen und beschloss, dass sie doch einmal mit einem »Experten« über ihre Probleme reden sollte.

»Was denn für Probleme?«, fragte Duke besorgt.

Sie schüttelte den Kopf. »Das bespreche ich zuerst mit dem Arzt. Ich will sie erst einmal für mich ordnen, bevor ich dir von ihnen erzähle.«

»Ich fühle mich wie auf heißen Kohlen!«, sagte er.

Dr. Levin war en vogue, erst recht, seit er siebzig Dollar die Stunde verlangte, zwanzig mehr als der gängige Höchstsatz. Er war vor allem an Kokainsüchtigen interessiert, weil sie gutbetucht waren.

Mit seiner kleinen Praxis in der Nähe der Fifth Avenue finanzierte er die angrenzende Residenz, zehn Zimmer, die von drei hübschen Töchtern und einer ergebenen Frau bevölkert wurden – auf einer persönlichen Ebene spezialisierte er sich auf Frauen. Er liebte seine Patienten aufrichtig und wollte, dass sie ihm jahrzehntelang erhalten blieben. Sein Selbstbild war gesund – er sorgte sich nicht um seine Attraktivität; seine Talente und seine Schönheit hätten für zehn Männer ausgereicht und jeden von ihnen glücklich gemacht. Noch dazu war er sehr groß, man konnte fast sagen: steil – bei den Sitzungen blieb er lieber im Hintergrund stehen, und seine professionelle Miene war so leer wie ein Gebirge hoch über der Baumgrenze.

Schnell spürte Dr. Levin, dass Lili nur an weiteren Sitzungen interessiert wäre, wenn er ihr Komplimente machte. Also hofierte er sie, vom ersten »Hallo«, wo er sie zu ihrem blendenden Aussehen beglückwunschte, bis zu ihrem »Auf Wiedersehen«, bei dem er sie für ihre erstaunlichen Fortschritte lobte. Sie kam bereitwillig zweimal die Woche, um sich eine Ladung ungeteilter Aufmerksamkeit abzuholen. Mit Dr. Levins Hilfe schneiderte sie sich eine neue Autobiographie des Leidens. Sie gratulierte ihm dazu, dass er erkannt habe, was ihrem langjährigen Therapeuten Dr. MacBride entgangen sei: Sie war als Kind nicht nur vernachlässigt, sondern auch missbraucht worden. Dr. Levin legte eine verbotene Erinnerung frei – wie ihr Vater sie auf seinem Schoß gewiegt hatte, um sie körperlich zu erregen. Das war der Auslöser ihrer sogenannten »Sucht«. Er habe es herausgefunden, sagte sie. Sie habe es selbst herausgefunden, sagte er. Dr. Levin schmeichelte ihrer Eitelkeit, und sie schmeichelte der seinen.

Wenn Lili seiner Rolle als strenger, aber gütiger Vater überdrüssig wurde, flirtete sie mit ihm, und obwohl er nie zurückflirtete, war sie überzeugt davon, dass er vor ihrem Foto masturbierte. Sie wollte eine Reaktion von ihm, nicht nur ein Kompliment, und erzählte ihm, dass sie davon phantasiere, ihn zu fesseln und ganz langsam zu erdrosseln. Am unteren Ende seines Gesichts tat sich der Spalt eines Lächelns auf. »Das ist eine Phantasie«, sagte er. »So etwas erledigt sich von selbst. Sie würden es niemals tun, und deshalb denken Sie daran.« Um ihn zu martern, erzählte sie ihm die Wahrheit – dass sie ihren Mann vergöttere. Und da ihn das nicht zu bekümmern schien, sagte sie ihm, dass sie sich Kinder von ihrem Mann wünsche. Und dann fiel ihr plötzlich wieder ein, weswegen sie überhaupt zu ihm gekommen war.

Sie wollte Kinder. Besser: sie wollte eine Tochter, die sie mit all der Aufmerksamkeit überschütten konnte, die ihr selbst als Kind gefehlt hatte. Als Dr. Levin die Möglichkeit eines Sohnes in den Raum stellte, blaffte sie ihn an: »Ich bekomme nur Töchter!« Sein Vorschlag schien ihr eine Beleidigung zu sein, ein Versuch, sie von ihrem hohen Ross zu schubsen. Aber sie vergab ihm, als er ihr versicherte, dass nichts in der Welt gegen eine Tochter sprach.

Lili war wie ausgetauscht. Sie verbrachte Nacht für Nacht bei Duke. »Dr. Levin hat mich verändert!«, schwor sie. »Du wirst mit dem Alter ausgeglichener«, pries er. Sie sagte ihm, dass sie zum Ausgleich viel Sex brauche. Duke war ihr gefällig, umstandslos und oft.

Dann eine schreckliche Szene: Eines Samstagabends, als sie beide in den Schlaf sanken und beieinanderlagen wie Zwillinge im Mutterleib, erzählte Lili ihm, dass sie jetzt lange genug gewartet hätte. Sie wollte endlich eine richtige Frau sein, mit einem Baby.

Er hielt die Luft an und ächzte dann, wie ein alter Sarg, den man nach Jahrhunderten mit Gewalt öffnet. Er wusste nicht, was er sagen sollte, also appellierte er an ihre Eitelkeit. »Und was ist mit deiner Karriere? Das verträgt dein Körper doch nicht.«

Wie gelernt flüsterte sie ihre Begründung in die Nacht hinein: »Dr. Levin ist dafür, und Stanley auch. Er hat gesagt, dass ich die It-Schwangere sein kann. Yves kann mir meine Umstandskleidung entwerfen. Im achten Monat werde ich noch über den Laufsteg gehen! Und eine Frau ist nie schöner als nach dem ersten Kind.«

»Lass uns das überschlafen. Gute Nacht, Darling«. Er lag ganz still und atmete langsam. Die süßen Zärtlichkeiten von eben fühlten sich jetzt falsch an. Seine Liebe war vergiftet. Damit hatte er nicht gerechnet. »Vater«, das war für ihn nur das V-Wort, schlimmer als das F-Wort. Sein Körper wollte fort, nur fort von Lili, raus aus diesem Bett, und sein Geist konnte ihn nur unter größten Anstrengungen unter Kontrolle halten. Er wartete, bis sie eingeschlafen war, dann stand er auf und zählte nach, wie viele Antibabypillen sie noch hatte. Sie hatte sie nicht abgesetzt. »Danke, Jesus«, sagte er, wie aus Instinkt.

Kurz danach bekam Lili Wind davon, dass ihre Agentur Heaps hintergangen und ihr gute Aufträge vorenthalten hatte. Stattdessen waren andere Mädchen gebucht worden. Die Erde bebte.

Heaps war solidarisch, unterrichtete die Agentur in einem kaltschnäuzigen Schreiben von seiner Kündigung und nahm Lili und sechs andere Mädchen mit. Dr. Levin wurde nicht länger gebraucht. Lili sagte nicht mal ihre Termine ab. Sie sei dazu verpflichtet zu zahlen, wenn sie nicht spätestens 48 Stunden vorher absage, teilte Dr. Levin ihr in seiner winzigen, gemeinen Handschrift am unteren Ende der Rechnungen mit, die er immer noch absandte. Sie schickte eine mit der Anmerkung zurück: »Fuck off!« Dr. Levin griff sofort zum Hörer, rief Duke an und äußerte seine Besorgnis über Lilis Wohlergehen, aber Duke trickste ihn aus: »Verletzen Sie nicht Ihre Schweigepflicht, wenn Sie mit mir sprechen? Ich hole Lili ans Telefon, sie ist hier.«

Einige Minuten später war Duke zurück: »Tut mir leid, sie möchte nicht mit Ihnen sprechen. Sie ruft Sie vielleicht zurück.«

Welch ein Triumph: Dr. Levin verkraftete die Ablehnung nicht. Tag und Nacht rief er an, bis Duke ihn zurechtwies: »Wären Sie bitte so freundlich, Lili nicht mehr nachzustellen?«

Trotzdem war Lili klar, dass sie etwas ändern musste. Heaps schlug vor, es als Filmschauspielerin zu versuchen, aber dafür hatte Lili nur Verachtung übrig. Models durften nur Tussen aus der zweiten Reihe spielen, und wurden dafür auch noch schlecht bezahlt. »Und nein, eine kleine Rolle am Broadway nehme ich auch nicht hin. Ich habe eine bessere Idee.«

Sie ging in den nächsten Friseursalon und ließ sich die Haare silber färben. Dazu trug sie einen grauen Hosenanzug mit silbernen Pailletten am Bund und graue Pumps.

Sie fasste die meisten negativen Kommentare als Komplimente auf und ging so zum nächsten Shampoo-Shooting. Kein Nachwuchsmodel konnte mithalten.

Lili war wieder gefragt. Im College war sie das »Gray Girl« gewesen, jetzt war sie »Lady Gray«, Heaps jubelte, als die *Vogue* Grau zur Farbe des Jahres erklärte, die Paparazzi verfolgten Lili, Fremde gafften und eine legendäre alte Schauspielerin mit rosagefärbtem Haar sprach Lili auf der Straße an: »Sie haben für Grau getan, was ich für Rosa tat. Ich wohne gleich hier um die Ecke, wollen Sie für eine Minute mit hochkommen?«

Ein paar Stunden später erstattete Lili Duke Bericht: »Während du Lotto gespielt hast, habe ich den Jackpot geknackt.« Anstatt ein Kind zu bekommen, hatte sie eine begüterte Mutter gefunden, die sie verehrte. Vorläufig war das sogar noch besser. Duke hatte Zeit gewonnen.

Ein neues Königreich wird gegründet

Die Schauspielerin hieß Rose, doch in grauer Vorzeit war sie von der Presse als »Die Irische Rose« tituliert worden, und sie gab immer noch Autogramme mit diesem Namen. Ihre Wohnung – Wände, Teppiche, Vorhänge und Polstermöbel – war ganz in Rot- und Rosatönen gehalten. Eine schäbige Silberskulptur stand mitten auf einem rosa marmorierten Kaminsims – ein Oscar. Um ihn herum befand sich ein Klüngel winziger, in Rahmen gepferchter Berühmtheiten, die ins Zimmer lächelten. Die Fotos waren vergilbt wie die Blätter im Herbst, sie waren Jahrzehnte alt.

Wenige Minuten, nachdem sie es sich zwischen den dicken Sofakissen gemütlich gemacht hatten, ausgerüstet mit Zigaretten und Dosen mit Frescalimonade, stellten die Irische Rose und Lili fest, dass sie Seelenverwandte waren.

Die Schauspielerin hatte das Gleiche wie Lili durchgemacht, kannte Haben und Nichthaben und wusste, wie es war, das Elixier Beachtung zu finden und es wieder zu verlieren, während man abnahm und wieder zunahm. Erst neulich hatte sie tief in ihr Portemonnaie gegriffen, um Schwerelosigkeit zu erleben, in einer für Astronauten gebauten Druckkammer. In der nächsten Woche hatte sie wieder einen Termin. Lili erklärte, dass sie mitkommen werde. »Was kann das schon kosten?«, fragte sie. »Einen Tausender?«

»Meine Liebe! Wenn es nur ein Tausender wäre, kämen wir nie an die Reihe! Es ist das Fünffache!«

»Kein Problem!«

Nach diesem lebhaften Konversationsspurt beschloss Rose, Lilis Leben zu ändern. »Ich verspüre gerade einen ganz eigenartigen Impuls. Ich möchte etwas mit Ihnen ausprobieren«, verkündete sie. »Eine andere Form der Schwerelosigkeit. Ich möchte meinen richtigen Namen ausprobieren. Sie dürfen Feigel zu mir sagen.« Sie tat das mit solchem Bravado kund, dass Lili die Einmaligkeit dieses Angebots erkannte.

»Feigel war mein Kosename als Kind«, erklärte die Irische Rose. »Um meinen Namen ändern zu können, musste ich meine Familie loswerden. Hab so getan, als würde ich sie nicht kennen. Für die Presse hab ich eine tote irische Familie erfunden und dazu eine tragische Geschichte über einen Autounfall, bei dem alle ums Leben kamen. Allen erzählte ich, es würde mich innerlich zerreißen, dass ich meine Familie nie mehr wiedersehen kann. Denn das konnte ich wirklich nicht. Für mich gab es sie nicht mehr.«

Plötzlich wirkte sie misstrauisch. »Ich habe das noch nie jemandem gestanden. Aber ich fühle mich so wohl in Ihrer Gegenwart. Sie werden es doch für sich behalten, nicht wahr?«

»Natürlich! Das verspreche ich auf das Leben meiner ungeborenen Kinder. Ich beneide Sie, dass Sie Ihre Familie los sind.« Einen Moment lang stellte Lili sich vor, ihren Namen zu ändern, mit Duke nach Florida zu fliehen und ein Stone-freies Leben zu führen, aber jetzt hatte sie ja Feigel.

Die alte Schauspielerin fuhr fort: »Als mein Vater starb, schickte meine Mutter meinem Agenten einen Brief für mich. Ich las ihn, klebte ihn wieder zu und sagte meinem Agenten, dass eine verrückte alte Dame hinter mir her sei und er ihr schreiben solle, ich hätte die Annahme verweigert. Meine Mutter hatte keine bösen Absichten. Aber wenn das jemand erfahren hätte, dann wäre mein Leben zerstört gewesen. Niemand weiß davon. Nicht einmal meine eigene Tochter.« Sie seufzte laut auf, als würde sie Druck ablassen. »Ich glaube, dass sich früher oder später alles rächt. Meine Tochter zahlt mir heim, was ich meiner Mutter angetan habe. Sie will nichts mit mir zu tun haben.«

Lili begann sich zu langweilen. »Feigel, meine Liebe, haben Sie was zum Knabbern da?«

Chips, Tato Skins. Als die beiden Damen die Frescalimonade ausgetrunken hatten, gingen sie zu Wodka über.

Feigel hatte sich die Nase richten lassen. Danach wäre nie jemand darauf gekommen, über ihre ethnische Herkunft nachzudenken. Mit jeder Minute entdeckten Feigel und Lili mehr Gemeinsamkeiten: Sie hatten beide eine Familie, die sie nicht mochten, ein besseres Profil von rechts, eine unsichere gesellschaftliche Stellung und viel geopfert, um andere glücklich zu machen. Und dann fanden sie heraus, dass sie beide Jungfrau waren, mit – haltet euch fest! – der Venus in der Jungfrau. Es gibt keine Zufälle.

Feigel und Lili wurden sofort Mischpoche. Und an einem von Feigels Problemen entwickelte Lili ein ganz persönliches Interesse: Jennifer, Feigels einzigem Kind. So alt wie Lili, hatte sie eine ganz wunderbare Kindheit gehabt, war mit ihrer Mutter und einem Privatlehrer herumgezogen, von Filmsets zu romantischen Urlaubsorten, mit diversen Liebhabern. Jennifer war in Ruhm und Reichtum hineingeboren und wollte doch nichts anderes vom Leben, als Kindergärtnerin zu sein, in Billings, Montana, wo ihr Mann eine Grundschule in einem Indianerreservat leitete. Oh, es gab noch etwas, das Jennifer wollte – niemals ihre Mutter wiedersehen.

»Du bist die Tochter, die ich hätte haben sollen!«, sagte Feigel.

»Du bist die Mutter, die ich hätte haben sollen!«, sagte Lili.

Sie fühlte sich sofort warm und geborgen, nichts Schlechtes könnte ihr jetzt geschehen. Das Gefühl, das einem Mütter geben sollten.

Duke akzeptierte die neue Abstammung seiner Frau und seine neue, verbesserte Schwiegermutter, auch wenn sie nichts mit ihm zu tun hatte.

Er blieb zu Hause, wenn Lili Feigel zu Modeschauen mitnahm und Feigel Lili zu Filmpremieren oder sie sich gegenseitig zum Mittag- oder Abendessen in die Szenerestaurants einluden, in denen Klatschkolumnisten als Stammgäste verkehrten.

Lili brach den Schwur, nie wieder mit ihrer Mutter reden zu wollen. Sie teilte ihr am Telefon mit, dass sie ihre ideale Mutter gefunden habe. »Kann ich dich in zwei Wochen anrufen?« – sie und Vlado machten sich gerade für eine Versammlung von Geistesgrößen in Kambodscha reisefertig.

Heaps war irritiert. »Was willst du mit dieser alten Schachtel?«

»Du bist nur eifersüchtig«, lachte Lili und erzählte es Feigel gleich, neugierig darauf, wie Feigel auf solche Verunglimpfung reagieren würde.

Zu ihrer Enttäuschung blieb Feigel gelassen. »Bild dir nicht so viel auf dein Aussehen ein, mein Herz. Spiegel sind schreckliche Lügner. Es sei denn, sie liegen auf dem Rücken. Ich zeig's dir.« Sie nahm ihren Flurspiegel von der Wand – ein ergebener Freund, dieser Spiegel, der ihr stets alles Gute wünschte, wenn sie das Haus verließ –, legte ihn auf den Boden und zwang Lili dazu, sich darüberzubeugen. »Jetzt frag ihn, wie du aussiehst!« Lili sah ein fremdes Gesicht mit Hängebacken und Tränensäcken.

Entsetzt sprang sie auf und raunzte Feigel an: »Du würdest deine Seele verkaufen, um auszusehen wie dieses schauderhafte Spiegelbild von mir.«

Nun war es an Feigel, beleidigt zu sein.

Einen Tag lang gingen sie einander aus dem Weg. Am nächsten

Nachmittag schworen sie einander ewige Mutter-Tochter-Liebe. Am Abend trugen sie den Spiegel zu ihrem Lieblingsrestaurant mit den unverschämten Preisen und einem Chef, der eine Schwäche für eine Atmosphäre ausgelassener Heiterkeit hatte. Sie legten den Spiegel mitten im Restaurant auf den Boden und nötigten alle Gäste zu einem Blick auf sich selbst. Manche weinten. Manche lachten. Manche waren betrunken genug, um es auszuhalten. Die *Daily News* berichtete darüber. Lili warf die Zeitung spätnachts auf den Küchentisch, weil es Duke freuen würde, sie im Gesellschaftsteil abgebildet zu sehen.

Zu Lilis tiefster Zufriedenheit wurden Feigels Tage bald darauf rund um Lilis Freizeit organisiert. Die alte Schauspielerin hatte immer Zeit. Feigel wurde nicht mehr engagiert, sie war Jahrzehnte zu alt für die romantischen Rollen, die sie berühmt gemacht hatten, und viel zu stolz, um Statistenrollen als irgendwessen Großmutter anzunehmen. Sie hatte die Niederlage im Krieg gegen das Älterwerden hingenommen, sie brauchte rund zehn Minuten für ihr spätes Levee und nur fünf für ihr Couchee, und so hielt sie mehr Zeit in ihren verwelkten, alten Händen. Jeden Tag blätterte sie in einer der alten Sammelmappen mit Zeitschriftenartikeln über die Irische Rose in ihrer Blüte. Lili erklärte, es sei für Feigel an der Zeit, ins Rampenlicht zurückzukehren; sie werde das schon deichseln. Sie befahl Heaps, er solle irgendeinen Job für die alte Dame finden und nannte ihn einen faulen Sack, als er sagte, dass das unmöglich sei. Sie versicherte Feigel, dass große Dinge anstanden. Feigel war dankbar für jeden Hoffnungsschimmer.

Doch wie konnte sie sich bei Lili revanchieren? Ihr kam eine Idee. Sie hatte Duke kennengelernt und fand ihn »fabelhaft«, vor allem seinen »Sonnenbrillen-Look«. Der nächste Schritt war klar – in ihrem Haus an der Park Avenue war gerade eine Sechszimmerwohnung freigeworden. Dort sollten die Butlers einziehen. Es war nur eine Mietwohnung, für siebentausend Dollar, sechste Etage, ein Stockwerk unter ihrer eigenen Wohnung; das würde hinkommen. Sie sollten nicht in einer piefigen Gegend wie Tribeca wohnen. Feigel sagte, dass sie bei Miete und Umzugskosten gern »behilflich« sei. Als die Butlers zögerten, da sich so ein Angebot leicht in Wohlgefallen auflöst, bot sie ihnen auch noch an, die Kosten für den Innenarchitekten zu übernehmen.

»Hier an der Upper East Side haben wir unseren Glauben an Prunk noch nicht verloren.« Sie gab Lili eine dieser neuen goldenen American-Express-Kreditkarten und sagte ihr, sie solle damit passende Möbel kaufen. Als Duke sie besuchen kam, um sich zu bedanken, drückte sie ihn schüchtern und sagte: »Ich habe mal Nat King Cole umarmt. Jetzt seid ihr meine Familie.«

Schon bald zogen die Butlers um. Lili erkämpfte sich die Dienste des angesagtesten Innenarchitekten für die neue Bude, der schmiss Dukes gediegene dänische Möbel raus und ersetzte sie durch etwas, das er »rigoroses Chrom« nannte, und ein strenges Regiment von Schwarz und Weiß. »Großer Reichtum gibt sich spartanisch«, sagte er. »Die Wohnung von Rose ist ein Alptraum.«

Ein alter Feind wird besiegt

Lili wollte ihrer »biologischen Mutter«, wie sie Bucky von nun an nannte, zeigen, wie wohlhabend sie war. Dann wäre sie nicht mehr so arrogant und würde ihr keine Vorträge mehr über Geld halten. Sie lud ihre Eltern ein, sich am Ostersonntag ihre neue Bleibe anzuschauen. Sie wollte Feigel dazu bewegen, ebenfalls dabei zu sein, damit sie den »Showdown« nicht verpasse, aber die alte Schauspielerin fürchtete sich vor Showdowns im echten Leben. Sie blieb lieber zuhause.

Am späten Vormittag zogen die Stones bequeme Freizeitkleidung an und fuhren mit dem Bus zur Park Avenue. Sie merkten nicht, dass ihre Gastgeber sich in Schale geworfen hatten – Lili trug ein rosa Kleid und rosa Schuhe mit hohen Absätzen, Duke einen Anzug mit großer Krawatte, aber sie waren verblüfft vom Zimmerschmuck der Butlers: An der Decke tummelten sich Heliumballons in Hasenform. Der Couchtisch war mit Spielzeughasen und -enten bedeckt, und in der Mitte lag ein Exemplar von Buckys neuestem Wälzer: »Das Ende der Kunst«.

»Hab ich dir das geschenkt?« Bucky konnte sich nicht erinnern. Ihr Buch war Stadtgespräch, ein Angriff auf den zeitgenössischen Kunstbetrieb. Bücher, Musik, selbst moderne Kunst hetzten vorüber wie Fernsehwerbung – ein Werk musste so einfach und platt sein wie nur möglich, um die immer langsameren Turbinen in den Köpfen der Betrachter in Gang zu setzen.

»Nein. Ich musste es kaufen«, sagte Lili.

»Ach, mein Liebling. Das tut mir leid, wie dumm von mir.« Alle nahmen auf dem Sofa Platz.

»Keine Sorge, gern geschehen. Ich tue gern was für deinen Erfolg«, beruhigte sie Lili. »Wie gefällt dir unser Apartment? Die Miete beträgt siebentausend Dollar im Monat.«

»Sehr schön. Sehr schlicht.« Mehr bekam Bucky nicht heraus.

Der Tisch war mit kleinen Tellern, Gläsern und einem großen Eisteekrug gedeckt, und im Zentrum, neben Buckys Buch, stand ein großer Teller mit drei kleinen Marzipanhäschen.

»Aber wir sind zu viert«, protestierte Duke.

»Stimmt«, rief Lili. »Der Marzipanfuchs fehlt. Weil Ostern ist. Ihr müsst ihn suchen. Ich gebe euch einen Tipp – er ist hier im Zimmer.«

Die Gäste waren peinlich berührt. Aber Lili bestand darauf. Also erhoben sie sich, und Lili beobachtete sie beim Herumstöbern vom Sofa aus. Endlich gehorchten sie ihren Befehlen. Sie suchten alles ab und sahen dabei jeden Winkel ihrer Wohnung, die so viel besser als die ihrige war. »Findet den Fuchs!« Lili drängte sie zum Weitersuchen, der Finder bekäme auch eine Belohnung. Schließlich gaben sie auf, weil diese Suche zu schwer sei, und sanken wieder auf ihre Plätze.

»Na, dann hol ich ihn mir und ess ihn auf!«, sagte Lili. Sie griff sich Buckys neues Buch und öffnete den schweren grauen Einbanddeckel. Sie ließ sich Zeit und blätterte langsam die ersten Seiten auf, während die Stones ihr gespannt zusahen.

Lili hatte ihre Überraschung gut vorbereitet. »Ein alter Trick zum Verstecken von Schmuck«, verkündete sie. »Man nimmt ein Buch, von dem man weiß, dass niemand es jemals lesen wird, und –«, sie hielt inne, bevor sie die nächste Seite aufschlug, »klebt die mittleren Buchseiten zu einem Block zusammen. Dann höhlt man ihn mit einem Rasiermesser aus, und schon hat man das perfekte Refugium.« Sie blätterte die Seite um und enthüllte einen Marzipanfuchs in seinem Versteck in der Mitte des verschandelten Buches. »Ihr Verlierer!« sagte Lili.

»Darauf wärt ihr nie gekommen, was?«

Bucky schenkte sich etwas von dem warmen Eistee ein. Sie schwitzte. Lili zeigte den rosa Fuchs einmal kurz herum und biss ihm dann den Kopf ab. »Ich sorge dafür, dass er euren Hasen nichts tun kann.« Duke begutachtete das Buch und wollte seine Gäste zum Lachen ermuntern, aber die Stones saßen mit betrübter Miene da.

Sie knabberten an den Häschen, während Lili den Fuchs verschlang.

Dann sprang sie plötzlich auf und rannte wortlos ins Bad. Man hörte sie würgen. Als sie zurückkam, hatte sie blutunterlaufene Augen. »War zu viel für meinen kleinen Magen«, sagte sie, ließ sich neben ihrem Mann aufs Sofa plumpsen, rückte ihr Kleid zurecht und legte den Kopf auf Dukes Schoß, in seine offenen Hände. Sie dämmerte weg.

»Macht sie das immer so?«, flüsterte Bucky.

»Nein, natürlich nicht«, antwortete Duke. »Niemals! Sie ist krank.« Lili wollte einfach nur grausam zu ihrer Mutter sein, aber Bucky war die spürbar Stärkere. Lilis Versuche waren so verletzend wie das Summen einer Mücke. Er tätschelte Lilis Kopf und merkte, dass sich Tränen unter ihren zitternden Augenlidern bildeten. Er lenkte die Stones mit Fragen dazu ab, was sie dazu bewogen habe, für den ganzen Sommer ein Haus auf Martha's Vineyard zu mieten. Die Stones stürzten ihren Tee hinunter und standen auf, während Duke sich gezwungen sah, bei ihrer kränkelnden Tochter sitzen zu bleiben. Sie beugten sich nacheinander hinunter, um sie auf die Wange zu küssen. Lili verzog das Gesicht aus Ekel vor den alten Lippen auf ihrem jungen Gesicht.

»Das arme Kind«, merkte Bucky an.

»Ein Spaßvogel«, ergänzte Vlado.

»Ich vermisse Feigel«, murmelte Lili.

Der innere Feind wird besiegt

Alles an Lili war jetzt anders, und es war daher nicht überraschend, dass ihre Essgewohnheiten sich von denen der meisten anderen Leute unterschieden und gewisslich von seinen eigenen – Duke aß nur, wenn er Hunger hatte, er aß langsam, bis sein Hunger gestillt war, und er kümmerte sich nicht um sein Gewicht. Lilis Gewicht hingegen war von professionellem Belang. Der Wert ihres Körpers hing davon ab. Und trotzdem spielte sie mit der Selbstbeherrschung herum, öffnete alle Tore und ließ die ausgehungerte, gefräßige Sau raus. Es amüsierte ihn, dass sie trank, wenn sie eine Woche frei hatte, und ein paar Pfund zunahm, um anschließend Kokain zu schnupfen, was die Pfunde wieder verschwinden ließ. Sie übertrieb es nie, weder mit dem einen noch mit dem anderen, und behielt ihre perfekten Konturen.

In der Modebranche machte jeder sich Sorgen um sein Gewicht, aber nur wenige hatten sich so gut unter Kontrolle. Sie fürchtete sich nicht vor extrem strengen Diäten, die das Essen zu einem grimmigen Feind machten und bei denen selbst das Wasser rationiert werden musste. Sie fastete öffentlich, auch in Restaurants, das impfte allen Anwesenden Schuldgefühle ein, wenn sie auch nur den winzigsten Bissen zu sich nahmen. An anderen Tagen veranstaltete sie ein höchst unterhaltsames Spektakel der Völlerei. Duke hatte Spaß daran, mit seiner Frau auszugehen und die Speisekarte zu studieren, während Lili die Kellner bereits damit schockierte, dass sie mehrere Gänge bestellte. »Bringen Sie die schleunigst her, ich sterbe vor Hunger!« Wenn die Kellner mit den Speisen zurückkehrten, erklärte Duke: »Oh, das ist alles für sie. Ich nehme die gebackene Artischocke«, oder etwas anderes, das klein, aber fein war, und Lili fügte hinzu: »Lassen sie die Karte da, ich bestelle später noch mehr.«

Lili aß schnell. Wenn sie die verbotenen Substanzen verschlang, fühlte sie sich frei – frei von den Fesseln ihres Berufs. Sie entschuldigte sich regelmäßig, um zur Toilette zu gehen, wo sie sich übergab und Platz für den nächsten Gang schuf. Für viele Menschen ist Essen eine ernste Angelegenheit, eine Frage der Moral, und viele Fremde waren von Lilis Verhalten pikiert. In einem Prominentenlokal raunzte ein Kellner Lili einmal wegen des Zustands ihres Kleides an, nachdem sie sich mit den rückläufigen Bestandteilen mehrerer Gänge besudelt hatte. »Es stört die anderen Gäste«, sagte er. »Und es riecht nicht gut. Die Leute essen hier. Sie wollen keine Kotze riechen.«

Ein Kellner stauchte Lili zusammen! Duke, der noch bei der Vorspeise war, stand plötzlich auf und sagte ruhig: »Was haben Sie zu meiner Frau gesagt?«

Der Kellner geriet in Panik und stammelte etwas von »Gesundheitsamt«. Lili tat der Kellner leid, der jetzt der Ungnade ihres stattlichen Mannes ausgeliefert war. Sie vertraute sich ihm an, als wäre er ihr bester Freund: »Leute wie ich, die immer am Limit leben, nennen das ›römischen Exzess‹!«

Der Kellner wich zurück, und alle starrten ihn an, weil der elegante schwarze Gast mit der Sonnenbrille ihn zur Rede gestellt hatte. Seine Woche war im Eimer.

Und Lili bestand darauf, dort an jedem ihrer »römischen Abende« hinzugehen und nach ebendiesem Kellner zu fragen, der von nun an vor ihr dienerte und Kratzfüße machte. Nachdem ihr ein Zahnarzt vorgeworfen hatte, dass sie ihren Zahnschmelz mit erbrochener Magensäure ruiniere, nahm sie immer eine Zahnbürste mit und kümmerte sich zwischen den Gängen um ihre Zähne, und sie achtete darauf, ihre Kleidung nicht zu beschmutzen.

Lili lud Feigel zu den römischen Abenden nicht ein; sie vermutete, sie würde bloß ein Klagelied über ihre entbehrungsreiche Kindheit anstimmen. Dabei, fand Lili, sollten gerade arme Menschen solche Festlichkeiten genießen. Als Lili eines Abends einen altersschwachen Penner um Geld betteln sah, eilte sie zu ihm und sagte: »Nimm deinen Hut und komm mit. Ich hab da was Besseres für dich.« Im Restaurant bestellte sie ein Chateaubriand für zwei und den teuersten Champagner.

Diese Gelage hinterließen Spuren bei ihr: durch geplatzte Kapillargefäße gerötete Wangen, die sich überpudern ließen, und blutunterlaufene Augen, die sie nur hinter einer Sonnenbrille verstecken konnte.

Lilis Stimme war rauer und tiefer. Sie musste ihre Exzesse planen wie ein Bürokrat, inklusive Erholungszeit.

Gelegentlich, selten, erschien sie zerzaust zur Arbeit – »in einem erschöpften Zustand« –, sodass sie wieder nach Hause geschickt werden musste. Duke eilte zu ihr und brachte sie ins Bett. Ihre hohlen Wangen, ihre depressiv verschatteten Augen und ihr zarter, mit Gewicht beladener Körper dauerten ihn so, dass er die Hände rang. Lili flüsterte: »Ich bin wie ein Ball, den man hin- und herstößt, die Leute gucken gern dabei zu; es ist ein Zuschauersport.«

»Bleib im Bett«, flehte er sie an. »Geh nicht zur Arbeit, deine Schönheit soll dich nicht kaputtmachen!«

Als Heaps anrief und sich über Lilis Unzuverlässigkeit beklagte, konnte Duke ihn beschwichtigen: Lili verfolge einen übergeordneten Lebensplan, und ihr Erfolg als Model verdanke sich der Aura von Gefahr, die sie ausstrahle. Heaps stimmte jedem Wort zu; allmählich mochte er Duke, weil er an Lili glaubte. Die beiden schätzten sich bald in aller Form, wie zwei, die die Leidenschaft für ein ungewöhnliches Hobby teilen.

Der amerikanische Markt war natürlich ängstlich, und Heaps verschaffte ihr immer öfter Engagements in Europa, meistens für einen Zigarettenhersteller. Die Europäer waren nicht so versessen auf Jugend, außerdem war ihre Werbung weniger Gesetzen unterworfen. Sie waren auch viel offener für Lilis Überspanntheit, sie sah atemberaubend aus, wenn sie an einer Zigarette zog wie die rauchende Jungfrau Maria, weil sie Entzücken auf den Tabak projizierte, den Glauben daran. In Amerika war das Rauchen in Verruf geraten. Lili wehrte sich dagegen und erläuterte Nichtrauchern die neuronenbefeuernde Wirkung des Nikotins auf die Großhirnrinde. Sie rauchte jetzt auch Zigarren und inhalierte tief.

Bald gab es an ihren römischen Abenden ausschließlich Wein. In ein paar Stunden konnte sie sich ganz allein drei Flaschen hinter die Binde kippen. Der Weingenuss stimmte sie herzlich und vergnügt. Nach einem dieser Besäufnisse führte sie Duke zum Bett. Er inhalierte mit ihrem Atem die drei Flaschen Sauternes und hatte Spaß an ihrer

Tollpatschigkeit, weil sie ihm ausnahmsweise erlaubte, die Kontrolle zu übernehmen und den Smarteren zu spielen. Sie liebten sich mit der hysterischen Begierde von Teenagern. Als Lili danach in seinen Armen lag, flüsterte sie, dass sie vielleicht AIDS habe.

»Huh? Wie das denn?«, fragte er. Verwirrung beruhigte ihn.

»Nur so eine Angst, die ich habe.«

»Sei nicht albern.« Er streichelte ihre Stirn. »Du bekommst schon kein AIDS.«

»Kannst du dich an diesen Schauspieler in der Werbung für Kent erinnern? Wir haben ein bisschen rumgemacht. Uns war einfach nur langweilig! Was kann man da machen. Jedenfalls, er ist gerade gestorben. Er war 36. Einfach dahingesiecht.« Sie schien mehr fasziniert als ängstlich. Duke schob sie von sich weg und stand auf. Er starrte sie an. Natürlich hatte er immer gewusst, dass andere sie wollten. Aber dass sie andere wollen könnte, wäre ihm nie eingefallen. »Wir haben ja nichts gemacht«, sagte sie. »Nur geknutscht. Sollten wir sogar, das war eigentlich Teil der Werbung. Aber man kriegt ja AIDS auch vom Knutschen.«

Er stand einfach da. Nicht wütend, nur verletzt. Sie küsste gerne andere, auch Fremde, das wusste er, das war ihre Art von Großzügigkeit, dachte er. Er selbst knauserte mit solchen Zärtlichkeiten. Aber mit Leidenschaft?

»Oh Gott, jetzt beruhige dich bitte! Es hat ja nichts bedeutet. Aber dass jemand gestorben ist, das bedeutet was! An der Krankheit, die ich jetzt vielleicht auch habe!« Da wurde sein Schmerz verdrängt, von der überwältigenden Angst, dass sie das Monstrum in sich trug. Dass es jetzt auch in ihm sein könnte, fiel ihm erst gar nicht ein. Sie schluchzte. »Ich liebe dich mehr als mein eigenes Leben. Wie kannst du nur denken, dass ich dich betrügen könnte?« Duke atmete durch. Es ging ihm besser. Ihr auch. Er legte sich wieder ins Bett, und mit ihrem geliebten Körper an seiner Seite, in seinen Armen, lösten sich alle Zweifel auf. Er verurteilte sie nicht. »Dr. Gorokin kann morgen früh einen AIDS-Test machen«, murmelte sie noch. Beim Einschlafen hielt er sie fest.

Als Lili vom Arzt kam, rief sie Feigel an, die so verdrossen war, dass sie Lilis zwölfstündige Abwesenheit gar nicht bemerkt hatte. Sie heulte in den Telefonhörer – trotz ihres Oscars fehle im *Time*-Magazin ihr Name in der Liste der zehn größten Schauspielerinnen ihrer Generation. Lili unterbrach sie: »Feigel, meine Liebe, mich interessiert das nicht. Mein Baby ist gerade gestorben.« Wenige Minuten später stand Lilis Wahlmutter vor der Tür. Ihre Tränen regneten auf die Schwelle. Duke floh in sein Zimmer.

»Er ist so tapfer«, sagte Lili zu allen, die ihnen kondolierten, »aber das ist nur Fassade. Am besten spricht man ihn darauf nicht an. Es ist schon meine fünfte Fehlgeburt.« Alle wollten wissen, wer schuld war, die Ärzte oder die Schwangerschaftsvorsorge oder Lili selbst, doch wagte niemand, direkt danach zu fragen, wenn sie nicht von sich aus darüber redete.

Ihr AIDS-Test war negativ ausgefallen. »Ich habe ein ganzes Heer von Schutzengeln«, sagte sie Duke.

»Wieso erzählst du den Leuten, dass du eine Fehlgeburt hattest?«, fragte er endlich.

»Was soll ich denn sonst sagen, dass ich jemanden mit AIDS geküsst habe? Dann gibt mir niemand auch nur die Hand. Also sage ich, dass ich schon mehrere Fehlgeburten hatte. Dann nerven die Leute auch nicht mit Fragen, wann wir endlich eine Familie gründen.«

Sie erntete Beileidsbekundungen, wobei die besten von Unbekannten auf der Straße kamen. Sogar ihre Eltern informierte sie. Sie hinterließ eine Nachricht auf dem Anrufbeantworter: »Ich möchte nicht, dass ihr es von anderen hört: Ich hab schon wieder ein Baby verloren.« Bucky rief ein paar Tage später traurig gestimmt zurück, doch als Duke den Hörer abnahm, erzählte sie ihm von ihrer Londonreise. Das schien sicherer zu sein, als ihn nach seinem Befinden zu fragen, denn jedes »Wie geht's?« ließ ihn gereizt auffahren, als hätte man ihn gebeten, seine Geschlechtsteile öffentlich zur Schau zu stellen.

Die Fehlgeburt und Dukes Weigerung, darüber zu reden, beunruhigte seine Schwiegereltern.

»Duke muss eine Therapie machen«, sagte Bucky. »Er muss einfach.« Schließlich nahm sie all ihren Mut zusammen und sagte es ihm.

Der Code sagte: Du sollst deinen Therapeuten ehren.

Duke war schon oft bei Dr. Coombs gewesen. Er war eine große Nummer und kostete fünfzig Dollar die Stunde – viel Geld, aber eine lohnende Investition.

Tatsächlich maß sich der Wert eines Therapeuten daran, wie teuer er war. Und je mehr man für seinen Therapeuten ausgeben wollte, desto cooler war man. Und jedermann wusste, dass Dr. Coombs, einer der wenigen WASPs in seinem Metier, sehr teuer war.

Im Gespräch ließ Duke manchmal seinen Namen fallen. So sagte er einmal: »Dr. Coombs glaubt, Nixon könnte eine Urschreitherapie gebrauchen«, was großes Aufsehen erregte. Außer den Stones, die es besser wussten, glaubten alle, dass Duke in Therapie sei, schließlich waren alle in Therapie. In Wirklichkeit bezahlte Dr. Coombs Duke und nicht umgekehrt. Der an der Fifth Avenue residierende Doktor besaß eine sehr hübsche, von Mr. Perkins aufgebaute und von Duke gepflegte Weinsammlung.

Dr. Coombs sah wie ein Schwarzweißfoto aus. Sein Erscheinungsbild war, teils gottgegeben, teils aus freien Stücken, monochrom: graues Haar, graue Augen, graue Haut, und er trug ausschließlich Grau und Schwarz. Rotwein war der einzige Farbfleck in seinem Leben. Dr. Coombs überragte alle anderen, sowohl körperlich – er war gut zwei Meter groß – als auch biographisch: Er war ein radikaler Bürgerrechtler gewesen, ein Freedom Rider. Das war nun wirklich die feinste Gesellschaft. Alle wussten, dass er sich als Erstsemester in Atlanta und Nachfahre reicher Plantagenbesitzer in einem Bus der Gesellschaft Trailways neben einen jungen schwarzen Mann gesetzt hatte und dafür verdroschen worden war, erst von randalierenden Ku-Klux-Klan-Mitgliedern, dann von mehreren Polizisten. Sein Gesicht musste operativ wiederhergestellt werden. Es würde nie normal aussehen, die Nase war platt und der Oberkiefer zu kurz, weil ihm alle

Zähne ausgeschlagen worden waren. Dr. Coombs stand seine couragierte politische Vergangenheit ins Gesicht geschrieben.

Nach seiner Genesung hatte er Medizin studiert und war schließlich Psychiater geworden. Alle hatten Respekt vor seiner erstklassigen Biographie. Man beneidete ihn nicht darum, weil niemand sich für seine Überzeugungen ein demoliertes Gesicht einhandeln wollte. Es war das allergrößte Opfer.

Die Leute erzählten Duke oft von Dr. Coombs' Vergangenheit, als müsste er ein besonderes Interesse daran haben. Vage verstimmt versuchte er, seine Ohren auf Durchzug zu stellen. Eines Tages bat er Dr. Coombs telefonisch um einen Termin. Als Patient. Dr. Coombs sagte, dass er ihn mit Freuden zu einer Konsultation empfangen werde, ihn aber an einen anderen Arzt verweisen müsse. Er könne niemanden »behandeln«, mit dem er bekannt sei. Duke fand es reizend, so abgelehnt zu werden.

Dr. Coombs' Wartezimmer hatte ein wienerisches Flair, wie alle Wartezimmer in New York: Perserteppiche, ein Chintz-Sofa, die Regale voller Bücher, von Patienten geschrieben oder verschenkt, mit gebrochenem Rücken, als Beweis dafür, dass man sie gelesen hatte – noch einfacher hätte der Doktor den Patienten sein Interesse an ihnen nicht versichern können. Das Zimmer hatte drei Türen, von denen eine zur Lobby führte, eine andere zu einem kleinen Badezimmer, wo der nervöse Neuling sich erleichterte, als letzte die geschlossene Behandlungszimmertür. Duke mochte noch so sehr die Ohren spitzen, er verstand kein Wort. Nach unerträglich belastenden Minuten öffnete sich schließlich die Tür, und irgendwer, der in sich selbst versunken schien, verließ die Praxis, ein völlig anderer Abgang als das selbstzufriedene Verschwinden aus einem Laden, in dem man endlich die perfekten Schuhe entdeckt hat.

Schließlich war Duke an der Reihe. Er trat ein wie ein Stier in die Arena, der Gefahr bewusst, und wurde mit einem Handschlag begrüßt, der sich geschmeidig in eine Geste verwandelte, die auf einen Sessel wies. Leder, wünschenswert altmodisch, stellte Duke fest. Er saß steif da, die Hände verkrampft im Schoß, und als der Doktor ihn zu fragen wagte, mit einer Stimme voller Sympathie, wie er sich »fühle«, sagte Duke: »Danke, gut.«

»Sind Sie sicher?«, fragte der Doktor. »Warum wollten Sie mich sprechen?«

Duke ging aufs Ganze: »Kinder«, sagte er. (Von Panik ergriffen, warf er einen Blick auf den Schreibtischaltar des Doktors und war erleichtert, keine Fotos von Nachkommen zu erblicken, die dort vergöttert würden.) »Haben Sie welche?«

»Wir sind nicht hier, um über mich zu sprechen«, erwiderte der Doktor. Er gestattete sich einen Südstaatenakzent, damit der Patient sich entspannte. »Ich weiß nicht, ob Sie welche haben.«

»Nein. Habe ich nicht. Und Sie?«

»Ich habe einen erwachsenen Sohn. Er geht aufs College … Yale. Vorstudium Medizin. Jahrgangsbester. Aber Sie sind ein junger Mann. Fragen Sie sich, ob Sie Kinder haben wollen? Das wäre normal.«

Die Frage kam Duke so hirnrissig vor, dass er nicht antworten konnte. Doch dann sagte er: »Meine Frau will Kinder haben.«

Der Doktor schwieg. Schweigen war eine Falle. Duke tappte nicht hinein. Er gab keine Antwort.

»Was glauben Sie denn, wie es wäre, ein Kind zu haben?«, fragte ihn der Doktor schließlich.

»Ich mag den Geruch von Windeln und Buntstiften nicht«, gestand Duke. Vielleicht war es sogar für einen Psychiater schwer vorstellbar: das Schwindelgefühl vor dem existenziellen Abgrund, das jeder Gedanke an Mutterschaft verursachte. Er fand, dass er Schuld an Lilis Exzessen war, weil sie sich doch unbedingt ein Baby wünschte. Dann wäre sie ein anderer Mensch. Und trotzdem, er konnte sich einfach nicht dazu bewegen. »Wenn ich keinen Fisch mag, würden Sie mich dann auch zu einem Therapeuten schicken? Vielleicht ist das einfach mein Geschmack. Ich mag keine Kinder! Ugh.«

»Möchten Sie herausfinden, weshalb Sie so empfinden?«, fragte der Doktor. »Oder möchten Sie die Erlaubnis haben, so zu empfinden?«

Da Duke keine Antwort gab, wagte Dr. Coombs sich weiter vor:

»Mögen Sie mir etwas von sich erzählen? Wo sind Sie aufgewachsen? Ich weiß gar nichts über Sie, nur dass Sie ein genialer Sommelier sind.« Er sprach es »som-el-yeah« aus.

»Und dass Sie ein direkter Nachfahre eines amerikanischen Präsidenten sind. Das ist eine große Ehre.«

»Dr. Coombs« – Duke blieb bei seinem Upper-East-Side-Akzent – »ich habe noch nie einen Psychiater konsultiert. Ich bin mir nicht ganz sicher, wozu das gut sein soll. Alle sagen, dass es nötig ist. Dass man über seine Kindheit spricht. Aber ich kann das nicht. Ich erinnere mich kaum an meine Kindheit.«

Dr. Coombs sah Duke aufmerksam an, wobei seine Augen jeden neugierigen Blick in seine eigene Richtung abwehrten, und dann fragte er: »An was erinnern Sie sich?« Seinen Akzent kannte Duke gut, das schaffte Vertrauen.

»Ehrlich gesagt, weiß ich nichts mehr aus der Zeit, bevor ich in die Schule kam. Und als ich meine Eltern danach fragte, meinten sie, dass mich das nichts angeht.«

»Sind Sie deshalb hier?«, fragte Dr. Coombs.

»Offenbar haben alle Leute schrecklich gelitten! Ihre Mütter taten ihnen dies an und ihre Väter das …«

Dr. Coombs wartete ab. Intelligenter Patient. Die Sonnenbrille musste irgendwann runter. Duke fühlte sich überrannt. Er schoss auf den Feind, aber seine Worte kamen heraus wie eine Handvoll Kieselsteine. »Ich kann mich an nichts Schlechtes erinnern. Ich bin nicht arm aufgewachsen. Uns fehlte nie etwas. Aber das liegt in der Vergangenheit. Heute würde ich jedes meiner Kinder hassen.«

Dr. Coombs merkte, dass sein Weinkenner Hilfe suchte, und empfahl ihm einen Kollegen, einen Afroamerikaner, »sehr gescheit, sehr einfühlsam«. Duke spürte, wie ein Dolch sein Ehrgefühl durchbohrte – wozu die Rassentrennung? Er bedankte sich trotzdem.

»Ihre Versicherung wird eine Diagnose verlangen«, erklärte Dr. Coombs und kritzelte etwas auf ein Formular. Plötzlich sah er zu seinem Patienten auf. »Ihr Internist kann Sie sterilisieren, ist Ihnen das klar? Es dauert bloß eine halbe Stunde!«

»Sie haben mir wirklich sehr geholfen. Vielen Dank!« Duke stand auf, bewegt und dankbar.

Auf dem Weg hinaus rief er Dr. Gorokin an. Eine dringende Angelegenheit. Die Vasektomie war fast zu einfach. Er setzte sie für den nächsten Tag an. Danach würde er nicht einmal ein Paracetamol brauchen. Dr. Gorokin versprach, niemandem von dem Eingriff zu erzählen, womit er die Stones meinte.

Am Abend teilte Duke stolz seine Diagnose mit.

»Angststörung.«

Lili, eine alte Häsin, hatte dafür nur Spott übrig. »Er hätte genauso gut ›Mensch‹ schreiben können.«

Wenn im Wald ein Baum umfällt

Die Wahrheit war, dass Duke schon ein Kind hatte. Nicht wahr, Sie erinnern sich: die erst kurz miteinander bekannten Reisegefährten, Duke und Lili, Amerikaner in Kenia, waren mit einem Landrover gen Norden gefahren. Duke hatte kein Problem damit, dass ihm diese junge Frau in den Weg geworfen wurde. Sie hatte kurzes blondes Haar und eine dicke schwarze Brille wie er. Ihre Freundlichkeit hatte ihn überrascht. Alles, was er sagte, schien sie zu beeindrucken. Er musste nur »hmmm« murmeln, und sie strahlte vor Bewunderung. Nach Einbruch der Dämmerung waren sie in Kigali angekommen. Da war es schon so dunkel, dass er sie nicht mehr neben sich sitzen sehen konnte.

Sie hatte gefragt, ob er müde sei, aber er hatte darauf keine Antwort gewusst, weil »müde« bedeutete, dass man vierundzwanzig Stunden nicht geschlafen hat, weil der eigene Vater im Sterben liegt und man merkt, dass man träumt, obwohl man die Augen offen hat. Er hatte geantwortet, seine Arme seien müde, sonst nichts. Sie hatten vom Festhalten des Lenkrads geschmerzt, als der Landrover durch Schlaglöcher gerumpelt war. Dass er nicht müde war, schien sie zu sorgen.

Sie waren in einer Stadt angekommen, in der kein einziges Licht brannte, da schockierte Lili ihn plötzlich mit einer Frage:

»Weißt du, was ›frigide‹ bedeutet?«

»Nein, Ma'am.«

Aus ihrem Schweigen hatte er geschlossen, dass sie beleidigt war, weil er »Ma'am« zu ihr gesagt hatte. Aber sie hatte exakt gewusst, was frigide bedeutet, genau wie er, denn er hatte den Ausdruck von Jungs gehört, in Bezug auf anständige Mädchen, die von ihnen nichts wissen wollen. Sie hatte seine geheuchelte Ahnungslosigkeit ignoriert: »Ich will frigide sein.«

In diesem Moment entdeckte er ein zweistöckiges Bauwerk mit dem Schild »Hotel«. Sie hielten am Straßenrand vor einem baufälligen Holzhaus. Obwohl sie in einer Stadt waren, gab es keine Bürgersteige. Während er sich um ein Zimmer mit zwei Einzelbetten kümmerte, begann sie eine Unterhaltung mit einer afrikanischen Frau, die neben ihr in der Lobby saß, auf ihre tollpatschige, freundliche Art. Er versuchte, sie nicht zu belauschen. Als er für das Zimmer bezahlt hatte, drehte er sich um. Die beiden schüttelten die Hand, das kam ihm merkwürdig vor. Lili ging zu ihm und sagte, als würde sie ihm einen Zahnarzt empfehlen: »Es gibt hier eine Prostituierte, die für das Hotel arbeitet. Ich hab einen Termin für dich gemacht.«

Sie befürchtete wohl, er werde sich an ihr vergreifen, wenn sie die Nacht zusammen verbrachten, möglicherweise im selben Bett. Er hatte tatsächlich daran gedacht; der Gedanke war wie ein Windhauch in der Dunkelheit, der den Saum des Vorhangs vor einer ausgeleuchteten Bühne kurz anhebt. Im Unterschied zu den anderen Gleichaltrigen in seiner Heimatstadt fehlte ihm jede Erfahrung mit Frauen. Er hatte nie eine geküsst und war noch nicht einmal mit einer allein gewesen. Lilis spontan offerierte Freundschaft war eine außergewöhnliche Erfahrung für ihn und katapultierte ihn mit einem Mal in die Gesellschaft der normalen Menschen. Er wäre nicht darauf gekommen, dass er Lilis Vorschläge ablehnen konnte, ohne ihre »Freundschaft« aufs Spiel zu setzen. Er folgte der Frau, die aus dem Hotel trat.

Miriamu hatte es nicht gerne, wenn Kunden sie zu Hause besuchten, aber Lili hatte darauf bestanden. Ihre Hütte war sauber, eine Kommode, ein Metalltisch und zwei Metallstühle. Sie hatte gar nichts zu verbergen, höchstens ihr Geld, aber es war ihr lieber, Privatleben und Beruf zu trennen. Außerdem mochten es viele Hotelgäste nicht, sich so tief auf den Boden zu legen. Manche kamen danach nicht mehr hoch.

Miriamu war gerade erst zum Teenager geworden, aber sie war umsichtig. Sie neigte dazu, ihre Kunden sympathisch zu finden, so war der Job angenehmer, und sie wollte ihnen Vergnügen bereiten. Dieser sonderbar aussehende Akata war schüchtern, offensichtlich ohne jede Erfahrung, obwohl er angeblich achtzehn war, ein Alter, in dem die meisten ihr bekannten Männer schon viele Kinder hatten. Sie legte sich für ihn hin und spreizte die Beine, auf die einfache Art, die allen Männern gefiel – aber er konnte nicht.

Die Prostituierte hatte die tiefschwarze Haut der Einheimischen, ihre Haare waren an den Schläfen und am Hinterkopf abrasiert, und oben auf dem Kopf war eine schwarze Wolke, die sie irgendwie mit Perlen angefüllt hatte. Nichts davon fand er anziehend. Als sie sich auf die Matratze legte und das Fell zwischen ihren Beinen enthüllte, war Duke zutiefst angewidert.

Also stand sie wieder auf und kochte ihm einen Tee, indem sie ein süßes, milchiges Gebräu aufwärmte, das desto besser schmeckte, je länger es gestanden hatte. Er trank davon, um sich zu stärken, wobei er nackt auf dem Stuhl saß und die heiße Blechtasse vorsichtig in beiden Händen hielt. Sie sah einen Jungen, der mit heller Haut und blauen Augen gesegnet war. Als er ausgetrunken hatte, nahm sie die Tasse und las für ihn in den Teeblättern. Sie zeigte sich erstaunt. Sie sagte ihm, dass er ein sehr reicher, sehr berühmter Mann werde. Es fiel ihr schwer, sich den ungelenken Jungen als reichen Mann vorzustellen. Aber die Teeblätter logen nie.

Kurz darauf versuchte sie es von neuem und legte sich für ihn hin. »Komm, berühmter, reicher Mann.« Es geschah noch immer nichts.

Also erzählte sie ihm, dass er hübsch sei, mit kehliger Stimme, und streichelte seine stoppeligen Wangen, kraulte seine Augenbrauen, fuhr ihm mit den Fingern sachte über die geschlossenen Augenlider, seine Nase, seine Lippen, und dabei flüsterte sie: »Was für ein Löwe du bist!« Das funktionierte. In der alten, kalten Berechnung, die Miriamu als jähe Aufwallung ausgab, hatte sie ihm das Kondom abgezogen. Sie wusste, dass er sie nicht mit irgendeiner Krankheit anstecken konnte.

Er schämte sich, als er fertig war. Nichts an ihm war löwenhaft. Sein Körper fühlte sich wie irgendein Werkzeug an, das ein Klempner benutzte. Am widerlichsten waren die Geräusche gewesen. Er schmiss ihr sein ganzes Geld in die weit geöffnete Handfläche, die rosa mit braunen Rändern war, wie die seiner Tante Bessy. Dann lief er davon.

Als er ins Hotel gekommen war, ganz außer Atem, hatte der Angestellte neugierig gefragt: »Wie war sie?« Duke hatte »Alles bestens, vielen Dank« gestammelt. Lili schlief tief und fest in einem der zwei Einzelbetten. Sie lag zusammengerollt auf der Seite, ihr Gesicht war reglos, und ihre Wimpern ruhten wie das erlesenste dunkle Gitterwerk auf ihrer strahlend weißen Haut. Sie hatte ihre Brille abgelegt. Und jetzt wusste er, dass sie so wunderschön war wie die Frauen, die man in Magazinen oder im Kino sah. Er hatte nicht gewusst, dass Frauen in natura so schön sein können.

Er beschloss, am Vormittag nach Nairobi zurückzukehren, ob sie wollte oder nicht. Die Rückfahrt war traurig und unangenehm, und sie redeten nicht viel. Lilis Gesicht war wieder hinter der Brille verborgen, was das Unangenehme erträglicher machte. Lili tat ihm schrecklich leid, weil er sie unfreundlich behandelte, aber er kam einfach nicht über seine Beschämung hinweg. Er flog am nächsten Tag nach Hause, ihre Telefonnummer im Portemonnaie. Er glaubte nicht, dass sie sich je wiedersähen.

Als Miriamu ein paar Wochen später zu ihrem Entzücken entdeckte, dass Gott ihre Entschlossenheit belohnt und das Baby des Kunden in sie eingepflanzt hatte, eine Luxusfrucht, besuchte sie ihren Bruder, um ihm die frohe Botschaft zu überbringen. Sie wollte die Passnummer ihres Kunden herausfinden, und die Botschaft kontaktieren. Ihr dummer Bruder hatte sie nicht aufgeschrieben, aber dafür seine Adresse. Mit einem Foto würde sie ihre Ansprüche geltend machen und ihre

Fahne auf den erklommenen Gipfel pflanzen, den reichen amerikanischen Vater.

Als Dukes Tante Bessy den Brief aus Homa Bay in Kenia bekam, legte sie ihn in eine Schachtel zu der übrigen Post, die sie für Duke aufbewahrte. Wäre Duke 1972 nach Hause gefahren, hätte er den Brief gelesen. Aber er blieb in New York.

Und als die Dominosteine fielen, hörte er nichts. Doch das sollte er noch.

Einheimische

Es war Frühling. Duke konnte nicht schlafen. Immer wieder rissen ihn seltsame Geräusche aus dem Schlaf – wildes Trampeln vor ihrem Fenster. In der Dämmerung begann das Gurren. Infernalisches Gurren. Lili wurde davon nicht wach.

Das kleine Fenster ging auf den engen Innenhof hinaus. Er passte nicht ins Bild, ein Schandfleck in dieser Gegend; das Sonnenlicht flutete weit oben darüber hinweg, und das Tageslicht blieb ausgesperrt. Nur wenige Mieter öffneten überhaupt ihre Hoffenstervorhänge. Zum Lüften bevorzugten die meisten die Fenster zur Park Avenue oder zu der hübschen Seitenstraße. Vom Lärm genervt, spähte Duke hinaus.

Eine schmutziggraue Taube mit gelben Augäpfeln hatte sich in der Dämmerung den Fenstersims der Butlers als Rastplatz ausgesucht. Aufgeblasen, breit und reglos hockte sie da. Duke glaubte, der Vogel sei krank und habe Zuflucht gesucht, um zu sterben. Er betrachtete ihn eine Zeitlang, besorgt.

Nach einer Weile flog der Vogel weg.

Duke wollte nicht, dass der Vogel zurückkam – so viel zu mildtätigen Regungen. Er dachte daran, ein paar Kleiderbügel am Fenster zu befestigen, dass sie über das Fensterbrett vorragten. Er schob das Fenster hoch und stellte fest, dass der Sims bewohnt war – die Taube hatte sich dort ein Domizil geschaffen, ein nettes, geräumiges, Park-Avenue-gemäßes Nest. Bei geschlossenem Fenster war es von der

Fensterschiene verdeckt. Er konnte jetzt direkt hineinsehen. Unter der obersten Schicht aus frischem Gras erblickte er mehrere kleine perlweiße Eier.

Beinahe gleichzeitig hörte er rauschendes Flügelschlagen, als die Taube wiederkehrte und ihn im Sturzflug angriff. Er knallte das Fenster zu.

Das Gurren setzte sich unvermindert fort und wurde ein paar Tage darauf durch einen Chor zaghafter, hoher Piepsstimmen verstärkt. Duke ging das Spektakel auf die Nerven. Lili fand es aufregend: Die Küken waren geschlüpft.

»Echte New Yorker! Einheimische!«, sagte sie.

Und dann schnitt sie ein saures Gesicht. »Ich bin neidisch auf eine Taube.« Doch ihre Stimmung hellte sich wieder auf. Sie erklärte, es sei eine Auszeichnung, dass die Taubenmutter ihren Fenstersims ausgesucht habe, im Vertrauen auf ihre Gastfreundschaft. Lili schob einen Polstersessel vor das Fenster, und wann immer sie zu Hause war, saß sie dort und las, und wenn sie hörte, dass die Taube zu ihren Besorgungen aufbrach, öffnete sie das Fenster, »um ihre Küken im Auge zu haben«.

Wei Wei bemerkte im Vorbeigehen: »In Peking essen wir Tauben. Ich kenne ein gutes Rezept.«

»Wie abscheulich!«, sagte Lili und schüttelte sich.

»Sie sind sehr schmutzig«, pflichtete Wei Wei ihr bei.

Duke war gereizt, aber verantwortungsbewusst – wenn Lili außer Haus war und die Vogelbabys sich selbst überlassen waren, stellte er ihnen schnell einen Napf mit Wasser auf den Sims. Er mied ihren Anblick, doch bekam er ihre winzigen, zerbrechlichen Köpfe flüchtig zu sehen. Als seine Hand über ihnen schwebte, reckten sie ihm die gelben geöffneten Schnäbel entgegen wie ein Strauß winziger Osterglocken. Er fand ihre Zerbrechlichkeit furchtbar, widerlich. Sollte Lili ihre kleinen New Yorker Haustiere doch für sich allein behalten. Das Gurren nahm zu. Um schlafen zu können, trug er nachts Ohrstöpsel.

Eines Morgens wachte er erholt und erleichtert auf. Eine opulente, süße Ruhe erfüllte das Zimmer. Das Gurren, das Flattern, das geschäftige Leben vor dem Fenster hatte aufgehört. Schon am Vorabend hatte er nichts mehr gehört. Er aalte sich in der Stille, bis plötzlich die Wohnungstür ins Schloss fiel. Richtig: Lili musste zu einem frühen Termin. Wie lieb von ihr, dass sie ihn schlafen gelassen hatte. Beim Aufstehen machte Duke einen Abstecher zum Fenster. Eine Dose Ajax stand darunter. Der Geruch stieg Duke in die Nase, was ihn verdross. Die Taubenmutter saß noch immer auf dem Sims, ein Schatten in der Dunkelheit. Duke öffnete das Fenster.

Die Taube saß vorn auf dem Sims neben dem Nest. Sie wirkte zerzaust und verwirrt, aber stoisch. Sie flog nicht weg, als sie sah, dass er sie anstarrte. Er schaute in das Nest. Die Küken waren noch da. Aber sie rührten sich nicht. Sie waren mit etwas bedeckt, das wie Schnee aussah. Sie lagen auf der Seite, die Augen und Schnäbel geschlossen. Sie waren alle tot. Erschrocken knallte Duke das Fenster wieder zu.

Er würde Wei Wei feuern. Sie hatte sich nicht einmal darum gekümmert, die toten Vogelbabys zu beseitigen. Er zog Gummihandschuhe an, riss das Fenster auf und stieß das Nest vom Sims. Es segelte hinunter in das Nichts, wobei es sich mehrmals drehte und Gras verstreute, doch die Küken fielen nicht heraus. Die Landung klang wie die einer leeren Papiertüte, die auf Beton trifft.

Nachmittags machte Duke einen Abstecher nach Hause, um Wei Wei zur Rede zu stellen, die gerade das Hoffenster putzte. Sie wirkte verletzlich und erschöpft. »Wie geht es den Taubenbabys?«, fragte er. Sie drehte sich langsam zu ihm um und sah ihn ausdruckslos an, und er sagte leise, um nicht zu brüllen: »Sie sind tot. Ich glaube, dass Sie sie umgebracht haben.« Sie schüttelte den Kopf und schrubbte die Fensterbank. Er sah sie an und fragte sich, ob sie ihn überhaupt verstanden hatte. Das hatte sie. Sie ging an ihm vorbei in den Flur. Die Wohnungstür fiel ins Schloss. Sie hatte sich nicht mal die Mühe gemacht, ihre Uniform auszuziehen.

Aber am nächsten Tag erschien sie wieder zur Arbeit, als wäre nichts geschehen. Ihr Gesicht war ein leerer Teller. Die drohende Gefahr ihrer Abwesenheit machte ihre Anwesenheit kostbar. Lili umarmte und küsste sie, und alles war vergeben. Die Taubenmutter hatte ihren Verlust offensichtlich akzeptiert. Duke hielt Ausschau nach ihr und glaubte, sie hier und da zu sehen, eine der vielen verlotterten und trauernden Tauben, die New York bewohnen.

Gefährlicher Ehrgeiz

Duke war auf dem Weg nach oben, eine Kletterpartie. Er überwand auch die gefährlichsten Hindernisse – die oft auch die schönsten waren – mit Kraft und seinem guten Gleichgewichtssinn. Wie sollte noch etwas schief gehen? Er sollte es bald herausfinden.

Er erhielt eine Einladung von Barry Winkler, Dekan einer Universität und Professor der Germanistik, Teil des Planungskomitees für ein großes Fest im University Club zu werden. Der akademische Elfenbeinturm war zwar nicht der höchste Gipfel, aber es lohnte sich trotzdem, ihn zu besteigen. Von dort hatte man einen ganz besonderen Blick auf die Menschheit.

Dekan Winkler hofierte einen erlauchten Gast, den Dekan eines berühmten deutschen Instituts. Dieser deutsche Dekan hatte im Vorjahr seinen New Yorker Kollegen »Dr. Winkler« samt Gattin erster Klasse nach Berlin eingeflogen, damit sie als Ehrengäste an einem Galadiner teilnahmen, zu dem erlesene Bordeaux und späte Beethoven-Quartette gereicht wurden. Gleiches mit Gleichem vergelten – das war auch unter den reicheren Kaufleuten der höheren Bildung die Regel. Flugtickets erster Klasse waren ein Kinderspiel für Dekan Winkler, während es mit der Weinauswahl und der musikalischen Untermalung schon kniffliger aussah.

Er brauchte Beratung für den großen Gegenschlag. Also lud er zu einem kleinen Brunch.

Duke war ein paar Minuten zu früh und fand sich allein in einem schummrigen Raum wieder, doch dann gingen plötzlich alle Lichter an, und der Dekan erschien. Er schlenderte nicht, er schritt auch nicht, vielmehr schien er auf einer von Kerzen erleuchteten Barkasse einzufahren. Als er den jungen schwarzen Mann vor dem üppigen Büffet erblickte, von dem er sicher schon probiert hatte, rauschte er auf ihn zu und stellte sich als »Dr. Winkler« vor.

Duke war verwirrt, weil er ihn für einen Mediziner hielt, während der Dekan ihn mit einer Aushilfe verwechselte. Jetzt sah Dr. Winkler sich im Klubraum der Fakultät um und stellte Duke die folgende Frage: »Bin ich der Erste?«

Duke sagte nicht: »Nein, der Zweite, ich bin ja schon hier.«

Dann nahte die Rettung, eine Flottille eintretender Professoren. »Gentlemen!«, rief er ihnen zu, und das Wort tat seinen Lippen wohl. Duke freute sich, dass Vlado unter ihnen war.

Vlado zuckte zusammen, als er seinen Schwiegersohn sah.

Vlado hasste den akademischen Betrieb. Er hatte sogar einmal mit Bucky einen Vertrag auf eine Serviette gekritzelt: »Ich schwöre hiermit feierlich, dass ich nie wieder eine Universität betreten werde.« Sie hatte die Serviette mit seiner schwungvollen Unterschrift gerahmt und in ihrem Büro aufgehängt.

Da stand er in seinem Sonntagsstaat, einem alten Tweedanzug, das weiße Haar stand vor Abscheu über den Prinzipienverrat seines Besitzers zu Berge, als der Dekan alle begrüßte, Dr. Sowieso und Dr. Soundso, nach deutscher Art, und sie aufforderte, ihre Mäntel »unserem äußerst verständigen jungen Mann dort« zu übergeben.

»Professor Winkler«, sagte Vlado und vergaß für einen kurzen Moment seine Scham. »Sie erkennen doch bestimmt Duke Butler! Er ist Sommelier und hat seine eigene wöchentliche Fernsehsendung. Sie müssen ihn selbst eingeladen haben.«

Duke nahm Haltung an. Der Dekan wandte sich freundlich zu ihm um. Er befleckte seinen Geist niemals durch Fernsehgucken und war überrascht von Dukes Aufmachung – er sah aus wie jeder andere blitzsaubere Student aus einer Minderheit. »Mein lieber Mr. Butler. Weichen Sie mir nicht mehr aus. Reden wir über Wein. Wir brauchen Wein aus dem Rheinland. Denn mein Gast stammt aus Köln.«

Oje. Duke hielt nichts von deutschem Wein. Und dabei ging es nicht um Spitzfindigkeiten, im Unterschied zu anderen verfluchte er die arische Rasse nicht wegen ihrer Neigung, zu spät zu ernten oder ihrer Liebe zu marmeladigen Weinen, er beschuldigte sie nicht, Weißwein mit hohem Mostgewicht zu huldigen oder Eiche als Würzmittel einzusetzen, als ginge es um Rotkohl. Nein, Duke mochte den gegenwärtigen deutschen Wein einfach nicht, und jetzt, von Dekan Winkler in die Enge getrieben, sagte er die Wahrheit: »Ich finde die meisten dieser Weine ein bisschen … simpel. Ohne Persönlichkeit. Ich würde etwas anderes vorschlagen.«

»Aber letztes Jahr hat ein österreichischer Wein beim Festival in Ljubljana Gold gewonnen!«, widersprach ihm der Dekan. »Hans Sautner, Beerenauslese.«

»Mr. Perkins und ich haben ihn probiert«, sagte Duke. Sie hatten herzlich gelacht, nachdem Duke den Wein verabscheuungswürdig und vulgär genannt hatte – er schmeckte wie billiges Deodorant. Mr. Perkins hatte zugestimmt und den Wein in die Spüle gegossen.

»Ich mochte ihn nicht«, gestand Duke.

»Aber es waren nicht Sie, der darüber zu befinden hatte«, sagte der Dekan mit Entschiedenheit. »Die qualifizierten Tester haben ihm den ersten Preis gegeben.«

Duke kümmerte sich nicht um den Hohn des Dekans, sondern sagte bescheiden: »Es gab Gerüchte, dass der Wein mit Frostschutzmitteln versetzt sei. Das ist natürlich schwer zu glauben …«

Was für ein Unsinn! Der Dekan nahm an, dass Duke log, um seine Ansicht durchzusetzen. Viele außerordentlich sachkundige Leute mochten deutschen Wein. Er wandte sich ab, um nach geeigneten Gesprächspartnern zu suchen. Einige Professoren nahmen den von Dekan Winkler geräumten Platz an Dukes Seite ein. Sie waren an jeder Art Expertenwissen interessiert. Der Zwergenaufstand dauerte nur kurz, doch dem Dekan, der auf seiner eigenen Party volle fünf Minuten lang allein gelassen wurde, kam es wie eine Ewigkeit vor. Mit der Leistungsgesellschaft ging es bergab.

»Ich habe nichts mehr komponiert. Ich brauche irgendwas, das ich für meine Trägheit verantwortlich machen kann«, erklärte Vlado. »Die Lehrtätigkeit ist die beste Rechtfertigung überhaupt. Und ich habe ein paar geniale Studenten.« Er beschrieb einige davon ausführlich unter dem Kommen und Gehen von Zuhörern. Er gebrauchte in fünf Minuten mehr Wörter als im ganzen letzten Jahr. Die anderen Professoren belächelten seine Injurien. Lasst Vlado in dem Glauben, dass es einfach sei … Wartet, bis er seine Aufgaben im Hochschulrat kennenlernt.

»Ich denke, es ist besser, Bucky nichts davon zu sagen«, gab er zu. »In der Regel verschweige ich ihr nichts. Aber das hier … Bucky würde mich für plemplem erklären.«

Am anderen Ende des Raumes bedachte der Dekan sich selbst mit einem liebenswürdigen Lächeln und schlenderte dann wieder zu Duke. »Ich habe mein Leben der deutschen Kultur gewidmet. Sie erinnern mich an jemanden, der »Goethe« noch nicht einmal korrekt aussprechen kann und ihn trotzdem für zweitrangig erklärt.« Der Rest war nervöses Schweigen.

Dukes »anstößige« Äußerungen über deutsche Weine wurden über das Telefon schnell weitergetragen. Bucky wusste schon davon, bevor Vlado nach Hause gekommen war. So, wie sie die Geschichte erzählte, hatte sich Duke über den Weingeschmack von Dekan Winkler regelrecht lustig gemacht. Vlado hörte seiner Frau zu wie den Heizungsrohren, die im Hintergrund gurgelten. Er konnte ihr nicht erzählen, dass er dabeigewesen war, am Tatort.

Schließlich sagte er: »Dukes Dilemma ist nicht so schlimm wie meins.«

Vlado war kürzlich gegenüber dem Intendanten der City Opera ausfallend geworden, als der hochmögende Gentleman vorgeschlagen hatte, Vlado möge sich um einen weiteren Sponsor für seine neue Oper, ein Auftragswerk, kümmern. Ein einziger Millionär genügte nicht mehr, um die Kosten zu decken. Die Zeiten hatten sich geändert, und alle Komponisten gingen Klinken putzen, hielten die Hand auf. Um ein so unerfreuliches Gespräch zu beenden, war Vlado nichts anderes eingefallen, als einfach den Hörer aufzulegen.

Er kannte den Code: Sei höflich zu denen, die finanziell über dir stehen.

Im Land der Freien gab es, wie er wusste, keine Ausnahmen. Selbst die größte Diva legte den Hörer nicht auf, wenn der Opernintendant in der Leitung war.

Der Auftrag löste sich in Luft auf. Da Vlado nicht mehr den jugendlichen Elan besaß, ohne Auftrag zu komponieren, musste er heimlich die akademische Berufung akzeptieren. Kurzum, Vlado hatte seine eigenen Probleme, und er wollte auf keinen Fall in die Grenzverletzungen seiner Kinder verwickelt werden.

Außerdem hatte er gehört, dass der Dekan nach Dukes Angriff galant genug gewesen war, ihn trotzdem für einen Vortrag über kalifornische Weine in seinen Privatclub einzuladen.

Eine Schlinge für den Überläufer

Dem größten Teil der Menschheit war der Senator Club nicht zugänglich. Eine steile Treppe führte zu einem prachtvollen Portal, das zwei steinerne Löwen und zwei englische Pförtner bewachten. Innen gab es Clubräume, eine Bibliothek, ein Restaurant und eine weit ausschwingende Treppe aus Marmor – an den Wänden reihten sich Fotos berühmter Clubmitglieder, der »Senatoren«. Alles führte nach oben. Mitglieder konnten dort Nichtmitglieder zum Essen einladen. Sie bestellten von einer Karte ohne Preisangaben, die Kosten wurden niemals offengelegt, das Äußerste an Kultiviertheit und Snobismus war die Abwesenheit dessen, was die New Yorker am meisten umtrieb: die Rechnung.

Die Mitgliedschaft in diesem Olymp beschränkte sich auf eine feste Zahl von Männern in teuren Anzügen; nur der Tod machte einen Platz frei, woraufhin man Nachfolger vorschlug und über sie beriet. Es war ein altmodisches Spiel, das später auch Eigentümergesellschaften in der ganzen Stadt treiben sollten – wenn Familien sich um den Kauf einer Wohnung bewarben, wurden sie durchleuchtet und abgewiesen oder akzeptiert –, man spielte es in exklusiven Kindergärten, in denen Kleinkinder frühzeitig lernten, Zurückweisung zu akzeptieren oder eine Zustimmung als Sieg davonzutragen. Man musste »sich abheben«. Dem Club gehörten keine Schwarzen an. Frauen durften ihn nicht einmal besuchen.

Zu seinem Verdruss kam Professor Winkler dahinter, dass Mr. Perkins den läppischen Weinkenner bereits für den Club nominiert hatte und die anderen Mitglieder seine Wahl als Selbstverständlichkeit betrachteten, da Mr. Perkins quasi ein geborener Senator war. Dr. Winkler sorgte sich. Niemand wusste etwas über diesen Duke Butler. Um die Wahrheit herauszufinden, fing er Professor Vlado Stone vor einer Vorlesung ab, und fragte ihn ohne Umschweife nach seinem Schwiegersohn: »Wo kommt er wirklich her? Wer sind seine Eltern? Nichts, nichts ist über seine Herkunft bekannt!«

Vlado antwortete: »Sein persönlicher Hintergrund könnte schillernder nicht sein. Wo liegt das Problem? Ich muss jetzt zu meiner Klasse.« Aber noch am gleichen Abend sprach Vlado Bucky auf das Thema an. »Wissen wir eigentlich etwas über Dukes Familie? Nein, oder? Keine wirklichen Details. Darüber redet er nie. Aber wir reden über unsere Familie ja auch nie. Ich frage mich, ob selbst Lili etwas weiß.«

1985 stand Vlado eine hervorragende Suchmaschine zur Verfügung – das Außenministerium. Vlado war einmal bei der Entscheidung behilflich gewesen, ob ein gewisser ostdeutscher Komponist ein Touristenvisum erhalten soll, um in New York der Aufführung seiner Musik beizuwohnen. Der Komponist hatte bei der Frage nach der Mitgliedschaft in einer kommunistischen Partei selbstbewusst »ja« angekreuzt. Das Außenministerium war naturgemäß besorgt und bat um eine Expertenmeinung. Zuerst empfand es Vlado als Beleidigung, dass man ihn fragte. Dann sah er es als Chance: Er könnte diesen Bürokraten eine Lektion erteilen. Bucky wäre sicher nicht damit einverstanden, also verfasste er bei einem einsamen Lunch einen Aufsatz darüber, wie sehr Europas Kommunisten Jazz liebten und wie viel informierter Ostdeutsche über die Feinheiten amerikanischer U- und E-Kultur als die Amerikaner selbst waren. Viele nannten ihre Babys sogar nach amerikanischen Stars. Im Außenministerium hatte niemand große Lust, Vlados Gekrakel mehrere senfverschmierte Seiten lang zu lesen. Ein Witz wurde erzählt: »Wie heißt das Stadium zwischen Kommunismus und Sozialismus? Alkoholismus.« Das Visum wurde abgelehnt.

Jetzt reichte Vlado seine unbezahlte Rechnung ein. Er wollte vertrauliche Hintergrundinformationen über jemanden. Eine niedere Sachbearbeiterin verfasste einen kleinen Bericht über Duke Butler. Ihr höflicher Anruf war so informativ, wie es zwei Jahrzehnte später jede Googlesuche sein sollte.

»Die Butlers, die Sie so interessieren, kommen alle aus Dunmovin, einer Kleinstadt in Florida. Hat man Anfang des Jahrhunderts für Schwarze gebaut. Liegt bei Orlando. Die Butlers sind immer noch da, Afroamerikaner, wie alle anderen auch. Aber sie haben lange mit Weißen zusammengewohnt. Höchst auffällig. Illegale aus Deutschland.«

»Aus Deutschland?«, rief Vlado. Von Dunmovin hatte er gehört, aber nichts über irgendwelche Deutsche.

»In den Fünfzigern gab es viele illegale Einwanderer aus Deutschland.«

»Stimmt, ich erinnere mich.« Vlado hatte sich wieder unter Kontrolle. »Damals hatte jeder in New York ein illegales deutsches Hausmädchen. Bitte, weiter.«

»Zwei Deutsche, Mutter und Sohn, lebten in dieser schwarzen Stadt. Ohne Papiere, wie gesagt. Alle wussten das. Niemand unternahm was. Die sehen das da unten etwas lockerer.«

»Wie hießen sie denn?«

»Das haben wir gleich.« Sie raschelte mit Papier. »Also: Jutta Kunz, geboren 1935. Eltern 1946 entnazifiziert. Parteimitglieder. Vater Postangestellter. Mutter Hausfrau. Ihre Tochter Jutta Kunz bekam 1954 ein Verlobtenvisum auf Antrag eines Ulysses Butler.

»Das kann nicht sein«, murmelte Vlado.

»Steht hier alles. Ulysses Butler ist in Memphis geboren, Geburtsdatum 25. Dezember 1915, umgezogen nach Florida, Dunmovin, 1920. 1933 zur Armee. Gedient in Europa. 761stes Panzerbataillon. Feldwebel. Unehrenhafte Entlassung aus der Armee 1954.«

»Ob ich wohl eine Kopie dieser Unterlagen bekommen könnte?«

»Nein, das geht leider nicht. Wir tun Ihnen nur einen Gefallen. Darf ich weitermachen? Butler war schon verheiratet, und Mr. Butlers Ehefrau wollte sich nicht von ihm scheiden lassen. ›Scheidung abgelehnt von Mrs. Thelma Butler.‹ Deshalb mussten Miss Kunz und ihr Sohn wieder verschwinden. Kriegten einen Abschiebungsbescheid. Liegt mir vor. Aber dann hat Ulysses Butler die Anerkennung seiner Vaterschaft beantragt, das Kind nahm seinen Namen an. Das half Miss Kunz aber nicht weiter. Sie, Ulysses Butler und Jutta Kunz, haben wie Mann und Frau zusammengelebt, sie als Illegale, und ich glaube, niemand hat sich darum geschert. Sieht aus, als hätte sie schließlich geheiratet, aber nicht Mr. Butler. Sie heiratete 1968 jemanden namens Jerry Bolin. Der war wenigstens ledig. Danach hat sie die Staatsbürgerschaft und einen Pass gekriegt.

Wir haben auch Duke Butlers Militärakte herangezogen, aber hey, die ist blitzsauber. Ehrenhafte Entlassung wegen eines Nierenproblems. Von diesem Burschen finde ich hier nicht mal ein unbezahltes Knöllchen.

Seine Mutter lebt übrigens in Orlando und heißt jetzt Jo Bolin. Geschieden, angestellt, zahlt ihre Steuern. Hat sich zweimal in drei Jahren eine Verwarnung wegen Trunkenheit am Steuer eingehandelt, aber so was kriegen da unten alle, wie wir hier oben Erkältungen. Nicht der Rede wert.

Jetzt zu ihrer Tochter – das wäre Duke Butlers Schwester. Sie ist eine der Polizei bekannte Junge Dame, eingetragen als Kaukasierin, Anne Bolin. Wurde auf dem Walmartparkplatz angefahren, und statt auf die Polizei zu warten und den Fahrer später zu verklagen, hat sie ihn aus dem Auto gezogen, zu Boden gezwungen und sich auf ihn draufgesetzt. Die wiegt vierhundert Pfund. Der Fahrer hatte vier gebrochene Rippen. Stellte sich als Polizist in Zivil heraus! Sie wurde des tätlichen Angriffs beschuldigt, doch die Klage wurde abgewiesen, weil

Anne Bolin wegen des Unfalls überall grün und blau war. Diese Anne Bolin kellnert in einem Diner namens Lu's und hat Kinder. Alleinerziehende Mutter. Wohnt an einer nummerierten Straße – klingt mir sehr nach Wohnwagen. Ihre Mutter, Jo Bolin, arbeitet bei Disney. Hoffe, dass Ihnen das ein bisschen weiterhilft.«

Vlado wurde schwindlig. Duke, der Enkel von Nazis! Seine Schwester eine Kellnerin. Armer weißer Abschaum. Das war wirklich nicht cool. Er geriet in Panik und rief Lili an.

»Lili, ich habe gerade ein paar Dinge über Duke erfahren, die ich noch nicht wusste.«

Lili hörte sich die Enthüllungen an. Dann lachte sie und hörte gar nicht mehr auf. »Und diesen Mist glaubst du auch noch? Er hätte mir doch erzählt, wenn er eine Schwester hätte.« Dann machte sie einen vernünftigen Vorschlag. »Ruf Mr. Perkins an. Er wird die Wahrheit sagen. Duke war nämlich noch nie in Europa.«

Am anderen Stadtende stellte Mr. Perkins die Dinge richtig. »In Deutschland soll er geboren sein? Lächerlich. Er verachtet Europa. Seine Familie haust in Wohnwägen? Unmöglich. Er ist der geborene Edelmann! Und doch: wo jemand her ist, wie das Bankkonto, – reine Privatangelegenheit.«

Jo hier.

Zeit für kleine Richtigstellungen. Wer ist der Nazi? Wer schnüffelt rum und denunziert Leute? Ich nicht. Wer ist weißer Abschaum? Anne und ich verdienen unseren Lebensunterhalt mit harter Arbeit, während Dukes Schwiegervater Vlado Stone Sozialhilfe bezieht – wenn man, was er von der Welt bekommt, jede Menge Geld nämlich und das Recht, lange zu schlafen, damit vergleicht, was er der Welt gibt, den Spaß nämlich an seinen Hobbys. Er schreibt Musik, die sich niemand bei Verstand anhören will. Der Unterschied zwischen ihm und Anne ist: Anne kriegt kein Geld, wenn sie im Lu's auf dem Klo die Wände vollschmiert.

Aber ja, es stimmt, Anne ist Dukes kleine Schwester. Sie war sogar in meinem Bauch, als er mich das letzte Mal gesehen hat. Und er hat sie auch ein paar Mal getroffen, viel später, aber da wusste er nicht, wer sie ist. Schade. Und im Gegensatz zum alten Vlado ist Anne zufrieden. Ihr Bild war in Zeitungen – seit sie diesen Zivilbullen plattgesessen hat, ist sie eine Berühmtheit, die von Fremden die High five kriegt. Sie lebt nicht von der Stütze. Und sie ist echt scharf. Sie hat einen Vorhang brauner Haare, so lang und dicht, sie kann ihren ganzen Körper damit behängen, bis zu den Schenkeln, da kann sie gar nicht so fett sein, richtig? Wie auch immer, ihre Figur ist hier unten angesagt: nicht sanduhrförmig, nicht birnenförmig, sondern Freistil.

Und ihre Augen sind wunderschön, grünbraun, wie der Himmel, wenn ein Hurrikan aufzieht. Okay, ein bisschen enttäuscht hat sie mich schon. Duke hat wenigstens die High School beendet. Aber sie gibt mir die Schuld, weil ich sie nicht »ermutigt« habe. Ich hatte andere Sachen zu tun! Ist nicht meine Schuld, dass ich Buchhalterin bin und sie bloß Kellnerin. Ihr passt Größe 28 nicht mehr, locker komme ich in eine 16 rein.

Mit Mitte dreißig hatte ich eine stürmische Affäre mit Annes Vater. Wenigstens das haben sie richtig rausgekriegt – Jerry Bolin. Hab ich aber schon erzählt. Ich hab den alten Rechthaber Ulysses Butler verlassen und habe mir einen Biker genommen, ein echtes Goldstück. Er hatte einen »trust fund«. Trust wie Vertrauen. Da Ulysses mich nicht heiraten durfte, war ich frei. Jerry und ich haben schon nach drei Tagen geheiratet, das nenne ich romantisch, wir waren Hals über Kopf verliebt, nichts konnte uns bremsen. O mein Gott, er war wirklich scharf, dicke Bizepsmuskeln vom Motorradfahren, blonde Locken, und roch nach Benzin und Zigaretten, so männlich. Was ein Unterschied zu Ulysses. Der nach altem Mann roch und einen kleinen Buddhabauch hatte.

Ich war Mr. Butlers Schwester satt, die alte Biddy Bessy, und auch so zu tun, als würde ich ihren wichtigtuerischen Sohn Carl mögen, der sich für was Besseres hielt als meinen Sohn Duke. Ich hatte die Butlers alle so satt. Aber kaum hatte ich meinen Koffer in Jerrys Junggesellenbude abgestellt, verknallte er sich in irgendeine blonde Bikerbraut. Ich sah schleunigst zu, dass ich schwanger wurde, dachte, er würde dann schon das Richtige tun. Es funktionierte. Ich klebte den Arztbericht an den Kühlschrank, Jerry ließ die andere fallen wie eine heiße Kartoffel, kam sofort zu mir zurück und mietete sogar eine Zweizimmerwohnung in einer bewachten Wohnanlage. Er verhätschelte mich, stolzer Vater, bis das Baby zur Welt kam.

Nach unserem ersten Samstagabend als »Familie« sagte er, ich soll das »Ding« zur Adoption weggeben. Er würde es sonst auf 'ne andere Art wegmachen. Ich konnte ihm wirklich keinen Vorwurf machen – Anne war eine kreischende, rotgesichtige, unberechenbare Kleine und konnte nichts mit Jefferson Airplane anfangen. Sie war zu allem »negativ« eingestellt, wie ihr Daddy klagte – sie kriegte grundlos Wutanfälle und kotzte, wenn sie Marihuana roch.

Also brachte ich mein Baby am Montag zur Adoptionsstelle, aber als ich in die Wohnung zurückkam, war Jerry getürmt auf seiner Triumph 750 und hatte nichts von sich dagelassen, nicht mal eine Zigarettenkippe, nur die offene Mietrechnung. Da fühlte ich mich total verarscht. Ich sammelte mein Kind wieder ein, stornierte die Adoption, rief die Nummer aus einer Zeitungsreklame für Zehn-Dollar-Scheidungen an und sah mich nach einem besseren Vater für Anne um. Ich war mir sowieso nicht ganz sicher, was Jerrys Vaterschaft anging.

Väter sind schwer zu finden, wenn man sie braucht. Irgendwann gab ich's auf und suchte bloß nach jemandem für mich. Die Wohnung war für Männer sehr verlockend. Aber keiner blieb. Die Zeit verging. Ich hatte viele Fehlstarts, jede Menge Ärger. Vielleicht war ich keine Fernsehmutti, da hat Anne recht, aber ein schlechtes Beispiel war ich auch nicht. Ich erzählte Anne nie, dass ich mal die Frau eines Schwarzen war und die Mutter eines farbigen Jungen. Anne und ich hatten immer unsere Probleme, aber ich ließ nicht zu, dass sie was mit meiner Vergangenheit zu tun kriegte. Und meine Vergangenheit beginnt in Deutschland.

Dukes wirklicher Vater war Ludwig Njoya. Wir lernten uns am 14. Juni 1949 kennen, am Hauptbahnhof in Berlin. Er verkaufte Zigaretten, und ich kaufte welche. Er gab mir eine Gratiszigarette zu Ehren von Albert, einem jungen Affen, den die Amerikaner gerade mit einer unseren alten V2-Raketen ins Weltall geschossen hatten. Niemand wusste, ob der Affe wieder heil gelandet war. Ich mochte diesen jungen Mann, weil er sich solche Sorgen um einen Affen machte. Also verbrachte ich die Nacht mit ihm. Und Ludwig zeugte Duke. Aber das muss jetzt reichen.

Verrat und Versöhnung

Einige Wochen vergingen. Duke hörte nicht, wie Vlados Entdeckungen über seine arme weiße Vergangenheit heimtückisch in die reine Quelle seines guten Rufes tropften. Er hatte viel lautere Sorgen. Die Kreditkartenrechnung war da, eine Handgranate explodierte in der Bibliothek.

Dort saß er eines Abends in seinem seidenen Achthundert-Dollar-Bademantel von Versace mit einem goldenen, lautlos brüllenden Löwen im Rücken, als er ein Kuvert öffnete und etwas auseinanderfaltete, das er für eine harmlose Aufstellung seiner monatlichen Kosten hielt. Zuerst nahm er an, dass der Ziffernschutt auf der Rechnung eine optische Täuschung sei. Er sah nochmals schärfer hin. Bei der Zahl musste es sich um einen Fehler handeln. Einen schrecklichen, lebensbedrohlichen Fehler, der schleunigst korrigiert werden musste.

Ein Wochenendausflug mit der Concorde, zwei Nächte in einer Suite im Ritz mit hemmungslosen Bestellungen beim Zimmerservice, mehrere Abende in der Caviar Bar und ein paar Einkäufe. Nichts Besonderes. Aber ein Blick auf seinen Kontostand bestätigte – sie konnten die Kreditkartenrechnung nicht bezahlen. Natürlich flogen Dukes Gedanken zu der großzügigen Nachbarin treppauf. Die Alte hatte sie in diese höhere Welt eingeladen, da hatte sie sicher auch ein Interesse daran, dass sie blieben.

Einmal im Monat luden die Butlers Feigel zu einem grandiosen Dinner ein und steckten anschließend eine Nachricht in ihren Briefkasten: »Nächste Woche Miete fällig!« Jedesmal, wenn er Feigel sah, überfiel Duke eine Dankbarkeit, die ihm geradezu die Sprache raubte. »Hallo, Rose«, »Auf Wiedersehen, Rose, alles Gute«, waren seine einzigen Beiträge zur Konversation. Jetzt legte Duke die Rechnung in die Diele, mit einer Nachricht an Lili: »Vielleicht kann Feigel aushelfen? Ich gehe Guten Abend sagen.« Er machte sich nicht die Mühe, etwas anderes als den Bademantel anzuziehen.

Feigel war überrascht und erfreut, ihn zu sehen. Es war Abendessenszeit, und ohne ihn nach dem Grund seines Kommens zu fragen, sagte sie: »Da du schon deine Schlafsachen anhast, setzen wir uns am besten in die Küche. Das ist gemütlicher. Lass die Wohnungstür für Lili offenstehen.« Auf dem Tisch stand Nervennahrung für Einsame: eine Schüssel Mac and Cheese. Duke teilte sich gern das Essen mit Feigel und akzeptierte auch einen Martini. Er war zu schüchtern, um zur Sache zu kommen. Er stürzte sich stattdessen ins Gespräch, stellte Feigel Fragen nach Hollywood, hörte gebannt ihren Antworten zu. Lili hörte die beiden durch die offene Tür: vertrauliches Geschnatter.

Die zwei Menschen, die sie liebte, waren vertraut miteinander. Das war Verrat.

Sie ging in die Küche und starrte die beiden an. Sie waren sprachlos. Lili brach das Schweigen mit einer ruhigen Frage an die alte Frau: »Willst du Duke verführen?«

»Natürlich nicht!«, erwiderte Feigel erschrocken. »Fiele mir nicht ein.« Lili funkelte sie an. »Ach, ist er dir etwa nicht attraktiv genug?«

Sie wandte sich an ihren Mann. »Duke, hat die Irische Rose dich abblitzen lassen? Mit deinem Bademantel bist du ja bestens gerüstet! Wie peinlich.« Duke und Feigel stand der Mund offen. »War nur Spaß!«, kicherte Lili. »Ihr solltet euch mal sehen!«

Die Angeklagten glucksten vor Erleichterung. Wie schrill Lili war! Im Vergleich mit ihr fühlte man sich konventionell und lahm. Doch dann verdüsterte sich die Miene der Anklägerin wieder.

»Wir haben nur ein bisschen zu Abend gegessen, Liebling!«, beteuerte Feigel. »Komm, setz dich zu uns, nimm einen Martini.«

»›Zu uns‹, sagst du?«, schrie Lili. Sie schlug auf den Tisch. »›Zu uns‹?« Duke zuckte. Der goldene Löwe auf seinem Rücken kauerte sich zusammen.

Feigel wollte Lili unbedingt etwas Gutes tun. Sie hatte eine Idee. »Ich möchte dir ein großes Geschenk machen«, sagte sie. Lili hob langsam den Kopf. In ihren Augen schimmerten Kummer und Erleichterung. »Wirklich?«

»Geh nach Hause, Duke«, befahl Feigel. »Lili und ich haben etwas Wichtiges zu besprechen. Danke, dass du mit mir zu Abend gegessen hast.«

Und so geschah es, dass Feigel Lili den zwanzigkarätigen Diamantring versprach, den ihr dritter Mann ihr geschenkt und den sie bei der Oscar-Verleihung getragen hatte. Sie würde ihn testamentarisch Lili vermachen und ihn schon zu Lebzeiten mit ihr teilen – Lili konnte ihn für besondere Anlässe ausborgen. Desgleichen galt für die Diamanten- und Rubinkette, die Lili auf einem Foto der Irischen Rose beim Dinner mit James Mason bewundert hatte. Alles war vergeben. Lili wollte den Ring sofort anprobieren. Sie fand es bescheuert von Feigel, dass sie auch nur daran gedacht hatte, es könne je wieder einen besonderen Anlass geben. Unglücklicherweise bewahrte Feigel ihre kostbarsten Schmuckstücke nicht zu Hause auf. Der Ring und die Kette lagen in einem Banksafe.

»Gut, lass uns morgen früh hingehen!«, sagte Lili. Doch zu dieser späten Stunde, im glücklichen Delirium der Wiederannäherung, hatte Feigel eine viel bessere Idee. Vielleicht sollte sie einfach ihr gesamtes Testament umschreiben? Sie würde alles ihrer Wahltochter vererben. Sie würde einen Termin mit ihrem Anwalt vereinbaren. Wahrscheinlich würde es ein paar Tage dauern.

Natürlich war das Erste, was Lili machte, Feigel die Kreditkartenrechnung zu zeigen. »Feigel, Liebes«, sagte sie. »Ich bin wieder so ein Schwein gewesen.« Sie führte ihr das Beweisstück vor. »Sehen die Zahlen nicht wie Grabsteine auf einem Miniaturfriedhof der Lustbarkeiten aus?« Feigel quittierte diesen gewitzten Vergleich mit einem entzückten Seufzer.

»Leider gibt es da ein Problem«, sagte Lili. »Wir können nicht zahlen! Aber wenn du uns dieses eine Mal hilfst, wird so was nie wieder vorkommen. Außerdem bin ich ja jetzt deine Erbin!«

Lili und Duke waren verständlicherweise höchst beglückt. Jeder Leser lügt, der behauptet, er würde ein Vermögen ausschlagen, das ihm von einem Familienangehörigen oder einem Freund angeboten wird, oder bestreitet, dass er manchmal darüber nachdenkt, was man ihm vermachen könnte. Lili war ehrlich. Sie schwelgte in dem großen Vorsatz – am Tag, an dem Feigels Erbschaft »durchkommen« werde, was jede Minute zu erwarten sei (die alte Dame war übergewichtig, hatte Bluthochdruck und war mindestens fünfzig), würde sie sämtliche ihrer Engagements als Model aufkündigen, Heaps zum Teufel schicken, sich an ihrem Geld weiden, sich auch an allen Speisen weiden, die ihr verwehrt waren, pausenlos schwanger sein und das Leben genießen, inmitten einer großen Familie, die ihr zu Füßen lag. Keine Einsamkeit mehr. Zu Hause würde sie nur auf den Namen »Mommy« hören. Sie würde mindestens sechs glückliche und hübsche Kinder haben, alle Mädchen. Alle mit Feigel als zweitem Vornamen. Gut, Duke würde einen Sohn wollen. Eins der Kinder durfte ein Junge sein. Und wenn jemand sie nach ihrem Beruf fragte, würde sie sagen: »Ich bin eine Salonlöwin.«

Ein Königreich zerfällt

Ein paar Monate vergingen. Lilis professionelle Ansichten über die Gesundheit der alten Filmdiva erwiesen sich als trügerisch – über fünfzig und topfit. Noch nicht mal der Ring von der Oscar-Zeremonie hatte seinen Weg an Lilis Hand gefunden. Sie hatte ihn auch nicht zu Gesicht bekommen. Als sie sich darüber beschwerte, entschuldigte Feigel sich. Sie habe den Ring noch nicht aus dem Safe geholt. Als Lili vorschlug, dass sie zusammen hingehen und ihn aus dem finsteren

Verlies befreien könnten, sagte Feigel: »Eine großartige Idee! Lass uns morgen Nachmittag hingehen!«, nachdem Lili ihr bereits mitgeteilt hatte, dass sie dann auftreten müsse.

Lili befürchtete, dass Feigels Tochter Jennifer sich, wenn sie halbwegs bei Trost wäre, mit ihrer Mutter aussöhnen würde, und sei es auch nur, um sich das Erbe zu krallen. Sie fragte Feigel oft, ob sie etwas von Jennifer gehört habe, und ließ dann verächtliche Bemerkungen darüber fallen, dass jemand sein Leben damit vergeude, in einem Indianerreservat als Lehrerin zu arbeiten. Feigel stimmte ihr jedesmal traurig zu. Da sie nicht mehr von dem Testament sprach, suchte Lili nach einer taktvollen Möglichkeit, das Thema wieder zur Sprache zu bringen. Endlich, Geistesblitz! Sie verkündete, dass sie ihr eigenes Testament geändert und Feigel als Alleinerbin eingesetzt habe.

Feigel schien eher verstört als erfreut zu sein und protestierte: »Aber du bist verheiratet, Darling, du kannst das nicht tun.«

»Ich wollte nur fair sein«, erwiderte Lili, »schließlich hast du dein Testament geändert und alles mir vermacht.« Sie sah Feigel an. »Nicht wahr?«

»Ich arbeite daran«, versicherte ihr Feigel. Doch schon am nächsten Tag gab sie sich den Anschein, als wäre sie schrecklich bestürzt über die Entdeckung, dass sie ihr Testament unseligerweise gar nicht mehr ändern könne. Sie habe alles schon vor Jahren ihrer Alma Mater vermacht, der William Woods University, und sie selbst lebe von den Zinsen. Ihre Tochter werde die Zinsen erben. Ihr gesamter Besitz, selbst der Ring und das Collier, seien ein Teil des Geschäfts. Sie sei traurig und ratlos, doch sie könne nichts daran ändern.

Lili war entsetzt. All die schwerverdienten Zinsen würden voraussichtlich der Unterstützung der Indianerschule dienen – das konnte Feigel doch unmöglich wollen! Lili hatte eine geniale Lösung: Sie werde in der Wohnung ein Museum gründen, das ausschließlich der Filmlegende gewidmet sei. Sie, die berühmte Lilith, würde es selbst managen. Es wäre ein angemessenes Vermächtnis. Die Legende müsste ihr Testament ändern, nachdem sie es dem Schlund der gefräßigen Universität entrissen hätte. Feigel versprach, ihren Anwalt zu konsultieren. »Die Wohnung werde ich natürlich verkaufen«, sagte Lili zu Duke.

Doch so leicht gab die Universität den saftigen Knochen nicht her. Man hatte die Irische Rose mit Speis und Trank verwöhnt, ihr einen Ehrendoktortitel verliehen und einen Schauspiellehrstuhl nach ihr benannt, und wenn sie jetzt anderen Sinnes werden sollte, würde man sie verklagen. Feigel munterte Lili wieder auf: »Lass uns mein Geld einfach sofort ausgeben, bevor ich sterbe, Darling. Ich will auch was davon haben.«

»Eine tolle Idee«, gab Lili zu, doch sie gab nicht auf. Sie hatte sich umgehört, und es stimmte, ein Testament konnte geändert werden, wenn Feigel es wollte.

Wenn die Universität es anfocht, gut, ein Prozess, das könnte lustig werden. Alle Welt redete mit solcher Emphase davon.

Lili erinnerte Feigel an das Irish Rose Museum im eigenen Apartment der Ikone, kuratiert von ihrer Freundin. Feigel schien stärker interessiert am Hier und Jetzt als an posthumen Liegenschaften, aber Lili wusste, dass sie Feigel überzeugen konnte.

Die Gelegenheit ergab sich, als Lili und Feigel zu einer Silvesterfeier beim Bürgermeister eingeladen waren. Duke durfte mitkommen. Das waren unbeschwerte Momente; das Gedächtnis hält sie fest: wie sie in der Limousine, die Feigel gebucht hatte, durch die Tore des Amtssitzes rauschten, in die eiskalte Nacht hinaustraten und sich nebeneinander aufstellten und unterhakten, Lili in der Mitte. Sie verschenkten Blicke an die Zaungäste, die sie nie vergessen würden. Als die Champagnerkorken knallten, befreiten sie sich aus Pelzen und Kaschmir und genossen die spontane Vertrautheit mit jenen, die die merkwürdige Erfahrung von Ruhm mit ihnen teilten. Die Entourage des Bürgermeisters war fasziniert von Duke Butler: ein afroamerikanischer Weinexperte, der beim Militär gedient hatte. Alle wollten ihn mit eigenen Augen sehen und ein paar Worte mit ihm wechseln.

Fünf Minuten vor Mitternacht nahm Lili Duke und Feigel bei den Händen, und die drei drängten sich durch das Gewimmel in die Mitte des Saals, der gleich zum Tanzen freigegeben werden sollte. Als Lili mit ihrem Nachtischlöffel an ihr Champagnerglas klopfte, brach das Geplapper der Gäste ab. Sie besaß Autorität. Duke und Feigel lächelten sich zu. Sie fragten sich, was Lili im Schilde führte; sie wussten, dass es etwas Grandioses sein musste.

»Das Feuerwerk hat noch nicht angefangen, also werde ich das übernehmen!« Klick-Klick der Kameras. Sie dankte dem Bürgermeister für die außergewöhnliche Einladung. Sie ging ausführlich auf seinen Charme und sein irrsinnig gutes Aussehen ein (Ach, wie mildtätig sie war.). Sie dankte den anderen Gästen für ihre wunderbare Gesellschaft (Zustimmendes Gemurmel.). Sie nannte so viele beim Namen, wie sie konnte. Und dann dankte sie besonders ihrer Freundin, der Schauspielerin, der Grande Dame des Goldenen Hollywoodzeitalters, die sie bei ihrem Spitznamen aus Kindertagen nennen dürfe, Feigel (Alles kicherte entzückt. Die Irische Rose eine Feigel?). Sie habe in Feigel endlich ihr Pendant in weiblicher Schönheit gefunden (Welch ein Kompliment für die alte Schachtel!) und sei in Sachen Liebreiz locker in die Tasche gesteckt worden (Herzliches Gelächter.). Das neue Jahr würde Feigel vermutlich wenig bedeuten. Schließlich sei sie unsterblich (Großer Applaus.). Umso wichtiger sei es ihr, Lili, diesem neuen Jahr zu mehr Bedeutung zu verhelfen, mit einem Feigel gewidmeten Museum.

Das Feuerwerk draußen beendete ihre Ansprache, und alle rannten zu den Fenstern. Lili umarmte Feigel so zärtlich, so leidenschaftlich, dass die Sache ihrer Meinung nach besiegelt war. In der Bildstrecke der *Daily News* erwidert Feigel die Umarmung. Ein paar Minuten später stieg in ihr die Beschämung darüber auf, dass ihre Herkunft nun entschleiert war. Es fühlte sich wie in dem Alptraum an, in dem man splitternackt auf offener Straße herumläuft und nicht weiß, warum man nackt ist. Die alte Schauspielerin huschte aus der Tür, fuhr mit ihrer Stretchlimousine nach Hause und weinte bis zum Morgengrauen. Lili und Duke mussten den Heimweg in einem Taxi antreten.

Am 1. Januar liefen bei Feigel die Telefonleitungen mit Interviewanfragen heiß. Die Enthüllung ihrer »wahren« Herkunft sorgte für gigantische Auflagen. Ein namhafter Filmregisseur rief sie an. Er sprach in einem demütigen, flehentlichen Tonfall. Er wollte sie als jüdische Matriarchin besetzen, in einer starken Rolle, die ihr den zweiten Oscar bescheren werde. Und Jennifer rief an. Sie wollte alles über ihre wahre Familie wissen. Sie wollte ihre Mutter wiedersehen und »reden«. Es war ein großartiger Jahresauftakt.

Von heute auf morgen füllte sich Feigels Apartment mit Besuchern und Bittstellern, doch die Gefühle, die sie für Lili hegte, hatten seit langem nach einer Ausrede für ihr Erkalten gesucht. Sie nahm den Hörer nicht ab, als Lili anrief, und als sie bei ihr klingelte, rief Feigel durch die geschlossene Tür: »Ich hab zu tuhuun. Ich ruf dich an.« Was sie nicht tat. Stattdessen schickte sie ihr mit der Post eine Nachricht: »Ich hatte Dir gesagt, dass Du niemals irgendwem meinen Spitznamen verraten sollst. Lass mich in Ruhe.« Sie prüfte die eintreffenden Blumensträuße und wies die dreiunddreißig Pfingstrosen – eine Glückszahl in der Kabbalah – zurück, die Lili ihr geschickt hatte.

Lili steckte all das scheinbar mühelos weg. Sie war ausgelassener denn je und scherzte über ihren »Schuss in den Ofen«. Duke wusste, dass sie tief verletzt war. Er litt mit ihr und wartete darauf, Feigel zufällig im Fahrstuhl oder auf der Straße zu begegnen – er wollte Lilis mädchenhafte Unschuld herausstreichen und Feigel zu einer glockenläutenden Wiedervereinigung in Lilis Arme treiben. Aber als ihn der Zufall schließlich in einem leeren Feinkostgeschäft mit Feigel zusammenführte, ignorierte ihn die alte Frau vollständig, auch dann noch, als er neben ihr am Tresen stand und ein »Hallo« gurrte. Sie wirkte verwirrt, sah ihn kurz an und senkte dann den Blick, um ihr Portemonnaie hervorzuwühlen, während sie stammelte: »Oh, natürlich, hallo, Mr. Butler.« Sie bezahlte ihren Bagel und ihren Frischkäse und wandte sich zum Gehen. Er folgte ihr zur Tür und rief ihr, um Gnade flehend, hinterher: »Wie geht's dir?«

»Mein Hausmädchen hat heute frei, sonst würden Sie mich hier nicht sehen«, erwiderte sie, ohne sich umzudrehen.

Wenig später zog Feigel nach Los Angeles und überließ das Apartment ihrer Tochter Jennifer als Geschenk, mitten in einem Immobilienboom; es war kein Bestandteil der Schenkung. Der Markt für luxuriöse Sechszimmerwohnungen befand sich in einem Dauerhoch, als Jennifer das Apartment an einen Flüchtling aus den Philippinen verkaufte, einen von Imelda Marcos' ärmeren Cousins.

Lili tat ihr Bestes, um ihrer neu gefundenen und wieder verlorenen Mutter nicht nachzutrauern. Sie wurde wieder blond. Sie weigerte sich, Rosa zu tragen, es erinnere sie an jemanden, der ihr ein Unrecht zugefügt habe. Duke war Feigel für den ihnen erwiesenen Dienst dankbar – sie hatte Lili und ihn in eine höhere Gesellschaftsschicht befördert, in der niemand Geld hortete, und ihnen zu einer hochherrschaftlichen Adresse verholfen. Heaps »half« ihnen bei der astronomischen Miete. Aber als Lili wieder anfing, schwangeren Frauen auf der Straße nachzugaffen, kam die Angst wieder. Eine Vasektomie, hatte er gehört, sei keine einhundertprozentige Garantie. Seine Spezialtechnik wurde der coitus interruptus, er zog sich zurück, bevor es auch die kleinste Chance eines Ergusses gab. Lili konnte nichts dagegen tun.

Lili schimpfte, das sei ja »abartig«, wieso könne er nicht ganz normal mit ihr Liebe machen, wie früher? Er hatte keine Lust auf Streit und wollte sich auch nicht erklären müssen. Stattdessen küsste er sie, mit so viel Leidenschaft, dass sie echt sein musste, und war einfach ehrlich: »Wir sind zwei Hälften eines Ganzen. Ich kann nur eine einzige Person so sehr lieben. Lass uns das nicht aufteilen. Was bleibt, wird so viel weniger sein. Und außerdem«, setzte er bedacht nach, »bist du so besitzergreifend! Stell dir doch vor, du müsstest mich mit jemandem teilen.«

Hätte sie nur auf seine Warnung gehört! Sie fühlte sich nur verletzt und rachsüchtig. Ihr wurde nicht gegönnt, was die Natur von ihr wollte. Duke fühlte sich schuldig, und wollte sie trösten.

Duke und Lili in anderen Umständen

Der Kater war ein Krüppel. Ihm fehlte das rechte Vorderbein, von der Schulter abwärts. Ein Straßenkehrer hatte ihn, in ein blutiges Handtuch gewickelt, im Rinnstein gefunden und festgestellt, dass der Kater noch am Leben war, und ihn bei der Tierschutzgesellschaft abgeliefert. Zusammengeflickt und zur Steigerung seiner Begehrtheit auf den vornehmen Namen Duke getauft, schaffte der Kater es mühelos in die Reihe ungewollter Tiere, die ihr Dasein im Käfig fristen. Er hatte sich daran gewöhnt, seinen Frieden mit dem Schicksal gemacht, allerdings nicht ohne Konsequenzen daraus zu ziehen, die die Herkunft seiner Verletzung andeuteten – er mochte seinen Käfig. Weil der Kater nicht aufbegehrte, wie es die anderen taten, nicht an den Gitterstäben nagte und greinte, gewannen ihn die ehrenamtlichen Mitarbeiter im Asyl lieb und wählten ihn für eine Ausstellung aus, bei der schwervermittelbare Haustiere auf dem Bürgersteig an den Mann gebracht werden sollten, einen Block von dem Rinnstein entfernt, in den der Kater geworfen worden war.

Duke Butler, der dort an einem Sommernachmittag auf dem Heimweg entlangkam, las den Namen und blieb stehen. Trotz seiner Behinderung war der Kater ein Gentleman. Grau und weich, als trüge er einen teuren Anzug und Schuhe und Handschuhe aus Samt, mit einem hübschen Gesicht und wachsamen gelben Augen. In seinem Käfig fühlte er sich sicher; er saß aufrecht da und sah wie ein König hinaus.

Duke hatte nicht die geringste Erfahrung mit Haustieren. Er zahlte fünf Dollar und trug den Karton mit dem warmen, stillen, schwankenden Gewicht darin nach Hause, zusammen mit einem »Starter Kit« – Katzenstreu und eine Tüte Trockenfutter. Zu Hause ließ er das Tier im Wohnzimmer frei, in der Annahme, dass es sich dort am wohlsten fühlen werde. Lili war gerade in Europa unterwegs, die Überraschung würde also warten müssen. Duke gab der Katze einen neuen Namen, Albert. Der Fremdling suchte sich sofort ein Versteck. Heimlich und verstohlen schlich er sich aufs Katzenklo, wenn niemand in der Nähe war – Duke hatte sich an die Anweisungen gehalten und es in einer Ecke der Küche untergebracht.

Wei Wei entdeckte die Beweisstücke sofort: das Katzenklo, den Fressnapf. Sie musste sich nicht mehr um den Dreck von Haustieren kümmern, seit Lili als Kind welche gehabt hatte. Damals war sie eine illegale Ausländerin ohne Englischkenntnisse gewesen und hatte sich mit allem abfinden müssen. Jetzt war sie ein richtiges Familienmitglied und konnte die hochnäsigsten Ansprüche erheben, sie stellte Duke zur Rede: »Was soll das?« Sie zeigte darauf.

»Wir haben einen Kater. Er heißt Albert«, erklärte Duke. »Er wird Sie nicht behelligen. Und sagen Sie Lili nichts davon. Es soll eine Überraschung sein.«

Nach ihrer Rückkehr bemerkte Lili sofort das Katzenklo. Sie weinte und lachte vor Glück.

Doch Albert war nirgendwo zu sehen. Lili suchte nach ihm. Sie hatte Erfahrung, und schließlich fand sie Albert tief unter einem Sofa. Sie lockte ihn mit einer Scheibe Mortadella hervor. Es war Duke nicht in den Sinn gekommen, das Vertrauen des Tieres mit solchen Methoden zu gewinnen. Nach wenigen Tagen hatte der Kater eine wiegende, trunkene Gangart, weil das eine Körperglied fehlte. Er war geschäftig. Jeden Morgen betete er die aufgehende Sonne an und rekelte sich auf der Küchenfensterbank. Dann tollte er den ganzen Tag herum, immer in einiger Entfernung von seinen Gastgebern. Als sein Vertrauen wuchs, wälzte er sich unmittelbar vor ihnen auf dem Boden, aber weit genug entfernt, dass er ausreißen konnte, wenn jemand ihm zu nahe kam. Nachts schlich er um das Haus herum, das er so gut kannte wie jeder Gärtner sein Gewächshaus. Aus Freude über seinen unverhofften Geländegewinn strahlte er ein vorsichtiges Triumphgefühl aus.

Duke ging mit der Katze so zurückhaltend um wie mit einem kleinwüchsigen Fremden in einem Pelzkostüm. Er war großzügig, aber nicht warmherzig. Er sorgte dafür, dass der Fressnapf stets bis obenhin gefüllt war, und schaufelte jeden Tag die Katzenstreu um, wobei der Kater anwesend war und diese Verrichtungen sehr genau beobachtete.

Lili war anders. Sie war verschwenderisch großzügig gegenüber Albert, gab ihm berauschende Leckerbissen aus dem Kühlschrank, Garnelen, Kaviar, gebratenes Hühnchen, und legte sie in Alberts Nähe auf den Boden – er krallte sie sich und schoss davon. Lili spielte mit seiner Gier und platzierte die Delikatessen dichter und dichter bei sich selbst. Eines Tages setzte sie sich auf den Boden und drapierte eine Scheibe

Roastbeef auf ihrem Knie. Der Kater umrundete sie eine halbe Ewigkeit lang. Schließlich schnappte er sich das Fleisch. Und Lili schnappte sich ihn. Er setzte sich nicht groß zur Wehr. Sie behielt ihn bei sich auf dem Schoß und streichelte ihn, während er fraß. Dann sprang er hinunter und blieb in der Nähe, für den Fall, dass mehr Roastbeef in ihrem Schoß auftauchte. Was auch bald geschah.

Danach sagte Lili, dass sie sich um Alberts Ernährung kümmern werde. Sie wollte ihn dressieren. Deshalb hatte sie immer Roastbeef zur Hand, während sein Fressnapf leer blieb. Sie wartete darauf, dass Albert hungrig genug war, um ihr zu »vertrauen«. Sie gab ihm kein Wasser, eine effektivere Methode, mit der es nur einen Tag dauerte, bis sein ängstliches Verhalten durchbrochen war. Nach einer Woche hatte er gelernt, seinen Instinkt zu unterdrücken, sich auf Lilis Schoß niederzulassen, auf die Belohnung zu warten und nicht sofort wieder abzuhauen, wenn er sie bekommen hatte; aus der magischen Hand konnte jederzeit eine weitere Belohnung kommen. Wei Wei runzelte bloß die Stirn. »Du siehst ja ganz verkatert aus!«, sagte Lili, um sie zu necken.

Lili ging nicht mehr aus. Sie plagte sich nicht weiter mit kosmetischen Maßnahmen und hatte auch keine Lust, irgendwen aus dem üblichen Kongress ihrer Zechkumpane zu treffen. Sie blieb zu Hause und streichelte den Kater, von morgens bis abends, froh, dass es ihr gelungen war, ihn trotz seiner Behinderung dazu zu verführen, eine normale Katze zu sein. Duke freute, dass Lilis mütterliche Triebe auf diese Weise befriedigt wurden. Wie leicht das war!

Und Albert wurde ruhiger. Er saß wie eine Sphinx mitten im Zimmer, während Wei Wei ihn im Vorübergehen mit bösen Blicken bedachte. Lili erklärte, dass Albert seine Euphorie überwunden habe und sich jetzt einfach freue, bei ihnen zu sein. Es gefiel ihr nicht, wenn er außer Sicht war, und sie ging ihn dann jedes Mal suchen. Manchmal verletzte er Lilis Gefühle, wenn er sich versteckte. »Albert, Albert«, rief sie, »komm raus!« Doch er gehorchte nicht. Wenn sie ihn auf seinem Schlafplatz aufstörte, wehrte er sich mit Zähnen und Krallen, zerkratzte ihr die Hände und bald auch die Nase.

Eines Tages hörte Duke ein lautes Miauen und menschliches Fluchen. Lili kam aus ihrem Zimmer gerannt und hielt sich die Hand. Der Kater hatte ihr bis auf den Knochen ins Handgelenk gebissen. Während Duke ihr die Wunde auswusch, ergriff Lili für Albert Partei: »Das bekommt man eben dafür, wenn man zu Hause wilde Tiere hält. Aber das ist 'ne Kleinigkeit.« Er bewunderte sie für so viel Nachsicht und wie leicht sie die Verletzung nahm. Seine Reparaturarbeiten an Lilis Handgelenk wurden durch das Erscheinen der unerschrockenen Wei Wei unterbrochen, die fünfzehn Minuten zu spät zur Arbeit kam und eine lange komplizierte Arie über eine U-Bahn-Panne absang. Sein »Pst! Lili geht es nicht gut« brachte sie zum Schweigen. Und weil er Wei Weis Vorurteile gegen Albert nicht bedienen wollte, setzte er hinzu: »Sie ist schwer erkältet. Stör sie bitte nicht, sie schläft.«

Der Kater kam nicht einmal zum Fressen heraus. »Lili sollte keine Haustiere haben«, sagte Wei Wei beim Weggehen, als wüsste sie, was passiert war.

Lili blieb im Bett und döste vor sich hin, und ihre Hand schwoll an. Die Nacht nahm Anteil und warf sich mit starken, nassen Böen gegen die Fensterscheiben. Dr. Gorokin kämpfte sich durch das Unwetter, um einen Hausbesuch zu machen. Als er die Bescherung sah, murmelte er etwas auf Russisch. Er wandte sich an Duke. »Der Kater ist gefährlich«, sagte er. »Der muss eingeschläfert werden.« Dr. Gorokins Autorität war absolut. »Ich kümmere mich um Ihre Frau. Ich bringe sie für heute Nacht ins Krankenhaus. Erledigen Sie das mit dem Kater.«

Sie ließen Duke mit der wilden Bestie allein.

Duke wollte seinen Frieden mit Albert machen. Er war überzeugt davon, dass es nur ein Missverständnis war.

In der Wohnung war es still. Duke machte es traurig, dass Albert nicht herbeigelaufen kam, um den Gesundheitszustand seines Frauchens zu erkunden. Duke ging von Zimmer zu Zimmer und sagte: »Na komm, Albert, komm raus. Mach dir keine Vorwürfe. Du wolltest ihr nicht weh tun.« Albert hielt sich weiter versteckt. Was für ein Feigling. Nach einer Weile sagte Duke: »Ganz wie du willst.«

Er hängte sein Jackett auf, löste seinen Schlipsknoten und ging in die Küche. Er stellte einen Unterteller mit etwas Roastbeef auf den Boden, in der Annahme, den widerspenstigen Kater damit ködern zu können. Noch immer keine Zeichen von Albert. Die große Küchenuhr tickte selbstzufrieden, ohne die Gefahr zu erfassen. Und dann entdeckte er Albert.

Er war auf dem Katzenklo, rücklings ausgestreckt, als wolle er das Scheißhaus zum Boudoir erklären. Er fuhr nicht herum und sprang auch nicht auf, wie sonst, wenn er Duke erblickte. Er blieb einfach liegen. Seine gelben Augen standen weit offen. Er war tot.

Aufgrund seiner sonderbaren Lage sah Duke die Verletzungen, die überall auf seinem Bauch durch Zigarettenglut verursachten Brandwunden und eine verstümmelte Vorderpfote, der anscheinend die Krallen ausgerissen worden waren.

Er hatte nicht geahnt, dass Wei Wei die kleine Kreatur so sehr hasste. Kein Wunder, dass Albert auf Lili losgegangen war. Wahrscheinlich hatte sie ihn hochzuheben versucht, ohne zu ahnen, wie weh es ihm täte, wenn ihre Hände seinen Bauch berührten. Duke war auf einmal von Alberts Grauen und Hilflosigkeit erfüllt.

Auf dem Schulhof stand einmal eine Gruppe Jungen im Kreis. Duke hatte sich nach vorne gedrängelt, um zu sehen, was es gibt. Sie waren damit beschäftigt, einem Hund bei lebendigem Leib die Haut abzuziehen. Er hatte nur entsetzt »oh nein!« rufen können und war dann weggelaufen, ihr Lachen in den Ohren. Diese Reaktion war ihm immer noch peinlich. Christen sollten hart sein. Seine Sanftheit war keine Absicht, sondern eine Art Instinkt, den er nicht überwinden konnte.

Ein Jahrzehnt später konnte er nicht so weit denken. Er setzte die Qual des schönen grauen Geschöpfs mit allem Leiden, das es jemals gegeben hatte und geben würde, gleich. Es überwältigte ihn. Er kniete vor dem Katzenklo nieder und streichelte Albert zum ersten Mal. Der Kadaver war kalt und hart.

Duke rückte noch dichter heran und rieb sein Gesicht an Alberts weichem Fell, wobei sein Entsetzen und sein Bedauern wuchsen, bis sie aus seinen Augen stürzten – er weinte lange und heftig. Er hatte nicht mehr geweint, seitdem er ein Kind war. Jetzt wusste er, dass er den Kater geliebt hatte. Aber diese Liebe war schmerzhaft. Nur in der Liebe zu Lili fühlte er sich sicher und geborgen.

Er wickelte Albert in seinen Versace-Bademantel ein, legte ihn auf das Ehebett und suchte in Lilis Schrank nach einer Hutschachtel. Er nahm eine in feierlichem Schwarz lackierte heraus und warf den verschnörkelten Hut in ein Ablagefach. Er würde Lili eine neue Hutschachtel kaufen. Im Zimmer stank es. In einer Ecke sah er einen schaumigen, rosafarbenen Haufen liegen. An einer Seite des Zimmers war die Wand mit feinen roten Streifen bedeckt, bis zur Decke hinauf. Er lief in die Küche und kam mit einem Eimer Wasser und Seife und einer Scheuerbürste in Lilis Zimmer zurück. Er machte sauber, wobei sein Schlips durch den Dreck schleifte. Gesicht und Hemd waren schweißnass. Angewidert wurde ihm klar, dass er jedem, der ihn sah, wie ein gut angezogener Hausmeister vorkäme.

Als er fertig war, brachte er sich selbst in Ordnung, kehrte zu Albert zurück und bettete ihn in die Hutschachtel. Er band sie mit seinem gestreiften Lieblingsschlips zu und ging damit vor die Wohnungstür. Die Schachtel fühlte sich schwerer an als die, in der er das fremdartige Tier ein paar Monate zuvor mit nach Hause gebracht hatte. Jetzt war sie mit seiner Zuneigung gefüllt. Es gelang ihm, die Schachtel in den Müllschlucker zu stopfen.

Als er in die Wohnung zurückkam, breitete die Morgendämmerung sich in der Küche aus, aber Albert war nicht mehr da, um sie zu begrüßen. Duke rief Wei Wei an, riss sie und ihren Mann aus dem Schlaf. Er teilte ihr mit, dass und warum Lili im Krankenhaus sei. Er war zu wütend, um höflich zu sein. Er hielt den Hörer vom Ohr weg, als Wei Wei protestierte, denn er wollte ihre Stimme nicht hören; ihr ausländischer Akzent brachte ihn auf die Palme. Nachdem er aufgelegt hatte, ging er zum Krankenhaus zurück. Das Abendgewitter hatte die Stadt gereinigt. Sie glitzerte überschwänglich; ein Anblick, der ihm zu Alberts Martyrium nicht zu passen schien. Er fand seine Frau in aufgeräumter Stimmung vor, mit bandagierter Hand, von mehreren Krankenschwestern umringt, denen sie ihre Brustoperationsnarben zeigte. »Mein Mann ist hier, also Tschüss«, sagte sie zu den Schwestern. Sie lehnte sich in Dukes Kuss und seufzte: »Es ist hier so nett – ich wünschte, du könntest bei mir bleiben.« Vom Bett aus rief sie Heaps an, um ihm von ihrer Verletzung zu berichten.

Heaps wollte Duke sprechen. Sein Ton war vorwurfsvoll, als er Duke ausfragte. Würden auf Lilis Hand Narben zurückbleiben? Sei sie schrecklich mitgenommen? Duke beschwichtigte ihn. Er erzählte ihm von Wei Weis mörderischem Charakter, dass er sie angerufen und gefeuert habe. Sie habe am Telefon geweint und mit ihrem chinesischen Akzent Dementis geplärrt. Diesmal sei es endgültig.

Lili begrüßte die Entscheidung. »Ich habe ihr nie getraut.«

Geschlossene Reihen

In der Park Avenue war wieder Ruhe eingekehrt. Wei Wei arbeitete einfach weiter und Alberts Name kam in Gesprächen nicht mehr vor. Es wäre viel zu umständlich gewesen, jemand Neues einzustellen. Wei Wei war unersetzlich. Man feuerte ja auch nicht die eigene Großmutter. Außerdem hatte Duke nicht gesehen, dass tatsächlich Wei Wei den Kater gefoltert hatte. Er überzeugte sich selbst davon, dass sie es auch nicht getan hatte. Er verbannte die Bilder von Alberts entsetzlichen Wunden mit Leichtigkeit in eine entlegene Speichereinheit seines Gedächtnisses. Dort, weit hinten, am Ende langer festlich geschmückter Korridore glücklicher Erinnerungen, war der Zugriff nur mit Mühe möglich. Duke erzählte Lili nie, was er gesehen hatte, weil er das Thema nicht noch einmal aufbringen wollte. Keine Haustiere reichten als Lösung völlig aus.

Aber Lili war wegen etwas anderem entmutigt. Sie gab gerne damit an, dass ihr einziges Buch ihr Monatskalender war. Tatsächlich war ihr Terminplan wie ihr Spiegel – sie schaute hinein, um sich selbst zu sehen. Eines Tages hatte er einen Flecken. Eine wunde, schreckenerregende Stelle. Zwei ganze Wochen ohne einen einzigen Termin. Sie pöbelte Heaps an, was er sich dabei gedacht habe, diese Tage auszulassen. Er müsse die Einträge sofort nachholen. Sie fühlte sich gedemütigt, und Duke schimpfte liebevoll mit ihr, dass sie zu sensibel sei, während Heaps sich reumütig an die Arbeit machte; es gelang ihm, den Kalender mit weniger lukrativen Gigs zu füllen.

Ihre Statusminderung verwirrte Lili. Bei Shootings schauten die anderen nicht mehr erwartungsvoll auf, wenn sie erschien, keiner fragte sie, was sie brauche, und sie musste jetzt um kleine Annehmlichkeiten betteln. Es war mehrmals vorgekommen, dass ein Limousinenfahrer vergessen hatte, sie abzuholen. Panisch rief sie Heaps an, der vorschlug, doch ein Taxi zu nehmen. Sie knallte den Hörer auf und rief den Produzenten an: »Keine Limo, keine Lilith!« Das machte sie nicht gerade beliebter. Ab da bezahlte Heaps die Limousinen, was er Lili jedoch verschwieg, aus Angst, sie zu verletzen. Lili ahnte das und fand es angemessen. Sie hatte andere Dinge im Kopf. »Ach, man muss Wasser trinken, wenn man schön sein will! Evian ist für mich wie fremder Speichel«, rief sie. »Und nicht essen. Nichtessen ist richtig harte Arbeit, das kannst du mir glauben.«

Duke bemühte sich mit allen Mitteln, es ihr leichter zu machen.

Sie schnupfte Kokain und verlor allen Appetit. Kokain war teuer, sie brauchte Geld dafür. Duke hielt immer welches bereit. Es war lästig, Kokain zu kaufen. Duke besorgte es für sie. Ein Zeichen seiner Zuneigung. Er ging im Anzug und der Krawatte von Armani und den glänzenden Oxfords hoch in die Washington Heights, machte vor der Bank in der 181. Straße halt, um vor den Augen der Dealer Geld abzuheben, klopfte an die Türen von Mietwohnungen und war freundlich, ungeachtet seiner sozialen Stellung, über die sie sich lustig machten, indem sie ihn »Massah« nannten. Überall in den Heights redeten sie über den »Massah«, von dem manche sagten, dass er selbst nicht »Ski fahre«. Sie freuten sich jedesmal, wenn er kam. Sie konnten ihm den letzten Dreck verkaufen. Oder sie nahmen sein Geld und sagten, er solle in dreißig Minuten wiederkommen. Und dann verschwanden sie. Er ließ sich nie entmutigen. Er sorgte sich auch nicht um seine Sicherheit – er strahlte Lässigkeit aus, wie jemand, der seine Wäsche zur Reinigung bringt.

Lili bedankte sich bei Duke gern feierlich »für die Dionysos-Rundumbetreuung«. Wie sie feststellte, diente Duke dem Halbgott sogar noch ergebener als sie selbst.

Aber ohne Aufträge wurde das Geld knapp. Und je knapper es wurde, desto mehr trostspendendes Kokain brauchte sie.

Heaps rief sie immer wieder an und bettelte darum zu erfahren, wie er oder Duke ihr helfen könnte. Nachdem sie seine Anrufe drei Tage lang im Flüsterton monotoner Hoffnungslosigkeit beantwortet hatte, rückte sie mit einem anderen Problem heraus. Der zehnte Hochzeitstag der Butlers stehe bevor, und sie könne sich die eine Sache nicht leisten, die sie Duke schenken wolle. Geld, schäbiges Geld, stehe dem vollkommenen Geschenk im Wege. »Für die meisten Leute hier ist es ein Klacks. Zehntausend Dollar oder so. Was ich ihm schenken will, ist die Wahrheit«, jammerte sie. »Und nicht mal die kann ich mir leisten.«

Heaps zahlte pünktlich für die Wahrheit, und am 16. September, einem Jubiläum, das sie mit den Pilgervätern teilten, die an diesem Tag Kurs auf Amerika genommen hatten, erschien die Wahrheit in der *Times*. Lili konnte Duke und alle Leser mit einer ganzseitigen Farbanzeige in der *New York Times* überraschen.

Zu sehen war ein Schnappschuss von den Butlers auf einer Sommerparty in den Hamptons: Unter einem pastellfarbenen Himmel spiegelte sich im Hintergrund das Licht der Abendsonne auf dem Ozean; das Paar, das sich im Vordergrund umarmte und anschaute, bildete eine schwarze Silhouette. Ihrer beider Kinn und Brustkorb stellten ein Herz dar.

Über dem Foto stand der Text:

»Glücklichstes Paar von New York: Duke und Lili Butler. Zehn Jahre.«

Sonst passierte nicht viel. Im Nahen Osten war es ruhig, es lief kein Serienmörder frei herum, Flugzeuge starteten und landeten wieder. Die Anzeige hatte landesweit Schlagzeilen zur Folge, mehrere tiefschürfende Aufsätze in Magazinen, eine Kaskade öffentlichkeitswirksamer Gigs für Lili und glühenden Neid, der sich in New York als kalte

Verachtung tarnte. Lili hatte nicht geahnt, dass ihr Statement alle, die noch beteten, zum Beten brächte, und alle anderen wünschen ließ, die Ehe der Butlers würde in einem schmutzigen Scheidungsverfahren krepieren. Weshalb sorgte ihre öffentliche Erklärung wahrer Liebe im Land, in dem jeder mit seinen Fähigkeiten und seiner Macht prahlte, für so viel Aufregung?

In Wahrheit erholten sich die Leute gerade erst vom Trauma eines Schwulen, der, mit seiner Homosexualität im Reinen, mit einer jungen Frau abgehauen war.

Das Trara im Village, als er sie heiratete! Trotz seines federnden Gangs beim Kinderwagenschieben, seiner heiteren und warmen Ausstrahlung, des Glanzes seiner neuen Gattin wollte niemand glauben, dass er glücklich war. Sie lauerten auf einen Denkzettel. Als das entzückende Kleinkind vom besten Kindergarten der Stadt abgewiesen wurde, konnten die Leute sich endlich entspannen. Das selbstverliehene Prädikat der Butlers, »Glücklichstes Paar von New York«, das allen anderen unterstellte, sie hätten weniger Erfolg mit dem Glück, ließ sie wieder die Zähne fletschen.

Dekan Winkler hielt die Zeitung mit der Anzeige am Frühstückstisch in der Hand, sah seine Frau von hinten an, während sie seinen Brei zubereitete, und konnte sich nicht daran erinnern, je in sie verliebt gewesen zu sein. Als er sein warmes Müsli gegessen hatte, griff er zum Telefonhörer.

Sein alter Zimmergenosse aus dem College, der jetzt bei der *New York Times* arbeitete, wunderte sich, als Barry Winkler ihn aufforderte, einen investigativen Artikel über Duke Butler zu schreiben. War das nicht der schwarze Sommelier aus dem Süden, der sich mit einem Champagnerkorken ein Auge ausgeschossen hatte? Er versprach, an den Namen zu denken, falls irgendwann etwas »aufkommen« sollte.

»Warten wir, bis er in die Politik geht und für das Amt des Präsidenten kandidiert«, schlug der Zeitungsmann vor.

»Er wird zum *Duke of New York*!«, protestierte Dr. Winkler. »Man hat ihn sogar für unseren Club nominiert.«

Mr. Perkins war von der Anzeige auch nicht begeistert gewesen.

Dieses irrige behauptete Glück war Lilis Idee, mit deren Hilfe und Beziehungen Duke ja tatsächlich in die höchsten Kreise aufgestiegen war. Aber dafür wurde er ihr persönlicher Sklave. Mr. Perkins wollte ihn befreien.

Trennung

»Ich muss morgen nach Paris«, erinnerte Lili Duke. Heaps hatte eine Starrolle für sie an Land gezogen. »Kommst du mit?« Ihre Frage klang gleichgültig, und er wusste, dass es Lili damit nicht ernst war.

»Ich interessiere mich nicht für Europa«, sagte er. »Wirklich nicht.«

Er wünschte ihr eine wundervolle Zeit. Ihn regte nie auf, dass sie eine wundervolle Zeit mit anderen haben könnte. Er war selbst zu treu, um sich über Untreue zu ärgern.

In seinen künftigen letzten Jahren, in denen Duke seine Tage und Nächte in der Vergangenheit verbringen würde, erinnerte er sich daran, wie stolz er gewesen war, als zwei katzbuckelnde Assistenten eine Galerie von Pullman-Koffern für Lili gepackt hatten. Sie warf noch ein paar Süßstoffflaschen hinein, fettfreie Chips und PAM, kalorienfreies Ölspray, das sie der Küche im Hotel für ihre Mahlzeiten aushändigen würde. Sie war auf Duke zugestürzt und hatte ihre Hände um seine braune Halssäule gelegt – eine schöne Geste von Strangulation. Sie flehte Duke an, mit nach Paris zu kommen. Sagte er zu, wollte sie diese Idee sofort zurücknehmen: Nein, das ist albern. Du kannst unmöglich mitkommen, du musst nach Tulsa. Sein »Will ich aber nicht« brachte Lili in Verlegenheit. Sie wandte sich an ihre Assistenten: »Mein Mann ist die weltweit führende Autorität für amerikanische Weine. Frankreich findet er todlangweilig.«

Während sie mit Air France nach Europa reiste, flog er mit Republic Airways ins Landesinnere. Der Himmel in Tulsa war groß und weit, das Paradies schien nah. Die betagten Mitarbeiter des Mayo Hotels sprachen immer noch über die alten Zeiten, als Ölbarone dort residiert hatten, und begrüßten Duke mit einem:

»Wir freuen uns, Sie wieder bei uns begrüßen zu dürfen, Sir.« In der Paul-Getty-Suite empfing er Winzer und Weinhändler. Am nächsten Morgen kehrte er nach New York zurück, während Lili noch eine Woche in der Alten Welt bleiben musste.

Duke schickte ihr jeden Tag Faxe, mit dem Zweitausendzweihundert-Dollar-Gerät, das hinten in Mr. Perkins' Laden stand. Er imitierte Mr. Perkins' Handschrift, die Buchstaben akkurat und klein und steil wie Regency-Häuser in London. Lilis Antworten jagten in kabbeligen Faxpapierwellen zurück, die in seine Hände klatschten, stürmische Liebeserklärungen in großen, schwungvollen Buchstaben, die sich nach rechts neigten, wie Boote im Sturm. Sie hängte die Kunstwerke von den Wänden ihres Zimmers im George-V-Hotel ab und Dukes Faxe auf.

Mr. Perkins lud ihn in dieser Woche zweimal in den Senator Club ein.

Duke hielt seine Berufung an den amerikanischen Hof der Weinverkoster für selbstverständlich. Er fühlte sich nicht geschmeichelt, als er in einem Dokumentarfilm über Weine als der eleganteste Ausspucker vorgestellt wurde, der je gelebt habe. Er wusste, dass seine Fertigkeit einzigartig war, dass keine andere Koryphäe im Gewerbe eine Krawatte ohne Weinflecken besaß. Duke wollte mehr, er wollte einen Titel, er wollte in den New Yorker Adel erhoben werden.

Er ahnte nicht, dass dies die letzte Phase der Ruhe war, bevor ihm seine Vergangenheit plötzlich wie ein ungewolltes, missgebildetes Baby in die Ohren schrie.

Dukes Pläne

Es war Frühling, und es lebten fast vier Milliarden Menschen auf dem Planeten, als Lili nach Paris reiste.

Die Stones freuten sich immer, wenn Lili auf Reisen war. Es erleichterte den Zugang zu ihrem Mann. Seit das junge Paar nach 225 Park Avenue gezogen war, ein weitaus verblüffenderer Standortwechsel als ihre unerklärliche Flucht nach Tribeca ein paar Jahre zuvor, hatten sie ihren Schwiegersohn nur selten gesehen. Sie vermissten Duke. Wenn er anrief und sagte: »Ich war gerade bei Fairways«, bedeutete das: »Lili ist verreist, ich könnte vorbeikommen, und wir essen schön zu Abend.«

Diesmal kam Dukes Anruf ungelegen, und im Stone'schen Haushalt herrschte Chaos; Vlado musste eine neue Schreibmaschine kaufen.

»Für uns ist Einkaufen kein Freizeitvergnügen«, sagte Vlado am Telefon, »wir folgen nicht dem Sirenenruf der Schnäppchen. Wir wollen, dass die Sachen, die wir brauchen, im Haus sind, und sind sie's nicht, überzeugen wir uns davon, dass wir sie nicht brauchen.« Er sagte viermal »wir« in einem einzigen Satz.

»Genau. Wer was aus einem Laden braucht, kauft es sich! Du brauchst eine Schreibmaschine, nicht ich«, fauchte Bucky und riss Vlado den Telefonhörer aus der Hand. Das »wir« war erledigt. Er schnappte sich den Hörer zurück.

»Hat sie dir erzählt, was mit meiner Schreibmaschine passiert ist?«, stichelte er. Dann winselte er: »Bucky, die Aschenbecher sind wieder voll.«

Duke hörte sie im Hintergrund wüten. »Leer du sie doch. Warum bin immer ich für so was zuständig? Nach Partys leeren brillante, berühmte Frauen wie ich die Aschenbecher und räumen die Gläser weg, während ihre Männer ihr Hirn im Bett neu aufladen.« Sie hatte sich den Hörer gekrallt und redete weiter:

»Niemand schert sich darum. Es ist so viel leichter, nicht darüber zu streiten. Würde ich nicht einkaufen, hätten wir nichts zu essen. Ich bin für diesen Mist zuständig, einfach weil mir ein hässliches Y-Chromosom fehlt.«

»Duke«, bat Vlado, »rette mich! Zum Komponieren brauche ich nur einen Stift und Papier. Bucky ist an ein schweres mechanisches Gerät gefesselt.«

»Seine Handschrift ist scheiß unleserlich!«, rief sie. »Jedes Mal muss ich ihm meine Schreibmaschine geben, wenn er einen Brief schreiben will. Egal, ob ich sie gerade brauche. Ich, Bucky Stone, bin für ihn nicht mehr als ein Schreibmaschinenverleih! Was er braucht, ist eine eigene Schreibmaschine.«

»Ich hatte eine Schreibmaschine, Bucky. Sie ist weggeflogen. Weißt du noch?«

Duke gelang es, sich einzuschalten. »Wie kann eine Schreibmaschine fliegen?«

Eine Stunde später traf er den vom Krieg zerrütteten Vlado an einer Straßenecke in Midtown. Es stimme, räumte Vlado ein, dass seine Handschrift armselig aussehe und er auf eine Schreibmaschine angewiesen sei, um mit Freunden und Musikverlegern zu korrespondieren. Aber er habe eine eigene besessen, eine Olivetti. Die habe er sich als Erstsemester gebraucht gekauft. Siebzehn Dollar. Einen Monat lang habe ihm das Geld für die U-Bahn gefehlt. Ein paar Jahre später, kurz nachdem Bucky und er zusammengezogen seien, hätten sie sich über die Bedeutung des Wortes »Enormität« gestritten. Die ersten Beleidigungen seien ausgetauscht worden. Vlado habe ihre Romanze für ideal gehalten, obwohl sie verheiratet waren, und sei von Buckys scharfem Ton tödlich verletzt gewesen. Er habe sich seinen Kleidersack geschnappt, seine Jeans und T-Shirts hineingestopft und sei ins Treppenhaus geflohen. Sie hätten im sechsten Stock eines Hauses ohne Fahrstuhl gewohnt. Noch ohne Lili. Als er auf dem Bürgersteig angelangt sei, habe Bucky das Fenster geöffnet und heruntergeschrien: »Du hast was vergessen!« und die Olivetti ihm nachgeworfen. Die Schreibmaschine sei auf dem Gehweg explodiert.

Dabei habe Bucky so ausgelassen gelacht, dass sie fast aus dem Fenster gefallen wäre. Auch er selbst habe lachen müssen. Er sei wieder hochgerannt, und sie hätten grandiosen Versöhnungssex gehabt. Von da an hätten sie sich Buckys Royal Arrow geteilt.

Lili sei neun Monate später gekommen. Eine stürzende Schreibmaschine habe Buckys und Vlados Tochter erschaffen.

Jetzt hatte Vlado ein neues, geheimes Betätigungsfeld, das einen intensiven Gebrauch der Royal Arrow erforderte und Diskretion. Bucky, die an einem neuen Buch saß, nahm die Schreibmaschine in Beschlag. Die Lösung war einfach: Während Bucky im Badezimmer beschäftigt war, klaute er ihr die Royal Arrow und nahm sie mit in sein Zimmer. Als Bucky heftig dagegen prostierte, über ihn gebeugt, so dass er sich auf seine Universitätskorrespondenz setzen musste, erinnerte er sie daran, dass sie seine Schreibmaschine zertrümmert habe. Wenn sie nicht teilen wolle, solle sie ihm gefälligst eine neue kaufen.

Es gelang ihm, sein Geheimnis zu wahren, aber es folgte langes Gezänk; Vlado verlor, und die beiden Männer gingen einkaufen. Schreibmaschinen gab es nicht an jeder Ecke. Sie waren teuer, ein Spezialartikel. Bucky hatte ein Geschäft empfohlen, seit biblischen Zeiten von Juden geführt, wo alles billiger war. Vlado prahlte, die Juden hätten schon immer an vorderster Büromaschinenfront gestanden. In den dreißiger Jahren hätten sie die ersten Anrufbeantworter hergestellt, Apparaturen von einem Meter Höhe, eigens angefertigt für orthodoxe Juden, die am Schabbat keine Anrufe entgegennehmen durften. »Noch eine Zigarette, bitte, bevor wir reingehen.«

»Wie ich höre, bist du an einer Mitgliedschaft im Club interessiert«, meinte Vlado vorsichtig. Sie lungerten vor dem Laden herum.

Duke nickte, froh, dass Vlado darauf zu sprechen kam.

»Der Club hat Geldprobleme. Die Beiträge werden erhöht. Sie finden schwer noch irgendjemanden, der beitreten will. Die meisten Mitglieder sind entweder Witwer oder Männer, die es zu Hause nicht aushalten. Man sieht nicht viele glücklich verheiratete Mitglieder. Mir jedenfalls fällt niemand ein.«

Duke sah bekümmert aus. Vlado schnippte den Zigarettenstummel weg. Sie standen immer noch vor dem Laden.

Ein Krankenwagen fuhr vorbei.

Vlado schrie über das Sirenengeheul hinweg. »In Midtown will ich nicht sterben. Deshalb komme ich nie hierher. Wenn man sich nicht vorstellen kann, an einem Ort zu sterben, sollte man ihn tunlichst meiden. Der Club ist in Midtown. Sollen wir in den Laden gehen?«

Am anderen Ende des Erdballs war Lili schlechter Laune. Gerade waren Simone de Beauvoir und Jean Genet gestorben, kurz nacheinander; obwohl die beiden steinalt gewesen waren, redeten die Leute über nichts anderes. Lili hielt die Fixierung auf die beiden nicht aus. Sie wollte sich ein bisschen amüsieren. Ihr fünfter Arbeitstag fing an, sehr spät am Abend – sie musste auf den Laufsteg, für einen aufstrebenden Designer aus Russland, der als Teenager nach Frankreich eingewandert war und alle europäischen Sprachen mit apartem Akzent sprach. Er nannte sich einfach Ivan.

Ivan hatte die Mitte dreißig überschritten, sich aber beneidenswert gut gehalten. Die hohen Wangenknochen und eine quadratische Kinnlade hielten die Haut straff. Die dunklen Augen beschützten lange schwarze Wimpern, die einen genaueren Blick in den Spiegel seiner Seele versperrten; er war auf unergründliche Weise freundlich. Er füllte eine Nische, indem er offen heterosexuell war und zum Beweis immerzu ein Baby, einen hübschen Jungen, auf den Armen oder Schultern zur Schau trug. Der Junge war das absolute Highlight der Kollektion und zog alle Blicke auf sich, wodurch selbst das berühmteste Model schlagartig unsichtbar wurde. Natürlich wurde viel darüber spekuliert, ob er »bi« sei oder eine »Scheinhete«. Niemand nahm ihm sein Image als Familienmensch ab – seine dralle russische Frau war bestimmt eine Attrappe, sie sprach nur Russisch, sodass noch nie jemand mit ihr geredet hatte –, und je mehr sich alle über Ivan aufregten, desto mehr beachtete man ihn; seine Kollektionen kamen immer mehr in Mode. Und Ivan hatte Lili dazu bestimmt, die Show zu eröffnen, tief in der Nacht im stillgelegten Flügel einer riesigen Autofabrik an der Seine.

Die Show war das *parler de la ville*. Der Designer hatte die verbliebenen Maschinen aufpolieren und einen Laufsteg errichten lassen, der mitten durch das Herz des Industriefriedhofs führte. Am anderen Ende des Geländes wurden noch immer Autos hergestellt, bei Nacht fand der Lärm bloß in den Köpfen statt. Ivan hatte Models aus aller Herren Länder eingeladen. Man vermutete, dass er sich für Lili Stone als Königin der Show entschieden habe, weil sie eine schöne Jüdin war, durch die er seine eigene Rasse verkündete.

Lili billigte diese Gerüchte und wollte ihn als einen lang vermissten Verwandten begrüßen. Da sie nachts mit ihm zusammentraf, nahm sie an, dass er sein Gör nicht mitschleppen werde – Babys waren Spielverderber hinsichtlich ihrer Schlafenszeiten.

Sie war noch nicht angezogen, sie trug einen Slip, zwei Visagistinnen bearbeiteten ihr Gesicht, zwei Coiffeure ihr Haar, und Lilis Adrenalin schwemmte das verbliebene Abwasser der vergangenen Nacht weg, als Ivan eintrat. Er bebte vor Entzücken, als er sie sah, und ließ sie hochleben – »Mein liebes, schönes Mädchen!« –, als wären sie zusammen aufgewachsen. Sie scheuchte das Gesinde fort und stand als Augenschmaus für ihn auf. »Meine Liebe, meine Liebe, meine Liebe!«, jubilierte er. Sie fielen einander in die Arme.

»Wie geht's dir? War die Reise sehr anstrengend? Aber du kommst ja so viel rum. Ich bin wahnsinnig glücklich, dass du meine Show eröffnest. Ich wollte keine andere haben!«

»Und ich bin wahnsinnig glücklich, dass du mich gefragt hast!«

Er wurde ernst und musterte sie von Kopf bis Fuß mit dem Ausdruck höchster Anerkennung. »Phänomenal, einfach phänomenal«, sagte er. »Das war schon immer mein Traum – Haute Couture für ältere Frauen.«

Mit dieser Bemerkung endete die Unterhaltung. Lili erbleichte hinter ihrem Gemäuer aus Make-up, ihr Blutdruck stieg, ihr ganzer Körper reagierte vulkanisch auf Ivans Richterspruch.

Sie erbrach sich um Haaresbreite neben seine lacklederbeschuhten Füße.

Auf der 47th Street waren Lilis Vater und ihr Mann völlig ahnungslos, welchen Demütigungen das geliebte Wesen gerade ausgesetzt war. Sie waren tief im ganzen Laden herumgewandert und hatten sich von den neuesten Erfindungen verblüffen lassen – Telefone mit Tasten statt mit Wählscheiben, Kameras mit Autofokus und »CD-Player«. Die Verkäufer mit ihren Käppis und Bärten waren Vlado nicht neu; er kannte ihren rüden Umgangston aus dem Häuserblock seiner Kindheit. Sie standen hinter einem langen Tresen, als wäre es ein Schlachterladen, und nahmen die Wünsche der Kunden entgegen. Vlado wurde seiner Brooklyn-Manieren gewahr und drängelte sich nach vorn. Er verlangte von allen Verkäufern auf einmal »eine Olivetti, bitte.« Seine Anwesenheit wurde ignoriert.

»Zurück in die Schlange, du Sack!«, rief jemand.

»Wie ich die Juden hasse!«, wetterte er mit starkem Brooklyner Akzent. Duke wollte ihn beruhigen und ihn am Ärmel zur Tür ziehen. Aber der Verkäufer war nicht beleidigt.

»Wird Ihnen auch nichts nützen. Sind nicht auf Lager«, rief er ihnen nach.

»Und wann haben Sie wieder welche?«, beharrte Vlado.

Der Verkäufer sah ihn verächtlich an und sagte würdevoll: »Wenn der Moschiach kommt und eine will.« Dann erbarmte er sich. »Mister, Sie brauchen das hier.« Vlado ließ sich erklären, dass selbst IBM die Produktion von Kugelkopfschreibmaschinen bald einstellen werde. Man beschwor ihn, vernünftig zu sein und eine elektronische Schreibmaschine zu kaufen, eine Neuheit, eben erst auf den Markt gekommen, eine Rettungsboje auch für die an den Ufern der alten Technologie zaudernden Feiglinge, die sich nicht in die Textverarbeitung stürzen wollten. Vlado heuchelte Begeisterung. »Eine Schreibmaschine, die radieren kann, ist genau das Richtige, solange sie kein Computer ist. Meine Frau Bucky ist Computern gegenüber aufgeschlossen, obwohl sie glaubt, dass die Textverarbeitung die englische Sprache vernichten wird, aber darauf kommt's vielleicht nicht an.«

»Wir nehmen die teuerste«, lautete seine Fazit.

Vlados Tochter kniete vor Ivan, nicht aus Unterwürfigkeit, sondern aus Schwäche. Selbstverständlich rappelte sie sich auf und sonderte etwas ab, das sie für ein Kichern auf ihre eigenen Kosten hielt. Ivan führte sie zu einem Stuhl. Er griff sich zwei Handvoll Kleenex und wischte umstandslos ihr Erbrochenes auf. Dann legte er ihr eine kalte Kompresse auf die Stirn, tupfte ihr sein Drakkar Noir auf die Schläfen und Handgelenke und säuselte ihr so laut, dass jeder es hören konnte, süßen Honig ins Ohr, über ihre unvergleichliche Schönheit, ihre feinen Gesichtszüge, ihre silberne Haarpracht, ihre Porzellanhaut und ihren konkurrenzlosen Körper, bis sie wieder wohlauf war.

Eine Stunde später hatte man diesen Körper in ein recht konventionelles Kleid gesteckt, einen regelrechten Lappen, eine weiße, weite, zeltförmige Mixtur aus Hochzeitskleid und Bürokostüm. Auf dem Weg zum Laufsteg sog sie die bewundernden Blicke und Glückwünsche auf, oh, sie trug dieses Kleid wie eine Siegesfahne, und als alles vorbei war, drapierte sie ihren Körper auf demselben Stuhl, auf dem der Abend begonnen hatte, süffelte Champagner mit ihren Höflingen. Ein Pressevertreter schaute kurz herein mit dem Kompliment: »Haute Couture für ältere Frauen – eine unglaubliche Idee, und das von einem Familienmenschen. Das wird die Branche revolutionieren.« Die Äußerung verteilte sich wie Giftgas im Raum.

Die Männer der Familie hatten ihren elektronischen Schatz nach Hause geschleppt. Duke war geflohen, auf der Suche nach Abendessen, und hatte es den Stones überlassen, sich mit dem Karton abzuplagen, der mit einem nicht leicht zu verstehenden Mechanismus (Klebeband) versiegelt war. Nach viel Aushöhlung und Bohrarbeiten zeigte sich, dass die elektronische Schreibmaschine nicht mehr als eine aufgeblähte Variante der Jahrzehnte zuvor zerstörten Olivetti war. Bucky nahm das Kabel in die Hand, reichte es Vlado und zeigte auf die Steckdose neben seinen Füßen. »Und jetzt bück dich.«

»Der elektrische Strom wartet seit sechzig Jahren auf eine Gelegenheit, mich umzubringen. Ich gehe nicht mal in die Nähe dieser Steckdose«, sagte er zu Bucky.

»Fürs Einstecken bist du zuständig.« Dann war Duke wieder da, zum Glück.

Lili hatte die Modenschau in einer Limousine verlassen, doch statt in ihr Hotel im piekfeinen 8. Arrondissement zurückzukehren, ließ sie sich vom Fahrer in die Rue des Poissonniers bringen. Es wimmelte dort von Nachtschwärmern. Dionysos wartete entspannt an der Bar auf sie. Lili beschloss, dass sie ihm gern Gesellschaft leistete, und schwang sich auf den Nachbarhocker.

Er wandte sich ihr zu, die Augen schwarz, flüssig, das Meer bei

Nacht. »Wo kommen Sie her?«, fragte sie auf Französisch. Er war unhöflich. »Paris«, sagte er mit einem rauen, gutturalen Akzent.

»Oh, alle kommen aus Paris«, spöttelte sie und bestellte sich einen Whiskey.

»Seien Sie nicht so überheblich.« Sie sah ihm ins Gesicht und packte ihren ganzen Charme in ein Lächeln. Wenn er ein kaltes und dunkles Meer war, dann war sie eine Insel, an der er planschen konnte; ihr Körper ein weicher, weißer Strand.

Er konnte ihr nicht widerstehen. »Ich bin Palästinenser. Ich bin in Ägypten geboren, in einem Flüchtlingslager«, sagte er.

»Das ist ja phantastisch!«, rief sie. Und sie legte ihren Zeigefinger auf den Rücken seiner Hand, die friedlich auf dem Tresen lag, strich über die Adern und sagte: »Hier ist das Nildelta. Es ist genauso schön und exotisch, wie ich es mir vorgestellt habe.«

In einer Dachkammer auf der anderen Straßenseite lehnte er ein paar Minuten später ihre Einladung zum Sex ab, doch bevor sie eingeschnappt sein konnte, bot er ihr stattdessen etwas Haschisch an. Das beleidigte sie. Über seinem Bett das Foto einer sehr jungen Frau mit Kindern. Sie zählte fünf. Vielleicht war es seine Schwester.

»Hasch ist langweilig«, beschwerte sich Lili. »Drogen geben mir nichts. Nicht mal Kokain. Ich nehme es zwar, aber ich brauche es nicht.« Sie warf einen Blick auf die Matratze auf dem Boden. Die würde reichen. Er setzte sich, seine dünnen Beine ausgebreitet, zwischen ihnen die Wasserpfeife. Seine Beine waren irgendwie mädchenhaft, überhaupt nicht behaart. Ob er sich lasern ließe? Ihr fiel seine Feindgliedrigkeit auf, und seine Augen, die wie eine Streichholzflamme glänzten. Es waren die schönsten Augen, die sie jemals bei einem menschlichen Wesen gesehen hatte. Plötzlich hatte sie das Gefühl, dass sie hier mit ihm in dieser Mansarde glücklich werde könnte. Er würde ihr eine wunderschöne Tochter schenken. Er zündete die Wasserpfeife an. Sie saß jetzt neben ihm und küsste seine Wange. Er verzog das Gesicht und wischte sich den Kuss ab. Das machte sie wütend. »Bist du ein Eunuch? Haben sie dir die Eier abgeschnitten?«

Kaum hatte Duke den Stecker in die Dose gesteckt, erwachte die Maschine, und sie war nicht wohlgesinnt. Ohne Vorwarnung fing sie zu tippen an, in einer seltsamen Sprache, über die ganze Seite. Vlado riss das Blatt aus der Maschine und lief damit zu Bucky. »Verstehst du, was sie uns sagen will?«, brüllte er die anderen Zeugen dieses Höllengeräts an.

»Außerirdischer Nachrichtendienst«, sagte Bucky.

Gemeinsam spannten die beiden Männer ein weiteres Blatt in die Maschine. Sie wartete, bis sie geladen war. Dann tippte sie plötzlich hysterisch wieder in Zungen los. Vlado sah ihr dabei zu. Seine Wut auf alles Neumodische schäumte vorläufig noch hinter geschlossenen Lippen. Nach einer vollen Seite hielt die Maschine an, vor lauter Erschöpfung vermutlich.

Bucky machte ungern Besorgungen, doch sie liebte Rettungseinsätze. Außerdem sah sie eine Gelegenheit, ihren Einfluss in New York zu testen. Die Götter hatten gerade einen weiteren Sturm auf die Stadt losgelassen, man konnte es draußen poltern hören, als Zweige und Baldachine vom Regen gepeitscht wurden. Bucky rief ihren Verleger zu Hause an. Sie konnte ihn mitten in der Nacht anrufen; sie war eins seiner größten Pfunde. Bucky Stone kannte die Nummer seines Nachttischtelefons. »Ich bin ganz Ohr, Liebling«, versicherte er ihr und tastete nach seiner Brille. Sie erzählte ihm, ihre neue Schreibmaschine funktioniere nicht und sie könne kein einziges weiteres Buch schreiben, wenn er nicht auf der Stelle einen sachkundigen jungen Assistenten herschicke.

Und der kam. Regen beharkte den Assistenten, der für die wichtige Mission vom warmen Sofa weggerissen worden war. Er war ein Wichtigtuer, der die elektronische Schreibmaschine für unter seiner Würde ansah, wie ein Experte für Nierentransplantationen, der sich einer einfachen Blasenentzündung annehmen soll. Die Familie Stone war erschöpft, emotional ausgelaugt, der kleine Zeiger der Uhr zeigte auf die elf, als der anmaßende junge Mann die aufsässige Schreibmaschine einschaltete. Und sie benahm sich tadellos, eine echte Dame, und tippte nur dann, wenn man die Tasten drückte. Vlado schwor, dass sie defekt sei, aber der Jüngling schüttelte verächtlich und mitleidsvoll den Kopf. Kaum war die Tür hinter ihm ins Schloss gefallen, ratterte die Maschine wie lebendig los und tippte wieder von ganz allein.

»Nimm du sie«, sagte Vlado zu Duke. Wut wurde zu Mut – er zog selbst das Kabel aus der Steckdose. »Mein Geschenk für dich.«

Lili lag neben Dionysos ausgestreckt auf dem Bett. Er hatte seine Ehre als Mann gerettet. Sie spürte Blut zwischen ihren Beinen. Die Wunde war ein schwarzes Loch, hatte Anziehungskraft, sie brauchte mehr von ihm. Er hatte keinerlei Manieren und sie nicht befriedigt. Trotzdem war sie wie verliebt. »Mehr!«, verlangte sie. Er murmelte etwas von verrücktem Weib, aber sie flehte. »Ich bin vielleicht ein Weib, aber ich muss kommen. Wo ist deine Gastfreundschaft?« Als er nicht antwortete, schrie sie wieder los. »Eunuch!«

Dann konnte sie sich nur noch an seine Hand erinnern, die auf ihren Mund schlug.

Bucky wickelte die Schreibmaschine in eine Mülltüte und übergab Duke die Fracht. Er klemmte sie unter den Arm, bedankte sich bei den Stones für den wundervollen Abend und das Geschenk und ging aus dem Haus in einen Regenguss hinein. Er dachte gerührt über die alten Leute und ihren merkwürdigen Lebensstil nach, den er einst so bewundert hatte. Als er zum dunklen Abschnitt der West End Avenue gelangte, steckte er die Schreibmaschine in den Mülleimer. Im Morgengrauen fischte eine Stadtstreicherin sie heraus. Die Tüte hatte sie trocken gehalten. Unter den Stadtstreicherinnen war es das Thema des Tages.

Auch stoned war Dionysos bei klarem Verstand. Als Ägypter ohne Aufenthaltsgenehmigung konnte er sich die Leiche eines weißen Mädchens in seiner Wohnung nicht leisten. Er drapierte sich Lili über die Schulter und trug sie die Treppe hinunter, im Vertrauen darauf, dass Straßentrubel und Dunkelheit ihn schützten, setzte sie im unbeleuchteten Hauseingang wie einen eingenickten Junkie ab und machte sich aus dem Staub. An der Straßenecke rief er von einem Münzfernsprecher aus die Polizei an. »Une cardiaque« läge in dem Haus.

Zu Hause verfasste Duke einen Liebesbrief an Lili. Das war nicht einfach. Er fand, dass Wörter ausgesprochen werden und wie Schallwellen durch den Raum flitzen sollten, nicht sich auf einer Fläche ausbreiten wie Nippes. Schließlich brachte er das Folgende zustande: »Komm bald nach Hause, Liebling.« Er steckte das Blatt ins Faxgerät, und sein Brief flog fort nach Frankreich, wo Dukes Frau, ohne dass er es wusste, gerade geschwängert worden war.

Lili in guter Gesellschaft, Duke eher nicht

Kaum eine Minute nach Dionysos' Anruf, dass Lilis Leiche in einem verdreckten Hausflur herumläge, war sie in einen zufällig vorbeikommenden Krankenwagen geschoben worden und auf dem Weg ins Krankenhaus. Ihr Herz begann bald schwach zu flattern wie ein eingefangener, verletzter Schmetterling.

Die Genesung war eher banal. Nach und nach nahm Lili die blendenden Scheinwerfer wahr, die fremden Leute, die sie anstarrten, das unbequeme Kleid, das ihr auf den Brustkorb drückte. Da merkte sie, dass sie ihren Job hasste. Wie entwürdigend es war, in etwas herumzuspazieren, das jemand anderes für Kunst hielt.

Die Stimmen wollten merkwürdigerweise ihren Namen wissen. War sie so tief gesunken, bis in die Anonymität hinab? Dann erinnerte sie sich daran, was passiert war. Sie nahm an, dass alle wussten, was passiert war, dass alle ihrer Demütigung durch diesen Designer beigewohnt hatten, gefolgt von ihrem schauerlichen Versuch, jemanden zu verführen. Alle wussten es, und alle hassten sie. Sie begann zu schreien und hörte nicht mehr. Es war wie eine Reinigung.

Sie wurde auf der psychiatrischen Station zur Überwachung dabehalten, zusammen mit den Sprachlosen und den Rasenden. Dort kannte sie niemand. Sie fühlte sich wohl in dieser Gesellschaft – weitaus besser als die Modelszene, wenn auch ebenso blödsinnig. Sie fragte nach einem Anruf, der ihr aber nicht gestattet wurde. Also wurde sie wieder zur Diva und schrie. Der Arzt nahm sie in sein Büro und bot ihr an, mit seinem Apparat zu telefonieren, die Kosten würde er übernehmen. Sie rief ihren Ehemann an und erzählte ihm, sie sei überfallen und vergewaltigt worden und säße jetzt in einer Irrenanstalt fest. Er versprach, ins nächste Flugzeug nach Paris zu springen. Dann rief sie Heaps an, der wiederum versprach, mit dem Jungdesigner Ivan zu sprechen. Er erklärte, sein Topmodel sei wegen »Erschöpfung« ins Krankenhaus eingeliefert worden.

»Macht nichts«, sagte Ivan ohne jede Spur von Besorgnis in der Stimme. »Es gibt jede Menge Ersatz.«

»Ivan ist untröstlich und macht sich schreckliche Sorgen um sie«, sagte Heaps zu Duke. Er müsse sich beeilen. Weit kam er nicht. Sein Pass war vor Jahren abgelaufen, eine Mauer von Stempeln stoppte ihn. Kein Anrennen dagegen. Heaps übernahm für ihn und erwischte das letzte Flugzeug.

In der Zwischenzeit ging es Lili nicht schlecht. Sie hatte etwas Besonderes erlebt. Nicht jede Frau wurde vergewaltigt. Auf dem Krankenhausflur sah sie eine junge Mutter mit einem Baby auf dem Arm. Sie fühlte sich zu dem Baby hingezogen, und ein Gefühl ließ sie erschauern. Ihre Brüste fühlten sich nicht wie sonst an, sie wollten Aufmerksamkeit. Etwas war anders. Vielleicht war sie schwanger. Aus dem Verdacht wurde Sicherheit. Sie war dreifach geehrt: sie war gestorben, wieder zum Leben erwacht und jetzt trug sie ein Kind in sich. Es würde auch dunkle Haut haben, Duke würde keinen Unterschied merken. Auf dem langen Rückflug rührte sie keinen Schluck an. Ihre Tochter sollte Sobriety heißen.

Duke und Lili verbrachten eine Woche im Glückstaumel. Duke verwöhnte Lili, machte sich Sorgen wegen der blauen Flecke auf ihrem Gesicht, an ihrem Hals, ihren Pobacken, die nur langsam verblassten. Er rannte los, um eine Narbensalbe zu kaufen, die er liebevoll einmassierte. Er schlief mit ihr, auf die alte Art, ohne Furcht, sie zu schwängern. Sie sollte wissen, dass er sie immer noch liebte und begehrte, auch nach der Vergewaltigung. Er war ihr so treu, dass ihm nicht einfiel, sie könnte es nicht sein. Hinterher konnte er die Antibabypillen nicht finden, traute sich aber auch nicht, danach zu fragen.

Ein paar Stunden war er deswegen nervös, aber er schimpfte mit sich. Unter diesen Umständen wäre ihr armer, geschundener Körper wohl kaum empfänglich.

Heaps brachte jeden Tag Geschenke vorbei – frische Blumen, Einkäufe und Kassetten von Michael Jackson und Prince.

Als die Stones durch einen zufälligen Telefonanruf erfuhren, dass ihre Tochter in Paris wegen Erschöpfung eingeliefert worden war und zurück in die USA geflogen werden musste, schickten sie Dr. Gorokin. Der alte russische Aristokrat machte einen Hausbesuch. Er schien unbeeindruckt und befahl Duke, das »Krankenschwestern« kurz sein zu lassen und mal spazieren zu gehen, während er die Patientin untersuchte. »Sei nicht neidisch, es hat keinen Spaß gemacht«, sagte sie ihm. »Und sag bitte meinen Eltern nichts, dann denken sie, es war meine Idee«, fügte sie mit bitterer Stimme hinzu.

Sie kämpfte gegen ihre Freude an. Ihr war schlecht, sie wollte weinen, und ihre Nippel taten weh. Dr. Gorokin nahm etwas Blut ab, um sie auf Geschlechtskrankheiten zu testen, vielleicht hatte sie sich ja »etwas« eingefangen.

»Testen Sie auf alles«, befahl Lili. »Aber nur ich darf die Ergebnisse sehen, wenn ich etwas habe, damit ich mich darum kümmern kann.«

Ein paar Tage später schaute er wieder vorbei und verbannte Duke aus dem Zimmer unter dem Vorwand, dass er Lili noch einmal untersuchen wollte. Er setzte sich neben sie und schaute ihr bedeutungsvoll in die Augen. »Ihre Augen sind gelb!«, sagte sie, um ihn von seiner scheußlichen Ernsthaftigkeit abzubringen.

»Ruhe!«, sagte er. Mit seiner alten Klaue griff er ihre Hand. Er lehnte sich vor und seine Lippen streiften ihr Ohr. »Mrs. Butler, Sie sind schwanger«, flüsterte er.

Rot schoss ihr ins Gesicht. »Wirklich?«, flüsterte sie.

»Das müssen Sie Ihrer Familie und Ihrem Mann mitteilen«, sagte er sanft, aber bestimmt.

»Das werde ich, im richtigen Moment«, versprach sie. Sie achtete auf ihren Atem. Eigentlich wollte sie auf- und abspringen, wie Teilnehmer bei einer Gameshow, wenn sie das Auto und die Weltreise gewonnen hatten.

»Sie müssen mit dem Rauchen aufhören«, sagte er in normalem Ton. »Sofort.«

Im Weingeschäft war Mr. Perkins außer sich. Duke Butlers Frau war wieder in den Zeitungen. »Ihre Frau blamiert Sie«, sagte Mr. Perkins im Flugzeug und hielt Duke ein Klatschblatt unter die Nase. »Sie schadet Ihrer Karriere.«

Duke warf einen Blick auf das Heft und wollte Mr. Perkins beruhigen und die Sache weglachen. Er war erleichtert, denn der Artikel erwähnte keine Vergewaltigung.

Ein paar Monate vor Paris hatte Lili sich den Po liften lassen. Eine Stationsschwester hatte dem Parade-Magazin des *Hartford Courant* einen Tipp gegeben, und man hatte einen Reporter abgestellt, der Lili ein paar Wochen nach dem Eingriff »interviewen« sollte. Lili war auf die freundliche Miene des Reporters und seine ehrerbietigen Fragen hereingefallen. Sie glaube an Körpermodifikation; sie setze sich für etwas ein, das die Menschheit voranbringe. In der Annahme, der Reporter sei ihr bester Freund, hatte sie dem Chirurgen erlaubt, mit ihm zu sprechen. Für ein Entgelt war eine Schwester aus dem Team des Chirurgen dazu bereit gewesen, dem Journalisten Vorher-Nachher-Fotos zur Verfügung zu stellen – eine Doppelseite mit Lilis nacktem Hinterteil. Die Schnittwunden an den Gesäßbacken, die wie zwei Smileys aussahen, waren noch rot gewesen. Als Überschrift hatte man ein Zitat genommen: »Habe ich jetzt nicht den perfekten Po?« Der Spiegel hatte Lili belogen; das Foto zeigte die Wahrheit.

Der Artikel wurde landesweit nachgedruckt und fiel Mr. Perkins in die Hände, als er gerade beim Kardiologen im Wartezimmer saß. Er ließ das Heft mitgehen, um es Duke zu zeigen. Aber der blieb gelassen.

»Oh, papperlapapp, Mr. Perkins. Alles Lüge! Sie haben diese roten Striche in der Redaktion dazugemalt. Ich muss es doch wissen.«

Er hatte die roten Striche gesehen, aber sie der Trägerin gegenüber nicht erwähnt. Lili war die Meisterin der Sorglosigkeit, der Artikel würde sie kaum stören. Aber Mr. Perkins ließ nicht locker. »Die roten Linien sind mir egal. Es geht um dich!«

Er las, mit Wut in der erstickten Stimme: »Sie ist mit dem berühmten schwarzen Sommelier Duke Butler verheiratet, Amerikas leidenschaftlicher Stimme für die Qualität unserer regionalen Weine.« »Eigentlich ist er Europäer«, sagte Lili dem Reporter. »Geboren in Deutschland! Seine Mutter ist die Tochter von Nazis. Er hat auch eine Schwester, die irgendwo in einem Diner kellnert.«

»Ach, kommen Sie«, sagte Duke beschwichtigend. »Sie will den Reporter doch nur unterhalten.« Er kannte seine Frau, und wie gern sie flunkerte und übertrieb. So etwas traute sich sonst niemand. Es war einer ihrer merkwürdigen und unbedingt liebenswürdigen Züge. Aber für bare Münze nahm das niemand. Wie sollte er wissen, dass Vlado seine Entdeckungen mit ihr geteilt hatte, und sie sie nicht richtig geglaubt, aber als lustige Fakten für zwischendurch abgespeichert hatte.

Das Interview wurde auch von anderen gelesen. Dr. Winklers Ehefrau hatte das Heft im Bad liegen lassen, wo er es durchblätterte und dann im Club herumzeigte.

Der Club hatte vor, die Rassenschranke aufzuheben. Er musste es tun. Alle saßen wie auf glühenden Kohlen und fragten sich, wann und wie es passieren würde. Eines Tages las Duke es in der *New York Times* – der Club hatte endlich einen Schwarzen ernannt.

Der Name des neuen Mitglieds war nicht Duke Butler. Nein. Das nicht. Der auserwählte Gentleman war ein emeritierter Professor von der Columbia University, ein über siebzigjähriger Soziologe, der im Rollstuhl saß. Der Club hatte keinen Aufzug.

Duke war zutiefst erschüttert. Das war schlimmer als ein Verriss; es war wie gar nichts. Wenn er ein Zimmer betrat, sah man ihn kurz an und schaute dann weg. Selbst die Leute, die für eine Mitgliedschaft niemals in Frage kämen, hatten davon gehört. In der Höllenstadt wuchs und schwand Prestige binnen Minuten. Für Mr. Perkins war es am allerschrecklichsten. Er hatte Duke nominiert. Er war eines der ältesten Mitglieder, und man hatte seinen Plan durchkreuzt. Er musste die Entscheidung des Clubs korrigieren Er wusste, wie. Es stand in seiner Macht. Aber er musste sichergehen, dass das Verfahren, das ihm vorschwebte, gerechtfertigt war. Aus diesem Grund trat er eine Reise an.

Eine Erkundungsmission im Süden

Der nächste Flughafen bei Versailles war Orlando. Der Flug in den Süden war fürchterlich. Alle wollten nach Disney World und gingen davon aus, dass der adrette ältere New Yorker mit dem flatternden Blick das auch vorhatte. Er hatte sich im Flughafen einen kleinen Wagen reserviert, aber die Autovermietung hatte keinen mehr, so musste er sich mit einem mittelgroßen Spritsäufer abfinden. Acht Zylinder sind nicht gerade sinnvoll in einem Landstrich voller Greise, in dem jeder unterhalb des Tempolimits fährt und an Kreuzungen Staus entstehen, weil alte Knacker anhalten und nachdenken, bevor sie abbiegen. Obwohl Mr. Perkins nicht gerade ein junger Hüpfer war, bildete er sich viel auf seine jugendliche Ungeduld ein, und die Fahrt zog sich endlos hin. An jeder roten Ampel studierte er die Landkarte, die seinen Verstand schon bald zum Narren hielt. Seine Frustration wurde noch dadurch verschärft, dass die Filialen der Imbisskette Lu's alle paar Meilen wie Pilze aus dem Boden schossen, als wucherte ein Myzeliengewebe für Fast-Food-Restaurants unter dem Straßenbelag, genährt vom Zerfall des guten Geschmacks. Ständig musste er anhalten, den schaurigen Kaffee bestellen und nach Anne Bolin fragen, nur um zu hören, dass sie dort nicht arbeite. Im vierten Lu's erhielt er schließlich die Auskunft: »Sie hat Tresendienst.«

Mehrere Stunden waren vergangen. Mr. Perkins' schwarzer italienischer Leinenanzug zog neugierige Blicke auf sich, weil er so zerknittert war. Man hielt den Mann für einen Prediger. Der Gang bis zum Tresen war wie ein Spießrutenlauf durch freundliches Kopfnicken. Die Kellnerin kam angewalzt. Ihr Namensschild rief sie aus: Anne.

Sie trug ihr Haar in rot-, weiß- und blaugefärbten Zöpfchen um den Kopf gewickelt. Mr. Perkins rühmte sich keiner großen Erfahrung mit dem weiblichen Körper, aber das hier war ihm wirklich neu, sowohl die Größe als auch die Gestalt. Der Kopf der Frau war zierlich wie eine Mokkatasse, während ihr Hinterteil in Umfang und Form einer Kesselpauke glich. Er konnte sein Gehirn nicht von der Überlegung abhalten, wie dieser Körper in nacktem Zustand zu händeln wäre.

Sie klatschte eine laminierte Speisekarte vor ihn hin und stieß ein »Hi« hervor. Er fragte: »Sind Sie Anne Bolin, Duke Butlers Schwester?«

»Ich bin Anne Bolin, ja, aber ich hab keinen Bruder, also kann ich auch nicht die Schwester von jemandem sein, kapiert? Was wollen Sie trinken, Sir?«

»Einen ungesüßten Eistee, bitte.«

»Ungesüßt!«, rief sie einer anderen Kellnerin zu.

»Kommen Sie hier aus der Gegend?«, fragte sie höflich.

»Nein. Ich komme aus New York. Ich bin Önologe.«

»Ah ja?«

Sie trat einen Schritt zur Seite, und er sah sie zum Telefon hinter dem Tresen gehen und hörte sie ausrufen: »Mom. Wer zum Teufel ist Duke Butler?«

Schweigen. Dann: »Wer ist jetzt wer?«

»Schätze mal, du kennst ihn auch nicht«, grummelte Anne Bolin. »Dachte, es könnte ein Sohn von dir sein. Sorry, dass ich dich gestört hab, Mom.« Sie legte auf.

»Schon entschieden, was Sie essen wollen?«, fragte Anne Bolin den Gast.

»Ich hatte gehofft, etwas über Duke Butler zu erfahren.«

»Sie können alle ihre Hoffnungen in die eine Hand nehmen und ein bisschen Scheiße in die andere. Dann merken Sie schon, was schwerer wiegt«, sagte Anne.

»Sie werden doch jetzt was essen, oder nicht? Sie sehen ja, dass ich zu tun hab.« Ein paar Minuten später rief Anne noch einmal ihre Mutter an.

»Du bist dir also sicher, dass du nichts über jemanden namens Duke Sowieso weißt?«, fragte sie.

»Hier ist ein verrückter Typ mit Kulleraugen, die aussehen, als würden sie ständig Elektroschocks aus ihren Steckdosen kriegen. Scheint kein Druffi zu sein. Er erzählt mir, ich hab einen Bruder.«

Anne Bolin wusste, dass der Fremde nicht hinter ihr her war, und sie hatte ihre Mutter im Verdacht zu lügen, aber sie war weise. Ihre Devise lautete: »Es ist, wie es ist.« Sie akzeptierte die Wahrheit immer so, wie andere Leute sie gern hatten. Aber sie ließ sich nicht von einem Außenstehenden vorschreiben, was die Wahrheit war.

Mr. Perkins war viel zu angewidert, um noch länger zu bleiben. Er zog ab, ohne seinen Eistee anzurühren, und fuhr unfallfrei zum Flughafen zurück. Der Ausflug hatte sich gelohnt. Die von Dr. Winkler gestreuten Gerüchte waren offensichtlich haltlos. Nur ein Hindernis stand noch im Weg – Lili Butler.

Der Kampf zwischen Lili und Mr. Perkins

Eines Nachmittags, als Duke mit einem neuen Kunden verabredet war, schaute Mr. Perkins in 225 Park Avenue vorbei. Er hatte Glück. Lili war zu Hause.

Lili war gerade vom Gynäkologen zurückgekommen. Ihre Schwangerschaft verlief »spitze«, sie war »ein Naturtalent« mit »einem perfekten Becken«. Ihr Schwangerschaftstagebuch verwahrte sie in ihrer Handtasche auf. Wenn ihr nach einer Zigarette war, blätterte sie es durch, bis der Drang nach Tabak nachließ. Es ärgerte sie, wie leer das Tagebuch noch war. Sie war erst in der achten Woche, ihr Bauch war noch flach. Aber das kleine Wesen in ihr liebte sie schon. Das schönste Mädchen auf der Welt.

Sie würde schlau werden, so schlau wie Bucky, so hübsch wie Lili, und so interessant und liebenswert wie Duke. Meine kleine Sobriety.

Es dauerte noch mindestens sechs oder sieben Monate, bevor sie das Baby in ihren Armen halten konnte und dabei eine rauchen. Die reinste Tortur.

Der Portier kündigte einen Besucher an. Lili nahm an, dass der steife alte Herr, der vor der Tür stand, Duke besuchen wollte. Sie fühlte sich außerordentlich geschmeichelt, als sie begriff, dass er einzig und allein ihretwegen gekommen war. Sie hieß ihn herzlich willkommen, ließ ihm freie Wahl beim Wein und deutete mit ihrer Diätfantadose zur Küchentür: »Wir haben alles.«

Mr. Perkins' Füße schienen Lili nur widerwillig zu folgen; seine Slipper peitschten den Boden vom Foyer bis zum Wohnzimmer. Er sollte es sich bequem machen; sie ließ ihren Charme spielen und überredete ihn dazu, auf dem glitzernden Chromsofa Platz zu nehmen.

»Möchten Sie eine eiskalte Diätfanta?«, fragte sie freundlich.

»Ist Ihnen klar, dass Fanta eine Erfindung der Nazis ist?«

»Was Sie nicht sagen? Das ist ja lustig!«

Er verzog das Gesicht. »Lustig? 1941 war das. Als die Coca-Cola-Company in Deutschland wegen des Handelsembargos nicht mehr die erforderlichen Zutaten zusammenkriegte, haben sie ein Getränk namens Fanta erfunden. Wie ›Fantasie‹.«

Bevor sie ihr Entzücken über diese Mitteilung ausdrücken konnte, schleuderte er ihr seinen Zorn entgegen: »Es war ekelhaft. Sie haben die Überbleibsel vom Weinbau reingeschmissen, die sonst die Sklaven gekriegt hatten – Treber, Molke. Und jetzt wird das hier getrunken. Ich hätte gern etwas Leitungswasser.«

Sie schob das auf seine Griesgrämigkeit und ließ lauwarmes Wasser aus dem Hahn in ein Whiskeyglas laufen. »Sobriety, hilf mir mit diesem Arschloch.« Ihre Brüste schmerzten, wie als Antwort. Sie blieb ruhig.

Ihr Gast trank das Glas rasch aus, wodurch seine Laune aber nicht besser wurde. »Ich bin hier, um mit Ihnen über Duke zu sprechen.«

Mr. Perkins betrachtete jede Unterhaltung mit Menschen außerhalb der Weinbranche als Nahkampf. Er war entschlossen, wie viele schüchterne Leute mit der geringstmöglichen Anstrengung Zugeständnisse zu erzielen, und am liebsten dadurch, dass er sagte, was er wollte, und die anderen einwilligten, womit die Diskussion beendet war. »Duke braucht seine Frau.«

Lili musste eine rauchen. Sie entschuldigte sich für eine Minute und rief vom Schlafzimmer aus Heaps an. Er war in einer Besprechung, nahm das Gespräch aber an. Sie schluchzte in den Hörer und legte auf. Er rief sofort zurück, aber sie nahm nicht ab.

Sobald sie um die Ecke des Wohnzimmers bog, das Telefon läutete im Hintergrund, nahm Mr. Perkins seine Rede wieder auf, diesmal in hohem Tempo: »Ich glaube, dass Sie Ihren Job ganz gut hinschmeißen und zu Hause bleiben können. Sie brauchen Wei Wei nicht. Duke hat mir erzählt, was Wei Wei Ihrer Katze angetan hat.«

»Wie indiskret von ihm! Was weiß er denn schon über Wei Wei!«, rief sie aus, ehrlich abgestoßen.

»Weitaus weniger indiskret, als schändliche Gerüchte über Ihren Mann irgendwelchen fiesen Journalisten aufzubinden! Er käme aus Deutschland und so weiter. Ich habe Wei Wei sofort entlassen, als ich gehört habe, was sie getan hat. Sie hat bei uns den Laden geputzt, aber das ist vorbei. Ich verstehe natürlich, warum Duke sie nicht entlassen hat. Es ist ja unmöglich, hier jemanden so kurzfristig zu finden. Aber, wie gesagt, Sie können ja dableiben und ihm eine gute Ehefrau sein.«

Lili war sprachlos. Wei Wei war ihre teuerste Freundin. Und sie würde sich um das Baby kümmern, denn Lili hatte ihr schon von der Schwangerschaft erzählt. Wei Wei hatte in die Hände geklatscht und gestrahlt. Sie sollte Sobriety Chinesisch beibringen.

Lili starrte Mr. Perkins an. »Ficken Sie sich selbst«, sagte sie.

Widerstand hatte er nicht erwartet. Er stand auf. »Dann werde ich der Polizei von der Katze erzählen.«

»Mr. Perkins!« Lili hatte sich wieder gefasst. »Es tut mir leid. Ich entschuldige mich. Bitte, setzen Sie sich wieder. Eine alte Krüppelkatze ist in unserem Haus gestorben! Sie zwingen mich hier, über Albert zu sprechen, das kann ich gar nicht fassen.« Armer, armer Albert. Beim Gedanken an ihn wurde ihr schwindlig.

»Mrs. Butler, Duke hat den Kater adoptiert. Er war für ihn verantwortlich. Sie werden annehmen, dass Duke es war! Stellen Sie sich die Schlagzeile vor: Berühmter schwarzer Sommelier tötet Tiere.« Mr. Perkins hatte eine Idee. »Rufen Sie jetzt sofort Wei Wei an, und feuern Sie sie.« Er schaute auf die Uhr. »Sie ist um diese Zeit in der Wohnung Ihrer Eltern.«

Er stand auf und ging zum Fenster, um seine Diskretion zu signalisieren.

Lili hatte keine andere Wahl. Sie wählte. Als Bucky abnahm, sprach Lili Mr. Perkins zuliebe sehr laut. »Bucky, wir können Wei Wei nicht länger beschäftigen, und ihr könnt das auch nicht. Sie hat eine Schraube locker. Ich wusste das nicht. Sie hat unsere Haustiere getötet. Jedenfalls hat sie Albert getötet. Ich weiß, sie wollte das nicht, aber sie hat es getan. Sie ist verrückt. Deshalb feuern wir sie. Und ihr müsst sie auch feuern. Sonst geht Mr. Perkins zur Polizei. Und dann wird sie verhaftet. Wirst du das tun?«

Sie wusste, dass ihre Mutter ohne Wei Wei nicht leben konnte.

»Ich weiß nicht, wovon, zum Teufel, du da redest«, sagte Bucky. »Du hast endgültig komplett den Verstand verloren. Wei Wei hat deine Haustiere umgebracht? Du meinst, als du ein Kind warst? Oder welche Haustiere? Oh, die Katze. Wir haben keine Haustiere. Warum soll ich mir also Sorgen machen?«

Mr. Perkins drehte sich zu Lili um. »Die Mörderin muss gefeuert werden«, befahl er, und das F brannte lichterloh.

»Nein, Bucky, ihr müsst sie feuern«, erklärte Lili.

»Ich finde das alles höchst sonderbar, im Ernst. Es gefällt mir nicht.« Bucky legte auf.

»Erledigt«, rief Lili aus.

Mr. Perkins nahm wieder Platz. »Jetzt müssen Sie sich um die Hausarbeit kümmern. Ah, Sie haben diesen kleinen Job, nicht wahr. Aber nicht ganz regelmäßig, wie ich höre. Ich würde für Ihren Verdienstausfall aufkommen. Genauer gesagt« – er merkte plötzlich, dass er sich dem Ende dieser Unterhaltung näherte; er sah bereits die Ziellinie, und seine Stimmung hellte sich auf –, »ich werde Ihnen ein Gehalt zahlen, damit Sie Duke den Alltagskram abnehmen können.«

Lili wollte von Mr. Perkins gemocht werden. Sie spürte die Wärme und die Schlichtheit seiner Gefühle für Duke und wünschte sich, dass sie auch ihr selbst galten. »Das ist ziemlich altmodisch von Ihnen, Mr. Perkins.« Er sah Lili ausdruckslos an. Sie fuhr fort: »Es war meine Idee, zu heiraten und bis ans Lebensende glücklich zu sein. Die Leute fanden das furchtbar töricht.« Es gelang ihr, ihren Schwangerenstolz zu unterdrücken. »Aber, ich bin auch ziemlich altmodisch.«

Der gleiche ausdruckslose Blick. Es war hoffnungslos. Jedes Mal dieser Blick, wenn Lili über sich sprach. Sie saß still da und wog die Kränkung ihrer Ehre (»kleiner Job«, allen Ernstes!) gegen die Vorteile eines geheimen Einkommens ab. Eigentlich ein sehr guter Zufall. Sie würde eh ein wenig ruhiger leben müssen, das war für das Baby am besten. Mr. Perkins wartete und hörte der Verkehrsmusik zu, die von unten heraufdrang; eine alte, beruhigende Melodie. Dann ergriff Lili das Wort.

»Okay. Ich verspreche, dass ich versuchen werde, beruflich kürzer zu treten. Sie wissen, dass ich Model bin? Ich trete auf dem Laufsteg auf, in Shows und Zeitschriften. Ich verdiene eine Menge Geld …«

»Geld spielt keine Rolle. Ich werde es Ihnen ersetzen. Sagen Sie mir, was Sie im Monat verdienen, und Sie kriegen es von mir.« Mr. Perkins stand auf und schlug die Hände zusammen, erleichtert, dass das Problem sich so leicht lösen ließ.

Lili blieb sitzen und sah zu ihm auf. »Es wird ein bisschen dauern, und ich werde Leute verärgern, die sich auf mich verlassen. Ganz im Ernst. Ich bin völlig ausgebucht, ich verdiene jedes Jahr Hunderttausende. Davon geht natürlich vieles an Agenten und Manager und andere, die von dem leben, was ich mache. Für mich selbst bleibt viel weniger übrig.«

»Ich erstatte Ihnen alles, ganz gleich, wie hoch Ihr Einkommen gewesen ist.«

Er ging, seine Mission war erfüllt. Er war sparsam, aber er konnte große Summen aufbringen, wenn die Ausgabe gerechtfertigt war.

Lilis neuer Job machte anfangs nicht viel Mühe, außer der Fälschung der alten Einkommensteuererklärung. Mr. Perkins war leichtgläubig. Da in ihrem Auftragsbuch ein Loch klaffte, erzählte Lili Mr. Perkins, dass sie ihrem Mann zuliebe Termine abgesagt habe, und Mr. Perkins zahlte ihr ein hübsches Anfangsgehalt. Sie schimpfte mit Duke, weil er Wei Wei an Mr. Perkins verraten hatte. »Du musst ihn jetzt wohl oder übel anlügen und ihm erzählen, dass ich mich jetzt um die Hausarbeit kümmere.«

Aber es bereitete Duke Schmerzen zu lügen. »Wenn er mich fragt, dann sage ich, dass ich sie nicht gesehen habe. Sorg bitte dafür, dass das auch stimmt.« Wei Wei wusste nicht, was los war.

Ein paar Tage später hinterließ Mr. Perkins beim Portier einen Umschlag für Lili. Ein Vorschuss, bar, damit seine Buchhalter nicht dahinterkämen, wie viel Geld er Mrs. Butler zahlte. Sie würden ihn sonst auslachen. Lili fand das Arrangement äußerst fair. »Ich arbeite eine Weile nicht, ich brauch mal Pause«, sagte sie Duke, der an ihrer Entscheidung nicht zweifelte. »Und ist dir eigentlich schon aufgefallen, dass ich nicht mehr rauche?«

Mr. Perkins war beruhigt und entzückt. Er hatte gehört, dass es für Models, die eine Zeit lang pausiert hatten, mehr oder weniger unmöglich war, wieder einen Job zu bekommen. Lili ging anmutiger mit ihrem Ruhestand um, als er erwartet hatte.

Jetzt konnte er seine Pläne mit Duke verwirklichen.

Eine gewaltige Schicksalswendung

Eines Tages wurde Duke ein Spitzenhonorar für die Auswahl und den Ausschank von Weinen bei einer Trauerfeier angeboten. Der Tote hatte zunächst Mr. Perkins den Job angeboten, aber der alte Freund hatte abgelehnt, wohlwissend, dass sie sich nur stritten, und mit einem Sterbenden durfte man nicht streiten.

Der Todestag stand noch nicht fest; Duke konnte die Weinliste mit dem Sterbenden persönlich abstimmen. In den folgenden Wochen zeigte sich der künftige Tote als durch und durch lästig. Der Begriff »Mikromanagement« war vor kurzem geprägt worden und hätte just für diesen Mann erfunden worden sein können. Vom Sterbebett aus rief er Duke jeden Tag an, um die verschiedenen Möglichkeiten zu besprechen. Er hatte eines dieser neuen Tonwahltelefone, und er sagte, das halte ihn in Schwung. Er wollte fünftausend Dollar für einen Rechner ausgeben. Da er noch so viele materielle Wünsche hatte, war es besonders schändlich, dass er sterben musste.

Die Trauerfeier sollte unter freiem Himmel stattfinden; er kannte die richtigen Leute und konnte sie an seinem Lieblingsort haben, im Central Park. Eines Tages wurde das Telefon des Toten abgeschaltet, weil er vergessen hatte, die Rechnung zu bezahlen, und damit stand das Programm fest. Sein Tod ging ein paar Tage später reibungslos über die Bühne.

Der Verblichene war ein Essayist, der seine Spuren in der Menschheitsgeschichte durch die Veröffentlichung nachdenklicher Aufsätze in exklusiven Zeitschriften hinterlassen hatte, die der Erbauung einiger weniger exklusiver Menschen dienten. Er hatte keine Illusionen; er wusste, ein herber Schlag wäre sein Abgang nur für seine Putzfrau. Die Trauerfeier war sein letztes Geschenk an die Welt. Alle waren erpicht darauf, dem Ereignis beizuwohnen – es war eine Gelegenheit, sich schick zu machen, Freunde zu treffe, neue kennenzulernen.

Bei der Feier wahrte die Sterblichkeit Distanz. Ein hoher Ahornbaum spendete Schatten, und ein Team bezahlter Kräfte hatte eine große Rasenfläche von sämtlichen Hundehaufen gesäubert. Die Stadt hatte der Trauergemeinde erlaubt, ein Zelt zu errichten und einen Zaun, der Fremde fernhalten sollte. So versammelten sich Hunderte von Fremden hinter der Absperrung.

Es war der 19. Oktober 1987. Genau in diesem Moment stürzten die Aktienkurse ab, eine Lawine verwandelte stabiles Wachstum in kleine Splitter und begrub Hoffnungen unter sich, aber die Abendzeitungen waren noch nicht heraus, und niemand hörte Radio, so bekamen die Partygäste auf selige Weise nichts davon mit. Die vielen Schaulustigen schmeichelten ihnen. Blauweiße AZT-Kapseln, die an der Seite den Markennamen *Wellcome* trugen, wanderten von der Hand in den Mund, und die Eingeweihten verglichen die Dosierungen. Dr. Gorokin, ein Arzt des Verstorbenen, sah sich eine Kapsel genau an und erklärte: »Da sollte nicht *Wellcome* stehen, sondern Goodbye.« Dann schluckte er sie. Woraufhin ihn alle anstarrten. Ein paar ermahnten sich, den Arzt zu wechseln, andere dankten ihrem Schicksal, dass sie nie mit ihm angebändelt hatten.

Nur Lili sagte laut zu ihrer Mutter: »Wieso gibst du deinem alten Freund keinen Kuss? Zeig ihm, dass du keine Angst vor der Krankheit hast! Küss ihn auf den Mund! Oder bist du zu feige?« Das hätte einen guten Kurzfilm abgegeben: die Zaungäste, gaffend, Bucky, die alte Löwin mit ihrer weißen Mähne, aufbrüllend, Lili, das Model, gackernd, ein Arzt, flüchtend, ein Afroamerikaner hinter ihm her, flehend, Gäste, plappernd. Aller Münder voller Worte. Das unheilschwangere Rascheln des Central Jungle.

Beruhigendes Essen und Trinken wurde gereicht. Der Alkohol nahm allen den Wind aus den Segeln, nur die Sonne ging pünktlich unter und erreichte die Baumgrenze, wo sie sich zu verfangen schien und in Scheiben geschnitten wurde. Vlado sah man an der Peripherie des Ereignisses, wo er sich mit einigen Studenten, die er mitgebracht hatte, unterhielt. Seine akademische Nebentätigkeit hatte er seiner Frau gebeichtet, die ihn bedauert und ihm verziehen hatte. Er sah eleganter aus und war auch geselliger als üblich. Er hatte sich eindeutig rasiert und sein dichtes Haar gekämmt.

Die Unterhaltung trieb hin und her wie Ballons, die vorüberfliegen und manchmal aufeinanderprallen. Zwei unterschiedliche Bücher über Miami waren gerade erschienen; in dem einen lebte der Erzähler unter Exilkubanern, in dem anderen lag der Erzähler in einem klimatisierten Hotelzimmer in Little Havana und stellte sich die heißen Straßen vor. Die zweite Version erhielt enthusiastische Kritiken, während die erste kaum beachtet wurde. Bucky setzte sich für den weniger erfolgreichen Autor ein, der »einen Preis für seine Qualität bezahle«.

Die Sonne stand noch immer im Ahorn; sie erleuchtete ihn in roten und gelben Tönen, als Mr. Perkins beschloss, etwas Schwung in die Sache zu bringen. In Wahrheit war es so, dass der Verstorbene die Frau geheiratet hatte, die Mr. Perkins geliebt hatte. Jetzt, da er an seine Jugendzeit dachte, an eine Kahnfahrt im Herbst, an die Sonne, an die auf ihn gerichteten Blicke der Frau des Verstorbenen, legte er seine Hände auf den untersten Ast des Ahorns, und der flößte ihm flüsternd Vertrauen ein. Er rief sich in Erinnerung, wie sein Körper sich beim Hinaufschwingen angefühlt hatte, und noch einmal, Jahrzehnte später, schwang er sich hinauf. Mit einer Kraft, die sich aus dem vergangenen Augenblick speiste, hob er die Beine an und schlang sie um den Baum, und dann zog er sich hoch, bis er auf dem Ast hockte. Der nächste Ast war nicht weit entfernt; er packte ihn und richtete sich auf.

Alle starrten den uralten Ikarus an, beneideten Mr. Perkins um seine Gelenkigkeit und fragten sich, welches Trainingsprogramm er absolviere. Durch dichte Blätterwolken stieg er höher und höher hinauf. Die Sonnenstrahlen prasselten herab und zerstoben. Er folgte der glühendheißen Schönheit der Wipfel und der flammenden Sonne. Ihr Feuer versengte ihm Kopf und Hände, bis sein Griff schmolz.

So begann sein Absturz. Seine konservative rote Krawatte verfing sich an einem unteren Ast und zog sich um seinen Hals; da hing er, in einer stabilen Position. Sein Gesicht färbte sich burgunderrot.

Die Zuschauer wurden sich ihrer Erregung bewusst – sollten sie zu Augenzeugen eines Todesfalls werden? Gleichzeitig und schlagartig gingen ihnen die Vorteile der Sache auf: eine Erbschaft. Wer war der glückliche Gewinner?

Möglicherweise Duke. Zweifellos hatte Mr. Perkins sein Testament im Sinne der Begeisterung für einen Assistenten abgeändert. Vielleicht hinterließ er auch überhaupt kein Testament. Der Staat würde alles verschlingen. All diese Gedanken und Gefühle kamen ihnen in den Sinn. Und dann geschah das Wunder.

Es wurde noch lange davon gesprochen, zumindest einige Tage: wie Duke eine Weinflasche zerschlagen und mit einer Scherbe die Krawatte so fingerfertig durchtrennt hatte, dass er das Opfer nicht verletzte. Mr. Perkins fiel herunter und landete auf den Knien, in einer Gebetshaltung. Er brach sich beide Beine. Lili hatte etwas zur Hand, das sie ihm gegen den Schmerz in den Mund stopfte. Die Party endete, als der Krankenwagen mit Mr. Perkins über den Rasen davonfuhr.

Als er im Krankenhaus wieder zu sich kam, übertrug Mr. Perkins seine Geschäfte umgehend seinem Schützling und Retter. Er hatte schon längst sein Testament geändert, um aus ihm einen »Millionär« zu machen und so seine Aufnahme in den Senator Club zu garantieren. Der Börsencrash war einfach zu viel für Mr. Perkins gewesen. Er preschte vor und überschrieb Duke seinen gesamten Besitz. Dazu gehörten Immobilien, von denen er nie jemandem etwas erzählt hatte. Die fallenden Aktienkurse hatten sein Vermögen beträchtlich geschmälert, aber es belief sich noch immer auf zwanzig Millionen Dollar. Er führte die Hälfte als Erbschaftssteuer ab und beendete seine finanzielle Beziehung mit Lili per Postkarte. Er wollte nicht mehr als ein jährliches Salär und die endgültige Freiheit von allen Geldsorgen. Der Weinstock platzte fast vor Neid: Duke war in der Hierarchie nach oben geschwemmt worden, ohne irgendetwas dafür geleistet zu haben.

In den folgenden Wochen machte Duke sich mit seinem gewaltigen Reichtum vertraut. Harte Arbeit, aber auch aufregend. Die Leute verhielten sich ehrerbietig; sie behandelten ihn, wie es ihm zustand. Der linke Linguist aus Paris, der sich so verächtlich über Wein geäußert hatte, als Duke nach New York gekommen war, kam irgendwie an seine Telefonnummer und lud ihn zum Mittagessen ein. Duke war einverstanden.

Nach nur einer Woche als reicher Mann erhielt er einen Eilbrief vom Club – er war gesalbt. Am selben Abend kam unerwartet der alte Stone auf einen Sprung vorbei, aber nicht, um dem jungen Paar zum Aufstieg in die Oberschicht zu gratulieren. Nein, er wollte seine Tochter und ihren Mann darüber informieren, dass er sich in einen der Studenten verliebt hatte, die er zur Trauerfeier im Central Park mitgebracht hatte, den jüngsten.

»Er ist ein Genie, und ich möchte, dass ihr ihn näher kennenlernt.«

KOLLAPS

Die Neunziger

Ein altes Königreich geht unter

Erst die gute oder erst die schlechte Nachricht? Schwer zu sagen, welche welche ist. Fangen wir mit dem offenkundig Schlechten an: Im Schatten des neuen Jahrtausends endete die Paarherrschaft der Stones. Die solide Konstruktion ihres täglichen Lebens erwies sich als zu schwach, um das Schnauben eines älteren Mannes zu ertragen, der vom Sofa der Routine aufgesprungen war. Zuerst hatte Vlado einen Job als Lehrer angenommen. Dann entdeckte er seine Liebe zur Pädagogik. Er zelebrierte öffentlich die altgriechische Beziehung zwischen Lehrmeister und Schüler. Als er sich in einen Jungen verliebte, zeigte sich, dass Vlado zu schüchtern war, um mehr als ein platonisches Beben zu gestatten, das zwar heftig, doch nicht stark genug war, um irgendwelche Oberflächen aufzureißen, jedenfalls keine aus Haut.

Bucky fand das alles erzlangweilig. Ihr Zorn richtete sich auf die Akademie.

Zum ersten Mal widersprach Vlado ihr öffentlich. »Deine Ansichten und dein Intellekt spielen für das Universum keine Rolle.« Redete er jetzt mit seiner Frau, schaltete seine Stimme einen Gang höher, so als müsse er laut und schnell sprechen, damit Bucky ihn verstand. »Genauso wenig scheint es irgendjemanden außer mich zu interessieren, dass meine Arbeit mir endlich Spaß macht, außerdem bin ich gut darin. Am Komponieren hatte ich seit Jahren keine Freude mehr, und was ich produzierte, ist Mist. Neulich hab ich meine letzte Symphonie geschrieben. Ich verspreche, dass ich höflich genug bin, nie wieder eine zu schreiben.«

Ohne den Deckel des Geheimnisses wuchs Vlados Begeisterung für seine neue Kunst unter immer größerem Jubel. Er fand heraus, dass junge Männer genauso viel wie er, wenn nicht gar noch mehr, über die Welt wussten, das heißt über Technologie. Ehrfürchtig lauschte er ihrer Musik und fand alles, was sie taten und dachten, absolut faszinierend, und nachdem ihn ein Student vom Hörsaal zum Broadway begleitet und mit ihm in einer Studentenkneipe eine Tasse Kaffee getrunken und unter dem Tisch sein Knie an dem altmodischen Cordhosenbein des Professors gerieben hatte, spürte Vlado schließlich das Unwahrscheinliche, das nahezu Vergessene: eine Erektion.

Die Erektion setzte eine Kettenreaktion in Gang. Als er an diesem Abend zu Hause auf seine Frau traf, brach er in eine Rhapsodie auf Commodore Perry Cox aus. Der »Junge«, jetzt ein Mittzwanziger, sei in einer armseligen Hütte aufgewachsen, in einem Dorf in den Appalachen, Bevölkerung: 117 fanatische Christen. Mr. Cox' Körper sei von lässiger Kraft, sein nackter Hals massiv und lang, sein festes blondes Haar stehe nach oben, jede Faser salutiere dem Himmel. Seine blauen Augen seien wie die Schlitze in einer Ku-Klux-Klan-Kapuze. Bucky und Dr. Schwarz merkten sofort, dass »C. Perry«, wie alle ihn nannten, in Wirklichkeit eine junge Version von Vlado war.

Aber oh, sein Stammbaum! Eine seiner Urgroßmütter sei eine indianische Prinzessin gewesen und von seinem Urgroßvater vergewaltigt worden, einem Colonel der Konföderiertenarmee. Die Familie habe in Lucky, Tennessee, gelebt und sich jede Mahlzeit erkämpfen müssen – Vlado benutzte jedesmal, wenn er von diesem Studenten sprach, das Wort »erkämpfen«. Sein Vater und drei Onkel seien State Trooper gewesen. Sein Dad sei jung gestorben, im Dienst, und seine Mutter, immer noch hübsch und resolut, nach Nashville gezogen, wo sie Arbeit in einem Country Club gefunden habe. Der amerikanische Traum sei ihr hold gewesen – sie heiratete ein Mitglied des Country Clubs und stieg aus dem Nichts zu Reichtum auf. Ihr neuer Mann verguckte sich in ihren Sohn, erkannte sein musikalisches Talent und sorgte für seine Ausbildung. Welche Standhaftigkeit: C. Perry lehnte die Gitarre ab und entschied sich für das Klavier. Rümpfte die Nase über Gospel und Countrymusic, hörte sich nur Opern an. Träumte davon, ein klassischer Komponist zu werden. Kaum hatte Bucky ihr »Oh, tatsächlich! Was du nicht sagst!« herausgebracht, als Vlado auch schon einen Freund in der Carnegie Hall anrief und einen den Kompositionen seines brillanten Schülers gewidmeten Abend verlangte.

Obwohl er in den Dingen des täglichen Lebens jeweils absolut inkompetent war, gelang es ihm jetzt, eine Junggesellenwohnung nur ein paar U-Bahn-Stationen entfernt von seinem Geliebten zu finden und dort einzuziehen, eine Distanz, die der Jüngling bald nur noch mit dem Taxi überbrückte, weil er es sich nicht leisten konnte, »Zeit zu verlieren«, wenn er komponierte. Vlado finanzierte die deutlich ausgeprägten Gelüste des jungen Mannes, hielt auf der Straße mit ihm Händchen und verkündete, dass ihm der »Appalache« auf dem Nachbarkissen zu einem festen Schlaf verhelfe. Wenn er doch einmal aufwache, brauche er nur C. Perry anzusehen – die warmen Flächen dieser jungen Wangen, an seinem Kinn der dem Löwenzahnsamen ähnelnde Flaum –, und er fühlte sich geborgen, sicherer geborgen, als er sich jemals gefühlt hatte, seit er in North Carolina von einem Redneck attackiert worden war.

Er hatte nie jemandem von diesem Vorfall erzählt, nicht einmal seinem Psychiater. Nur Bucky hatte davon gewusst und ihm den Gefallen getan, nie darüber zu sprechen.

Der sonst so schweigsame Komponist besang nun seine Vergangenheit. Er und seine künftige Frau hatten das Black Mountain College bei Asheville besucht. Eines Nachmittags war er allein in die Stadt aufgebrochen. Als er am Busbahnhof angekommen war, hatte er einen Wasserspender entdeckt. Er merkte, dass er durstig war. Knapp einen Meter davor überholte ihn ein junger, muskulöser Mann in Overall und Tank Top. Der Bahnhof war nahezu leer, abgesehen von einem Polizisten und ein paar auf die Regionalbusse wartenden Kleinstädtern. Der Kerl trank in vollen Zügen. Er trank noch lange weiter, nachdem sein Durst gestillt war. Strenggenommen hatte es den Anschein, dass er überhaupt nicht trank, sondern sich nur vorbeugte. Der höfliche Vlado protestierte nicht. Er war von der Geometrie der Hinterbacken des ansehnlichen Rednecks in Anspruch genommen.

Plötzlich hatte der junge Mann seinen Arm ausgefahren und mit dem dicken Zeigefinger nach rechts gedeutet. Vlado sah einen zweiten Wasserspender, einen schäbigen, der keine Kühlvorrichtung hatte und einer Toilettenschüssel glich. Auf einem Schild darüber stand »Farbige«. Seinen eigenen Angaben zufolge war Vlado bereit, das Richtige zu tun. Er schlenderte hinüber und trank aus dem Brunnen für Farbige.

Kaum hatte das warme Wasser seine Lippen benetzt, spürte er, wie er an der Schulter gepackt und herumgewirbelt wurde. Das Gesicht des jungen Südstaatlers war hassverzerrt, und seine Kiefer mahlten – er sammelte Speichel. Er spuckte Vlado ins Gesicht, einen riesigen Batzen, der nach Bazooka-Kaugummi und Barbecuesoße roch.

Da ihn die Reaktion seines Publikums nicht zufriedenstellte, schmückte Vlado den Vorfall aus. Nicht Spucke, sondern eine Faust habe ihn ins Gesicht getroffen. Fäuste, Plural. Mehrere Männer hätten ihn zusammengeschlagen. Ein antisemitischer Anschlag. Auschwitz in Asheville. Jahrzehnte später habe der junge C. Perry die eiternde seelische Wunde bloßgelegt und ihr erlaubt, endlich zu heilen. Denn C. Perry erinnerte ihn an jenen Angreifer, und er hatte den süßesten Speichel und die zärtlichsten Hände.

Vlado versuchte nicht, die öffentliche Meinung mit der Geschichte eines Überfalls zu manipulieren, sondern das Ausmaß der jetzigen Ereignisse zu umreißen. In der Überzeugung, dass seine Liebe für C. Perry reiner sei als die Liebe anderer Menschen, erzählte er jedem, der zuhörte, und jedem, der weghörte, dass C. Perry ein Genie sei und ganz oben einsteigen müsse. Diese Kompositionen seien nicht für ein Musikschulpublikum, nicht für einen zweitrangigen Saal mit einem B-Orchester, sondern nur für den besten, also für den, der im höchsten Ansehen stand – auf einmal war Vlado ein Snob. Wer nicht auf Vlado herabsehen wollte, gab dem Jungen die Schuld am unsittlichen

Lebenswandel seines Geliebten. Vlados Leidenschaft war jedenfalls wie ein außer Kontrolle geratener Lkw, der sich einer Haarnadelkurve über einem malerischen Abgrund näherte.

New York war für kurze Zeit gut unterhalten.

Es interessierte Vlado nicht, ob er einen sogenannten Fehler beging. Waren nicht auch Kopernikus' Theorien zum Sonnensystem als falsch bezeichnet worden? Er legte seine ganze Energie in Schmeicheleien und Überredungsversuche und drohte damit, die Uraufführung seiner neuen Symphonie zu torpedieren, wenn C. Perrys jüngstes Werk nicht auf demselben renommierten Festival uraufgeführt werde. Als ein älterer Kollege mit seiner Auftragskomposition nicht rechtzeitig fertig wurde, bekam Vlado seinen Willen. Die Orchestermusiker schmollten, doch um deren Meinung hatte sich noch nie jemand geschert. Vlado nötigte seine illustren Freunde zum Kommen. Er kaufte alle freien Plätze auf, lud Fremde von der Straße ein, füllte so den ganzen Saal, prahlte damit, wie er es in seinem eigenen Fall nie getan hatte, erzählte dem Portier, der nicht daran interessiert war und es außerdem besser wusste, dass das Haus 10 000 Plätze habe, nahm die geheuchelten Komplimente des Portiers entgegen und kaufte für den Abend einen neuen Anzug, den ersten seit Jahrzehnten.

Böse Zungen urteilten, dass C. Perrys Talent nie über Tennessee hinausgewachsen sei, nur sein Ehrgeiz, und dass er seine Einfallsarmut hinter hochtrabenden Ideen verstecke: In diesem Fall hatte er die Fahrt einer U-Bahn in der Rush Hour aufgenommen, im A-Express im Sommer, von der Haltestelle 125th Street bis zur 59th Street, bei geöffneten Fenstern ein akustisches Martyrium. (Eine durchschnittliche Fahrt – auf dem Mitschnitt hörte man einen Überfall und einen Verrückten, der ein Selbstgespräch führte.) C. Perry hatte die Tonaufnahme verlangsamt, jedes wahrnehmbare Geräusch nach dem Zufallsprinzip mit einer Zahl versehen, jede Zahl auf eine der zwölf Noten übertragen, alles wieder in Bewegung gesetzt, diesmal auf dem Papier, et voilà, ohne die geringste schöpferische Leistung, eine 30-Minuten-Partitur für großes Orchester hergestellt, die »The Noisy Void« hieß.

Der Applaus war weniger lärmend. Den Kritikern tat Vlado leid. Sie kamen zu dem Schluss, dass es am höflichsten wäre, die ganze Angelegenheit zu ignorieren. Es erschienen keine schlechten Kritiken. Es erschienen überhaupt keine Kritiken.

Vlado erklärte das Konzert zu einem Triumph.

Bucky hatte es nicht besucht. Sie blieb geschäftig. Sie war in den Wahlkampf eingestiegen. Sie kämpfte im Alleingang, wie ihr schien, für die gerechte Sache, in diesem Fall für die Demokratische Partei. Sie war berauscht davon, dass die ganze Welt plötzlich mit ihrer Hilfe zu einem besseren Ort wurde – die Sowjets zogen sich endlich aus Afghanistan zurück, nach acht Jahren endete der Golfkrieg, Freiheit und Fortschritt segneten die Erde, und Bucky bezeichnete die Auflösung ihrer Ehe als einen Teil davon. Sie flog allein in die Tschechoslowakei. Sie entdeckte im Ostblock Schriftsteller mit hohen Wangenknochen und Dreitagebärten. Sie setzte sich mit beträchtlich größerem Erfolg für sie ein, als es Vlado mit seinem Einsatz für C. Perry gelungen war. Sie kamen nach New York und wohnten bei ihr. Vlados Arbeitszimmer, das Gästezimmer und Lilis altes Kinderzimmer wurden zum Wohnheim. Keine Einsamkeit mehr.

Weil Bucky schlecht einschlief, wenn sie nachts nicht Vlados Hand halten konnte, verschrieb Dr. Schwarz ihr Valium und feuerte sie an. Bucky war seine berühmteste Patientin; sie war ihm seit mehr als fünfzehn Jahren treu. Er renommierte nicht mit seiner Trophäe, doch es sprach sich herum, und er erhöhte seinen Stundensatz auf schwindelerregende hundert Dollar, womit er die Grenze zur Dreistelligkeit durchbrach.

Die Beute

Und jetzt zu dem, was anfangs die gute Nachricht zu sein schien, Dukes Geldregen. Er konnte sich keinen Wurm in diesem Apfel vorstellen, nichts Faules in diesem Staat. Das Geld stand ihm gut – er trug jetzt vornehme Maßanzüge, die seinem immer noch schlaksigen Körper schmeichelten. Seine Sonnenbrillen hatten teure, lederbezogene

Gestelle mit runden Gläsern. Er hatte sich eine ganze Galerie handgefertigter Full Brogue Oxfords angeschafft, darunter ein Paar spektakulärer »Spectator«-Schuhe in Braun und Weiß, das seinem von Natur aus leichten Gang etwas Gewicht verlieh. Aus London ließ er sich Halbschuhe von Wildsmith schicken, als Ergänzung zu seinen Dockers.

Wie um seiner neuen Würde zu entsprechen, ergraute auf einmal sein Haar.

Er hätte es nicht gemerkt, wenn Lili sich nicht über sein »kostbares Silber« gewundert hätte, als sie ihm durch die dichten Locken fuhr. Das Hauptbuch seines Gesichts verzeichnete die zusätzlichen Zahlen, die er mit den Jahren zulegte, er hatte Fältchen um die Augen und auf der Stirn, doch war sein Gebiss kürzlich saniert worden, und hätte man seine Zähne und Gliedmaßen untersucht und ihm in die durchtrainierten Muskeln gekniffen, wäre viel für ihn geboten worden.

Er war ein Meister, ein »Master Sommelier«, einer von einem Dutzend amerikanischer Anwärter auf einen Platz im Obersten Gerichtshof der Sommeliers. Seine Fernsehshow über amerikanischen Wein lief zweimal täglich. Nach ein paar Wochen besaß er einen Hubschrauber, ein veraltetes Modell, das von der städtischen Polizei ausgemustert worden war, und er hatte einen Piloten, der ihn abholte und zu seinen Klienten flog und den Weingütern in der Tri-State Area. Im Senator Club hatte er immer denselben Tisch, Mr. Perkins' Tisch, in einem Alkoven abseits vom Getümmel, und alle respektierten seinen Wunsch, dass nur er dort sitzen durfte. Gelegentlich gesellte sich Mr. Perkins zu ihm. Er hatte lieber ein paar stabile Bekanntschaften statt unbeständiger Freundschaften. Zu sich nach Hause lud er nie jemanden ein, und er ließ sich auch nicht zu anderen einladen. Kurze Mittagessen im Club waren ihm lieber. Er hatte wenig freie Zeit, ein Minus, das in New York als dickes Plus gilt – je mehr Zeit man dort hat, desto unwichtiger ist man.

Noch am selben Tag, an dem die Zahlen auf seinem Bankkonto sich plötzlich vervielfacht hatten, hatte er zwanzigtausend Dollar Bargeld abgehoben und sie hinten in die Hosentasche gestopft, war zum Jaguar-Showroom gesaust und hatte das teuerste Modell ausgesucht, in Silber, und zehntausend Dollar bar gezahlt und den Rest mit einer frisch ausgestellten American Express Platinum Card, die des Wagens würdig war – keiner, den Duke kannte, hatte je eine solche Karte besessen. Er hatte den Wagen sowohl auf sich selbst als auch auf Lili angemeldet, war mit ihr nach Coney Island gefahren und hatte nichts ausgelassen und das ganze restliche Geld bis Sonnenuntergang für Frivolitäten verpulvert.

Das verlorene Paradies

In dieser Nacht hatten sie trägen Sex. Duke sagte etwas Nettes über ihre Brüste.

»Sie sind größer geworden, oder? Ganz ohne OP. Weißt du wieso? Weil ich schwanger bin! In sechs Monaten sind wir Eltern.« Sie war gerade am Ende des dritten Monats. Bald könnte jeder ihre Schwangerschaft sehen.

Er machte sich grob von ihr los und wollte aus dem Bett fliehen. Er starrte sie an, als würde sie in ihrem Bauch einen Alien heranziehen, der die Welt zerstören würde, und sein Leben gleich mit. Er eilte ins Bad und nahm eine lange Dusche, die ihm fast die Haut verbrühte. Zum ersten Mal in seinem Leben war er wütend auf Lili. Schlimmer als wütend. Er fühlte sich von ihr betrogen, sie hatte ihm sein Sperma geklaut. Offensichtlich war die Vasektomie fehlgeschlagen.

Als er sich wieder ins Bett legte, schlief Lili tief und fest, sein Ärger hatte sie unberührt gelassen. Die Klinik war ganz in der Nähe, gleich morgen würden sie hingehen. Er würde am besten vorher anrufen und der Empfangsdame zwanzig Dollar Trinkgeld versprechen, wenn sie gleich drankämen. Oder gleich tausend Dollar!

Für ihn stand außer Zweifel, dass Lili einverstanden wäre.

Langsam beruhigte er sich, und Sympathie für die Situation seiner Frau tropfte in sein Herz. Sie war der einzige Mensch, den er je sein Eigen genannt hatte, sie war die Einzige, die ihn je geliebt hatte. Wie konnte er da wütend auf sie sein, nur weil sie mal kurz nicht aufgepasst hatte? Er trocknete sich ab und schlief neben ihr ein.

Am Morgen brachte er Lili in die Klinik. Sie wehrte sich nicht oder diskutierte auch nur, denn sie verfolgte ihre eigene Strategie. Sobald sie den Arzt sah, würde sie laut in Tränen ausbrechen, sich auf den harten Boden werfen, sie würde sich um seine Beine klammern und verlangen, dass sie das Kind behalten dürfe. Sie würde sagen, dass ihr Mann sie zu einer Abtreibung zwang. Die Schwestern würden grimmig schauen, der Arzt würde Dukes Verhalten in den schärfsten Tönen verurteilen und sich natürlich weigern, den Eingriff durchzuführen. Duke würde an den Pranger gestellt. Das hatte er davon. Und sie dürfte das Baby behalten. Im Wartezimmer saßen sie auf hässlichen Plastikstühlen. Sie hielt Dukes Hand und kuschelte sich an seine Schulter. Die Falle würde gleich zuschnappen.

Sie hatten viel Gesellschaft. Um sie herum waren jede Menge Teenagermädchen, manche mit grimmigen Eltern, manche mit Freunden im gleichen Alter, die schwer gebeutelt aussahen. Die Mädchen warteten gespannt darauf, endlich an der Reihe zu sein, ohne jegliche Gefühlsduselei. Lili lächelte sie an, und sie lächelten zurück. Sie fühlte sich wie eine von ihnen, weil auch sie so viel Spaß vom Leben wollten. Die grimmige alte Schwester trottete durch das Wartezimmer. Lili sprang auf und lief hinter ihr her, dabei machte sie ihr Humpeln nach. Die Mädchen kriegten sich gar nicht mehr ein. Als die Schwester wiederkam, tat eins so, als würde es rauchen. Die Schwester baute sich vor ihr auf und blaffte sie an: »Das ist ein ernsthafter Ort!« Duke machte mit. Er holte eine Packung Winston aus seiner Tasche und legte sie, zusammen mit einem Feuerzeug, auf sein Knie. Sie saßen direkt unter dem Rauchverbotsschild. Jeder unter zwanzig lachte, als Lili sich eine Zigarette aus der Packung fischte und sie anzündete. Es war ihre erste Zigarette seit zehn Wochen. Eine Wiedervereinigung nach so langer Zeit – der Geschmack und die Wärme und das Adrenalin benebelten sie. Sie sprang auf und bot einem anderen Mädchen einen Zug an. Dann wurde sie ohnmächtig.

Die folgende Schimpftirade richtete sich gegen Duke, nicht sie, denn sie war ja bewusstlos. Aber sie wurde zum Arzt getragen. Als sie aufwachte, wollte sie nur noch eine Zigarette. Duke durfte sich einen Kittel umwerfen und ihre Hand während des Eingriffs halten. Als er fertig war, tadelte der Arzt noch die Achtlosigkeit des Paares. Er wedelte ihnen die Pfanne mit dem Embryo, eingepackt in seine flauschige Plazenta, unter der Nase hin und her. »Jetzt sehen Sie, was Sie angerichtet haben!«

»Das nächste Mal gehen wir in ein anderes Krankenhaus«, flüsterte Duke ihr ins Ohr.

Das gefundene Paradies

An diesem Nachmittag brachte Duke seiner Frau einen großen Strauß weißer Lilien. Er rekelte sich am Fußende des Bettes, und sie lästerten über die Ärzte und Schwestern, die die Abtreibungen so ernst nähmen. Die Patientin und ihr Mann täuschten sich gegenseitig Fröhlichkeit vor, um sich ihre tatsächlichen Gefühle nicht einzugestehen. Lili war in Trauer, und Duke war entsetzt. Nach wenigen Stunden wurde Lili entlassen.

Sie hatte Bauchschmerzen. Das war nicht weiter ungewöhnlich, hatten die Schwestern gesagt. Sie hatte darauf bestanden, durch den Central Park zu Fuß zu gehen, wo ihr Gang zu einem atemlosen Hasten wurde und schließlich zu einer Hetzjagd nach Hause. Duke vertraute darauf, dass sie sich richtig einschätzte.

Kurz nachdem sie in die erholsame Stille ihres Zuhauses getreten waren, klingelte es. Zwei junge Männer standen vor der Tür.

Sie bezeichneten sich als »Schriftsteller«, waren modisch dürr und ganz in Schwarz gekleidet. Sie hatten hungrige Blicke und eine Verabredung: Lili hatte sie zu einer Buchpräsentation eingeladen, die das renommierte Verlagshaus ihrer Mutter veranstaltete, und die beiden Männer gebeten, sie zu Hause abzuholen.

Bucky würde auch da sein. Sie könnten sich zu viert ein Taxi teilen.

Die beiden Männer waren mindestens zehn Jahre jünger als Lili und konnten nichts anfangen mit weiblicher Schönheit, doch wollten sie unbedingt Buckys Bekanntschaft machen. Schon mit ihr gesehen zu werden, öffnete einem Türen.

Gewiss könnte Bucky sie fördern, und vielleicht könnten sie bald schon auf Bucky herabsehen.

Lili musste die Männer enttäuschen. Bucky habe eine »unaufschiebbare Verabredung zum Abendessen mit ihrem spanischen Verleger«; ein Ziel, von dem die beiden Besucher wussten, dass auch sie es eines Tages erreichen würden. Wenn es auch aufregend war, sich in der Wohnung von Buckys Tochter aufzuhalten, war es nicht annähernd das Gleiche. Lilis Schönheit irritierte die beiden. Sie war nicht mehr jung und ihre Attraktivität also ein Schwindel. Obendrein war sie verheiratet, und da die beiden keinerlei Erfahrung mit Verehelichten hatten, kam es ihnen verrückt vor, dass eine Frau ohne ihren Mann ausging. Sie empfanden nichts als Verachtung, als Lili sie freundlich willkommen hieß, sie hineinkomplimentierte und dann »ein paar Minuten« brauchte, um sich fertig zu machen, nach der leicht hingeworfenen Bemerkung: »Ich komme gerade von einer Abtreibung!«

Die Besucher nahmen im Wohnzimmer Platz, wo Duke zu ihrer Unterhaltung abgestellt war. Sie benahmen sich ihm gegenüber respektvoll, aber ihr Interesse an ihm ließ rasch nach; er war älter und keine Kapazität in den Dingen, die sie ausschließlich beschäftigten. Nachdem sie ein wenig über die Weinbranche gehört hatten, wurden sie unruhig, und der Blonde sagte, sie kämen zu spät, und der Dunkle war so feinfühlig, Duke zu bitten mitzukommen.

Zu ihrer Erleichterung sagte Duke: »Ich hasse Partys. Lili braucht das, um abzuschalten.«

»Dafür haben Sie ja den Wein«, sagte der Blonde lachend.

»So was kann nur ein Banause sagen«, erwiderte Duke geduldig. »Ich trinke nicht. Offenbar verstehen Sie überhaupt nichts von Wein.«

»Ich trinke nicht, ich bevorzuge andere Gifte«, gab der Blonde zurück, der von Minute zu Minute nervöser wurde. »Warum beeilt sie sich nicht? Müssen Sie immer auf sie warten?«

»Ja.« Duke stand auf und ging hinaus, und man hörte ihn rufen: »Lili, wenn du nicht bald kommst, werden deine Bekannten mich lynchen.«

Als er die Wohnung wieder für sich allein hatte, nahm Duke sich sein neues Buch über die wahren Feinde vor, die Rebläuse. Er saß friedlich lesend auf dem Sofa. Er war entspannt.

»Ich bin wieder da! Und ich bringe dir eine frohe Botschaft. Ich war im Paradies.«

Duke warf Lili vom Sofa aus einen Blick zu. Sie stand in der Tür, mit bleichem Gesicht, als hätte das Paradies ihr alles Blut geraubt. Sie plapperte drauflos. »Es gibt kein ›Glück‹, das sich damit messen kann. Außer vielleicht ein Orgasmus, aber ein Orgasmus ist kürzer, und er lässt sich nicht so oft wiederholen, wie man will. Ich hab nicht vor, sein Loblied zu singen. Ich bin nur die Botschafterin, nicht der Prophet.«

»Aha.« Duke las weiter.

»Willst du gar nicht wissen, wie das Paradies heißt?« Lilis Augen glühten, ihr Atem ging schwer.

»Mmh. Doch, schon.«

»Es heißt Crack. Ein Garten der Lüste jenseits des göttlichen Kokains.«

»Lustiger Name.«

Lili begann, ihn eilig auszuziehen. Sie zerrte ihn ins Schlafzimmer, wo sie darauf bestand, dass er mit ihr schlief, obwohl sie stark blutete. »Ich liebe dich, ich liebe dich!«, schrie sie. Er konnte nicht widerstehen. Sie hatten gerade erst angefangen, als die Laken schon vom Blut trieften, aber Lili behauptete, das sei ein Zeichen der Genesung und ihrer neu erwachten Liebe. Ihre Worte spornten ihn an.

Als sie die übliche Ziellinie überschritten hatten und sich auf dem Bett ausstreckten, sagte Lili, dass sie glücklich erschöpft sei. Sie schlief sofort ein. Ihr Kopf lag in einem seltsamen Winkel da, in die Kissen vergraben. Er betrachtete sie eine Weile. Dann berührte er ihre Schulter. Er rüttelte sie. Da sie nicht reagierte, nahm er sie hoch, wickelte sie in eine Decke und raste zur nächsten Notaufnahme, wo Lili umgehend die Gebärmutter entfernt wurde.

Er saß die ganze Nacht bei Lili. Als sie aufwachte und er ihr erzählte, was passiert war, heulte sie auf. Er streckte seine Arme nach ihr aus, doch sie wehrte seine Zärtlichkeiten ab. Sie entzog ihm jeden Körperteil, den er zu berühren versuchte, bis sie sich schließlich aufbäumte und ihn zornig ansah, und er wusste, dass sie drauf und dran war, ihm die Schuld zu geben.

Sie war nicht mehr intakt. Sie erzählte den Schwestern, dass sie ihr Kind verloren hatte. Alle fühlten mit ihr. Es sei »drei Monate alt« gewesen, erzählte sie Fremden, als sie kräftig genug war, in die Cafeteria zu gehen. »Es war mein Karma, es zu verlieren.« Sie versicherte ihren Zuhörern, dass sie sich unmöglich vorstellen könnten, was sie durchgemacht habe, nachdem sie auf diese Weise ihre Familie verloren habe.

Bucky besuchte sie im Krankenhaus und hatte keine Skrupel, nochmals zu wiederholen, wie enttäuscht sie sei, dass sie keine Enkelkinder haben werde. Sie führten ein barsches Gespräch, während Lili am Tropf hing. Sie sagte, sie habe keinem anderen Menschen jemals eine Kindheit wie ihre eigene aufzwingen wollen. Bucky saß steif auf einem der Besucherstühle, und der Kummer malte sich in ihr altes Gesicht.

»Ach, hör doch auf, hier die Drama Queen zu spielen. Ich bin's, die operiert worden ist, nicht du.«

Da brachen die Risse in Buckys altem Panzer der intellektuellen Überlegenheit plötzlich auf, und ein überwältigendes und verwirrendes Gefühl der Schuld überkam sie.

Duke brachte sie hinaus und riet ihr, das alles nicht ernst zu nehmen, Lili meine es nicht so. Bucky tat, als würde sie ihm glauben. Dann ging er zu seiner Frau zurück: »Du hast nur eine Mutter. Vielleicht solltest du versuchen, nett zu ihr zu sein.«

Die Wut gab Lili die Worte ein: »Du bist selbst nicht besonders nett zu deiner Mutter. Wenn mich nicht alles täuscht, hast du sie seit fünfzehn Jahren nicht mehr angerufen.«

Er war bestürzt, beherrschte sich aber, lachte leise und sagte, sie müsse sich etwas Besseres einfallen lassen, wenn sie ihn beleidigen wolle.

Das tat ihr nun wieder leid, und sie brach in Tränen aus. Ihr Baby war tot. Lili hatte keine Familie, die sie lieben konnte. »Jetzt weiß ich«, schluchzte sie, »wie sich der Holocaust anfühlt.«

Jo hier.

Abtreibung ist Mord ersten Grades, heißt es, aber dafür wird sich Duke vor einem ganz anderen Gericht verantworten müssen. Da wird man ihm bestimmt vergeben, wie man ja auch mir vergeben hat, dass ich ihn überhaupt bekommen habe. Ich sollte Duke nämlich auch nicht bekommen, und dann wäre alles sehr viel einfacher gewesen, vor allem für ihn.

Ich war mal ein kleines Berliner Mädchen. Hab den ganzen Krieg da verbracht. Evakuieren gabs nicht. Kein einziger langweiliger Moment! Meine Eltern regten sich fürchterlich auf, als sie den Krieg verloren. Sie waren Loser, aber ich nicht. Ich bin von zu Hause weggegangen, und bis heute habe ich keinen Gedanken an sie verschwendet. Diese Erwähnung soll die letzte sein.

Andere grübeln und grübeln über die Vergangenheit nach, aber diesen Fehler habe ich immer vermieden. Was vorbei ist, ist vorbei. Deswegen wollte ich auch über diese ganze Sache nie reden. Jedenfalls:

Mein Freund Ludwig war bei der US Army, aber er sprach fließend Deutsch. Er sprach überhaupt viele Sprachen und wusste sehr viel. Er sagte, Berlin sei »gestreckt und gevierteilt« worden, und erklärte mir, was das bedeutet. Und das Beste: Er war, was man damals »einen Neger« nannte. Aus irgendeinem Grund kommt einem das Wort heute fies vor, aber damals hätte ich gesagt, dass »Neger« nett gemeint ist. Ich wäre gern selbst ein Neger gewesen, denn die Neger waren noch weniger deutsch als die Juden; da das nicht ging, machte ich das Beste draus und hing mit ihnen rum. In Berlin gab es nach dem Krieg eine Riesenauswahl davon, riesige Kerle in Uniform, die Dollars in der Tasche hatten und freien Zutritt zu den PX-Läden, und vielleicht heirateten sie einen irgendwann und holten dich aus dem Drecksloch Deutschland raus.

Ich wollte so schnell wie möglich weg. Als ich Ludwig kennenlernte, dachte ich schon, ich wäre am Ziel. Er war schwärzer und schlauer als die meisten GIs. Die Leute nannten ihn »den Afrikaner«. Mich nannten sie »Fräulein Kunz« oder »dieses deutsche Flittchen«. Ich war gerade mal fünfzehn Jahre alt.

Wir zogen in den ausgebombten Seitenflügel eines Hauses in einer guten Gegend im britischen Sektor. Wir hatten ein Zimmer mit intakter Decke, dort stand das Bett. Ha, und Duke bildet sich was auf die Park Avenue ein! Wir hatten es auch gut. Küche und Toilette hatten noch ein bisschen Decke und dicke Wände, das Wohnzimmer hatte drei Wände, zum Hof hin war es offen. Bei Regen spannten wir eine Plastikplane auf. Die Nachbarn guckten gern zu uns rein, als wäre unsere Wohnung eine Theaterbühne. Sie schauten uns zu, sie belauschten jedes Wort. Sie waren grün vor Neid, weil wir richtig guten und lauten Sex hatten.

Dann kriegten sie eines Tages mit, wie Ludwig zu mir sagte: »Rauch nicht so viel, Jutta, der Doktor sagt, das ist schlecht für das Baby.«

Ich sagte: »Mein Fötus mag Rauch. Diese armen ehelichen deutschen Babys, deren Mütter sich keinen Tabak leisten können. Für die rauche ich auch mit.«

Ludwig sagte, der Hof sei ein Amphitheater wie in einem griechischen Drama, das er gelesen hatte. Die Nachbarn, die uns zuguckten, waren der Chor. Frau Weltecke, die den Chor führte, war der Coryphaeus. Ich habe dieses komische Wort nie vergessen. Wenn heute irgendwer nicht glaubt, dass ich Griechin bin, sage ich, dass ich eine geborene Coryphaeus bin. Und dann sagt niemand mehr irgendwas.

Am Anfang hat mich Ludwigs Belesenheit beeindruckt, aber dann hat sie mich nur noch gelangweilt.

Frau Weltecke hat mich auch gelangweilt. Sie war eine zickige Wichtiguerin. Sie hatte die Aufgaben der Hausmeisterin übernommen, nachdem die richtige, bezahlte Hausmeisterin bei einem der letzten Bombenangriffe mit ihrer Wohnung verschwunden war. Frau Welteckes Mann und ihr Sohn waren auch verschwunden, irgendwo in Russland. Deswegen hatte sie alle Zeit der Welt. Sie brauchte keine Bezahlung, um ihre Pflichten ernst zu nehmen, und ganz oben auf ihrer Liste stand die Pflicht, uns abzulehnen und dafür zu sorgen, dass alle anderen uns auch ablehnten.

Frau Weltecke holte ein paar Erkundigungen ein und wusste noch vor mir, dass Ludwig kein Amerikaner war. Sie stellte uns zur Rede und wollte wissen, warum Ludwig in Deutschland war. Ludwig meinte danach zu mir, dass ich ihn nie irgendwas gefragt hätte, sonst hätte er mir viel früher die Wahrheit erzählt. Sein Vater stammte aus Deutsch-Kamerun. Ich hatte Duke also nicht angelogen, es stimmte wirklich – sein Großvater war ein König gewesen. Besser als Präsidentenblut. Während der Weimarer Republik war er nach Deutschland gekommen, als Jazzmusiker und Schauspieler, und in der Nazizeit dann richtig berühmt geworden. Er hatte in unzähligen Filmen mitgespielt, immer wenn ein schwarzer Diener gebraucht wurde. Er hatte einen riesigen Schlag bei den Frauen, und er hatte viele Kinder, die er alle nach Kamerum schickte. Bis auf einen Sohn. Den behielt er, auch, weil seine Mutter bei der Geburt gestorben war, und er sie gemocht hatte. Er nannte ihn Ludwig, und er wollte, dass aus ihm ein großer Gentleman würde. Noch nicht mal der alte Vlado konnte so flüssig Altgriechisch wie Ludwig, da bin ich mir sicher.

Aber viel konnte ein schwarzer Junge nach dem Krieg damit nicht anfangen. Weil er Englisch konnte, ging er zur US Army, aber er taugte nicht zum Soldaten, und sie verpassten ihm einen Schreibtischjob, wo er sich den Hintern plattgesessen und bald gekündigt hatte. Bei der Armee hat er Amerikanisch gelernt, eine besonders hässliche Form der englischen Sprache, wie Frau Weltecke den anderen erklärte, nicht wie das Britische, man dürfe nicht hinhören, wenn ein Amerikaner rede, sonst würde einem der Akzent ins Ohr klettern und dort Wurzeln schlagen wie Unkraut, und dann würde man bald genauso potthässlich reden.

Den Rest fand Frau Weltecke allein heraus: Das Wort »schwarz« passte nicht nur zu Ludwigs Hautfarbe, Ludwig nutzte seine Verbindungen zur Armee, um Handel zu treiben auf dem Schwarzmarkt. Ein Hungerprofiteur. »Ja, ich kaufe und verkaufe«, räumte er ein. Die Nachbarn gingen davon aus, dass er auch stahl.

Ludwig stahl tatsächlich, aber nie für sich selbst; er stahl grundsätzlich nur Dinge, die er nicht brauchte. Er stahl Kohlen vom Abstellbahnhof und lud sie in eine gestohlene Schubkarre, die er für andere am Bordstein stehenließ. Er stahl Möbel aus Regierungsgebäuden und stellte sie im Park auf. Er hielt sich für Berlins Robin Hood.

Eines Abends kam Ludwigs Vater zu Besuch. Ein riesiger grauköpfiger Neger mit donnernder Stimme, der ebenfalls fließend Deutsch sprach, was die Nachbarn auf die Palme brachte. Es wurde noch schlimmer, als er ein Gelage mit Bratwürsten vorbereitete. Beim Braten sang er laut vor sich hin: »Wir sind die Eingeborenen von Trizonesien!«, das war ein Hit im Radio, und dann öffnete er eine Flasche Trollinger und prostete den Nachbarn zu, die ihn beäugten.

Er hatte Freunde eingeladen, auch ein paar Juden. Untereinander sprachen sie Polnisch, mit anderen ein kehliges Deutsch. »Juden sind wenigstens ruhig«, rief Frau Weltecke rüber zum Balkon von Frau Schnabel. »Der Jude trinkt nicht, anders als der Russe.« Aber dann stellte Ludwigs Vater Stühle in den Hof und sägte auf seiner Fiddle herum. Und ehe Frau Weltecke einen Eimer Wasser über ihm auskippen konnte, kamen noch ein Geiger und ein Cellist dazu, mit Notenständern und Noten. Sie spielten keine jüdische oder afrikanische Musik. Sie spielten die allerheiligste deutsche Musik.

Die Party dauerte bis zum Morgen. Kaffeeduft lag in der Luft und riss alte Wunden auf. Die Nachbarn wussten nicht, ob sie ihr Kissen auf die Ohren oder die Nase drücken sollten. Frau Weltecke stellte sich

Ludwig in den Weg, als er gerade aufbrechen wollte. »Gestern Nacht! Dieser Krawall! Armer Beethoven!«

»Haydn«, erwiderte er und ging einfach an ihr vorbei. »Sie meinen: armer Haydn.«

Bald darauf hörten die Nachbarn mich fluchen und stöhnen. Dann schauten sie alle zu, wie Ludwig mich vorsichtig aus dem Hof zur Straße führte.

Die nächsten Tage verbrachte er allein, hämmernd. Er ersetzte unsere fehlende Wand durch geklaute Holzbretter, brachte eine Wohnungstür an, mit einem Metallschild: Vorzimmer Gauleiter, und legte ein Blechdach auf unsere offene Ruine. Die Nachmittagssonne ließ es lodern wie ein Lagerfeuer. Ich war bald zurück, mit unserem winzigen Kind. Ich setzte mich oft in den Hof, damit alle es sehen konnten, mein dunkelhäutiges Baby. Seine Schreie waren schwächlich, doch das passte zu der damaligen Zeit.

»Armes Würmchen«, »Es kann nichts für seine Eltern«, »Kommt von der Erbsünde, solche Eltern zu haben«, verkündete der Chor. Wenige Tage nach der Niederkunft sorgte ich dafür, dass sie mich beim Sex kreischen hören konnten.

Am Anfang fand ich ihn noch wirklich sehr niedlich. Er hatte Lämmchenlocken, seine braune Haut war wie Satin, und er roch nach Milch und Heu. Ich wollte ihn Duke Ellington Kunz nennen, doch die Standesbeamtin schüttelte nur den Kopf, weder Duke noch Ellington seien in Deutschland »zulässige« Namen. Also fragte ich die Frau vom Amt, wie ihr Sohn hieß, und sie sagte: »Robert«. Und ich sagte: »Okay, den nehme ich auch.« Aber dann sah sie mein dunkles Baby und sagte hastig: »Lassen Sie uns doch mal sehen, ob wir nicht mit Duke durchkommen.«

Ludwig war ein wunderbarer Papa. Er liebte dieses Baby. Er langweilte sich nie, war auch nie schlecht gelaunt. Die Nachbarn sagten: »Das gibt's doch gar nicht, ein Mann, der sich für einen Säugling interessiert.« Sie fanden das unnatürlich. Und sie verurteilten mich, als ich ein bisschen faul wurde, was meine hausfraulichen Pflichten betraf. Die Schwangerschaft hatte die Leichtigkeit aus meinen Füßen und aus meinem Herzen genommen, und als das Baby raus war, füllte ich mich mit Milch – ich konnte mich buchstäblich nicht riechen, und ich mochte das ganze Brimborium nicht. Als ich erfuhr, dass Ludwig kein Visum für Amerika bekam, fühlte ich mich noch schwerer.

»Take it easy«, sagte Ludwig. Er zerschnitt einen alten Rucksack und flickte ihn mit Nadel und Faden wieder zusammen – er verwandelte sich von einem strammen jungen Mann in eine alte schwarze Mama und trug das Baby auf den Rücken geschnallt mit sich rum. Oh, und er hat zwischen den niedrigen Einfassungen unseres Gemüsebeets eine Art Freiluftwohnzimmer hergerichtet. Er hatte einen alten Schaukelstuhl »gefunden« und etwas Goldfarbe, strich den Stuhl an und stellte ihn für mich in den Hof. Ich machte es mir auf diesem goldenen Thron bequem, die Hände im Schoß.

Ludwig sah immer so bedrückt aus. Und ich hasste das. Ich hasste eine Menge Sachen. Er tröstete das Baby, wenn es knatschig war, bevor ich überhaupt die Chance dazu hatte. Deswegen habe ich mich oft schlecht gefühlt. Und er nahm es mit, wenn er wegging. Ich wusste, was er dachte: Wenn er den Kleinen doch mal bei mir ließ, hätte ich ihn einfach in seine Wiege gesteckt und brüllen lassen. Babys brüllen, das gehört zu ihrem Berufsbild.

Manchmal, wenn Ludwig ohne Duke »zur Arbeit« ging, zog ich selber los und ließ Duke allein zu Hause, höchstens für eine Stunde. Er war schon sechs Monate alt. Ich ging in eine Kneipe für GIs und hatte ein bisschen Spaß. Ludwig musste viel zusammenklauen, damit wir unseren Lebensstil aufrechterhalten konnten. Meistens machte er das nachts; ich ging dann tanzen. Das habe ich ziemlich oft gemacht. Ich war ja noch ein Kind! Von Gesetzes wegen viel zu jung, um zu heiraten.

Ludwig hat nie mit mir geschimpft. Aber alle wussten, dass der Vater zu Hause war, wenn das Baby nicht mehr schrie, und dann hörte man ihn leise »Hoppe, hoppe, Reiter« singen oder »Kommt ein Vogel geflogen«. Frau Weltecke hatte das ihren eigenen Kindern vorgesungen und war sauer, dass Afrikaner deutsche Lieder sangen.

Als Ludwig einmal nachmittags im Sommer geschäftlich unterwegs war, bekam ich Besuch. Ich hatte ihn schon ein paar Mal im Tanzlokal gesehen. Mein Gast war eine andere Art Neger als Ludwig. Er kündigte seinen Auftritt mit donnernden Schritten an. Seine Schuhe leuchteten wie Lava. Seine US-Army-Uniform war mit funkelnden Orden gespickt, und sein Körper war riesig, ein Felsbrocken von Mann. Alle kamen angerannt, um zu gucken, was da los war.

Wahrscheinlich war das Publikum ziemlich frustriert, denn es gab eine ganze Weile nichts zu sehen oder zu hören; selbst Duke war still. Die Sonne gondelte über den ganzen Hinterhofhimmel. Dann hörten alle Ludwigs Motorrad vor dem Haus und seine trippelnden Schritte. Mein Gast rannte raus. Alle sahen ihn hinten über die Mauer springen. Der Chor legte mit seinem »Kommentar« los, wie Ludwig das nannte. Zum Glück hat er nichts mitbekommen.

Ein paar Tage später, an einem sonnigen und heißen Nachmittag, wurde die Darbietung wiederholt, nur der Schluss war anders. Klein-Duke schrie seit Sonnenaufgang. Die Nachbarn hielten sich die Ohren zu und verfluchten mich. Als ich Duke in die Arme nahm, brüllte er einfach weiter. Also habe ich mir die Ohren zugestöpselt. Ich hatte mein Leben satt. Dann kam mein Gast zurück. Ich hatte schon befürchtet, er würde nie mehr wiederkommen, und freute mich sehr. Ein echter Amerikaner. Ein Offizier. Und er konnte gut mit Babys umgehen, das sagten alle. Kurz nachdem er gekommen war, wurde Duke ganz still.

Die Nachbarn hingen auf ihren Fensterbänken und taten so, als würden sie verträumt in den Himmel und in den Garten gucken. Es war ein hübscher Tag. Ich wollte nach draußen in den Hof mit meinem neuen amerikanischen Freund. Also sind wir raus. Ich hab mich in meinen Schaukelstuhl gesetzt, und der Offizier hat sich hinter mich gestellt und mir mit seinen großen Händen die Schultern massiert. Die Kirchenglocken läuteten, als Dukes Vater nach Hause kam. Ich zählte mit: sieben Schläge. Die Nachbarn aßen zu Abend und schauten zu uns raus. Der Amerikaner verließ seinen Platz, als er Ludwigs Getrippel hörte, und schlenderte zur Mauer, aber diesmal sprang er nicht drüber. Er lehnte sich dagegen und wartete. Zeit für einen Showdown.

Ludwig hatte nur Augen für mich, wie ich im Scheinwerferlicht der untergehenden Sonne dasaß und das schlafende Baby an meine Brust hielt, als ob ich das immer so machen würde. In diesem Augenblick wollte ich nicht, dass Ludwig Duke anfasst. Das Baby hatte nämlich eine kleine Schnapsfahne. Nur eine kleine. Genug, um es richtig schläfrig zu machen. Musste Ludwig ja nicht merken. Er tätschelte meine Wange und sagte: »Ihr beiden seht so schön aus.« Ich wusste, wie ich aussah. Strahlend schön, so wie man aussieht, wenn man geliebt wird.

Ludwig hatte ein Geschenk für mich. »Mach die Hand auf«, sagte er. Er ließ etwas Großes und Schweres hineinfallen. Eine Handgranate. Sie war echt. Ich schrie ihn an: »Nimm das weg, du Idiot!«

Er lachte und nahm sie mit ins Haus. Ich fand sie später auf dem Küchentisch. Dann kam er wieder raus, mit einer von den geklauten Kameras, und sagte: »Sie ist nicht gefährlich, es sei denn, du ziehst den Sicherheitsstift. Tu das nicht, solange du sie nicht wirklich brauchst! Spar sie dir auf, für einen besonderen Anlass.«

Er knipste uns. Es war spät geworden. Das Sonnenlicht schien an den schroffen Kanten unserer Ruine zu zersplittern und sich über den ganzen Schutt zu ergießen. Ich schaukelte und schaukelte und nahm meine Augen nicht von Duke. Und Ludwig nahm seine nicht von mir. Erst nach einer Weile bemerkte er den Mann an der Mauer. Er sah aus wie ein sprungbereiter Panther.

Ludwig war durcheinander. Ich musste etwas sagen.

»Ludwig«, sagte ich, »this is Sergeant Ulysses Butler.«

Ich gab ihm eine Minute, um diese Information zu verdauen. »Er hat mir von Florida erzählt, wo er herkommt.« Ich war ein bisschen außer Atem. Ich schätze, ich habe »Flo-riii-da« gesagt, als wäre es ein heiliges Wort.

Als ich es zum ersten Mal hörte, hatte ich keine Ahnung davon, dass es einmal mein Zuhause sein würde. Und, wisst ihr was, es gibt mir immer noch einen Kick.

Das Foto von uns im Hof habe ich noch. Ich bin sehr hübsch, wie ich so inmitten meines Familiendramas sitze. Ich würde es ihm gerne schicken. Die Handgranate habe ich nicht mehr, die habe ich schon benutzt. Wenn ich gewusst hätte, was 1972 in New York passiert, hätte ich sie ins Fenster der Stones geworfen, bevor sie ihre Hand an Duke legen konnten. Aber das haben sie später schon selbst gemacht.

Absicherung der Heimatfront

100 Riverside Drive hatte sich verändert. Wenn man zur Tür hereinkam, musste man eine Mauer aus Zigarettenqualm durchbrechen. Schmuddelige Männer lungerten herum und hauten sich gegenseitig oder irgendwem, mit dem sie telefonierten, in einer Geheimsprache Sprüche um die Ohren. Als Duke einmal vorbeischaute, erweckte sein uramerikanisches Gesicht bei den neuen Bewohnern nicht das geringste Interesse; sie waren viel zu vertieft in Politika in ihrer alten Heimat jenseits des Atlantiks. Bucky belud den Kühlschrank mit würzigen, fetten Würstchen und mit Bier. Die Aschenbecher sahen aus, als sammele sich darin Abfall aus böhmischen Braunkohleminen. Duke ging schnell wieder, er verabschiedete sich noch nicht einmal, weil er sich für sie schämte. Sie brach die Regeln ihrer Ehe genauso wie Vlado. Sie hatte einen aus diesem Gelichter zu ihrem Liebling erkoren, Drahoslav, Spitzname Draculek, dessen düstere Augen vor Esprit und Wachsamkeit funkelten. Provozierend schön, in seinem Heimatland eine Legende, litt er unter seinem Abstieg, denn die Amerikaner lasen keine tschechische Literatur, sprachen in der U-Bahn nicht mit ihm über seine Lyrik und reichten ihm auf der Straße keine Blumen. Er vermisse den Ruhm, klagte er, »denn Ruhm ist die Heimat der Staatenlosen«, worauf Bucky ihn zur tragischen Figur erklärte. Ihr Körper folgte seinem Körper überallhin, auch wenn sie es nicht sofort zuließ, dass

Draculek sie eroberte, was er mit Freuden getan hätte. Vorläufig war sie noch zu eitel, zu stolz, als dass sie einem fünfundzwanzig Jahre jüngeren Mann erlaubt hätte, sie zu berühren. Sie musste überzeugt werden. Eines Nachmittags spürte sie, wie seine Augen ihre Augen magnetisch anzogen, wie seine Hände unter dem Küchentisch nach ihren Händen griffen. Es gelang ihr, den Blick abzuwenden, während seine Hände über ihre Schenkel wanderten und sie am Nullpunkt berührten.

Es folgte eine lautlose Zündung. Ihre Hände drängte es zu seiner Hose. In diesem Moment platzten drei seiner Landsmänner in die Küche, und Bucky kam zur Besinnung. Trotzdem schloss sie die Möglichkeit nicht aus, sich ihm hinzugeben, und stellte sich vor, er würde ihr verfallen; das hätte Vlado den Rest gegeben.

Draculek erntete die Lorbeeren für seine Eroberung, noch bevor sie stattgefunden hatte. Die Beziehung schien sich zu vertiefen, als Draculek für Nachwuchs sorgte.

»Eine glückliche Familie braucht Kinder«, sagte er und brachte einen großen Pappkarton herein. Daraus schüttete er eine Familie grauer Katzen auf den Boden. Er und Bucky tauften die Promenadenmischungen mit Slivovitz. Es waren alles große, graugestreifte Straßenkatzen, aber man erkannte Grimalkin, einen grauen Riesen mit einem leeren gelben Blick und einem sonoren Klagen, an seinem Wanst, Lord Commaloch am Hohlkreuz, dem Buhlen um Aufmerksamkeit und herzergreifendem Miauen, und Mousleyer an seinen blauen Augen, seiner Wachsamkeit und dem gestutzten Schwanz. Noch mehr Schwung kam in die Sache, als jemand ein schwarzglänzendes Kätzchen anbrachte, das er auf den Namen Marenka getauft hatte, bevor sich die prätentiösen Literaten darüber hermachen konnten. Das Katzenklo rottete in der Küche vor sich hin. Wei Wei kündigte, und kein Betteln konnte sie erweichen.

Noch immer widerstand Bucky den Annäherungsversuchen ihres Verehrers.

Stattdessen schmuste sie mit Marenka. Wenn sie nicht zusammen sein konnten, weil das Kätzchen schlief oder anderweitig beschäftigt war, sehnte Bucky sich nach dem warmen Fell und dem munteren kleinen Gesicht.

Alarmiert durch Klatsch kam der elegante und gebrechliche Dr. Gorokin nach der Arbeit zu Besuch, ließ sich von Bucky einmal durch die ganze quirlige Bude führen, trank eine Tasse Kaffee im Badezimmer, in der einzigen ruhigen Ecke, fünf Rasierer lotrecht auf dem Waschbecken, schwarze Haare überall – so viel Männlichkeit! Bucky nahm feierlich auf dem Wannenrand Platz, während Dr. Gorokin sich für die geschlossene Toilette entschied. Sie lachten verschwörerisch – es dröhnte in dem gefliesten Raum –, und dann rückte er mit dem Gerücht heraus, dass Vlados C. Perry sich in ein Mädchen seines Alters verliebt habe. Vlado hatte eine größere Wohnung für C. Perry und sich selbst gefunden, und dort lebten sie jetzt in einer Ménage-à-trois. Vlado wohne im Gästezimmer. Buckys Lachen wurde heiserer, doch sie konnte nicht ihren inneren Dreimanegenzirkus verbergen, ihr tränentreibend heißes Mitleid für Vlados Situation, eisigen Hass und die unerträgliche Hoffnung – ungeachtet ihrer Empfindungen für Draculek –, dass ihr Mann bald zurückkäme. Schließlich riss sie sich zusammen und erklärte: »Gut, und inzwischen habe ich mich selbst verliebt. In Marenka.«

Ihr Tête-à-Tête wurde von jemandem unterbrochen, der die Tür aufstieß und Dr. Gorokin feindselig anstarrte. Auch das Kätzchen kam hereingerannt und hüpfte maunzend auf den Schoß seines Frauchens. »Wir halten fast immer Körperkontakt«, fuhr Bucky fort. »Ich habe nie zuvor ein Tier geliebt und keine Vorstellung davon gehabt, wie erfüllend das sein kann.« Bucky stand auf und legte sich Marenka wie ein Baby über die Schulter.

»Wie erfüllend für Mensch und Tier!« Es machte ihr offensichtlich überhaupt nichts aus, von diesem ruhigen Ort vertrieben zu werden.

Entmutigt ging Dr. Gorokin wieder. Einen Tag später brachte Draculek eine junge, vollbusige, ordinäre Frau mit nach Hause und schloss sich mit ihr im Badezimmer ein, angeblich zum Kokainschnupfen. Im Wohnzimmer kicherte man über das rhythmische Rumsen. Am nächsten Vormittag traf Buckys Telefonrechnung ein. Sie betrug mehr als tausend Dollar für rund um die Uhr geführte Ferngespräche in die Tschechoslowakei, und Bucky setzte alle Leute vor die Tür.

Die Katzen blieben. Reichlich Gesellschaft. Bucky lehnte eine Einladung zu einer Reise durch den Ostblock ab; es war besser, darauf zu warten, dass Vlado aus seiner erotischen Trance erwachte und nach Hause zurückkehrte.

Die Tabuzertrümmerung machte Lili nicht den üblichen Spaß wie sonst, wenn es um ihre Eltern ging; sie reagierte pikiert auf deren Sturz aus jedem Anstand. Sie wiederholte, dass sie ihre Eltern nie wiedersehen wolle. Trotzdem verfolgte sie die Ereignisse durch Dukes Berichte, schrie »Igitt!«, als sie hörte, dass ein Tscheche in ihrem alten Kinderbett schlief, und »Endlich!«, als das Bett wieder frei war. Eines Tages klingelte Lili bei 100 Riverside Drive. Bucky schlurfte zur Tür, im Mantel, und der Anblick ihrer Tochter schien sie zu verwirren.

»Meine Güte, du siehst ungefähr so fröhlich aus wie die Badezimmerdecke«, sagte Lili und trat ein. »Ich hab gehört, dass du deine Besucher rausgeworfen hast, und da hab ich mir gedacht, du hättest vielleicht Lust auf Gesellschaft.« Sie sah die Katzen, die auf der Wohnzimmergarnitur schliefen. »Wie ich sehe, hast du schon welche!«

»Warum hast du nicht angerufen?«, fragte Bucky. »Es tut mir leid, aber ich wollte gerade zu meinem Agenten.« Bevor sie ihrer Tochter den allmachtigen Rücken zuwenden konnte, gab Lili ihr einen flüchtigen Kuss auf die Wange, der weder abgewiesen noch erwidert wurde.

»Hier, Bucky. Für mehr hab ich selbst keine Zeit. Ich wette, du hast diese Woche noch keinen Kuss bekommen, oder diesen Monat.« Sie fuhren schweigend nach unten, und während Bucky die U-Bahn nach Downtown nahm, fuhr Lili mit dem Taxi zur Cozy Bar.

»Die Cozy Bar ist meine ideale Mutter!«, hatte sie mehr als einmal gesagt. »Die Cozy Bar ist mein Mutterleib!« In den Neunzigern befand sich diese Spelunke an einer der vielen Ecken der Park Avenue, an denen es keinen Park gab, weil er durch die U-Bahn ersetzt worden war, die an der 96th Street auftauchte und ihre Fahrt auf den Wipfeln eines stählernen Waldes fortsetzte. Im Schatten darunter gab es keine

Portiers, keine hübschen Apartments, und alle vom besseren Ende der Avenue, die sich gezwungen sahen, dort hinzufahren (sie wären niemals zu Fuß gegangen), kannten die städtische Überfall- und Mordstatistik nur zu gut und achteten darauf, dass ihre Autos verriegelt blieben. Nach einem Tag in den hellerleuchteten, gutsituierten Gegenden von New York musste Lili sich entspannen. Und das funktionierte nicht bei einem gemütlichen Plausch mit dem geliebten Mann. In der Cozy Bar kam Lili zur Ruhe.

Aber sie wurde von ihrer biologischen Mutter angezogen wie eine Motte vom Licht. Als Lili das nächste Mal in 100 Riverside Drive erschien, war Bucky in die Fernsehsendung *Meet The Press* vertieft und antwortete auf Lilis Begrüßung nur: »Sch! Pst!«

»Du siehst behindert aus, wenn du fernsiehst«, sagte Lili, um sich für die Unfreundlichkeit zu rächen. Doch ihre Mutter reagierte nicht darauf. Sie hatte Marenka auf dem Schoß. Lili dachte daran, gleich wieder abzuzischen, doch Bucky würde es gar nicht merken, und außerdem wollte Lili bleiben. Also klaubte sie das Kätzchen vom Schoß ihrer Mutter und warf es auf den Boden. Bevor ihre Mutter etwas dagegen sagen konnte, hatte sie sich auf dem Sofa neben ihr ausgestreckt. Sie erinnerte sich noch aus Kindertagen daran, wie ihre Mutter andächtig irgendeinem faden Typen im Fernsehen zugehört hatte. Das Kind hatte überlegt, wie es den kostbaren Blick der Mutter unschwer auf sich lenken könnte – mit seiner kleinen Hand hatte es nach dem Gesicht der Mutter gelangt, ihr Kinn gepackt und zu sich herübergezogen. Die Reaktion war ein harter Schlag auf den Arm und die Worte: »Lass das gefälligst!« Jetzt, Jahrzehnte später, lauschte Bucky immer noch der gleichen Sorte Mann, die jetzt aus einem sehr viel größeren Fernsehgerät zu ihr sprach. Lili ließ ihren Kopf auf den geräumigen Schoß ihrer Mutter sinken, das Gesicht ihrem Bauch zugewandt. Diese ausgedehnte Fläche, von einer schwarzen Hose bedeckt, roch beißend nach neuem Gabardine, und Lili sah ein Preisschild aus einer der Taschen heraussstehen – neunundzwanzig Dollar. Weiter oben verhüllte ein geblümtes Hemd mit Button-Down-Kragen das, was Lili sich als das noch warme Knochengerüst des Rumpfs ihrer toten

Mutter vorstellte. Lili schloss die Augen und nickte ein, die Stimmen im Fernsehen ein Wiegenlied im Hintergrund. Buckys Finger, krumm vom Schreiben, mit dem einsamen Ehering als Hoffnungsschimmer, bahnten sich behutsam ihren Weg zu dem blonden Schopf und blieben dort sachte liegen.

Nach einer Weile drehte Lili den Kopf, sodass ihre Nase und ihr Mund unter der fleischigen Hand lagen, die nicht reagierte, da küsste Lili sie. Die Finger, die nach Zigarettenrauch und Radiergummi rochen, zogen sich zurück, kniffen die Tochter spielerisch in ihre kleine Nase und streichelten ihr dann über die Wange. »Du bist so weich und glatt wie Marenka«, murmelte Bucky. Sie schämte sich dafür, dass sie sich so oft über Lili geärgert hatte. »Vielen Dank für deinen Besuch. Es freut mich sehr, dass du hier bist.«

Die Damen vergnügen sich

Nach diesem ersten Tag einer sanften Entspannung besuchte Lili ihre Mutter häufig. Freudig zog sie los, doch sobald sie zur Tür hereinkam, fiel es ihr schwer, freundlich zu bleiben. Sie sagte »Hi!«, widerwillig, kaum mehr als ein bloßer Atemstoß, in den Lili ihre Stimme presste. Dann stürmte sie in ihr altes Zimmer. Sie warf sich gern auf ihr Bett und tat, als wäre sie ein Kind, das aus der Schule heimkommt. Bucky verließ sich auf ihr Glück; sie blieb auf Abstand. Aber einmal ging sie Lili hinterher, drückte sich im Türrahmen herum, sah ihre Tochter erwartungsvoll an und signalisierte ihr, dass sie »reden« wollte.

»Was willst du, Bucky?« Lili freute sich darauf, mit den drei Katzen zu spielen, die sie mit ins Bett genommen hatte.

»Ich möchte mit dir über meine Depression sprechen«, platzte es aus Bucky heraus. »Die Trennung von Vlado beeinflusst meine Fähigkeit, klar zu denken.«

Lili hatte gerade einen Tag im aktiven Dienst verbracht, zum ersten Mal seit Wochen. Sie war in kneifenden Schuhen (ihre Füße waren dicker geworden) auf- und abgegangen, durch eine Phalanx von Kameras und gaffenden Fremden. Fünfzehn unterschiedliche Kostüme, fünf Designer, um sieben Uhr aus den Federn, den ganzen Tag nichts anderes zu essen als Kekse, die meisten Mädchen sehr viel jünger als Lili. Sie hatten in ihr eine Veteranin gesehen, die immer noch herumhumpelte. Im Vergleich dazu waren die Probleme ihrer Mutter viel Lärm um nichts.

»Weshalb arbeitest du nicht?«, fuhr sie ihre Mutter an. »Statt dich in einer Depression zu suhlen, an deren Ursache du nicht das Geringste ändern kannst. Schreib ein Buch oder so was.«

»Du und Vlado, ihr seid aus dem gleichen Holz geschnitzt«, sagte Bucky, während sie schniefend in den Flur zurückwich und ihre Tränen unterdrückte. Ihre Tochter streckte den Fuß aus dem Bett und gab der Tür einen Stoß.

Aber Bucky erholte sich. Sie hatte tatsächlich vor, einen Roman zu schreiben, und selbstverständlich sollte er umwerfend und grandios werden. Sie beschloss, ihm die Form einer Passacaglia zu geben, die einzige Form, die ihr Mann niemals bewältigt hatte. Ihr Roman sollte mehrere Erzählstimmen haben, die Basslinie, so tief wie möglich, über Sex.

Jeder Boogie Woogie folgt dem gleichen Prinzip, aber Bucky dachte daran, den Roman »Passacaglia« zu nennen, um sicherzugehen, dass ihr »Ex« es mitbekam, ganz gleich, wie beschäftigt er war (und – eine kleine Prämie für die nach Trüffeln suchenden Kritiker – das Wort Passacaglia reimte sich auf den Namen ihrer neuesten jungen, tückischen Rivalin im Wettstreit um den Titel »Klügste Frau Amerikas«). Bucky hatte sich eine phantastische Story ausgedacht, in der es nur um Männlichkeit ging: ein verheirateter, linksliberaler New Yorker Jude mittleren Alters namens Meir verliebt sich in einen aus dem Süden stammenden Jungen namens Eddy. Meir behauptet, dass ihm diese Affenliebe hilft, ein Trauma zu überwinden, das er sich in jungen Jahren zuzog, als ihn ein Redneck in einer kleinen Stadt im Süden zusammenschlug, weil er aus dem Wasserspender für Farbige getrunken hatte.

Die Wahrheit sah anders aus: Er hatte den Wasserspender nicht angerührt. Wie eine Biene vom offenen Honigtopf war der junge Meir in Wirklichkeit vom Hinterteil des hübschen Rednecks angezogen worden, und von dem, was er für dessen gigantische Eier hielt, die ihr Besitzer, als er sich über den Wasserspender für Weiße beugte, ihm präsentierte. Der junge Mann hatte den Blick des Nordstaatlers durch den Jeansstoff gespürt. Er drehte sich blitzschnell herum, vergalt es dem Gaffer, indem er ihm mitten in die Fresse spuckte, nannte ihn eine »Schwuchtel« und gab ihm seine Fäuste zu schmecken, mit Unterstützung des Bahnhofspolizisten, der Meir wegen unsittlichen Betragens verhaftete. In dem Roman bezahlte seine Freundin die Kaution und später seine neue Schneidezahnkrone. Sie hatte ihn an jenem Nachmittag geheiratet, nicht nur, damit sie ein Doppelzimmer mieten konnten, sondern auch, um die Gerüchte zum Schweigen zu bringen, die im Kopf des armen Meir herumkreischten.

Die durchgehende Basslinie sollte ein Tagebuch voller ekliger Sexualphantasien bilden, die Meir niemals auszusprechen gewagt hatte. Sie waren echt, Plagiate von Texten aus einem eselsohrigen Notizbuch, das Lili nach Vlados Auszug in seinem Schreibtisch gefunden und ihrer Mutter gezeigt hatte: »Hier, Vlados größtes Werk.« Vlado hatte sich selbst nicht geschont: Anhand seines Stuhlgangs und gelegentlicher Erektionen beschrieb er seine Tage; selbst die perversesten Gedanken waren minutiös dargestellt. Bucky wollte den Roman unter dem Pseudonym Mrs. Smith veröffentlichen, um Rechtsstreitigkeiten vorzubeugen. Der Titel lautete »Homo Delendus«, der zerstörte Mann.

Bucky entwarf den Plot auf großen Pappen, die sie in ihrem Arbeitszimmer stehenließ, sodass jeder sie sehen konnte. Es interessierte sich aber niemand dafür. Sie hatte die Hälfte des Buchs geschrieben, als die Umstände sich änderten.

Ein schreckliches Leid

Bucky, die nun mit ihrem Buch beschäftigt war, belästigte ihre Tochter nicht länger mit Konversation. Lili kam jeden Tag und ließ mit dem Wort »Hallo« einen Gesprächsballon in der Wohnung aufsteigen. Wurde er durch Schweigen abgeschossen, ging sie unverzüglich in ihr altes Zimmer. Kam ein Echo aus Buckys Arbeitszimmer, erkundigte sich Lili, was das Buch mache. Fiel Buckys Antwort zu ausführlich aus, zog sich Lili währenddessen zurück. Sie hatte immer eine Katze auf dem Arm. Sie legte Wert auf die Feststellung, dass Grimalkin, Lord und Mousleyer sehr ruhig seien, seit sie so viel Zeit mit ihnen verbringe. Offensichtlich brauchten sie diese Zuwendung. Sie rasten nicht mehr herum, sondern ringelten sich zusammen. »Was seid ihr Jungs für Faulpelze«, verkündete sie. Dann nahm sie die Katzen hoch und warf sie in die Luft, wie man es mit einem Kleinkind macht, fing sie sicher wieder auf und kicherte liebevoll über ihre Schrecksekunden.

»Sie hätte Kinder haben sollen«, sagte Bucky vorwurfsvoll, als Duke und sie bei dieser Inszenierung anwesend waren. »Sieh doch, was für eine großartige Mutter sie gewesen wäre. Es ist ihre Berufung, oder nicht?« Duke fiel nicht über seine Schwiegermutter her. Er musste zugeben, dass die Tiere ein Himmelsgeschenk waren. Seit Lili Bucky mit ihren Besuchen in 100 Riverside Drive »half«, war sie kein einziges Mal mehr betrunken gewesen.

Lili und ihre Mutter hatten endlich etwas gemein – ihre Freude an Katzen. Lilis Liebe zu Kleintieren hatte Bucky gestört, als die Tochter ein Kind gewesen war. Jetzt konnte sie diese Liebe verstehen. Doch sie beugte sich nicht immer Lilis Sachverstand. Bucky verzärtelte die Katzen, während Lili ihr schlechtes Betragen nur ein paar Tage lang hinnahm und dann verkündete, dass es Zeit für häuslichen Unterricht sei: Die Katzen durften nicht mehr auf Buckys heiligen Schreibtisch klettern, und Katzenstreu wurde nicht mehr auf dem Küchentisch verteilt. Grenzen waren wichtig.

Sie trug die Katzen eine nach der anderen zu jeder verbotenen Oberfläche, ließ sie am Nacken darüber baumeln, schlug sie dabei auf die Vorderpfoten und erklärte Bucky, leichte Schmerzen seien die beste Erziehungsmethode.

Bucky scherte das nicht: »Ach, lass sie doch gehen, wohin sie wollen.«

Die Katzen lernten nicht besonders schnell. Sie lernten überhaupt nicht. Aber wenn sie Lili auftauchen sahen, rissen sie aus. Lili verfolgte sie oder durchkämmte ihre üblichen Verstecke. Es gefiel ihr, wenn sie auf ihrem Schoß »wohnten«. Sie belohnte sie mit Streicheleien und Küssen. Sie schnurrten sehr laut, und jeden, der zusah, rührte das offenkundige Band zwischen einer so schönen Frau und der räudigen Katze. Sie schienen einfach nicht genug voneinander zu bekommen.

Nur Marenka, Buckys Liebling, war Lilis pädagogischem Eifer nicht unterworfen. Marenka hatte sich angewöhnt, in Buckys Abwesenheit unter ihr Bett zu kriechen, auf ihre Rückkehr zu warten und dann hervorzukommen und in ihre Arme zu springen. Lili sah den beiden beim Schmusen zu und fühlte sich ausgeschlossen.

Einmal forderte sie von ihrer Mutter: »Gib mir das Kätzchen, damit ich es dressieren kann.« Und Bucky erwiderte: »Nein. Marenka ist vollkommen, so wie sie ist.«

Duke musste für zwei Tage nach Virginia reisen, um Jeffersons altes Weingut zu besuchen. Die Besitzer wollten dem heimkehrenden Familienmitglied einen besonders herzlichen Empfang bereiten. Vor Ort sollten fünf Sendungen aufgezeichnet werden.

Heaps hatte einen besseren Instinkt als Duke. Er spürte, dass sich um Lili ein Gewitter zusammenbraute. Schließlich hörte er auf seine Ängste und rief Duke an. Sie führten ein forciert freundliches Gespräch über den drohenden Müllmännerstreik, bis Heaps, vermeintlich interessiert, fragte, was das »Weingeschäft« mache. Daraufhin räumte Duke ein, dass er im Begriff sei, zum Monticello zu reisen. So etwas hatte Heaps schon vermutet. Er war entsetzt.

Dukes alberne Weinkarriere würde Lili noch zugrunde richten.

Heaps brummelte, dass er keine Zeit mehr habe, und legte rasch auf. Duke war verzweifelt. »Darling«, sagte er zu Lili. »Würdest du bitte, solange ich weg bin, bei Bucky wohnen?«

Er war erleichtert, als Lili einwilligte und ihren Koffer packte.

In 100 Riverside Drive war es langweilig und einsam. Am zweiten Abend musste Bucky zu einer Museumseröffnung. »Du kommst mit!«, insistierte sie, da ihr klar war, dass sie ihre Tochter im Auge behalten sollte. Lili zögerte, und schließlich ging Bucky allein.

Lili rief Duke an. »Ich gehe heute nicht aus! Das hab ich hinter mir. Obwohl ich es hasse, wenn du weg bist. Ich hasse es. Ich fühle mich so allein …« Er tröstete sie, nur müsse er sich jetzt beeilen. »Du wirst heute Abend Frauen in die Arme laufen«, prophezeite sie. »Da werden lauter Südstaatenschönheiten sein. Wehe, du redest mit ihnen!«

»Werde ich nicht, versprochen.«

Sie glaubte ihm nicht. In ihrer Vorstellung stand er im Mittelpunkt der Aufmerksamkeit. Alle Frauen, die ihren gutaussehenden Mann wahrnahmen, einen Jefferson, würden sich auf ihn stürzen, der an seinem Finger funkelnde Ehering würde sie bloß in dem Versuch bestärken, diesen Mann zu erobern, nur für eine Nacht. Sie sah ihn mit einer anderen Blondine vor sich, im Taumel der Leidenschaft. Sie wäre noch jung. Kein Model, doch würde sie seine Begeisterung für gutes Essen teilen. Sie würden Kohl zusammen kochen, Mint Juleps trinken, lauthals über Weinwitze lachen und darin übereinstimmen, wie charmant das dichte Moos im Süden an den Eichen sei. Lili war krank vor Eifersucht. Aus dieser Entfernung konnte sie Duke nicht beherrschen. Aber andere.

Die Hausbewohner schliefen alle in irgendwelchen Ecken und Winkeln. Sie sträubten sich, aber es gelang ihr, die Meute in der Küche zu versammeln, wo sie sich nur unter dem Tisch verstecken konnten, und dort waren sie leicht zu erreichen. Lili wollte ihnen beibringen, in Reih und Glied zu sitzen. Das war wirklich nicht schwer; sie kapierten es. Schon bald saßen sie schnurrend nebeneinander. Katzen schnurren, wenn sie Schmerzen haben. Lili gab nach. Sie brauchte die Katzen nicht zu beherrschen. Sie brauchte nur Liebe und Gesellschaft. Sie überlegte, welche Katze an diesem einsamen Abend ihre Gefährtin sein sollte.

Schließlich entschied sie sich für Grimalkin und nahm ihn mit in ihr Zimmer. Von den drei grauen war Grimalkin mit den gelben Augen und den ausgefransten Schnurrhaaren der größte. Er kannte sich in den Straßen der Lower East Side anhand ihrer Mülltonnen aus, und er konnte Freund und Feind unterscheiden, indem er ihre Gedanken las. Er war ein Überlebender.

Für das, was in dieser Nacht passierte, machte Lili Duke verantwortlich. Er hätte sie nicht so lange alleinlassen dürfen. Sie brauchte Duke in ihrer Nähe, um sich vom »Groll« über Bucky befreien zu können, wie ihr Therapeut ihr erklärt hatte. Ihre Mutter liebte sie nicht bedingungslos, wie eine Mutter es tun sollte. Niemand hatte sie je so geliebt, außer Duke und Heaps. Und die gingen beide nicht ans Telefon. Sie fühlte sich verlassen. Sie hielt Grimalkin in den Armen und drückte ihn an sich, versuchte, aus diesem weichen, gefügigen Wesen Trost herauszuquetschen.

»Verzeih mir, wenn ich dir jemals wehtun sollte«, flüsterte sie. Aber Grimalkin zeigte keine Reaktion. Ihr Wohlergehen ließ ihn vollkommen kalt. Seine Krallen waren kleine Messer, mit denen er ihr überall auf den Händen und Unterarmen Kratzer verpasste. Es brannte so sehr, dass sie ihn losließ, und er schlüpfte unter das Bett. Als sie nach ihm angelte, stieß Lili sich die Stirn am Bettrahmen. Der Spiegel zeigte einen roten Striemen, der langsam immer größer wurde. Kürzlich waren ein paar Pünktchen aufgetaucht. Altersflecken womöglich! Lili rückte das Bett ab; Grimalkin wartete, bis sie sich beim Schieben bückte; dann schoss er am anderen Ende hinaus, sauste ins Wohnzimmer und verschwand in einem Bücherregal. Lili suchte sehr lange nach ihm. Was für eine Zeitverschwendung. Grimalkin brachte sie in Zugzwang.

Schließlich entdeckte sie ihn auf einem Regal, wo er sich hinter der Abteilung G der Encycopledia Britannica versteckte. Vielleicht konnte er lesen! Das taten sie alle in diesem abscheulichen Haushalt. Sie packte Grimalkin, wie eine Katzenmutter ihr Junges, und dachte, das werde ihn beruhigen, aber Grimalkin schlug mit seinen ausgefahrenen Krallen zu, und sie spürte einen brennenden Schmerz an der Nase.

Sie berührte die Wunde mit der freien Hand und beschmierte sich die Finger dabei mit Blut. Dann hob sie den Kater hoch, direkt vor ihr

Gesicht, presste ihm mit ihrer blutigen Hand die Vorderpfoten so fest zusammen, wie sie konnte, fletschte die Zähne und sagte: »Mach. Das. Nicht.« Klare Ansage. Weshalb kapierte er das nicht?

In diesem Augenblick klingelte das Telefon. Sie hielt sich den schwergewichtigen Feind auf Armeslänge vom Leib, sodass seine Klauen sie nicht erreichen konnten, und ging leicht keuchend ans Telefon. Es war Bucky. »Wie geht's dir?«, fragte sie. »Weshalb nimmst du dir nicht ein Taxi und kommst her?« Sie ratterte ein paar illustre Namen runter.

»Ja, ich komme!«, erwiderte Lili. »Kann sein, dass es ein bisschen dauert. Warte auf mich!« Bucky war einverstanden. Lili legte auf. Grimalkin drehte sich im Kreis, während er an seinem Nackenfell baumelte. Lili beobachtete seine fruchtlosen Anstrengungen. Er musste aufhören, ihre Gefühle zu verletzen. Sie schwang den Kater hin und her und sah, dass er noch heftiger zappelte. Sie fragte sich, wie lange er noch kämpfen würde, wann er sich ergäbe, wann er erkennen würde, dass er noch nie Macht über sein Schicksal gehabt hatte. Lili holte noch weiter aus. Wie eine Wissenschaftlerin musterte sie den Gesichtsausdruck des Katers auf seiner Reise, seine Augenschlitze, seine verzerrte Schnauze; er sah wütend aus. »Guck mich gefälligst nicht so an!«, schrie sie. Sie schwang ihn heftiger, und diesmal ging sie zur Wand und ließ zu, dass das Tier im Abwärtsschwung gegen das Bücherregal knallte. Beim Aufprall schlossen sich die Augen, und die Kreatur erschlaffte. Aus dem Maul tropfte Blut.

»O Gott.« Ihre Zähne klapperten. »Bücher können einen wirklich umhauen.« Die Erregung kribbelte in ihrem Bauch. Sie wiegte den Kater in den Armen und merkte zu ihrer Erleichterung, dass sie weinen musste. Ihre Tränen benetzten das Fell. Sie warf einen Blick auf ihr Bild im Flurspiegel. Nett, zweifellos viel hübscher als beim Herumschleudern des Katers. Sie wischte ihm das Blut von der Schnauze und legte ihr Gesicht auf seines. Es machte sie traurig, dass sie seine Schmerzen nicht spüren und sich deshalb auch nicht bedauern konnte. Der Kater hatte es besser als sie. Sie wünschte, jemand würde sie so zärtlich trösten.

Als sie die Küchentür öffnete, fuhren die anderen Katzen auseinander – sie hatten gelauscht, dachte Lili. Sie legte den blutenden Kater auf den Fußboden, bekam ohne Schwierigkeiten seinen Bauch zu fassen, weil Grimalkin sich jetzt nicht mehr wehrte, und fühlte nach seinem Herzen, es schlug noch. Sie öffnete eine Dose Thunfisch in Olivenöl, aus Italien importiert, und strich dem Kater kleine Stücke Fisch ins Maul. Grimalkin bewegte sich. Unter der seidigen Oberfläche war sein Bauch warm und hart. Ohne die Augen zu öffnen, leckte er sich über die Lippen und schien seine Lage abzuschätzen. Lili spürte von neuem Selbstmitleid, weil es für sie in diesem Haus nichts gab, das ihr den gleichen Trost gegeben hätte. Die anderen Katzen miauten gierig. Marenka leckte das Fischöl von Grimalkins Gesicht. Lili verabscheute sie alle wegen ihrer Gleichgültigkeit gegenüber den Qualen des Riesen und fand, dass sie bestraft gehörten. Doch dann legte sie den Fisch auf einen Teller für alle und sah ihnen beim Fressen zu. Grimalkin kam langsam zu sich, rollte sich herum und erhob sich auf alle Viere. Er starrte Lili aus leeren Augen an und wandte dann den Kopf ab, um seinen Landsleuten zuzusehen, die sich mit dem Thunfisch abmühten. Lili bewunderte sie dafür, wie vornehm sie fraßen. Aber Grimalkin hatte keinen Hunger. Er wollte fliehen. Er glaubte, er könnte es schaffen, indem er sich duckte und davonschlich. Lili packte ihn am Schwanz. Da hörte sie den Schlüssel in der Tür. Sofort ließ sie sich auf den Boden sinken, neben den Kater, und streichelte ihn. Sie versuchte, ihren Atem unter Kontrolle zu bekommen.

»Hab mir schon gedacht, dass du hiergeblieben bist. Deine Intuition war richtig«, sagte Bucky. »Was ist mit Grimalkin los?«

»Das frage ich mich auch. Die blöden Katzen haben miteinander gekämpft. Das hat mir vielleicht einen Schrecken eingejagt! Ich hab ihnen ein bisschen Thunfisch gegeben, um sie auseinanderzukriegen. Entschuldige den Geruch hier drin. Mach dir keine Sorgen, Grimalkin wird schon wieder. Gott, bin ich froh, dass du wieder da bist!« Sie strahlte ihre Mutter an, die darüber zu verwirrt war, um noch irgendwas anderes wahrzunehmen.

»Es tut mir leid, Darling, dass du das alles durchgemacht hast. Mit meinen Schmuddelkindern hier. Während ich wegen Israel in eine Katzbalgerei mit der ganzen Galerie geraten bin. Ich war da die einzige vernünftige Person. Es war unerträglich. Ich bin abgehauen.«

»Lass uns schlafengehen, Mommy, ich bin fertig.«

Seitdem sie ein kleines Kind war, hatte Lili sie nicht mehr »Mommy« genannt. Das Manöver funktionierte. Bucky vergaß den Nahen Osten. Plötzlich spürte sie ihre Mutterliebe wie eine ozeanische Kraft, eisig, stürmisch, doch nie versiegend, das wusste sie. Nur der Tod konnte sie von Lili scheiden.

Sie tätschelte ihrem immer noch auf dem Boden sitzenden Kind behutsam den Kopf und sagte: »Ja. Das war's für heute.«

Lili legte sich auf ihr Bett, vollbekleidet, schloss die Augen, rief sich immer wieder von neuem in Erinnerung, in allen Einzelheiten, wie in einer Zeitschleife, wie sie früher mit Grimalkin »gespielt« hatte. Sie überlegte, ob sie es noch einmal versuchen sollte. Aber Duke würde sicherlich bald nach Hause kommen.

Als es in der Wohnung eine Zeit lang still gewesen war, verließ sie das Haus. Es war eine bitterkalte, dunkle Nacht. Der Wind im Riverside Drive hätte sie fast weggeblasen, und sie musste wie ein Pfeil durch die Böen rasen, von einer Straßenschildstange zur anderen. Am Broadway wehte der Wind schwächer. Sie rief ein Taxi. Zeit für die Cozy Bar.

Duke schließt Freundschaft

Jedem das Seine. Duke war am frühen Nachmittag aufgebrochen und für sechzehn Dollar mehr als sechs Stunden lang mit dem Crescent-Zug südwärts gefahren, gemeinsam mit Krethi und Plethi. Niemand hatte Anstalten gemacht, sich neben ihn zu setzen. Er sah einfach zu vornehm aus. Für den Termin hatte er sich einen blauen Nadelstreifenanzug britischer Provenienz, ein gestreiftes Hemd und eine Krawatte mit rotem Zickzackmuster zugelegt, ein Outfit, das Prinz Charles gern trug. Aus seiner Aktentasche hatte er einen fünftausend Dollar teuren Pentium-100-Laptop mit 17-Zoll-Bildschirm herausgeholt. Als der Akku leer war, studierte Duke ein Handbuch über das Terroir von Virginia und träumte von einem Dasein als Gentleman-Winzer. Er wollte Thomas Jeffersons Weingut übernehmen und irgendwann die Weine keltern, von denen Jefferson bloß geträumt hatte. Nichts konnte Duke aufhalten. Er musste nur das nötige Kleingeld rüberreichen. Erst dann hätte er es wirklich verdient, sich als seinen »Erben« zu bezeichnen. Er würde im Haus schlafen, und nicht in einem hässlichen Motel.

In dem Gefühl, in Monticello zu Hause zu sein, schlief er ein.

Am nächsten Morgen begutachtete er die Wein- und Obstgärten von Monticello. Die Bäume und Weinstöcke waren kahl; es war ein klarer, sonniger Dezembertag. Duke musterte alles mit dem Blick des Eigentümers.

Seine Gastgeber beteiligten sich abwechselnd an einem Gespräch über Jeffersons Vorliebe für Wein und gutes Essen. Niemand erwähnte die Gerüchte über seine Techtelmechtel mit den Sklaven. Glücklicherweise brauchte man Mr. Butler nicht davor zu warnen, seine angebliche Verbindung mit Monticello zum Thema der Sendung zu machen. Man merkte sofort, dass er diskret und nur an schönen Dingen und nicht an hässlichen Gerüchten interessiert war.

Im Laufe dieses langen Tages zeichnete Mr. Butler fünf halbstündige Sendungen auf, in jedem berühmten Zimmer eine. In Jeffersons Salon stellte er im Licht der Morgensonne leichte Weine vor. Später saß er auf unterschiedlichen Kanapees, einmal auch am Cembalo, und prostete den Porträts von Washington, Franklin und Madison zu. Im Speisesaal sprach er über Weine, die man zum Essen trinkt; in der Bibliothek, bei Einbruch der Dämmerung, über Portweine und Weine, die man nach dem Essen trinkt; im Dome Room ging er mit einer Flasche und einem Glas umher und sprach über die Geschichte der amerikanischen Weine, während der Abend am Himmel heraufzog und Kerzen die kahlen Wände erhellten. Duke war elegant, er war leidenschaftlich, und mit seiner geheimnisvollen dunklen Brille sah er vor der Kamera großartig aus.

Der Zug, mit dem Duke am nächsten Nachmittag nach Hause fuhr, kam aus Atlanta. In der Hauptstadt füllte sich der Speisewagen. Niemand setzte sich neben ihn, und er hoffte, allein speisen zu können.

»Guten Tag, Sir. Dürfte ich Ihnen Gesellschaft leisten?«, fragte eine geschmeidige Stimme mit dem Akzent eines hochgebildeten weißen Südstaatlers. Duke sah zu einem älteren Brobdingnager auf, der kaum noch Haare auf dem Kopf hatte und dessen Anzug von einer langen Reise zerknittert war. Seine Haut war pechschwarz. Ohne auf eine Antwort zu warten, nahm er Platz und musterte Dukes feine Kleidung. »Sieh sich mal einer diesen Anzug an. Ich heiße John Mayflower.« Er streckte die Hand aus.

»Guten Tag«, erwiderte Duke. Er gab ihm die Hand, aber seinen Namen gab er nicht preis. Er räusperte sich, beschämt über seine Knickrigkeit, und setzte von neuem an: »Guten Tag! Ich heiße Duke Butler.« Der altmodische Connecticut-Akzent, den er von Mr. Perkins übernommen hatte, fühlte sich in seinem Mund auf einmal merkwürdig an. Mr. Mayflower fiel es auf. Die beiden Männer studierten einander.

Mr. Mayflower hatte sicherlich einmal gut ausgesehen, stellte Duke fest, womit er den Fremden gegen seine eigene Kritik in Schutz nahm. Ein New Yorker hätte sich nicht so gehenlassen. Er bestand aus einer Reihe von Kugeln, sein Rumpf fast ganz rund, das Gesicht eine Scheibe, die Wangen zwei runde Hügel, selbst die Nase war rund. Er strahlte Güte aus, ein riesiger schwarzer Buddha.

»Ich komme aus Georgia und reise geschäftlich in den Norden. Und woher kommen Sie, wenn ich fragen darf?« Mr. Mayflower hatte entschieden den Akzent eines Weißen. Die Begegnung mit einem anderen Sprachchamäleon verblüffte Duke.

»Dunmovin, Zentralflorida. Ursprünglich. Jetzt bin ich New Yorker.«

»Ein New Yorker aus Dunmovin. Ich bin mit beiden Orten gut vertraut. Wie's halt so geht. Dunmovin, unglaublich«, sagte John Mayflower gedehnt. »Gut. Dann sind Sie ja ziemlich weit von zu Hause weg, nicht wahr?« Seine Zähne waren gesund und weiß. »Ich habe selbst Verbindungen nach Dunmovin. Kleine Welt! Bin letzten Monat da gewesen. Meine Schwester Julie wohnt dort, und ihr Mann ist gerade gestorben. Ich war auf der Beerdigung. Haus an der Fifth Street. Große alte Eiche, die den ganzen Garten einnimmt.«

Duke hielt den Atem an. Er kannte das Haus, er kannte den Baum, die Rinde, den Knoten am untersten Ast, an dem er sich einmal das Knie aufgeschnitten hatte. Immerhin kannte er Julie nicht.

»Hübsche kleine Stadt«, ergänzte der Fremde. »Kellner! Einen Stapel Pfannkuchen für uns beide!« Er beruhigte Duke: »Geht auf meine Rechnung.«

Sie sprachen eine Zeitlang übers Wetter, übers Zugfahren, über die vertrauten Geräusche und Gerüche der Schienen und das Gefühl, das man nach einer langen Fahrt in den Beinen hat, wenn man endlich aussteigt und der feste Boden vibriert.

Der Kellner kehrte mit Pfannkuchen zurück, die wie ein weiches Gebäude vor ihnen standen, mit einer obendrauf leuchtenden Sonne aus Butter. Sie nahmen die Gabeln zur Hand und begannen mit dem Abriss.

John Mayflower beugte sich vor, glitzernden Sirup auf den Lippen, und fragte Duke: »Können Sie mir einen Gefallen tun? Bitte nehmen Sie Ihre Sonnenbrille ab. Ich möchte einem Mann in die Augen sehen, wenn ich mit ihm rede.«

Dukes Hand gehorchte, langte nach der Brille, seiner Krücke, und legte sie auf den vollen Tisch. Er hielt das Gesicht zur Prüfung hoch. Sein Begleiter zuckte erschrocken zurück. Doch er erinnerte sich seiner Manieren. »Sie verstecken Ihre Augen also, weil das rechte einem Propheten gehört«, sagte er. »Und das linke einem Prinzen.«

Duke fühlte sich geschmeichelt. »Vielen Dank. Sie sind sehr freundlich. Man hat mich Blue Eyes genannt, als sie beide blau waren. Dann hatte ich einen Unfall.«

»Unfall?«, echote John Mayflower. »Haben Sie Ihre Frau geärgert, und die hat Ihnen eins mit dem Blasrohr verpasst?«

»Nicht ganz«, stammelte Duke. John Mayflowers scherzhafte Mutmaßung machte seine Version der Geschichte zunichte, die Champagnerkorkenlüge. Und so fasste Duke etwas in Worte, das er nie hatte glauben wollen. »Wir aßen Hummer. Sie verlor die Kontrolle über ihre Gabel.« Er fand, dass sich das vollkommen unglaubwürdig anhörte. »Ich hatte Geburtstag. Ich weiß wirklich nicht, wie es passiert ist.« Der Zug wackelte heftig.

»Es muss sehr schlimm für sie gewesen sein, Sie so zu verletzen.« John Mayflower schien besorgt. Er lehnte sich nicht zurück, und Duke schwieg. Die Wunde lag offen zutage. Der Kaffee schwappte in den Tassen.

»Sie hat es doch nicht absichtlich getan, oder? Nein. Einfach aus Versehen? Ein normaler Mann wäre nicht mit ihr verheiratet geblieben. Hätte ihr nicht verziehen. Sie haben ein sehr großes Herz. Das brauchen alle, um verheiratet zu bleiben«, verfügte Mayflower. »Jedenfalls hat Gott ihr verziehen.«

Es war Duke nie in den Sinn gekommen, dass er irgendetwas zu verzeihen habe. Es war, als überstünde der Zug gerade ein Erdbeben. Duke erinnerte sich an Nachrichten über entgleiste Züge, die vielen Toten, und hielt sich an der Lehne fest.

»Der Herr«, fuhr John Mayflower fort, ohne auf die Gefahr zu achten, »vergibt Fehler. Er vergibt sogar Un-sitt-lich-keit!« Er betonte jede einzelne der vier Silben. »Aber das Böse vergibt er nicht.« Der Begriff »Das Böse« war in New York so gut wie unbekannt. Die Psychiater glaubten nicht daran. Eine völlig überholte Vorstellung.

Das heftige Rütteln ließ nach und verwandelte sich in sanftes Schaukeln, während John Mayflower sich murmelnd über Sünder ereiferte, die ihre ungeborenen Kinder ermordeten, die Ehe brachen oder Drogen nahmen, über einen Präsidenten, der seinen Schwanz nicht in der Hose behalten konnte, und über die grassierende Geringschätzung »unserer sauberen Jungs in Uniform«. Mund, Augen und Stirn sprühten Funken. Von der anderen Seite des Ganges starrten Leute herüber. Und Duke hörte dem Singsang zu, den er seit Jahrzehnten nicht mehr vernommen hatte, als wäre er ein altes Lagerfeuerlied, dessen Worte ihm so vertraut waren, dass sie nichts mehr bedeuteten. Offenbar hielt ihn John Mayflower aber auch für einen Sünder. Mit lauter Stimme beichtete er in Gedanken: »Ich habe Lili gezwungen, unser Kind zu ermorden.« Er wollte vom Tisch aufspringen und wegrennen. Stattdessen schnappte er sich die Sonnenbrille und setzte sie wieder auf. Er fühlte sich geborgen.

»Ich glaube, ich langweile Sie. Wir sollten mal unsere Pfannkuchen aufessen«, sagte sein Tischpartner. Er lehnte sich zurück und wischte sich die gewaltige Stirn mit der Serviette ab. »Hauen wir rein!«

John Mayflower erzählte von sich selbst. Sein Geschäft war die Bibel. Er war Prediger in einer kleinen Baptistenkirche in Atlanta. Er war nach Norden gereist, um einen wohlhabenden Sünder zu treffen, der seine Arbeit finanzierte. Er forderte Duke heraus: »Wie viele Schwarze sind in diesem Speisewagen? Sehen Sie sich nicht um. Sagen Sie mir nur, was Sie schon wissen.«

»Zwei weitere, abgesehen von uns.« Duke fühlte sich ertappt.

»Sie haben sie gezählt, genau wie ich. Ich hätte mir Sorgen gemacht, wenn Sie's nicht gewusst hätten.« Er erklärte das nicht.

Die beiden Männer bestellten noch einmal Kaffee. John Mayflower räumte ein, dass er im Showbusiness arbeitete. Er war ein Radiostar. Er moderierte *John Mayflower's Crossing*.

»Vermutlich kennen Sie die Sendung nicht.«

»Nein, tut mir leid. Aber Sie haben wahrscheinlich auch noch nie in meine Weinsendung reingeschaut«, erwiderte Duke.

»Da irren Sie sich. Und wie ich die gesehen habe. Ich fand Sie gut. Ich trinke keinen Alkohol, aber ich gucke Kabelfernsehen, um zu sehen, was die Konkurrenz macht. Um davon zu lernen. Um aus den Fehlern zu lernen. Im Radio habe ich aber ein viel größeres Publikum. Ich beliefere die Leute beim Autofahren. Die Trucker hören mir zu. Die Pendler. Nicht bloß irgendwelche Hausfrauen, die nichts Besseres zu tun haben. Fernsehen ist jedenfalls viel einfacher. Im Fernsehen kann man die eigenen Fehler kaschieren, nuschelige Aussprache oder plötzliche Denkblockaden, indem man lächelt oder herumspringt. Im Radio gibt es nichts, womit man ungestraft davonkommt. Ausgenommen das eigene Aussehen.«

Sie hatten Newark erreicht, als Mr. Mayflower Duke vorschlug, doch mal hineinzuhören. Der Zug verließ den Bahnhof, und in der

Ferne sah man die Skyline von New York – eine Reihe schartiger, verfaulter Zähne im versmogten Zahnfleisch des Himmels. Als sie in den Hudsontunnel fuhren, gab Mr. Mayflower Duke seine Karte. Mayflowers ganzes Wesen, von den riesigen polierten Schuhen, über die dicken Beine, den großen Bauch, die voluminösen Lippen bis zu den schwarzen müde blickenden Augen, schien auf einen einzigen Wunsch gerichtet: »Ich möchte, dass Sie mehr tun, als nur hineinhören. Zuerst, als ich Sie sah, wäre ich nicht darauf gekommen, dass Sie aus dem Süden stammen. Sir, wenn ich Sie daran erinnern dürfte – als Weinliebhaber sollten Sie wissen, dass es ein Band zwischen dem Wein und dem Stück Boden gibt, wo er geboren wurde. Ich glaube, dass Sie das vergessen haben. Rufen Sie in der Sendung an! Bei Ihrem Akzent! Regelmäßige Anrufer bezahlen wir, wenn sie gut sind. Zwanzig Dollar pro Anruf. Sie können uns aber einfach Ihre Zeit schenken. Ich wette, Sie würden das großartig hinkriegen.«

Die Heimatfront

Als Duke an diesem Abend in 100 Riverside Drive ankam, stellte er fest, dass Lili nicht da war und Grimalkin völlig von der Rolle. Der alte Kater hockte auf dem Boden, die Vorderpfoten an die Brust gezogen, fast als würde er beten, und sein Schwanz war um den Leib geschlagen. Als Duke näherkam, versuchte Grimalkin aufzustehen und wegzulaufen, aber seine Hinterläufe machten nicht mit, und er kauerte sich unter den nächsten Stuhl. »Die Katzen haben miteinander gekämpft«, erklärte Bucky, die im Nachthemd in der Tür stand. »Ich glaube, dass Grimalkin die Runde verloren hat. Seltsam, wo er doch so ein Rabauke ist. Wenn es ihm morgen nicht besser geht, bringe ich ihn zum Tierarzt.« Sie wusste nicht, wo Lili war.

Er nahm Grimalkin hoch, der sich nicht wehrte, aber schwer in seinen Armen lag. Sein kleiner Schädel war sehr knochig. Duke streichelte ihn und empfand Grimalkins Abhängigkeit als Verpflichtung. Er spürte etwas Feuchtes. Er hatte Blut an seinen Fingern. Ein Schnitt am Kopf des Katers hatte sich noch nicht geschlossen. »Ich bringe ihn mal eben zur Unfallklinik rüber.«

Bucky wirkte überrascht. »Glaubst du wirklich, dass das nötig ist? Sehr nett von dir. Danke.«

Er zog los, den Kater im Mantel geborgen. Der Arzthelferin erzählte er, dass er die miauende Katze zwischen parkenden Autos gefunden habe.

»Och. Und da haben Sie sie mitgenommen? Wie süß von Ihnen.«

»Dafür wollen Sie Ihr Geld verschwenden?«, fragte der müde Tierarzt. »Ist nichts Besonderes. Ein streunender Kater. Katastrophale Verletzung. Vielleicht wurde er aus einem Auto geschmissen. Braucht reichlich Wucht, um einer Katze ein Bein zu brechen und dazu noch den Hüftknochen auf der anderen Seite. Die Knochen sind wie Gummi. Am Kiefer ist die Haut abgeschert worden. Das müsste ich nähen. Ich kann nicht mal sagen, ob das Tier überleben wird. Zahlen müssten Sie aber in jedem Fall. Wir sind kein Wohltätigkeitsverein.«

Duke unterschrieb die Papiere und zahlte alles im Voraus.

»Sie haben ein gutes Herz«, lobte die Arzthelferin, erstaunt über die menschliche Natur.

Duke ging zur Park Avenue zurück. Er legte sich auf das frisch bezogene Ehebett und schlief sofort ein.

Durch das nach Westen gelegene Fenster strömte Licht herein, als Duke spürte, wie Lili neben ihm ins Bett schlüpfte, nackt; ihre Haare und ihr Atem rochen nach Bier und Tabak. »Ich liebe dich über alles«, flüsterte sie in die Luft zwischen ihnen beiden, offensichtlich in dem Glauben, dass er schlafe.

»Wo bist du gewesen?«, erwiderte er kühl.

»Bei einem Freund. Auf dem Sofa.«

Er wusste, dass sie log, aber das störte ihn nicht; er war erleichtert, sie wieder bei sich zu haben. Und er wusste, dass sie wütend auf ihn war, weil er sie im Stich gelassen hatte. Er zog ihren fragilen Körper an sich – jede zarte Rippe war der Macht seiner Hände ausgeliefert –, begrub seine Nase in ihrem übelriechenden Haar, schmiegte sein Knie in ihre Leistenbeuge, die nicht feucht war, wie sonst, wenn Lili bei einem anderen Mann gewesen war. Beruhigt fiel er wieder in tiefen Schlaf.

Nachdem sie am sehr späten Vormittag zusammen aufgewacht waren, flüsterte sie:

»Mein Mohrenschatz!«

Es war Sonntag. Duke zog sich an, ließ seiner Frau das Badewasser ein, fügte Parfüm und Salze hinzu. Er trug die schlaftrunkene Lili ins Badezimmer – sie fühlte sich leicht an, ätherisch – und ließ sie ins Wasser gleiten. Sie teilten sich die Sonntagszeitung. Er saß auf dem Wannenrand und raschelte mit dem Feuilleton, während Lili die Polizeimeldungen las. Sie lachte laut auf.

»Was gibt's?«, fragte Duke. Er wollte mitlachen.

Sie las vor: Vorgestern Abend machte ein afroamerikanischer Liftboy im Keller seine Pause. Es war Freitag, und der Mann glaubte, das Bürogebäude sei leer, als er sich neben der Müllverbrennungsanlage auf seinen metallenen Klappstuhl setzte, sein BLT-Sandwich auspackte und einen großen Bissen nahm. Plötzlich meldete sich der Fahrstuhlsummer. Jemand vom obersten Stockwerk. Der Summer gab keine Ruhe. Also ließ der Liftboy das halb aufgegessene Sandwich liegen und kehrte wieder zu seinen Pflichten zurück. Im zehnten Stock stieg eine hochschwangere weiße Frau ein, piekfein angezogen: Sie beschimpfte ihn, weil er sie an einem warmen Freitagabend warten gelassen hatte. Der Liftboy hörte sich ihre Litanei an. Im Erdgeschoss ließ er die Hand auf dem Hebel liegen und beförderte die Frau in den Keller. Dort schnitt er ihr das Baby aus dem Bauch und warf es in die Verbrennungsanlage. Sein jetzt stiller Fahrgast blieb auf dem Boden liegen, während der Mann in Ruhe sein Sandwich aufaß. Jemand meldete Schreie aus dem Keller. Als die Polizei eintraf, spülte der Mann das Sandwich gerade mit einem Bier hinunter.

»Ein Verrückter«, sagte Duke, den es grauste. Er musste bewusst atmen, um nicht zu keuchen.

Lili widersprach ihm: »Genaugenommen ist er ein Künstler. Das Verbrechen ist höchst originell.«

Duke konnte nicht antworten. Er beneidete sie um ihr fröhliches Interesse an der Geschichte. Er fühlte sich mit dem Verbrechen verbunden, schuldig. Er wünschte, ein Weißer hätte eine Schwarze aufgeschlitzt. Das hätte die Nachricht erträglicher gemacht. Aber da war noch etwas anderes, eine Kleinigkeit, die ihn vor Scham schaudern ließ. Während Duke der Mord an einer Frau unbegreiflich erschien, konnte er mit Leichtigkeit die Verachtung verstehen, die die Hand des Mörders auf einen schwangeren Bauch gelenkt hatte.

Lili – nach Jahren der Therapie – ahnte das. Sie hatte die Zeitungsmeldung mit Bedacht ausgewählt. Sie wollte ihn beherrschen, ihn moralisch in seine Schranken weisen. Die Nachricht hatte ihre letzte Nacht annulliert; Lili folgte Duke zurück ins Bett. Nichts an ihren Intimitäten war neu, und Lili vertraute die Details nicht ihrem Tagebuch an.

Das Paar verbrachte einen warmen Wintersonntag zusammen. Sie bummelten Arm in Arm durch den Park. Lili plapperte von einem Mädchen, das sie spätnachts in einem schmierigen Schnellrestaurant kennengelernt hatte. »Ich hab mich am Tresen neben sie gesetzt. Sie hat Reispudding gegessen und wie wild in ein Ringbuch geschrieben – einen Schulaufsatz. Geschichte. Am Ende jeder Seite schob sie sich zur Belohnung einen Löffel Pudding rein. Ist das nicht süß? Eine Neuntklässlerin! Öffentliche Schule. Wahrscheinlich haben ihre Eltern kein Geld. Sie ist vierzehn. So wunderschön, mein Gott. Lauter Sommersprossen. Braune Augen, blonde Haare. Wie ich! Das perfekte Alter, um als Model anzufangen. Wenn ich ein Scout wäre, würde ich mich auf sie stürzen. Aber ich könnte ihr Türen öffnen. Weil dieses Mädchen tatsächlich umwerfend ist! Um ehrlich zu sein – sie ist mir wie aus dem Gesicht geschnitten. Nur, dass sie viel kleiner ist. Beim ersten Hinsehen glaubte ich allen Ernstes, ich sähe mein Spiegelbild. Dann wurde mir klar, mein Gott, so sähe Sobriety aus. So sähe meine Tochter in vierzehn Jahren aus.«

Duke wand sich aus Lilis Griff. »Ein Embryo ist keine Tochter«, sagte er und lief allein weiter.

Lili folgte ihm und griff wieder seinen Arm. »Natürlich. Sobriety war nicht blond. Sobriety hatte dunkles Haar, ganz dicke dunkle Locken.« Plötzlich tat ihr Mann Lili leid. »Ich mache nur Witze. Tilly ist Tilly. Und sie ist nicht meine Tochter, sie ist mein Klon. Wie ich, nur etwas jünger. Weißt du, was ich gemacht habe? Ihr den Pudding bezahlt. Dann sind wir zusammen gegangen. Ich gab ihr etwas Geld und rief ihr ein Taxi. Zum Abschied küsste ich sie. Ich wollte wieder spüren, wie das damals war, als du mich zum ersten Mal geküsst hast.« Sie schüttelte sich vor Freude. »Ist das nicht unfassbar? Unsere Namen reimen sich auch noch! Tilly und Lili. Das kann kein Zufall sein.«

Ein paar Tage später holte Duke Grimalkin aus der Tierklinik ab und brachte den Rekonvaleszenten zum 100 Riverside Drive zurück. Bucky lobte seinen Kopfputz, eine runde Vorrichtung, die das gesamte Gesicht bedeckte und ihn davon abhielt, an seinen Nähten zu lecken. Man musste durch einen Tunnel schauen, um seine rebellischen Augen zu sehen. Die Vorrichtung konnte für die Fütterungszeiten abgenommen werden, aber er aß und trank nur sehr wenig, und vor allem schien er Frauen zu hassen, eine Kategorie, in die er Bucky einordnete. Er vertraute Duke, und wenn er zu Besuch kam, strich Grimalkin ihm schnurrend um die Beine.

Lili besuchte ihre Mutter nicht mehr. Sie arbeitete nicht, aber sie beschäftigte sich viel mit Tilly, die ihr so ähnlich war.

Dukes Dilemma

In der Zwischenzeit beschäftigte sich Duke mit seinem Geld. Nach ein paar sorglosen Quartalen mit prallen Taschen wandelte sich Dukes Haltung seinem Reichtum gegenüber. Er musste sich auf Abstraktes konzentrieren, lange Zahlenreihen, die ihm in praktischer Hinsicht sehr wenig bedeuteten.Trotzdem musste er sie vor Raubtieren schützen. Raubtiere lauerten überall, im Steuerrecht, in Geschäften, im Club.

Es zeigte sich bald, dass der besondere Geldsegen keinen freien Mann aus Duke gemacht hatte. Im Gegenteil. Mr. Perkins' Geld machte ihn zu einem Sklaven der finanziellen Verantwortung und legte ihm die Handschellen daran geknüpfter Bedingungen an. Er hatte nicht um die Gebäude in der ganzen Stadt gebeten, Bürogebäude, Mietshäuser, den chaotischen Hühnerhof der Angestellten, den er verwalten musste, eine eintönige Liste von Aktien und festverzinslichen Wertpapieren, das Weingeschäft mit seinen lästigen Aktionären und Buchhaltern, denen man Rechenschaft schuldete; sie beobachteten jeden seiner Schritte, schimpfend, jammernd, prüfend. Der Hubschrauber »ergab in ökonomischer Hinsicht keinen Sinn« und musste wieder verkauft werden. Es war kein Entkommen. Sogar sein eigenes Apartment hatte Mr. Perkins ihm überschrieben, er wohnte dort mietfrei, und Duke hatte die himmelstürmenden Instandhaltungskosten aus seinem neuen Vermögen zu bezahlen. Duke wurde, kurz gesagt, knauserig, wie jeder New Yorker, und achtete auf seine Ausgaben.

Und dann gab es da noch den kleinen Umstand, dass Mr. Perkins jetzt große Dinge von Duke erwartete. Er musste nicht nur den Laden und die Immobilien gewinnbringend verwalten, sondern sich von Mr. Perkins auch ständig auf die Finger schauen lassen. Auf seine höfliche Art nörgelte Mr. Perkins. Das heißt, er fragte von Zeit zu Zeit, wie es laufe. Sein Vertrauen war beängstigend. Dukes Begabung hatte nie im finanziellen Bereich gelegen. Mr. Perkins hatte sich vorgestellt, dass es sein Interesse weckte, wenn er ihm den Zaster vermachte. »Sie haben so viel Glück mit kleinen Beträgen«, hatte er einmal gesagt. »Ich bin gespannt darauf, was Sie mit großen anstellen.«

Duke konnte nicht mehr Lotto spielen. Er musste Archivschränke und einen zusätzlichen Schreibtisch in seiner Bibliothek aufstellen, nur um den Papierkram unterzubringen, und zwei weitere Telefonanschlüsse legen lassen. Die Routinearbeiten langweilten ihn, doch er konnte sie auf keinen Fall delegieren. Die Bürde der Dankbarkeit drückte ihn nieder und wog jeden Tag schwerer. Lili bemerkte das und wollte ihm helfen. Ehefrauen helfen ihren Ehemännern.

An einem Sonntagnachmittag, das Paar lag zufrieden und innig nebeneinander, sah Duke auf seine Rolex und erinnerte sich: »Ich muss mich um den Papierkram kümmern.« Als er sich im Bett aufsetzte, zog Lili ihn wieder herab und sagte: »Dieser Arsch hat seine Zeit auf Erden wahrhaftig hinter sich. Weshalb heuern wir keinen Killer an, der ihn zum Hades befördert?«

Duke rekelte sich im Bett, während es in Lilis Gehirn neben ihm wild arbeitete – ein rascher Mord werde Mr. Perkins nicht gerecht, nein, er müsse gefoltert und gedemütigt werden. Duke umarmte seine Frau, um sie zum Schweigen zu bringen, doch das stachelte sie nur weiter an. Er hielt sie entspannt, liebevoll weiter in den Armen, während sie die Möglichkeiten durchspielte – den alten Mann fesseln und ihm billigen Wein eintrichtern; seinen kostbaren Méthusalem von der Côte de Nuits nehmen, sechs Flaschen, die er nicht in die Erbmasse aufgenommen hatte, sondern zu Hause versteckt hielt, alle über der Badewanne ausgießen und ihn dann darin ertränken. Sie malte sich aus, wie sein Gesicht aussehen würde, violett, nicht nur vom Ertrinken – er würde sterben und sich verfärben. Diese Vorstellung ließ sie in lautes Gelächter ausbrechen. Sie warf einen Blick auf Duke und sah, dass er keineswegs einverstanden war, aber trotzdem nachsichtig ihren Blutdurst belächelte, den er ihrer reichen Phantasie zuschrieb.

Er ging davon aus, dass Mr. Perkins dem Wahrscheinlichkeitsgesetz zufolge in naher Zukunft sterben und die Überwachung ein Ende haben werde.

Es zeigte sich, dass Lilis Phantasien genau den Phantasien von Mr. Perkins entsprachen. Wenig später sah man den alten Mann nachts durch die Straßen irren, in seinem Flanellpyjama, mit irrem Blick, die Haare standen ihm zu Berge, während er steif und fest behauptete, dass eine Frau in seiner Wohnung gewesen war, sie habe genau gewusst, wo er seinen Côte de Nuit verwahre, die sechs riesigen Flaschen Stück für Stück ins Badezimmer getragen, die Wanne zugestöpselt und den ganzen Wein hineingegossen.

Mr. Perkins hatte sich schlafend gestellt und war dann durchs Fenster gestiegen und über die Feuertreppe auf die Straße geflohen. Er war von der Polizei aufgegriffen und aufgrund seiner großen Erregung und seiner Bekleidung zur Untersuchung ins Bellevue Hospital Center gebracht worden. Er sagte immer wieder »Ehefrau!«, aber aus den Unterlagen ging hervor, dass er nie verheiratet gewesen war. Nachdem er eine Infusion mit einem starken Beruhigungsmittel bekommen hatte, traf ihn der Schlag, und anschließend war er dement.

Als Mr. Perkins sein kleines Königreich an Duke übergeben hatte, gehörte dazu auch eine Vollmacht. Und so fielen Duke die Entscheidungen zu, was mit seinem Mentor geschehen sollte. Er beauftragte Wei Wei, die Wohnung zu reinigen, und zahlte ihr ein »Vermögen« wegen der Schweinerei, die sie im Badezimmer vorgefunden hatte. »Wein in der Badewanne. Schwer zu putzen!«, beschwerte sie sich.

»Keine Details!«, blaffte Duke. Er erzählte Lili nur äußerst knapp, was passiert war: Mr. Perkins hatte einen Schlaganfall. Währenddessen quälte Duke ein plötzlicher Verdacht. Lili konnte kaum wissen, wo Mr. Perkins seine riesigen Weinflaschen versteckte. Sie hatte nur die Gabe der Voraussicht, sie wusste einfach, was anderen gerade durch den Kopf ging. Sie erriet oft seine finstersten Gedanken. Die verletzte Katze tauchte vor seinem geistigen Auge auf. Hatte Lili ihr etwas getan? War es doch Lili, und nicht Wei Wei, die Albert getötet hatte? Ihm schauderte, dann verbannte er diese Verdächtigungen wieder aus seinem Kopf. Er wollte sich lieber auf die Lebenden konzentrieren. Mr. Perkins tat ihm leid. Sein Leben lang war er so diskret und zurückgezogen gewesen, und dann war er so völlig unwürdig im Schlafanzug aufgegabelt worden. Duke wollte das wiedergutmachen.

Er suchte das teuerste Altersheim an der West End Avenue aus, ließ Mr. Perkins' Möbel und persönliche Habe dorthin schaffen, hängte die Bilder in fast dem gleichen Winkel zueinander auf und deponierte seine Fotosammlung auf denselben drei Stellflächen, damit es dem alten Mann nicht zu stark auffiel, dass er umgezogen war. Er stellte zusätzliche Krankenschwestern ein, die sich rund um die Uhr um ihn kümmern würden. Duke ärgerte sich über die Heimkosten, auch wenn er die Zahlung nie infrage stellte. Am Ende eines Monats war sein Reichtum weiter geschrumpft. Mr. Perkins erkannte Duke nicht länger und konnte ihm nicht danken. Er war bei bester Gesundheit.

Nachdem die Ärzte ihm versprochen hatten, dass Mr. Perkins geistig nie wieder genesen werde, feuerte er die alten Buchhalter, berief ein neues Kabinett ein, das das Imperium regieren sollte, und kehrte beschwingt ins Weingeschäft zurück. Niemand konnte ihn jetzt aufhalten, sich lautstark für amerikanische, ja, provinzielle Weine zu interessieren. Er studierte vor allem Weine aus dem tiefsten Süden, aus Georgia, Alabama und Florida.

Duke hatte seinen Begleiter aus dem Zug nicht vergessen. Eines Nachmittags, als er allein zu Hause war, stellte er sein Radio an, um John Mayflowers *Crossing* zu hören. Der Radiomonolog fing damit an, dass John Mayflower verkündete: »Zeit für ›Mayflowers Crossing‹!«

»Da bin ich wieder, John Mayflower, an der Ecke, wo meine Vergangenheit endet und die Gegenwart beginnt. Ich habe jetzt das Licht und kann mit dem langsamen Gang auf die andere Seite beginnen, wo meine Zukunft wartet. Hinter mir wütet die Pest.«

Pause. Duke sah ihn vor sich, wie er im Zug saß, sein glänzendes schwarzes Gesicht, den riesigen Körper hinter einen Tisch gequetscht. John Mayflower sprach weiter, er flüsterte fast.

»Heute rede ich zuerst vom Wetter. Vom Wetter in der Stadt. Das geschieht zum Wohle eines vornehmen Gentleman, eines Edelmanns, eines echten Herzogs, dem ich kürzlich im Zug begegnet bin. Ich wohnte früher in der Stadt, in der er jetzt wohnt. Ich wohnte dort lange, und dann ergriff ich die Flucht. Ich musste neulich dorthin zurückkehren, zum ersten Mal in zehn Jahren, und ich muss zugeben, dass ich Angst hatte. Es war November, aber der Sommer wollte nicht enden – es war warm, Fäulnis lag in der Luft. Die heißen Winde im Dezember waren krampfartig und kamen mit Donnergrollen. Da die Gestalt dieser Jahreszeit somit aufs Höllenfeuer ausgerichtet war, hatte es den Anschein, als würde die Stadt samt ihren Satelliten – die Bezirke, die sehr laaaannge Insel, die wogenden Außenbereiche, der gesamte Asphaltgartenstaat – schon bald verzehrt! In Wahrheit, Euer Gnaden, ist das Wetter verzerrt worden. Es hat sich durch die kranke Eigenliebe erhitzt, die aus dem Inneren der Menschen kommt. Es ist eine Seuche. Und ich glaube, dass sie meinen lieben Freund infiziert hat, den Duke, der letzte Woche mit mir Zug gefahren ist. Ich glaube, dass Euer Gnaden jetzt zuhören. Achtet also auf jedes Wort.«

Pause. Duke saß schockiert da.

»Für die großen Städte im Norden ist diese Seuche nichts Neues. Sie kehrt seit Jahrhunderten wieder. Der Angriff erfolgt oft heimtückisch, die ersten Symptome sind eine wachsende Konzentration auf den Besitz oder ein pulsierendes Bewusstsein für jene, die mehr haben als man selbst, für die Feinde, die man hat, besonders in den eigenen Reihen. In meinem eigenen Fall meldeten sich vor zehn Jahren hochfliegende Hoffnungen auf einen sozialen Aufstieg, verbunden mit hitzigen Gefühlen, und alles, was ich tat, hatte etwas Loses und Stinkendes an sich. Rings um mich herum waren fast alle davon ergriffen, doch am kränksten waren die, die an Schreibtischen saßen.

Ich war jung, und ich war an einem anderen Ort aufgewachsen, ich war immer geschützt gewesen, und jetzt war ich sehr krank. Ich litt an der bösartigsten Form der Krankheit und hatte Wahnvorstellungen – ich wünschte mir mehr Geld, als ich je hätte ausgeben können. Ich war wütend auf alle, die mehr besaßen als ich! Ich hatte Schaum vor dem Mund!

Aber dann hat meine Frau mich geheilt. Sie hat mich nicht verlassen. Sie hat mich geheilt. Wie das? Sie tat es, indem sie unser ganzes Geld nahm, als ich nicht achtgab, und es Radio Blessed schenkte. Meine Frau Lorna wusste, was sie tat. Jetzt besitzen wir nichts mehr. Radio Blessed hat genug, um weiter senden zu können. Wir sind wieder in den Süden gezogen, wo wir herstammen. Wo das Leben leicht ist. Wo die Heerscharen des Herrn herrschen. Und ich bin genesen! Mein Leben gehört jetzt dieser Sendung!«

Bis zu diesem Höhepunkt hatte John Mayflower immer mehr an

Tempo zugelegt, nun wurde er wieder langsamer. »Aber das reicht. Ich habe dem Herzog meine Botschaft übermittelt. Machen wir weiter. Meine lieben Zuhörer. Euer ganzes Leben ist ein Kreuzweg. Jeder Tag ist ein Kreuzweg. Und jene letzten Momente, wenn ihr den Jordan überquert, sind euer letzter Kreuzweg. Sie könnten euer leichtester Kreuzweg sein. Es gibt dann nicht mehr viel zu entscheiden. Es ist vollbracht.« Plötzlich brüllte er: »IHR KÖNNT IHN NICHT UNGESCHEHEN MACHEN!« Und dann sagte er besänftigend: »Aber ihr könnt über den heutigen Kreuzweg entscheiden.«

Duke schaltete das Radio aus. Er spürte John Mayflowers Gegenwart, wie er ihn aus schmalen Augen betrachtete, ihn für seine Feigheit tadelte, dafür, dass er sich aus der einseitigen Unterhaltung davongemacht hatte. John Mayflower erinnerte Duke an eine freundliche Ausgabe seines Vaters. Duke schaltete das Radio wieder ein. John Mayflower fuhr fort:

»Heute wollen wir erst einmal sehen, welche Entscheidung James Hale treffen muss. Und vielleicht können wir ihm bei dieser Entscheidung helfen. Wie so viele auf diesem Kreuzweg besitzt James – niemand wagt es mehr, ihn Jimmy zu nennen – das, was sie ›alles‹ nennen. Er ist ein Mann von vierzig Jahren, hat also noch ein bisschen von seiner Jugend übrig, er ist ein guter Mann, er hat ein gutes Einkommen, er ist Klempner. Er ist der König. Die Leute kommen und bitten ihn um Hilfe. Sein ›Nein‹ treibt starken Männern den Angstschweiß auf die Stirn, sein ›Ja‹ lässt ihre Augen vor Dankbarkeit strahlen, während sie ihre Brieftaschen schwenken. James fehlt es an nichts, auch seiner Familie mit den beiden stämmigen Teenagern nicht, von denen der eine ein Sohn ist, der eines Tages die Krone des Klempners tragen wird. Doch zur Zeit ist James Hale ein Gepeinigter. Er muss eine schreckliche Entscheidung fällen. Er braucht unsere Hilfe.

James muss entscheiden, wie er mit der Untreue seiner Frau umgeht!

Ihr werdet die Einzelheiten dessen, was Mrs. Hale getan hat, entsetzlich finden. Der beste Freund ihres fünfzehn Jahre alten Sohnes war nach der Schule vorbeigekommen. Da Jimmy junior noch nicht zu Hause war, beschloss sein Freund, auf ihn zu warten. Mrs. Hale machte ihm eine Tasse heißen Kakao, und sie saßen zusammen in der Küche. Und nach und nach vertraute er ihr an, dass er keine Freundin habe und es nicht wage, sich einem Mädchen zu nähern, weil er nicht genug über Sex wisse. Mom war von seiner Beichte gerührt und wollte ihm behilflich sein. So ein netter Junge! Sie verführte ihn. Er hinterließ ein Dankeschön auf dem Anrufbeantworter, und der Ehemann hörte es.

Als ihr Mann sie zur Rede stellte, bezeichnete Mrs. Hale ihre Tat als Werk der Wohltätigkeit. Es sei nichts anderes als die ehrenamtliche Mitarbeit bei der jährlichen Feier der Feuerwehr. Der König wusste, dass sie die Wahrheit sprach – seine Königin wies niemals jemanden ab, der in Bedrängnis war. Sie war eine gute Christin. Und niemand ahnte, dass ihm Hörner aufgesetzt worden waren. Sein Thron blieb intakt.

Wägt James Hale seinen Zorn und seine Beschämung ab? Zieht er davon ab, was er selbst in zwanzig Jahren Ehe falsch gemacht haben könnte, und macht er daraus eine Gleichung, die darüber entscheidet, ob er seine Frau noch liebt? Glaubt ihr, dass sein Ehegelübde in diesem Fall noch bindend ist? James Hale muss eine wichtige Entscheidung treffen.«

Jetzt war es an den Zuhörern, James Hale zu helfen, der an seiner Straßenecke stand und über den nächsten Schritt nachdachte. John Mayflower nahm Anrufe entgegen.

Duke starrte zur weißen Decke hinauf. Die Farbe war grau geworden und der Putz durchzogen von Rissen, wie Spinnweben.

Tilly: Gefahr!

Tillys Mutter, Mrs. Johnson, hielt Lili nicht für die Freundin ihrer Tochter, sondern eher für eine Goldgrube. Als sie Lili im neuesten Sushi-Restaurant der Gegend in aller Form vorgestellt wurde, spießte Mrs. Johnson ihr Sushi mit der Gabel auf, fand das Essen »sonderbar«

und erzählte dem Model, dass sie als Mädchen sogar noch hübscher gewesen sei als Tilly, »ein ganz anderer Typ, weiblicher, könnte man sagen«, aber ihre Eltern hätten sie zur sicheren Verwahrung in eine katholische Schule gesteckt, und so sei nichts daraus geworden.

Lili schätzte, dass Mrs. Johnson mindestens zwanzig Jahre älter als sie selbst war, und hatte Mitleid mit ihr: Sie war schlecht gekleidet und hatte ihr Make-up wie Wandfarbe aufgetragen. Mrs. Johnson wusste, dass sie ein paar Jahre jünger als Lili war, und glaubte, dass sie einander glichen, abgesehen von der Tatsache, dass Lili so viel Glück hatte und reich war.

Sie beschloss, den Altersunterschied herunterzuspielen und sich der »älteren Frau« anzunähern, indem sie davon sprach, dass sie beide »das gleiche Alter durchlebten«. »Lili, sag bitte Inez zu mir.«

Lili konnte es sich nicht leisten, schroff zu sein. »Vor vierhunderttausend Jahren hat der Homo sapiens herausgefunden, dass man die Nahrung ungefährlich machen kann, indem man sie gart. Ein Eckstein in der Entwicklung der Menschheit. Und auf einmal wollen alle wieder rohen Fisch essen.« Sie lächelte Mrs. Johnson an. »Sie haben recht, wenn Sie das nicht mögen.«

Sie wollte sie unter keinen Umständen Inez nennen und nannte sie deshalb überhaupt nicht beim Namen.

Mit Mrs. Johnsons Segen brachte Lili Tilly bei, Sashimi zu mögen und mit Stäbchen zu essen, sie nahm sie zum Shoppen und auf Partys mit, und eines Nachmittags bestand sie darauf, dass sie mit ihr nach Hause käme, und stellte ihr »meine Version einer Familie« vor.

Tilly war ein Knirps, gerade mal einen Meter fünfundfünfzig groß, mit einem Taillenumfang von 43 Zentimetern, sie hatte keinen Busen, aber den geraden Konturen wirkten dichte blonde Locken und runde braune Augen entgegen, die denen von Lili glichen, und sie hatte volle rosa Lippen, die Lili küsste, mit der Bemerkung: »So wie Französinnen küssen!«

Bucky und Duke blickten zu Boden, wie zwei Sonntagsschullehrer, die sich einem moralischen Gräuel ausgesetzt sehen. Die Bohème hatte Bucky nicht auf die Freveltaten vorbereitet, mit denen ihr Mann und ihre Tochter sie heimsuchten. Bucky versuchte, Tilly abzuwerben. Sie lockte sie auf ein Glas Orangensaft in die Küche und nahm sie in die Zange. Was gerade in der Schule dran sei? Das Mädchen blickte rasch um sich, wie eine Katze nach einem Fluchtweg, und nuschelte: »Tolkien.«

Duke war durch die Schwingtür hereingekommen und sah das Mädchen neugierig an. »Wo ist Lili?«, fragte Tilly panisch, stellte ihr Glas ab und raste aus der Küche. Die beiden jungen Frauen verließen das Haus so plötzlich, wie sie gekommen waren. Lili strahlte vor Freude; sie hatte ihre Hände auf die winzige junge Ausgabe ihrer selbst gelegt, die sie für sich beanspruchte und in Besitz nahm, wie sie selbst von ihren Eltern nie beansprucht oder wahrgenommen worden war.

Ein paar Wochen später verkündete Lili, dass Tilly wieder ihre Tage habe.

Das monatliche Drama ging ihr auf die Nerven, und sie konnte den fischigen Geruch nicht ertragen. Lili verkroch sich zu Hause. Eine Woche verging. Als Lilis Handy klingelte, ging sie nicht ran. Als das Handy ununterbrochen klingelte, warf sie es ins Gefrierfach. Als das Festnetztelefon klingelte, ignorierte sie das wiederkehrende rappelnde Lärmen. Duke vermutete, dass Tilly anrief, und nahm nicht ab. Als er einmal einen anderen Anruf erwartete, war tatsächlich Tilly dran. Sie schluchzte und flehte darum, mit Lili sprechen zu dürfen. Duke empfand zärtliche Verachtung für Tilly. Er hatte gelernt, Lili durch Lügen zu beschützen, es kostete ihn keine Anstrengung. »Lili hat einen Gig in Argentinien. Sie wird aber wohl nächste Woche zurück sein!« In der Woche darauf nahm er wieder ab und erklärte: »Sie ist ein paar Stunden hier gewesen und dann wieder abgeflogen. Paris.« Dann fingen Mrs. Johnsons Anrufe an. Ihr Kind habe Tripper. Esse nichts mehr. Sei in einer Nervenklinik. Die Kosten seien erdrückend. Duke entschuldigte sich und sagte, es müsse ein Missverständnis vorliegen; Lili sei eine große Künstlerin und sehr gestresst, das Kind habe vermutlich einen falschen Eindruck gewonnen.

Es kam ein Brief von einem Anwalt.

Die Mutter des Opfers sei mit einer außergerichtlichen Einigung einverstanden. Mit zehn Millionen Dollar wäre die geistige und körperliche Gesundung ihrer Tochter abgedeckt. Wenn das Geld Ende nächster Woche noch nicht eingegangen sei, werde die Angelegenheit der Polizei übergeben.

»Das ist doch abartig!«, schrie Lili. »Schreib bloß nicht zurück! Ich hasse New York! Nirgendwo sonst auf der Welt würde so was passieren. Wenn man Leuten helfen will, aber keinen Erfolg damit hat, weil sie einfach nichts taugen, gehen sie auf einen los.« Er beantwortete den Brief nicht, sondern legte ihn auf seine Schreibtischecke. Lili entdeckte ihn dort und stopfte ihn sich in den Mund, kaute darauf herum und spuckte den dicken Klumpen in Dukes Papierkorb. Es war so drollig, dass Duke lachen musste.

Es kam ein weiterer Brief. Die Polizei werde benachrichtigt, wenn es nicht innerhalb der nächsten 48 Stunden zu Verhandlungen komme. Die Anklage werde auf Verführung und sexuellen Missbrauch einer Minderjährigen, sexuelle Nötigung und Körperverletzung lauten. Duke rief Heaps an.

»Wir haben ein Problem«, seufzte er. »Wir« bedeutete: wir alle drei. Heaps krempelte die Ärmel hoch. Binnen einer Stunde hatte er einen Anwalt gefunden, der im Showbusiness für seine Diskretion bekannt war. Bereits der Name der Kanzlei lasse bei den Gegnern alle Hoffnungen fahren, spottete Heaps. Dieser Anwalt sei bekannt für seine wüsten Attacken. Ein Mr. Miller. Was für ein schlichter Name, dachte Duke und fragte sich, ob er ihn überhaupt im Gedächtnis behalten könne. Das Chanin Building. Das war zumindest ein grandioser Name.

Da Lili nicht nach Hause gekommen war, stapfte Duke durch den Hexenkessel von New York City, in der Nähe der Grand Central Station. Er nahm denselben Weg wie an seinem allerersten Tag, diesmal unter einem bedeckten Himmel, mit entschlossenem Schritt, trotz der Hitze. Eine hoch aufragende Hausburg. Die klimatisierte Lobby verhieß Entlastung an allen Fronten.

Einundfünfzigster Stock. Heaps zappelte dort schon herum, mit bleichem Gesicht. Ihm war aufgegangen, dass ein Skandal um Lili auf ihn zurückfiele. Selbst das bedeutete ihm weniger als Lilis Wohlbefinden.

Vom Konferenzraum blickte man auf den Rest der Stadt hinab. Eine Kaffeekanne stand mitten auf dem Tisch, daneben ein Silbertablett mit gefüllten Donuts. Endlich erschien Mr. Miller. Ein Mann mittleren Alters, zugeknöpft, sehr formell – ein dreiteiliger Anzug und schwere Oxfords an einem Vormittag im Juli, zum Zeichen, dass ihn nichts ins Schwitzen bringen konnte. Eine angenehme Erscheinung. Seine Augen waren still und grau, umsäumt vom Schilfgras der Wimpern, Gesicht und Frisur hätten vom Grünflächenamt entworfen worden sein können.

Mr. Miller gab seinen Besuchern die Hand; ungeahnte Wildheit brach aus ihm heraus, als er das Gebäck sah – er lachte in einem zackigen Falsett und rief in dröhnendem Bariton: »Nahrung fürs Gehirn!«

»Ich brauche das nicht«, versicherte er ihnen. »Mein Hirn braucht nur Sauerstoff.« Er riss sich sein Jackett vom Leib, baute sich in seiner Weste vor ihnen auf und stellte seinen flachen Bauch zu Schau, während er sich einen Donut schnappte. Er aß mit solcher Gier, dass gewöhnliche Menschen eingeschüchtert gewesen wären, und darum ging es.

Dann kam wieder Ruhe über ihn, und er fragte: »Also, was kann ich für Sie tun, meine Herren?«

Duke reichte ihm den Brief, und Heaps präsentierte die Fakten: Ein unbescholtenes weißes, kinderloses, berühmtes Model hatte versucht, einem ehrgeizigen jungen Mädchen zu helfen, das eine ehrgeizige Mutter hatte, und war dabei gescheitert – das Objekt ihrer Fürsorge nicht talentiert genug, nicht hübsch genug. Als Lili Stone das karitative Projekt schließlich aufgab, stellte sich heraus, dass die junge Dame keineswegs naiv war. Sie beschuldigte die Heilige, Dinge getan zu haben, die ihr niemals auch nur in den Sinn gekommen wären. Vielleicht sollten Duke und Lili sie ihrerseits wegen Rufmords und geringfügiger Belästigung verklagen. Mr. Miller saß da und starrte ihn an. Als Heaps seinen Monolog beendet hatte, fragte Mr. Miller: »Möchten Sie mir erzählen, was wirklich passiert ist?«

Da keine Antwort erfolgte, sagte er: »Reden wir über Lili Butlers Drogenkonsum. Selbst ich habe davon gehört. Hat sie dem Mädchen vielleicht etwas gegeben? Sie waren ständig zusammen, richtig?«

»Sie nimmt überhaupt keine Drogen!«, erwiderte Duke im Tonfall eines Fachmanns. »Sie hat das Mädchen bemuttert. Tilly hat uns besucht. Wir waren mit ihr bei Lilis Eltern, Bucky und Vlado Stone. Die ganze Sache ist lachhaft.«

Mr. Miller gab sich zuversichtlich und pessimistisch. Fälle wie diesen gebe es wie Sand am Meer, und sie endeten immer in einem Vergleich. Man kämpfe sie besser nicht durch. Selbst wenn man gewinne, seien sie lästig. Die Armen hätten mehr Grund, hart zu kämpfen. Die Presse schenke ihnen Beachtung. Die Anwälte würden sich auf eine für beide Parteien akzeptable Summe einigen müssen. Duke unterschrieb eine Menge Papiere, auch solche, die das Anwaltshonorar betrafen.

Mrs. Johnson hatte einen Anwalt aus Brooklyn angeheuert, der eine Einzelpraxis unterhielt. Er würde klein beigeben, wenn er den Namen der Kanzlei aus Manhattan sähe, und sich mit einer Zahlung von hunderttausend Dollar einverstanden erklären, Lilis großzügigem Trostpflaster für Tillys Enttäuschung, nachdem das Supermodel Tillys Talent überschätzt hatte.

Es folgte eine Woche Stille. Dann erhöhte der Anwalt aus Brooklyn den Preis auf zwölf Millionen Dollar.

Eine bedrohliche Lage

Lili witterte die Gefahr. Sie begegnete ihr heiter, vermeintlich ruhig, wie eine belagerte Stadt, bevor die ersten Schüsse fallen. Sie blieb zu Hause. Sie stellte einen der Flurtische in Dukes Arbeitszimmer auf, um ihm »näher« zu sein, und verbrachte die Tage rauchend und tagebuchschreibend. Duke liebte das gemeinsame Rascheln ihrer Seiten und seiner Papiere. Regelmäßig leerte er ihren Aschenbecher. Wenn er etwas in der Stadt zu tun gehabt hatte, eilte er nach Hause und freute sich jedesmal, wenn er auf dem Treppenabsatz Zigarettenrauch roch und sicher sein konnte, dass er Lili in seinem Arbeitszimmer antraf, über ihr Schreibheft gebeugt. »Meine Lili ist immer noch hier!«

Aber eines Nachmittags roch der Treppenabsatz nach dem Bohnerwachs des Hausmeisters. Lili war fort. Der Tisch war abgeräumt. Sie hatte den Aschenbecher selbst geleert. Das Schreibheft war nicht mehr da. Die Wohnung fühlte sich an wie eine verlassene Stadt.

Er übertrieb. Diese Abwesenheiten waren jetzt einfach ein Teil des Kalenders, wie Schneefall im Winter und Hitze im Sommer.

An einem frischen Spätherbsttag spazierte Duke kreuz und quer durch die Stadt, bis er bei den skelettierten Bäumen am Riverside Drive ankam. Bucky saß alleine zu Hause vor ihrem Rechner und brachte sich mühsam bei, wie man mit CompuServe E-Mails schrieb. Duke hatte gerade mit AOL angefangen, und die beiden diskutierten lebhaft darüber, welcher »Server« besser sei. Sie sprachen nicht von ihren Ehepartnern. Sie saßen nebeneinander. Duke betrachtete Buckys Gesicht im Mondschein des Bildschirms. Nur einmal sah Bucky Duke kurz von der Seite an, und er spürte, dass sie ihn mit dem gleichen zärtlichen Blick anschaute.

Auf diesen innigen Moment folgten Überraschung und Aufregung. Der Schlüssel drehte sich im Schloss. Die beiden Unaussprechlichen erschienen, Vlado und Lili. Sie lachten, als sie Duke und Bucky gemeinsam vorfanden. Eine echte Heimkunft! Für kurze Zeit war die Stimmung in 100 Riverside Drive euphorisch. Vlado und Lili waren einander zufällig im Pink Panther begegnet, einer Kneipe, in der man schon vom Bierdunst betrunken wurde.

»Mit ihrem Geschrei rasieren sie einem die Flimmerhärchen in den Ohren!«, schrie Vlado. Sein ganzes Leben lang war er vor Rasenmähern davongelaufen, beim Anblick von Luftballons zusammengezuckt und hatte sich in der U-Bahn die Ohren zugehalten. Jetzt fand er Lärm glänzend. »Nur ein kurzer Aufenthalt dort, und die Welt erscheint dir für immer viel ruhiger. C. Perry wird das in seiner nächsten Komposition verwenden. Ich weiß immer noch nicht, was Lili dort wollte!« Er sah sie an. »Weshalb warst du da? Hast du mir etwa hinterherspioniert?«

Bevor sie darauf antworten konnte, gähnte er. »Ich schlafe heute hier. Du hast doch nichts dagegen, Bucky?« Er polterte den Flur entlang und warf die alte Eheschlafzimmertür hinter sich zu.

»Sehr lieb von dir, dass du nach ihm siehst.« Bucky dankte Lili für ihre plötzliche Solidarität.

»Ich wollte mich entspannen«, widersprach Lili. »Ich spioniere Vlado nicht hinterher. Dazu interessiert er mich zu wenig. Der Pink Panther ist der einzige Ort, wo mich keiner erkennt. Es ist eine Schwulenbar. Für Leatherdaddys.« Lili trug eine schwarze Lederjacke, eine schwarze Kappe und Lederhosen. Sie sah aus wie ein zierlicher Mann. Nicht mal Vlado hatte sie erkannt. Sie hatte ihn sofort entdeckt, in einer Ecke, verdrossen und schwach. Brummelnd hatte sie ihre Bestellung aufgegeben, »einen Whiskey«, und niemand schöpfte Verdacht.

Duke sah und hörte seiner Frau mit großer Verwunderung zu. Wie seltsam sie doch war, wie eigenartig; anders als jedes andere menschliche Wesen. Sie schilderte, wie sie allmählich genug davon bekam, dass Vlado in seiner Ecke dumpf vor sich hin brütete und sie überhaupt nicht beachtete. Sie hatte ihre Kappe abgenommen, den Kopf geschüttelt und sich die Haare gelöst, das vereinte Gejapse der Gäste hatte sogar den Fernseher übertönt. Vlado hatte aufgeschaut und sie endlich erkannt. Inzwischen hatte sie die Lederjacke abgeschüttelt, sodass man ihren Bilderbuchbusen und ihre nackte Taille sah. Vlado war schwankend aufgestanden und auf sie zugegangen, sie hatte seine Hand ergriffen und ihn nach draußen gezogen, und oh, wie verblüfft die anderen Gäste gewesen waren. Darauf war Duke nicht gefasst gewesen! Er kannte Lili besser als jeder andere Mensch auf der Welt, doch er wusste nie, was sie als Nächstes tun würde. Sie war wahrhaftig die Tochter ihres Vaters, der jetzt in seinem alten Bett schlief.

Nein, das stimmte nicht. Vlado stolperte im Wohnzimmer herum, auf der Suche nach seinem Mantel, und murmelte, dass er nach Hause müsse. Er und C. Perry hätten sich früher am Abend gekabbelt; es sei fürchterlich aufwühlend gewesen. Sie hatten ihren Streit gerade per Handy wieder aufgenommen.

»Geh bitte nicht weg!«, schrie Bucky, die voller Sorge in der Tür stand. Sie hatte Vlado gegenüber nur selten das Wort »bitte« benutzt. Doch er zwängte sich an ihr vorbei und sagte: »Du hast offensichtlich überhaupt keine Ahnung, was Höllenqualen sind.«

»Was für eine Show!«, jubelte Lili zufrieden.

Andere Kriegsschauplätze

Unaufhaltsam näherte sich die Weihnachtszeit, und schon bald würde sie alle verschlingen. Optimismus lag in der Luft: Der Benzinpreis fiel auf einen neuen Tiefstand, weit unter einen Dollar.

»Bis zu den Feiertagen ist alles gedeichselt, und Sie können die Ferien sorgenfrei genießen!«, versprach Mr. Miller. Der Anwalt trat der Gier von Inez Johnson selbstgewiss und gelassen entgegen. Er hatte einen Privatdetektiv angeheuert, um sie zu durchleuchten. Es stellte sich heraus, dass Mrs. Johnson spielsüchtig war. Und streitsüchtig: Sie hatte ein Café verklagt, in dem ihr eine Tasse Cappuccino serviert worden war, auf deren Boden eine Kakerlake gelegen hatte. Der Besitzer des Cafés behauptete, sie habe das Insekt mitgebracht und in den Kaffee geworfen. Gegen einen »Betrag im niedrigen vierstelligen Bereich« hatte sie einer außergerichtlichen Einigung zugestimmt. Diese Information würde den Rechtsstreit zum Platzen bringen. Dass der Anwalt von Tillys Mutter sich dadurch nicht beeindrucken ließ, schrieb Mr. Miller der Unerfahrenheit seines Gegners bei Kämpfen mit so hohem Einsatz zu. Er glaubte auch, dass die Gegenseite mit der Zeit nachgiebiger werde, und es gelang ihm, mehrere Entscheidungen hinauszuzögern, wobei er den »dummen kleinen Anwalt« geschickt versöhnlich stimmte, damit er nicht zur Polizei liefe.

Duke war guter Dinge. Seine Fernsehshow, *The Wine Patriot*, hatte so rasch an Beliebtheit gewonnen, dass sie jetzt zweimal wöchentlich wiederholt wurde. Das Studio war eine exakte Kopie von Thomas Jeffersons Büro in Monticello mit dem von ihm erfundenen Schaukelstuhl, dem runden Tisch, seinem schmalen Sofa im Alkoven und einem Glasschrank voller Weinflaschen statt wissenschaftlichem Krimskrams. Die Landkarte der USA verdeckte ein Fenster, aus dem anderen sah man auf die Landschaft Virginias hinaus. Duke Butler trug maßgeschneiderte Anzüge, und hin und wieder zeigte der Kameramann unter einem Vorwand die Patek Philippe an Dukes Handgelenk.

Das Thema seiner Sendung brachte die anderen Weinexperten in Rage, sie fanden es maßlos bescheuert. Anders als Hollywood mit seiner Vielzahl großer Namen, die kamen und gingen, hatte die Weinwelt ein kleines, aber dauerhaftes Firmament. Man hätte Duke dort zwischen den Stars vielleicht einen Platz eingeräumt. Aber man konnte seine bizarren Überzeugungen nicht tolerieren. Es war etwas anderes, wenn ein Franzose oder ein Spanier sich aus Patriotismus für die Weine seines Landes in die Bresche warf.

Ein paar Leute in der Branche meinten außerdem, dass Duke Butler »hochnäsig« sei – es war bekannt, dass er keine Zahlungen von Rebschulen oder anderen Unternehmen annahm, dass er in den Restaurants, deren Kellermeister er war, keine Gratismahlzeiten akzeptierte und sogar die kleinen Aufmerksamkeiten der Weinhändler ablehnte, eine Flasche zur Kostprobe, einen heißen Tipp. Dank der Schenkung von Mr. Perkins stand er natürlich nicht unter dem gleichen finanziellen Druck wie die anderen. Er besitze zehn Millionen Dollar, wollten manche wissen.

Er besitze zwanzig Millionen Dollar, wussten andere.

Es interessierte Duke Butler nicht, was die Leute in der Weinbranche zu wissen meinten.

In Kentucky hatte er einen Mr. Johnny Hall entdeckt, einen Winzer, der früher Bergarbeiter gewesen war. Duke machte ihn schließlich zum Gegenstand einer »Vom Bergwerk zum Weinberg«-Episode seiner Fernsehshow: Mr. Hall hatte ein Grubenunglück überlebt (er trug ein Ganzkörper-Stützkorsett) und seine erste »Invaliditätsvergütung« in die Kultivierung eines Weinbergs investiert. Mr. Hall begeisterte das Publikum mit seinem primitiven Akzent, seiner Statur und seiner

Hingabe. Er hatte jeden Penny in die Erweiterung seines Equipments gesteckt. Stolz zeigte er der Kamera, dass die billigen Weinfässer aus Plastik jetzt als Wassertröge für seine Schweine dienten, während sein Wein in glänzendem Edelstahl ruhte. Die marode Hütte, in der das alles stand, würde er ebenfalls bald ersetzen. Duke erklärte Halls knochentrockenen Cabernet Sauvignon zum Muss für jede amerikanische Weinsammlung.

Der Erfolg hielt Duke in Atem. Er stellte drei Assistenten ein, krawattentragende junge Männer, die er kaum wahrnahm; er war kein Pädagoge, wie Mr. Perkins einer gewesen war. Er gab ihnen Anweisungen, die sie befolgten, bis ihnen ein Fehler unterlief. Dann feuerte er sie, zahlte ihnen eine großzügige Entschädigung und besorgte Ersatz bei einer Agentur. In der Regel interessierte er sich nicht für die Jugend, und selbst wenn der eine oder andere junge Mann das gleiche Talent und den gleichen Wagemut hatte wie er selbst, konnte er sich kaum an ihre Namen erinnern. Den inneren Kreis seines Herzens bewohnten nur sehr wenige. Sogar Heaps war rausgeflogen, als er das Management einer fünfundvierzigjährigen Konzertgeigerin übernommen hatte.

Eine PR-Firma hatte das Risiko gewagt, sie in einer Parfümwerbung einzusetzen. Es zeigte sich, dass sie zwar längst auf dem absteigenden Ast war, sich aber gut vermarkten ließ, weil sie eine Generation von Frauen ansprach, die nach innerer Erfüllung suchten. Sie hatte eine Allerweltsfigur, unglamouröse Hände, ihr Gesicht hätte das einer beliebigen Sekretärin sein können, doch mit einer Geige unter dem Kinn und einer ekstatischen Miene konnte sie alles verkaufen, von Champagner bis hin zu Damenbinden. Sie schaffte es, ihre Termine auf den internationalen Konzertbühnen wahrzunehmen. Es sprach sich herum, dass sie sämtliches Geld, das sie als Model verdiente, an die Wohltätigkeitsorganisation Help the Children verschenkte (sie hatte selbst vier Kinder), was noch mehr Publicity nach sich zog. Wie man sich erzählte, hatte Heaps als Junge selbst Geige gespielt und schwärmte noch immer für das Repertoire.

Lili nannte ihre Konkurrentin »Geigenmops«. Normalerweise stimmte Heaps ein herzliches Gelächter an, wenn man ihn aufzog, aber diesmal war es hohl und kurz – er zog sich zurück und rief kaum noch an. Lili litt darunter, dass er ihr keine Beachtung mehr schenkte, unterstellte ihm Feigheit – er sei zu hasenherzig, um gemeinsam mit ihr, der außergewöhnlichsten Person in seinem Leben, den Sturm durchzustehen, den Tillys Mutter mit dem Rechtsstreit entfesselt hatte.

Der hochwohlgeborene Mr. Miller erwies sich als robuster Ersatz für Stanley Heaps. Selbst Duke betrachtete Miller sehr schnell als Angehörigen seines engeren Zirkels und dachte unentwegt an ihn. Anstatt sich über die verflixte Tilly zu ärgern, machte Duke sich darüber Gedanken, dass Mr. Miller nicht das Richtige trank. Er lud die ganze Bürobelegschaft zu einer kostenlosen Weinprobe ein, verhüllte die Etiketten und ließ alle die Herkunft der Weine erraten. Niemand kam auf Oklahoma oder Minnesota.

Wenn die Leute Duke Butlers Leidenschaft für amerikanische Weine schon nicht begreifen konnten, so gab es noch viel mehr, das sie nicht wussten.

Wer ahnte schon, dass Duke sich einmal in der Woche, am Dienstagabend um 17.45 Uhr, davonschlich und auf der Straße ein Transistorradio hervorzog; er hielt es sich beim Spazierengehen ans Ohr. Weder Regen noch Hagel noch Schnee konnten ihn davon abhalten. Die erste Hälfte der Sendung war einem von John Mayflower präsentierten »Fall« gewidmet und die zweite den Zuhörern, die von ihrer eigenen Bredouille erzählten. Aus dem Hintergrund hörte man die Kommentare des Studiopublikums, Ratschläge, Komplimente oder Verdammungsurteile. Es herrschte anscheinend kein Mangel an Sündern, die sich mit einer öffentlichen Beichte Erleichterung verschaffen wollten: Graham begehrte kleine Jungs, obwohl er glücklich verheiratet war; Sally hatte die Juwelen ihrer Großmutter gestohlen, Louis hatte betrunken Fahrerflucht begangen und einen Menschen auf dem Gewissen.

Sie suchten die Schuld bei sich.

Während der zweiten Hälfte der Sendung hielt sich Duke oft in der

Nähe einer Telefonzelle auf. Eines Tages zog er die Falttür auf, betrat die Zelle. Seine Nase reagierte empfindlich auf den Geruch von kaltem Metall, Plastik und altem Urin. Er atmete durch den Mund und stellte das Radio – das immer noch zu ihm sprach – auf den kleinen silbernen Sims, nahm einen Vierteldollar aus der Tasche und steckte ihn in den Schlitz. Die Münze ratterte durch die Eingeweide des Telefons, während er eine Nummer wählte, die er auswendig wusste. Als er sprach, mit dem Akzent seiner Jugend als schwarzer Südstaatler, hallte seine Stimme aus dem Radio wider, jede Silbe um einen Sekundenbruchteil verzögert. »Hallo, hier ist der Herzog.«

John Mayflowers Macht

Duke Butlers Sendung *The Wine Patriot* lief mehrmals die Woche bei einem einzigen Sender und hatte ein kleines Stammpublikum. John Mayflowers Sendung, *Mayflower's Crossing*, wurde an Radiostationen im ganzen Land verkauft; sie lief jeden Dienstagnachmittag und dann zwanzig Mal in der Woche als Wiederholung auf unterschiedlichen Sendern, und sie hatte weit mehr als eine Million Hörer. John Mayflower wusste, dass Duke Butler einer seiner treuen Hörer war.

Eines Dienstagnachmittags ging Duke, weil es draußen zu ungemütlich war, nach Hause und stellte fest, dass seine Frau noch immer schlief. Er schloss alle Türen und setzte sich an den Schreibtisch. Er beobachtete den Minutenzeiger auf seiner Armbanduhr, bis er schließlich das Radio anstellte.

»Hier bin ich wieder, John Mayflower, und ich stehe nach unserer kurzen Sendepause am Bordstein. Auf der anderen Seite ist euer Leben, sind euer Frieden und Glück und ewiges Leben mit Jesus. Wo die Heerscharen des Herrn euch beschützen werden. Und ich nehme Anrufe entgegen.«

Duke vergewisserte sich noch einmal, dass seine Frau schlief und wählte dann die Nummer. Der Herzog hatte ein neues Dilemma zu diskutieren, ein Geständnis zu machen.

Der Sturm draußen war nichts im Vergleich zu dem, was sein letzter Beitrag auf den Radiowellen auslöste. Die Leute kannten den Herzog schon von früheren Anrufen; er hatte Eindruck gemacht. Er sprach nur über seine Frau. Beim ersten Anruf erzählte der Herzog, dass seine Frau Drogen nahm, die er für sie kaufte.

Beim zweiten Anruf ging es um ihre Untreue, wie er sie ertragen hatte. Aufruhr und hohe Quoten waren die Folge. Einige Stimmen aus dem Studiopublikum wollten wissen, wer diese beiden waren, damit sie losziehen und sie schnappen, sie ihrer gerechten Strafe zuführen und zu Brei schlagen konnten, aber John Mayflower erwiderte sanftmütig: »Ihr zeigt, dass der Herzog und seine Herzogin in jedem von uns stecken!« Und wenn sie einwandten, dass sie noch nie in ihrem Leben etwas so Furchtbares getan hätten, fragte John Mayflower, wann sie das letzte Mal jemanden absichtlich unhöflich behandelt oder zurechtgewiesen oder jemandem Unglück gewünscht hätten. War das nicht ein absichtlich zugefügter Schmerz, eine Form von Gewalt und beinahe ebenso schlimm? Er mahnte sie, die eigenen Fehler zu korrigieren, bevor sie diejenigen der anderen zu korrigieren versuchten.

Aber diesmal gestand der Herzog etwas, das er getan hatte. Er hatte seine Frau zu einer Abtreibung gezwungen. Einer Abtreibung.

Statt Meinungen aus dem Publikum aufzufangen, fragte John Mayflower ruhig nach: »Euer Gnaden, stammt das Kind von Euch oder stammt es von einem anderen Mann?«

Der Herzog antwortete nicht.

Da brach es aus John Mayflower heraus: »Euer Gnaden, in der Bibel sitzt die Hure Babylon an den Ufern dreier Ströme! So wie Euer Haus am Hudson steht, am Harlem und am East River. Die gleißenden Augen der Hure Babylon haben Euch geblendet! So wie die Hand Eurer Frau Euch geblendet hat und ihre sanfte Stimme Euch taub gemacht hat! Ihr müsst …«

Duke stellte das Radio aus. Im selben Moment spürte er die Hände seiner Frau auf seinen Schultern und ihren Atem in seinem Ohr. Sie flüsterte: »Ich liebe dich.«

Familiendramen

Kurz darauf sprach sich herum, dass Vlado ein bisschen in der Klemme saß. Er hatte für einen Monat den Unterricht abgesagt. Irgendwem war aufgefallen, dass Vlado abgemagert aussah. Ein paar Leute fragten Bucky, wo er stecke. Nachdem er einen Termin versäumt hatte, rief sogar sein neuer Therapeut an.

»Wahrscheinlich hat er AIDS«, sagte Bucky zu den Anrufern. »Manche Leute, die an dieser Krankheit leiden, ziehen sich zum Sterben zurück.«

»Seine Zurückgezogenheit schließt mich nicht ein«, vertraute sie allen an.

In Wahrheit ängstigte es sie, dass er nicht einmal als Todkranker zu ihr kommen mochte. Sie wollte ihn trösten und verzieh ihm sofort alles. Sie hörte, dass man ihn am anderen Ende der Stadt gesichtet hatte, in einem modischen Supermarkt, wo er die Nahrung der Einsamen und Kranken gekauft habe, Haferflocken und Apfelmus.

»Duke«, bat sie ängstlich. »Könntest du mir einen Gefallen tun?«

Duke hatte stets das Glück auf seiner Seite. Nachdem er sich einige Minuten lang in der Gegend aufgehalten hatte, sah er eine unverwechselbare Gestalt vorübergehen, groß, dünn, tatsächlich sehr dünn. Vlado trug eine dicke Sonnenbrille und hatte sich ein Palästinensertuch um den Kopf geschlungen. Duke sprach ihn an.

»Vlado. Was ist los?«

Vlados Gesicht war vermummt, seine Stimme durch das Tuch gedämpft.

»Nichts. Was willst du von mir?«

»Du rauchst nicht.«

»Ich hab ein neues Leben angefangen.«

»Wo wohnst du?«

»Das geht dich nichts an.«

»O doch.«

»Nein, du neugieriger Scheißkerl. Ich lebe mit C. Perry zusammen«, seine Zunge streichelte die harten Konsonanten, »mit C. Perry und seiner Freundin. Ich musste mich einer Operation unterziehen. C. Perry hat sich phantastisch um mich gekümmert. Eine Riesenunterstützung! Er hat mich aus dem Krankenhaus abgeholt, mich gebadet und bekocht. Seine Hände sind die zärtlichsten von allen. Die Schmerzen waren grässlich. Ich hatte ein Facelifting.«

Duke schwieg.

»In zwei Wochen besuche ich euch. Ich musste wieder so aussehen, wie ich mich fühle. Wie ein junger Mann. Ich will mich wieder nach jemandem umschauen. Ich habe dreißig Jahre meines Lebens im Glauben verschwendet, ich sei heterosexuell. Tu nicht so entsetzt und überheblich. Alle machen das so.«

Er wandte sich ab, und Duke ging ihm nicht hinterher.

»Der Herzog hat uns eine schreckliche Geschichte erzählt. Über Lavinia«, psalmodierte John Mayflower. »Sie war jung und schlank und so schön, dass sie alle Blicke auf sich zog. Aber tief in ihrer Seele trug sie an einer schweren Bürde: Langeweile. Die Ärzte sprachen von Depression, aber das machte sie nicht angenehmer. Lavinia versuchte Menschen zu lieben, Menschen zu hassen, Tiere zu halten, Projekte zu verfolgen, zu verreisen, und all das funktionierte eine Zeitlang.

Eines Tages sah sie ein Mädchen, ein Kind. Es hieß Virginia. So ähnlich wie Lavinia, nur besser. Virginia war der Feind, ihre Haut so glatt, dass man mit der Hand noch nicht einmal die Oberfläche spüren konnte, das Weiße in ihren braunen Augen so rein, als hätten sie nie etwas Schlimmes gesehen; ihre langen dunklen Wimpern behinderten jeden offenen Blick, und außerdem wandte sie das Gesicht ab, wenn Lavinia da war, die Schlampe. Lavinia wollte sie durchbohren.

Stattdessen vergiftete Lavinia sie mit süßen Worten. Sie sagte ihr die Wahrheit – dass sie das schönste Kind sei, das sie je gesehen habe. Lavinia öffnete die Pandorabüchse der Eitelkeit. Sie lehrte Virginia, auf ihre Erscheinung zu achten. Schon bald vergaß Virginia vollkommen, dass sie auch ein Innenleben hatte. Und ihr Äußeres war reptilartig, ohne Lavinias Bewunderung erkaltete es. Als Lavinia das bemerkte, schaltete sie die Sonne aus. Sie ging fort. Sie war wieder gelangweilt.

Das Kind erfror. Die Mutter brachte es in ein Krankenhaus, wo es am Leben erhalten, aber nicht gerettet werden konnte. Die Mutter dürstete nach Rache.

Aber hat Lavinia eine Strafe verdient? Weshalb hat sie keine Vergebung verdient?«

John Mayflowers Studiopublikum schrie seine Meinungen über Lavinia heraus. Der Herzog legte auf.

Lili bezwingt Vlado

Vlado hatte im Jungbrunnen gebadet. Das hatte ein paar Narben hinter seinen Ohren hinterlassen, die er aufs Geratewohl mit einer dicken Schicht Make-up bedeckte. Er unterrichtete mit neuem Schwung und ging Bucky aus dem Weg, denn sein früheres Leben kam ihm wie ein langer, langweiliger Dokumentarfilm vor, den er bis zum Ende hatte ansehen müssen. Sein neues Leben war ein anregendes Drama.

Mittlerweile war es Lili gelungen, die Aufmerksamkeit ihres Vaters zu wecken. Ihn zu finden war leicht gewesen – wie jeder hatte C. Perry eine E-Mail-Adresse bei AOL. Lili hatte im Buddy-Info nach »C. Perry Cox«, »the Met«, »Lucky, Tennessee« und »Vlado Stone« gesucht und war bei CommodorePerryCox@aol.com gelandet. Sie hatte ihm eine E-Mail geschickt:

»Vlado soll seine Post in 100 Riverside Drive abholen. Er hat in einer Tombola einen Kombi gewonnen.«

Vlado hatte sich nie Gedanken über Kombis gemacht, aber C. Perrys Aufregung war ansteckend. Er rief Lili an. Sie solle ihm seine Post bringen. Lili lehnte ab. »Ich hab keine Zeit.« Er versprach vorbeizukommen, wenn Bucky nicht zu Hause sei. Der stets neugierige C. Perry wollte eine Tour durch das frühere Leben seines Liebhabers machen.

Lili sah das Paar aus dem Fahrstuhl treten, in blaue Pullover, Cordhosen und himmelblaue Schals gekleidet. Beide waren blond, nur war Vlados Haar fast zu weißem verblasst, während C. Perrys dottergelb war. Er hatte einen dichten gelben Schnurrbart, sehr helle Haut und einen klassischen Arierschädel. Seine blauen Augen zeigten einen gesunden Appetit auf das Fest, das das Leben bot.

Als die Wohnungstür hinter ihnen ins Schloss fiel, schnappte die Falle zu.

»Komm, begrüß deine Frau«, befahl Lili. »Die Ehe ist ein Versprechen. Das eine Versprechen, das man niemals brechen sollte.«

Vlado riss die Augen auf. »C. Perry, bitte bleib bei meiner Tochter«, versuchte er ihn zu überreden.

»Hey, Mann, das ist nicht cool«, erwiderte C. Perry. Er wollte die ganze Tour. Bucky saß in ihrem Arbeitszimmer, über den Schreibtisch gebeugt, das Gesicht in den Händen vergraben, zitternd, ein grauer, verwundeter Raubvogel. Ein Blick genügte; C. Perry machte »angeekelt« kehrt. Vlado blieb in der Tür stehen, beschämt darüber, wie alt Bucky war. Als sie zu ihm aufsah, musterte er den ausgefransten Rand des alten Teppichs, der nicht parallel zu den Holzdielen lag, während Bucky auffiel, wie gut Vlado aussah, die gestrafften Gesichtskonturen, die gepflegte Aufmachung.

»Du hast deinen Freund mitgebracht?«, fragte sie in ruhigem Ton.

»Quatsch. Können wir rausgehen, irgendwohin, und uns unterhalten? Lili kann Mr. Cox alles zeigen. Er ist mein bester Student. Er möchte wissen, wie ich früher gewohnt habe.«

Eine Einladung, mit ihm zusammen zu sein. Er war Buckys Folterer und ihr Retter. Niemand sonst konnte diese beiden Rollen auf einmal spielen. Die Hoffnung trieb sie zu ihrem hübschesten Mantel und den Lacklederpumps, die er ihr einst gekauft hatte. Da Lili und C. Perry gnädigerweise nirgends zu sehen waren, machten sie einen Sonntagsspaziergang, der für Vlado ihr letzter gemeinsamer war und für Bucky der erste seit Jahrzehnten. Frühlingszeit, Riverside Park, Freudentag.

Währenddessen war C. Perry in Lilis Zimmer eingebrochen. Sie lag auf dem Bett. Er starrte sie an, verschossen. Lili hatte den Ausdruck bei einem Mann lange nicht mehr gesehen. Sie erwiderte seinen Blick mit Freuden. Das Leben ist so viel lustiger, wenn man sich plötzlich grundlos zu einem Fremden hingezogen fühlt.

Die beiden jungen Leute hörten, wie die Tür zugeknallt wurde. C. Perry schloss sachte Lilis Tür. »Entschnür dein Mieder«, flüsterte Lili. Wie clever, wie sexy, dieses Wort zu benutzen: »entschnür«. Er war fasziniert. Sie waren einander so ähnlich, zwei junge Genies, die eine alte Horde am Hals hatten! Dann kam er zur Vernunft und ging an die Arbeit. Er war sehr schnell und zog Lili das Hemd aus, bevor sie ihm seins ausziehen konnte.

Geschwindigkeit war ein Teil dieses Vergnügens. Nach wenigen Minuten war er tief in ihr und stellte sich vor, dass Vlado in ihm sei. Die Freude, sie alle beide zu besitzen, und die Gefahr, dass die Alten zurückkehren könnten, erregte ihn. Als die Raserei vorbei war, stufte Lili es als Rache ein, als Opfer für Bucky, dass sie sich das Objekt der Begierde ihres Vaters genommen hatte. Sie machte sich nicht die Mühe, C. Perry auszuwaschen. Sie wusste, dass sie keine Gebärmutter mehr hatte, doch das Baby konnte sich vielleicht in ihrer Bauchhöhle einnisten. Lili würde es behalten.

Vlado und Bucky kamen bald darauf zurück und trafen C. Perry und Lili beim Plündern des Kühlschranks an. Vlado war unfähig gewesen, ein Gespräch mit seiner Exfrau zu führen. Sie traute sich nicht, ihm von ihrem Passacaglia-Roman zu erzählen. Er traute sich nicht, ihr von seinem Liebesleben zu erzählen. Mit der Lebhaftigkeit zweier Fremder, die sich ein Grab teilen, hatten sie auf einer Bank im Riverside Park gesessen. »Das mit dem Kombi«, gluckste Lili, ein halbes Sandwich im Mund, »war nur ein Witz.«

Bucky verliert weiter an Boden

Es war die Zeit der Anwälte. Der große Mr. Miller hatte Tillys Winkeladvokat in Brooklyn eine Klage wegen übler Nachrede angedroht. Das hatte den Plagegeist nicht endgültig vertrieben, aber die Lautstärke seines Gebrumms vermindert. Mr. Miller plädierte weiterhin für eine außergerichtliche Einigung allerdings zu seinen Bedingungen. Er riet Duke, fünfhunderttausend Dollar aus Anlagen lockerzumachen. Im schlimmsten Fall müsse Duke die Hälfte davon auf den Tisch legen; von Gier überwältigt, werde die Klägerin zu einer Einigung bereit sein.

Währenddessen gaben die Stones Geld aus, um ihre Trennung zu besiegeln.

Bucky hatte den Kampfgeist eines Menschen, der für einen ungerechten Verlust entschädigt werden will, und da Vlado ihr reinen Wein über seine Lehrtätigkeit eingeschenkt hatte, verlangte sie von ihm sowohl eine monatliche Unterhaltszahlung als auch das alleinige Eigentumsrecht an ihrer Wohnung in 100 Riverside Drive. Gegen den Rat seines Anwalts willigte Vlado sofort ein, und die Scheidung wurde rasch vollzogen.

Er bewegte sich jetzt in anderen Kreisen, in denen er unvermeidbar mit einem Vorsprung von vielen Jahrzehnten der Älteste war. Er war so an frische Gesichter gewöhnt, dass er davon ausging, genauso faltenlos zu sein, erst recht, nachdem er die schmerzhafte Schererei einer Gesichtsstraffung auf sich genommen hatte. Ihm war jedoch klar, dass er mit anderen Vorzügen aufwarten müsste, wollte er unter diesen Göttern bleiben. Gern sprühte er Komplimente auf die Eitelkeit eines jungen Mannes, und sie erblühen zu sehen wie eine prachtvolle, giftige Blume, gefiel ihm.

C. Perry blieb sein Favorit. Vlado setzte sich bei jeder Gelegenheit für ihn ein. Er rühmte das Jahrhunderttalent des jungen Komponisten, und sorgte dafür, dass – zusätzlich zu den Aufträgen, die er ihm mit Holzhammermethoden verschaffen konnte – alle anderen C. Perry hassten. Vlado selbst komponierte kaum noch und saß stattdessen in so vielen Akademien und Jurys, wie er irgend konnte, und sei es bloß, um seine Flamme anzupreisen.

Bucky wartete nicht mehr auf Vlados Rückkehr. Die meisten Katzen waren gestorben – das harte Leben hatte seinen Tribut von ihnen gefordert –, doch hatte Bucky immer noch Marenka, die die ganze Zeit schon ausgewachsen gewesen war, wie sich herausstellte. Auch im Alter behielt sie den Titel »Kätzchen«. Sie waren unzertrennlich, und Bucky ging kaum noch aus. Wozu sich das neueste Stück von August Wilson ansehen, wenn man zu Hause unter der Bettdecke dösen konnte, mit Marenkas warmem Fell am Arm oder am Hals? Buckys Angst, irgendwann ohne Geld dazusitzen, wurde durch den plötzlichen Luxus eines monatlichen Einkommens kaum beschwichtigt. Zeit ist Geld, heißt es. Sie wusste, dass ihr kaum noch Zeit blieb.

Der Concierge hatte Bucky einige Tage nicht gesehen und machte sich Sorgen. Es brannte kein Licht in der Wohnung. Sie ging nicht an die Tür und auch nicht ans Telefon. Er rief Duke an.

Die Wohnung stank nach Katzenstreu. Bucky saß im Dunkeln an ihrem Schreibtisch. Ihr weißes Haar lag flach am Hinterkopf an, als hätte sie lange Zeit gelegen. Ihre Schultern sahen knochig aus. Marenka schlief auf dem Polstersessel. Bucky merkte nicht, dass jemand hereingekommen war, bis Duke sie am Arm berührte. Sie wandte sich zu ihm um und flüsterte, als wollte sie ihre Stimme verstecken: »Ich bin so hungrig!« Sie habe vergessen einzukaufen. Völlig vergessen. Das Katzenfutter habe sie nicht angerührt, schließlich gehöre es Marenka.

»Darf ich dich zum Essen ausführen? Komm, kleines Mütterlein.«

Vor ihr kniend half er, ihre Füße in die bequemen Schuhe zu quetschen. Sie stöhnte, sie müsse sich die Haare richten, also suchte er überall nach einem Kamm. Er fand einen in einer Handtasche. Er roch nach Talg und war voller weißer Haare. Duke schämte sich für sie. Er säuberte den Kamm, und sie raute das dünne Haar ein wenig auf. Ganz feingemacht, kehrte ihr Stolz zurück. Sie stand in ihrer alten Würde in der Diele, rief »Ich bin fertig«. Sie war wieder Bucky Stone.

Als sie auf die Straße traten, stützte Bucky sich sanft, scheu auf Duke und senkte den Kopf, als müsse sie durch einen Sturm gehen, obwohl es ein stiller, warmer Abend war. Duke begleitete sie zu einem Fischrestaurant. Sie sah sich die Speisekarte an und bestellte Belugakaviar zu fünfundsiebzig Dollar die Portion. Jetzt wusste Duke, dass die Lage ernst war.

Am frühen Vormittag sollte er mit einer Limousine abgeholt und zum Weißen Haus gefahren werden, zum Mittagessen, wie Vlado Jahrzehnte zuvor. Der Präsident der Vereinigten Staaten hatte ihn zu einem kleinen privaten Essen eingeladen, um sich über die amerikanische Weinindustrie zu informieren. Duke hatte ein paar Tage damit verbracht, ein Weinmenü zusammenzubasteln, um zu veranschaulichen, was er bei einer Weinverkostung erklären wollte, obwohl er annahm, dass ein Gentleman aus Arkansas lieber Bier trank. Für ihn war es, als hätte sich eine Narbe über der Wunde seiner einstigen Ambitionen gebildet, die Nerven waren dort abgestorben, er konnte nichts spüren – er hatte kein Verlangen, dem Präsidenten zu begegnen. Er vertagte das Essen via E-Mail. Außerdem war Dienstag. Und er wollte John Mayflowers Sendung nicht verpassen.

»Herzog, es ist an der Zeit, die Karten auf den Tisch zu legen«, sagte John Mayflower. »Erzählt uns von Eurer Ehe.«

»Meine Ehe ist das beste an mir«, erwiderte der Herzog inbrünstig.

Die Zeit vergeht jetzt langsamer

Lili schaute ihre Mutter an:

»Wir sollten ihren Kopf röntgen lassen. Wahrscheinlich ein neurologisches Problem.« Und sie fügte hoffnungsvoll hinzu: »Vielleicht stirbt sie bald.«

Buckys Bekannte hielten neurologische Probleme für dummes Zeug. Sie wussten es besser: »Der Stress mit Vlado war zu viel für sie. Sie ist depressiv. Ruft Dr. Schwarz an! Sie braucht Antidepressiva.«

Aber Bucky konnte nicht zu Dr. Schwarz gehen. Es war für sie viel zu anstrengend, das Haus zu verlassen. Duke bat Dr. Schwarz, vorbeizukommen. Er lehnte ab: Hausbesuche seien unprofessionell. Duke fragte Dr. Berg, einen alten Freund, einen Psychoanalytiker, ob er etwas »verschreiben« könne. Berg war sehr beschäftigt. Dr. Gavril Gorokin war kein Spezialist; er hatte immer Zeit. Er lud Bucky zum Abendessen in ein Restaurant ein. Und sie zog eines ihrer Zeltkleider an, schminkte sich die Zähne, puderte sich Stirn und Nase und hakte sich bei ihm unter. Sie wollte zum Russian Tea Room. Dort bestellte sie Kaviar für hundertfünfzig Dollar und dann noch mehr

Kaviar, diesmal den zweihundertneunundzwanzig Dollar teuren. Dr. Gorokin schluckte eine der Valiumtabletten, die er ihr mitgebracht hatte.

»Bucky, ich bringe dich morgen früh ins Krankenhaus. Ich möchte dein Herz untersuchen lassen.« Er wollte ihren Kopf untersuchen lassen. Am nächsten Tag öffnete sie ihm im Nachthemd die Tür, und er sah, dass sie nicht wusste, wer er war.

»Bucky, ich bin's, Gavril.« Er half ihr beim Anziehen. Der heilige Gavril, Schutzpatron der wohlhabenden Kranken. Er hatte seinen Wagen in zweiter Reihe vor 100 Riverside Drive geparkt, und sie war geistesgenwärtig genug anzumerken:

»So ein Arztkennzeichen am Auto ist wirklich zwölf Jahre Medizinstudium wert.«

Dr. Gorokin begleitete Bucky zu allen Untersuchungen. Sein Verdacht bestätigte sich. Sie hatte einen Hirntumor, ein Glioblastom, das aussah wie ein Schmetterling, der mit ausgebreiteten Flügeln auf einer Blume sitzt. Dieser hier hatte sich vorn auf ihrem Gehirn niedergelassen, genau in der Mitte, hinter ihrer Stirn, und er war riesig. Sie hatte noch zwei Monate zu leben.

Innerhalb eines Monats war Bucky nicht mehr Bucky. Sie wurde von Tag zu Tag stiller, während der Tumor ihr Gehirn zerlegte, die Verbindungen kappte und ihr Gedächtnis zerstörte. Sie wurde zu jemandem, der zu keinem bestimmten Zweck am Leben war, nicht einmal für einfache Freuden wie einen Cappuccino oder den Anblick der Sonne, die als roter Feuerball im Hudson versank, oder die Wahrnehmung von etwas Vertrautem, denn das gab es nicht mehr. Nur Marenka weckte Buckys Zuneigung. Doch es ging »abwärts« mit ihr, obwohl das Bewegung bedeutet und dass der Wind einem das Haar zerzaust. In Buckys Fall bedeutete »abwärts« Stagnation, Stillstand.

Als Duke Lili fragte, ob sie ein paar Wochen zu Hause bei ihrer Mutter bleiben könne, sagte Lili: »Ich bin keine Krankenschwester mehr. Das ist Jahre her. Ich hab alles vergessen. Außerdem habe ich zu tun. Sie selbst hat sich nie auch nur einen einzigen Tag für mich freigenommen. Ich hoffe jedenfalls, dass sie bald stirbt.«

Zum ersten Mal gestand der Herzog, vor allen Hörern von Bless Radio, dass seine Frau vielleicht ein wenig grausam sein konnte. Aber das hing nur mit ihrer Kindheit zusammen. Für John Mayflower war das Geständnis des Herzogs wie ein kleines Rucken an seiner Angelschnur. Er hatte seit einem Jahr auf diesen Moment gewartet.

»Wie ist sie denn grausam?«, wollte er von seinem Stammanrufer wissen.

»Sie ist nicht gut zu ihrer Mutter«, gab er zu und klang selbst erschrocken.

John Mayflower machte sich daran, den zappelnden Fang an Land zu ziehen.

Eine Agentur schickte eine Ukrainerin, die auf Palliativpflege spezialisiert war. Ihr Name weckte Ängste, Nastya, ihr schwarzer Arztkoffer hingegen Vertrauen. Darin verwahrte sie diverse Salben, ölige Lappen und eine gedruckte Liste aller Aufgaben, die sie nicht übernahm, unter anderem Wäschewaschen und Putzen. Wenn diese tüchtige, abgehärtete, nach Münzen riechende Frau wieder ging, pünktlich um fünf Uhr nachmittags, den Gehaltsscheck des Tages in der Handtasche, übernahm Duke Buckys Pflege. Er hatte Nastyas kräftigen Händen zugesehen, wie sie ein Laken unter den Rumpf der Patientin zogen, den Körper auf das Laken rollten und ihn wendeten wie einen Braten. Er hatte beobachtet, wie Nastya die bejahrten Genitalien einer Fremden wie eine schmutzige Theke säuberte, zügig. Duke schlief auf dem Wohnzimmersofa und stand alle zwei Stunden auf, um die Patientin umzulagern, damit sie keine wunden Stellen bekam, und drückte sich nie vor der Aufgabe, ihre Windeln zu wechseln. Es war ihm eine Genugtuung, wenn ihre Unterwäsche sauber und trocken war. Wie vielleicht alle Krankenschwestern freute es ihn, die körperlichen Grundfunktionen einer so mächtigen Person unter Kontrolle zu haben.

Aber möglicherweise ist das eine ungerechte Interpretation der Nächstenliebe! Wenn ein enger Angehöriger krank wird, trennt sich die Spreu vom Weizen – manche helfen, ohne überhaupt darüber nachzudenken, während andere sich unter irgendeinem Vorwand aus dem Staub machen. Duke kam es nie in den Sinn, sich einer Pflicht zu entziehen, die andere, Lili eingeschlossen, abstoßend fanden. Lili dankte ihm nicht für seine Hilfe; sie hatte ihn nicht darum gebeten.

Für Vlado war Dankbarkeit ein billiges Vergnügen. »Du bist meine Rettung«, sagte er mit zittriger Stimme. Er kam einmal am Tag vorbei und pflanzte sich seitlich auf seinen alten Bürostuhl, den er ans Fußende des alten Ehebetts gestellt hatte. Hin und wieder warf er Bucky einen Blick zu, die restliche Zeit steckte er seine Nase in irgendein Buch, das er aus dem Regal im Flur gezogen hatte. Vlado gab seinen Augen etwas zu tun. Wenn er fand, dass er seine Zeit abgesessen hatte, sagte er zu dem Buch: »Alsdann, mein Schatz. Ich darf in deiner Nähe nicht rauchen, deswegen muss ich gehen. Hab noch einen schönen Tag.« Dann stand er auf, beugte sich über die Patientin, setzte seine Lippen voller Graus auf ihre Stirnfalten. C. Perry hatte keine Falten, nirgends, und seine Stirn war wie aus Marmor. Dass Vlado längst nicht mehr rauchte, behielt er für sich.

Ein abschließendes Urteil

Der Abend verlangsamte sich auf das Tempo eines Trauermarschs. Weil Bucky gewöhnlich um 19 Uhr die Nachrichten sah, machte Vlado, der zu Besuch war, den Fernseher an, als könne sie noch immer zusehen. Präsident Clinton hatte das Gesetz zum Schutz der Ehe unterzeichnet. Vlado knurrte »Arschloch« in Richtung Fernseher, verkroch sich in seinem alten Arbeitszimmer und ließ Duke und Lili mit der Nachrichtensendung allein.

Bald darauf machte Dr. Gorokin seine Abendvisite. Der kultivierte Medizinmann akzeptierte ein Glas Wein und eine Kleinigkeit zu essen, bevor er nach dem Befinden der Patientin fragte. Er erfuhr, dass nicht nur Bucky behandlungsbedürftig war.

Der Arzt kümmerte sich zuerst um Vlado. Der alte Mann jammerte mitleiderregend, dass sein Herzschmerz weitaus schlimmer sei als jeder körperliche Schmerz. Mit Sicherheit sei das, was seine Frau durchmache, ein Klacks dagegen. Schließlich war sie nicht bei Bewusstsein! Es dauerte eine Weile, bis Dr. Gorokin begriff, dass Vlado nicht den Schmerz über den Verlust seiner Frau, sondern seines Freundes meinte. C. Perry hatte ihn aus seiner eigenen Wohnung geworfen, weil der junge Mann mehr Platz für seine stetig wachsende Familie brauchte. In seiner neuen Studentenbude, einem »Studio« (er konnte den Begriff nicht ausstehen, denn Studios waren geräumig, ein Schauplatz der Produktivität und keine Zelle für einsame Herzen), konnte Vlado nicht arbeiten, sondern nur auf seinem Einzelbett liegen und die inneren Bilder seines Geliebten anstarren. Auf einer Skala von eins bis zehn lag Vlados Schmerz bei fünfundzwanzig. Der Arzt erzählte seinem Patienten schonend etwas über Dringlichkeiten und über die Notwendigkeit, Bucky das Leben jetzt leichter zu machen. Aber Bucky war zu stark gewesen. Ihre Rolle als Familienschwächling war für die anderen nicht hinnehmbar.

Binnen Stunden verlangsamte sich das Tempo ihrer Atemzüge kontinuierlich. Es sprach sich herum, was jetzt bevorstand. Wei Wei war die Erste, die erschien. Andere folgten. Ohne daran zu denken, dass etwas für sie dabei abfallen könnte, machten sich Buckys Bekannte auf den Weg zum 100 Riverside Drive und wurden von Wei Wei ins Krankenzimmer geleitet. Es kamen mehrere Verleger, ein paar Rivalinnen, Journalisten. Bucky sah winzig aus unter der weißen Decke. Ihr weißer Schopf lag auf einem weißen Kissen, ihre Arme ruhten auf der Decke, die Haut wurde weißer und weißer, als würden die Arme nach und nach mit dem Bettzeug verschmelzen. Lili nahm den Ehrenplatz der Leidtragenden ein. Sie legte sich neben ihre Mutter und schmiegte ihren Kopf an Buckys, als läge sie selbst im Sterben. Sie schluchzte laut. Sie war gerührt, weil sie an einem Wendepunkt ihres Lebens angelangt war, und sie fühlte sich einsam, weil niemand ihre Vorfreude auf Buckys baldiges Ende teilte. Niemand ahnte, was sie dachte, schon gar nicht Vlado, der im hintersten Winkel stand und wieder und wieder von verzehrendem Gram überwältigt wurde.

Bucky nahm einen letzten, sehr tiefen Atemzug. Lili zählte die

Häupter – mindestens ein Dutzend Menschen hatten sich versammelt, um bei Bucky zu sein, wenn sie starb. Es war einer der letzten großen Todesfälle der New Yorker Bourgeoisie.

»Sie lieben also Ihre Frau«, suggerierte John Mayflower.

»Die Liebe ist langmütig und freundlich«, erwiderte der Herzog. »Die Liebe bläht sich nicht auf!« Seine Stimme war rau. »Die Liebe trägt das Böse nicht nach …« Er geriet ins Stottern. Die Zuhörer hielten den Atem an. Plötzlich konnten sie John Mayflower schwer atmen hören. Er näherte sich seinem Ziel.

»Sprechen Sie weiter«, ermunterte er den Anrufer.

»Die Liebe erträgt alles, sie glaubt alles, sie hofft alles, sie duldet alles«, murmelte der Herzog, und dann brach er in Tränen aus, live im Radio. Sein Schluchzen klang wie eine Toilettenspülung, die sich mit einer großen Menge Unflat abmüht.

John Mayflower wartete. Das Schluchzen wurde lauter, bis der Herzog plötzlich den Hörer auflegte.

Das abschließende Urteil über den gesellschaftlichen Rang eines Menschen ist seine Trauerfeier. Die gesamte Upper West Side drängte sich für den Gottesdienst in der Kathedrale, selbst ein Lebensmittelhändler vom Broadway und die Portiers des Hauses, die dienstfrei hatten. Buckys Verleger, der ein Auge auf ihre posthumen Verkäufe hatte, sorgte dafür, dass dieses Ereignis keine fade Privatangelegenheit war. Lili – umwerfend in ihrem schlichten schwarzen Kleid und dem schwarzen Pillbox-Hut mit Schleier à la Jackie Kennedy – führte die Prozession an und trug eine antike griechische Urne zum Altar. Hinter ihr gingen ein Oberster Richter, ein Senator, Museumsdirektoren, Verleger aus der ganzen Welt und Leibwächter. Diese Trauergäste erster Klasse drängten die zweitklassigen zur Seite und zurück, auch Duke, der Schulter an Schulter mit Vlado im Hintergrund stand und die Brigade schlecht angezogener tschechischer Intellektueller beobachtete, die in den Vereinigten Staaten inzwischen fest etabliert waren und das Podium stürmten, um Zeugnis von der Großmut und dem Temperament der

Verstorbenen abzulegen, die sie mit der guten Seite Amerikas vertraut gemacht habe.

Vlados Requiem wurde gespielt. Er hatte die Arbeit daran Jahre zuvor aufgenommen, einen weiteren Auftrag nicht abgeliefert, jetzt war er endlich fertig geworden. Das Requiem wurde als sein erstes interessantes Werk seit Jahrzehnten gefeiert. Es würde auf der ganzen Welt gespielt werden. Auch für die Urne war Vlado verantwortlich. Er hatte sie gekauft, und jetzt schnappte er sie Lili wieder weg. Die Urne zeigte Orpheus, den allerersten Komponisten, mit seiner Leier.

Bucky würde für immer an Vlados Seite sein.

Am Tag nach der Trauerfeier rief Mr. Miller Duke an. Er habe soeben die von Mrs. Johnsons Anwalt gesammelten Beweismittel gesichtet. Sie würden Lili für sehr lange Zeit hinter Gitter bringen, wenn die Butlers sich Mrs. Johnsons Forderung nicht beugten. Zwölf Millionen Dollar. Sie hätten eine Woche Zeit.

Die Butlers waren ruiniert.

Aufräumaktion

Nachdem er sich jahrelang damit abgemüht hatte, sein Geld zusammenzuhalten, nahm Duke den Verlust überraschend gelassen hin. John Mayflowers Frau hatte Mayflowers letzten Penny ausgegeben und einen besseren Menschen aus ihm gemacht. Aber Duke versuchte zusammenzukratzen, was noch übrig war. Er rief Heaps an und fragte, ob Lili Engagements in Aussicht habe, deren Honorar sich irgendwie verstecken ließe. Es gab keine. Er rief in mehreren Restaurants an und sagte, dass er Zahnschmerzen habe und sich ein paar Tage freinehmen werde; sie sollten einen Ersatzmann für ihn anheuern. Niemand wollte einen Ersatzmann, alle waren bereit zu warten.

Dann öffnete er einen Brief der Wohnungseigentümergemeinschaft von 100 Riverside Drive. Die Butlers, die Bucky Stones Wohnung geerbt hatten, wurden von der Gemeinschaft abgelehnt. Die Mehrheit der Eigentümer bestand aus Kleinfamilien; man wollte unter sich bleiben. Niemand hatte länger in 100 Riverside Drive gewohnt als Lili, aber die anderen Eigentümer waren unsentimental, und Lili sah sich gezwungen, die Wohnung zu verkaufen. Vlado bekam Wind davon und bewarb sich bei der Eigentümergemeinschaft als Käufer. Er gab C. Perry als seinen Sohn aus, und es gab ein Enkelkind. Die kleine Familie wäre der Gemeinschaft zweifellos genehm. Der Erlös würde direkt in Mrs. Johnsons Säckel fließen.

Endlich rief Duke zu Hause an.

Fünfundzwanzig Jahre waren vergangen. Er machte sich darauf gefasst, dass die Nummer erloschen war. Aber diese spezielle Tür öffnete sich sofort – eine vertraute Stimme sagte sanft: »Hallo.«

»Tante Bessy. Wie geht's? Ich bin's, Blue Eyes.«

»Na, so was. Blue Eyes.«

Sie wirkte eher gereizt als überrascht. »Tante Bessy, wie geht's? fragt mein Neffe. Fragt mein Neffe, nach so vielen Jahren, und wahrscheinlich will er auch wissen, wie es allen anderen geht. Hmm, lass mich nachdenken. Also, zum einen – dein Vater ist tot. Mein Bruder. Mein lieber, lieber Bruder. Er ist vor fünfzehn Jahren gestorben. Am 16. März, auf den Tag genau zehn Jahre nach seinem Unfall. Ist das nicht dein Geburtstag? Ich hab ihn noch immer nicht beerdigt.«

»Noch nicht beerdigt?«

»Es ging ihm gut, als du fort warst. Nicht einmal hast du nachgefragt. Kein einziges Mal. Oder hab ich deine Anrufe verpasst? Bin ich vielleicht in der Kirche gewesen, als du es wieder und wieder versucht hast? Es ging ihm eine ganze Zeit lang gut. Er hat hier zu Hause im Bett gelegen, und ich habe mich um ihn gekümmert. Eines Tages war mieses Wetter, ich dachte schon, das Dach würde runterfliegen. Es war aber nur der himmlische Vater gekommen, um seinen Soldaten heimzuholen. Sie wollen ihn hier nicht auf dem Soldatenfriedhof haben. Der ist nur für die weißen Soldaten. Sie sagen das nicht, aber ich weiß es. Ja, es ging ihm lange gut. Konnte nicht zur Arbeit im Beerdigungsinstitut gehen, aber es ging ihm gut. Konnte das Haus nicht verlassen, aber es ging ihm gut. Hat ständig Besuch von alten Kameraden gehabt. Manchmal hatten wir hier drin so wenig Platz, dass man sich nicht mal um die eigene Achse drehen konnte. Schwester Bessy hat von morgens bis abends in der Küche gestanden. Wir hatten hier 'ne gute Zeit. Eine bessere hat's nie gegeben. Bruder, Schwester – da geht nichts drüber. Aber davon verstehst du nichts, Blue Eyes. Du hast ja nicht mal deinen Vetter zu schätzen gewusst.

Der war wie ein Bruder zu dir! Bruder und Schwester, das ist das Beste.

Bruder, hab ich zu ihm gesagt, du und ich, wir bleiben bis in alle Ewigkeit zusammen. Aber er hat gesagt: ›Wenn ich tot bin, liegen wir getrennt. Ich muss bei den Männern sein.‹ Er wollte bei den Männern sein. Aber sie wollten ihn nicht haben. Deshalb ist er immer noch bei mir und leistet mir Gesellschaft. Mach dir keine Sorgen. Er ist verpackt. Sieht nicht anders aus als 'ne Keksdose. Sie sagen Urne dazu. Aber mir geht's jetzt gut damit. Ich hab mich dran gewöhnt. Wir haben uns alle dran gewöhnt, dass deine Momma weg ist, wir haben uns dran gewöhnt, dass du weg bist, und ich hab mich dran gewöhnt, dass mein Sohn weg ist, und ich hab mich dran gewöhnt, dass er weg ist. Trotzdem wünsche ich mir, dass er beerdigt wäre, bei den Männern, so wie er's gewollt hat. Es ist nicht richtig, dass er hier bei mir ist.

Aber wie geht's denn so, Blue Eyes? Hab nicht gedacht, dass ich wieder was von dir höre. Nicht nach der ganzen Zeit. Ist ja nichts mehr von dir übrig gewesen. Nicht mal in 'ner Urne. Also, wie geht's?«

»Ich komme nach Hause, um Dad zu begraben«, versprach er.

Mit der Heimreise ließ er sich Zeit. Lili sagte er nichts davon; auch nicht, dass er für die Reise in den Süden ihre gemeinsame Kreditkarte benutzt hatte, um seinen ungeliebten alten Jaguar gegen ein neues Auto in Zahlung zu geben. Sein Anwalt hatte ihn gewarnt, dass er im Moment kein Geld zur Verfügung habe, und Duke wollte nicht, dass Lili in einen Last-minute-Kaufrausch geriet. Sie hätte sowieso nicht begriffen, weshalb er sich für diesen Wagen entschieden hatte – einen weißen Buick, mit viel Chrom und burgunderroten Sitzen. Das Auto eines reichen Tölpels. Er stellte es in einer Garage ab und kümmerte sich um seine Geschäfte.

Im World Trade Center wurde eine neue Bar eröffnet, die mit dem Slogan The Greatest Bar on Earth für sich warb. Es war zweifellos die höchstgelegene, ein Ort, wo die Bacchanten ihre Zechgelage abhalten und auf Manhattan herabblicken konnten. Doch zurück auf den Erdboden: Man hatte noch keinen Kellermeister gefunden. Es war eine sehr süße Pflaume, die noch ein paar Wochen lang reifen musste. Alle, die den Job wollten, umschlichen einander knurrend und mit gesträubtem Fell. Die Weinbranche war nicht mehr das Terroir von Gentlemen.

Unterdessen feuerte ein hochangesehenes Restaurant seinen Kellermeister.

Ein großes Gieren und Balgen ging los. Duke war der Erste, den man anrief und zu einem Gespräch am frühen Vormittag einlud. Er willigte ein. Aber als er nur noch ein paar Meter von dem waldgrünen Vordach des Restaurants entfernt war, bereits zwölf Minuten zu spät, rief er den Manager an: »Ich schaffe es einfach nicht.« Er entschuldigte sich nicht einmal.

Als der erstaunte Geschäftsführer etwas von »unglaublicher Unhöflichkeit« stammelte, unterbrach ihn Duke: »Es gibt eine sehr begabte junge Frau. Warum stellen Sie die nicht ein, bevor sie von der neuen Bar geschnappt wird?«

Der Geschäftsführer erwiderte gereizt, dass es nicht Dukes Aufgabe sei, irgendjemanden zu empfehlen. Er wüsste stattdessen gern, weshalb Mr. Butler sich dazu ermächtigt fühle, andere Leute warten zu lassen – woraufhin Duke das in New York Undenkbare tat und sein Handy ausmachte.

Auf seinem ganzen Weg durch die Stadt hüpfte ihm das Herz. Binnen Stunden machte die Geschichte in der Weinwelt die Runde. Viele Jüngere waren in heller Aufregung und fragten sich, ob dieser Job vielleicht doch nicht so gut sei.

Aber es war ein großartiger Job. Das Restaurant, in dem pensionierte Staatsmänner sich trafen, um über ihre Geldanlagen zu reden. Duke musste verrückt sein.

Ein paar Tage ließ er so an sich vorbeiziehen, wie eine altvertraute Landschaft auf einer Zugfahrt. Er verbrachte sie mit Lili in stiller Häuslichkeit. Seit dem Tod ihrer Mutter war Lili trocken und clean. Darauf war sie stolz, und sie erzählte davon wie andere von einer aufregenden Reise oder einer schweren Krankheit. High zu werden ist harte Arbeit, überlegte sie. Es erforderte Fleiß und Hingabe. Niemand ist geschäftiger als ein Drogensüchtiger, der ständig das beschaffen muss, was er braucht. Nur die mit dem klarsten und schärfsten Verstand halten sich in diesem Job, der so anstrengend war wie eine Doppelschicht im Krankenhaus. Lili hatte diesen Job jetzt gekündigt und fühlte sich frei, befreit von ihren Fesseln. Bucky hatte sie ihr angelegt. Bucky war an allem schuld. Wegen Bucky war sie süchtig geworden.

Ende des Heimaturlaubs

Er hatte nicht vorgehabt, sein Zuhause für so viele Jahrzehnte zu verlassen, auch keinen Richtungswechsel im Sinn, als er an einem Wintertag beim Aroma von Tante Bessys Schweinefleischeintopf die Tür nach Dunmovin hinter sich schloss. Als er die Treppe hinunterging, achtete er nicht auf seine Schritte, dachte nicht: »Das letzte Mal!« Er prägte sich das Bild seiner auf der obersten Stufe stehenden Tante nicht ein, deren hartes Gesicht plötzlich zerfurcht schien, aus Sorge, er könnte im Krieg getötet werden.

Duke war den langen uniformierten Rücken seines Vaters und seines Vetters gefolgt, zum Militär, ohne auch nur im Entferntesten zu ahnen, dass sein tägliches Leben sich an einem anderen Ort abspielen würde.

Im Auto roch es nach neuen Sitzpolstern. Für den weißen Buick hatte er sich zu Ehren seines Vaters entschieden, der einen weißen Studebaker gefahren hatte. Ein Buick hätte ihn beeindruckt. Das Fahrzeug war ihm sympathisch, und er freute sich auf das Zusammensein mit ihm an einem eisigen Wintertag. Als er die George Washington Bridge überquerte, kamen ihm die Zwillingstürme anmaßend vor, ihrer eigenen Schönheit und Kostbarkeit zu gewiss. Duke sah den Hudson hinunter, von hier wirkte das World Trade Center bescheidener. Er erinnerte sich an seinen Stolz, als Lili mit dem unaufhörlich wachsenden Gebäudekomplex geprahlt hatte: »Das ist unsere Vatikanstadt, vierhunderttausend Quadratmeter größer als das Original und näher zu Gott, was die Höhe angeht.« Er sah jetzt nach vorn und fuhr weiter, raus aus der Stadt – in den Süden.

Nachts hat der Highway die ganze Autorität eines Vernehmungsbeamten, der im blendenden Scheinwerferlicht entgegenkommender Fahrzeuge brutale Fragen stellt. Hätten Mr. Perkins oder Mr. Poole oder selbst Vlado Duke anders behandelt, wenn ihre Bekanntschaft in der Vergangenheit weiter zurückgelegen hätte, zehn oder zwanzig Jahre eher, als es noch nicht in Mode gewesen war, schwarz zu sein? Was würde Duke jetzt machen, wenn er Lili nie getroffen hätte, kurz, auf einem sehr fremden Terrain? In Vietnam hatte man ihm das Portemonnaie gestohlen, es geleert in einen Abfalleimer geworfen; wundersamerweise war es wiedergefunden und ihm zurückgebracht worden, leer bis auf einen Zettel mit Lilis Telefonnummer.

Als er der Fragen müde wurde, machte er das Radio an und suchte den Klassiksender, die Radiowellenheimat der Kultivierten. Stunde um Stunde hörte man die kaputte Platte des Nahostkonflikts – jetzt hatte Israel den Libanon angegriffen. Danach wurde kurz etwas Neues erwähnt, ein Massaker an den Tutsi. Der liberale Adel betrachte den Völkermord als Teil der afrikanischen Stammeskultur, eine Form der Folklore, gegen die man nichts ausrichten könnte oder auch nur sollte. Bald darauf war es Zeit für Mozart. Duke fummelte am Drehknopf, bis er einen Song von Aretha Franklin fand.

Er fuhr die ganze Nacht. Am Morgen erreichte er North Carolina. Er zahlte zehn Dollar für ein Motelzimmer, zog seinen weißen Seidenpyjama an und schlief bis zum späten Nachmittag. Kurz vor Sonnenuntergang setzte er seine Fahrt fort. Er gab sich einer angenehmen Träumerei hin und malte sich seine Zukunft als alter Mann am Riverside Drive aus. Er würde mit Lili im Park spazierengehen. Er würde die Beine seiner Jogginghose hochkrempeln. Weitere fünfundzwanzig Jahre in New York City wären keine große Zugabe – fünfzig Jahre dauern nicht länger als fünfundzwanzig Jahre, wenn sich fünfundzwanzig wie eine Ewigkeit anfühlen.

Nachdem er die Grenze zu Florida überquert hatte, fuhr er landeinwärts in einem Bogen um Disney World herum, dem Xanadu von Florida. Er setzte seinen Weg nach Westen fort, bis er im Allerinnersten des Staates war, wo die Einkaufsmeilen wie das letzte Bollwerk der Zivilisation vor der Natur wirkten.

Jenseits von Teer und Zement begann das Unterholz; in Knöchelhöhe wimmelte es von Flöhen, weiter oben regierten stechende und beißende Insekten. Dunmovin. Er erkannte es kaum wieder.

Die Hauptverkehrsader war noch immer eine breite Durchgangsstraße aus roten Ziegelsteinen, aber die vornehmen Gebäude waren heruntergekommen. Das Motel hatte keine Fensterscheiben mehr; in den Rahmen hingen Decken, die Luft und Licht abhalten sollten. Durch eine offene Tür sah man Zimmer voller Gerümpel. Im Dunmovin Motor Court waren Sozialwohnungen eingerichtet worden, aber niemand hatte sich die Mühe gemacht, das alte Schild abzunehmen.

Der Parkplatz war gerammelt voll mit großen amerikanischen Autos. Die Bibliothek nebenan war mit Brettern vernagelt. Duke bog in eine Seitenstraße ab, die prächtigste Straße der Stadt. Shotgun Houses zwar, aber hübsche, mit verschnörkelter Holzverkleidung und Obergeschoss.

Die Straße war so pockennarbig wie jede in New York City, die Rasenflächen, die er als groß in Erinnerung hatte, waren winzige Flecken. Ausrangierte Fernseher, Matratzen und Autoteile hatten die Magnolienbüsche aus Dukes Kindheit ersetzt. Das Gras hatte anderswo Zuflucht gesucht, in Pflastersteinritzen und mitten auf der Straße.

Aber der Wohnsitz der Butlers sah immer noch besser aus als die anderen.

Der Rasen war säuberlich gemäht, die Holzverschalung des Hauses frisch geweißt, und das Vogelhäuschen aus Aluminium, das er als Junge neben der Haustür angebracht hatte, leuchtete im vormittäglichen Sonnenschein. Zwei gelbe Finken flatterten darin herum, und ein Eichhörnchen wartete am Boden auf Brosamen.

Alles war, wie es sein sollte. Duke stellte den Buick ab. Offen gesagt hatte er Angst, doch er marschierte die Vordertreppe hoch und drückte auf die Klingel.

Es dauerte eine Weile, bis die Innentür aufschwang. Die Fliegengittertür blieb geschlossen. Er konnte sehen, dass sich etwas bewegte. Vor lauter Entsetzen wäre er beinahe davongestürzt. Aber jetzt öffnete sich auch die Fliegengittertür. Tante Bessy war viel kleiner, als er sie in Erinnerung hatte, und viel eleganter, sie war piekfein angezogen – sie trug ein elegantes schwarzes Kostüm und eine gebügelte weiße Bluse mit einer großen weißen Schleife am Hals. Ihre Haut war glatt, aber ihr Haar war grau, kurzgeschnitten – fast ein Männerhaarschnitt – und kraus. Sie trug Perlenohrringe und kein Make-up. Nur die Adresse ermöglichte es ihm, sie wiederzuerkennen. Sie sah an ihm vorbei und erschrak. Der Wagen ihres toten Bruders.

»Tante Bessy«, redete er ihr zu, »ich bin's.«

Sie fasste ihn ins Auge und sagte trocken: »Ich weiß.«

Ihre Augen waren vertraut wie eine alte Währung. »Duke Butler. Blue Eyes.« Sie sprach seinen Namen vorsichtig aus, als könnte sie sich die Zunge daran verbrennen.

»Ich hab dich angerufen! Ich hab dir gesagt, dass ich komme«, fiel er in seinen alten Akzent.

»Ja, das hast du.« Sie musterte ihn, und er hoffte, dass sein Äußeres Anklang fand. Dann füllten sich ihre Augen mit Tränen – die langsam ansteigende Flut eines, wie er fand, bedauernswerten Gefühls. Die Tränen rollten ihr übers Gesicht, tropften von der immer noch straffen Kinnlinie hinab und fielen auf ihre braunen Hände, die sie an ihren Busen gelegt hatte, als würde sie beten. Ihre Nägel waren perfekt manikürt. Die Tränen versiegten so schnell, wie sie gekommen waren.

»Komm bitte rein«, sagte sie forsch, drehte sich abrupt um und führte ihn ins Haus.

»Weiß nicht, wieso ich weinen muss«, sagte sie ungehalten. »Du solltest weinen. Kommst nach der ganzen Zeit ins Haus geschneit. Es ist Jahre her, dass du zur Armee gegangen bist, dein Abendessen hier stehengelassen hast. Und dann hast du die Armee verlassen, ohne uns Bescheid zu geben. Jeden Abend haben wir zu Gott gebetet, dass du uns überraschst, zum Essen nach Hause kommst.« Sie sprach »nach Hause« sehr laut aus und zog die Vokale in die Länge. »Wahrscheinlich bist du jetzt endlich hungrig genug.«

»Erwartest du jemanden? Oder warst du unterwegs?«, fragte er.

»Nein, Sir. Wieso fragst du?«

»Du bist so schick angezogen. Du siehst wunderschön aus.« Er gab sich alle Mühe.

»Ich bin gut gekleidet. Das ist etwas anderes, als schön auszusehen.« Es war unmöglich, sie einzulullen.

»Und das Haus ist so gepflegt!« Topfpflanzen hatten den Stubenerker erobert.

Duke ging hinüber, um sie zu bewundern, und erkannte eine Hanfpflanze.

»Also, die ist wunderschön«, gab Tante Bessy zu. »Mein Neffe, du kennst ihn noch nicht mal, Tante Winnies Junge, Baltimore. Baltimore hat sie hier vor ein paar Jahren abgestellt, bevor er an die Westküste gezogen ist. Hat mich gebeten, sie zu pflegen, bis er zurückkommt. Diese Pflanze liebt mich. Ist um das Fünffache gewachsen. Er wird sich riesig freuen. Komm, ich mach dir was zu essen. Setz dich auf deinen alten Platz«, sagte sie und ging in die Küche. »Wo kommst du her?«

»New York.« Er setzte sich.

»New York? Da hast du also die ganze Zeit gesteckt.«

Sie briet Spiegeleier und Würstchen, wärmte ein bisschen grünes Gemüse mit Speck auf, öffnete eine Dose Cola und knallte sie auf den Tisch, den alten Küchentisch aus gelbem Resopal. Alles war wie immer, abgesehen von den Küchengeräten und ein paar Möbelstücken, die abgenutzt aussahen, aber nicht mit denen identisch waren, die er gekannt hatte – ein geblümtes Sofa, ein Liegesessel mit Schottenmuster. Ein stiller Ort.

Ihm fiel wieder ein, dass sie immer abgehackt gesprochen hatte. Sie war nie eine von denen gewesen, die einfach drauflosredeten. Er stöberte in seinen Gefühlen und versuchte, irgendwas für Tante Bessy zu empfinden, aber es gelang ihm nicht. Er fühlte sich nicht einmal schuldig. Er war schlechter gewesen als der verlorene Sohn, weil er nie hatte zurückkommen wollen und überhaupt nicht an seine Familie gedacht hatte, doch hatte es keinen Sinn, sich für eine so ruchlose, so endgültige Tat zu entschuldigen. Das Beste, was er für sie beide tun konnte, war, es wiedergutzumachen, indem er seinen toten Vater ehrte.

Tante Bessy tischte zwei gefüllte Teller auf. Er ließ die Bratwurstbissen demonstrativ von einer Backe zur anderen wandern, um Tante Bessy einen Gefallen zu tun. Er fand den Geschmack abscheulich, womöglich hatte sie die Würste in Crisco gebraten. Seine Bemühungen waren vergeblich; sie beachtete ihn gar nicht. Als sie aufgegessen hatte, schaute sie auf ihre Hände, die sie im Schoß gefaltet hatte, als sollten sie einander trösten, und schließlich sagte sie: »Er war ein Held. Er sollte in Arlington liegen.«

»Wo ist er?«

Gemeinsam gingen sie ins Wohnzimmer. Unter einem Weihnachtsbaum aus Plastik lag ein in braunes Papier verpackter Behälter. »Ulysses Butler«, stand in einer Ecke, »Postsendung vierter Klasse« in einer anderen.

»Postsendung vierter Klasse?!«, schimpfte Tante Bessy. »Er war mit dem Red Ball Express in Deutschland. Er ist zum Stabsfeldwebel befördert worden. Er gehört auf den allerbesten Veteranenfriedhof. Gleich nach seinem Tod wollte ich das erledigen. Aber es hieß: Nein, er sei unehrenhaft aus der Armee entlassen worden und deshalb nicht ›berechtigt‹. Eine unehrenhafte Entlassung? Irgendwas, das er in Berlin getan hat. Häusliche Gewalt. Kindesmisshandlung. Sie haben gesagt, dass er einen deutschen Jungen zusammengeschlagen hat! Die deutsche Polizei hat ihn gesucht. Was für ein Blödsinn! Vielleicht wollte irgendein deutscher Bengel ihn erschießen. Er war ja ein Soldat. Statt vor ein deutsches Gericht gestellt zu werden, landete er vor dem Militärgericht und wurde entlassen.«

Schließlich sagte sie ohne großen Nachdruck, so als wären ihre Gefühle in dieser Angelegenheit schon lange erloschen: »Du hast ganz bestimmt keine Kinder. Woher ich das weiß? Weil du sonst nicht weggeblieben wärst. Wenn du Kinder gehabt hättest, dann hättest du gewusst, wie schlimm es ist, wenn man ein Kind verliert.«

Die Wucht ihres Urteilsspruchs gab seiner Stimme den Rest. Er konnte nicht sprechen. »Dein Daddy hat sich nie beklagt, aber er hat schrecklich darunter gelitten, dass du nie nach ihm gefragt hast, kein einziges Mal. Mich hast du auch verletzt. Du warst für mich wie mein eigenes Kind. Dann hab ich meinen Jungen verloren, Carl, deinen Vetter. Hast du gewusst, dass er tot ist? Wusstest du das?«

»Nein.«

»Aber du hast gewusst, dass er verhaftet worden ist. Das musst du gewusst haben. Jeder hat das gewusst. Es kam überall in den Nachrichten. Wahrscheinlich guckst du keine Nachrichten. Das war gleich nach Ulysses' Tod. Carl hat um seinen Onkel getrauert. Hat sich betrunken und Drogen genommen. Hat was getan, was er nicht hätte tun sollen. Er hat versucht zu fliehen, aber sie haben ihn geschnappt. Ich hab in seiner Verhandlung bezeugt, dass sein richtiger Vater im Dienst für das Vaterland gefallen ist und er von seinem Onkel aufgezogen wurde, und dass er deshalb durchgedreht ist, als sein Onkel starb. Ich hab ihn gesehen, als sie ihm lebenslang gegeben haben. Er war nur einen einzigen Tag in dem Gefängnis, und dann ist er erstochen worden. Und du bist nicht hier gewesen, um mich zu trösten. Nur dieses große alte Haus, in dem die Wände mich fragen: Wo sind sie nur alle? Duke hat keine Kinder, das hab ich gewusst. Sonst wäre er zu mir nach Hause gekommen.«

Ihre Klugheit setzte ihn schachmatt. Er hatte Carl vergessen, weil Vergessen besser war als Hassen. »Dank dir, o Herr«, sagte eine Stimme in ihm. Zum Glück hatte Tante Bessy nicht herausgefunden, dass er etwas mit Carls Verhaftung zu tun gehabt hatte. Wahrscheinlich hatte nicht mal Carl davon gewusst.

Plötzlich sah sie ihn besorgt an.

»Hast du einen guten Job?« Und als er nicht sofort antwortete, fragte sie weiter: »Wovon lebst du?«

»Ich bin –«, er zögerte. Die Wahrheit hätte sie nicht verstanden, also sagte er bloß: »Ich arbeite in der Lebensmittelindustrie, Tante Bessy. Mir geht es gut. Ich weiß eine Menge über Wein. Wie geht's den anderen? Was ist mit Onkel Bob und Tante Winnie und Baltimore und Franklin? Das frage ich mich schon lange. Ich habe oft an euch alle gedacht. Lebt meine Mutter noch? Ich bin einfach gegangen. Ich weiß nicht warum.«

Tante Bessy machte eine abwehrende Handbewegung. »Ich will nicht wissen warum. Das ist das Letzte, was mich interessiert. Und – ja, ich weiß, wo deine Mutter ist. Ich hab sie getroffen. Letzten Monat, genauer gesagt. Rein zufällig. Mein Herzspezialist ist in Orlando. Ich hatte einen Termin, und danach war ich zum Mittagessen im Golden Buffet, wo ich hinterher immer hingehe. Da hat sie gesessen. Sah genauso aus wie immer, nur in alt. Sie hat mich nicht gesehen. Hatte nur Augen für das Essen auf ihrem Teller. Eine große Portion gebratenes Hähnchen. Ich hab sie nicht angesprochen und mich absichtlich in einen anderen Raum gesetzt. Hat mir trotzdem den Appetit verdorben.« Bessy lachte zum ersten Mal.

»Es freut mich jedenfalls, dass du gekommen bist. Ich hab einen Auftrag für dich. Du sollst dafür sorgen, dass dein Daddy einen guten Platz in Arlington bekommt. Das wäre eine kleine Entschädigung. Vielleicht auch eine große. Weil sie ihn da nicht haben wollen. Aber er muss dort hin. Ich kann gut ohne seine Asche leben. Vielleicht besuche ich ihn mal.«

Sie setzte noch hinzu: »Leg ihn unter einen Baum.«

Sie war vorbereitet und reichte Duke ein Blatt Papier mit dem Aufdruck:

»Ulysses Butler Sr, Director Eternal Love Funeral Home«. Daneben war eine amerikanische Flagge zu sehen. Tante Bessy hatte daruntergeschrieben:

Hier ruht Ulysses Butler, ein Patriot.
Geboren 4. Juli 1920.
Gestorben 17. Januar 1977
Bestattet mit allen militärischen Ehren.
Stört ihn nicht, sonst wird sein Geist euch verfolgen.

Sie legte ein Taschenmesser auf den Tisch. »Das ist für die Schnitzarbeit. Nimm einen hübschen, gesunden Baum, dann gibt's keine Probleme.«

Mit einem Mal wünschte Duke sich, Tante Bessy würde ihn begleiten. Es wäre so viel feierlicher. Er könnte sie hinterher in ein Flugzeug setzen oder sie nach Hause fahren.

»Bitte«, bettelte er, »bitte komm mit.«

»Ich habe nur noch eine Reise vor – zu meinem Heiland. Außerdem bin ich nie irgendwohin gereist. Damit fange ich jetzt nicht mehr an. Du kennst doch den Spruch – wer nie sein Haus verlässt, der kennt kein Unglück.«

Während sie das Geschirr abräumte, hörte er Schritte auf der Haustreppe, und Tante Bessys Schwester erschien mit mehreren Lebensmitteltüten. Tante Winnie. Sie war nur ein Jahr jünger, genauso zierlich und genauso stark. Sie erkannte ihren Neffen nicht.

»Ach, wie schön. Wir haben Besuch?«, sagte sie gastfreundlich.

Tante Bessy kam ihm mit der Antwort zuvor: »Das ist Duke Butler.« Schlagartig verfinsterte sich Tante Winnies Miene.

Er war offenkundig jemand, über den sie vor langer Zeit oft geschimpft und den sie schließlich aus der Familie gestrichen hatten, sodass es keinen großen Unterschied mehr machte, ob er kam oder ging. Tante Winnie war nach dem Tod ihres Bruders ins Haus gezogen, und ihr eigener Junge Baltimore war an die Westküste gegangen und hatte eine Hanfpflanze zurückgelassen.

»Hast du Mr. Butler seine Post gegeben?«, mahnte Tante Winnie ihre Schwester. »Wahrscheinlich sind ein paar unbezahlte Rechnungen dabei. Die sollte er mitnehmen.«

»Meine Güte, das hätte ich fast vergessen.«

Tante Bessy wühlte in einem Schrank und kam schließlich mit einer Papiertüte zurück. »Deine Briefe. Manche dürften zwanzig Jahre alt sein.«

Duke nahm die Tüte entgegen, ohne hineinzuschauen. Tante Winnie war im dunklen Wohnzimmer beschäftigt, während Tante Bessy zur Spüle ging, um die Pfanne zu säubern und ihn zu verabschieden. Sie stellte klar, dass sie weder eine Umarmung noch einen Kuss von ihm wollte, indem sie über ihre Schulter rief:

»Dann alles Gute und vielen Dank, dass du dich um Sergeant Butler kümmerst. Gib mir Bescheid, wo er ist.«

Duke ging allein zur Tür. Auf der Straße drehte er sich ein letztes Mal um und sah Tante Bessys Gesicht im Küchenfenster. Tante Winnie trat neben sie. Die beiden starrten auf das Paket in seinen Händen. Er hörte gedampftes Heulen, wie von zwei Hunden. Er legte seinen Vater neben sich auf den Beifahrersitz und fuhr los.

Es führt kein Weg zurück.

Ein Soldatenbegräbnis

Es ist widersinnig, in den kälteren Jahreszeiten von Süden nach Norden zu reisen; kein Tier würde diesen Kurs einschlagen. Dukes Buick weigerte sich prompt und zeigte mit einem aufblinkenden Lämpchen einen Motorschaden an. Ein Computerfehler, erfuhr Duke an der nächsten Tankstelle. Ein paar Meilen weiter gelang es dem Buick, einen Nagel zu finden, der den Reifen durchbohrte. In seiner Jugend hatte Duke gewusst, wie man ein Auto beherrscht, er konnte Reifen und Öl wechseln, aber New York hatte ihn seiner grundlegenden männlichen Fertigkeiten beraubt. Das Auto setzte sich heftig zur Wehr. Während Duke auf Hilfe wartete, ließ er den Motor und die Klimaanlage laufen, und der Motor lief sich heiß. Aus der Motorhaube quoll Rauch.

Schon bald tauchte ein Streifenwagen auf, und ein bulliger, stiernackiger State Trooper hämmerte mit seiner Faust auf den Buick und schrie den Fahrer an, er solle den Motor abstellen. Dukes Auftreten und Sprechweise – der Akzent klang nach kultiviertem Norden – und seine Unkenntnis über Autos, verwirrte den Polizisten so sehr, dass er schließlich den Reifen wechselte. Als der Buick gebändigt und der Motor abgekühlt war, dankte Duke seinem Retter mit einer Zwanzigdollarnote und fuhr weiter.

In Savannah stellte er den Wagen am Hafen ab und stapfte, seinen verpackten Vater unter dem Arm, auf der Suche nach einem annehmbaren Restaurant durch die Dunkelheit. Die Wörter »prix fixe« und ein Türsteher lockten ihn an. Er setzte sich an einen Tisch für zwei und stellte den kleinen Sarg auf dem Stuhl gegenüber ab.

Sein Vater hatte gebratenen Seewolf geliebt, den es aber nicht auf der Speisekarte gab. Duke bestellte ein Filet Mignon, um seinem Vater zu imponieren. Das glänzende Fleisch mit dem kleinen Hof von Herzoginkartoffeln sah gut aus. Aber er wollte nicht kauen und schlucken; es schien ihm eine unfaire Bestätigung der eigenen Lebendigkeit. Er trank Wasser, kostete etwas von dem, was vor ihm stand, und wies den Kellner schroff zurück, als der ihm die Reste mitgeben wollte.

Er fuhr weiter, ohne Pausen, und passierte das Schild »Welcome to Virginia, the Mother of Presidents« am späten Vormittag. Eisregen hielt die Scheibenwischer auf Trab.

Der Parkplatz in Arlington war leer, der Buick machte einen verlorenen und schutzlosen Eindruck. Duke zog seinen Regenmantel an, öffnete den großen schwarzen Regenschirm, nahm das Paket unter den Arm und marschierte los; vom Eingang des Friedhofs ging er die Straße, die er gekommen war, wieder zurück. Nach einer Weile stieg er über eine niedrige Mauer und war auf dem Friedhof. Die Grabsteine sahen wie Gischt auf einer großen Wasserfläche aus, einer wie der andere strahlten sie Stolz und Demut aus.

Schemenhafte Gestalten bewegten sich über das Gelände dieses stillen Ortes, den sie bewachten. Soldaten der Armee. In langen Mänteln, Mützen, von denen es tropfte, die Gesichter teilnahmslos. Es traf ihn, dass er ihren Rang nicht kannte. Sie, sagte er sich, kannten seinen Rang aber auch nicht. Hätten sie ihn gestoppt, um ihn nach dem verdächtigen Paket unter dem Arm zu fragen, wollte er sagen:

»Ich besuche meinen Onkel, zusammen mit seiner Frau.« Er hatte von der gesetzeswidrigen Bevölkerung gehört, die insgeheim in unmarkierten Gräbern in Arlington wohnte. Jemanden hier zu beerdigen, der nicht eingeladen war, um Mitglied dieses Clubs zu sein, bedeutete »Entweihung bundesstaatlichen Eigentums«. Die Wachen, mit sich beschäftigt, wollten nur ihre kalte, nasse Ablösung hinter sich haben, sie kümmerten sich nicht um irgendwen, der es da irgendwo sehr eilig hatte, ein glücklicher Hund mit Regenschirm. Als es noch heftiger regnete, flüchtete er unter eine riesige Eiche, die ein Meer von Gräbern überblickte. Niemand da. Er drehte sich zum Baum hin und schnitt winzige Buchstaben in seine raue Rinde. »Sgt. U. Butler« und das Geburts- und Todesdatum. Die Rinde drumherum bröckelte nicht ab, wie er befürchtet hatte. Der Grabstein war lesbarer als die der anderen. Er setzte sich hin, wie um zu ruhen. Seine Hand grub sich durch die weiche Erde wie ein unbeobachtetes Nagetier. Als das Loch tief genug war, um aufzunehmen, was er für eine Handvoll Asche hielt, setzte er sich die Box auf den Schoß und öffnete sie. Ein einfacher Aluminiumbehälter kam zum Vorschein. Eine billige Urne. Gut, um darin Fingernägel oder Schmalz zu verstauen. Um sie zu öffnen, fingerte er an ihr herum, doch jahrelange Feuchtigkeit hatte den Deckel einrosten lassen. Er saß, den Rücken gegen den Baum gelehnt, und schickte die Hand wieder an die Arbeit, tiefer und weiter zu graben, bis sich die hässliche Blechdose hineinzwängen ließ. Er deckte das Loch zu. Als er die Wachsoldaten näher kommen sah, setzte er sich auf das neugemachte Grab, lehnte den Kopf gegen den Baum. Sie nahmen ihn nicht einmal wahr. Nach einer Weile kam er wieder in Gang. Er stand auf, klopfte sich den Dreck vom Mantel, verstreute Laub über das aufgewühlte Erdreich, betrachtete sein Werk. Beim hastigen Schnitzen hatte er von oben geguckt, der Name stand verkehrt herum eingeritzt.

Als er zurück beim Wagen war, rief er seine Tante an. »Ich habe ihn in Arlington begraben«, berichtete er, »mit allen Ehren.«

Sie hörte zu.

»Unter einem Baum, wie du's mir gesagt hast. Bei den anderen Männern. Du kannst ihn jederzeit besuchen.«

Sie hörte zu.

»Hab seinen Namen eingeschnitzt, wie du's mir gesagt hast.« Sie flüsterte: »Du bist doch ein guter Sohn«, und legte auf.

Später, auf der Interstate 95, wurde er traurig. Reichlich fielen die Tränen wie der Regen, der draußen niederging. Er weinte von der Peripherie von Baltimore (die ganze Strecke) bis vor die Garage in der Park Avenue. Er trauerte um seinen verlorenen Patriotismus.

Lili war nicht zu Hause. Noch bevor er die Tüte mit der Post durchsah, die Tante Bessy für ihn aufbewahrt hatte, und das Aerogramm aus Afrika entdeckte, das ihn erschüttern sollte, traf er eine Entscheidung. Er würde New York verlassen.

Jo hier, um eine Brücke in die Vergangenheit zu schlagen.

Man sagt, es liegt an den Genen, warum der eine Mann eine Pfeife und der andere ein Schläger ist. Duke war nur ganz so wie sein richtiger Vater, Ludwig Njoya. Und ich habe mit solchen Männern nie was anfangen können.

Als Dukes Daddy Ludwig kapierte, dass ich nicht mehr zu haben war, kämpfte er nicht um mich, dass ich bei ihm blieb. Er wünschte mir nur Glück und raste auf seinem Motorrad davon. Ich war ein bisschen traurig, und unser Kriegerwitwenchor war noch trauriger. Sie hatten sich an ihn gewöhnt. Außerdem hatte es ihnen Spaß gemacht, über ihn zu lästern.

Sein Nachfolger stellte sich als »Sergeant« vor, auch seine Bekannten nannten ihn Sergeant. Nur ich nannte ihn manchmal »Ulysses«, am liebsten in einem leidenschaftlichen Flüsterton. Sergeant hatte sehr viel mehr von einem Gentleman als Ludwig, er machte sich die Hände nicht mit Gelegenheitsarbeiten schmutzig, und obwohl er ein Neger war, war er ein Armeeoffizier.

Als Erstes musste ich für den Sergeant Vorhänge aufhängen, die unsere häuslichen Geräusche dämpften. Er kam und ging zu regelmäßigen Zeiten, er stahl keinen Strom, er bezahlte gewissenhaft alle Rechnungen, und er brachte immer amerikanische Lebensmittel mit nach Hause, amerikanische Möbel, einen amerikanischen Kühlschrank, ein gigantisches Gerät – alles aus Amerika war riesig. Als Frau Weltecke irgendwo Butter aufgetrieben hatte und sie natürlich möglichst lange frischhalten wollte, fragte sie Sergeant, ob er die Butter in seinem Kühlschrank aufbewahren könnte. Er sagte: »Yes, Mam«, und wir bewahrten die Butter für sie auf und mausten kein Stückchen davon. Brauchten wir auch gar nicht; mein Offizier bekam im PX Store so viel Butter, wie er wollte. Frau Weltecke belohnte ihn mit einem Lächeln.

Er versorgte mich mit Nylonstrümpfen und amerikanischen Kleidern, und weil er außer »Guten Tag« und »Ick bin American« überhaupt kein Deutsch konnte, musste ich Englisch lernen, und das konnte ich schon bald so gut, dass keiner der Nachbarn mich mehr verstand und unser Unterhaltungswert für sie abnahm.

Nur mein Junge entwickelte sich zu einem Weichei. Er war kein bisschen männlich, trug ständig eine Puppe mit sich herum. Ein paar Mal warf der Sergeant ihm im Hof einen Ball zu, aber Duke konnte nichts auffangen. Er starrte seinen neuen Vater an. Frau Weltecke rang sich dazu durch, mir mitzuteilen, dass mein Sohn zum Augenarzt müsse.

»Danke, mit meinem Sohn ist alles in Ordnung. Kümmern Sie sich um Ihren eigenen Kram.«

Frau Weltecke hielt mich für arrogant und insistierte: »Er ist viel zu ängstlich für sein Alter.« Dann sagte sie: »Sein neuer Vater ist ganz vernünftig …« Den Rest des Gedankens behielt sie für sich: … obwohl er aus dem Urwald stammt.

Es beeindruckte sie sehr, dass der Sergeant sich viel mehr anstrengte, einen Mann aus Duke zu machen, als seine deutsche Mutter. Mein Sergeant besorgte sogar eine kleine Militäruniform und unterzog Duke im Hof einer Grundausbildung. Klein-Duke hatte Spaß daran – und ganz bestimmt hatten die Nachbarn ihren Spaß an dem amerikanischen »Hut two three«, das so schön kernig klang.

Aber es half nichts: Mein Junge ließ sich einfach nicht abhärten. Sein Lieblingswort war »Mam«. Eines Abends nahm der Sergeant ihn mit zu einem »Männerausflug«. Er wollte sich »Jo's Man« auf die Brust tätowieren lassen und meinem Sohn zeigen, wie ein Mann Schmerzen erträgt. »Willst du auch so was haben? Was für deine Mommy?«

Sie hielten Duke fest und tätowierten ihm »Mommy's boy« unter seinen Nabel. Vielleicht war das gemein. Es geschah mit den besten Absichten. Aber es hat nichts genützt.

Sehr lange wusste ich nichts davon, weil Duke sich weigerte, in meiner Gegenwart das Hemd auszuziehen. Er war jetzt noch viel ängstlicher.

Eines Morgens, als es noch stockdunkel war, hielt ein schäbiger kleiner Citroën 2CV vor dem Haus an. Das Autoradio lief, eingestellt auf den GI-Kanal, und plärrte amerikanische Weihnachtslieder.

Der Wagen parkte dreist auf dem Bürgersteig, und heraus sprang Ludwig, in einem schwarzen Kaschmirmantel, er kam in den Hof gestürmt und klopfte an die Tür. Mein Sergeant Ulysses öffnete ihm.

»Ich will zu meinem Sohn.«

Der Sergeant schlug ihm die Tür vor der Nase zu.

Durch das Fenster sah ich, wie Ludwig versuchte, sich warm zu halten, herumhüpfte, von einem Bein aufs andere, und sich auf die Arme schlug. Ich tat nichts. Mein neuer Mann sollte sich darum kümmern. Und das tat er auch. Die Wohnungstür ging wieder auf, ich hörte Schreie und sah, wie mein Junge kopfüber hinausgereicht wurde. Er schlug um sich, während der Sergeant ihn mit seiner riesigen Hand an einem Fußknöchel festhielt. Das Hemd fiel ihm über die Schultern, und ich sah die Tätowierung. Sie war in widerwärtigen Nazi-Buchstaben geschrieben.

Ludwig sah sie nicht. Dachte bestimmt nur daran, wie kalt es war und dass die kleine Heulboje keine Jacke trug. Heult los und schlingt seine Arme so eng um seinen Vater, dass ich dachte, er erwürgt ihn. Ich weiß noch, dass der Sergeant reinkam und sagte: »Von dem hat er die Schlappschwanzgene.« Ludwig umarmte ihn genauso, und der Junge hörte auf zu schreien. Und so standen die beiden vor der geschlossenen Tür und umarmten sich. Die Erde drehte sich weiter, und ich hörte nichts mehr. Dann klopfte Ludwig wieder an.

Der kleine Junge quiekte: »Please, please, please!«

Ich saß am Küchentisch und hatte nicht die Absicht aufzustehen. »Mach du das, Ulysses«, sagte ich.

Ich hörte sie reden. »Please«, bettelte Duke.

»Please«, sagte Ludwig, »bitte, seien Sie gut zu ihm.« Was sollte das heißen, »seien Sie gut zu ihm«? Waren wir das etwa nicht?

Die Arme des Sergeants langten nach draußen, entrissen meinen Jungen seinem Vater, und der machte kehrt und ging. Bye-bye.

Ludwig wurde in diesem Hof nie wieder gesehen. Frau Weltecke entdeckte kurz darauf in einer Frauenzeitschrift beim Friseur eine Bildunterschrift mit seinem Namen, Ludwig Njoya – er war mit seinem Vater nach New York City gereist, und die Aufnahmen zeigten die beiden, wie sie in Bremerhaven an Bord der Queen Mary gingen. Sie war überrascht, dass sein Vater berühmt war.

Am ersten Weihnachtsfeiertag war es warm, viel zu warm. Der Schneematsch schmolz. Es war gespenstisch. Alle Frauen öffneten die Fenster. Ende Dezember konnte die Sonne nur ein paar Stunden am Tag scheinen, aber die Luft blieb widerlich warm, lange nachdem sich der Himmel verdunkelt hatte.

Der Sergeant trug zwei Küchenstühle nach draußen. Er rauchte eine Zigarre, und wir tranken Whiskey. Duke trug die Boxhandschuhe, die wir ihm zu Weihnachten geschenkt hatten – sein neuer Vater hielt ihm die offene Handfläche hin und sagte: »Na los. Schlag zu.« Duke haute ihn sachte.

»Fester!«, rief sein Vater.

Duke nahm einen tiefen Atemzug und holte mit dem Arm aus, aber sein Hieb landete wie ein Schmetterling.

»He, bist du ein Mann?«, fragte der Sergeant. »Oder bist du eine Zimperliese?«

»Ein Mann«, erwiderte mein Junge ohne Überzeugung.

»Davon merkt man aber nicht viel. Wird aus diesem Jungen etwa seine eigene Mama?«

»Nein«, sagte ich. »Gib ihm ein bisschen Zeit«, sagte ich. »Er muss einfach noch ein bisschen wachsen.«

Der Sergeant nahm Duke zwischen die Knie. »Hier, Junge«, sagte er. »Nimm mal einen Schluck. Das wird einen ganzen Kerl aus dir machen.«

Er hielt dem Kind das Glas an die Lippen, in dem nur noch ein paar Tropfen Whiskey waren. Mein Junge schüttelte den Kopf und verzog das Gesicht. Ich fand das komisch und musste kichern. Vielleicht war ich beschwipst.

»Na los, mein Engel«, sagte ich. »Zu Weihnachten sollst du ein bisschen Whiskey kriegen.«

»Zimperliese«, sagte der Sergeant und schüttelte den Kopf. »Kleine Zimperliese.«

Die Beleidigung schien meinen Jungen nicht zu beeindrucken. Der Sergeant sah ihn an, füllte das Glas auf und drückte es Duke in die Hand.

»Trink das aus. Dann bist du ein Mann. Na los. Zeig mir, was du kannst.« Mein Junge nahm die Herausforderung an und setzte das Glas an den Mund.

Er schaute hinein, dümmlich schielend, leerte das Glas in mehreren Zügen und musste würgen.

Ulysses schrie: »Das muss drinbleiben.«

Mein Junge sah stolz aus. Dann fiel er hintenüber und verlor das Bewusstsein. Es sah aus, als würde er auch sein Leben verlieren.

Es war stockfinster, als die Polizisten und Sanitäter mit heulender Sirene vorfuhren. Frau Weltecke hatte sie gerufen.

Wir verließen unser Heim und kehrten nie mehr zurück. Ulysses landete im Gefängnis in Frankfurt. Duke und ich fuhren ihm hinterher und warteten. In Frankfurt ließ ich Dukes Tätowierung wegmachen. Ein polnischer Jude kümmerte sich darum, ein Chirurg ohne Arbeitspapiere, aber mit einer gutbesuchten Praxis. Ich sagte für den Sergeant aus, dass es dem Jungen gut gehe. Stimmte ja auch. Er konnte sich an nichts erinnern. Ich schickte meiner Mutter einen Abschiedsbrief nach Ostberlin, und sie stiefelte den ganzen weiten Weg mit ihrer quietschenden Schubkarre zu unserer Wohnung und schaffte alle unsere Sachen fort. Ein paar Monate vergingen. Ich hörte von einem Bekannten, dass das Haus im Frühling verkauft worden war und Bauarbeiter die Hofwohnung im Auftrag des neuen Eigentümers abgerissen hatten.

Jetzt wisst ihr Bescheid. Jetzt weiß Duke Bescheid.

Aber ihr werdet euch fragen: Was ist aus Ludwig geworden, Dukes richtigem Vater? Nachdem ich kapiert hatte, wie das Internet funktioniert, hab ich gleich als Erstes nach ihm gesucht. Googelt ihn, Ludwig Njoya, dann seht ihr's selbst. Er hat den Rest seines Lebens in Harlem verbracht, in den »Projects«, wie das genannt wurde, an der 125th Street, und er hat es nie zu irgendwas gebracht, aber man kann ihn googeln, weil er mit einer berühmten Anwältin verheiratet war. Die Glückliche. Ich wette, dass er sie verhätschelt hat, und das hat ihr bestimmt gefallen, und vielleicht gefiel es ihr auch, dass er dieses ganze Bücherwissen hatte. Sie hatten einen Haufen Kinder, und er kümmerte sich um sie, während seine Frau als »eine der ersten schwarzen Anwältinnen« in einer edlen New Yorker Kanzlei arbeitete. Anscheinend hat Ludwig sich nie geändert; er wollte einfach keine bedeutende Persönlichkeit sein.

Wisst ihr, was in seiner Todesanzeige stand? Dass er sich selbst gerne als »Neger mit Biedermeierfaible« bezeichnete, »für jedes Kind der liebste Erwachsene« gewesen sei und man ihn »immer lieben« werde. Eines Abends hat er sich überfallen lassen. Abgeknallt auf der U-Bahn-Treppe. Sicher hatte er den teuren Mantel an, den von den Fotos aus der Zeitung. Der Dieb dachte wohl, eine dicke Brieftasche gehört dazu. Sein Name stand in allen New Yorker Zeitungen – er war erst vierzig Jahre alt. Ich war furchtbar neugierig und suchte im Internet nach seiner Familie. Zuletzt habe ich gelesen, dass sein ältestes Enkelkind sich an einer Schickimicki-Universität namens Princeton eingeschrieben hat. Die Chance hat Duke nie gehabt.

Ludwig lebte übrigens genau acht Stunden lang in derselben Stadt wie sein Sohn – er starb am Abend des 5. Juni, dem Tag, an dem Duke in New York ankam. Wenn das kein Zufall ist!

Jedenfalls zurrt er auf irgendeine Weise Dukes Vergangenheit zusammen. Vielleicht ist das auch der Grund, warum er selbst nie Kinder wollte. Seine war nicht sehr spaßig. Und weil Väter einen entweder enttäuschen oder man sie enttäuscht. Ich hoffe, Duke ist es wichtig, die Geschichte jetzt zu kennen. Vielleicht kann er sich vergeben, dass er so reagierte, als er plötzlich erfuhr, dass er ein Kind hat. Ansonsten wäre das alles Zeitverschwendung.

Ausgeschifft

Die Weltbevölkerung war auf fünfeinhalb Milliarden angewachsen, als Duke achtlos, ohne böse Vorahnung, das blaue Aerogramm aus Nairobi, Kenia öffnete, das seine Tante all die Jahre für ihn aufbewahrt hatte.

»Mein lieber Vater«, begann das Aerogramm.

Ihr Name war Lucy Akomo. Lucy wie Luke, weil Duke der Mutter Miriamu als Luke in Erinnerung geblieben war. An mehr konnte sie sich nicht erinnern. Ihr Brief an die USA mit der Bitte um Unterhalt blieb unbeantwortet, und sie gab auf. Miriamus Tochter Lucy fand eine Kopie des Briefes, ein paar Tage nach Miriamus Tod. Ihre Krankheit hatte sich für afrikanische Verhältnisse lang hingezogen, fast einen Monat. Oder, wie Lucy es ausdrückte: »Meine Mutter ist jetzt bei Jesus. Wir haben sie letzten Monat in Homa Bay vergraben. Sie hat mir immer versprochen, dass ich dich eines Tages sehen würde, denn du bist mein Vater.«

Die restliche Post warf Duke fort, ohne auch nur hineinzusehen.

Lucys Brief war ihm ein Talisman. Tagsüber steckte er in der Brusttasche seines Jacketts, nachts versteckte er ihn in seiner Aktentasche. Dabei war es ihm egal, was Lili sagen würde – er wollte den Brief für sich haben. Es dauerte eine Weile, bis er sich entschied, Lucys Brief zu beantworten. »Weck keine schlafenden Hunde!«, ermahnte er sich.

»Wirf ihn in den Müll!«, befahl er sich. »Bald, bald schmeiße ich ihn weg«, versprach er sich.

Lili sah ihn gebeugt an seinem vornehmen alten Schreibtisch sitzen. Er nahm sie gar nicht wahr, und sie bekam Angst.

Er schrieb Lucy mit der Hand und legte seine Handynummer und seine E-Mail-Adresse bei, DukeButler@aol.com. Er suchte eine Briefmarke aus, von der er glaubte, dass sie ihr gefallen werde, mit einem Bild von Martin Luther King. Er sagte Lili nicht, wohin er wollte, als er spätabends das Haus verließ, um den Brief einzuwerfen. In dieser Zeit öffnete Lili Dukes Aktentasche und las den Brief.

Lili versuchte, Duke abzulenken. Vielleicht könnte sie vor ein Auto laufen. Dann würde er sie beachten. Sie balancierte auf dem Bürgersteig, und wartete auf den perfekten Moment, vor ein sehr langsames Auto zu springen. Aber sie traute sich nicht. Schließlich kaufte sie sich ein bisschen Crack und vergaß ihn. Ihre Sauferei dauerte einen Monat, so konnte Duke in Ruhe alles zusammenpacken.

Es war keine große Anstrengung für ihn, mehr als fünfundzwanzig Jahre seines Lebens zu demontieren. Als Erstes musste er sich um die Schulden kümmern. Er verkaufte den Weinladen an eine Investorengruppe und veräußerte dann den Rest seiner Immobilien. Gleichzeitig kündigte er in diversen Restaurants. Niemand schien besonders auf ihn angewiesen zu sein. Alles in allem war es viel einfacher, als er angenommen hatte.

Lili sprach nur ein einziges Mal mit ihm in dieser Zeit. Sie brauchte Geld.

Als er ihr erklärte, dass er keins habe, schnaubte sie vor Wut und knallte die Türen zu. Er stellte sich schlafend, als sie die Stereoanlage abbaute, und auch tags darauf, als ein paar Dealer ihr beim Abtransport des Fernsehers halfen. Bald waren Dukes Radiogeräte verschwunden. Er protestierte nicht. Er war nicht mehr angewiesen auf John Mayflowers Therapiesitzungen. Seine Anzüge gingen zuletzt weg; die Dealer würden sie tragen, und ihre Freundinnen trügen Lilis Designermäntel. Selbst die nahezu wertlosen Schallplatten verschwanden, die

Bucky ihnen in den ersten Jahren ihrer Ehe geschenkt hatte. Duke war zufrieden: Der Inhalt ihrer Kleiderschränke passte in seinen alten grünen Koffer. Er war nicht gerührt, als er in Lilis Schrank ein Exemplar von »Homo Delendus« entdeckte, Buckys Roman, eingewickelt in ihr gelbes Zeltkleid, daneben Lilis altes kornblumenblaues Kleid.

Er packte beides ein. Er füllte ein paar weitere Koffer mit den luxuriösen Bettlaken und Handtüchern und seinen wichtigsten Küchengeräten, die die Dealer übersehen hatten.

Lili war währenddessen in einen unruhigen Schlaf gefallen – sie brabbelte vor sich hin, während das Kokain noch immer in ihrem Gehirn herumschwappte. Duke trug sie zu dem weißen Buick, legte sie auf die Rückbank und deckte sie mit dem Wintermantel zu, dem ihm verbliebenen, seinem ersten aus Kaschmir, inzwischen zwanzig Jahre alt, den Lili nicht hatte versetzen können, weil er ihn unter ihrem Bett versteckt hatte.

Aus Angst, dass sie sich gegen ihn auflehnen könnte, fuhr er ohne anzuhalten. Als sie schließlich zu sich kam und etwas zu essen verlangte, waren sie im warmen Klima, nur ein paar Meilen vor Dunmovin.

SÜDEN

»Redet mit Jerusalem freundlich und predigt ihr, dass ihre Knechtschaft ein Ende hat, dass ihre Schuld vergeben ist; denn sie hat doppelte Strafe empfangen von der Hand des HERRN für alle ihre Sünden.«

LETZTE TAGE

Thanksgiving

Mr. & Mrs. Butler aus New York waren im späten Winter in Florida eingetroffen. Floridas Wärme war eine so angenehme Abwechslung, dass man sie als Wohltat empfand und auf die Gefahr, dass sie einem in dem Klima den Verstand zersetzen konnte, nicht achtgab. Sie hatten einige Tage in einem Motel verbracht. Während Lili den Rausch ausschlief, der sich als ihr wahrhaft letzter erweisen sollte, graste Duke den örtlichen Immobilienmarkt ab. Die Landschaft stimmte ihn nicht nostalgisch. Es erinnerte ihn nichts an seine Kindheit, weil aus dieser Zeit nichts mehr übrig war – aus den holprigen zweispurigen Straßen, die die Kleinstadtflecken damals mit der Metropole Orlando verbunden hatten, waren von Einkaufsmeilen gesäumte Highways geworden, die genauso aussahen, wie Orlando früher; als wäre die Stadt explodiert und hätte die gesamte ländliche Umgebung mit ihren Resten bedeckt.

Duke erinnerte sich an eine kleine Stadt namens Versailles, ausgesprochen »For sales«, die unbeliebt war, weil man ihren Namen nicht buchstabieren konnte. Diese Art von Kultiviertheit zog ihn an.

Für ein privates Dokument wie Lilis Tagebuch ist die Meinung eines Zensors, der vielleicht gern ein Verfahren gegen sie anstrengen würde, nicht von Belang. Daher können wir daraus zitieren: »In Versailles sind alle Weißen, die ein ›Sparguthaben‹ haben, zivilisiert, liebenswürdig gegenüber anderen, gottesfürchtig, gesetzestreu und rassistisch. Sie wohnen in einem Stadtteil, der lange als Sunset Town bekannt war, weil alle Farbigen bis Sonnenuntergang von dort verschwunden sein müssen. Die Weißen ohne Ersparnisse, von denen es eine Menge gibt, wissen alle, wie ein Gefängnis von innen aussieht, haben bloß noch wenige Zähne, sind jähzornig und rassistisch. Sie wohnen in billigen Häusern am Stadtrand. Als Faustregel gilt, dass jeder in Versailles geborene Schwarze mit einem anständigen Auskommen sein Gewerbe anderswo erlernt hat und nie mehr zurückkehrt. Die in Versailles zurückgebliebenen Schwarzen mögen gesittet oder kriminell sein, aber sie sind ausnahmslos arm. Sie wohnen in einem Stadtteil, der von den Weißen, die auf der anderen Seite wohnen, manchmal Little Egypt genannt wird, meistens aber Niggertown.«

Einzig und allein seine Hautfarbe hätte Duke einen Platz in dieser heruntergekommenen und mit Brettern vernagelten N*town zugewiesen. Er selbst verachtete diese Gegend. Eine vornehmere Adresse hätte er sich aber auch nicht leisten können. Deshalb zog er es vor, unter den armen Weißen in den Außenbezirken zu wohnen. Er schnappte sich das erste Haus, das ihm in den billigen Außenbezirken angeboten wurde. Es kostete möbliert bloß dreihundert Dollar im Monat, und er tischte Lili eine Notlüge auf: Wegen des »Seeblicks« habe der Kaufpreis eine Million betragen. Sie hätte Duke auch geglaubt, wenn er zehn Millionen gesagt hätte; sie hatte noch nicht begriffen, dass sie sich, nach New Yorker Maßstäben, im Armenhaus befanden.

Die Immobilie hatte alles, was in der Gegend billig war – viel Land, einen See, ein Blockhaus mit einem Carport und eine geräumige abgeschirmte Betonveranda auf der Seeseite. Eine prächtige Südstaaten-Eiche schmückte die Einfahrt, umkränzt von dem örtlichen Flitter, einem silbrigen Moos. Die nächsten Nachbarn waren versteckt hinter dichtem Buschwerk.

Zu dem Anwesen gehörten zeternde Klimageräte, ein durchgesessenes Sofa, Betten wie in einer Penne und ein echtes Leopardenfell mit vielen von Menschen verursachten Flecken, das vor dem vierschrötigen Fernseher auf dem Zementboden lag. Lili sagte, das Haus sei bezaubernd. In einem sonst leeren Schrank für Nippes entdeckte sie eine Taschenbuchausgabe von »Vom Winde verweht«. Duke ließ Lili herumstöbern und machte sich auf den Weg zur Eigentümerin.

Der Makler hatte sie nicht gewarnt, dass ihr Mieter ein Schwarzer sei. »Es ist mir egal, an wen ich vermiete«, platzte es aus ihr heraus, als er vor ihr stand.

Duke bot ihr fünfzigtausend Dollar in Einhundertdollarnoten an, die übrig geblieben waren, nachdem er Mrs. Johnson und Mr. Miller bezahlt hatte. Die Eigentümerin musterte ihn scharf, in der Annahme, das Geld stamme aus Drogengeschäften. Es war eine einmalige Gelegenheit. Die Überzeugung, dass das Haus das Doppelte wert war, konnte den generösen Eindruck nicht abschwächen, den so viele grüne Geldscheine machten. Sie willigte ein. Duke gratulierte ihr zu ihrem Glück und sagte, dass sie außerdem noch juristische Kosten spare, denn er habe Erfahrung mit Immobilien und könne den Vertrag von Hand aufsetzen. Den Bankleuten war es gleichgültig. Der Notar setzte seinen Stempel darauf, und die Sache war erledigt.

Duke fuhr wieder nach Hause und fing an, die Möbel nach draußen zu schleppen und am Straßenrand abzuladen. Binnen weniger Stunden hatten menschliche Aasgeier alles abtransportiert. Ein neues Bett mit Matratze, Decken und Kissen wurde von derselben Firma gebracht, die den Butlers ihr allererstes Bett nach 100 Riverside Drive geliefert hatte.

Duke ging früh schlafen und ließ Lili lesend auf dem nunmehr kahlen Boden des leeren Wohnzimmers zurück. »Vom Winde verweht« würde ihre Tage ausfüllen; es konnte nichts schiefgehen. Er legte sich hin, atmete den Fabrikgeruch der neuen Matratze ein und ignorierte die unumstößliche Tatsache, dass es die allerbilligste gewesen war. Er war zufrieden. Sie konnten die Matratze immer noch durch eine bessere ersetzen, wenn er in der Stadt Arbeit gefunden hatte.

Später am Abend betrachtete Lili ihren Mann, der in seliger Bewusstlosigkeit auf der Seite lag, mit geschlossenem Mund, das Gesicht so rein wie sein Gewissen. Ihr war kalt. Sie musste hinausgehen, um sich aufzuwärmen. Der weiße Buick zog sie an, die Schlüssel baumelten am Zündschloss, und da stieg sie ein, fuhr zur Straße vor und fragte sich, wo es jetzt hingehen sollte. Ihr New Yorker Führerschein war schon vor Jahren abgelaufen.

Sie saß dort lange in der Dunkelheit und taxierte das Gefühl ihrer Verlorenheit. Der Mond sah wie ein schmutziges Zehncentstück auf einem schmierigen Kneipentisch aus. Sie vermisste diese Kneipentische. Duke konnte natürlich schlafen, hier war er zu Hause, während sie entwurzelt war. Ihre einzige Gesellschaft waren die Autos, die gelegentlich vorüberfuhren und nie für sie anhielten – wegen der dichten Vegetation am Eingang konnten die Fahrer sie nicht sehen. Aus der Ferne kündigte ein grelles Geräusch ein Motorrad an. Was für ein Vergnügen, an einem warmen Abend dahinzurasen!

Als das Motorrad das Grundstück der Butlers erreichte, schaltete sie das Fernlicht an und schoss mit dem Auto vorwärts, nur anderthalb Meter, um mit dem Motorradfahrer zu spielen. Bloß aus Geselligkeit. Sie konnte nichts dafür, dass der Junge, dessen Freundin hinter ihm saß, ein so lausiger Fahrer war. Erschreckt von einem Auto, das wie ein Geist plötzlich aus der Dunkelheit zu springen schien, geriet er ins Schlingern. Das Motorrad knallte frontal gegen den großen Eichbaum in der Einfahrt. Die Jugendlichen wurden hoch in die Zweige geschleudert. Lili war erstaunt. Was für ein Glück, dass die Zweige sie aufgefangen hatten! Lili betrachtete das Bild nur ein paar Sekunden lang, bevor sie mit dem Handy die Polizei benachrichtigte.

»Ich hab gerade einen lauten Knall auf der Straße vor unserem Haus gehört.« Sie war stolz, eine so gute Bürgerin zu sein, die sofort die richtige Behörde informierte. Sie fuhr die paar Meter zurück in die Garage, ohne das Licht anzumachen, und schlüpfte zu Duke ins Bett. Das nächste Mal würden die Biker vorsichtiger fahren! Das Sirenengeheul wiegte sie in den Schlaf.

»Bist du mit meinem Wagen gefahren?« Duke schüttelte sie wach. Alle Lichter brannten. Wie rücksichtslos von ihm. Er beugte sich über sie. Er hatte sich nicht einmal die Mühe gemacht, seine Sonnenbrille aufzusetzen, und sein gesundes Auge sah aus wie ein grauer Stein.

»Natürlich bin ich nicht mit dem Wagen gefahren! Ich hab nicht mal einen Führerschein!«, schäumte sie, zutiefst verletzt. Er gab für gewöhnlich nach.

»Natürlich bist du damit gefahren. Du hast es nicht mal für nötig gehalten, den Zündschlüssel abzuziehen!« Sein Flüstern war ein Zischen. Sie hörte Schritte im Wohnzimmer und das Knistern eines Polizeifunkgeräts.

»Verdammt noch mal!«, rief sie laut, unerschrocken. »Du hast den Zündschlüssel nicht abgezogen. Ich hab mit dir in einem eiskalten Haus festgesteckt, du hast geschlafen, ich bin spazierengegangen, ich hab die Schlüssel gesehen und wollte sie für dich rausziehen. Also bin ich mit dem Wagen gerade mal bis zum Ende der Einfahrt gefahren, das ist alles. Das verstößt nicht gegen das Gesetz, oder? Auf dem eigenen Grundstück rumzufahren? Was ist los? Was machen die Polizisten hier?«

Er schüttelte langsam und geringschätzig den Kopf. Er hielt sich nicht damit auf, ihr zu sagen, dass die Polizisten auf einen Notruf von Lilis Handy reagiert hatten und auf ihrem Grundstück zwei Jugendliche gestorben waren.

Das demolierte Motorrad und die beiden Jugendlichen wurden bei Tageslicht abtransportiert. In den nächsten Tagen füllte sich das Haus mit günstigen Möbeln. Dukes wichtigste Neuerwerbung war nicht sichtbar. Sie war im Cyberspace versteckt. Als Lili während der finalen Sintflut das Apartment nach Wertgegenständen durchwühlt hatte, war es Duke gelungen, seinen Laptop vor ihr zu verstecken. Der Rechner war das Verbindungsglied zu seiner Tochter Lucy geworden, ein fliegender Teppich, der ihn gelegentlich in förmlichen Briefen zu ihr brachte. Die spärlichen Informationen, die Lucys Antworten enthielten, reichten aus, um das geisterhafte Bild einer jungen Frau anzudeuten, die als Stipendiatin eine Klosterschule besucht hatte. Nachdem sie mit zwei »O-Levels« abgeschlossen hatte, einem in Geographie und einem in »Mathe«, hatte sie sich einen lukrativen Job in einem Luxushotel in Nairobi verschafft.

Duke bemühte sich nicht, noch mehr über Lucy herauszufinden, auch die Einzelheiten von Lilis Leben interessierten ihn nicht mehr – er wollte sie so schnell wie möglich sesshaft und unabhängig machen, um sich nicht mehr um sie kümmern zu müssen.

Lili spielte mit. Als er sich zu ihrer Überraschung weigerte, sie zum Supermarkt zu fahren, erniedrigte sie sich und beantragte einen Führerschein für Florida. Sie benutzte den Buick, und ihr fiel auf, dass es Duke wütend machte, wenn sie Zigarettenkippen auf dem Boden liegenließ. Einmal fuhren sie zusammen, und sie warf ihre Kippe demonstrativ aus dem Fenster, was ihn nicht zu beeindrucken schien. Als sie ein paar Minuten später eine leere Fantadose aus dem Fenster warf, sagte er, das sei »Umweltverschmutzung«.

»Wie man's macht, macht man's falsch«, erwiderte Lili. Sie glaubte, seine Zuneigung mit ihrer eigenen zurückgewinnen zu können; bei jeder Gelegenheit streichelte und lobte sie ihn. Er reagierte auf die gleiche Weise. Am Straßenrand sah sie einen knallgelben Pick-up-Truck, der zum Verkauf stand, und jubelte, so einen hätte sie schon immer haben wollen. Früher hatten ihre Schnapsideen Duke gefreut. Jetzt hielt er es für eine sinnvolle und kostengünstige Anschaffung.

Der gelbe Truck stotterte, als er zum Fahren gezwungen wurde, aber dann gewöhnte er sich an den Gedanken und zockelte mit keuchender Klimaanlage und eierndem Kupplungshebel vorwärts. Ein neuer Anstrich verdeckte die Roststellen auf der Ladefläche. Das Beste von allem: Das Führerhausdach ließ sich öffnen.

Nach ein paar Tagen fand Lili sich gut zurecht und fuhr mit offenem Verdeck, selbst wenn es regnete. Sie kleidete sich wie die hiesigen Teenager, mit winzigen T-Shirts und abgeschnittenen Jeans.

Unterdessen beobachtete sie ihren Mann so sorgsam, wie sie es noch nie getan hatte, und spürte dem Weg nach, auf dem er sich emotional von ihr entfernte. Es quälte sie zwar, gab ihr aber auch ein Ziel, das sie nie gehabt hatte – ihn zurückzugewinnen.

Doch wie? Sie zerbrach sich den Kopf. Der erste Schritt, glaubte sie, bestehe darin, sich nie wieder über irgendetwas zu beklagen. Als der Truck am zweiten Tag auf einmal liegenblieb, rühmte sie die schnelle Hilfeleistung der örtlichen Werkstatt und behauptete, dass ihr der ganze Vorfall Spaß gemacht habe und sie den Truck nach der Entdeckung seiner Fehleranfälligkeit sogar noch mehr liebe. Sie schwärmte von der lokalen Küche, der entspannten Art, in der die Leute aßen, was immer ihnen schmeckte, von den Sonnenuntergängen, den schwülwarmen Tagen, den kühlen, trockenen Tagen. Das Wort »Hass« wäre ihr nicht über die Lippen gekommen. Wie sich zeigte, war sie gut im Smalltalk, auch wenn es im Süden heißt, dass man Smalltalk nicht lernen kann, sondern damit aufgewachsen sein muss. Keine Wutanfälle mehr. Sie wollte, dass die Butlers sich einfügten, das heißt, sie wollte herausragen – ihr Grundstück an der County Road sollte etwas Besonderes sein. Sie wollte einen Garten anlegen.

»Wir haben kein Geld, um irgendwas zu pflanzen außer Avocados, die man im Glas züchtet«, sagte Duke.

»Ich könnte ja ein bisschen Geld beschaffen, nur dafür.«

Er schüttelte den Kopf, ein Zeichen seiner Skepsis. Aber Stanley Heaps war leicht zum Helfen zu überreden. Er liebe den Namen ihres neuen Wohnorts und versprach sie zu besuchen, um sich alle Herrlichkeiten anzusehen. Er hatte Verständnis für ihre Geldnot – Lili machte ein »Sabbatjahr«. Sie versicherte ihm, das Grundstück sähe wie die Anlage eines französischen Herrenhauses aus, beschönigte den Namen der Straße, die nur eine der vielen durchnummerierten Landstraßen in jener Gegend war, County Road 510, und gab als Adresse Countess Road 510 an. Heaps schickte ihr eine Kreditkarte. Als Lili erwähnte, dass sie Hilfskräfte einstellen und in bar bezahlen müsse, schickte er ihr einen Scheck über zehntausend Dollar. Lili zeigte ihn Duke. »Geld für Kunst und Design.«

»Wir könnten das Geld für Lebensmittel gebrauchen«, sagte Duke verdrossen.

»Gut. Ich brauche nicht mal die Hälfte. Nur ein bisschen.«

Sie würde ihm zeigen, wie bescheiden sie sein konnte.

Sie hatte ein Händchen für Geld. Sie fuhr in die Stadt zum Arbeitsamt, beobachtete vom Truck aus die Leute, die kamen und gingen, und suchte ein paar Arbeitslose aus, die ihr bei der Gartenarbeit helfen sollten. Sie zahlte ihnen den Mindestlohn, 3,17 Dollar die Stunde, und besserte ihn mit Komplimenten und der funkelnden Währung ihres Lächelns auf. Nach rund zwei Wochen waren die Männer ihre besten Freunde. Sie rackerten sich ab. Lili erzählte ihnen alles über sich, ihre Karriere, über die Drogensucht, den Tod ihrer Kinder – der Nachwuchs wurde von Mal zu Mal älter, zuerst waren es ungeborene Babys, dann Säuglinge, dann Kleinkinder und schließlich »Kids«. Tim Smith jr., einem jungen, wettergegerbten Weißen mit ansehnlichen Muskeln, kamen die Tränen, als Lili von ihrer Tragödie erzählte; er hatte vier Kinder gezeugt, ohne dass es irgendein Problem gegeben hätte. Lili ließ sein nützliches Mitgefühl nicht umkommen. In einem Nachbarort hatte sie zwei steinerne Löwen gesehen, die eine Einfahrt bewachten. Es sei schon immer ihr Traum gewesen, zwei Söhne zu haben, die sie wie Löwen beschützten. Sie sagte im Scherz zu Tim, dass er sie nachts stehlen könnte. Am nächsten Morgen zierten sie den Steg. Sie vergalt es ihm reichlich mit Freundschaft. Tims Blicke folgten ihr überallhin, wie die eines Hundes. Als Duke sie darauf hinwies, mit seiner üblichen Großzügigkeit in solchen Dingen, antwortete Lili, dass der junge Mann bloß noch zwei Zähne im Mund habe, und im übrigen habe sie mit den Männern abgeschlossen. Ihren eigenen Mann ausgenommen.

Duke schien verdutzt. Er runzelte die Stirn. Als Lili sein Stirnrunzeln nachäffte, stürmte er aus dem Zimmer. Er zog sich in das hässliche kleine Büro zurück und schloss die Tür. Lili hörte ihn mit beiden Zeigefingern an seinem Rechner tippen. Einen ganzen Nachmittag lang kam er nicht heraus. Erst als sie ihn anflehte, gab er schließlich nach und ging zum Steg, um die steinernen Löwen zu bewundern, die sie für ihn angeschafft hatte, wie sie behauptete. Er machte ihr Komplimente, aber sie klangen wie Phrasen, die er sich Jahrzehnte zuvor ausgedacht hatte.

Lili mühte sich noch mehr ab, ihn zufriedenzustellen.

Schon ein paar Wochen nach der Umbenennung der Straße in Countess Road war der Name allen geläufig, und im Postamt von Versailles wusste man, wohin die Post gebracht werden musste. Countess Road Nummer 510 – darin stimmten alle überein – war das hübscheste Anwesen weit und breit. »Neid scheint hier nicht zu gedeihen, vielleicht, weil es so viel natürliche Schönheit gibt«, nahm Lili Heaps gegenüber an und lobte die Einheimischen dafür, dass sie ihren Garten lobten, die bepflanzten Terrassen rund um den See.

Heaps interessierte sich offensichtlich für Schönheit viel mehr als Duke. Er rief jeden Tag an und sprach mit einer von Emphysemen angegriffenen Stimme jede Einzelheit eines Gartens durch, den er nie zu sehen bekam; noch immer nahm er Anteil an allem, was Lili dachte, sagte oder tat. Er lachte, wenn sie über seine Altmännerstimme spöttelte und fragte, wann er endlich sterben werde. Eines Tages gab er zu, dass er medizinischen Sauerstoff brauche. Lili hatte ihre Lektion bei Feigel gelernt und sprach nicht von seinem Testament.

War Duke in der Nähe, schaltete Lili das Telefon aus. Sie wusste, dass ihm ihre endlosen Gespräche mit Heaps immer auf die Nerven gegangen waren. Früher hatte sie sich gesagt: Es ist zwingend erforderlich, dass ich genau das mache, was ich will. Jetzt war sie bereit, alles zu tun, was er wollte. Doch wollte er nichts. Er hatte sie nicht mehr angefasst, seit er sie am Tag ihrer Abfahrt aus New York ins Auto getragen hatte. Er drückte sich vor jeder Zärtlichkeit und achtete darauf, dass sie nie zur selben Zeit zu Bett gingen oder stellte sich schlafend oder rückte unter irgendeinem Vorwand von ihr weg. Er war nicht oft zu Hause und fragte nicht mehr, was sie in seiner Abwesenheit erlebt hatte. Es kümmerte ihn nicht, ob sie sich in der neuen Umgebung wohlfühlte. Als sie zum ersten Mal gemeinsam in dem großen Supermarkt namens Publix einkauften, täuschte sie Unkenntnis vor und nannte den Laden »Pubix«, Schamhaarbart. Die Kassiererin errötete, und Lili streifte Duke mit einem flüchtigen Blick, um ihre Portion Zustimmung einzuheimsen, doch er sah weg, als wäre er peinlich berührt.

Seine Stimme schien außer Betrieb zu sein – manchmal tagelang. Lili plapperte, nur um die Stille zu füllen. Wenn sie ihm ein paar Worte abpresste, machte er irgendeine Bemerkung, die mit Wein zu tun hatte. Auf Nachfragen reagierte er mit einem Seufzer: »Darling, du weißt, dass dich das nicht interessiert!«

Für sich machte sie eine Gegenrechnung auf – sie hatte ihm ein faszinierendes Leben voller Überraschungen geschenkt. Sie hatte die meisten ihrer gemeinsamen Jahre finanziert. Sie hatte ihm eine hinreißende Frau geschenkt, die jeder begehrte. Ohne sie wäre sein Leben in jeder Hinsicht unermesslich viel ärmer gewesen.

Die Minusrubrik war sehr kurz. Unerheblich. Sie interessierte sich nicht für Wein. Das ließ sich beheben: riesiges Interesse bekunden, dazu noch Interesse an seiner Kochkunst. Als ihr auffiel, dass er seit ihrem Umzug kein einziges Mal mehr für sie beide gekocht hatte, bat sie ihn darum. Er lehnte ab. Tags darauf ging er einkaufen, kochte dann stundenlang, etikettierte seine Kreationen und fror sie in Mini-Portionen ein, die sie beide unabhängig voneinander auftauen und erhitzen konnten. Nicht einmal zum Abendessen setzte er sich zu ihr.

Eines Vormittags öffnete Lili seine Tür. »Morgen ist Thanksgiving.«

»Thanksgiving interessiert dich nicht.« Er schaute nicht von seinen Rechnungen auf.

»Jetzt schon. Ich mache einen Truthahn.«

Tim, ihr Lieblingsgärtner, war zu seiner Frau und seinen Kindern nach Georgia gereist. Die anderen Mitglieder der Crew waren beschäftigt. Erntedank ist ein hoher Feiertag für die Sinne. Einzelgänger oder ältere Singles können ebenso gnädigen wie erniedrigenden Einladungen zum Opfer fallen. Je liebenswürdiger der Gastgeber, desto beschämter der Gast. Er gleicht einem armen Mann, der dazu eingeladen worden ist, sich die Nase an einer Fensterscheibe plattzudrücken und einem reichen Mann bei seinem Festschmaus zuzuschauen.

Lili beschloss, ein Thanksgiving für ihre toten Kinder zu veranstalten. Sie wählte den größten Truthahn aus, den es bei Publix noch gab, und belud den Einkaufswagen mit Delikatessen, darunter einem riesigen Kürbiskuchen aus der Bäckerei, den sie mit den Worten beschriften ließ: »Ein frohes Thanksgiving bei den Butlers«. Sie kaufte von Halloween übriggebliebene Süßigkeiten. Sie las den Namen der Kassiererin von dem Schildchen am Revers ab, gratulierte ihr zu der hübschen, mit künstlichen Edelsteinen besetzten Uhr und wünschte ihr einen angenehmen Tag und ein frohes Thanksgiving. Die Kassiererin verbuchte die Süßigkeiten und prophezeite: »Ihre Kinder werden einen Wahnsinnsspaß haben!«

Die Freundlichkeit, mit der Lili jedermann begegnete, schmälerte das Gefühl von Einsamkeit. Der Supermarkt war fast so gut wie die Cozy Bar. Lili stellte Augenkontakt zu anderen in Feierlaune her, wünschte allen begeistert ein »frohes Thanksgiving«, was ebenso freudig erwidert wurde. Zu Hause knabberte sie die Süßigkeiten an und studierte die Anweisungen, wie man einen Truthahn zubereitete. Da er nicht in den Kühlschrank passte, rieb sie ihn mit Bratfett ein, wunderte sich darüber, dass Köche das nackte, tote Fleisch nicht störte, und quartierte ihn im Ofen ein. Sie würde ihn am Morgen braten.

Sie rief Stanley Heaps an, erreichte ihn allein in New York und amüsierte sich, während sie das Menü mit ihm besprach. Sie erzählte Heaps von dem Kuchen und dem für zwölf Kinder gedeckten Tisch. Sie wieherten beide vor Lachen. »Weshalb kommst du nicht her?«, bettelte Lili. Aber er hasste Thanksgiving, und er war mit ein paar schwulen Kumpels zu einem koscheren Dinner im Katz's verabredet.

»Ach, bitte! Du verpasst das beste Dinner, das ich je gekocht habe. Das einzige.« Er ließ sich nicht überreden.

Duke kam an diesem Abend nicht nach Hause. Er rief sie aus Kentucky an. Er wollte einen Weinhändler zu einer Investition in Florida überreden. Er kannte Gegenden mit sandigem Boden, ähnlich dem in Portugal und bestimmten Gebieten von Bordeaux. Sand schützte vor Schädlingen, und etwas landeinwärts und in den hügeligen Regionen herrschte ein kühleres Klima. Wie geschaffen für Cabernet Sauvignon. Und vielleicht entdeckte er ein Terroir mit Sand und Lehm, wo er Barolo anbauen konnte. Die Weine wären leichter, heller und aromatischer.

»Du könntest ihn auf meinen Namen taufen«, hatte Lili vorgeschlagen. »Die Weinstöcke stammen ebensowenig von hier wie ich, aber beide schlagen wir hier Wurzeln.«

Sie war entschlossen, es zu beweisen. Sie zog das kornblumenblaue Kleid an, das sie an Dukes erstem Tag in New York getragen hatte, und darüber Dukes schlichte weiße Schürze. Sie arbeitete den ganzen Vormittag, verteilte Gewürze auf dem sperrigen Truthahnkadaver, stopfte seine Höhlungen mit der Füllung. »Gefilte Truthahn« wollte sie das Gericht nennen, um Duke zum Lachen zu bringen. Sie rief Stanley Heaps an und erzählte ihm davon, und er fand es unglaublich komisch, war aber in Eile und versprach, sie später zurückzurufen.

Sie machte sich wieder ans Werk, wuchtete einen großen Topf mit Wasser auf den Herd, befreite die Maiskolben von den Blättern, was unfassbar langweilig war, während sie darauf wartete, dass das Wasser kochte, was noch langweiliger war, putzte den Salat (langweilig – unglaublich, dass Duke immer jedes Blatt einzeln wusch), hebelte den Verschluss der Salatsoßenbüchse auf (höllisch schwer, die Kappe abzumachen), kippte die Soße in die Salatschüssel, lange vor der Zeit, so wie Duke, der allerdings das Dressing selbst machte. Sie deckte den Tisch, vierzehn Plätze, und dekorierte jeden einzelnen mit einer großen Handvoll Süßigkeiten.

Als sie fertig war, sehnte sie sich nach einem Publikum. Sie rief Tim an, um etwas Nettes zu sagen. Er lachte gerade, als er den Anruf entgegennahm. Im Hintergrund konnte sie Stimmen hören. Ein Kind schrie: »Daddy, komm zurück!« Sie legte einfach wieder auf. Weil sie befürchtete, dass er zurückrufen könnte, hielt sie die Leitung besetzt. Sie rief ihren Vater auf dem Handy an.

Vlado war überrascht. »Lili? Bist du das?« Er fragte nicht einmal, woher sie anrief. »Das wird das erste Thanksgiving für das Baby. Wir machen eine große Sache draus«, sagte er aufgeregt. »Auch wenn es bloß Muttermilch trinkt.«

Der Begriff »Muttermilch« verursachte Lili Übelkeit, aber sie oohte und aahte, nur um ihren Vater in der Leitung zu halten. Er prahlte damit, dass die Renovierung der Wohnung in 100 Riverside Drive großartig gelungen sei; es gebe ein geräumiges Kinderzimmer, und die Eigentümergemeinschaft habe die kleine Familie herzlich willkommen geheißen. »Wir sind alle einfach froh wie der Mops im Haferstroh.«

Nach einer weiteren Minute legte er auf. Er müsse in der Küche »helfen«. Sie ermahnte sich dazu, nicht abzunehmen, sollte Tim zurückrufen. Was er nicht tat.

Um Punkt zwölf rief Duke an: Er habe einen Platten, und alle Werkstätten hätten geschlossen. Er musste seinen Wecker auf zwölf gestellt haben, um ihr das zu erzählen, weil er nicht zu Hause sein und von ihrem grässlichen Dinner kosten wollte.

Sie musste sich hinlegen und ausweinen, aber da es sie nur noch trauriger gemacht hätte, in ihrem Ehebett zu liegen, setzte sie sich aufrecht an den Schreibtisch ihres Mannes und tat so, als wäre sie Duke. Sie hoffte, es würde sie trösten – wenn sie sich einfach in ihn verwandeln könnte, so wie sie sich damals aus einer gewöhnlichen in eine schöne Frau verwandelt hatte, würde sie ihn nicht länger vermissen. Sie spürte den Körper ihres Mannes, ihre langen Beine, und dachte an einen kanadischen Eiswein, den Duke vor kurzem erwähnt hatte. Die Dämonen der Reue fielen nicht darauf herein; sie verhöhnten Lili weiter. Sie war immer noch Lili, sie trug dasselbe Kleid wie damals, als sie Dukes Herz erobert hatte. Früher hätte Duke darauf gebrannt, ihre neueste Show zu loben, in diesem Fall ein dramatisches, mit Ingredienzien von Pathos, Leidenschaft und Witz hergestelltes Dinner. Aber er hatte sie verlassen.

Ihre Füße übernahmen jetzt; sie wollten ein Heilmittel für diesen angekränkelten Geist finden. Sie begann zu gehen, ja, die Bewegung beruhigte. Sie verwandelte das kleine Wohnzimmer in einen Laufsteg, setzte einen Fuß direkt vor den anderen und ließ die Hüften schwingen, bis sie die gegenüberliegende Wand erreichte; dann wirbelte sie herum. Die Fensterscheiben äfften Lili nach. Nur sie selbst konnte sich sehen.

Wie graziös sie sich bewegte! Dukes Abwesenheit bereitete ihr Phantomschmerzen. Egal, wie geschmeidig ihre Bewegungen waren, egal, wie schön sie war, egal, in welche Richtung sie sich wandte, er sah ihr nicht zu. Null ist die größte Zahl.

Sie dachte daran, den ganzen Kürbiskuchen allein aufzuessen und sich anschließend zu übergeben. Aber die neue Lili machte so was nicht. Außerdem wollte sie, dass Duke den Kuchen sah. Ihm würde das Herz überfließen. Er brauchte ihn nur zu sehen. Er würde nach Hause kommen, und er würde ihn sehen!

Sie rief Stanley noch einmal an. Er nahm unter keiner seiner Nummern ab.

Sie überlegte verzweifelt, wer Trost spenden könnte. Ihr fiel niemand ein. Niemand mochte sie. Nicht einmal ihr Vater. Dann hatte sie eine Idee. Sie rief die Auskunft an.

»Die Nummer von Jutta Bolin bitte, in Orlando, Florida.«

Eine fehlgeschlagene Mission

Das erste Telefongespräch mit Jutta Bolin verlief folgendermaßen. Na ja, das dritte, genauer gesagt:

»Scheißtelefon. Wenn ich beim ersten Mal nicht rangehe, will ich das auch beim dritten Mal nicht. Welcher Arsch ruft da an? Hoffentlich gibt's einen guten Grund. Wer ist da?«

»Die Frau von Ihrem Sohn.«

»O mein Gott. Was soll die Scheiße! Ruf hier nie wieder an. Nie wieder. Kein Interesse. Verpiss dich. Hast du verstanden? Verpiss dich, du Schlampe.«

Der Hörer musste ein sehr langes Kabel haben, denn Lili hörte schlurfende Schritte, und selbst als sie jammerte: »Jo, Jutta, warten Sie, legen Sie bitte nicht auf!«, hörte das Schlurfen nicht auf, ein Fernseher lief lauter, und dann wurde der Hörer auf die Gabel geknallt.

Lili ging wieder zum Kühlschrank, riss die Tür auf und holte aus der Butterdose das Pillenfläschchen heraus, das sie dort als »Souvenir« aufbewahrte, damit sie niemals ihre Vergangenheit vergaß. Ein Mundvoll, und die Vergangenheit war vergessen. Sie legte sich, vollständig angezogen, auf den Holzfußboden, vor dem gedeckten Esstisch. Ihr Kopf lag auf dem roten Kaschmirpullover, den sie ihrem Mann bei ihrem ersten gemeinsamen Weihnachtsfest geschenkt hatte, vor so vielen Jahren. Er passte ihm noch immer, roch noch immer nach ihm, seinem Haar und ein wenig nach Rotwein.

Duke kam mitten in der Nacht zurück und sah Lili neben dem Tisch schlafen.

Und er sah die ganze Bescherung. Der Truthahn lag seit Stunden im kalten Ofen und stank säuerlich vor sich hin. Duke trug ihn nach draußen, im Dunkeln, und deponierte ihn am Straßenrand – ein Festmahl für die Mäusebussarde. Er ging zu Bett, ohne Lili aufzulesen.

Tags darauf war er schon wieder fort, als sie erwachte. Der Tisch war noch gedeckt. Der Kuchen stand im Kühlschrank und strahlte seine düstere Botschaft aus. Die Butlers, wahrhaftig!

Als Duke nach Einbruch der Dunkelheit wiederkam, hatte Lili alles abgeräumt. Keiner von ihnen erwähnte den Vorabend. Duke entschuldigte sich nicht dafür, dass er nicht gekommen war. Er hatte eine Autopanne gehabt, nichts, wofür man sich entschuldigen musste. Lili war überglücklich, ihn wieder bei sich zu haben; es kümmerte sie nicht, ob er auch nur ein Wort mit ihr sprach. Die böse Blase von Thanksgiving war geplatzt.

Tim Smith jr. war aus Georgia zurück, und sie konnten die Arbeit an ihrem »gemeinsamen« Projekt wieder aufnehmen. Stanley war telefonisch jeden Tag zu erreichen. Die Gartenarbeit war anstrengend, und ein Ende schien nicht in Sicht. Lili war wieder optimistisch.

Doch eines Tages klopfte Tim jr. frühmorgens an die Küchentür, kam herein, setzte sich unaufgefordert an den Tisch, trank den Styroporbecher Kaffee aus, den er mitgebracht hatte, und zog den Schluss: »Also, ich glaube, wir sind hier fertig.«

»Noch nicht ganz!«

Lili hatte beschlossen, das Haus zu streichen. Sie zog ein übriggebliebenes glamouröses Outfit für die Pilgerfahrt zur Farbe an. Im Baumarkt roch es nach Moschus und Gummi und Metall. Der Laden wimmelte von attraktiven Männern.

Paradiesische Zustände. Tim jr. blieb an Lilis Seite, bewachte sein Eigentum und knurrte die anderen Männer an. Im Gang mit den Farben starrte er auf ihre Brüste und kam auf eine Idee: »Nehmen wir doch die Farbe, die Ihr Hemd hat.« Ein schlichtes Trägerhemd von Versace. In Gold.

Nach nur einer Woche war das Haus gestrichen.

Danach gab es nichts mehr zu tun, als das tägliche Leben zu leben.

Die Crew zerstreute sich, und es verschwand auch Tim, der es kaum erwarten konnte, zu seinem Wohnwagen in Georgia zurückzukehren. Lili knallte Tim, was ihn zu überraschen schien, einen Abschiedskuss auf den Mund. Er lachte sein Marlboromannlachen, das sein leeres Zahnfleisch entblößte, und grunzte: »Das hier wird mir fehlen.« Er sagte nicht: »Sie werden mir fehlen.« Lilis Handy klingelte.

Sie drückte Tims Herkules-Hand und nahm den Anruf entgegen. Stanley. Sie brüllte zurück, sie sei beschäftigt, legte auf und lief hinaus. Aber Tim war fort.

Ein paar Tage später fiel ihr auf, dass die steinernen Löwen auf dem Steg verschwunden waren. Ob die Löwen von einem schweren Regenguss in den See geschwemmt worden waren? Um sicherzugehen, fuhr sie in die Einfahrt, aus der sie die Löwen bezogen hatte. Sie waren wieder auf ihrem Platz. Einen Augenblick lang war sie peinlich berührt. Was für ein ehrlicher Mensch Tim doch war. Seine Bewunderung war wenigstens ein dünner Strom in dem kalten, leeren Raum ihrer eigenen Einschätzung gewesen. Duke half dabei nicht.

Auf der Suche nach Verbündeten

Im Süden vergibt man großzügig. Sergeant Ulysses Butler hatte davon profitiert. Er hatte im Pazifikkrieg gedient und war 1949 als hochdekorierter Offizier nach Berlin versetzt worden. Drei Jahre später verurteilte ihn ein Militärgericht wegen Gewaltanwendung und Körperverletzung. Nach eigener Aussage habe er sich nur einen geschmacklosen Spaß erlaubt, als er dem Jungen vorschlug – nicht, dass er ihn gezwungen hätte –, ein Glas Whiskey zu trinken. Es sei ein Fehler gewesen, und er bedauere ihn zutiefst. Das Kind sei jedenfalls nicht gestorben, es habe nicht einmal gelitten, denn es sei bewusstlos gewesen, argumentierte sein Anwalt.

Sein Peiniger litt länger und schwerer – er verlor die Stellung in seiner Gesellschaft, der Armee. Sein Fall war steiler und tiefer als sein späterer von einem Dach. Er musste, wenn auch nur kurz, ins Gefängnis.

Nach seiner Entlassung flohen Sergeant Butler und sein Fräulein Kunz in die Neue Welt, ein unverheiratetes Paar, sie mit einem Verlobtenvisum und ihrem verstörten Jungen. Erst bei ihrer Ankunft erfuhr Fräulein Kunz, dass es in Dunmovin bereits eine Mrs. Butler gab und die richtige Mrs. Butler auch in einer Million Jahre nicht in die Scheidung eingewilligt hätte. Das Gesetz war auf ihrer Seite; Sergeant Butler verlor jede Schlacht gegen sie. Er adoptierte den Jungen, aber konnte Jutta Kunz nicht heiraten.

Man ließ die kleine Familie in Ruhe. Der Sohn wurde im Kindergarten unter dem Nachnamen Butler angemeldet, ein zweisprachiges Kind, das sein gesamtes Deutsch nach einem Jahr vergessen hatte. Sein Gedächtnis war durch das »Malheur« in Mitleidenschaft gezogen worden. Als seine fünf Sinne wieder beisammen waren, kannte er sich selbst nur als einen Butler. Er ahnte nicht, dass er kein gebürtiger Amerikaner war oder einen anderen Familiennamen hatte. Seiner Mutter gelang es, ihm eine amerikanische Geburtsurkunde zu kaufen.

Jo Butler alias Jutta Kunz war nicht hinterhältig, als sie ihr Kind belog; sie hat es geschützt. Sie war auch in keiner Weise schuld an der Situation, ebenso wenig wie der Sergeant. Er hatte Jutta Kunz unbedingt heiraten wollen, und das Gesetz hatte ihm nicht erlaubt, seinem Herzen zu folgen. Und was vielleicht eine noch größere Rolle spielte: Er hatte einfach nicht gewusst, wie man ein Kind bedingungslos liebt, und noch viel weniger das Kind eines anderen Mannes. Der Sergeant war von Natur aus launisch, manchmal liebevoll, dann wieder grausam, während sein Sohn immer gutmütig war. Der Junge, der Blue Eyes genannt wurde, genoss die freundlichen Momente seines Vaters und achtete nicht auf die Verletzungen aus den unfreundlichen Phasen. Der Junge war dankbar für jede spontane Zuwendung, während Ulysses Butler nicht begriff, was für ein Glück er mit einem solchen Sohn hatte.

Jutta wiederum war, wie die Deutschen sagen, »noch blutjung«, als sie nach Amerika kam, wo sie sich Jo nannte, und als sie die neue Kultur in sich aufnahm, blutete ihr Deutschtum aus. Sie wurde eine echte Südstaatlerin. Was blieb, waren ein leichter deutscher Akzent und ihre Liebe für Schwarzwälder Kirschtorte. Sie gab Duke, was sie konnte, und dann verstieß sie ihn aus ihrem Herzen, wie ein Vogel sein Junges aus dem Nest wirft. Für sie war es ein sauberer Schnitt. Sie suchte ihr eigenes Glück.

»Glück« kann teuer sein. Der Verlust der paar Annehmlichkeiten, die Sergeant Butler bot – ein hübsches Haus, eine gemeinsame Geschichte, einen Sohn, der sich nicht an Jos kleinen Marotten störte –, schien ein geringer Preis dafür zu sein, dass sie mit Jerry Bolin, einem Motorradfahrer, der eine Erbschaft in Aussicht hatte, in ein passendes Umfeld im florierenden Orlando zog. Aber kaum nachdem sie durchgebrannt waren und Jo endlich die amerikanische Staatsbürgerschaft verliehen worden war, kam die zweite und bald die dritte Rechnung. Der Romanze mit Jerry ging die Luft aus. Der schlaffe Lappen, der davon übrigblieb, konnte den vom Glück verwöhnten jungen Mann nicht einmal von fern an das romantische Trara von einst erinnern; es war ihm bloß noch lästig. Nach einer durchsoffenen Nacht wurde Jo schwanger. Sie wollte kein weiteres Baby, aber sie spekulierte darauf, dass das Kind den gerührten, fünfundzwanzig Jahre alten Vater zurück in ihre Arme ziehen würde. Jedenfalls bekannte er sich offiziell zur Vaterschaft. Als das Baby fünf Tage alt war, stand Jutta Bolin trotzdem als alleinerziehende Sozialhilfeempfängerin da. Wie die meisten Menschen fand sie sich damit ab, dass ihre Anziehungskraft auf das andere Geschlecht dahinschwand. Im Supermarkt und an der Tankstelle war sie für Männer unsichtbar geworden. Zu Beginn jeder Liebesaffäre ließ sie sich tätowieren, und ihre Haut, unter der südlichen Sonne zum Gewebe von altem Papyrus geworden, war ein Protokoll ihrer romantischen Verirrungen und Fehltritte. Ihre Tochter war, wie sie gern sagte, ihr einziger romantischer Erfolg. Sie liebte Anne so aufrichtig, wie je eine Mutter ihr Kind geliebt hat, obwohl Anne ansonsten nicht ihr Fall gewesen wäre.

Nach einer endlosen, entbehrungsreichen Kindheit wuchs Dukes heimliche Halbschwester Anne zu einer typischen Kleinstadtschönheit heran und hatte ein Baby auf dem Arm, als sie noch im Teenageralter war, und ihr Körper versinnbildlichte das amerikanische Credo: je größer, desto besser.

Oh Anne!

Lesen war nicht Annes Ding. Selbst die Gestaltung der Speisekarten der örtlichen Restaurants zielte auf die Unabhängigkeit vom geschriebenen Wort – jedes Gericht war mit einem Bild versehen. Zugegeben, einmal in der Woche las Anne ein paar Zeilen im Bibelkreis. Zusammen mit den anderen las sie exakt wie Professor Winkler, sehr genau, sie saugte geistig an jedem Wort. Im Süden sorgte die Bibel dafür, dass das menschliche Gehirn mit dem Alphabet vertraut blieb. Aber von solchen Eskapaden abgesehen, hielt Anne sich an Töne. Sie war von Liedern so abhängig, wie kein Opernfan und kein Bach- oder Schubert-Experte im Norden sich das je vorstellen konnte. Das Radio oder irgendeine Dudelkiste musste ununterbrochen eingeschaltet sein, als könnte Anne sonst nicht existieren. Im Norden und in Europa ist man aus völlig falschen Gründen auf sich stolz.

Und wie sah diese echte Schönheit des Südens für einen Fremden aus? Sie fiel auf. Als sie klein war, flocht ihre deutsche Mutter Anne die langen roten Haare einmal in zwei festen Zöpfen über Kreuz auf den Hinterkopf, als Anspielung auf die Konföderiertenflagge, was viel positive Aufmerksamkeit hervorrief. Als Anne ein Teenager war und wusste, dass der Bürgerkrieg tatsächlich vorüber war, ging sie noch einen Schritt weiter, färbte sich die Zöpfe rot, weiß und blau und steckte sie auf ihrem kleinen Hinterkopf fest. Unterhalb dieser patriotischen Haartracht befanden sich ein kräftiger Rücken und ein stadiongroßes Hinterteil.

Es war immer so. Als Anne ein kleines Mädchen war, nörgelte Jo manchmal an ihrem Gewicht herum. Sie solle abnehmen, aus Rücksicht auf ihre Gesundheit, und als ein Kinderarzt das f-Wort – »fett« – benutzte, hätte Jo ihm fast eine reingehauen. »Sagen Sie nicht ›fett‹ zu einer Patientin. Was fällt Ihnen ein! Sagen Sie ›übergewichtig‹, sagen Sie: ›Sie haben zugelegt‹«, schrie sie. »Sie kranker Wichser! Komm, Anne, wir gehen.«

Wehe denen, die eine abfällige Bemerkung über Annes Intelligenz machten, verflucht der Lehrer, der behauptete, sie sei zurückgeblieben, und geschüttelt jeder Mitschüler, der das pummelige Kind hänselte. So wie Jo ihren Sohn über seine Herkunft belogen hatte, belog sie ihre Tochter über ihren Halbbruder Duke. Alle beide sollten sich wie Jos geliebtes Einzelkind fühlen. In der Annahme, dass die beiden sich nie begegnen würden, fühlte sie sich sicher.

Anne arbeitete als Kellnerin im Lu's, und Jo, in ihren Sechzigern, hatte eine lukrativere Stellung als Buchhalterin in einem kleinen Büro, als die Butlers in den Süden zogen und Lili die ihm unbekannten Verwandten ihres Mannes besuchte, von denen er nichts wusste.

Viele Jahre lang wusste Lili nur so viel über Duke, wie er ihr zu erzählen bereit war. Vlados erschlichene Details hatten ihre Neugier nicht entzündet. Jetzt erkannte sie deren Wert und benutzte das Geschenk der Therapielogik – Dukes Wunsch, nach Hause zurückzukehren, musste die Sehnsucht nach seiner Familie einschließen, vielleicht nur unterbewusst. Lili wollte unbedingt eine gute Ehefrau sein. Endlich wären Duke und sie eine Familie. Leider hatte Momma keinen Bock zu helfen. Also folgte sie schon bald Mr. Perkins' Fußstapfen zu dem Restaurant, in dem Anne Bolin arbeitete.

Lili erkannte sie sofort. Die gleiche Nase, der gleiche Mund und die geschwungenen Augenbrauen saßen auf dem runden weißen Gesicht einer jungen Frau an der Theke. Lilis Herz machte einen freudigen Purzelbaum. Aber sie musste sich beherrschen. Und vorsichtig sein. Sie setzte sich. Als Anne ihr die Speisekarte hinknallte, sagte Lili: »Sie sehen irgendwie deutsch aus!«, was dazu führte, dass die junge Frau sie anstarrte und tief Luft holte.

»Meine Mom schämt sich, das zuzugeben«, sagte sie dann, »aber ich nicht. Sie ist Deutsche. Die Leute hier sagen viele merkwürdige Sachen, aber das hat noch nie jemand gefragt. Wie kommen Sie darauf?« Sie schien beeindruckt.

»Ich hab da mal gelebt«, sagte Lili und beschrieb sich selbst so schlicht, wie es ging: »Das heißt, ich reise in der ganzen Welt herum.

Da hat man ein Auge für solche Sachen.« Da die Kellnerin keine weiteren Fragen stellte, setzte Lili noch hinzu: »Ich bin ein Model.«

»Wie Sie meinen«, erwiderte die elegische Anne. »Also, was kann ich Ihnen bringen?«

Lili bestellte alle fünf Tagesgerichte, in der Hoffnung, mit ihrem Appetit Eindruck zu machen. Dann nahm sie einen oder zwei Bissen von jedem Teller und bat um die Rechnung, in der Annahme, mit ihrer Verschwendungssucht einen noch größeren Eindruck zu machen. »Köstlich!«, verkündete sie. »Ich musste einfach alles ausprobieren! Biscuits and Gravy war das Beste!« Nein, einen Doggybag brauche sie nicht. »Ich habe kein Hündchen. Ich hatte eins, aber es ist gestorben«, plapperte sie drauflos, weil alle so verflucht stumm waren. »Und ich glaube, dass ich noch nicht das bin, was man einen alten Kettenhund nennt.« Sie ließ zehn Dollar Trinkgeld da. Völlig verrückt. Zumindest würde Anne daraus schließen, dass Lili reich war.

Tags darauf kam sie wieder. Alle erinnerten sich an sie und merkten auf, als ihr gelber Truck auf den Parkplatz rollte. Lili betrat das Lu's, als wäre sie auf einer internationalen Bühne. Sie trug ihre abgeschnittenen Markenjeans, ein weißes T-Shirt und orange Plateauschuhe, die sie auf über 1,80 m brachten. Sie setzte sich die Sonnenbrille etwas tiefer und sah Anne wieder am Tresen arbeiten.

Diesmal bestellte Lili eine Hühnernudelsuppe und bat Anne, dafür zu sorgen, dass keine Nudeln in ihrer Schüssel landeten. Anne, die sich noch gut an die zehn Dollar Trinkgeld erinnerte, goss die Suppe durch ein Sieb.

»Wie clever von Ihnen! Ich hätte jede Nudel mit der Gabel rausgepickt, und die Suppe wäre kalt geworden! Haha, bei mir wird der Hund in der Pfanne nicht verrückt, sondern kalt!« Lili ärgerte sich, schon wieder über Hunde zu witzeln, das musste aufhören. Sie kam direkt zur Sache. Sie sagte Anne, dass sie die großartigste Kellnerin sei, die sie jemals bedient habe, und lud sie ein, als »persönliche Assistentin« für sie zu arbeiten. Sie werde Anne zu Modenschauen nach Europa mitnehmen.

»Wie viel verdienen Sie hier im Lu?«

»Zweihundert Dollar Trinkgeld die Woche«, sagte Anne in prahlerischer Übertreibung. »Es heißt übrigens Lu's.«

»Ich zahle Ihnen zweihundert die Woche«, übertrumpfte Lili das Lu's. »Wenn Sie mit mir auf Reisen sind, bekommen sie das Gleiche, und ich erstatte Ihnen alle Ihre Auslagen.« Ihre Strategie, fand sie, war brillant: wenn sie Anne einstellte, wären das zwei Fliegen mit einer Klappe.

»Braucht man nicht irgendwelche Reisepapiere, wenn man ins Ausland will?«

»Man nennt sie Reisepässe. Sie haben keinen Reisepass?«, rief Lili. »Wie sonderbar! Ich habe einen, seit ich auf der Welt bin. Das wäre also eine Ihrer ersten Aufgaben, sich einen Reisepass zu besorgen. Wir müssen nach Paris.«

»Also, ich weiß nicht, ob ich überhaupt weg will. Oder ob ich im Lu's aufhören will. Das hier ist mein Leben, wissen Sie?«

Lili fand Anne hinreißend – ihre exotische Unhöflichkeit, ihre Gleichgültigkeit gegenüber der Hochkultur, ihre ganze Erscheinung. Sie nahm an, dass Anne mit ungetrübtem Vergnügen aß, ohne Hemmungen und Skrupel.

»Anne, Sie werden das Essen in Paris lieben!«

Anne erwiderte kühl: »Ich werd's mir überlegen.«

Zu Hause in ihrem Wohnwagen, bei ihren beiden Töchtern, ihren Hunden und ihrem Freund, ließ sie die Maske fallen – sie schrie vor Freude. Am nächsten Tag kündigte sie im Lu's.

Anne musste ihre Mutter ermahnen, nicht mehr im Lu's aufzukreuzen und Mahlzeiten zu schnorren. Sie rief sie an, aber sie sagte nicht: »Hey, ich habe einen coolen neuen Job«, sondern: »Äh, ich hör im Lu's auf. Hab 'nen besseren Job. Verschon mich mit Fragen. Und bleib mir gefälligst 'ne Weile von den Hacken.«

Die goldene Farbe am Haus war gerade erst getrocknet, als Anne Bolin zu ihrem ersten Arbeitstag bei Lili Butler erschien. Anne hatte die Nasszelle des Wohnwagens in Beschlag genommen, alle Konkurrenten aus dem Feld geschlagen und sich zurechtgemacht. Sie sah hübsch aus mit ihrem frisch gewaschenen und geflochtenen Haar und ihrer perfekt sitzenden Kleidung – sie trug Bluejeans mit Blumenstickereien und eine blaue, mit einer Halsschleife versehene Bluse, die sie tags zuvor bei Walmart gekauft hatte, passend zu ihren Flip-Flops. Sie hatte zwischen ihren übergroßen Kreolen und einem schlichteren Look geschwankt und sich für Stecker entschieden, fünf an jedem Ohr und einen in der Nase. Sobald ihre neue Chefin sie zu ihren Steckern beglückwünschte, würde Anne ihr von dem Piercing in ihrer Klitoris erzählen. Anne fühlte sich entspannt und einsatzbereit, und es machte ihr keine Schwierigkeiten, das Haus an der umgetauften Countess Road zu finden. Ihr babyblauer Chevy Sedan hatte einen guten Tag. Sie wartete, bis der Sekundenzeiger ihrer Uhr die zwölf erreichte, bevor sie anklopfte.

Brüder aus dem Süden

Duke hatte gar kein Bedürfnis, seine Mutter noch einmal zu sehen, und auf die Idee, dass sie noch ein Kind haben könnte, wäre er eh nie gekommen. Lili hatte falsch gelegen: Seine Rückkehr hatte nichts mit seiner Kindheit zu tun. Er wollte diese Gegend hier erobern.

Aber sein Startpunkt war denkbar ungünstig. Da war zum einen sein Geld: Er hatte fast keins. Wenn Duke sein Scheckbuch oder sein Portemonnaie in der Hand hielt, trat er ruhig und zurückhaltend auf. Niemand hätte geglaubt, dass seine Armut selbst gewählt war und er sein Vermögen ohne Weiteres hätte behalten können, wenn er die Scheidung eingereicht hätte, wie sein Anwalt es ihm vorgeschlagen hatte. Duke hatte diese Möglichkeit nicht in Erwägung gezogen, ungeachtet der Einbuße. Lilis Fehler war sein eigener, und er musste ebenfalls dafür bezahlen. Und natürlich war da noch seine Hautfarbe.

Aber alle, selbst die Rassisten, respektierten ihn. Nicht einmal dem Betreiber eines drittklassigen Restaurants konnte entgehen, dass dieser seltsame Mann wusste, wovon er sprach. Die Winzer waren von seiner gewählten Redeweise angetan, von seinem gepflegten Äußeren, den exquisiten Anzügen und den sauberen Händen, seiner Brille und seinem ruhigen, männlichen Auftreten. Was auch immer er verlangte, sie taten es.

Die Restaurantbesitzer änderten ihre Weinkarte und nahmen regionale Weine auf, und die Winzer zogen eine Änderung ihrer Denkgewohnheiten in Betracht, was in ein paar bemerkenswerten Fällen dazu führte, dass sie anders pflanzten, ernteten und fermentierten. Und es wurde zu Dukes letzter Mission, aus dem, was er für seine Heimatscholle hielt, herauszuholen, was er aus seinem Körper nicht hatte herausholen wollen – etwas, das ihn überdauern würde.

Ein paar Jahre zuvor hatte Duke einen Bergmann in Kentucky besucht, Mr. Johnny Hall, der an einem düsteren Berghang in den Appalachen Trauben züchtete und Wein fermentierte. Nach einigen Jahren der Bekanntschaft stellte er Mr. Hall in seiner Fernsehshow vor und berichtete über dessen Vom-Tellerwäscher-zum-Millionär-Geschichte – ein Hinterwäldler, der die Entschädigung für seinen Arbeitsunfall in hochwertiges Equipment für den Weinbau investiert hatte. Aber Mr. Hall hatte nicht die Wahrheit gesagt. Für seine gebrochenen Knochen hatte er ein Almosen erhalten. Die Edelstahlfässer, eine technisch ausgereifte Weinpresse und – später – auch Lagerräume mit Temperaturregelung waren von einem vermögenden Spender gestiftet worden. Nämlich von Duke Butler. Duke hatte ihn zur Geheimhaltung verpflichtet, weil niemand geglaubt hätte, dass er keine Gegenleistung erwartete, weder eine Beteiligung an dem Weingut noch am Gewinn, nicht einmal eine Kiste Wein. Denn Duke hatte erkannt, dass Mr. Hall ein Naturtalent war. Der ehemalige Bergarbeiter hatte nicht darauf hingewiesen werden müssen, dass er den Wein nicht mit der höchsten Geschwindigkeit perkolieren durfte, so wie es alle anderen machten, um ihn dann wieder auf zwölf Prozent zu verdünnen und anschließend so viel Haushaltszucker hineinzuschütten, dass der Wein so süß wie Cola schmeckte. Mr. Hall ging bedächtig und anständig mit den Weintrauben um, und Duke kaufte ihm unterschiedliche Eichenchips, damit er selbst die Effekte der Fassreifung herausschmecken konnte, während er die saubereren Stahlfässer benutzte. Duke überredete ihn dazu, seine Flaschen mit neuen Namen und Etiketten zu versehen – aus dem Kentucky »Miner's Blood« wurde der Kentucky »Blue Grass Bordeaux«, und anstelle eines rußbedeckten Bergarbeiters war ein Rennpferd auf dem Etikett zu sehen.

Mr. Hall war ein Republikaner, zu dessen Bekanntenkreis keine Schwarzen gehörten. Aber er beurteilte einen Mann nach seinem Verhalten, seinem Akzent und seiner Kleidung, und es schien ihm nicht in den Sinn zu kommen, dass Mr. Butler rassisch aus der falschen Ecke stammte. Mr. Butler nahm Mr. Hall zu einer Weinpräsentation in Atlanta mit, und der Bergmann probierte zum ersten Mal in seinem Leben Lafite. Er hatte einen Rausch vor Aufregung. Und er schwor, dort im nächsten Jahr seine eigenen Weine vorzustellen. Was er auch tat. Und sein Merlot gewann Bronze. Sein Mentor wehrte alle Dankesbekundungen für diesen Erfolg ab.

Jetzt aber wollte Duke, dass Mr. Hall ihm einen Gefallen tat.

John Mayflower hatte sein Gedächtnis aufgefrischt und ihm gesagt: »Es gibt ein Band zwischen Ihnen und dem Land, in dem Sie aufgewachsen sind.« Duke wollte Florida als Weinland etablieren. Er wollte der Schöpfer eines Weinguts sein, das exzellente Weine erzeugte. Er wollte, dass Mr. Hall das Land kaufte und kultivierte und dort nach Dukes Anweisungen den Betrieb führte.

Florida war schließlich die Wiege des amerikanischen Weins. Das erste Weingut in der Neuen Welt wurde von spanischen Mönchen in Tallahassee gegründet. Doch der allererste Wein auf dem Kontinent war schon früher angebaut worden, von Franzosen in Fort Caroline in der Nähe des heutigen Jacksonville. Sie hatten Muskatellertrauben entdeckt, die auf dem sandigen Boden wuchsen und denen die Hitze und die Feuchtigkeit nichts anhaben konnten. Sie beschrieben ihre Süße und ihr Bouquet. Als Indianer aus der Gegend das Fort umzingelten, trat ein durchreisender Sklavenhändler, einer der ersten, einer der schlimmsten – Sir Francis Drakes Vetter, John Hawkins, dessen Wappen einen »gefangenen und gefesselten Halbmohren« zeigt –, als Retter in Erscheinung und schlachtete die Indianer ab. Für das Jahr 1565 ist also die erste große Weinparty belegt. Ein paar Monate später wurden die fröhlichen Zecher von einem durchs Land ziehenden Spanier umgebracht, der seinerseits zwei Jahre später von Piraten umgebracht wurde. Zwischen den Morden waren alle damit beschäftigt, den Indianern die Liebe zu Jesus beizubringen. Oja, die vorherrschende Gemütsverfassung trat in Florida schon früh zutage.

Duke ignorierte die Warnung. Nachdem Mr. Hall ihm zugesichert hatte, dass er in Florida investieren werde, machte er sich auf die Suche. Er hielt Ausschau nach einem Weingut in höherer Lage, mit dem richtigen Boden, den richtigen Berghängen und mindestens einem brauchbaren Gebäude. Nach Kalifornien war Florida der zweitgrößte Weinproduzent des Landes. Alle Welt wusste bereits, dass die einheimischen Trauben gegen die gefürchtete Glasflügel-Zikade resistent waren, die die Pierce'sche Krankheit verursachte. »Meine Trauben erkranken nie«, prahlte ein Winzer gegenüber Duke. »Ich kann sie anbauen und mich vor die Glotze setzen, während sie sich einfach vermehren. Das Zurückschneiden ist der anstrengendste Teil meines Jobs.« Doch in Kalifornien wurde hauptsächlich eine Art Muskatellerlimonade hergestellt und umstandslos an Studenten verkauft, die schnell betrunken werden wollten. »Worüber wollen Sie denn mit mir sprechen?«

Duke erklärte es. Der Winzer schüttelte den Kopf. Duke hielt weiter Ausschau. Seine Suche hatte noch den anderen Zweck, dass er in Bewegung blieb. Der Wagen bewegte sich vorwärts, so konnte Duke sich nach innen bewegen, wo er etwas Erschreckendes sah: seine Tochter Lucy. Die tatsächliche Frucht seiner Lenden. Das Kind, vor dem er sich immer gefürchtet hatte. Sie hatte ihm geschrieben, dass sie ein Visum für Amerika beantragt habe und ihn irgendwann besuchen werde.

Die knallharte Tatsache war, dass diese Fremde namens Lucy mit einem Satz seinen emotionalen Olymp erklettert und erobert hatte; sie herrschte dort, wie es Lili immer getan hatte, und begleitete Duke von morgens bis abends. Der Name, L U C Y, lucy, lucylucylucy, blockierte alle anderen Wörter. Er hatte ihm den Mund gestohlen, sodass er unablässig diese Silben bildete. Es spielte keine Rolle, dass er keine Vorstellung davon hatte, wie Lucy aussah – sie war gottähnlich, ohne

Bildnis. Er hatte nicht den Wunsch, sie zu sehen. Wenn sie ihm Fotos von sich im (Mail-) Anhang schickte, öffnete er sie nicht, sondern löschte sie hastig.

Er bat sie um ihre Bankverbindung in Nairobi und überwies ihr jeden Monat zweihundert Dollar. Zu Weihnachten mailte sie ihm eine formelle Danksagung mit tanzenden Smileys. Er zuckte zusammen, als er die Smileys sah. Aber da er kein anderes Bild von ihr besaß, versammelten sich die Smileys vor seinem geistigen Auge und winkten ihm grinsend zu, und er stellte fest, dass sie ihn amüsierten. Er brachte es jedenfalls fertig, Lucys Mangel an Raffinesse bezaubernd zu finden.

Eines Vormittags, als es in Nairobi früher Abend war, rief er sie schließlich von unterwegs an. Ihre Stimme war sanft, ihr Akzent magisch. Sie sprachen über das Wetter, übers Essen, über den Verkehr in Nairobi. Er erzählte ihr ein bisschen über seine Weingeschäfte, und sie stellte ein paar Fragen, die ihre Ahnungslosigkeit offenbarten. Er antwortete geduldig und fragte sie nach ihrem Job als Empfangsdame in einem Hotel. Persönliche Fragen waren tabu; sie unterhielten sich wie Fremde im Zug.

Anfangs rief er sie einmal im Monat an, dann einmal in der Woche und schon bald mindestens einmal täglich, weil er ihre Stimme hören musste. Er fragte sich nie, was sie mit dem Geld machte. Den Betrag hatte er auf dreihundert Dollar im Monat erhöht. Er hatte nachgerechnet und ihr Alter herausgefunden – sie war kein Kind mehr, sondern Mitte zwanzig.

Seit Duke in Florida lebte, schrieben sie – Vater und Tochter – sich häufiger. Plötzlich hatte er Geheimnisse. Als er eines Tages entdeckte, dass seine Tür ein Schloss hatte, schien ihm das ein sehr vernünftiger Wink zu sein. Bevor er aus dem Haus ging, drehte er den Schlüssel herum. Lili kam angerannt, um ihn mit einer geladenen Frage aufzuhalten:

»Wann kommst du nach Hause?«

»Ich werde nach Hause kommen.«

Diese einsilbige Antwort zeigte an, dass etwas falsch lief, besonders, wenn man Lilis Pose bedachte – sie hatte sich hastig CoverGirl auf die Narben von der Bauchdeckenplastik und der Brustvergrößerung getupft und stand nun vor ihm, nackt. Er drängte sich an ihr vorbei, warf ihr die Information zu, etwas Abfall für eine Bettlerin: »Ich muss einen Winzer in Fairmont besuchen. Die Fahrt dauert vier Stunden. Mr. Hall hat mir eine Flasche Gin geschenkt. Du kannst sie haben.«

Eine lange Fahrt, und er hasst lange Fahrten, deshalb die schlechte Laune, dachte Lili, doch sie wusste, dass das nicht stimmte. Sie zog ein paar Kleidungsstücke aus dem Wäschekorb, weil das einfacher war, als etwas Frisches zum Anziehen zu suchen. Sie guckte sich den Gin an. Beefeater. Er hatte die Flasche mitten auf die Arbeitsplatte in der Küche gestellt, um Lili in Versuchung zu führen. Sie ließ die Flasche gut sichtbar dort stehen, um zu beweisen, dass sie jetzt immun gegen Versuchungen war.

Das geschah zum ersten Mal, als Anne Bolin, reichlich aufgetakelt, in die Countess Road einbog. Die beiden Wagen fuhren aneinander vorbei.

Kaum hatte Anne angeklopft, wurde die Tür schon aufgerissen. Lili stand vor ihr. Sie hatte ein schmutziges T-Shirt an und Unterhosen. Ihr Haar war zu einem strähnigen Pferdeschwanz gebunden, und sie trug kein Make-up. Die Venen an ihren mageren Beinen traten hervor. Anne fiel auf, dass Lili alt war, wahrscheinlich fast vierzig – sie ahnte nicht, dass Lili schon auf die fünfzig zuging.

Lili, überglücklich, Gesellschaft zu haben, umarmte Anne. »Mein Gott, Anne! Wie schön, dich zu sehen!«

Anne hoffte, dass Lili nicht irgendeine Perverse war, sondern wirklich nur eine Assistentin brauchte. Sie trat ein, und es stimmte – Lili brauchte Hilfe. Ihr Ehemann Duke machte schlimme Dinge. Und zwar? Er hatte nicht darauf gewartet, Lilis neue persönliche Assistentin kennenzulernen, und er hatte sein Arbeitszimmer abgeschlossen.

Annes erste Aufgabe bestand darin herauszufinden, wie man in Dukes Zimmer gelangen konnte – Lili dachte, sie könnte zufällig das Fenster einstoßen, aber Anne starrte sie an und fragte: »Wieso gehen wir nicht einfach durch die Tür?«

»Weil sie verschlossen ist!«

Das Knacken von Schlössern war eine von Annes zahlreichen Fähigkeiten. Als die Tür sich öffnete, sagte Anne: »Und jetzt?«

»Erst mal Frühstück«, bat Lili sie freundlich. »Und dann hilf mir rauszufinden, welchen Schurrmurr mein Mann vor mir versteckt. Wir sind das glücklichste Paar, das ich kenne. Wir sind seit über dreißig Jahren verheiratet, und die Liebe wird mit jedem Tag stärker.«

»Was bedeutet ›welchen Schurrmurr‹?«, fragte Anne.

»Es bedeutet ›welchen Scheiß‹.«

»Ach so, warum sagst du das nicht gleich?«

Während Anne darauf wartete, dass der Kaffee durchgelaufen war, sah sie sich die Fotos an, die Lili ausgepackt und zu Annes Unterhaltung eilig auf dem Tisch ausgebreitet hatte – die Oscars, der Abend mit der Irischen Rose, ein Gruppenfoto mit dem Präsidenten bei einer Modenschau, sein schmachtender Blick: Anne gab sich unbeeindruckt. Sie fand Clinton einfach geil, aber das konnte man nicht sagen.

Dann sah sie das gerahmte Cover der Frauenzeitschrift mit den Butlers als »Das Paar der Achtziger«. »Das seid ihr beide, was?« Ihr Blick war verschattet und ihr Ton neutral. Aber sie war schockiert. Wo war sie hier hingeraten? Lili war mit jemandem verheiratet, den Anne ohne weiteres als »Abschaum« bezeichnet hätte.

»Was macht dein Mann denn beruflich?«

»Er ist ein Fernsehstar. Hast du ihn nie gesehen? Er macht eine Sendung über Wein. Na ja, er hat sie gemacht. Nächstes Jahr legt er wieder los. Er ist ein Genie. Weiß einfach alles über Wein.«

»Ich trinke Bier. Bier und Brezeln. Das servieren sie einem im Himmel.«

»Du wirst lernen, Wein zu trinken, wenn du hier arbeitest. Guten Wein. Duke duldet keinen Fusel im Haus.«

»Und der Gin?«

»Die Flasche ist bloß Dekoration. Zuerst muss ich herausfinden, was er vor mir geheimhält.«

Anne deckte den Tisch. Es gab Rühreier und Buttertoast. Sie setzten sich.

»'ne Freundin«, diagnostizierte Anne. »Einfach 'ne Freundin. Das ist alles.«

»Ausgeschlossen. Nicht Duke! Kann nicht sein. Ich bin diejenige mit den Affären. Hab ständig welche gehabt.«

»Soso.«

»Er hat nichts dagegen gehabt! Aber das ist jetzt alles Vergangenheit. Ich würde es nie wieder tun. An die Arbeit!«

Dukes Arbeitszimmertür hatte sich leicht öffnen lassen.

»Wie kriegen wir die Tür ohne Schlüssel wieder zu?«, fragte Lili.

»Gar nicht. Lass ihn in dem Glauben, dass er vergessen hat, sie zuzuschließen.« Die beiden Frauen betrachteten einander mit Verwunderung – Lili entzückt darüber, dass sie eine Frau gefunden hatte, die es an Cleverness mit ihr aufnehmen konnte; Anne erstaunt darüber, wie Lili so dumm sein konnte. Anne pflügte sich ohne weitere Instruktionen voran, stemmte einen Aktenschrank auf und stöberte darin.

»Du hast offensichtlich Erfahrung mit Büroarbeit«, bemerkte Lili.

»Nein. Aber man kann alles aus der Glotze lernen. Wart mal, ich hab 'ne Zeitlang für einen Telefonservice gearbeitet. Ist das auch Büroarbeit? Telefonsex. Bester Job, den ich je hatte. Wenn mein Chef nicht verknackt worden wäre, wär ich alt geworden in dem Job. Nicht, weil es leicht war, sondern weil ich wirklich gut war. Man wird nach der Anzahl der Minuten bezahlt. Also muss man die Typen so lange wie möglich am Apparat halten. Am besten bringt man sie zum Jammern. Wenn sie erst mal damit anfangen, dass ihre Frauen ihnen nicht mehr den Schwanz lutschen wollen, hören sie überhaupt nicht mehr auf.«

Die beiden Damen wühlten sich durch die sehr spärlichen Papiere. Da die eingehende Untersuchung nur langweilige Einzelheiten aus Dukes Weingeschäften ans Licht förderte, kam Anne zu dem Schluss: »Er hat nichts zu verbergen, er will dich bloß ärgern.«

»Moment mal«, sagte Lili. »Diese Telefonrechnung hier. Den Anschluss kenne ich nicht! Sieh dir mal diese Anrufe an. Jeden Tag dieselbe merkwürdige Nummer!«

Duke hatte also ein heimliches Handy. Sie merkte sich die Nummer für künftige Zwecke und gab Anne die Rechnung. »Ich habe keine Zeit, das zu lesen. Mach du das bitte. Aber bei dir zu Hause, dann brauche ich nicht zuzusehen. Und find raus, wen er angerufen hat.«

Anne fragte sich, ob diese Arbeit nicht extra bezahlt werden sollte, doch sie entschied sich dagegen. Sie hatte bereits die perfekte Lösung für Lili, falls sich herausstellen sollte, dass die Anrufe ihres Mannes schändlichen Zwecken dienten.

»Ein Bekannter von mir ist Fachmann darin, Leuten einzuheizen. Er kann Autos ›reparieren‹. Du weißt schon, so Sachen.«

Lili war gerührt. Anne sorgte sich so sehr um sie, dass sie bereit war, drastische Lösungsmethoden anzuwenden. Aber Lili wollte ihren Mann zurückhaben und nicht verlieren.

»Lass uns irgendwo essen gehen und darüber reden«, schlug sie vor. »Welches ist das beste Restaurant in der Stadt?«

»Meine Kirche. Da gibt es jeden Mittwoch einen All-you-can-eat-Lunch. Für Republikaner ist der gratis. Bist du Mitglied? Wenn nicht, kann ich dich als meinen Gast mitnehmen. Pastor Rick wird dich fragen, warum du da bist. Du sagst dann: ›die Liebe‹. Kapiert?«

Die Kirche stand seitlich an einer Teerstraße, mehrere Meilen außerhalb der Stadt, ein weißer Koffer-Lkw auf rostigen Achsen. Ein rotes Neonkruzifix war auf dem Dach befestigt, und an der Seite stand in blauen Neonleuchtzeichen »Truck Stop for Jesus«. Eine wilde Fahrzeugmischung parkte auf dem Gelände; Anne stellte ihren Chevy dazu. Eine kurze Metalltreppe führte zum hinteren Ende des Trucks. Drinnen wuselte die Gemeinde. Ventilatoren schmückten die kahlen Stahlwände und rotierten in voller Lautstärke, und am anderen Ende sah man ein Kreuz aus groben Kanthölzern. Darunter stand ein Altar, ein Malertisch, beladen mit großen Servierplatten voller Delikatessen, die es in diesem Land aus Milch und Honig gab – Hähnchenflügel mit süßer Barbecuesauce, Fleisch, das so zart war, dass man es von den kleinen Knöchelchen ablutschen konnte, Fritten, die fetten Heuschrecken ähnelten, außen knusprig und innen weich und weiß, und grobes salziges Maisbrot. Der Duft überlagerte den Geruch der vielen schwitzenden Menschen.

Anne schaufelte sich ihren Weg durch die Menge, mit Lili im Gefolge. Sie füllten ihre Pappteller. Die Gäste aßen, redeten oder hörten zu. Es war ein Treffen von Gleichgesinnten, denen es gleichgültig war, dass Israel an diesem Vormittag den Gazastreifen besetzte. Die Bandbreite der Themen reichte vom Essen (dem Festmahl vor ihnen) über Verbrechen (den jüngsten Mordfall) und Fernsehserien (»Law & Order«) bis zu familiären Problemen (die meisten davon haarsträubend, hier jedoch hielt man sie für ganz normal). Der Pastor trug einen dunklen Anzug und Turnschuhe, sein dichtes braunes Haar war geföhnt und gescheitelt. Er übersah niemanden, während er herumging. Schließlich stand er vor den zwei Nachzüglerinnen.

»Wie schön, dich zu sehen, Anne.« Er ergriff Annes Unterarm etwas oberhalb ihrer kitschigen Uhr und sah Lili an: offensichtlich nicht von hier.

Lili war verwirrt. Sie hatte gerade beschlossen, aufs Ganze zu gehen und dieses Essen in ein römisches Gelage zu verwandeln. Ihr erstes seit langer Zeit. Während der Pastor immer noch Anne festhielt, erkundigte er sich bei Lili: »Was führt Sie in unsere schöne Kirche?« Den Mund voller Fritten lächelte Lili ihn an. Sie wusste, eine schöne Frau mit vollen Backen war eine Augenweide. Sie schluckte.

»Die Liebe!«, antwortete sie wahrheitsgemäß.

»Bruder Rick, das ist Miss Lili«, mischte Anne sich ein. »Sie ist ein berühmtes Model. Ich bin ihre PA, ihre persönliche Assistentin. Sie ist gerade hergezogen, richtig, Miss Lili? Und jetzt hat sie Hunger. Also schieb ab und lass sie essen, Bruder Rick. Heute werden wir ein hübsches Sümmchen spenden.«

Anne trug den Kopf sehr hoch. Ihre Biographie hatte sich aus der eintönigen Ebene aufgeschwungen in eine Sphäre, die sie nur aus Magazinen kannte. Ihr Job bestand hauptsächlich darin, Lilis Freundin zu sein. Lili war merkwürdig, kein Zweifel. Berühmtheiten sind alle merkwürdig. Nur eine Berühmtheit würde jemanden für seine Gesellschaft bezahlen. Es war eine einzigartige Vertrauensstellung. Lili hatte Anne nicht einmal darum gebeten, eine Vertraulichkeitsklausel zu unterschreiben! Vielleicht hatte sie es einfach vergessen. Anne würde sie nicht daran erinnern.

Drei Portionen später fiel Lili wieder ein, nach der Toilette zu fragen. Wie sich zeigte, war das offene Gelände draußen die Toilette. »Ich will jetzt nach Hause«, sagte sie mit Entschiedenheit und in plötzlicher Angst.

»Warte, bis der Hut herumgeht!«, insistierte Anne. »Sonst denken alle, dass wir uns vorm Zahlen drücken.«

Alsbald ging der Hut von Hand zu Hand. »Seid großzügig«, drängte der Pastor. »Die Hälfte des Geldes geht an unseren Fonds für Clintons Amtsenthebung!« Die meisten ließen Kleingeld hineinfallen, also warf Lili einen Einhundertdollarschein in den Hut und nahm sich vor, Stanley Heaps um mehr Geld zu bitten. Jemand hatte einen Bottich mit Eiskrem hereingebracht, von der sie probieren wollte. Sie hatte soeben beschlossen, das Essen bei sich zu behalten. Es fühlte sich gut an, satt zu sein.

Lilis erster gemeinsamer Tag mit ihrer Hausangestellten verlief zufriedenstellend, und so war es auch am nächsten Tag und in den nächsten Wochen. Die beiden verbrachten jede Minute zusammen. Sie gingen zum Lebensmittelgeschäft – Anne suchte die Zutaten fürs Abendessen aus, und Lili belud den Einkaufswagen mit Diätkost, ohne Anne ihre Ansichten aufzudrängen. Zu Hause las Lili, während Anne das Abendessen zubereitete, so wie sie es auch in ihrem Wohnwagen machte, und Ordnung schaffte, was einfach war, weil es so wenig Hausrat gab. Besonders gern räumte sie Lilis Schrank auf, wobei sie so tat, als nähme sie nicht jedes klitzekleine Kleidungsstück in Augenschein. Zu ihren Pflichten zählte es auch, sich Lilis exotische Beschwerden anzuhören – über die Langweiligkeit eines hochbezahlten Jobs, Streitereien, in denen es um gigantische Geldsummen ging, und die Demütigung, in Paris ein Taxi anzuhalten. Anne war immer auf Lilis Seite und machte praktische Lösungsvorschläge für vertrackte Situtionen, die sie sich nicht vorstellen konnte. Dabei ging es auch immer um tätliche Rache. Anne hatte viele originelle Ideen als Reaktion auf Dukes Geheimniskrämerei. Ihn umzulegen war ja nun mal nicht erwünscht.

Wochen vergingen. Die Flasche Gin stand nicht angerührt auf der Arbeitsplatte. Irgendwie war Anne Duke noch immer nicht vorgestellt worden. Er wusste, dass sie pünktlich um fünf Uhr nachmittags ging, und hatte nicht die Absicht, ihr zu begegnen. Aber eines Nachmittags blieb Anne länger. Sie hatte Eistee mit Pfefferminze gemacht, und die beiden Damen lungerten wie beste Freundinnen auf der Veranda und tauschten amüsante Ideen aus, wie ein Ehemann dazu gebracht werden könnte, seine »Sünden« zu gestehen.

Annes Idee: Die mächtige Anne könnte Duke nackt an einen Baum fesseln. »Und dann drehe ich ihm den Schwanz rum, bis er die Wahrheit sagt.«

Lilis Idee: Duke wird in seinem Buick auf dem Beifahrersitz festgebunden, und Lili bringt den Wagen auf 120 Meilen die Stunde und droht damit, vor einen Baum zu fahren, »wenn Duke nicht sofort auspackt!«.

Ihre Träumerei wurde unterbrochen, als sie hörten, dass die Fliegengittertür am Hauseingang geöffnet wurde. Duke war zurück. Lili sprang von ihrem Verandastuhl auf und ließ Anne links liegen, um ins Haus zu rennen und ihren Mann willkommen zu heißen. Duke mied Anne und ging direkt in sein Arbeitszimmer. Er würdigte sie nicht eines Blicks.

Auf dem Weg nach Hause gab Anne sich selbst eine neue Arbeitsplatzbeschreibung: Sie musste ihre neue Chefin vor einem fiesen dünnarschigen farbigen Ehemann beschützen, der auch noch eingebildet war. Ihr Blutdruck stieg mit der Fahrtgeschwindigkeit. Wie kann er es wagen, nach Hause zu kommen, wenn ihm gerade danach ist, und nicht einmal »Hallo« zu ihr zu sagen! Dem würde sie es schon noch zeigen! Aber zuerst musste sie sich beruhigen. Im Wohnwagen prüfte sie ihren Blutzuckerspiegel, setzte sich eine Insulinspritze und biss eine Tüte Kartoffelchips auf. Die Chips waren bewährt, jeder einzelne von ihnen ein kleiner Genuss. Zerkaute und schluckte man sie rasch nacheinander, verursachten sie eine komplexe und gehaltvolle Sattheit wie ein kulinarisches Daumenkino. Anne legte sich mit der Liste der Telefonate, die Duke mit seinem geheimen Handy geführt hatte, auf die Couch. Sie deponierte die Kartoffelchips auf ihrem Busen und achtete darauf, dass die Öffnung der Tüte groß genug und auf ihren Mund gerichtet war.

Was sie las, erstaunte sie. Sie setzte sich etwas auf, warf die Chipstüte auf den Esstisch, der neben dem Sofa stand, zog den Umschlag dichter an ihren Bauch und wiederholte immerzu ihr Mantra: »Ach du Scheiße.«

Es gab schauerlich teure Gespräche für Hunderte von Dollars, und die angerufenen Nummern waren länger als alle, die sie je gesehen hatte. Anne war ratlos. Ein einziger Mensch konnte ihr weiterhelfen – ihre Mutter. Jo war Buchhalterin und kannte sich mit solchem Mist aus.

Jo hatte das College besucht, genau wie diese Mrs. Butler, und Anne wusste, »dass die Leute davon seltsam werden«. Jo hatte Hauswirtschaft und Buchhaltung studiert und konnte gut rechnen. Aber wenn man sie lobte, tat sie das gern mit einer ihrer wilden Lachsalven ab und sagte: »Wäre meine Haut so glatt wie meine Bilanzen, wäre ich reich.«

Jo erholte sich gerade. Ein paar Jahre zuvor hatte sie einen Schatz am Ende des Regenbogens entdeckt, und ihn dann verloren. Das ist schwerer, als ihn gar nicht erst zu finden.

Sie hatte den unverhofften Fund auf einer Weihnachtsfeier über einer Bowleschüssel gemacht. Die Schüssel stand im Pausenraum der Angestellten in der Zentrale von Disney, wo Jo arbeitete. Sie war, wie sie sehr genau wusste, ein Kracher mit ihrem brünetten Haar in einer Außenwelle, was inzwischen so altmodisch wirkte, dass es schon wieder modern schien. Ihr tiefes und lautes Lachen ließ ihre Brüste erbeben, und ihre vielen Tattoos deuteten darauf hin, dass sie keine Angst vor ein bisschen spaßiger Gewalt hatte. Weniger spaßig war es, ihrer Tochter Anne im Teenageralter und den kleinen Enkelinnen beizustehen. Und dann, während sie sich über die Plastikschüssel bei Disney beugte, hörte sie hinter sich eine sonore Stimme: »Haben die hier keinen Gluhwein?«

Jo korrigierte den Mann unwillkürlich, während sie sich aufrichtete und umdrehte: »Sie meinen Glühwein.«

Der Besitzer der schmucken Stimme starrte sie an. Dann stellte er sich als Deutscher vor. Sein richtiger Name war nicht Gerald, sondern Gerhard. Eine halbe Stunde später verzogen sie sich in sein Büro. Wie sich herausstellte, war er ein leitender Angestellter, von seinem Büro aus sah man auf den Typhoon Lagoon.

Gerhard war in New Jersey geboren, doch seine Eltern stammten aus dem Ruhrgebiet. Sie hatten ihn mit harter Hand erzogen, er war stolz auf seine deutschen Wurzeln und sagte »Pils«, wenn er Bier meinte. Er hatte immer mit einer deutschen Frau zusammensein wollen.

»Mein richtiger Name ist Jutta«, gab sie zu.

»Dann lass mich dich so nennen«, sagte er nachdrücklich. Eins führte zum anderen.

Er hatte keine eigenen Kinder, was an irgendeiner genetischen Veranlagung und seinem Verantwortungsbewusstsein lag. Er fand Jos Familie sympathisch; er liebte Anne, sah das Gute in dem Versager Brad, vergötterte Jos Enkelkinder und lud sonntagabends gern alle in ein nettes Restaurant ein. Anne tat Jo den Gefallen, ihn »Dad« zu nennen, und du liebe Güte, das ging ihm runter wie Butter. Sie hatten freien Eintritt in Disney World.

Endlich war Jos Leben so, wie es sein sollte – Jutta und Gerhard für immer und ewig. Sie wohnten nicht zusammen, aßen jedoch meist gemeinsam, bei ihm oder ihr, in der Wohnung, die er ihr gekauft hatte. Er nahm sie auf die kurzen und kostspieligen Urlaubsreisen mit, wenn seine Zeit es erlaubte, zum Tiefseeangeln vor den Florida Keys, zu riskanten Glücksspielen und ein paar Shows in Las Vegas oder um ein Fünfsternehotel in Miami auszuprobieren. Er schenkte ihr einen nagelneuen Sportwagen, einen VW Corrado, und versprach ihr eine Reise »in die Heimat« nach Deutschland, sobald er einmal länger freihabe. Er war zuverlässig und prinzipientreu. Er erklärte, dass er beschlossen habe, nie im Leben zu heiraten; schon der Gedanke daran sei ihm zuwider, zumal er ja auch niemals Kinder haben werde, also bitte, er sehe keinen Sinn darin.

Jo war enttäuscht. Sie murrte, aber anstatt seine Meinung zu ändern, änderte er sein Testament und setzte sie als Alleinerbin ein, zum Beweis seiner Liebe. Jo gab nach. Sie akzeptierte seine Unfähigkeit, einen solchen Bund fürs Leben zu schließen. Wenn sie in Hotels eincheckten, stellte er sie immer als seine Frau vor.

Der richtige Mensch kann das Schicksal eines anderen vollständig verwandeln. Jo gewöhnte sich an die finanzielle Sicherheit, die Routine und den »großartigen Sex«, wie Gerhard es nannte. Sie streckte die Waffen, hörte auf zu fluchen und ließ mit qualvollen Laserbehandlungen ihre Tattoos entfernen, und manchmal sprach sie mit ihrem Beau ein bisschen Deutsch, obwohl die Wörter sich seltsam sperrig in ihrem Mund anfühlten. Gerhard war davon so bezaubert, dass er Jos amerikanischen Akzent nicht wahrnahm.

Eines Tages rief er nicht an und kam nicht in ihre kleine Wohnung mit dem Gemeinschaftspool, tauchte auch am nächsten und am übernächsten Tag nicht auf.

Es stellte sich heraus, dass er mit Leslie ein paar Drinks getrunken hatte, der neuen Vizepräsidentin von Disney, die auch ein überzeugter Single war. Sie hatte ein Haus in Celebration gekauft, der von Disney gebauten Stadt – ein gelbes Haus, weil das die Sonnenfarbe war. Sie liebte Disney World – der einzige Ort auf Gottes Erde, wo alle froh und glücklich waren. Darin stimmten Gerald und sie überein, und es entwickelte sich etwas zwischen ihnen, auf den Bürofluren und bald auch in Celebration. Er erzählte Jo nichts davon, er versuchte sich einfach davonzuschleichen, doch seine Sekretärin nahm die Sache in die Hand, als er sich weigerte, noch einen Anruf von Jo entgegenzunehmen. Während Jo am anderen Ende der Leitung schwer atmete, sagte die Sekretärin: »Sie können ihn im Haus seiner Freundin erreichen. Soll ich Ihnen die Nummer geben? Sie heißt Leslie.«

Jo verlegte sich auf Telefonterror. Leslie wusste alles über sie und machte die verschmähte Frau noch wilder, indem sie ihre finsteren Monologe über Säureattentate mit den Worten unterbrach: »Jutta, richtig? Hören Sie, ich wollte Sie wirklich nicht verletzen!«

Bald darauf feierten Leslie und Gerald Hochzeit; im Orlando Sentinel erschien sogar eine Anzeige. Das glückliche Paar wollte keine

Wolken am Horizont sehen und kam zu dem Schluss, dass Leslie die erboste Buchhalterin weichkochen sollte. Gerald ermunterte Leslie, Jo – wie er sie jetzt nannte – anzurufen, Jo sowohl die Freundschaft als auch finanzielle Unterstützung für Anne und die Enkelkinder anzubieten. Jo wollte nichts davon hören.

»Das ganze Geld sollte an mich gehen, ich bin hier das Opfer«, keifte sie.

Leslie, die Unsichtbare, die Unbesiegbare, lud sie ein, das Ganze beim Mittagessen zu besprechen, im Maison et Jardin, dem teuersten Restaurant der Stadt. »Ein Lunch ist kein Ersatz für einen Mann, hallooo!«, schrie Jo und knallte den Hörer auf die Gabel.

Jo stürmte Orlandos Klatschzentren, die Bars, die Restaurants, die Schönheitssalons, und erzählte jedem, den sie kannte, und allen anderen auch, dass diese arbeitslose »Schlampe« Leslie Gerald bei den Eiern habe, weil sie reich sei, eine Erbin, und dass sie den ganzen Tag zu Hause hocke und trinke und Gerald hinterherspioniere. Niemand interessierte sich dafür. Unterdessen hatte Gerald ihr einen Scheck über hunderttausend Dollar und eine liebevolle Nachricht geschickt. Jo löste den Scheck ein und kündigte ihre Stelle. Zu guter Letzt fasste Gerald sich ein Herz und rief sie an, nur um zu fragen, wie es ihr gehe. »Ich bin sauer«, erwiderte sie.

»Ich hoffe, dass wir Freunde bleiben können«, sagte er.

»Nimm deine ganze Hoffnung in die eine und ein bisschen Scheiße in die andere Hand. Dann siehst du ja, was schwerer wiegt«, giftete sie. Die Antwort der Bolins. Er gab's auf, ließ alle Telefonnummern ändern und verbannte Jo aus seinen Gedanken.

Der Zeitpunkt hätte nicht besser sein können. Jo konnte ihren Hass neu ausrichten, als sie hinter Lilis Pläne kam. Noch ahnte sie nichts. Ihre Tochter hatte sie um Hilfe gebeten, und so erschien sie im Trailer und blieb in der Tür stehen, während Anne ihr vom Sofa aus die folgende Neuigkeit mitteilte:

»So, Mom. Du wirst es nicht glauben: Ich hab dieses phantastische Jobangebot gekriegt, und ich hab's angenommen! Ich bin jetzt die persönliche Assistentin einer Prominenten. Ich werde mit ihr auf Reisen gehen. Keine Sorge, es ist eine Frau. Wir haben einen Termin in Paris. Ich kriege zweihundert die Woche, das ist mehr, als ich je im Lu's verdient hab. Und ich kann meine Talente einsetzen: organisieren und kümmern. So wie ich mich um die Mädels und die Hunde kümmere. Meine Chefin ist richtig berühmt. Sie ist ein Model. Sie ist wunderschön, obwohl ich glaube, dass sie alt ist, ganz sicher bin ich aber nicht. Könnte sein, dass sie fast so alt ist wie du! Nein, nein, so alt kann niemand sein. Jedenfalls weiß ich nicht, wie alt sie ist, weil das das Einzige ist, was sie mir nicht sagt. Alles andere erzählt sie mir. Du weißt ja, bin 'ne gute Zuhörerin. Deshalb war ich im Lu's so beliebt.«

Sie war mit allem auf einmal herausgeplatzt, um ihre Mutter zu schockieren. Doch ihre Mutter schien bestenfalls misstrauisch geworden zu sein. Diese beherrschte sich jedoch, bis sie die Gefahr verstand. Man engagierte Anne nicht einfach so, ohne jeden Hintergedanken. Im Lu's hatte Personalmangel geherrscht.

»Na, das ist ja wunderbar«, erklärte sie, noch immer an den Türrahmen gelehnt. »Und wo ist der Haken?«

»Ich wusste, dass du so reagierst«, sagte Anne und seufzte tief. »Ich wusste, dass du mir das nicht zutraust. Deshalb wollte ich dir nichts davon erzählen.«

»Nein, ich weiß, dass du das kannst, Baby! Ich hab dir das immer gewünscht, so einen richtig tollen Job!«

Anne glaubte ihr und war gerührt. »Komm doch rein, Mom. Setz dich. Mach's dir bequem. Nimm dir was vom Abendessen.« Sie schubste die Kartoffelchipstüte über den Tisch.

»Kommt nicht jeden Moment dein Schlappschwanz von Freund hier an?« Jo trat zögernd ein, wie eine scheue Katze, knabberte ein paar Chips.

»Brad hat eine Vollzeitstelle, Mom, er bezahlt den Strom. Okay? Schlappschwänze zahlen keine Nebenkosten. Komm, setz dich. Ich erzähl dir was von meinem neuen Job. Der ist wirklich toll. Keine Nachtschichten mehr. Ich muss dieser berühmten Frau einfach nur tagsüber Gesellschaft leisten. Außerdem gehe ich für sie einkaufen und putze ein bisschen. Aber jetzt muss ich noch etwas anderes für sie machen, und dafür brauche ich deine Hilfe.«

Sie gab ihrer Mutter die Telefonliste.

»Sie will wissen, was das für Anrufe sind. Ihr Mann hat sie gemacht, mit einem geheimen Telefon. Ich hab keine Ahnung. Solche Nummern habe ich nie gesehen. Du bist Buchhalterin, hab mir gedacht, dass du daraus schlau wirst.«

Jo war geschmeichelt. »Klar doch, meine Süße. Aber diese Chips machen mich durstig.«

Anne wälzte ihren Leib vom Sofa. Der Kühlschrank war direkt hinter dem Rücken ihrer Mutter, doch wollte Mom bedient werden. Anne stellte drei Dosen Bier auf den Tisch und sagte: »Mach sie selber auf, du faule Sau.«

»Klar, mach ich«, erwiderte Jo freundlich.

Sie nahm die Telefonliste an sich. Der Name, Duke Butler, versetzte ihrem Gehirn einen Faustschlag. Fast hätte sie nach Luft geschnappt, sich wild gekrümmt und die Kartoffelchips ausgekotzt und aufgeheult. Stattdessen blähten sich ihre feingeschnittenen Nasenflügel. Anne dachte, das liege an den Kosten – die Rechnung belief sich auf über eintausendzweihundert Dollar. Geheimhaltung ist oft kostspielig, aber niemand beklagt sich je über den Preis.

Jo Bolin schätzte die Gefahr ab.

Diese Frau, Lili, hatte an Thanksgiving mit ihr sprechen wollen. Dann hatte sie sich offenbar auf Anne gestürzt. Diese Art Wahrheit war tödlich für ihre Tochter. Sie würde niemals damit klarkommen, dass sie einen dunkelhäutigen Bruder hatte oder nicht das erste und einzige Kind ihrer Mutter war. Und was vielleicht das Schlimmste wäre – sie würde begreifen, dass Lili Butler sie nicht wegen ihrer Talente angeheuert hatte, sondern wegen ihrer familiären Verbindungen.

Offenkundig war ihr Sohn jetzt ein reicher Mann und wahrscheinlich war es seine Idee gewesen, dass Lili Kontakt zu seiner Familie aufnahm. Nein, das ergab ja keinen Sinn.

Im Moment suchte Jo erst einmal Zuflucht in Zurückhaltung. Deshalb tat sie so, als hielte sie die Entschlüsselung der Anrufe für ein lustiges Puzzlespiel. Sie legte die Liste auf den Tisch und sagte. »Anne, wie kann irgendjemand, der bei Verstand ist, dich als Assistentin einstellen? Dieser Tisch hier ist widerlich«, erklärte sie. »Wie ein einziger großer schmutziger Teller.«

Währenddessen, nun wieder in der Countess Road, saß Lili auf der Veranda. Glück ist, wenn dein Mann zu Hause ist. Im Augenblick gab es absolut nichts, was sie sich sonst noch gewünscht hätte. Sie hatte kein schlechtes Gewissen wegen der hässlichen Phantasien, die sie ein paar Minuten zuvor mit ihrer Assistentin ausgetauscht hatte. Das war alles nur spinnertes Gerede, sinnierte sie. Phantasien haben keine Taten zur Folge, hatte der weise Dr. Levin gesagt.

Außerdem hatte sie sich geändert. Sie war dabei, ein freundlicherer und besserer Mensch zu werden. Solange Duke es nötig hatte, seine Tür vor ihr zu verschließen, brauchte sie diese ungehobelte Halbschwester Anne als Gefährtin und ehrerbietige Helferin. Sobald Duke seine Tür wieder dauerhaft öffnete, würde Lili Anne wegen ihrer brutalen Art feuern. Duke würde Anne nie als Verwandte akzeptieren, und so verwarf sie diesen Plan.

Lili wollte ihrem Mann etwas zurückgeben für all die Jahre seiner bedingungslosen Liebe, in denen er ihr Halt gewesen war. Wie du mir, so ich dir. Sie – sein größter Pluspunkt – würde sich in das einfache, bescheidene Kleinstadtleben integrieren. Ihre »wahre Natur« käme wieder zum Vorschein – sie würde beweisen, wie einfühlsam und fürsorglich sie war.

Im Wohnwagen der Bolins betrat Jo über Hotbot den Cyberspace und erklärte Anne die geheimnisvollen Telefonnummern. Nairobi, Kenia Washington, D. C.

»Erzähl mir doch mal was von dem Mann deiner Chefin«, meinte Jo, außerstande, den Namen Butler auszusprechen.

»Da gibt's nichts zu erzählen. Nur dass er ein Nigger ist.«

»So was sagt man nicht.«

»Okay, er ist kein Nigger. Herr im Himmel, Mom. Okay, ich bin der

Nigger. Ich bin ein dicker, fetter Nigger. Zufrieden? Er hat eine Sendung im Fernsehen gehabt, was mit Wein, glaube ich. Hat 'ne Menge Kohle. Es gibt alle möglichen Zeitungsartikel über die Butlers. Die sind dicke Fische in New York. Keine Ahnung, weshalb sie hergezogen sind. Aber es wäre dämlich, sie danach zu fragen. Ich weiß schließlich auch nicht, wieso ich hier unten bin.« Und dann kam sie zum Schluss: »Danke für deine Hilfe, Mom. Und jetzt verpiss dich, bitte. Immer wenn du da bist, krieg ich schlechte Laune.«

Der Zündschlüssel drehte sich, der alte Wutmotor heulte auf. Anne schubste Jo, und Jo ohrfeigte Anne, sie kreischten alte Beschimpfungen, Annes Zöpfe lösten sich, und Jos Haare landeten in Annes Faust. Jeder Passant hätte den Wohnwagen wackeln sehen können. Schließlich stürmte Jo hinaus, während Anne ihr den Mittelfinger zeigte. Beide bekannten ihren ewigen Hass und den Wunsch, einander nie mehr wiederzusehen.

Am nächsten Vormittag erstattete Anne Lili Bericht: Anrufe in Afrika. Sie räumte ein, dass ihre Mutter ihr geholfen hatte. Sie gab mit Jo an. Jo sei gewieft; sie habe auf Anhieb gewusst, dass es um Kenia ging. Anne fragte nicht: »Wieso Afrika?« Sie nahm an, dass wohl Lili das selbst nicht wusste.

Lili steckte den Schlag gut weg. Sie war fröhlich. Es gab eine Menge zu tun. Sie mussten Regale für die Weinbibliothek ihres Mannes aufbauen und brauchten Töpfe, Pfannen und andere Geräte, damit Anne kochen konnte. Die beiden fuhren zu Walmart. All die, die unterhalb der Armutsgrenze lebten, betrachteten Walmart als ein Stück Himmel auf Erden. Hier konnten sie ihre Einkaufswagen vollladen. Hier wurden Leute angestellt, die nirgends sonst einen Job bekommen hätten. Nur wohlhabende Liberale lästerten über Walmart. Aber Lili war aufgeschlossen und betrat den Laden. Die Preise waren ihr egal. Sie beeindruckte vielmehr die Aufmerksamkeit des Grüßaugust, der sich ebenso aufrichtig interessiert wie Dr. MacBride, Lilis ehemaliger Psychiater, nach ihrem Befinden erkundigte.

Paradiesisch.

»Hey, ihr zwei Hübschen!«, flirtete der Kassierer. Ihr Walmart-Ausflug glich einer gelungenen Geburtstagsparty. Die beiden Schönheiten fuhren zurück und füllten die Küche mit den Neuerwerbungen.

Aber dann war es fünf Uhr nachmittags, und Anne brach abrupt auf. Lili beschloss, Annes Arbeitszeiten zu ändern. Sie sollte so lange bleiben, bis Duke nach Hause kam. Lili würde ihren Lohn erhöhen. Annes Kinder waren groß genug, um sich selbst zu versorgen. Lili rief Anne an, um ihr zu sagen, dass sie umgehend zurückkommen solle. Aber ihre Assistentin ging nicht ans Handy.

Es dämmerte noch nicht einmal. Dieser triste Tag hatte noch viele Stunden.

Lilis Panik setzte wieder ein. Bewegung war das Einzige, das sie beruhigen konnte. Sie fuhr in der Gegend herum und hielt unterwegs an mehreren Tankstellen, tankte jedesmal nur für zwei Dollar und verlängerte ihre Abstecher, indem sie die Tankwarte aufforderte, den Ölstand zu überprüfen. Sie schätzte die Reaktionen auf ihren Charme ab – wie bereitwillig die Männer ihr halfen, wie breit sie lächelten – und fühlte sich getröstet. Aber es war nicht genug.

In der Dämmerung lotste die Einsamkeit Lili zur Lkw-Kirche. Welch ein Glück: Der Bibelkreis war in vollem Gang. Es waren Klappstühle aufgestellt, immer paarweise. Am hinteren Ende las der Pastor aus der Bibel vor. Als Lili hereinkam, hielt er inne. Er nickte ihr zu und rief: »Willkommen!«

Alle Köpfe wandten sich nach ihr um, und es erblühten alle Spielarten des Lächelns wie Blumen in einem kleinen Garten.

»Ich bin Bruder Rick. Wie heißt du, Schwester?«

»Lili. Der Name passt eigentlich nicht zu mir.«

»Willkommen, Schwester Lilly! Was für ein wunderschöner Name. Er passt sehr gut zu dir. Jetzt fällt mir wieder ein, dass du neulich zum Mittagessen hier warst, zusammen mit Schwester Anne. Bitte nimm Platz.«

Sie griff nach einer ausgestreckten Hand und ließ sich auf den Stuhl neben einer blondierten Greisin ziehen. Und der Chor rief: »Willkommen, Schwester Lilly!«

Einen so herzlichen Empfang hatte sie seit Jahren nicht mehr erlebt. Die anderen waren alle Ausschussware. Vor allem die Frauen. Die Gesichter und tätowierten Körper schwabbelten, man sah die Büstenhalterträger, und die Frauen hatten Hosen an, obwohl sie besser Röcke getragen hätten, um ihre Figur zu kaschieren. Lili hatte immer gefunden, dass Hosen ab Größe sechs verboten werden müssten. Jetzt beneidete sie die Leute um ihre Blindheit gegenüber dem eigenen Erscheinungsbild. Sie waren demütig. Sie akzeptierten das eigene Äußere. Sie litten nicht so, wie Lili litt. Kurzum, sie waren ihr überlegen. Trotzdem mochten sie sie alle, das zeigten die freundlichen Blicke und Berührungen. Eine Stunde lang las Lili gemeinsam mit ihnen in der Bibel, lauschte ihren Diskussionen und stimmte in die schlichten Kirchenlieder mit ein. Eine Verschnaufpause.

Als sie nach Hause zurückkam, war alles dunkel. Sie überließ sich ihrer Panik, erinnerte sich an Dukes geheime Handynummer und rief ihn an.

»Bitte komm nach Hause«, flehte sie. Er gab nach.

Sie servierte das Essen, das Anne zubereitet hatte, Hausmannskost – gebackenes Huhn, Maisgrütze, die in Schmelzkäse von Kraft schwamm, und frischen Eistee. Zwischen den einzelnen Bissen sah Duke Lili an, eindringlich und kühl. Es beeindruckte ihn nicht, dass sie von seinem Handy wusste, ja, sogar die Nummer herausgefunden hatte. Er fragte sich, wann Lili den Gin trinken würde und es mit ihrer vorgetäuschten Nüchternheit vorüber wäre. Sie merkte, dass er wieder und wieder nach der Flasche sah, die immer noch auf der Arbeitsplatte stand und sich über die Butlers lustig machte.

Eine Woche später akzeptierte Anne Lilis Angebot: Für den doppelten Lohn arbeitete Anne jetzt zwölf Stunden am Tag. Das Geld war leicht verdient, und außerdem musste Anne so weniger Zeit im Trailer verbringen. Lili wurde von Anne so abhängig, wie sie es von Duke gewesen war, und schon bald behandelte sie Anne ebenso besitzergreifend und mit der gleichen nonchalanten Fiesheit. Anne musste sich bücken, um ihrer Herrin die Zehennägel zu schneiden, sie musste die Toilette schrubben, nachdem Lili sie benutzt hatte, und gerührt tun, wenn Lili erklärte: »Ich liebe dich, du meine Lieblingssklavin.« Die Sklavenhalterin hatte ein paar Pfund zugelegt – ein Notfall von epischem Ausmaß – und kommandierte Anne in der Küche herum. Anne musste nun alle Zutaten wiegen und messen, die Hauptbestandteile der gutbürgerlichen Küche, Butter und Zucker und weißes Mehl, wurden verbannt und durch stinkendes Olivenöl und Süßstofftabletten ersetzt, die vor dem Kochen zerstampft wurden.

Anne vermisste ihre Arbeit im Lu's. Die hemmungslosen Gerichte, das tägliche Theater, die Fremden, und immer lockte der trügerische Traum von einem dicken – einem richtig dicken Trinkgeld. Insgeheim rebellierte sie. Sie kaufte Butter von ihrem eigenen Geld, steckte sie in gebrauchte Diätmargarinepackungen und versetzte die Gerichte für die Butlers damit. Sie füllte normale Cola in Diät-Colaflaschen um und buk fettfreie und zuckerfreie Brownies mit jeder Menge Zucker und Butter. Ihre Herrin nahm immer weiter zu. Was Lilis Manager und ihre Fans wohl dazu sagen würden?

Lilis funkelnde Probleme stellten Anne Bolins banale nicht in den Schatten.

Das Damoklesschwert namens »Trunkenheit am Steuer«, das über jedermanns Haupt schwebte, hatte sich auf Annes Freund Brad herabgesenkt. Eine kurze Fahrt nach zehn kleinen Bieren – und man entzog ihm den Führerschein für ein Jahr. Als Anne sich darüber zu beschweren wagte, rief Lili: »Ach, wie ich deine süßen kleinen Probleme liebe«, und wollte alles ganz genau wissen.

Wer den Führerschein verliert und nicht in der Großstadt lebt, ist zu kläglicher, erniedrigender Abhängigkeit verurteilt. Auf einmal konnte Brad nicht mehr Zigaretten kaufen, auch nicht zur Arbeit fahren; so verlor er seinen Job in einer Imbissbude, was bedeutete, dass er auf milde Gaben seiner Freundin angewiesen war. Die Erneuerung seines Führerscheins – nach zwölf langen Monaten – würde ihn vierhundert Dollar kosten, die er nicht auf legale Weise verdienen konnte, weshalb er gezwungen war, von zu Hause aus Drogen zu verkaufen. Um sich das nötige Startkapital zu beschaffen, verkaufte er seinen

Pickup-Truck, doch gab er den Erlös leider Gottes innerhalb weniger Tage für Pornos und Pot aus.

»Nur verständlich. Er hat ja sonst nichts zu tun«, verteidigte ihn Lili. Im Drogengeschäft dauerte alles seine Zeit. Anne hatte den Wohnwagen nie mehr für sich allein, weil Brads dünner Arsch auf dem Sofa festgetackert war.

»Hast du nicht gesagt, dass ihr hinten am Wohnwagen eine Veranda habt? Sag ihnen, du brauchst die als Arbeitszimmer«, riet Lili.

Anne war ihr dankbar und erklärte die Veranda zu ihrem »Büro«. Die anderen mussten klopfen, ehe sie nach draußen kamen. Anne fühlte sich ihnen überlegen, wegen ihrer langen Arbeitszeiten und ihrer engen Beziehung mit einem echten Star. »Was ist an Ruhm so toll? Ruhm bedeutet bloß, dass viele Leute deinen Namen kennen. Na und? Meiner ist bekannt genug«, sagte Jo.

Als Anne Lili davon erzählte, sagte Lili: »Ach, Anne, allmählich langweilen mich deine Probleme.« Annes Miene verdüsterte sich, was Lili merkte, aber nicht verstand. Sie suchte nach einem Heilmittel: »Sag mal, hast du den Reisepass schon beantragt? Wir werden nämlich bald nach Paris fliegen.«

Die Flitterwochen konnten wieder beginnen. Durch Annes Adern rieselte die Unternehmungslust.

»Vorher muss ich aber noch fünf Pfund abnehmen.«

Jetzt hatte Anne einen Grund, den Kalorienschwindel zu beenden. Ihre Zukunftsaussichten versetzten sie wieder in helle Aufregung. Sie stellte sich einen gutaussehenden Franzosen vor, der sie im Sturm eroberte. Sie kochte für ihn, wenn er aus der Bank nach Hause kam. Ihre Töchter nähmen ab und trügen phantastische Kleider. Sie fragte sich, wie es wäre, wenn sie Französisch sprechen könnte.

Ein heldenhafter Kampf

Lili war immer auf der Suche nach einer Gemeinschaft von Gleichgesinnten gewesen, die ihre neue Familie sein könnte. In New York hatte sie sich mit Drogensüchtigen zusammengetan, die das Allerwichtigste mit ihr gemeinsam hatten – das gleiche Ziel, den gleichen Lebensstil, die gleiche Einstellung zum Geld und die Meinung darüber, worauf es im Leben wirklich ankommt, und sie hatten die gleiche Sprache gesprochen. Als Kirchgängerin passte sie sich jetzt an einen anderen Kreis von Bekannten an, mit anderen Gewohnheiten und einer anderen Sprache – sie lernte »Wie bitte?« zu sagen, statt des vulgären nordischen »Hä?« und später »Jesus liebt dich« statt »Tschüs« und »Ich schlag dir deine bekackte Fresse ein«, wenn ihr jemand auf die Nerven ging.

Auch ihr Körper versuchte, sich erbarmungslos anzupassen. Er legte an Gewicht zu. Sie konnte die kleinen Tank Tops nicht mehr tragen, sie waren zu eng. Sie ging zu knalligen T-Shirts über, die sie bei Walmart kaufte, und darüber zog sie eine Jeansjacke mit strassbesetzten Aufschlagen an. Ihr Gesicht sah jünger aus, weil es fülliger war, und wurde nicht mehr von den braunen Augen beherrscht, weil Lilis Haut leicht gebräunt war. Ihr Haar, von der Sonne ausgedörrt und gebleicht, wurde nahezu weiß. Sie sah beinahe aus wie das Negativ ihres New Yorker Selbst.

Zweimal wöchentlich besuchte sie mit Anne den Bibelkreis von Bruder Rick. Dort konnte sie endlich infrage stellen, was sie als ihr »altes Ich« betrachtete. In der Therapie lernte man, anderen die Schuld an den eigenen Fehlern zu geben; man vergab sich selbst. In der Kirche lernte man, sich selbst die Schuld zu geben; man vergab den anderen. Endlich begriff Lili, dass sie Duke unrecht getan hatte. Die Strafe bestand im Verlust seiner Zuneigung.

So machten die Butlers und die Bolins weiter. Die Sonne ging auf und unter, ohne großes Interesse an Lilis langsam fortschreitendem Notfall. Duke verschloss jeden Tag seine Tür und verließ das Haus, bevor Anne um neun Uhr vormittags kam. Er besuchte Weingärten in der näheren Umgebung. Im weltläufigen Orlando, im schicken Winter Park und im hippen Mount Dora hatten sie keine Ahnung von Wein. Er kam spät nach Hause, müde, nicht mehr hungrig, und ging sofort in sein Arbeitszimmer. Nur ein einziges Mal traute Lili sich, stürmte auf seine geschlossene Tür zu, den Hammer in der Hand, wollte den Griff abschlagen, damit er sie nicht mehr abschließen konnte. Als sie sich der Schwelle näherte, hörte sie das »Goodbye« von AOL. Die Frage explodierte ihr auf den Lippen: »Was ist das große Geheimnis?«

»Ich versuche, unsere zerrütteten Finanzen wieder in Ordnung zu bringen.« Er sah sie mit Verachtung an. »Davon willst du nichts wissen, also lass die Tür zu.«

»Entschuldige«, murmelte sie, eingedenk – für einen flüchtigen Moment – ihrer Armut, an der sie ganz allein schuld war. Sie küsste Duke auf die Stirn. Er reagierte nicht. Er saß ganz still da, bis Lili wieder gegangen war.

Tatsächlich war ihr Besuch die kleinere Störung, eine viel größere war gerade eben an Dukes ruhigem Horizont aufgetaucht, eine dunkle Wolke, die senkrecht aufstieg und rasch näher kam. Seine Tochter hatte ihm geschrieben und ihm mitgeteilt, dass sie schon beim ersten Versuch in der Greencard-Lotterie gewonnen habe. Sie werde Kenia verlassen und in die Vereinigten Staaten ziehen. Einen Grund gab sie nicht an. Sie hatte das Geld, das er ihr monatlich geschickt hatte, gespart, um davon das Ticket zu bezahlen. In einer Woche sei sie da.

Lili hatte sich ins Wohnzimmer zurückgezogen. Ein paar Minuten später platzte sie wieder in Dukes Zimmer und bat ihn, ihre E-Mails für sie abzurufen. Sie war nie mit der Mode gegangen, hatte es abgelehnt, einen Computer zu besitzen, und sich darauf verlassen, dass Duke ihre E-Mail-Korrespondenz laufend verfolgte.

»Ich habe keine Geheimnisse vor dir. Du doch auch nicht, oder?« Er sagte nichts und tippte mit zwei Fingern auf der Tastatur herum. Er hatte ihr einen E-Mail-Account eingerichtet, Lilith1963@aol.com. Die Zahl entsprach ihrem selbstgewählten Geburtsjahr. Früher hatte er sich gern um Lilis Kommunikation mit der Außenwelt gekümmert. Jetzt schien es ihm eine Last zu sein. Er öffnete ihre Mailbox.

»Nichts«, sagte er.

»Lass uns Stanley was schreiben.« Sie setzte sich auf seinen Schoß und tippte: »Hat's dir die Sprache verschlagen? Alles Liebe. Lilith.« Sie drückte auf Senden. Dann lehnte sie sich zurück. Sie hoffte, er würde sein Gesicht an ihres legen. Ein paar Sekunden vergingen. Sie triumphierte, als er seine Hände um ihre Taille legte. Er hob ein Knie, kippte sie zur Seite und schob sie von seinem Schoß.

»Okay. Kann ich jetzt weiterarbeiten?«

Wenig später kam Duke mit einem Geschenk für seine Frau nach Hause: einem Computer. Neu auf dem Markt, wie Duke behauptete. Ein größerer und schlanker Silberturm. »Das ist der schönste, den ich je gesehen habe. Der passt zu dir.« Endlich ein Kompliment!

Die Schmeichelei brach Lilis Widerstand, obwohl sie alles durchschaute. Jetzt hatte sie keinen Grund mehr, Dukes Arbeitszimmer zu betreten oder sich auf seinen Schoß zu setzen.

Anfangs hatte Lili nur Ärger mit dem Computer. Der mittagsblaue Himmel hatte sich kaum geöffnet, als auch schon die Nacht einsetzte. Alles war schwarz. Das einzige Geräusch war das Klappern der Tastatur, wie panische Schritte in einer Gasse. Lili langte nach dem Telefon und rief Duke an, um sich zu beschweren. »Dieser Rechner funktioniert nicht.« Sie erwartete zumindest Betroffenheit. Schließlich war es sein Geschenk. Aber er klang gereizt.

»Auf der Anleitung steht eine Nummer. Reparaturservice. Ruf da an, okay?«

Mit zitternden Fingern tippte Lili die Nummer ein. Was für eine Zumutung!

Eine ruhige männliche Stimme meldete sich. Lili verlangte die Computer-Ambulanz.

»Schon da«, versicherte der unsichtbare Mann. »Holen Sie bitte einen Schraubenzieher!«

Er führte Lili durch die OP. Sie öffnete den Computer und erblickte seine Organe und Gefäße. Die Stimme trieb Lili an, während sie den Bauchraum des Rechners freilegte, bis sie tief in seinem Inneren, genau im Zentrum, das Motherboard erreichte. Winzig, funkelnd, mit silbrigen Juwelen bedeckt. Das Motherboard saß lose. Lili klemmte es fest. Na also. Lili hatte wieder alles unter Kontrolle.

Nach ein paar Tagen beherrschte Lili das neue Gerät. Ungeachtet ihres Alters und der Schläge, die ihr Gehirn abbekommen hatte, bezog sie aus ihrem Willen zur Macht so viel Kraft, dass sie ihren neuen Gefährten in den perfekten Sklaven verwandeln konnte. Er versorgte sie mit Unterhaltung, Informationen und einem großartigen Spionagedienst. Duke hatte ihr die perfekte Verteidigungswaffe geschenkt.

Es wäre Duke nie eingefallen, dass Lili seine E-Mails, seine Telefonanrufe, seine Kontobewegungen und seine Kreditkartennutzung studierte und von seiner Tochter wusste. Sie verfolgte jeden kleinen Schritt und bereitete sich so auf die nahe Katastrophe vor, den Tsunami, der dem gewaltigen Erdbeben der Vaterschaft folgen musste.

Lili las die E-Mails des Mädchens und war entsetzt. Dukes Tochter hatte ein One-Way-Ticket für einen Flug von Nairobi nach Orlando via London gekauft. Aus der Kreditkartenabrechnung ging hervor, dass Duke für sich selbst einen Flug nach Washington, D. C. gebucht hatte. Er würde einen Tag vor der Ankunft seiner Tochter dorthin fliegen. Lili erinnerte sich, dass er am Abend einen Dinnertermin im Weißen Haus hatte. Bestimmt würde er seiner Frau erzählen, dass er ein paar Tage in Washington verbringen werde. Was er sich wohl ausdenken würde? Er war ein ungeübter Lügner. Die Unterlagen belegten, dass er schon am nächsten Tag wieder in Orlando landen würde, ein paar Minuten vor der Ankunft seiner Tochter. Zeit genug, um Blumen zu kaufen. Er hatte Lili immer Blumen mitgebracht. Duke schrieb Lucy zweimal, dass er hinter dem Zoll auf sie warten werde. Er werde ein Schild mit der Aufschrift »LUCY« hochhalten.

Duke erzählte seiner Frau nichts von seiner Reise. Die Notwendigkeit von Täuschungsmanövern war neu und anstrengend für ihn. Es machte ihm keinen Spaß.

Am Abend vor der Abreise packte er seinen Koffer.

»Oh, gehst du auf Reisen?« Lili versuchte, überrascht zu wirken.

»Hab ich gerade erst erfahren. Ich muss morgen früh nach Washington!«

»Sieht aus, als würdest du für lange Zeit verreisen«, folgerte Lili. »Du nimmst ja alle deine Sachen mit.«

»Viel hast du mir nicht gelassen«, gab er zurück. »Gerade genug für zwei Tage. Ich serviere Wein aus Arkansas im Weißen Haus. Beim letzten Mal musste ich die Sache wegen eines deiner Besäufnisse verschieben.«

»Jetzt gibt es keine Besäufnisse mehr. Ich könnte dich begleiten«, erbot sich Lili. »Der Präsident wird mich mögen. Ich bin genau sein Typ. Ich könnte mich für ihn auch noch flippiger anziehen.«

»Ja, das stimmt. Aber diesmal geht das nicht. Ich muss anschließend nach Maryland, Weinberge in der Gegend.« Eine lieblose Lüge. »Du würdest dich bloß langweilen. Du hast ja deine Zofe hier.«

Lili ignorierte den Stich. »Aber ich kann mir nichts Schöneres vorstellen als eine romantische Reise nach Maryland – Marry-land.« Keine Reaktion.

Sie ließ es zu, dass Duke vor ihr ins Bett ging. Sie hatte einiges zu erledigen. Sie sann auf alle Mittel, mit denen sie seine Abreise verhindern könnte. Sie könnte sich die Pulsadern aufschneiden. Aber womöglich wäre er am nächsten Morgen in Eile und würde nichts bemerken. Man würde sie zwei Tage später in einem scheußlichen Zustand finden. Offiziell wäre er sehr traurig, tatsächlich aber froh, sie los zu sein.

Sie könnte seinen Buick manipulieren. Zucker in den Tank. Gute Idee! Allerdings hatte sie Anne aufgetragen, allen Zucker wegzuwerfen. Künstlicher Süßstoff würde es auch tun. Den gab es jetzt in rosa Tütchen. Sie schlich sich in den Carport, riss eine Handvoll dieser Tütchen auf und leerte eine nach der anderen in den Tank. Der Boden des Wagens war mit rosa Verpackungen bedeckt. Wenn der Wagen nach wenigen Metern auf der Zufahrt zusammenbrach, hielte er es für göttliche Fügung. Er würde zurückkommen und ihr die Wahrheit sagen. Sie würde ihm anbieten, ihn zum Flughafen zu begleiten. Aber was, wenn der Süßstoff nicht wirkte? Etwas anderes musste ihn umstimmen, etwas in seinem Koffer. Sie steckte eine Kopie des letzten Artikels über Lilith hinein, schon ein paar Jahre alt – ein Interview, das Heaps als »brillant« bezeichnet hatte, bebildert mit der Anzeige aus der New York Times anlässlich ihres zehnten Hochzeitstags. Der Anblick trieb ihr die Tränen in die Augen. Sie stellte sich vor, wie Duke den Artikel fand und ebenfalls weinen musste.

In dem Gefühl, gut vorbereitet zu sein, lag sie neben ihm und wusste, dass dies ihr vorbestimmter Platz war.

Als sie erwachte, röhrten die Klimageräte, und sie zitterte vor Kälte. Anne saß im Wohnzimmer und vertrödelte ihre Arbeitszeit beim Nintendospielen. Lili widerten Annes Umfang und ihre Trägheit an, sie wünschte ihr einen langsamen, qualvollen Tod. Sie brauchte eine Zigarette, dann konnte sie sich an die Arbeit machen – sie würde Anne feuern. Sie würde Duke beweisen, dass sie keine »Zofe« brauchte.

Sie setzte sich an ihren Computer und verfolgte elektronisch Dukes Schritte.

Die Kreditkarte war verschwiegen und verriet ihr nur, dass er seinen Wagen am Flughafen auf einem Langzeitparkplatz abgestellt hatte.

Lili war eben doch auf Anne angewiesen.

Anstatt sie zu feuern, erklärte sie ihr genau, worin das Problem bestand: Ehemann, junges Mädchen.

Selbst wenn die Menschen immer die andere Wange hingehalten und Beleidigungen jeder Art vergeben und vergessen hätten, wäre Anne trotzdem irgendwann das Konzept »Rache« in den Kopf gekommen. Das war ihre große Gabe, eine Allzweckantwort auf sämtliche Störungen. »Sind Muscheln aufgeregt und verstimmt, wenn der Sand sie stört?«, fragte sie gern. »Nein. Ich auch nicht. Die Muschel produziert Perlen. Ich produziere Drohungen. Jeder nach seiner Art.«

Und jede Drohung machte sie auch wahr. In seltenen Fällen griff sie auf Schusswaffen zurück; sie bevorzugte ihr Handy. Sie fand, dass es einen gewaltigen Schuss abgab, der keiner Erklärung bedurfte. Sie hatte es beispielsweise an jenem Vormittag hervorgezogen, als sie einen gerade aufbrechenden Fernsehmonteur beschuldigt hatte, ihr letztes Päckchen Zigaretten geklaut zu haben. Er hatte eine herablassende Handbewegung gemacht und Anne beleidigt: »Bezahl einfach die Rechnung, du Blivit.«

»Blivit« ist die Kurzform von »dreißig Pfund Scheiße in einem Zehnpfundbeutel«, was die Langform von »fett« ist. Anne hatte in aller Ruhe erwidert: »Das wird dich deinen Job kosten, du Arschloch.«

Sie wartete, bis sein Truck außer Sicht war, und dann rief sie seinen Chef an.

»Er hat durchs Fenster meine vier Jahre alte Tochter im Badezimmer angeglotzt«, behauptete sie – kein Wort davon war wahr, ihre jüngste Tochter war gar nicht zu Hause gewesen und außerdem schon vierzehn. Als der Monteur zehn Minuten später ins Geschäft zurückkam, wurde er gefeuert.

Anne hatte eine Glückssträhne. Als sie hörte, was Duke Lili »antat«, sagte sie der betrogenen Frau, dass sie sich rächen müsse. Sie brachte mehrere Ideen ins Gespräch, inklusive öffentliche Schande, und – weil deutlicher – Blutvergießen, und sie drängte Lili, »das Schubladendenken zu überwinden wie ich«. Lili war tief bewegt von Annes Anteilnahme. Doch wollte sie keine Rache; sie wollte eine zweite Chance. Und sie hatte einen Plan, zu dem ein zweiteiliger Job für Anne gehörte.

Teil eins: Anne würde die Fluggesellschaft von einem Münzfernsprecher aus anrufen – hatte sie ein Fünfundzwanzig-Cent-Stück dabei? – und behaupten, dass sie eine Bombe in den Laderaum des Flugzeugs geschmuggelt habe. Dukes Maschine würde irgendwo notlanden. Er würde sich um mehrere Stunden verspäten.

Teil zwei: Anne würde zum Flughafen fahren und Dukes Freundin abfangen.

Lili hatte eines der Fotos aus Dukes E-Mail-Eingang ausgedruckt, bevor er dazu gekommen war, es zu löschen. Es war schwarzweiß, aber man konnte sehen, dass ihre Nebenbuhlerin sehr dunkle Haut hatte. Ihr Haar war geglättet, sie trug es in einer Außenwelle. Sie sah damenhaft aus.

»Na, wie finden wir das!«, murmelte Anne. »Eine Niggerine. Gleiche Frisur wie meine Mutter.«

Lili kicherte, und Anne fühlte sich ihr noch stärker verbunden. Ihre Mutter verhielt sich immer seltsam, wenn es um Schwarze ging, nicht mal Witze durfte man über sie machen.

»Du gehst zu ihr hin, nimmst sie am Arm und sagst ihr, dass es ein paar kleine Änderungen gegeben hat. Und dann bringst du sie her. Ich warte«, kommandierte Lili.

Teil drei war streng geheim. Lili konnte unmöglich zugeben, dass sie vorhatte, das Mädchen, Dukes Tochter, mit offenen Armen zu empfangen. Es sollte aus den Butlers das machen, was Lili sich immer gewünscht hatte – eine Familie.

Anne durfte nicht wissen, dass die betrogene Ehefrau, während ihr Zimmermädchen den Eindringling abholte, zu Hause bleiben, alles mit Willkommensgrüßen schmücken und in Dukes Arbeitszimmer das Bett herrichten wollte.

»Anne«, sagte sie mit Nachdruck, »Teil drei übernehme ich. Du setzt sie einfach vor der Haustür ab und gehst dann wieder. Ich will diesen Teil ganz allein erledigen. Sei nett zu dem Mädchen«, setzte Lili noch hinzu. »Mach ihm keine Angst. Das ist mein Job.«

Anne war überglücklich. Was für ein Hammer! Sie war unentbehrlich für ihre Chefin. Als Lili dann noch sagte: »Weißt du, Anne, ohne dich könnte ich nicht mehr leben«, spürte Anne, dass ihr Leben endlich einen Sinn hatte: Ihre Töchter konnten ohne sie auskommen; Lili konnte das nicht.

Eine Reihe von Komplikationen

Anlässlich Lucys Ankunft machte Orlando sich schön und putzte sich heraus, bis es Nairobi an einem der herrlichsten Tage glich – warme, trockene Luft unter einem saphirblauen Himmel. Nairobi liegt mehr als 1600 Meter über dem Meeresspiegel, doch die Höhenlage steigt den Menschen nicht zu Kopf. Alle möglichen hässlichen Probleme sorgen dafür, dass die Einwohner auf dem Boden bleiben – die Stadt ist eine Müllkippe, dachte Duke und fragte sich, welches Elend diese Fremde zu ihrem ungebetenen Besuch getrieben hatte.

Vielleicht war sie krank, irgendein exotischer Parasit, und hoffte, in Amerika geheilt zu werden, oder sie war arm und gierig. Der Aufenthalt im Weißen Haus hatte Duke keine Freude bereitet; er hatte seinem Gastgeber kaum aufmerksam zugehört. Unmittelbar nach dem Dinner brach er auf, fuhr in sein Flughafenhotel, wo er vor lauter Verwirrung nicht schlafen konnte, und nahm am nächsten Morgen einen deutlich früheren Flug nach Orlando. Er überlegte, nach Hause zu fahren, seine Besucherin zu versetzen, sich ein neues Handy und einen anderen Namen zuzulegen. Ihm blieben noch einige Stunden, um seine Flucht zu planen.

Er holte seinen weißen Buick vom Parkplatz, steuerte erst Versailles an, machte dann kehrt und fuhr ziellos umher. Alle Straßen in Orlando führen zum Orange Blossom Trail, ein poetischer Name für eine Hauptverkehrsader der Drogensüchtigen und Obdachlosen, die der Dritten Welt nur wenig voraushatte. Seine Besucherin wäre entsetzt gewesen. Er fuhr zu einem Einkaufszentrum mit glänzenden Fassaden und einem riesigen Kino. Das war besser. Das war Amerika. Er stellte den Wagen ab und kaufte eine Karte für »Die Truman Show«. Duke konnte sich ohne weiteres vorstellen, mit Truman in Seahaven zu leben und rundum zufrieden zu sein. Von der Handlung bekam er kaum etwas mit.

Unterdessen bereitete Anne sich auf ihren Job vor. Sie fuhr zum Lu's und frühstückte, wobei sie die Uhr im Auge behielt. Genau in dem Moment, als Truman am Ende des Films durch eine Geheimtür aus Utopia floh (unerklärlich für Duke), betrat Anne die Telefonzelle vor dem Lu's, angelte nach dem Zettel mit einer Nummer in Washington, D. C. und erklärte in neutralem Ton, dass sich an Bord der um 14.45 Uhr gestarteten Maschine nach Orlando eine Bombe befinde.

»Sie wird um Viertel nach drei explodieren.«

Sie legte auf. Der Telefonhörer war schweißnass. Sie musste auch ihr Gesicht abwischen, angewidert betrachtete sie ihre nasse Handfläche. Es war nur ein Anruf gewesen. Dann merkte sie, dass es nicht der Anruf war, der sie nervös machte, sondern die Fahrt zu dem Flughafen, den sie noch nie gesehen hatte. Sie hatte ihre Anweisungen und das Foto von dem Mädchen. »Kinderspiel«, sagte sie sich.

Duke trottete aus dem Kino. Auf dem Weg zu seinem Buick sah

er fünf Mal auf die Uhr. Zu seiner Überraschung fuhr er zum Flughafen.

Anne stieg gerade in ihren Chevy ein. Sie parkte aus und merkte nichts von der seltsamen dunklen Pfütze, die der Wagen zurückließ. Mühelos fand sie den Highway, folgte den Angaben und erreichte bald ihre Ausfahrt. Mitten in der Kurve der einspurigen Fahrbahn blieb der Wagen plötzlich stehen. Das heißt, nicht ganz. Er bewegte sich jetzt mit der gleichen Geschwindigkeit, mit der die Erde sich drehte, an dieser Stelle des Globus ungefähr 1445 Stundenkilometer.

Wenn man in den alten Zeiten die Pferdestärke verloren hatte, kaufte man bei dem nächstbesten Fremden ein anderes Pferd, schirrte es an, erschoss das alte und fuhr weiter. Heute ist das anders. Wütende Fahrer, deren Wagen sich bis zurück zum Highway stauten, veranstalteten eine Kakophonie. Anne stieg aus. Sie wandte sich dem Mob zu und schrie: »FICKT EUCH!«

Ihre Worte wurden von quietschenden Bremsen und dem Krachen eines Auffahrunfalls übertönt, ein Geräusch, das sich mehrmals wiederholte, mit unterschiedlichem Tempo und in anderer Tonlage, während ein Wagen nach dem anderen in den Stau hineinfuhr, für den allein Anne verantwortlich war. Irgendwo in dieser Kette stand plötzlich ein Auto in Flammen. Die Luft schlug in der Hitze Wellen. Schwarzer Rauch. Sirenen.

Anne bewahrte die Ruhe. Die anderen riefen bestimmt alle 911 an. Sie rief ihre Mutter an.

Glücklicherweise nahm Jo ab. Sie verbrauchte gerade vierzig Dollar von Gerhards Korbgeld im exklusivsten Schönheitssalon der Gegend und ließ sich das Haar kastanienbraun färben, was einmal ihre natürliche Haarfarbe gewesen war. Jo hielt den Hörer ein paar Zentimeter neben ihr Ohr und hörte Anne japsen: »Mom!«

Ein Notfall. Konnte ihre Mutter zum Flughafen rennen? Nein, das war keine Frage. Es war ein Befehl. Annes Leben hing davon ab, dass Jo sich um dieses dringende Problem kümmerte. Andernfalls würde Anne ihren Job verlieren.

»Welches Arschloch soll ich denn abholen? Und wieso überhaupt?«, fuhr Jo sie an. Eine nachvollziehbare Frage. Aber ihre Tochter beantwortete sie nicht. »Mom«, sagte sie. »Stell mir jetzt keine blöden Fragen. Du hältst nach einer jungen Schwarzen Ausschau, die aus London kommt. Der Flieger wird jede Minute da sein. Ich hab 'ne Panne. Du brauchst nur dieses schwarze Mädchen einzusammeln – sie ist Mitte zwanzig. Mach dir ein Schild, kapiert? Schreib ›Lucy‹ drauf. Dann wird sie dich sehen. Sag ihr, dass die Pläne sich geändert haben und dass du sie abholst. Sei nett zu ihr. Mach kein Verhör draus, okay? Wenn du mit ihr aus dem Flughafen raus bist, ruf mich an, dann sag ich dir, wie's weitergeht.«

Jo schwieg. »Mom, bitte«, wimmerte Anne. »Meine Karre ist mitten auf der Ausfahrt liegen geblieben. Ich krieg einen Herzanfall, wenn du das nicht für mich tust.«

»Spricht sie überhaupt Englisch?«, fragte Jo streng. »Ich kann nämlich kein Hottentottisch.«

An eine Sprachbarriere hatte Anne noch nicht gedacht. »Englisch«, sagte sie, »ja, natürlich, jeder spricht Englisch.«

Jo lehnte sich in ihrem Salonsessel zurück und wartete darauf, dass die Farbe fertig einwirkte. Sie erhielt eine schöne, lange Kopfmassage, und dann sagte sie dem Friseur, dass sie fünf Dollar sparen und auf das Föhnen verzichten wolle. Sie lieh sich Stift und Papier und malte ihr LUCY-Schild. »Wer ist Lucy?«, fragte jemand.

»Neugierig, wie?«, antwortete Jo gleichgültig. »Kümmer dich um deinen eigenen Scheiß.« Sie spürte den Hass und ging langsam aus dem Laden, während zornige Blicke ihren Rücken zerschnitten. Deutlich unterhalb der Höchstgeschwindigkeit fuhr sie zum Flughafen, der nur ein paar Minuten entfernt war.

Während sie sich in das Menschengewühl bei den internationalen Ankünften begab, kamen gerade die Stewardessen des British-Airways-Flugs heraus. Bald würden die Passagiere folgen. Sie drängte sich nach vorn und kam sich sehr edelmütig vor, weil sie ihrer Tochter so bereitwillig aus der Klemme half. Jo betrachtete sich in der Glastür, die sich öffnete und schloss, als die Passagiere eintrafen. Ihr Bild kam und ging. Hübsches T-Shirt! Jedes Mal, wenn die Tür sich schloss, bewunderte Jo ihre Haare. Wenn die Tür sich wieder öffnete, überprüfte Jo, wie viele Blicke sich auf sie richteten. Ihr fiel ein anderes LUCY-Schild auf, ganz vorn.

Scheiße!

Sie erkannte Duke. Oh. Mein. Gott. Alt! Aber eindeutig Duke. Sie sah sich sein Gesicht nicht genauer an. Es war vertraut, wie ein Lied, das man seit Jahrzehnten nicht mehr gehört hat, aber immer noch mitsingen kann. Doch das hier war ein Lied, das sie nie wieder hören wollte.

Sie fühlte sich krank. Sie zerknüllte ihr LUCY-Schild, während sie sich durch die Menge davonstahl. Soll Anne ihre Scheißprobleme doch alleine lösen. Jos Haare waren noch feucht, wegen der verdammten Klimaanlage in der Flughafenhalle, sie würde sich den Tod holen. Sie rannte ins Sonnenlicht und schaltete ihr Handy aus.

Dukes Verwandtschaft

Keine Theaterbühne ist so mit Emotionen aufgeladen wie die paar Quadratmeter Ankunftsbereich am Flughafen. Im Tumult der Liebespaare und Verwandten, die einander in die Arme fielen, fühlte Duke sich fehl am Platz. Er wusste, er gehörte zu den Zuschauern, den Chauffeuren mit ihren Schildern; er war dort nur, weil er es musste.

Nach Monaten einer wachsenden Abhängigkeit von Lucys Stimme fürchtete er sich jetzt, sie zu sehen. Das konnte nur mit Enttäuschung enden, oder mit Anstrengungen, für die er nie bereit gewesen war. Er schimpfte mit sich selbst – diese Fremde hatte ja wirklich Anspruch auf ihn, deswegen musste er ihr jetzt helfen, sich in den Vereinigten Staaten niederzulassen, eine Ausbildung zu machen und einen Job zu finden. Auf keinen Fall konnte er ihr ein liebender Vater sein. Er würde sie ein- oder zweimal treffen, dann wäre sie auf sich gestellt.

Er beobachtete die ankommenden Passagiere, wie sie sich ängstlich umblickten, in der Befürchtung, enttäuscht zu werden, wie Kinder, die bang nach ihren Eltern suchen. Hatten sie das vertraute Gesicht entdeckt, zeigten sie nicht nur Erleichterung, sondern auch einen gewissen Stolz, zu jemandem zu gehören, als wäre es ein Merkmal der menschlichen Natur, das zu bezweifeln.

Und dann sah er sie. Sie war die einzige Schwarze unter lauter britischen Touristen. Sie guckte um sich, mit einer Haltung, die frei von jeder dramatischen Erwartung war, als ginge sie zum Postamt, um einen Brief aufzugeben. Sie sah viel jünger aus, als sie war – später wurde ihm klar, dass sie einfach viel jünger als Lili aussah. Sie war so groß wie Lili und trug anscheinend ihre besten Sonntagssachen, ein schlichtes blaues Kostüm und schlichte schwarze Pumps an den sehr großen Füßen. Ihre Haut war tiefbraun und schimmerte wie Satin, ihr Haar trug sie in einem langen Zopf. Eine alberne rosa Plastiksonnenbrille versteckte ihre Augen. Sie blieb stehen und musterte den Marmorboden und die Läden, in denen es die verlockendsten Angebote zu kaufen gab. So stand sie kurz da, und er hatte Zeit, sie zu betrachten.

Plötzlich fiel alle Angst von ihm ab. Sie war bloß eine junge Frau, eine Fremde. Er ging auf sie zu, im Bewusstsein seiner körperlichen Defizite, fast fünfzig Jahre alt, mit weißen Haarsträhnen und nicht so kräftig, wie er sein sollte. Er sah sie an und fragte: »Lucy?«

Sie schob die Sonnenbrille hoch. Ihre Augen waren blau.

Sie gingen mit einem Meter Abstand durch die wilden amerikanischen Gärten eines Flughafens, fuhren auf der Rolltreppe nach unten, Duke vorn, ohne sich einmal nach Lucy umzusehen. Er führte sie zur Gepäckausgabe und bahnte sich und ihr den Weg; hinter Lili war er immer hergegangen. Die beiden warteten in der Menge. Lucy hätte nichts gesagt, wenn er keine Fragen gestellt hätte, ganz banale, nach ihrem Flug, dem Essen an Bord, ob es voll gewesen sei und wie die Mitreisenden sie behandelt hätten. Und selbst darauf antwortete sie nur kurz und wie gezwungen.

Er fand ihre Stimme weit weniger anziehend als am Telefon. Sie hatte strahlend weiße Zähne, wie kein New Yorker Zahnarzt sie hingekriegt hätte. Sie wirkte anspruchslos und vollkommen. Seine »Tochter«. Er war durcheinander. Um darüber hinwegzukommen, stellte er weitere Fragen. Wer neben ihr gesessen habe? Ein Paar. Was für ein Paar? Ein dickes Paar. Sehr dick.

Was die beiden nach Nairobi verschlagen habe? Eine Safari.

Sie antwortete mit dem Eifer einer guten Schülerin. Was sie getrunken habe?

»Eine Cola.«

»Ah. Das hatte ich vergessen. Du magst Cola. Willst du eine?« Vielleicht war sie durstig. Sie nickte. Ihm war, als spräche er mit einer Geistererscheinung, einer fixen Idee. Meine Tochter.

»Du musst hier keine Cola trinken. Willst du nicht lieber ein Mineralwasser?«

»Wie Sie meinen.« Sie schien enttäuscht zu sein.

Er ließ sie am Gepäckband stehen und zog eine Dose eiskalter Cola aus einem Automaten, der in der Nähe stand. Er brachte sie ihr und sah die Schönheit der Dose durch Lucys Augen, das Silber und das Rot, die geschwungenen Linien, die Tautropfen an der Seite. Er öffnete die Dose für sie und steckte einen Strohhalm hinein. Begierig griff sie danach. Ihre Lippen schlossen sich um den Strohhalm. Ihr Mund war herzförmig, wie Dukes Mund.

Er hatte angenommen, dieses fremdartige Geschöpf irgendwann nach Hause mitzunehmen und Lili zu überraschen, wirklich zu überraschen. Dann fragte er sich, ob es nicht einfacher wäre, Lili erst einmal von Lucy zu erzählen und das Mädchen für ein paar Tage in einem Hotel unterzubringen. Die Gedanken türmten sich auf und stürzten ineinander. Er beschloss, dass sie im Hilton bleiben sollte, gleich neben Disney World. Er befürchtete, dass sie womöglich den Vergnügungspark besuchen wollte, und hatte sich bereits eine Begründung zurechtgelegt, warum er sie leider nicht begleiten könnte. Sie sollte allein hingehen. Er würde ihr das teuerste Ticket kaufen, das alle Fahrten einschloss.

Sie behielt die Gepäckstücke im Auge, und ihr Gesicht wirkte irgendwie starr. Er merkte, dass sie völlig erschöpft war. »Zum Auto müssen wir zu Fuß gehen«, sagte er entschuldigend. »Es ist recht weit.« Er kannte keine Abkürzung.

Als sie auf ihren Koffer auf dem Gepäckband zeigte, entschied er sich gegen das Hilton. Er hörte auf sein Gefühl – ein blauer Koffer mit Kunststoffverkleidung und ohne Räder war vorläufig am besten im Flughafenhotel aufgehoben. Vielleicht würde sie am nächsten Tag beschließen, wieder nach Hause zu fliegen. Er konnte ihr ein Flugticket kaufen und sie zum Check-in bringen. Er nahm den schäbigen Koffer und trug ihn für sie, obwohl es allzu intim wirkte, etwas auch nur zu berühren, das sie berührt hatte.

Das Hotel war nur eine Fahrstuhlfahrt entfernt, ganz oben in der Flughafenhalle. Zimmer 3824, Lilis Brust- und Taillenumfang. Der Raum war ein luftdichter, keimfreier Käfig mit einem langen Glasfenster und dem Blick auf andere Käfige.

»Ich hab in Nairobi in einem sehr hübschen Hotel gearbeitet. Da haben die Zimmer genauso ausgesehen.« Ihre Meinung ärgerte ihn, aber dann begriff er, dass sie nach Ähnlichkeiten zwischen dieser fremden Welt und der ihr vertrauten suchte.

Er gab ihr die Speisekarte für den Roomservice und sagte, sie solle alles bestellen, was sie wolle, und sich ausschlafen. Während er redete, gingen sie beide auf Distanz, aber er hatte ihre Haut gerochen und ihr nussig duftendes Haar, und es gefiel ihm. Er versprach, am nächsten Vormittag wiederzukommen. Als sie so weit voneinander entfernt standen, wie das Zimmer es zuließ, bedankte sie sich förmlich bei Duke: »Sie sind sehr nett.«

Er wollte dringend fort, um einen klaren Kopf zu bekommen.

Lili, die Kämpferin

Die Szene mit Anne war nicht schön gewesen.

Anne hatte in diesem Höllenkreis festgesteckt, einer Highway-Ausfahrt, eine halbe Stunde lang, und diverse Auffahrunfälle verursacht. Wer noch bei Bewusstsein war, gab ihr die Schuld. Hubschrauber von

Nachrichtensendern kreisten über dem Unfallort, während Rettungssanitäter die Opfer des Gemetzels versorgten. Der Highway war in beiden Richtungen gesperrt worden. Annes Auto war nicht mehr das schlimmste Verkehrshindernis; es dauerte zwei Stunden, bis es aus dem Weg geräumt wurde, und zwei Stunden, bis es zu einer Werkstatt abgeschleppt werden konnte. Öl war ausgelaufen. Ein Kolbenfresser. Wenn sie aufgepasst hätte, wäre das nicht passiert. Der Motor war hin.

Sie nahm all ihren Mut zusammen, schaltete ihr Handy ein und rief Lili an. Ihre Chefin war außer sich. »WO BIST DU, DU BLÖDE FOTZE?«

»Ganz ruhig«, erwiderte Anne. »Beruhig dich erst mal. Das Mädchen ist doch bei dir, oder? Was willst du mehr?«

»Welches Mädchen ist bei mir? NIEMAND ist bei mir!«, schrie Lili.

»Ich hab meine Mom gebeten, sie abzuholen. Mein Wagen ist liegen geblieben! Mach den Fernseher an, dann wirst du sehen, was los ist.«

»Was? Nein. Niemand hat sie abgeholt. Ich hab keine Ahnung, wo wer ist. Ich mach den Fernseher nicht an. Wir haben keinen Fernseher, du blöde Kuh! Ich will dich nie mehr wiedersehen, du Blivit!«

Anne legte auf. Ihr war schwindlig und übel. Sie brauchte Insulin und ein Mittel für den Blutdruck. Sie wühlte in ihrer Handtasche. Nichts. Sie rief Jo an, die aber nicht antwortete. Sie leistete sich ein Taxi bis zu Jos Condo. Eine notwendige Ausgabe. Anne entdeckte ihre Mutter am Pool, wo sie ein Sonnenbad nahm, angetan mit einem knappen Hemdchen, das ihr faltiges Dekolleté und ihre knotigen Beine auffällig zur Schau stellte. Ihre Schienbeine sahen wie Knochenfortsätze aus. Anne hasste Jo dafür, dass sie sich einbildete, attraktiv zu sein, und ein friedliches Nickerchen hielt, während ihr einziges Kind in der Klemme steckte. Die kräftige Hand auf ihrer Schulter holte Jo zurück in die Wirklichkeit.

»Oh, hi, Anne. Ich hab da eine volle Stunde gestanden, und keine einzige Lucy ist auf mich zugekommen«, verkündete Jo ohne die geringsten Gewissensbisse. Dann sah sie, dass es ihrer Tochter richtig schlecht ging.

Erschrocken setzte Jo sich auf.

»Ich brauche Insulin, Ma. Kannst du mir welches holen?«

Jo hatte einen Vorrat im Kühlschrank, nur für Anne. »Warte hier, Baby«, sagte sie. »Entspann dich. Ich hol's dir. Hier setzen sich alle öffentlich ihre Spritzen.«

»Und was zu trinken!«, rief Anne ihr nach. Sie nahm den Platz ihrer Mutter auf der Liege ein, die unter dem großen Gewicht seufzte. Anne fiel ein, dass sie einen schicken Büstenhalter trug, und sie zog ihr Shirt aus, um ein bisschen Sonne zu tanken.

Jo kehrte hechelnd zurück und sagte: »Los jetzt, Anne, hier ist dein Zeug, und jetzt gib mir meine Liege wieder. Du machst sie noch kaputt. Nimm die größere.«

Sie hatte Chips mitgebracht. Als Anne sich wieder besser fühlte, kamen ihr die Tränen. Sie erzählte ihrer Mutter die ganze Geschichte: der Anruf bei der Fluggesellschaft und die rasende Fahrt zum Flughafen, um die Schlampe abzuholen, die Lili ihren Mann wegnahm, irgendein junges Ding, eine Afrikanerin, wie kann die eine echte Konkurrentin sein. Lili würde es ihr schon beibringen.

Annes Auto war im Eimer, und sie hatte ihren Job verloren, und das kurz vor der Reise nach Paris. Jo hörte ihr schweigend zu. Sie freute sie, dass Anne gefeuert worden war. Die unmittelbare Gefahr war gebannt.

»Nimm ruhig meinen Wagen. Ich brauche ihn nicht. Ich schenke ihn dir. Fahr jetzt nach Hause zu deinen Mädchen. Und morgen gehst du wieder ins Lu's.«

»Unmöglich«, jammerte Anne. »Das ist so peinlich!«

»Sag ihnen, du hast gekündigt, weil sie wollte, dass du sie leckst.«

»Nein. Sie wird hinkommen und es allen erzählen.«

»Gib mir ihre Nummer. Gib mir sofort die Nummer von dieser Schlampe«, verlangte Jo. »Ich werde sie schon kleinkriegen. Erst muss ich mich aber um mein eigenes Zeugs kümmern.«

Als Jo es geschafft hatte, Anne loszuwerden, ging sie zur Pug's Bar, um das Beste aus ihrer neuen Frisur zu machen. Nachdem sie eine Weile mit dem alten Sam Johnson geflirtet und ihm erlaubt hatte, sie nach draußen zu begleiten, wo sie ihm dann erlaubt hatte, sie hier und da zu berühren, schickte sie ihn wieder rein, ein paar Drinks holen. Sie saß auf einem ausrangierten Gartenstuhl neben dem Müllcontainer, war mit sich zufrieden und tippte diese dämonischen Zahlen.

Eine dünne Stimme sagte: »Hallo?« Die Stimme einer verängstigten Jungfrau.

Jos Stimme konnte hart wie ein Knüppel sein. »Pass mal auf, Lili. Jo Bolin hier. Annes Mutter. Blut ist dicker als Wasser. Du glaubst, dein Geld ist mehr wert, ja? Ich kann zur Polizei gehen. Du wolltest dieses Mädchen kidnappen. Und foltern. Ich weiß alles. Du hast meine Tochter zu diesem Telefonterror angestiftet, und deshalb hat sich ein Flugzeug vier Stunden verspätet.«

»Nicht im Entferntesten. Seien Sie vernünftig, Jo. Ihre Tochter hat mir das angeboten, und ich habe abgelehnt!«

»Dreckige Lügnerin. Sie hat mir von eurem Gespräch erzählt. Wir haben keine Geheimnisse voreinander. Das hast du nicht gewusst, stimmt's? Haha. Wir werden ja sehen, was die Polizei dazu sagt. Oder dein Mann. Ich werd ihm jetzt schreiben. Ich kenne ihn gut genug, um ihm zu schreiben. Vielleicht ruf ich ihn sogar an.«

Lili knallte den Hörer auf. Noch nie im Leben hatte sie solche Angst gehabt. Obwohl sie sich geschworen hatte, ihrem Mann den ersten Schritt zu überlassen, rief sie ihn an. Das Telefon klingelte und klingelte. Nicht einmal die Mailbox sprang an. Erkannte er ihre Nummer? Würde er drangehen, wenn er sie nicht erkannte? Würde er drangehen, wenn Jo anrief, um Lili zu verpetzen?

Sie schrieb ihm einen Brief. Er hatte ihre Handschrift immer bewundert. Sie nahm all ihre Geisteskräfte zusammen, um Duke zu verführen. Sie hatte immer gewusst, wie wortmächtig sie war, aber nie davon Gebrauch machen wollen. Jetzt brauchte sie Wörter, um sich zu retten.

Mein Duke,
ich habe Dich während des Urknalls geliebt, und später, als die Erde und die Meere erschaffen wurden, habe ich Dich genauso sehr geliebt, und als der letzte Dinosaurier sich zum Sterben

hinlegte, habe ich Dich geliebt, und wie habe ich Dich geliebt, als Christus seinen letzten Schluck Wein trank!
Unablässig habe ich Dich geliebt, in den Zeiten der Kreuzzüge und der großen Pest. Und als Bach seinem sechsten Sohn, dessen Namen ihm entfallen war, eine Ohrfeige versetzte, weil er in seinem Arbeitszimmer geschrien hatte, während er die wöchentliche Kantate zu vollenden versuchte, habe ich Dich unerschütterlich geliebt, und während der gesamten Schlacht von Verdun, und als meine Großtante in Lettland ein Loch in die Erde grub und sich an den Rand stellte, ganz aufrecht, um ihre Kugel zu empfangen, habe ich Dich immer noch geliebt, und als mein Vater mich zeugte, der möglicherweise ein tölpelhafter Liebhaber war, aber verliebt, und ich mich zu teilen begann, habe ich Dich geliebt, wie ich es immer getan hatte, sodass ich Dich zu dem Zeitpunkt, als ich Dir in Nairobi begegnet bin, schon seit Millionen von Jahrhunderten geliebt hatte, und wenn es allein in den letzten zwanzig Jahren vielleicht sogar noch intensiver gewesen sein mag, ist es doch meine Absicht, Dich weiter zu lieben, und wenn die Sonne die Erde verschluckt, wird meine Liebe bestehen bleiben: gleißend hell.

Jos Drohungen zu erwähnen schien ihr überflüssig. Die würde er durchschauen. Sie hatte sich beruhigt. Doch sie fürchtete, die beiden Frauen könnten ihr auf die Bude rücken. Sie würden sich in der Dunkelheit zum Haus schleichen und sehen, dass ihr gelber Truck dort stand, aber nicht Dukes Auto. Sie hatten den Haustürschlüssel. Lili würde sich unkenntlich machen: Sie nahm ihre Kontaktlinsen heraus und holte ihre dicke schwarze Brille aus dem Kästchen mit den Erinnerungsstücken. Sie steckte ihr Haar zu einem Knoten am Hinterkopf zusammen und zog das schulbusgelbe Zeltkleid an, das Bucky getragen hatte, als sie vor vielen Jahren Dukes und Lilis Flitterwochen gestört hatte.

Lili betrachtete sich im Spiegel. »Mehr Verkleidung!« Mit der Behändigkeit eines Menschen, der »das Schubladendenken überwunden hat«, band sie sich ein Kissen um die Hüfte. Jetzt sah sie schwanger aus.

Anne und Jo würden eine Fremde antreffen. Lili hielt es für das Beste, ihren Frieden mit Anne zu machen und sie vorzubereiten. Sie schickte eine E-Mail ab:

Liebe Anne,
sei mir bitte nicht mehr böse. Ich muss dringend zu einem Termin nach Tokio. Ich habe jemanden gefunden, der das Haus hütet, eine schwangere französische Freundin, die ein bisschen Sonnenschein braucht und sich um Duke kümmern wird. (Sie spricht kein Wort Englisch. Unfassbar!) Ich hege nur die wärmsten Gefühle für Dich und Deine Mutter, und ich bitte um Entschuldigung, wenn es Missverständnisse gegeben hat. Ich hätte Dich so gern nach Tokio mitgenommen und bin ganz zerknirscht.
Hab Dich lieb,
Lili

Sie glaubte, die beiden würden Mitleid empfinden. Schließlich war Lili unglaublich unglücklich. Anders als die beiden hatte sie keine Kinder. Nur ein totes. Anne und Jo sollten für sie weinen. Sie setzte sich aufs Sofa und wartete. Duke würde bald nach Hause kommen und fröhlich und herzlich lachen, wenn er sie in ihrer Aufmachung sah. In diesem Augenblick klingelte das Telefon. Es war Duke.

»Ich bin gerade gelandet!«, rief er vergnügt.

Sie hatte ihm das Lügen beigebracht. »Bitte komm schnell!«

Er fuhr sehr langsam nach Hause, und es gelang ihm, jede rote Ampelphase zu erwischen.

Lili hatte ihre sonderbare Umstandskleidung abgelegt und ihr kornblumenblaues Kleid angezogen. Als sie sein Auto hörte, rannte sie nach draußen und tanzte um ihn herum wie ein junges biegsames Ding. »Ich weiß nicht warum, aber ich liebe dich so sehr! Ich hab dir einen Liebesbrief geschrieben.«

Sie drückte ihm das Blatt in die Hand. Er las die erste Zeile. »Darf ich das später lesen?« Er sei zu müde, um ihr von seiner Reise nach Washington zu erzählen, und müsse am nächsten Tag früh aufstehen.

Lili bestand darauf, dass er sich ihre Klagen anhörte – Anne sei die größte Lügnerin, sie spinne alles Mögliche zusammen, sie sei gefährlich, und Lili habe sie gefeuert. Weil Anne fett und faul war. Duke hörte überhaupt nicht zu. Er legte Lilis Liebesbrief auf den Sofatisch und zog sich in sein Arbeitszimmer zurück.

Jo war noch immer in der Bar. Sie hatte dort zufällig Annes Freund Brad getroffen, sie tranken etwas und redeten natürlich über Anne und warfen sich gegenseitig vor, sie auszunutzen, ein Streit, der sich an der schwelenden Glut aller früheren Streitigkeiten entzündete und schließlich explodierte. Als Gläser an der Wand zerschellten, wurde die Polizei gerufen, und die beiden Unruhestifter verbrachten die Nacht im Gefängnis. Jo tratschte herum, dass Brad selbst dorthin gefahren sei, ohne Führerschein. Sie hatte einen Blick auf Brad erhascht, wie er mit zehn anderen in einer Zelle hockte, als sie sich aus dem Gefängnis abgemeldet und sich selbst zugeflüstert hatte: »Du machst dir keine Vorstellung davon, wie viel Freude meine Rache mir bereitet.« Anne war damit beschäftigt, Geld für die Kaution aufzutreiben.

Knast für Brad, mindestens ein Jahr. Jo und Anne dachten nicht an Lili. Auch Duke nicht, der beschlossen hatte, an seinem Schreibtisch zu schlafen, den Kopf auf seinen Armen.

Ein Tag in einem anderen Königreich

Lucy wartete in der Hotellobby, unbehaglich im behaglichen Sessel, den Rumpelkoffer an sich gepresst, die Beine verschränkt, und blätterte in einer Ausgabe von People. In Dukes Augen sah sie strahlend sauber aus, geschlechtslos wie ein neuer Penny. Das Haar hatte sie straff nach hinten gebunden. Sie hatte nichts zu verbergen. Er blieb einen halben Meter vor ihr stehen, um »Guten Morgen« zu sagen, in zwingend erforderlichem kalten Ton. Sie schaute auf, mit erschreckend blauen Augen, die Miene scheu. Der angenehme Duft ihres Haarfestigers wehte ihm in die Nase. Er nahm Lucys Koffer.

»Ich suche dir ein besseres Hotel.« Er war noch nicht dazu bereit, sie Lili vorzustellen.

Lucy wartete vorm Eingang des Hotels, während Duke seinen weißen Buick holte. Als er vorfuhr, sah er andere Gäste, die das Hotel verließen, den Zufahrtsweg überquerten und sich umschauten, um Lucy kritisch zu mustern. Es war ein teures Hotel – sie fragten sich offensichtlich, wie das Mädchen sich den Aufenthalt an einem so vornehmen Ort verdient hatte. Duke ärgerte sich über die Mienen der Leute. Er wollte aus dem Wagen springen und die Karawane der schlaffen, teigigen Touristen zurechtweisen. Stattdessen machte er eine große Show daraus, Lucy die Wagentür zu öffnen, »Hier entlang, Madame« zu sagen und sich wieder auf den Fahrersitz zu schwingen. Auf einmal war Duke sehr glücklich darüber, dass sie bei ihm war.

Sie hatte das Drama nicht bemerkt. Sie interessierte sich auch nicht im Geringsten für sein Auto, den letzten Luxusgegenstand, der ihm geblieben war: Holzarmaturen, Lederpolster und ein blinkendes Armaturenbrett. Sie hatte ihr Gesicht von ihm, dem Fahrer, abgewandt und blickte bang auf die Highwaylandschaft, wie ein Haustier, das zur Untersuchung gebracht wird.

»Es ist nicht besonders hübsch hier«, sagte er, nur um seine eigene Stimme zu hören.

»Oh, es ist sehr hübsch. Mir gefällt's hier sehr gut!«

Er lachte.

»Du machst dir nichts aus Autos, oder?«

»Oh doch! Das ist ein sehr schönes Auto. Ich hab keinen Führerschein. Ich hab einen Freund gehabt, einen Gentleman, der einen großen Mercedes fuhr, auf den er sehr stolz war, er hat genau darauf geachtet, dass der Wagen keinen Schmutz abbekommt. Ich mag diese Straße … die ganzen Geschäfte und die Straßenschilder. Und die Leute sind sehr freundlich!«

Er warf ihr einen Seitenblick zu. Keine Spur von Ironie in ihrem Gesichtsausdruck. Er fragte sich, wer dieser Freund war. Damit endete das Gespräch. Er fuhr am Hilton vorbei. Sein Ziel war Disney World.

Duke war noch nie im Magic Kingdom gewesen. In New York rümpfen sie die Nase über diesen Ort. Sie begreifen nicht, dass ein Ausflug nach Disney World der ultimative Ausdauertest ist, viel anstrengender als eine lange Bergwanderung und genauso gut für die Moral – es ist eine Unterweisung in Disziplin, Geduld und Demut. Und das geht schon bei der Anfahrt los. Man nähert sich einem großen Graben, einem Parkplatz, der das Königreich umgibt, wo Tausende von Autos stehen – ein erstarrter, silbriger Schwarm. Dort erkennt man seinen wahren Wert: Man ist bloß einer von jährlich siebzehn Millionen Pilgern. Selbst nach Mekka kommen jedes Jahr nur zwei Millionen Besucher.

Der eigene Wagen gehört zu einer Gruppe innerhalb des Schwarms, die den Namen einer Disneyfigur trägt. Man muss ihn behalten, sich zu eigen machen. Duke und Lucy gehörten zur Minnie-Maus-Abteilung.

Am anderen Ende des Parkplatzes muss man mit allen anderen darauf warten, dass man einen Zug besteigen und zu einer gigantischen Freiluftbank dampfen kann, wo eine schier unendlich große Menge von Kassierern den Eintrittspreis ausruft. Der betrug im letzten Jahr vor dem Millenium vierundvierzig Dollar. Als der Pleasure Dome eröffnet wurde, waren es 3,50 Dollar, und bald werden es über hundert Dollar sein. Man steht an, um zu bezahlen, und danach steht man an, um im Gänsemarsch eine Fähre zu besteigen – »genau wie die Fähre auf dem Naivashasee«, sagte Lucy, die im Allerfremdesten immer das Vertraute suchte. Mit dieser Fähre überquert man einen riesigen Wassergraben, bis man schließlich den Eingang des Königreichs erreicht.

Der große Eingangsbereich ist vollgestopft mit Kinderwagen, Buggys und Eltern, die nur langsam vorankommen, weil sie ihre Brut beaufsichtigen müssen. Kleine Kinder zwingen einen zur Demut – sie strahlen Macht aus, obwohl sie noch nicht einmal richtig laufen oder ordentlich sprechen können und ihren Stuhlgang noch nicht unter Kontrolle haben. Und trotzdem brauchen sie, anders als man selbst, nur einmal kurz zu quieken, und alle horchen auf. In Dantes »Inferno«

sind Kinderhasser für immer in Disney World eingesperrt. Duke hasste Kinder nicht, er fürchtete sich vor ihnen, während Lucy diesen Wesen mit Freundlichkeit begegnete und eine Art wortloser Kommunikation aufnahm, sodass sie selbst von dem am wildesten aussehenden Kind angegrinst wurde, wofür es in Dukes Augen keinen Grund gab.

Damals wusste Duke noch nicht, dass er die Details dieses Ausflugs eines Tages vor Lili in seiner Gefängniszelle ausbreiten würde. Als er neben seiner Tochter herging, war ihm bewusst, dass dieser Spaziergang sich in seiner Erinnerung bis ans Ende seines Lebens wiederholen würde, die zarte, furchterregende Stille zwischen ihnen, während in der Menge kein anderes menschliches Wesen existierte. An Bedeutung konnten es damit nur noch ältere Erinnerungen aufnehmen. In Dukes Gedächtnis gab es angenehme Bilder von seinem Vater, der ihn einmal im Jahr zur Kirmes mitgenommen hatte. Dieser gestrenge Offizier, den man in seiner Heimatstadt Dunmovin nur »Sarg« nannte, war schon Tage vor dem Jahrmarkt aufgeregt wie ein Schuljunge. Er wollte, dass sein Sohn sich gut amüsierte, und sei es auch nur, um seine eigene Freude zu teilen.

Ulysses Butler hatte sehr bestimmte Ansichten über Vergnügungen. Er hasste den Paradise Park, ein Ausflugsziel für Farbige, das alle anderen Familienmitglieder liebten. Man konnte dort schwimmen und mit einem »Dschungelboot« fahren oder zur Musik aus einer großen Jukebox tanzen. An Sommertagen war es das heiterste Fleckchen Erde auf dem ganzen Planeten. Die Weißen, deren Ausflugsziel am anderen Ufer des Silver Lake lag, waren neidisch auf so viel Glückseligkeit. Ihre schicken Kreuzer gondelten auf dem See und fuhren in der Ferne vorüber. Eines Tages wendete ein Boot und kam immer dichter ans Ufer, damit die privilegierten Passagiere einen Blick auf die Farbigen werfen konnten, die dort herumtollten. Als die Weißen nah genug dran waren, streckte Dukes Mutter Jo ihnen die Zunge raus. Das Boot machte kehrt und fuhr davon. Jo war die einzige Weiße im Paradise Park, und alle waren schockiert von ihrem rüden Benehmen, nur Duke lachte schrill, zu ihrer Verteidigung, bis der Sergeant ihn streng ansah. Sobald das Boot außer Sicht war, gab der Sergeant seiner Frau eine Ohrfeige. Als die Familie das nächste Mal den Picknickkorb für einen Ausflug packte, blieb der Sergeant schlecht gelaunt zu Hause.

Der Jahrmarkt war zum Glück etwas anderes. Er dauerte zwei Wochen und durfte am letzten Tag von Schwarzen besucht werden. Der Sergeant freute sich das ganze Jahr darauf. Er nahm Klein-Duke in die Achterbahn mit, klemmte ihn sich zwischen die Knie und lachte und schrie. Seine Frau musste zu Hause bleiben.

»Nur für Jungs«, verfügte er. Als die Rassentrennung auf der Kirmes aufgehoben wurde, fand sein Vater sich »zu alt für Vergnügungen«.

In jenem Jahr nahm Carl Pickens, Dukes älterer Cousin, ihn mit. Carl wollte allerdings nicht zu den Karussells, sondern sich nur an der Schießbude großtun, wo ausschließlich Weiße herumstanden. Duke erkannte die Gefahr, anders als Carl, der allen zeigen wollte, was für ein toller Schütze er war. Als die Menge anfing, gegen sie zu pöbeln, zogen sie ab, beladen mit riesigen Stofftiertrophäen. Sie beeilten sich nicht. »Keine Ahnung, weshalb du so einen Schiss hast«, sagte sein Cousin. »Du bist doch selbst halbes weißes Pack.«

Duke war damals zwölf gewesen und hatte seither keine Kirmes mehr besucht. Er wollte sich noch einmal amüsieren, mit dieser Fremden, Lucy.

»Gefällt's dir hier?«

»Oh ja! Ich hätte nie gedacht, dass ich hier mal hinkomme!«

»Ich auch nicht.« Er war neugierig, und sonderbarerweise freute es ihn, in Lucys Gesellschaft hier zu sein. Ihr Gang war anders als der von Lili. Lili schwebte. Lucys Gang war kraftvoll und wurde von ihrem damenhaften Rock behindert, doch konnte man sich leicht vorstellen, wie sie plötzlich mit Höchstgeschwindigkeit losrannte. Sie bat um nichts und folgte Duke gehorsam. Er wies sie auf die Dschungelkreuzfahrt hin, weil die so albern war – eine zwölfminütige Exkursion nach Afrika. Lucy zog die Luft scharf ein, woraufhin er ihr vorschlug, die Sache auszuprobieren.

»Oh, das wär toll!« Sie klatschte in die Hände.

In dem kleinen Schiff waren gerade noch zwei Plätze frei. »Ich liebe den Geruch von Benzin!«, sagte Dukes Little Miss Sunshine.

Sie waren die einzigen Schwarzen. Disney World ist wegen des Eintrittspreises ein Ort der Rassentrennung geblieben. Zum Glück waren die anderen Passagiere abgelenkt. Sie bestaunten mit Lucy die riesigen Schlangen-, Nilpferd- und Elefantenimitationen. »Sie sehen so viel echter aus als die echten!«, erklärte sie im Ton einer Expertin.

Duke konnte den mechanischen Kreaturen nichts abgewinnen und studierte stattdessen Lucys Hände, die auf ihrem Schoß lagen. Sie hatte genau die gleichen langen, geraden Finger und schmalen Handteller wie er, in kleinerer Ausgabe, der rote Nagellack abgenutzt. Ein Reiseleiter gab am laufenden Band alberne Kommentare ab und löste damit wildes Gelächter bei den Ausflüglern aus.

Lucy seufzte, als sie zu etwas zurückkehrten, das der Reiseleiter »Zivilisation« nannte. »Das war einfach wunderbar!«

Duke schlug eine weitere Fahrt vor, eine schnelle. Lucy lehnte ab. »Das müssen wir nicht. Es ist so teuer!« Wie unglaublich gutmütig sie ist, dachte Duke, dabei ist ihr Gesicht überhaupt nicht leer wie das der Jungfrau auf all den Bildern. Er erinnerte sich an Lilis aufsässige Interpretation, und plötzlich wurde es seine eigene.

»Du siehst so aus, wie ich mir die Jungfrau Maria vorstelle«, sagte er zu Lucy. »Auf Gemälden sieht sie immer wie eine Schwachsinnige aus. Mit leerem Gesicht. Männer verwechseln Leere mit Gutmütigkeit.« Sie schien verwirrt.

Entweder mochte sie keine Komplimente, oder sie verstand sein Kompliment nicht.

»Kennst du Bilder von der Jungfrau Maria?«

»Ich habe eine Skulptur in meinem Koffer.«

»Wirklich? Aus Porzellan? Mit einem blauen Gewand, stimmt's?«

»Woher weißt du das?«

Er vollführte einen kleinen Freudentanz, sprang vor Freude ein bisschen hin und her, weil er richtig geraten hatte. Sie waren in Tomorrowland angekommen. Space Mountain lockte.

»Komm, wir machen eine Fahrt!«, drängte er Lucy. Sie war einverstanden.

War er unaufrichtig? Oh, es wirkte unschuldig genug. Man setzte sich in einen kleinen Wagen, ein kleines Glied in einer Wagenkette. Die Sitze waren paarweise gruppiert, einer hinter dem anderen, sodass man löffelartig dasaß. Duke und Lucy wurde der vorderste Wagen zugewiesen, und Duke gab ihr ein Zeichen, dass sie vor ihm sitzen sollte. »Damit du besser sehen kannst.« Er war nie in Disney World gewesen. Woher sollte er wissen, was sie erwartete? Lucy zog ihren Rock zurecht, während Duke seine Beine gezwungenermaßen links und rechts von ihr ausstreckte. Ein Bügel rastete vor ihr und hinter ihm ein.

Dieser Zug nahm auf angenehme Weise Fahrt auf, bewegte sich auf einem schmalen Schienenstrang und durch einen Tunnel aus Pastellfarben aufwärts, bis er an einem dunklen Gummivorhang von der Sorte ankam, die es auch in Autowaschanlagen gibt. Als sie ihn passiert hatten, blieben sie auf einem Gipfel stehen. Vor ihnen neigten sich die Schienen in einen Abgrund. Die anderen Passagiere schrien mit lustvollem Schreck auf. Plötzlich raste der Zug abwärts, durch einen weiten schwarzen Raum. Die Schwerkraft presste das entsetzte Mädchen gegen Dukes Oberkörper. Doch innerhalb von Sekunden richtete der Zug sich wieder auf und fuhr unschuldig unter einem marienblauen Himmel dahin, während man sanftes Blätterrauschen und Vogelrufe hörte. Die Passagiere hatten kaum wieder Atem geschöpft, als der Zug durch einen matt beleuchteten Tunnel wieder unbarmherzig aufwärtsfuhr. Diesmal kam er auf einem Bergkamm an, über dem sich der Weltraum öffnete, ringsum Sterne. Ein heulender Sturm brach los. Der Zug stürzte ab. Abermals wurde Lucy gegen ihren »Vater« gedrückt. Er spürte ihr Grauen körperlich, er legte ihr seine Arme um die Taille und zog sie noch dichter an sich heran. Er sah nicht länger das Weltall vorüberrasen. Er roch ihr Haar und berührte es mit seinen Lippen. Ihm blieben nur ein paar Sekunden, bevor der Zug ruckartig zum Stehen kam. Duke blieb sitzen und spürte Lucys zitternden Rücken an seinem Oberkörper, bis ein Angestellter kam und die Bügel für sie öffnete, grummelnd, weil Duke und Lucy zu dumm waren, um es selbst zu tun. Die anderen Passagiere waren schon gegangen.

Sie folgte ihm zum nächsten Restaurant, wo Micky Maus und Donald Duck an den Tischen bedienten. Sie setzten sich nach draußen. Lucy war zu verstört, um die Figuren zu bemerken oder sich die Speisekarte anzusehen. Er bestellte Hamburger für sie beide. »Astronautin wirst du wohl nicht werden«, sagte er, um sie zum Lachen zu bringen.

Sie versuchte es.

»Willst du vielleicht noch mal fahren?«, neckte er sie. »Vielleicht kommst du noch auf den Geschmack!«

»Ich will nicht«, erwiderte sie hastig. »Nein, danke.«

»War nicht ernst gemeint. Aber es ist ein bisschen wie das Leben, stimmt's? Auf und ab. Kannst du mir was über deine Mutter erzählen?«

Ihre Hamburger kamen auf Servierplatten mit Bergen von Pommes frites.

Die Hamburger waren Mastodonten, viel zu groß für den menschlichen Mund. Duke merkte, dass sie sich fragte, womit sie dem Hamburger zu Leibe rücken sollte, mit dem Mund oder mit dem Messer. Er nahm seinen eigenen Hamburger in die Hand, öffnete seinen Mund weit genug, um abbeißen zu können, und freute sich, als sie es ihm nachmachte.

»Meine Mutter hat ihren ersten Hamburger gegessen, als sie mich in Nairobi besucht hat«, erzählte sie ihm. »Sie hat die Stirn gerunzelt, als sie davon probiert hat. Ungefähr so –« Lucy verzog das Gesicht. »Und dann hat sie so ausgesehen –« Lucy legte sich die Hände auf die Brust, als würde sie beten, und blickte zum Himmel.

Duke war bezaubert. Offenbar konnte sie sich leichter mit ihrem Körper ausdrücken als mit Worten. Worte waren so überflüssig. Trotzdem griff er darauf zurück: »Deine Mutter war ein guter Mensch, oder?«

»Ja.«

»Es war richtig, dass sie ihr Geld dafür ausgegeben hat, dich zur Schule zu schicken, damit du was aus dir machen kannst.«

»Ja.«

»Weißt du, hier beklagen sich alle über ihre Eltern. Ich kenne jemanden …«, er merkte, dass er ein Tabu verletzte, als er in dieser vagen Art auf Lili anspielte.

Sobald die namenlose Klage über Lili heraus war und niemand sie linderte, der sie untersuchte, um mehr über sie herauszufinden, wie John Mayflower es getan hatte, brachen alle Schranken seiner Loyalität endgültig zusammen. »Ich kenne eine Frau, die es lustig findet, grausam zu anderen Menschen zu sein, zu Tieren. Sie gibt ihren Eltern die Schuld daran. Aber in Wahrheit ist sie böse.«

Er hatte dieses Wort noch nie ausgesprochen. »Meine Frau ist böse«, wiederholte er. »John Mayflower hat recht gehabt.«

Lucy sah ihn teilnahmslos an.

Seine Gewissensbisse strangulierten ihn. Er tat Lili unrecht, wenn er sie hasste, nach so vielen Jahren, in denen er sie geliebt hatte. Und weil Lili, gehasst oder geliebt, unwiderlegbar in ihm lebte, mit ihm auf alles blickte und für ihn sprach. Sie hatte wahrhaftig von ihm Besitz ergriffen. Er keuchte und versuchte, dieses Gefühl der Verzweiflung abzuschütteln. Was legte er da für eine Szene hin!

Dann spürte er eine Hand auf seiner Wange. Sie lag dort, warm und leicht wie ein Sonnenstrahl, der an einem düsteren Tag durch die Wolken bricht. Lucy hatte ihren Arm über den Tisch gestreckt, um Duke zu trösten. Sie hatte einen so natürlichen Instinkt. Aber ihre Hand wich rasch zurück und fiel in ihren Schoß. Duke sah, dass sie sich die Finger an ihrem Rock abtrocknete.

»Das war wohl ein bisschen viel«, entschuldigte er sich. »Hast du eine schöne Kindheit gehabt? Erzähl doch mal.«

»Ich hatte eine ganz normale Kindheit«, erwiderte sie, nicht im Geringsten unangenehm berührt von seinem verdrehten Benehmen. »Meine Mutter war eine Prostituierte. Das war einfach ihr Job. Sie hat dafür gesorgt, dass ich zur Schule ging. Ich weiß noch immer die Namen von allen Nonnen.«

»Erzähl weiter. Sag mir ihre Namen.«

»Schwester Mary Angela, Schwester Constance …« Sie rasselte die Namen herunter.

»Phantastisches Gedächtnis!«, rief er aus.

Sie erzählte weiter, und er hörte ihr zu und vergaß Lili. Die Nonnen hatten sie bevorzugt, weil sie gehorsam und zuverlässig war. Sie war Vertrauensschülerin geworden, und nach dem Schulabschluss hatte sie einen Job in einem Luxushotel in Nairobi gefunden und ihre Mutter damit sehr glücklich gemacht – sie hatte als Kassiererin und als Empfangsdame gearbeitet. Prostituierte hatten sich den Gästen aufgedrängt, aber Lucy hatte sie verachtet. Fast hätte sie mit achtzehn Jahren einen anderen Hotelangestellten geheiratet, einen Fahrer, aber ehe sie einander auch nur beschnuppern konnten, war seine Hotellimousine mit einem Lastwagen kollidiert.

Als sie ihren Vater fand, war sie eine alte Jungfer. Hin und wieder hatte sie sich zum Essen oder zu Drinks einladen lassen, von betuchten Männern, die sie im Hotel kennenlernte, zumeist Briten, aber die bevorzugten die Prostituierten, und Lucy hatte ihnen nicht erlaubt, sie schlecht zu behandeln, sodass aus den Beziehungen nie etwas geworden war. Sie hatte davon geträumt, einen Engländer zu heiraten.

Dann hatte ihr Schicksal sich gewendet. Ein paar Wochen nach dem ersten E-Mail-Kontakt mit ihrem Vater hatte sie die Bekanntschaft eines jungen Orthopäden gemacht und innerhalb weniger Minuten gelernt, was Liebe ist. Er war geschmeichelt, aber, ach, konnte ihre Gefühle nicht offen erwidern, schließlich war er gut ausgebildet und wohlhabend und stammte aus Nordpakistan. Seine Eltern hätten es nicht erlaubt. In seiner Familie waren alle sehr hellhäutig, trotz ihrer dunklen Augen. Lucy hatte verzweifelt versucht, die Richtige für ihn zu werden; sie war in Nairobis River Road gegangen und hatte sich eine »Injektion« besorgt, eine Mixtur aus Salinensalz und einem Caro-Light-Glyzeringel. Es war entsetzlich teuer gewesen, zehn Shilling; die »Mkorogo«-Creme hätte nur drei Shilling gekostet, mit der hätte es aber Monate gedauert. Lucy pries »Jackie«, die aus dem dunkelsten Sudanesen einen bleichhäutigen Asiaten machen könne. Nur leider war der Unterschied bei Lucy winzig gewesen. Der Orthopäde hatte ihr dann gesagt, sie sei sowieso zu alt für ihn.

Lucys Rolle hatte darin bestanden, sich nach ihm zu sehnen und ihr Los zu akzeptieren, das einer schmachtenden älteren Frau von achtundzwanzig Jahren, und in dieser Eigenschaft hatte sie schließlich ihrem Vater geschrieben, dass sie nach Amerika ziehen werde.

Jetzt war sie da und erläuterte ihm endlich den Grund ihres plötzlichen Wunsches. Es ging nicht ums Geld. Es ging nicht um eine gute Gelegenheit. Ihr Herz war gebrochen.

Der letzte Teil ihrer Biographie löste in Duke das eigenartigste Gefühl aus: eine Qual, die auf einer Weigerung beruhte, fast so etwas wie einen Brechreiz, eine Bündelung aller Gefühle in ein widerliches, unverdauliches Nein. Er konnte es nicht ertragen, dass ein anderer Mann ihr Herz erobert hatte. Er wollte das rückgängig machen und diesen Mann ausradieren. Kurzum, zum ersten Mal in seinem Leben lähmte ihn Eifersucht.

Die Sonne ging unter, es wurde rasch dunkel, und noch immer saßen sie draußen, mit ihren Hamburgern, die auf den großen Tellern vor sich hin gammelten. In der Ferne wurden Feuerwerke gezündet. Duke bezahlte die Rechnung. Sie standen auf, und plötzlich überkam ihn der Drang, Lucy zu küssen. Er zog sie an sich und küsste sie auf den Mund. Ihre Lippen waren weich und warm. Verglichen damit waren Lilis Lippen wie Herdplatten – manchmal heiß, oft kalt und immer hart. Wäre Duke aufmerksam gewesen, hätte er gemerkt, dass sie seinen Kuss nicht erwiderte. Sie stand wie angefroren da. Als er fertig war, blickte er in den Himmel, um sich zu beruhigen. Sie lehnte sich über den Tisch und griff nach ihrer Serviette, mit der sie sich ihren Mund abwischte.

Glücklich sind jene, wie Lili, die in jungen Jahren wieder und wieder von Amor zur Liebe verlockt werden. Sie haben die Show oft genug gesehen, sie kennen die Nummer und messen ihr keine große Bedeutung bei. Wenn sie die Mitte ihres Lebens erreicht haben und merken, dass Amor erneut den Bogen spannt, sagen sie: »O nein, nicht das schon wieder.« Und seine Pfeile treffen auf ihren abgeklärten Schutzschild. Weniger glücklich sind diejenigen, die sich weigern, da sie, als sie jung waren, sich ein für alle Mal verliebten, nach dem Grund ihrer

Enttäuschung zu suchen und für Vernarrtheit unempfänglich bleiben. Das kränkt Amor. Oftmals liegt er auf der Lauer, bis sie das mittlere Alter erreicht haben, und dann greift er sie hinterhältig an. Aus Mangel an Erfahrung mit einer Leidenschaft, die sie nur ein einziges Mal empfunden haben, Jahrzehnte zuvor, taumeln sie ins Delirium.

Ein Jahr später

Als das letzte Jahr des 20. Jahrhunderts anbrach, wurden seine Bewohner nervös. Der Millennium-Bug, kurz Y2K, drohte eine Apokalypse auszulösen, einen Kollaps der gesamten Infrastruktur des Landes, als die Computer, deren Programme auf der Zahl neunzehn basierten, plötzlich mit einer Änderung konfrontiert wurden, der Zahl zwanzig. Die Bürger deckten sich mit Waffen und Brennholz ein, leerten ihre Konten und füllten ihre Vorratskammern. Weltuntergangspropheten gingen mit Software hausieren, die private PCs retten sollte – kein Garantieanspruch. Der Preis für die Gallone Benzin schoss auf durchschnittlich 2,75 Dollar empor. In der Weinbranche griff die Habgier um sich und trieb die Preise in solche Höhen, dass ein armer Mann sich nicht mal mehr schlechten Wein leisten konnte.

Duke und Lili tanzten einen chaotischen Pas de deux. Für das geringste Zeichen der Zuneigung hätte Lili Duke jeden Wunsch erfüllt, ausnahmslos jeden. Ein Tätscheln ihrer Hand versetzte sie in aufgeregteste Hoffnung. Schon bald war sie mit einem einzigen Blick zufrieden. Sie legte kein Make-up auf und keinen Schmuck an und trug dezente T-Shirts und lange Bluejeans; das Haar hatte sie sich zu einem langen Pferdeschwanz gebunden, wie Dukes Tochter auf dem Foto, das Lili gesehen hatte. Nach Annes Abgang stellte Lili keine neue Assistentin ein. Sie kümmerte sich selbst um den Haushalt.

Aber ach, die Tatsache, dass sie sich so drastisch verändert hatte, bis sie ihrer Ansicht nach ein vollständig anderer Mensch geworden war, hatte keinen Einfluss auf den Gang der Dinge, da Duke nichts davon bemerkte.

Ohne Lilis Wissen stellte er eine Putzfrau ein, die einmal die Woche vorbeikam. Den Lohn überwies er direkt an die Agentur, um den persönlichen Kontakt zu beschränken. Außerdem waren die Butlers angehalten, das Dienstmädchen nicht nach seiner Telefonnummer zu fragen und es Mrs. Jones zu nennen. Lili wurde vertragsbrüchig und lud das Mädchen dazu ein, mit ihr zu Abend zu essen, vegetarischen Linseneintopf. »Ich esse kein Fleisch. Ich büße für etwas, das ich vor langer Zeit getan habe. Ich könnte keiner Mücke etwas zuleide tun. Langsam gewinne ich mein Karma wieder zurück«, erzählte sie Mrs. Jones, die daraufhin nicht länger bleiben wollte.

Duke war ebenfalls nicht beeindruckt. Er tötete Mücken und aß am liebsten Speck. Lili strengte sich an, ihre letzte verbliebene Freundschaft aus der Zeit im Norden aufrechtzuerhalten, die mit Stanley Heaps. Er hatte vergessen, den monatlichen Scheck zu schicken. Als Lili ihn daran erinnern wollte, ging er nicht ans Telefon. Seine neue Sekretärin antwortete ausweichend. »Mr. Heaps ist nicht im Büro«, als wäre Lili irgendein blondes Häschen, das befördert werden wollte.

»Ich habe eine Nachricht für ihn. Sagen Sie ihm, dass ich in New York bin«, log Lili. Doch er meldete sich nicht. Sie rief jedes Krankenhaus der Stadt an und fand ihn schließlich auf einer Palliativstation. Er starb an Lungenkrebs.

Lili rief Dr. MacBride in New York an, ihren alten Therapeuten. Er hatte sich zur Ruhe gesetzt. Ebenfalls verschwunden. Sie konnte weder ins Lu's noch in die Kirche im Truck gehen, weil beides in Annes Revier lag. Lili spürte die Einsamkeit an ihrem Herzen zehren wie einen Geier an Innereien. Wenn sie das Haus verließ und in der Gegend umherfuhr, ließ sich das Gefühl für kurze Zeit verscheuchen.

Ihre Fahrten führten sie durch die Stadt, wo eine riesige Reklametafel aufgestellt wurde. Nach ein paar Tagen zeigte sie auf beiden Seiten dasselbe Gesicht: Pastor Rick! Er hatte sein Amt im Truck an einen anderen Pastor verkauft. Seine neue Wirkungsstätte war die Kirche der Ewigwährenden Liebe, ein Backsteinklotz auf einer Verkehrsinsel mitten auf einer vierspurigen Straße im Zentrum von Versailles. Auf dem Dach erhob sich ein Kirchturm. Die Landzunge, die sich zwischen den beiden Hauptverkehrsstraßen erstreckte, war ein einziger großer Parkplatz, sodass die Vorbeifahrenden aus beiden Richtungen sehen konnten, wer in der Kirche war. Am einen Ende ragte die Reklametafel auf und zeigte Pastor Ricks seelengutes Gesicht und einen gereimten Wahlspruch: »In Versailles, God Prevails« – »In Versailles herrscht Gott«.

Lili parkte. Im Vorraum hing ein Poster von Pastor Rick: Er trug einen Anzug und hatte eine Bibel in der Hand, und zu seinen Füßen stand die Miniaturausgabe eines elektrischen Stuhls. Die Bildunterschrift lautete: »Abtreibung ist vorsätzlicher Mord.« Lili ging hinein. Hinter den Glastüren breitete sich ein Terrazzoboden aus, und Lili war sich sicher, dass jemand wie Anne es nie gewagt hätte, ihn mit ihren Flip-Flops zu betreten. Die Wände waren weiß getüncht, und alles sah wohltuend unkirchlich aus, eher wie ein großer Laden.

»Das war hier mal ein Laden«, erklärte Pastor Rick, während er Lili herumführte. »Für Hochzeitsbedarf. Die Brautkleider waren hier vorn und die Anzüge für die Bräutigame im hinteren Teil. Als Mr. Smith, der Eigentümer, sich zur Ruhe setzte, hat er den Laden für einen Penny an mich verkauft, damit ich hier eine Kirche errichten kann.«

Endlich hatte Pastor Rick einen Ort, der seinen Ambitionen entsprach. »Mr. Smith mochte mich, weil ich nicht vorbestraft bin. Ich musste nicht erst durch die harte Schule des Lebens, um Geistlicher zu werden, wie die meisten unserer Prediger.«

Tatsächlich hatte Pastor Rick in der Schule Football gespielt und jung geheiratet, wie es gute Menschen taten, in einem von Mr. Smiths Anzügen, und dann seinem Land in Korea gedient, bevor er ins Priesterseminar ging. Die bescheidene Kirche im Truck war eine Zwischenlösung gewesen. In diesem schönen Gebäude im Stadtzentrum war Pastor Rick endlich dort, wo er hingehörte.

Aber Pastor Rick träumte von einer viel größeren Rolle als der eines Führers kleinstädtischer Kirchgänger. Er hatte Lilis Truck in der Einfahrt stehen sehen und erinnerte sich an sie. »Sie sind clever«, beglückwünschte er sie. Zum ersten Mal gefiel ihr ein solches Kompliment.

Er kam zur Sache: »Sie haben mir erzählt, dass Sie Häuser entwerfen. Können Sie auch eine Website entwerfen?«

Eine gebildete Frau aus dem Norden musste einer solchen Aufgabe gewachsen sein. Der Pastor hatte sich einen glänzenden neuen Mac gekauft, doch dann gemerkt, dass dessen Besitz nicht mit der erforderlichen Fähigkeit einherging, ihn zu bedienen. Er schämte sich, weil er so viel Geld dafür ausgegeben hatte. Er bot ihn Lili an, zusammen mit einem kleinen Büro mit Blick auf den »hübschesten Parkplatz« und einem kleinen Lohn. Die Website sollte InVersaillesGodPrevails.com lauten.

Lili werkelte ein paar Tage lang im Internet herum. Von Zeit zu Zeit kam der Pastor vorbei, aber wenn er sie fragte, wie es mit der Website vorangehe, scheuchte sie ihn weg und sagte: »Ich denke nach.«

Nach einer Woche enthüllte sie den Namen – MarriageMiracle.com.

»Meisterlich«, beschied Pastor Rick, nicht im Mindesten pikiert darüber, dass Lili seinen Namen verworfen hatte. Es würde um die Ehe gehen. Wie man glücklich miteinander lebt, bis ans Ende seiner Tage. Pastor Rick gab zu, dass seine Frau ihn vor einem Jahr verlassen habe, wegen Pastor Pete, »diesem verfressenen kleinen Wichser«. Vom Ehepartner so fallengelassen zu werden, davor konnte sich niemand schützen. Pastor Ricks Existenz – seine hübsche Frau, seine geliebten Kinder, der Ort, an dem er wohnte und arbeitete – waren von einem Überraschungsbombardement zerstört worden. Sein Leben lag in Schutt und Asche. Die neue Kirche hatte ihm geholfen, sich daraus zu erheben. Er konnte viel zu der Website beitragen, wollte selbst eine wöchentliche Kolumne schreiben, worin er schilderte, was er durchgemacht hatte – seine Gemeindemitglieder ahnten nicht, dass auch Pastoren unglücklich sein konnten.

Lili hatte alle Hände voll zu tun. Wie gut es doch tat, dass sie sich in der Zeit ihres Leidens ablenken, nämlich öffentlich mit ihm beschäftigen konnte!

MarriageMiracle.com war dazu bestimmt, jede Krise zu entschärfen und eine Lösung dafür ausfindig zu machen. Jede Seite hatte die passende Musik – von »When there's love at home« bis »As man and woman we were made«. Lili lud Flower, die Sekretärin des Pastors, dazu ein, eine regelmäßige Kolumne namens »So machen Sie sich mit fünf Dollar wöchentlich für Ihren Mann schick« zu schreiben. Lili lieferte die Dollars und mischte sich nie ein. Flowers schriller Geschmack war allumfassend. Lili hatte auch eine Idee für einen Webshop. Darin ging es um neue Produkte, zum Beispiel eine »Marriage-Miracle«-Pille, die in jenem Frühjahr unter dem Namen Viagra auf den Markt kam.

Die Website brauchte eine Galionsfigur, und Lili machte sich in der ökumenischen Bewegung auf die Suche. Der heilige Gangolf war der Richtige. Ein Adliger aus dem Burgund, Jahrhunderte her, der eine sittenlose Frau gehabt hatte. Nichts konnte die Glut seiner Liebe zu ihr verringern, bis sie den alten Familienpriester verführte. Gangolf stellte seine Frau zur Rede, und sie sah, dass sie zu weit gegangen war, und stritt alles ab. Er bat sie freundlich, sich die Hände im Brunnen der Burg zu waschen. Das kühle Quellwasser verbrühte ihr die Hände, da wusste er, dass sie log. Er vergab ihr noch einmal, aber diesmal verbannte er sie aus seinem Bett. Froh, dass sie ihr Luxusleben fortsetzen konnte, akzeptierte sie seine Bedingungen.

Der Priester war mittlerweile entflammt. Er vergaß Gott. Gangolfs Großmut seiner Frau gegenüber und die Tatsache, dass sie immer noch in seiner prachtvollen Burg lebten, enttäuschte ihn dermaßen, dass er in Gangolfs Zimmer eindrang und den schlafenden Heiligen ermordete. Der Priester floh mit der Frau des Opfers, doch bald traf sie die gerechte Strafe – sie starben an der Pest, noch bevor sie viel Spaß miteinander haben konnten. Bald danach erschien Gangolf, nunmehr als Geist, streitenden Eheleuten. Vergebung, predigte er von seinem Himmelsplatz aus, sei das Pferd, das den Karren der Ehe ziehe.

Insgeheim beneideten Protestanten und Juden die Katholiken um ihre Heiligen, und der weise Pastor Rick protestierte nicht, als Lili für die Website ein Banner mit der Aufschrift entwarf:

> Mit der Zeit gewöhnt man sich auch an das allergrößte Glück. Man nimmt es nicht mehr wahr, wie einen Gestank.

> Doch die Enttäuschung hält an und betäubt einen noch lange, lange, nachdem ihre Ursache verschwunden ist, wie ein Parfüm. – Gangolf, Schutzheiliger der Eheprobleme

Da nur wenige Gemeindemitglieder einen Computer besaßen, druckte Pastor Rick die ganze Website einmal wöchentlich aus, stapelte die Blätter und legte sie an der Tür aus. Als die Ausgaben schon Anfang der Woche zur Neige gingen, beschloss Pastor Rick, eine »Spende« zu erheben, nur zehn Cent. Die Auflage stieg. Man wurde mit einem Copyshop handelseinig, und bald waren in allen Läden der Umgebung gebundene Ausgaben zu haben, auch bei Walmart. Pastor Rick und Lili Butler gründeten die Firma MarriageMiracle und teilten sich die stetig wachsenden Einkünfte. Flower war »Vertriebsleiterin« und kümmerte sich um Werbekunden.

Die Autoren blieben anonym, als stünde eine höhere Kraft hinter der Website. Geld strömte herein.

Eine Leserin war Anne Bolin, drüben in Orlando, die keine Ausgabe verpasste. Sie liebte das Gangolf-Zitat und hob jede Ausgabe für ihre Mutter auf, zur späteren Lektüre, als »Geschenk« oder vielmehr als Rückzahlung.

Anne war ihrer Mutter etwas schuldig.

An dem Nachmittag, als Annes Wagen auf der Highwayausfahrt liegen geblieben war und sie ihre Mutter dazu gezwungen hatte, ihre Wellnesskur abzubrechen, hatte Jo im Fenster des Schönheitssalons ein Schild entdeckt: »Fachkräfte gesucht!«

Am Vormittag nach Annes Entlassung war Jo wieder in den Salon gegangen und hatte der Geschäftsführerin gesagt, dass ihr ein gewaltiger Glücksfall ins Haus stehe – die persönliche Assistentin des unter dem Namen Lilith bekannten Models sei gerade in die Gegend gezogen und suche einen Job. Da der Geschäftsführerin der Name Lilith nichts sagte, zeigte Jo ihr einen alten Pall-Mall-Flyer. »Nie gesehen?«

»Wie cool ist das denn! Glaubst du wirklich, dass ihre Assistentin hier arbeiten will?«

»Eigentlich ist sie überqualifiziert, aber vielleicht kannst du dir eine angemessene Aufgabe ausdenken? Sie könnte Kundinnen empfehlen, was sie wirklich brauchen? Sie kennt sich so gut aus. Sie hat sich um Liliths Haare gekümmert, um ihre Fingernägel und alles. Und sie ist sehr umgänglich.«

Anne wurde unbesehen für eine neugeschaffene Stellung engagiert: »Assistentin der Stars«. Die Geschäftsführerin hatte eine schlanke, attraktive Frau erwartet. Anne deutete den zweifelnden Blick richtig und legte sofort los: »Als ich für die Irische Rose gearbeitet habe …«

Zwischenruf: »Sie meinen die Irische Rose?«

»Klar, wer sonst? Sie hat mich gezwungen, so viel zuzunehmen. Hat gesagt, sonst feuert sie mich. Also hab ich zugenommen. Alle berühmten Schauspielerinnen und Supermodels haben fette Assistentinnen, weil fette Menschen freundlich und hilfsbereit sind und nicht alle anderen verjagen wollen, verstehen Sie?«

Anne bewährte sich. Sie machte von allem Gebrauch, was sie in Lilis Sphäre aufgeschnappt hatte. Sie wusste, wie sie mit den Eitlen und Unsicheren umgehen musste. Sie rasselte die großen Namen runter. Sie raspelte Süßholz. Viele ihrer Kundinnen waren genauso dick wie sie und hassten es, mit irgendeiner spindeldürren Schlampe über ihre Frisur zu diskutieren. Eines Tages verlangte eine pummelige Kundin die gleiche Frisur, wie Anne sie hatte, die rot-, weiß- und blaugefärbten Zöpfe, und Anne triezte die Stylistin, bis alles stimmte. Die Geschäftsführerin witterte eine Erfolgsstory. Sie machte Vorher-Nachher-Fotos und schaltete eine Anzeige für die »Patrioten-Frisur«. Nachdem ein Reporter des Orlando Sentinel berichtet hatte, das sei der allerletzte Schrei, wurde es der allerletzte Schrei. Anne bekam eine Lohnerhöhung und verdiente jetzt dreihundert Dollar die Woche. Sie vergaß Lili Butler nicht – sie vergab ihr. Und als sie sich das Impressum von MarriageMiracle näher ansah und herausfand, dass Lili Butler die »Chefredakteurin« war, erlaubte sie sich selbst, beeindruckt zu sein.

Dukes Fieber

Dukes Fieber hatte beim Ausflug nach Disney World eingesetzt. Er konnte an Lucy nicht als an sein Kind denken – zum einen, weil ihn die Vorstellung, Kinder zu haben, entsetzte, und zum anderen, weil sie eine erwachsene Frau war, als er sie kennenlernte. Da er Vaterschaft ablehnte, konnte er sich die zärtliche Zuneigung zu seiner Tochter nicht erklären. Oh, er probierte jede Rolle und jede Einstellung aus, er wurde zu einem emotionalen Kaleidoskop! Einmal behandelte er sie wie die jüngere Schwester, die er nie hatte, und wurde der Junge, der er nie war – zuversichtlich, verantwortungsbewusst, mit Taschengeld. »Komm, meine Kleine«, girrte und gurrte er, zog sie an der Hand mit sich durch ein Einkaufszentrum und horchte begierig auf ihre entzückten Schreie. Tags darauf war er ein behäbiger junger Mann, der ihr mit Respekt begegnete, seine Inbrunst bei einem Candlelight-Dinner hinter wohldurchdachten Komplimenten zu verstecken suchte. Sie sei der edelste Wein, ein Pinot Noir, frisch aus dem Erdreich: ätherisch, aber erdig, eine Sommerbrise, ein Wintersturm. Nachdem er mit plumpem Humor hinzugefügt hatte, dass er von ihr kosten wolle, stieß sie ihren Stuhl vom Tisch zurück, um auf Distanz zu Duke zu gehen und fragte: »Du erkennst einen Wein in mir? Vielleicht liegt das daran, dass ich ein Jahr in dem Weingut am Naivashasee gearbeitet habe? Die Produkte habe ich aber nie probiert.«

»Ich auch nicht. Wozu kenianischen Wein probieren? Ich habe ja dich.« Er beugte sich über den Tisch und verringerte wieder die Distanz zu ihr.

Danach war er der Ritter in schimmernder Rüstung, der vor ihrem auf lange Sicht hin gemieteten Motel mit den Kleinanzeigen auftauchte, zu nobel für die üblichen schmutzigen Gedanken, und ihr zurief: »Ich möchte dich zum glücklichsten Menschen machen, der je gelebt hat.«

Er hatte nach einer Bleibe gesucht, die ihr gefallen würde, und sich für eine Eigentumswohnung in einem bewachten Gebäudekomplex in Celebration entschieden, gleich neben Disney World. Die Wohnungen rochen nach PVC und Farbe, und Lucy konnte ihr Glück nicht fassen.

»Ich hätte mir nie träumen lassen, mal in so einem wunderschönen Haus zu wohnen«, murmelte sie, und er sah, dass sie sich in die Wange kniff.

»Kneifst du dich, um festzustellen, ob du wach bist?«, fragte er erfreut.

Sie nickte. »Ja. Wie kindisch von mir.« Sie hatte ein ausgeglichenes Gemüt und war durch nichts aus der Ruhe zu bringen. »Ich will dir nicht zur Last fallen«, setzte sie in aller Form hinzu. »Weder finanziell noch sonst wie.«

Ihre Rücksichtnahme erstaunte ihn. Das war er nicht gewohnt. Lucy war sogar noch höflicher als die Südstaatler.

Während Lucy ihm immer vertrauter wurde, verwirrten ihn ihre Gefühle sogar mehr als seine eigenen. Sie waren zu gut versteckt, als dass er sie eindringlich hätte untersuchen können. Gelegentlich sah er etwas in ihren Augen, kleine Gefühlsspatzen, die herumflatterten und wieder verschwanden. Er lernte nach und nach, ihre Körpersprache zu entziffern. Manchmal krümmte sie sich, mit angespanntem Oberkörper, und das bedeutete, wie er annahm: Kummer. Wenn sie gemeinsam einkaufen gingen und er sie drängte, sich etwas auszusuchen, streckte ihr Körper sich und vibrierte: Freude. Trotzdem war sie sparsam; sie kontrollierte jedes Preisschild. Ein kleiner Schreibtisch würde reichen.

»Er ist neu! Ich hatte noch nie was Neues.« Sie strich lange über die Tischfläche, als hätte sie magische Eigenschaften.

Duke ließ sie alles aussuchen, den Resopaltisch für die Küche mit den passenden Stühlen und zwei billige Schlafzimmerausstattungen, die je aus einer Kommode und einem Einzelbett bestanden. Eins der beiden Betten tauschte er in ein Queen Size Bed um, und da er im mittleren Alter war, bestand er auf einer guten Matratze mit Schulterkomfortzone. Lucys Gesicht und Körper reagierten nicht auf das größere Bett und die bessere Matratze.

»Die ist für das Gästezimmer«, sagte er.

Als er ihr einen Liegestuhl für den Balkon kaufen wollte, lehnte sie ab. »Das würde mich an die Achterbahnfahrt erinnern.«

Die Fahrt war eine von Dukes herrlichsten Erinnerungen. Er schwor, Lucy eines Tages mit nach New York zu nehmen und ihr richtige Höhen zu zeigen. Sie folgte ihm nur ein einziges Mal auf den Balkon, um die spektakuläre Aussicht zu bewundern, wobei sie sich an die offenen Türen drückte und die Szenerie von dort aus betrachtete.

»Siehst du, da drüben ist Disney!« Er versuchte, sie zum Geländer zu locken, aber sie wiederholte, dass es sie an die Achterbahnfahrt erinnere, die Bügel, von denen sie beide eingeschlossen worden waren, »das gleiche schwarze Metall«.

Nur einmal bat sie ihn darum, ihr etwas zu kaufen – eine Nähmaschine, damit sie Vorhänge nähen könne. Er half ihr beim Aufhängen. Sie waren aus weißer Gaze und erinnerten ihn an Lilis Hochzeitskleid.

Lucy trug eine klobige Männeruhr, die Duke nicht mochte. Also kaufte er ihr eine filigrane Damenuhr mit einem Goldarmband. Sie solle die alte wegschmeißen. Lucy sah ihn missbilligend an und schüttelte den Kopf. Sie trug die neue Uhr an ihrem rechten Handgelenk, die alte blieb am linken, als Andenken oder als Fessel.

Weil sie keine Wünsche hatte, schenkte er ihr mehr und mehr – einen Desktop-PC mit einem besonders schnellen Modem, teure Töpfe und Pfannen und ein Goldkettchen, passend zu ihrer neuen Uhr. Sie weigerte sich zunächst, die Kette zu tragen, ein Dieb könne sie ihr vom Hals reißen. Aber Duke bestand darauf und kontrollierte regelmäßig ihr Dekolleté.

Ein Dragonerregiment von Portiers bewachte das Gebäude. Eine junge alleinstehende Frau war dort bestens aufgehoben. Duke konnte die Männer, allesamt Kubaner, nicht auseinanderhalten, aber Lucy kannte jeden von ihnen beim Namen. Hector sei besonders nett. Hector war auch ganz besonders jung, charmant und attraktiv. Als er mithalf, angelieferte Waren hochzutragen, und zum ersten Mal die Wohnung sah, gratulierte er ihnen dazu, wie hübsch sie alles eingerichtet hatten. Duke überreichte ihm einen Zwanzigdollarschein, damit der Portier wusste, wer hier das Sagen hatte und er Lucy nicht zu nahe kam.

Als sie sich eingelebt hatte, hielt Duke den Zeitpunkt für gekommen, dass sie einen Beruf ergriff; er würde ihre Ausbildung bezahlen. Lucy würde natürlich einen Führerschein machen müssen, aber den brauchte sie nicht sofort. Duke würde sie überallhin chauffieren. Was sie studieren wolle?

»Ich bin gut in Mathe. Ich könnte Apothekerin werden.«

Er war enttäuscht. Das war zu wenig. »Wieso nicht Ärztin? Als Erstes musst du aber deinen Bachelor machen.«

Er meldete sie in einem Community College in Celebration an, wo sie studieren konnte, was sie wollte, und suchte sorgfältig Kurse für sie aus – Musikgeschichte, Kunstgeschichte, Moderne englische Literatur und Französisch –, von denen er glaubte, dass sie alles Grundlegende abdeckten. Anders als er wäre Lucy in der Lage, sich in der Welt der Stones zu behaupten, wenn sie das wollte.

Die Kurse waren unbeliebt, die Klassen klein, sie konnte alle überflügeln. Er prüfte die Namen im Immatrikulationsverzeichnis. Einige Orientalen, ein arabischer Name, sie würden hart arbeiten. Er dachte daran, ihr ein Fahrrad zu kaufen, aber wie sich herausstellte, war sie noch nie mit einem gefahren und hatte Angst davor. Sie war jeden Tag zu Fuß zur Arbeit gegangen, mehrere Meilen. Das College war nur ein paar Blocks weit entfernt. Er kaufte ihr neue Kleidung, damit sie nicht wie eine Sekretärin aussah – Bluejeans, T-Shirts und Turnschuhe –, und wies sie an, ihr Haar nicht mehr zu glätten.

Duke brachte Lucy bei, wie man in Restaurants Trinkgeld gab, wie man ein Scheckbuch benutzte und wie ihr neues Bankkonto funktionierte. Einst hatte Lili ihm die Spielregeln erläutert. Jetzt – wie du mir, so ich dir – erläuterte er sie Lucy. Sie schenkte ihm eine Grußkarte, auf der eine weiße Vase voller roter Rosen zu sehen war. Innen drin stand gedruckt: »Rosen sind rot / das Gras ist grün / ich möchte Dir sagen: / Danke schön!!« Die Karte war in runden, perfekt geformten Buchstaben unterschrieben: Lucy Akomo.

Er bewahrte sie in seiner Brieftasche auf.

Jeden Abend kochte er für Lucy. Nach Ablauf einer Gnadenfrist, in der er die Hamburger und Steaks zubereitet hatte, die sie mochte, führte er sie in die feinere Küche ein. Nach und nach machte er sie mit Sauce Hollandaise, mit selbstgemachten Nudeln und Rohkost bekannt. Sie war anspruchslos und maßvoll; sie aß, wenn sie Hunger hatte, und hörte auf, wenn sie satt war. Einmal kochte sie ihm Posho aus Maismehl, Wasser und Salz, und er konnte sich nicht beherrschen; er gestand, dass er es fade finde. Sie entschuldigte sich. Er küsste sie auf die Stirn. Auf die Lippen küsste er sie nicht mehr, das war ein Fehler gewesen, dieser Versuchung würde er jetzt widerstehen, mit eisernem Willen.

Stattdessen bildete er ihren Gaumen aus – er brachte Wein mit, aber sie mochte ihn nicht, und Duke musste sie zwingen. »Nur einen winzigen Schluck!« Sie hob das Glas an die Lippen, und er beobachtete, wie das Rinnsal in ihren Mund floss. »Nicht einfach runterschlucken. Du musst es schmecken!« Sie gehorchte ihm und versuchte, das Gesicht nicht zu verziehen. Erst zum Nachtisch durfte sie Cola trinken.

Lucy bestand darauf, dass er sich nach dem Essen aufs Sofa setzte und las, während sie aufräumte und saubermachte. Jede Oberfläche musste glänzen.

Während sie staubsaugte, hörte er sie einmal »Where is Love« singen. Er legte sein Buch weg und verlangte eine Darbietung ohne Maschinenbegleitung. Lucy tat ihm den Gefallen. Ihre Stimme war tief und rein, sie hatte ein natürliches Vibrato. Wenn sie mit Aufräumen fertig war, guckten sie gemeinsam Sitcoms und Miami Vice, bis er sie schließlich spätabends verließ. Er sagte nie, wohin er ging oder warum. Aber dann brach es eines Tages aus ihm heraus. Er müsse nach Hause zu seiner Frau.

»Ich will nicht! Ich will bei dir bleiben! Du bist meine Tochter! Aber ich kann sie nicht einfach sitzenlassen. Manchmal wünsche ich mir, sie wäre tot. Ich stelle mir vor, ich würde die Nachricht kriegen, dass sie eine Überdosis genommen hat. Sie hat nämlich Drogen genommen. Weißt du überhaupt, was Heroin ist? Kokain? Nein? Wohl nicht.

Ich hab immer solche Angst gehabt, dass sie an einer Überdosis stirbt, und jetzt, wo sie bloß noch in die Kirche geht und zu Hause auf mich wartet, wünsche ich es mir – damit ich hier bei meiner süßen kleinen Lucy bleiben kann!«

Lucy reagierte panisch, was er ihrer Gutmütigkeit zuschrieb: »Geh! Du musst zu ihr gehen!«

Als er zu Hause ankam, warf Lili sich ihm in die Arme, überglücklich, dieselbe Luft wie er zu atmen, doch er erwiderte die Umarmung nicht, er verachtete Lili wegen ihrer abstrusen Anhänglichkeit und wegen ihres Mundes, der nach Aschenbecher schmeckte, und weil sie eine Haushaltshilfe brauchte, die ihr die Schnürsenkel zuband. Da erinnerte er sich, dass sie keine Hilfe mehr hatte und gut allein zurechtkam. Na, dann eben wegen ihrer idiotischen Intelligenz. Wegen ihrer Existenz.

Sein Abscheu verbreitete Dunkelheit in dem kleinen Haus, und seine Blicke warfen Schatten. Manchmal hatte Duke ein schlechtes Gewissen und war so nett zu Lili, wie er konnte, das heißt, er sprach ein paar Worte mit ihr. »Wie war dein Tag?«, war der längste Satz in seinem Repertoire. Sie antwortete ausführlich und erzählte ihm von einem lustigen Vorfall – sie sei aufgewühlt gewesen, weil er sie immer allein lasse, also sei sie zu Walmart gegangen, nur um unter Menschen zu sein! So weit sei es gekommen. Und als der Grüßaugust an der Tür gesagt habe: »Hallo, wie geht's?«, habe sie weit ausgeholt und die ganze Geschichte erzählt, dass sie ein berühmtes Model sei und Drogen genommen habe, wie alle Models, und genug verdient habe, um den ganzen Laden kaufen zu können, aber dass ihr größtes Vermögen ihre Ehe sei; sie und ihr Mann seien das glücklichste Paar auf der ganzen Welt gewesen, aber dann habe ihr Mann plötzlich aufgehört, sie zu lieben, entsetzlicherweise, obwohl sie weit und breit noch immer die mit Abstand schönste Frau sei (in diesem letzten Punkt habe der Mann ihr zugestimmt; ein Greis, Fettwanst, kein Grund zur Eifersucht, setzte sie eilig hinzu). Sie hätten sich einfach großartig unterhalten und gar nicht gemerkt, dass sie sich überhaupt nicht von der dem Mann zugewiesenen Stelle am Eingang fortbewegt und ein Verkehrshindernis gebildet hätten. Die Kunden hätten sich um sie herumdrücken müssen; er habe sonst niemanden mehr begrüßt. Der Geschäftsführer des Ladens habe das beobachtet. Der alte Mann sei »nach hinten« beordert und gefeuert worden. Lili und er hätten den Laden zusammen verlassen, sie mit ihren Einkäufen, er mit leeren Händen. Sie lachte bitterlich und schloss mit den Worten: »Unglück ist ansteckend!«

»Hoffentlich nicht«, dachte Duke. Ein paar Jahre zuvor hätte er diese selbstironische Geschichte anrührend und unterhaltsam gefunden. Jetzt fand er sie einfach bezeichnend für Lilis Zerstörungswut. Er zwang seine Hand dazu, ihr den Kopf zu tätscheln. Blonde Haare gefielen ihm nicht mehr.

Lili hoffte weiter. Schließlich teilten Mann und Frau nachts noch immer das Bett miteinander. Ein riesengroßes Laken vereinte sie. In Dukes Vorstellung lagen sie dort wie zwei Pakete auf einem Regal im Postamt, die bald in unterschiedliche Richtungen befördert würden. In Lilis Vorstellung flogen sie gemeinsam durch die Zeit und durchlebten eine kleine Panne in der Luft. Irgendwie würde sie das schon wieder hinkriegen.

Duke musste für zwei Tage geschäftlich nach Kentucky. Lucy hatte nichts dagegen, Lili schon.

Diese beiden Tage fühlten sich für ihn wie zwei Jahre an. Er landete nachmittags und fuhr sofort nach Celebration, parkte, rannte an Hector vorbei und spürte sich wachsen und männlicher werden, als ihn der Fahrstuhl langsam zu der geliebten weißen Stahltür mit dem goldenen Klopfer beförderte. Duke platzte in die Wohnung. Und sah, dass Lucy nicht zu Hause war.

Sie ging erst nach mehrmaligem Klingeln an ihr Handy und sagte, dass sie nur kurz unten im McDonald's sei, »mit einer Freundin«, und gleich raufkommen werde. Er gab ihr keine Gelegenheit dazu. Er eilte zu ihr.

Sie saß in einer Nische, ihr gegenüber eine fettleibige junge Frau mit roten, weißen und blauen Zöpfen auf dem Kopf. Sie warf Duke, ohne dass er es merkte, einen unheilvollen Blick zu, weil sie glaubte, dass er sich an sie erinnern und sofort die frühere Assistentin seiner Frau erkennen werde. Aber er hatte Anne kein einziges Mal angesehen. Er fand diese Fremde einfach nur unerträglich hässlich.

»Wir haben uns gestern kennengelernt im Schönheitssalon«, erklärte Lucy.

»Und heute haben wir uns wiedergetroffen.«

»Stimmt. Ich hab sie zu ihrer neuen Haarfarbe überredet.« Lucys Haar war heller, beinah rotbraun.

»Das betont die Farbe ihrer Augen«, stellte die Fremde fest, erleichtert, dass er sich nicht erinnerte. »Wir haben uns hier unterhalten. Ich hab hier Freunde, die ich öfters besuche.« Er merkte, dass sie mit diesem Wort Schwierigkeiten hatte. Aber sie schämte sich nicht. »Hey, Lucy, stell uns doch mal vor. Selbst ein Hund hat einen Namen.«

»Oh, tut mir leid«, entschuldigte Lucy sich hastig. »Anne, das ist mein Vater. Duke …«

»Dein Vater?«

Sie bezwang ihre Überraschung und glotzte ihn an. »Sorry, dass ich so gucke. Ich finde nur, dass ihr euch kein bisschen ähnlich seht. Ich hoffe, ihr findet das nicht unverschämt von mir. Aber ihr seht euch wirklich nicht ähnlich. Ich sehe meiner Mutter auch nicht ähnlich. Und meinen Vater hab ich nie kennengelernt.« Und sie setzte – ein offenkundiger Gedankensprung – hinzu: »Aber die Welt ist ein Dorf.«

Sie brach das Gespräch abrupt ab, was anscheinend ihre Art war, und wandte sich an Lucy: »War schön mit euch. Aber jetzt muss ich los. Meine Blagen sind zu Hause. Und was den anderen Kram angeht, den ich dir gegeben hab, halt dich einfach an die Anleitung. Es wird dir bestimmt gefallen.«

Danach hievte sie sich hoch und flip-floppte davon. Dabei angelte sie nach ihrem Handy, weil sie diese Neuigkeit über ihre frühere Chefin sofort ihrer Mutter erzählen wollte. Aber dann entschied sie sich dagegen. Ihre Mutter redete immer alles klein und würde Annes Pläne, schnell an Geld zu kommen, dämlich finden. Anne wollte erst einmal weitersammeln.

Duke wandte sich Lucy zu. »Wer ist das denn?«

»Ein guter Mensch«, sagte Lucy. So hatte Duke ihre Mutter genannt. Einen Tag zuvor war Lucy in Dukes Abwesenheit in der für sie angenehmen Mittagssonne über eine achtspurige Fahrbahn spaziert, um schneller an ihr Ziel zu kommen, eine Gegend, die nur »Safari-Park« genannt wurde. Der »Park« verlief entlang der Straße. Gräser und Büsche sollten eine ostafrikanische Savanne beschwören. »Willkommen in Ostafrika!«, hieß es auf einem Schild. Die kleine Grünfläche war mit Strom- und Telefonmasten gespickt, die wie riesige Gazellen dastanden. Sie brummten. Lucy setzte sich auf eine Bank, richtete den Blick in den hellen Himmel und schloss die Augen. Sie spürte ihr eigenes Verderben. Trübsinn erfüllte sie wie der Kadaver eines großen Vogels, der ihren Körper aufblähte, mit Kopf und Schnabel nach oben stieß und sich in ihrer Kehle einnistete. Sie versuchte zu schlucken. Ängstlich sprang sie auf und wanderte wieder ohne Ziel umher. Ein kleines Einkaufszentrum erinnerte sie an das, in dem sie mit Duke gewesen war, an die Hintergrundmusik, wie leuchtend sauber alles war, und an das Softeis, das sie gegessen hatte.

Eine kleine Portion der süßen gefrorenen Milch beruhigte ihren Gaumen. Lucy spazierte durch dieses kleine Paradies, bis sie ein Schild mit der Aufschrift »Wellness Center« entdeckte. »Erfinden Sie sich neu!«, stand darunter. Sie aß ihr Eis auf und öffnete die Tür.

Eine blasse Angestellte namens Anne – »Assistentin der Stars« – begrüßte Lucy mit dem mürrischen Gesichtsausdruck, den sie für alle »Nichtweißen« reservierte. Lucy hatte etwas Geld dabei und nahm den kühlen Empfang nicht wahr. »Ich würde mich gern über Hautaufhellung informieren.«

»Oh, so was machen wir hier nicht«, erwiderte Anne schnippisch. Aber weil sie sich langweilte, schlug sie vor. »Wie wär's mit 'ner Haaraufhellung?«

Die Kundin hatte ihr Haar noch nie aufgehellt, und Anne machte es sich zur Aufgabe, sie dazu zu überreden. Sie veranstaltete ein bürokratisches Gewese beim Ausfüllen des Salonformulars. Als sie hörte, dass die Kundin mit dem sonderbaren Akzent Lucy hieß, bekam Anne Herzklopfen. Konnte sie … konnte sie so viel Glück haben?

»Hier wird gefragt, wo du herkommst. Das heißt, aus welchem Land.« Als Lucy freimütig zugab, dass sie aus Nairobi kam, stieß Anne hervor: »Heilige Scheiße!«, und schob rasch nach: »Von so weit weg!« Ihr Entzücken darüber, dass ein so dicker Fisch in ihr leeres Netz geschwommen war, konnte Anne nicht verbergen. Lucy war überrascht, deswegen setzte Anne nach: »Eine Frau aus Nairobi im Safari-Park!«

Erfolgreiche Jäger wissen, dass Geduld an erster Stelle steht. Anne brachte die neue Kundin mit der »besten Koloristin« zusammen, und während die Farbe einwirkte, setzte sie sich daneben und freundete sich mit Lucy an. Dazu gehörten auch ein paar vernünftige Ratschläge: »Hey, Lucy, mit deiner Augenfarbe und deinen Gesichtszügen könntest du wirklich als Weiße durchgehen. Verstehst du, was ich meine? Du musst nicht schwarz sein.«

Anne machte früh Feierabend, um die müde junge Frau nach Hause zu begleiten. Sie müsse sowieso in diese Richtung. »Wunderschöne Gegend! Ein Haus mit Concierge und allem.« Wenn Anne das nächste Mal freihätte, könnten sie gemeinsam etwas unternehmen. Sie würde Lucy zu Hause abholen.

Anne war zu dem Schluss gekommen, dass jede Information, die sie über Lucy sammelte, sich zu Geld machen ließ. Die Frau, die sich mit MarriageMiracle.com gerade einen Namen machte, konnte es sich nicht leisten, dass die Wahrheit über ihre eigene Ehe herauskam.

Lucy war noch nicht mit ihrem Hamburger fertig, und Duke saß geduldig bei ihr. Er betrachtete seine Tochter. Es stimmte schon, dass sie ihm nicht ähnlich sah. Mit den braunen Haaren wurde das noch deutlicher.

»Heute habe ich herausgefunden, was ich studieren will«, verkündete Lucy, ohne zu ahnen, was in Duke vorging. »Ich möchte Grundschullehrerin werden.«

»Lehrerin?« Er rümpfte die Nase. »Lehrer nimmt hier niemand für voll.«

»Ich liebe kleine Kinder. Ich möchte meinen Master fürs Lehramt machen. Und wenn ich dann eigene Kinder habe, werde ich eine bessere Mutter sein.«

An diesem Abend informierte Duke sich über Vaterschaftstests. Die Hure konnte mit einem anderen Weißen geschlafen haben, der Lucy seine blauen Augen vererbt hatte.

In den Gelben Seiten gab es eine ganze Seite mit Labors, die im Raum von Orlando Vaterschaftstests durchführten. Am nächsten Nachmittag fuhr er mit Lucy zu einem plumpen kleinen Gebäude in der Einkaufsmeile. Sie folgte seinen Anweisungen, ohne zu murren. Sie nahmen in einem öden kleinen Wartezimmer Platz, vor einem Tisch, der mit »Literatur« bepackt war, Broschüren über Genetik. Sie blätterte darin.

»Du kannst zuerst reingehen«, sagte Duke.

Er hörte sie aufschreien, als die Arzthelferin sie mit einer Nadel stach, um ihr Blut abzunehmen, und als sie herauskam, sah sie verletzt und beschämt aus.

Die klobige Arzthelferin grinste, als er an der Reihe war. »Die Leute mögen mich heute nicht. Aber ich mache nur meinen Job!« Sie klopfte auf seinen Arm, der wie eine Opfergabe an ihre Göttlichkeit ausgestreckt dalag, und wandte sich seinen Adern zu – »Nicht sicher, dass Sie ihr Daddy sind?« –, bevor sie die Nadel hineinrammte. Eine Woche später sollte das Ergebnis vorliegen.

Es geschah sehr viel in jener Woche, die sich wie eine in Zeitlupe angreifende Kobra entrollte.

Einen Tag nach dem Test teilte Lucy Duke mit, dass sie nicht zum Abendessen nach Hause kommen könne, weil ihre neue Freundin Anne sie zum Bowling eingeladen habe. Lucy hatte noch nie Bowling gespielt.

»Warum gehen wir zwei nicht bowlen«, schlug Duke vor. »Weißt du, wie man hässliche, fette weiße Frauen hier nennt? ›Armer weißer Abschaum‹«, dozierte Duke. »Man nennt sie Blivits. Kannst du dich wirklich mit ihr unterhalten?« Er streichelte ihre Wange. Sie war so weich, dass sie mit seiner Hand zu verschmelzen schien.

»Mein Gott, du bist so schön.« Seine Leidenschaft verklebte ihm die Stimme. Lucy blickte zu Boden, die personifizierte Demut und Keuschheit.

Duke hatte herausgefunden, dass Lucy im nächsten Semester an eine richtige Universität wechseln könnte, wenn ihre Noten gut genug wären. Im Sommer würde er ihr das Fahren beibringen, und dann könnte sie selbst zum nahegelegenen Campus fahren.

»Ich habe aber kein Auto.«

»Ich besorg dir eins. Ein hübsches – und sicheres!«

An diesem Nachmittag saß er in einer bescheuerten Besprechung über die Weinkarte eines Restaurants fest. Er konnte sich nicht konzentrieren. Er entschuldigte sich für eine Minute und rief Lucy auf ihrem Handy an, doch sie ging nicht ran.

Seinen nächsten Termin hatte er in einem weiter entfernten Weingut. Der Winzer war ehrgeizig und hatte durchaus Geschmack. Duke war hocherfreut gewesen. Aber jetzt verschob er das Treffen. Und er sagte seine Abendverabredung in einem Golfclub ab. Stattdessen verschaffte er sich Zutritt zu Lucys Apartment und wartete dort auf sie. Er hielt sein Handy umklammert, bis ihm die Hand wehtat. Aber sie rief nicht an. Er überlegte, ob es wohl auch Lili so ging, wenn er fort war, doch er verwarf diesen Gedanken. Es war etwas ganz anderes, frisch verliebt zu sein, als sich zu fragen, was der Ehepartner treibt, mit dem man seit Jahrzehnten zusammen ist.

Nein, junge Liebe ist eine alte Qual. Er sagte ihren Namen, Lucy, nur um ihr nah zu sein. Dann öffnete er ihren Schrank, und der Anblick ihrer Kleider, die sie mit so viel Sorgfalt und Liebe aufgehängt hatte, entflammte sein Herz. Er schloss den Schrank und ging ins Badezimmer.

Mit liebevollem Besitzerstolz erkundete er jeden Gegenstand: die sorgsam eingerollte Zahnpastatube, die ausgefranste Zahnbürste – Lucy weigerte sich, sie zu ersetzen, weil sie noch brauchbar war, die Cremes, den Hautaufheller aus Nairobi. Sie würde am Ende sogar noch weißer als Lili sein. Er nahm ihn mit, um ihn in den nächsten Mülleimer zu schmeißen. Sollte sie ihn danach fragen, würde er es sofort zugeben.

Währenddessen war Lucy auf der Bowlingbahn und genoss die Freundschaft mit Anne, die eine gute Bowlerin war: Sie hatte die Trägheit der Masse auf ihrer Seite und dazu eine grimmige Entschlossenheit und ein schönes Ziel. Anne hatte erzieherisches Talent – sie spielte ihre Könnerschaft nicht aus und widerstand der Versuchung, Lucy zu besiegen.

»Du schaffst das, Mädchen!«, schrie Anne und riss die mitgebrachten Bierdosen auf.

Lucy hatte feine Manieren. »Pass auf, Mädchen. So trinkt man Bier.« Anne warf den Kopf in den Nacken und gluckerte eine ganze Dose aus. »Jetzt du.« Lucy gehorchte. »Lass uns noch irgendwo anders hingehen.«

Sie plumpsten auf die eiserne Bank draußen vor der Kegelbahn. Von dort aus konnten sie den Vollmond betrachten und die fröhlichen Zecher kommen und gehen sehen. Lucy ahmte Annes Haltung nach, die Ellenbogen auf den Knien. In dem privaten Raum, der dadurch vor ihnen entstand, erzählte Anne Lucy die Wahrheit über sich, über den Loser Brad, mit dem sie zusammenlebte, über ihre Mutter, die das Kreuz war, das sie tragen musste, und von ihrem Traum, dass ihre Töchter abnähmen und aufs College gingen.

Anne fasste nicht schnell Vertrauen. Aber insgeheim fing sie an, Lucy zu mögen. Sie hatte noch nie einen Menschen kennengelernt, der so still war, der so aufmerksam zuhörte und überhaupt nicht willens war, sich zu beklagen, obwohl er allen Grund dazu gehabt hätte. Lucys Mutter war vor kurzem gestorben. Anne konnte sich nicht vorstellen, dass es eine Erde gab, auf der ihre verhasste Mutter nicht herumlief. Väter waren überflüssig.

»Du musst diesen schrecklichen Kerl loswerden. Es ist mir schnuppe, ob er dein Vater ist«, sagte Anne zu ihr. »Er ist so alt, dass er sogar Jesus einen Dollar schuldet.« Als Lucy kicherte, knallte Anne ihr die Frage vor den Latz, auf die sie eigentlich eine Antwort haben wollte: »Fickt er dich?«

Da schlug Lucy die Augen nieder, anscheinend erschrocken von dem Ausdruck und unfähig zu einer Antwort.

»Sorry«, sagte Anne beschwichtigend. »Das geht mich nichts an. Komm, wir gehen ins Lu's. Ich zeig dir, wo die Post abgeht.«

Lucy verwirrte der Empfang, der Anne im Lu's bereitet wurde. Alle schauten auf, als sie hineinging, und alle sangen lauthals: »Hallo Anne!« Sie war wohl befreundet mit den Kellnerinnen und den Stammkunden, die am Tresen lungerten, alles Männer, die ins Lu's kamen, um die Gesellschaft der Kellnerinnen zu genießen.

Hier konnten sie flirten und sich entspannen.

An diesem Abend saß eine Frau am Tresen und saugte männliche Zuwendung in sich auf. »Verdammt«, sagte Anne. »Das ist meine Mom. Die willst du nicht kennenlernen. Glaub mir.«

Sie schob Lucy in eine Tischnische.

»Annie-Baby!«, rief ihre Mutter und schwang sich auf ihrem Hocker herum. Auch aus großer Entfernung konnte man erkennen, dass sie gute Laune hatte, ein Naturereignis wie ein hübscher Sonnenuntergang oder ein Regenbogen. »Meine Tochter hat sich schon hingesetzt«, krächzte sie den anderen Tresengeiern zu. »Sie kann nicht zu mir kommen. Das wäre so, als würde man einen Ozeandampfer ausdocken. Also muss ich zu ihr rüberspritzen.« Und das tat sie und setzte sich neben die Freundin ihrer Tochter, weil neben Anne kein Platz war.

Es verdatterte sie, welche Begleitung Anne sich ausgesucht hatte.

»Erinnerst du dich an Lili, Mom? Das hier ist Duke Butlers Tochter, Lucy«, sagte Anne. »Wir haben uns angefreundet. Ist das nicht ein sagenhafter Zufall?«

Zufälle, sagt man, sind das Werk unseres Herrn. Als solches ziehen sie viel Lob und nur gelegentlich Verbitterung auf sich. Der Zufall führte diese drei Frauen zusammen und ließ sie beieinander an einem Tisch sitzen, wobei jede von ihnen die Situation anders wahrnahm. Lucy fand es herrlich, die Mutter ihrer Freundin kennenzulernen, denn sie vermisste ihre eigene Mutter und nahm an, dass die beiden einander recht ähnlich seien. Für Anne war die Situation kniffliger, weil sie den Drang ihrer Mutter kannte, ihr die Freundinnen auszuspannen, und weil sie merkte, dass ihr Umgang mit einer Schwarzen ein Zugeständnis ihrerseits war, über das ihre Mutter unentwegt reden würde. In Wirklichkeit hatte Jo am meisten zu durchdenken. Sie war plötzlich in unmittelbarer Nähe eines Enkelkindes, von dessen Existenz sie nichts gewusst, der Tochter eines Sohnes, den sie praktisch schon vor Jahrzehnten vergessen hatte.

Glücklicherweise war sie guter Laune. Einer der alten Säcke vom Tresen, Ray, hatte sie am Nachmittag nach Daytona zu einem Autorennen mitgenommen. Ray war ein kinderloser Witwer und wahrscheinlich vermögend, aber das hatte Jo noch nicht genau herausgefunden. Ein paar Minuten, bevor Anne und Lucy ins Restaurant gekommen waren, hatte er Jo einen Heiratsantrag gemacht. Er trug eine Sauerstoffflasche und war eindeutig in sie verschossen. Wenn er zumindest einen kleinen Notgroschen hatte, gab es nicht viel, was Jo gegen eine Liaison einwenden konnte.

Er hatte sich auf dem Barhocker zu ihr gedreht, sie angesehen und seine Blicke über ihren Körper wandern lassen. Es war eine Weile her, dass ein Mann sie so angesehen hatte. Es war eine nette Alternative zu dem üblichen Blick, mit dem Männer sie bedachten. Er bestellte Steaks für sie beide. Dann war Anne reingekommen.

Eingedenk des Glücks an den zwei Tagen, die vergangen waren, seit sie Ray »am Tresen« kennengelernt hatte, neigte sie dazu, das Zusammentreffen mit einer unbekannten Enkeltochter für eine gute, eine großartige Sache zu halten. Sie nahm Lucys Erscheinung mit dem Interesse einer Großmutter in sich auf: Was hat sie von mir? Und sie sah, dass es ihre Nase und ihre blauen Augen waren. Konnte Anne diese Ähnlichkeit nicht erkennen? Konnten das nicht alle?

Und plötzlich rutschte ihre gute Stimmung aus dem Sattel. Was würde Ray zu einer schwarzhäutigen Enkeltochter sagen? Er hatte seine altmodischen Ansichten zum Thema Rasse offen dargelegt. Und sie fing seinen grantigen Blick auf, nachdem es ihm gelungen war, den Hocker herumzuschwenken, ohne die Sauerstoffflasche umzukippen.

Das Essen war serviert worden. Jo stand hastig auf. »Wir sehen uns«, zwitscherte sie und ging zum Tresen zurück.

»Meine Tochter hilft ihrer Haushaltshilfe«, behauptete sie. »Hat sie ins Lu's eingeladen, nur dieses eine Mal.«

Das besänftigte ihn. »Na, ich würd' natürlich gern die Familie kennenlernen. Vielleicht besser ein andermal«, sagte er, denn das Essen wurde kalt. »Jedenfalls bald.«

Anne konnte sich leicht ausrechnen, was zwischen ihrer Mutter und Ray am Tresen vor sich ging. Er war nicht der erste Knacker, der ihr einen Antrag machte, und es war nicht das erste Mal, dass ihre Mutter »ja« gesagt hatte, um dann ihre Meinung zu ändern, sobald sie herausfand, dass finanziell im Grunde nicht viel drin war. Wenn eine Frau über fünfzig nur wegen Liebe und Sex heiratet, dann muss ihr Verehrer ein jüngerer Mann sein. Alte Männer waren ein Job, und wenn er nicht gut bezahlt wurde, nahm Jo ihn nicht an. Man wusste es nie genau, bevor man ihr Bankkonto oder besser noch ihren Wertpapierbestand gesehen hatte. Ein Haus war kein Beweis, weil es der Bank gehören konnte.

»Ich wette, dass du hier arbeiten könntest«, sagte Anne zu Lucy, nachdem ihre Mutter mit Ray am Arm das Lu's verlassen hatte. Sie guckte nach Rays Auto. Ein glänzender Ford. »Wär doch 'n Riesenspaß. Du würdest dein eigenes Geld verdienen. Du wärst dein eigener Boss. Ich hab die Arbeit hier geliebt. Soll ich mal mit dem Manager sprechen? Du bräuchtest aber eine Karre.«

Zu Hause brachte Lucy das Thema Fahrschule zur Sprache. Statt zu antworten, bedrängte Duke sie vorsichtig, aber unerbittlich, ihm Einzelheiten ihres Abends mit Anne zu berichten. Wie er konnte Lucy nicht gut erzählen: Anne habe ihr das Bowlen beigebracht. Sie habe einen Strike geschafft. Sie seien ins Lu's gegangen. Das sei ein sehr hübsches Restaurant, mit einer großen Speisekarte, und Anne würde dort jeden kennen. Selbst Annes Mutter sei im Lu's gewesen. Anne sei süß. Anne sei schlau. Anne sei lustig. Und Anne habe ihr gesagt, dass sie im Lu's als Kellnerin arbeiten könnte.

Duke war entsetzt. »Du sagst Sachen! Du brauchst kein Geld. Du brauchst eine Ausbildung! Ich hab dir gesagt, dass wir dir ein Auto besorgen, damit du die staatliche Universität besuchen kannst. Das ist eine großartige Schule. Hast du dir schon überlegt, was für ein Auto du haben willst?«

»Oh, nein. Hab ich nicht.«

»Gut, dann lass uns bei einem Autohaus vorbeifahren und uns ein bisschen umsehen. Aber du brauchst kein Auto, bevor dein Wintersemester anfängt. Im Sommer kannst du Fahrstunden nehmen!«

»Ja. Diesen Sommer!«

»Warum kommst du nicht jetzt mit mir in das italienische Restaurant mit? Ich muss da die schreckliche Weinkarte in Ordnung bringen. Sie haben einen guten Küchenchef.«

Sie hatte keine große Lust, weil gleich Dallas wiederholt wurde. Aber selbstverständlich ging sie mit. Er stellte sie nicht vor, und alle nahmen an, dass die stille junge Frau, die auf seinen Wunsch im Hinterzimmer Platz nahm und mit ihrem Handy herumspielte, seine Freundin sei. Niemand kümmerte sich darum.

Währenddessen machte Anne ihren Schachzug in Sachen Lili. Sie rief sie an, beiläufig, vergnügt, als hätte es nie irgendwelche Auseinandersetzungen gegeben.

»Hallo, wie geht's dir, Miss Lili?«

Das Telefonat war wie am Schnürchen gelaufen. Lili und Anne hatten sich zu einem Rendezvous im Lu's verabredet. Anne war spät dran, weil Brad frühzeitig aus dem Gefängnis entlassen worden war, und da man mit einem Eintrag im Strafregister kaum noch die Chance auf eine Anstellung besaß, hatte er sich den Kopf darüber zerbrochen, womit er sich beschäftigen könnte, und war auf die Idee gekommen, seine väterlichen Pflichten ernster zu nehmen. Er hatte darauf bestanden, dass die sechzehn Jahre alte Eternitee sich zu ihm auf die Verandaschaukel setzte und seinen Gedanken über harte Arbeit für die Schule zuhörte, damit sie es im Leben zu etwas brachte. Anne hatte das gutgeheißen, aber dann hatte sie Brads Pfote auf dem Schenkel ihrer Tochter liegen sehen, die sich das aus irgendeinem Grund hatte gefallen lassen. Eine sofortige Reaktion war fällig gewesen – Anne hatte sich mit einem Küchenmesser auf Brad gestürzt. Die darauf folgende familiäre Aufregung hatte einige Zeit in Anspruch genommen. Eternitee war weggeschickt worden, Eiscreme kaufen, damit die beiden Erwachsenen »reden« und Versöhnungssex haben konnten. Währenddessen hatte Lili die ganze Zeit im Lu's gewartet. Endlich erschien Anne, erhitzt vom Sex, winkte der brodelnden Lili fröhlich zu und erspähte Jo, die wieder mit Ray am Tresen saß. Diesmal gestattete Anne keine Intervention. »Hi, Mom«, fauchte sie im Vorübergehen. »Lass uns in Ruhe, okay?«

»Ja, klar, Kindchen. Ich komm nicht in deine Nähe. Der Laden gehört dir übrigens nicht, kapiert?«

Und dann drehte Jo sich um und sah Lili an. Jo erkannte sie und sah sofort, dass ihr Haar von der hiesigen Sonne in das hiesige Stroh verwandelt worden war, so wie das Haar aller Leute über fünfzig, aber Lilis Gesicht war faltenlos, und sie hatte eine schlanke Figur, obwohl sie sich gerade einen Waffelberg einverleibte. Allmählich kriegte Jo die Wut. Diese Schlampe hatte sich Anne wieder gefügig gemacht.

»Fotze«, sagte Jo.

»Was hast du gesagt, mein Schatz?«, fragte Ray.

»Hab mit mir selbst gesprochen.« Es gab nicht viel, mit dem sie ihren Verehrer verprellen konnte, der ihnen gerade zwei Rinderfilets bestellt hatte, das teuerste Gericht auf der Karte. Jo hielt ihr Temperament heldenhaft im Zaum. Sie füßelte mit Rays formlosem Slipper und schwor sich, Lili zu vernichten, die jetzt ihre letzte sirupgetränkte Waffel verspeiste, ohne die Spitzhacke von Jos Zorn zu bemerken.

Lili hatte gewartet, bis Anne sich hingesetzt und einen Hamburger bestellt hatte, ehe sie losschimpfte:

»Ich habe hier fast Wurzeln geschlagen. Du bist zu spät.«

Anne blieb cool. Der Hamburger war lecker. Sie ließ sich mit der Antwort Zeit. »Du hast mir gesagt, ich soll Lucy abholen und zu dir bringen. Das hab ich getan. Ein bisschen spät, ja, stimmt. Ich geb's zu. Aber wenn du die Wahrheit wissen willst – echt, ich bin dreimal um den beschissenen Globus für dich gegangen.«

Sie nahm den nächsten Bissen.

»Oh, Anne, du bist es wert, dass man auf dich wartet«, zog Lili sie auf. »Aber jetzt sag mir doch mal, was mit Duke los ist.«

»Gut, okay. Du weißt, wo der Eingang von Disney World ist? Du weißt, wo Micky Maus steht? Disney hat da eine Stange von Haus hingesetzt.« Sie zog das Wort Stange in die Länge. »Für Leute mit viel Geld und keinen Problemen. Wie's aussieht, hat dein Mann da ein Liebesnest gebaut. Er hat ihr einen 56-Zoll-Panasonic gekauft, einen von diesen Breitbildfernsehern. Duke bedient sie. Kocht für sie. Fährt sie durch die Gegend. Ich hab noch nie einen devoteren Mann gesehen. Duke mag sie viel lieber leiden als sie ihn. Er ist besessen von …«

»Genug! Nichts mehr will ich hören«, schrie Lili dazwischen. »Wie lange soll ich das ertragen?«

Anne war baff.

»Ich bin aus meiner Lethargie endlich erwacht, Anne. Ich könnte diese verfluchte Familie packen, vernichten. Mir Lucy schnappen, sie in meiner Wut in kleine Fetzen reißen und sie ins Dunkel der ewigen Nacht hinabwerfen. Bei der Hölle schwöre ich. Niemand aus Dukes verdammtem Stamm würde verschont werden.«

»Da würde ich mitmachen.«

»War nur Spaß.« Lili sammelte sich wieder und seufzte. »Ich will nicht, dass du den beiden irgendwas antust.«

Anne kam in Fahrt. »Lucy kriegt alles, was Lucy will. Außer vielleicht ihre Freiheit. Sie hat nämlich nicht mal eine Karre. Sie ist den ganzen Weg zu dem Schönheitssalon, in dem ich jetzt arbeite, zu Fuß gegangen. Ich hab mir Lucy für dich gekrallt. Kann man jedenfalls so sehen.«

»Und auf welche Art sonst?«

»Dass ich deine Website zum Abstürzen bringen könnte, mit diesen Infos über deinen Mann. Der es mit seiner Tochter treibt. Kapiert?«

Lili begriff, dass sie ihre gesamte New Yorker Verschlagenheit brauchte, um dieser wütenden Südstaatenschönheit beizukommen. Anne war unberechenbar. Möglicherweise wäre es unklug, sie darüber zu informieren, dass sie Dukes Halbschwester war. Lili musste neu kalkulieren. Sie liebte Duke und hatte ihn so leidenschaftlich gern wie am Tag ihrer Hochzeit. Mit Freuden würde sie Lucy in Dukes und ihre »Familie« aufnehmen. Bestimmt war es das, was Duke eigentlich wollte!

»Pass auf, ich bin dir für deine Hilfe in dieser Angelegenheit wirklich sehr, sehr dankbar. Und ich werde dich dafür belohnen. Hoch belohnen. Du musst mir nur einen Tag Bedenkzeit geben, okay?«

Als Anne Lucy das nächste Mal traf, erinnerte sie sie daran, dass sie »ohne Weiteres« als Weiße durchgehen könnte, wenn sie nur bereit wäre, ihre Haut aufzuhellen. Sie riet ihr, die Finger von scheißteuren Bleichmitteln zu lassen, weil schlichte Bleichmittel genauso gut seien. Und was ihre »abartig versauten« Haare anging: Darum könne Anne sich kümmern. Kein Glätteisen mehr. »S-Locken sind jetzt angesagt. Das riecht auch nicht wie ein Teller mit Buttertoast.« Sie gab ihr einen Termin im Salon.

Als Duke zwei Stunden später mit einer Flasche Napa Valley Cabernet ankam, standen alle Fenster offen, die Balkontüren waren geschlossen, die Klimaanlage war abgestellt, in der Wohnung war es furchtbar stickig, und Lucy war nicht da. Er schloss die Fenster und machte die Klimaanlage an. Er hatte gerade die Weinflasche geöffnet und damit angefangen, den Tisch für ein Abendessen zu decken, als Lucy nach Hause kam. Sie trug ihre mädchenhafte Kleidung, einen Rock und eine weiße Bluse, und er sah, dass sie sich die Haare blond gefärbt hatte. Mit ihren blauen Augen, dem blonden Haar und der dunklen Haut sah sie aus, als wäre sie nicht von dieser Welt.

Der Schock öffnete in ihm eine Tür, und völlig neue Gefühle für Lucy strömten aus ihm heraus. Zuerst das Gefühl, dass sie ihm gehörte. »Was soll die Haarfarbe?«, wollte er wissen. »Wieso denn blond? Sollen Leute unbedingt auf dich aufmerksam werden?« Dann kam die Wut. »Willst du dich zu etwas machen, das du nicht bist und auch nie sein wirst? Statt zu versuchen, die Person zu sein, die du sein könntest, wenn du nur wolltest?« Er wurde laut. »Du könntest Ärztin werden und auch aufhören, diesem blöden Inder nachzuheulen! Und wie kannst du mit einer Friseuse befreundet sein?« Die Nachbarn bekamen es mit, auch Hector, der besorgt zuhörte, ohne den Wortlaut verstehen zu können.

Lucy wehrte sich nicht, sondern machte ein erschrockenes Gesicht, und Duke war betroffen. Er stellte die Weinflasche ab, lief um den Tisch herum auf Lucy zu, fasste sie an den Schultern und murmelte: »Mein kleines Mädchen.« Sie legte ihre Hände auf seine Brust, aber nicht zärtlich, sondern instinktiv, um ihn wegzuschubsen. Er machte einen Schritt zurück, und seine Hand stieß gegen die Weinflasche auf dem Tisch. Sie hob ab, verspritzte im Fall rote Strahlen und blutete schließlich auf dem weißen Teppich aus.

Lucy rannte los, den Teppichreiniger holen. Sie schüttete ihn auf den Fleck, während Duke zusah. Er betrachtete sie beim Schrubben, ihre Faust auf dem Schwamm, das Vor und Zurück ihrer geliebten Unterarme. Er zog sie hoch, umarmte sie, versuchte ihre Augen zu küssen, ihre Wangen, um sie zu trösten, um Abbitte zu leisten.

Sie stieß ihn sofort wieder weg, dieses Mal heftiger, sodass er rückwärts an die Tür prallte. Selbst bei geschlossenen Fenstern hörten die Nachbarn den Lärm. Sie hörten nicht, wie Lucy, die vor Duke stand, während er so auf dem Boden lag, dass die Tür blockiert war, klar und deutlich sagte: »Ich bin deine Gefangene.« Und dann, als er aufstand und wieder nach ihr greifen wollte: »Ich will nicht deine Tochter sein. Ich hasse dich!«

Duke Butler war all das egal. Es gab nur eine Sache, für die er lebte, sein Dasein war nur auf eins aus, und das war der Wunsch, ihr ein guter Vater zu sein, wenn sie denn seine Tochter war. Und wenn nicht, dann wäre er eben jemand anderes, genauso Wichtiges für sie. Geringschätzig ging er über alles hinweg, was sie gesagt hatte, und streichelte ihr über das frischgefärbte Haar, das ihm nach und nach immer besser gefiel. »Lass dir nicht die Stimmung vermiesen. Ich besorge morgen einen neuen Teppich. Ich fahre nach Hause, um meine Sachen zu holen. Spätestens in zwei Stunden bin ich zurück. Dann essen wir zusammen zu Abend. Das Bett im Gästezimmer beziehe ich selbst.« Ihm wurde klar, dass sie vielleicht einen jungen Mann treffen, ihn sogar heiraten würde. Dagegen hätte er nichts einzuwenden. Aber bis dahin sollte sie nicht alleine sein müssen.

Er legte ein Gelübde ab: »Das ist das letzte Mal, dass ich mein anderes Haus betrete. Es ist nicht mehr mein Zuhause. Von heute Abend an werde ich immer hier bei dir bleiben, und du wirst nicht einsam sein.« Er sah ihr dabei zu, wie sie eine ganze Flasche Bleichmittel über dem Fleck ausgoss, der Gestank schien seinen Geruchsnerv zu versengen. Duke fürchtete, dass sein Geruchssinn dauerhaft Schaden nehmen könnte, und atmete durch den Mund. Lucy lief zum Schrank und raffte noch mehr Reiniger zusammen. Sie war praktisch veranlagt, anders als Lili. Er machte alle Fenster auf, auch die Balkontüren. Als er die Wohnungstür öffnete, blickte Lucy auf. Sie hatte eine Flasche Ammoniak in der Hand. Er warf ihr einen Kuss zu, den sie nicht erwiderte. Er schloss die Tür hinter sich. Er nahm sich zusammen. Er atmete ein. Seiner Nase ging es gut. Das Glück erfüllte ihn, als läuteten sämtliche Kirchenglocken.

Die Lauscher hörten nur Stille. Aber sie sahen ihn schwungvoll ausschreitend das Haus verlassen und nahmen an, sie hätten das Getöse missverstanden.

Duke, der in der allerbesten Laune aufbrach, war sich sicher, dass er Lucy glücklich machen, sie dazu bringen könne, sich über ihre Lebenslage zu freuen. Dann könnte er sich seiner Liebe zu ihr hingeben. Einer platonischen, väterlichen Liebe, die auf Respekt und Zugehörigkeit beruhte. Er fuhr auf derselben Straße nach Hause, die seine Frau ein paar Minuten vor ihm gefahren war, seine Gedanken vollführten einen Stabhochsprung über alle Zweifel: Lucy hatte bloß einer vorübergehenden Laune nachgegeben, wobei eine unbekannte Seite von ihr zum Vorschein kam, eine weibliche Launenhaftigkeit, die eigentlich bezaubernd war. Inklusive der Beschimpfungen!

»Gefangene!«, wie absurd.

Zu Hause wartete Lili. Sie hielt einen Umschlag aus einem Labor in der Hand. Das Ergebnis des Vaterschaftstests. Sie hatte den Umschlag geöffnet, machte keinen Versuch, ihre Indiskretion zu verbergen, und reichte ihn Duke, als er zur Tür hereinkam. Die genetische Wahrscheinlichkeit betrug neunundneunzig Prozent. Es blieb ein Prozent Zweifel.

Ein Prozent ist eine ganze Menge mehr als nichts. Vielleicht war sie doch nicht seine Tochter? Er wollte sie trotzdem so behandeln. Er protestierte nicht dagegen, dass seine Frau seine Post geöffnet hatte. Es war ihm egal. Sie war, dachte er, wie ein überlanger Fingernagel, den er abschneiden musste. Er würde nichts dabei empfinden, sie aber auch nicht. Er war hin- und hergerissen zwischen Niedergeschlagenheit und Verdruss darüber, dass er außerstande war, sich selbst und alle anderen zur gleichen Zeit glücklich zu machen. Aber daran war seine Frau schuld. Sie hatte dreißig Jahre zuvor die Dominosteine angestoßen, als sie ihn zwang, zu einer Prostituierten zu gehen, obwohl es ihn nicht im Geringsten danach verlangte, das zu tun. Er hatte sich ihren Wünschen gefügt, und jetzt musste sie die Konsequenzen tragen. Ihr weh zu tun, bereitete ihm keine Freude.

Sie blieb in seiner Nähe, wie man es in einem kleinen Haus tun muss. Sie positionierte sich sprungbereit auf ihrem hässlichen Sofa und blätterte demonstrativ in seinem Buch über Rieslinge aus Oklahoma. Mit ihrer Auffassungsgabe würde sie sich das Wissen über Wein wahrscheinlich leichter aneignen, als Duke es getan hatte. Trotzdem bewunderte er sie nicht länger dafür, nicht mehr, als er die Sonne dafür bewunderte, dass sie jeden Tag aufging.

Er ging zu seinem Schrank und betrachtete seinen Lieblingsanzug und die anderen Kleidungsstücke. All das aufzugeben war ein geringerer Verlust, als wenn seine Frau jede Hoffnung verlöre, sobald sie sah, wie er seine Sachen aus dem Schrank nahm und ihn so leer zurückließ wie ihre gemeinsame Zukunft.

»Ich gehe für ein paar Stunden aus und esse mit den Leuten vom Weingut zu Abend«, log Duke. Er würde bei Walmart anhalten und kaufen, was er brauchte.

Alles wäre neu, von der prallen Zahnpastatube bis zur frischen Unterwäsche. Zwei Paar Hosen für neunundzwanzig Dollar würden perfekt zu seiner Figur passen. Er sah die Flasche Gin auf der Küchenzeile. Unberührt. Da fiel es ihm wieder ein: das perfekte Mittel gegen Weinflecken. Er nahm sie. »Ich schaff die endlich mal weg!« Er tänzelte zu seiner Frau hinüber, um sie mit gespielter Begeisterung zu küssen. Der letzte Kuss. Er war überglücklich, dass die Vergangenheit hinter ihm lag. Der düstere Himmel hatte das gleiche Blau wie Lucys Augen.

Jo hier.

Miss Tilda, ich faxe mal etwas, das Sie sich unbedingt ansehen sollten. Ich konnte gerade eine Kopie von Dukes »Geständnis« ergattern, die einfach sauber mit Maschine getippt im Büro des Richters lag. Jeder auf der Welt soll es lesen! Obwohl es wirklich widerwärtig ist.

Niemand würde das drucken. Die Person hinter dem falschen Geständnis hat das wohl gehofft, weil höchstens abgehärtete Experten die Lektüre ertragen könnten.

Beweisstück 17
Duke Butlers Geständnis
16. März 1999

Mir wird vorgeworfen, nicht mehr zum Abendessen nach Hause zu kommen. Eine typisch weibliche Beschuldigung, vorgetragen in der hässlichen Tonart des Wimmerns. Hört man genau hin, kann man darin den Widerhall von Blitz und Donner vernehmen. Ein nicht beantworteter Telefonanruf erzeugt in der weiblichen Phantasie ein Vakuum, das alle Gedanken zu dem einen Gedanken saugt, den Gedanken ohne Worte, der wie ein schillernder Fisch in dem auf Verdacht ausgeworfenen Netz zappelt. Der Mann, der so grausam und so nachlässig war, seine Frau zu verlassen, soll, von ihrem Grimm verflucht, dazu gezwungen werden, die bittere Wurzel ihres Zornes zu essen.

Deswegen mein Entschluss: Das muss aufhören. Von nun an wird sie bis ans Ende ihrer Tage allein essen. Zögern ist mein größtes Laster, dem ich mit Lügen beikommen wollte.

Ich wollte mein kleines Mädchen sehen! Und nicht nur sehen! Nicht nur hören! O ja, seid neidisch!

Lasst den Neid brodeln! Ihr, die ihr Geld und klingende Namen besitzt, den perfekten Stuhl an eurem Tisch, wenn ihr auch Neid besitzt, werdet ihr schon bald alles vergehen sehen, was euch teuer ist, eure Besitztümer werden sich in Leere auflösen, mit all eurem Streben könnt ihr noch nicht mal ein Kerzenlicht ausblasen. Neid ist der absolute Nullpunkt der Gefühle.

Wer neidisch ist, kann kein Glück empfinden. Und Neid ist allgegenwärtig, während Liebe selten ist. Auf Lieben haben wir keinen Zugriff. Wir sind für sie nicht geboren, sie lassen sich nicht erringen. Sie stoßen einem nur zu. Die Chancen stehen schlecht; es ist fast ausgeschlossen, dass ihr jemals von ihr kostet wie ich.

Sie war nur ein paar Meilen entfernt. Ich machte mich auf den Weg zu ihr. Ich parkte den Wagen und stand an der Ecke. Ich musste nachdenken. Der Weg war nicht lang: ein Schritt vom Bürgersteig, ein wohlbedachter Gang über die große Straße, wobei ich genau darauf achte, dass nicht ein Auto oder, schlimmer noch, ein Golfwagen mich der kommenden Freuden beraubt, ein kurzer Schritt auf den anderen Bürgersteig.

Nach meinem Entschluss fängt der Bürgersteig auf einmal Feuer. Verbrennt die Füße durch die dünnen Ledersohlen. Hoffentlich hat Lucy die Klimaanlage laufen lassen. Die Hitze macht ihr nichts aus, sie ist daran gewöhnt. Sie sagt, die Hitze kuriere sie von ihrem Heimweh. Als ob ich allein nicht genüge, um sie zu kurieren – bin ich kein Zuhause? Darüber will ich mit ihr sprechen. »Bin ich kein Zuhause für dich, im wahrsten Sinne des Wortes?« Und nachdem sie die Frage bejaht hätte, würde ich sagen: »Du sollst mich niemals ›Vater‹ nennen. Das ist der Gattungsbegriff. Er passt nicht zu mir. Du kannst ›Daddy‹ zu mir sagen. Frag dich selbst: ›Wer ist dein Daddy?‹ und antworte: ›Du bist mein Daddy.‹«

Meine Kleine ist viel zu unschuldig, um fleischliche Untertöne herauszuhören, aber sie wird nicht wollen, dass ich sie für dumm halte. Sie ist sich nicht darüber im Klaren, dass ihre Dummheit das steinerne Herz erwärmt, einen Ort in mir, von dessen Existenz ich nichts wusste, bevor ich ihr begegnete. Sie hat ihn für mich entdeckt. Deshalb braucht sie sich vor nichts zu fürchten, vor keiner Zurückweisung, niemals, ganz egal, was sie tut. Die Liebe, die man für sein Kind empfindet, ist bedingungslos.

»Daddy also«, wird sie sagen, während sie auf dem weißen Teppich vor mir kniet, und feierliche Zustimmung breitet sich auf ihrem Mahagonigesicht aus. Möglicherweise glaubt sie, dass ich kompliziert bin, wie üblich. Ich bin ihr gegenüber eben nicht spontan – alles, was ich mit ihr mache, geschieht mit Vorbedacht. Ich nehme mir vor, in die wimmelnde Stadt meines Mädchens einzudringen, den Verkehr in ihrem Gehirn zum Erliegen zu bringen, während der Marktplatz sich mit Massen gaffender Verehrer füllt.

Meine Fußsohlen sind heute außergewöhnlich empfindlich. Ich bleibe mitten auf der Straße stehen, um mir Schuhe und Strümpfe auszuziehen. Die Autofahrer denken natürlich: So ein verrückter Nigger. Ein paar von ihnen fällt auf, dass ich einen guten Anzug trage, einen viel besseren als sie selbst – das ist nicht schwer in dieser Gegend, wo sie ihre Haute Couture von Walmart beziehen und ihr Pret-à-porter aus zweiter Hand.

Als meine bloßen Füße den weichen schwarzen Teer berühren, spüre ich mein Gedärm, als würde die Masse schwarzen Teers seinem Gedächtnis auf die Sprünge helfen. Mein Darm war voller Tatendrang, seit das Mädchen in mein Leben getreten ist. Dank der Freude und der Aufregung ging er jeden Morgen wieder frisch ans Tagwerk.

Junge Leute wie mein Mädchen halten ihren Darm für etwas Selbstverständliches. Wenn er widerspenstig ist, merken sie es kaum. Je älter man wird, desto klarer wird einem, dass der Darm der König ist. Hat der Darm einen faulen Tag, haben auch Gehirn und Körper einen faulen Tag. Die Abhängigkeit ist einseitig – das Gehirn inspiriert den Darm nicht.

Das war eine Abschweifung ohne Folgen, eine bewusste Unterbrechung. Ich will es wiedergutmachen, indem ich einen Satz nach vorn mache in meinem Geständnis. Ich überquerte die Straße. Ein paar Schritte noch, ein paar Worte mit Hector, zwei Fahrstuhlknöpfe, eine Schlüsseldrehung – und ich stehe vor meinem Mädchen. Unterbrechungen sind eine gute Sache, Eile ist es nicht. Ich werde mir Zeit nehmen.

Eile ist die Domäne der sinnlich Inkompetenten, der sexuell Unbegabten. Der Sexualakt ist ein Drama in voller Länge mit zahlreichen Schauspielern und vielen Szenen, dem man erlauben muss, sich zu entfalten. Das erste Opfer der Eile ist die Körperreinigung. Man macht sich nicht die Mühe, sich zu waschen, weil es zu lange dauert. Die übereifrigen Einfaltspinsel begegnen einander wie Fahrzeuge auf der Straße, selbst ihre Ohren sind dreckig.

Wie alt ist dieses Ritual: die Vorbereitung mit Wasser und Seife.

Bei einer Taufe muss man besonders sauber sein, vor allem die Dame. Was sich im Inneren befindet, in der Hitze und der Dunkelheit, wird faulig, es muss gelüftet und geschrubbt werden. Aber auch der Gentleman hat seine kleine Höhle.

Ich führe mein Mädchen ins Badezimmer, setze mich auf den Waschbeckenrand und führe die Seife in mein eines Loch ein. Ich mache kreisende und reinigende Bewegungen. Es ist angenehm. Mein Höhlenforscher richtet sich auf. In vielen Fällen verlangt es die männliche Öffnung nach etwas Robusterem oder nach einem größeren Durchmesser, und das lässt sich einrichten. Es verlangt sie nach einem Pümpel, es ist kein Makel. Man kann einen Hammerstiel benutzen. Frauen haben kein Monopol auf den Wunsch, penetriert zu werden. Aber der Höhlenforscher, der Entdeckungsreisende, gehört uns allein. Ich wasche auch ihn, er ist hart, aufbegehrend und passt in meine Hand. Die Menge dessen, was man waschen muss, spielt keine Rolle. Die größere Menge ist kein Vorzug. Auf die Reinlichkeit kommt es an.

Heute will ich ihr Unterricht geben und ihr den Trick mit dem Hammer zeigen: Tiefenreinigung. Sie wird in der Badezimmertür stehen und mir zusehen, in jedem Auge nehmen hundertfünfzig Millionen Nerven in sich auf, wie ich in der Badewanne hocke, mich erhebe und wieder auf den Hammer niederlasse, auf und ab, und wie der Seifenschaum an seinem Stiel glitzert und sich mit der Erde aus meinem Inneren vermischt. Eine ihrer Hände fliegt zu ihren Lippen und presst sie zusammen, damit sie nicht aufschreit vor Ekel. Ich schließe die Augen, damit sie mich nicht ablenkt. Doch wenn ich mir vorstelle, wie sie mir zusieht, gerät mein Erziehungsprojekt in Gefahr: Die Wahrnehmung, dass dieses zarte Mädchen sich von meinem ältlichen, nackten Körper abgestoßen fühlt, der auf einem Hammer herumreitet wie ein Pony auf dem Karussell, beraubt mich meiner Selbstbeherrschung. Und dann lief sie davon. Wollte mich nicht mehr. Das konnte ich nicht ertragen.

Ich kann mir nur vorstellen, wie Duke sich fühlte, als er das lesen musste. Wie er sich schämte. Sein einziger Fehler war es, zu sehr geliebt zu haben. Ich verstehe sehr gut, warum er irgendwann aufgegeben hat, gegen das Urteil anzukämpfen. Er nahm es hin.

»Leb wohl, Mom«, schrieb er mir mit Bleistift vor ein paar Tagen. Ich hatte endlich den ersten Schritt getan, ihm einen Brief mit meinen Erinnerungen geschickt. Vielen Dank, liebste Tilda, meine komische Besucherin aus dem Norden. Dank Ihnen konnte ich sagen, was gesagt werden musste. Und schön getippt haben Sie es auch.

Das war meine Art, »Hab dich lieb« zu Duke zu sagen. Und sein Abschied war seine Art. Mit schickem Geschreibsel konnte er nichts anfangen.

Heute ist der Morgen seiner Hinrichtung. Ich werde ihn nie mehr sehen. Deswegen habe ich die ganze Nacht durchgeweint. Das macht mich alles so wütend.

Miss Tilda, Sie müssen die Wahrheit erzählen. Sie müssen die Kunde verbreiten.

Dukes Mom

Letzte Schlacht

Duke bemerkte auf dem Weg nach Celebration nicht, dass Lili nur drei Wagen hinter ihm war. Er beglückwünschte sich zu seiner Weitsicht, die Flasche Gin für so einen Notfall aufgehoben zu haben. Er dachte an Lilis Ausspruch: »Mein Mann hat immer Glück!« Er wünschte, ihre Stimme würde sich nicht mehr einmischen.

»Aus dem Flur neben Ihrer Wohnung kommt ein komischer Geruch. Lucy geht nicht ans Telefon. Die Nachbarn haben sich beschwert«, rief ihm Hector zu.

So ungezwungen sprach der Portier diese heiligen Silben aus – Lu-cy. Das gefiel Duke nicht. Er hielt ihm die Flasche hin. »Ich weiß, Hector. Ich habe ein Gegenmittel!«

Die Wohnungstür stand weit offen. Ein beißender Geruch hatte sich im Flur breitgemacht, aber in der Wohnung gab es wieder frische Luft; Lucy hatte alle Fenster aufgerissen. Der Geruch würde sich schon verziehen.

Duke hatte solches Mitleid mit Lucy, als sie den Teppich zu säubern versuchte, wie ein kleines Säugetier, das eine Klette aus seinem Fell entfernen will. So diszipliniert und ergeben. Er hoffte, dass sie nun nicht auf den Gedanken verfiele, Wein sei etwas Schmutziges. Sie konnten doch einen neuen Teppich kaufen. Er verdiente ja genug.

Duke sah sie an ihrem kleinen weißen Esstisch sitzen, in verzweifelter Haltung, zu Boden blickend, die Hände im Schoß gefaltet, als würde sie beten. Er stellte die Flasche Gin vor Lucy ab, wie ein Chirurg sein Messer hinlegt. »Ein sauberes Handtuch bitte!«, sagte er. Sie rührte sich nicht. Also ging er sich selbst eins holen. Der verdammte Fleck, dachte er, den krieg ich weg.

Als er zurückkam, hatte sich die Flasche Gin fortbewegt. Lucy hielt sie sich an die Lippen; sie hatte den Kopf in den Nacken gelegt und trank so gierig, als wäre es erfrischendes, klares Wasser.

Er fand das sehr ungewöhnlich, sehr drollig. »Oh, okay«, sagte er gutgelaunt und warf das Handtuch auf den Tisch. Erst das Vergnügen, dann die Arbeit. Er setzte sich ihr gegenüber hin.

»Gib die Flasche her«, sagte er. »Lass uns feiern.«

Sie gab keine Antwort. Nicht einmal ihre Augen bewegten sich; sie starrte ihn an.

»Lass uns froh und munter sein«, sagte er. In ihrem Gesicht regte sich nichts.

»Du bist so schön!« Er suchte nach einem Kniff, der sie wieder fröhlich machte. Bei Lili hatte dieser Satz seine Wirkung nie verfehlt. Lucy nahm ihn überhaupt nicht zur Kenntnis.

Er griff nach der Flasche. Genau wie Lucy hatte er sich immer geweigert, harten Schnaps auch nur zu probieren. Diese kleine Reise würden sie gemeinsam machen. Er lutschte an der harten Lippe der Flasche und trank. Die rasende Fahrt, mit der der Gin ihm kochend die Kehle hinunterfloss und gleichzeitig in Form eines intensiven Wohlbehagens zu Kopf stieg, erregte ihn. Noch ein Schluck, und alle Gedanken waren in der still schimmernden Zuneigung zu der Frau, die an seinem Tisch saß, vereint.

»Du bist die einzige Frau, die ich je geliebt habe. Wir sind uns so ähnlich. Wir haben sogar unsere Abstinenz gemmm … eiei …« Die Zunge versagte ihm den Dienst, sie schwebte in seinem Mund, ohne das abschließende »n« freizugeben. Schließlich erreichte es den Gaumen und blieb dort haften – »nnnnnnn«. Sein Mund rebellierte. »Nnnnnn«, sagte Duke noch einmal, und er fragte sich, warum er das tat.

Und dann hörte er Lili sagen: »Erinnert mich an das N-Wort.«

Er stieß seinen Stuhl zurück, blickte zur Decke und stimmte einen sanften Gesang an: »You are my nigger, my only nigger, you make me happ-y, when skies are gray.« Er hörte Lili schallend lachen, in der kindischen »Jetzt lacht doch mal alle«-Art, aber Lucy lachte nicht.

Stattdessen langte sie nach der Flasche und fing wieder an zu trinken. Als sie die Flasche abstellte, sah er, dass Lucys Gesicht sich irgendwie verbreiterte und verdunkelte, und plötzlich löste sich das untere Drittel und klappte herunter – sie lächelte ihn an. Holdseliges Lächeln! Der Gesichtsausdruck durchbohrte sein Herz, versetzte ihm einen Schlag in den Mund, zwang die Kiefer und Lippen, sich zu öffnen – er strahlte Lucy an. Ein neuer Freudenrausch riss seinen Mund auf, zog ihn sogar von den Zähnen zurück, den ergrauenden Zähnen eines älteren Mannes mit violettem Zahnfleisch, was die schlaffen Wangen nach oben zwang, sodass sich die Sonnenbrille verschob. Duke nahm sie ab. Er fühlte sich glücklich und frei, seit Lucy ihm endlich dieses Zeichen der Freude gegeben hatte; sie starrte ihn an, über den Zaun ihrer kräftigen weißen Zähne hinweg.

»Mein Freund in Nairobi hat getrunken«, gestand sie. »Dr. Choudry. Gin, Wodka, dann hat er sich besser gefühlt. Weil ich ihn liebte. Und er nicht wollte, dass ich ihn liebe.«

Dukes Lächeln zerfiel. Seine Lippen kräuselten sich.

Sie schnappte sich die Flasche und stellte sie ab. Er sah, wie Lucy die Flasche aufnahm, mit einer merkwürdigen Handhaltung, den Daumen nach unten gekehrt, den Arm abgewinkelt, den Ellbogen erhoben; sie drehte die Flasche um. Der Gin ergoss sich auf ihren Schoß. Duke bemerkte ihre spitz zulaufenden Finger, den weißen Halbmond auf jedem Nagel. Er blickte auf seine eigenen Finger. Sie sahen genauso aus.

»Ich will seinen Namen nie wieder hören«, greinte Duke. »Hässlicher, hässlicher Name. Ich hasse diesen Namen.«

»Dr. Choudry«, wiederholte sie trotzig. »Amir.« Und dann schwenkte sie die Flasche hoch über dem Kopf und zertrümmerte sie mit einer raschen Bewegung an der Tischkante. Die Scherben lagen funkelnd zwischen ihnen wie ein Fest aus Diamanten. »Ein Diamant ist für immer!«, sinnierte Duke und dachte an den Slogan auf einer frühen Anzeige, auf der Lili an der Schulter eines Mannes lehnt und in die Kamera sieht, während der Mann ihren Nacken küsst, ein wenig über der Diamantkette.

Die Scherben sahen wie die zerrissene Kette aus. Lucy legte ihre Hände auf die Scherben. Sie stand auf, um sich mit ihrem ganzen Gewicht gegen die Scherben zu stemmen. Ganz langsam sickerte das Blut unter ihren Handflächen hervor. Sie schaute nach unten und kicherte, und er hörte Lilis aufgeregten Kommentar: »Sie lacht wie eine Hyäne, ein afrikanischer Hund!« Duke ignorierte sie. Sie war wie ein Geist.

»Nein, bitte nicht«, bat Duke. »Mein Liebling!« Er sprang auf und bewegte seine Füße in ihre Richtung, aber der Boden schwankte und brachte ihn dazu, sich zur Seite zu drehen, während auch Lucy sich zur Seite drehte, sodass sie einen Moment lang Schulter an Schulter standen. Er drängte sich wieder vor sie, sie riss sich von ihm weg. Jetzt gab der Fußboden den Takt an und ließ die beiden herumtanzen und umeinanderwirbeln, bis Duke von einem Blutspritzer auf seinem Hemd abgelenkt wurde und innehielt, während sie weitertanzte. Sein weißes Hemd war jetzt rot. Sie bewegte sich von ihm fort und begleitete sich dabei mit ihrem traurigen Singsang: »Amir Amir Amir.« Die Tränen schienen ihr horizontal aus den Augen zu schießen.

Duke sah von seinem Hemd auf. Als Vater musste man stark sein. Er würde sie trösten. Er setzte sich wieder in Bewegung und erhöhte sein Tempo, um Lucy einzuholen. Er berührte ihren Rücken, sie rannte weiter, und sie schossen beide wie ein mächtiger, über schlechte Schienen ratternder Zug auf die Balkontüren zu und durch sie hindurch. Er holte sie ein, als sie gerade die Balustrade erreichte, wo er mit ihr zusammenprallte, erleichtert, weil sie stehen bleiben musste. Er hob die Hände, um ihr Gesicht zu liebkosen, und sie hob die Hände und fuhr ihm mit den Fingernägeln in die Augen. Er spürte einen schrecklichen Schmerz im guten Auge und wich zurück, während sie den Weg fortsetzte und den Oberkörper über das hübsche Eisengeländer lehnte. Endlich von Duke befreit, in freiem Fall.

Er beugte sich über die Balustrade und sah, wie ihr Körper sich von ihm entfernte, sich dabei langsam drehte und in der Luft schwebte. Es schien Stunden zu dauern, Tage und Nächte, bis sie auf dem Bürgersteig aufschlug, mit dem Gesicht nach oben, immerhin, ihrem Gesicht war also nichts passiert. Der Sturz dürfte sie ernüchtert haben, dachte Duke. Mich hat er ernüchtert.

Er ging wieder hinein. Er schaute in den Flur: Lili war weg. Das eben hatte sie nicht sehen können, und selbst wenn. Er würde Hector feuern lassen, weil er sie reingelassen hatte.

Lucy würde ein paar Minuten brauchen, um aufzustehen und zum Fahrstuhl zu gehen, der Fahrstuhl brauchte eine Ewigkeit. Sobald er das Geld beisammen hätte, würde Duke dem Haus einen neuen Fahrstuhl spendieren. Und jetzt würde er Lucy überraschen, indem er den Teppich säuberte; wenn sie schließlich zur Tür hereinkäme, würde sie einen fleckenlosen Teppich vorfinden. Es war kein Gin mehr übrig, aber Duke konnte Spucke nehmen. Er spuckte einen großen Batzen auf den Teppich und schrubbte ihn. Er wartete darauf, dass sie lachend zur Tür hereinkäme und sagte: »Und gerade haben wir uns noch gezankt!« Eines Tages wäre dieser fürchterliche Abend etwas, über das man leise lachte.

Sein Speichelfluss versiegte, als Duke aufging, dass sie ernsthaft verletzt sein könnte, nach einem Sturz aus dem fünften Stock. Ein Orthopäde müsste gerufen werden, um sie wieder zusammenzuflicken, dachte er, »einer wie Dr. Choudry«. Eifersucht sickerte ein, sammelte sich in seinen Mundwinkeln und tropfte ihm in die Kehle. Er würgte.

Der erste Polizist, der in die Wohnung kam, deren Tür weit offenstand, sah einen Afroamerikaner mit zerkratztem Gesicht und blutbesudeltem Hemd, der in der Mitte des Zimmers kniete und an etwas herumschrubbte, das wie ein großer Blutfleck aussah. Der Geruch war schauderhaft, der Mann hatte sich übergeben, er hatte Erbrochenes auf seiner Hose und seinen nackten Füßen.

Als Duke merkte, dass ein Polizist vor ihm stand, sah er auf und sagte: »Wir haben uns gestritten.« Jemand hatte von einer Telefonzelle in der Nähe die Polizei gerufen, weil er dieses Mädchen vom Balkon geschubst hätte. Also nahmen sie Duke Butler augenblicklich fest.

Lose Enden

Hector und zwei Nachbarn gaben zu Protokoll, dass Duke Butler und seine Geliebte sich laut gestritten hätten und dass es aus der Wohnung fürchterlich stank.

Die ganze Stadt redete über ein Verbrechen.

Als die aufmerksame Krankenschwester aus dem Testlabor die Ergebnisse von Duke Butlers Vaterschaftstest an die Polizei schickte, wurde aus dem Fall ein Skandal, der das ganze Land beschäftigte. Der Name »Duke Butler« war jetzt berühmt, viel berühmter, als es der seiner Frau jemals gewesen war.

Jo wusste, was zu tun war. Sie erhob Anspruch auf die Leiche ihrer Enkeltochter. Sie ließ sie auf eigene Kosten einäschern. Sie belog Anne und sagte ihr, sie habe die Asche aus dem Krematorium gestohlen, »weil sie deine Freundin war«, es sei das Mindeste gewesen, was sie habe tun können. Anne war gerührt. Sie zweifelte die Gewieftheit ihrer Mutter in solchen Dingen nicht an. Anne stimmte ihr zu: Disney World war ein ehrenhafter Ort, an dem Lucy ihre Ewigkeit verbringen konnte. Die beiden Frauen teilten sich den monströsen Eintrittspreis, mieden das Gedränge, indem sie gleich morgens an einem Werktag hingingen, und hielten im Magic Kingdom Ausschau nach einer passenden Grabstätte.

Sie kamen auf die Idee einer Seebestattung. Jo mietete am Park Lake einen Sea Raycer. Als die Kassiererin Anne sah, sagte sie, das Höchstgewicht sei dreihundertfünfundzwanzig Pfund. Also mussten sie einen Zuschlag für das Whaler Montauk Boat bezahlen, das bis zu eintausend Pfund tragen konnte.

»Die zusätzlichen dreihundert Dollar gehen auf deine Kappe«, knurrte Jo.

Anne giftete zurück: »Ich werde von dir kein Geld dafür verlangen, dass ich dieses Ding fahre.« Anne bewies, was sie wert war, und steuerte das Boot meisterlich bei Höchstgeschwindigkeit. »Mann, das würde Lucy gefallen, wenn sie wüsste, wie schnell wir fahren!«, kreischte sie.

Nach kurzer Zeit hatten sie die Mitte des Sees erreicht. Anne schaltete den Motor auf Leerlauf. Die beiden Damen machten ein paar Bier mit einem Büchsenöffner auf, und mit demselben Öffner hebelten sie die Blechdose mit der Asche auf.

»Fahr weiter!«, befahl Jo.

Während das Boot Fahrt aufnahm, hielt sie die Dose unter Wasser, und die Asche wurde ausgewaschen. Sie schwiegen beide. Als die Dose leer war, nahm Jo sie zurück ins Boot. Anne stellte den Motor ab. Sie sah elend aus, und Jo gab ihr die Dose. »Ich schätze, das ist dein einziges Andenken.« Sie brachen beide in Tränen aus und umarmten sich.

»Du hast sie wenigstens kennengelernt«, sagte Jo.

»Ja«, sagte Anne, »ich hab sie zum Bowling mitgenommen. Einmal ist sie bowlen gewesen. Warum weinst du?« Sie merkte, dass ihre Mutter anders weinte als sonst, nicht vor Wut, sondern offenbar aus aufrichtiger Trauer.

Jo verfolgte den Prozess auf einer Bank vor dem Gerichtsgebäude. Schlechtgelaunt und verärgert, wie jeder Einheimische, dem das Recht auf die Teilnahme an einem Spektakel verwehrt wird. Der Angeklagte plädierte auf »nicht schuldig« und bezeichnete die ganze Sache als einen schrecklichen Haushaltsunfall. Die Verteidigung rief Leumundszeugen auf, wie Mr. Hall, den Hinterwaldwinzer, der Dukes Großzügigkeit schilderte und spekulierte, dass Dukes Tochter wohl nur hinter seinem Geld her war. Ein Bandleader aus Dukes alten Armeezeiten wurde in einem Rollstuhl in den Saal geschoben. Er erinnerte sich, dass Duke den Kriegsdienst verweigert hatte, weil er »nicht töten konnte«. Aber die Anklage führte auch solche Zeugen vor, wie den Radiomoderator John Mayflower. Sein Auftritt ließ die Zuschauer tuscheln: Niemand hatte gewusst, dass Mayflower schwarz war. Er sagte aus, dass Duke ihm den Mord an einem Baby gestanden hatte.

Lili war jeden Tag im Gericht in weißen Kostümen. Sobald der Angeklagte in den Gerichtssaal kam, wann immer er sich zu ihr umdrehte und während er aussagte, ließ sie kein Auge von ihm. Sie sandte ihm ihre Liebe quer durch den ganzen Saal.

Duke erhielt nur von ihr und seinen Anwälten Besuch. Er freute sich jedes Mal, wenn er sie sah. Sie hatten beide so viel durchgemacht, sie war ihm vertraut, deswegen mochte er sie. Sie hatte sich auch um Jo und Anne Bolin gekümmert. Zwei Schecks über je zehntausend Dollar gingen an sie, das Geld aus dem Nachlass von Stanley Heaps, der große Teile seines Erbes im Kampf gegen den Lungenkrebs ausgegeben hatte.

Lili wartete geduldig auf das Ende des Prozesses. Das Böse in ihr würde sie verlassen, sagte sie sich, es würde aus ihren Poren strömen und verdunsten, unsichtbar, geruchlos und trotzdem giftig, wenn ihr geliebter Mann nur erst hingerichtet wäre. Das Loch in ihr würde sie mit Tugend füllen. Wahres Glück findet man nur dort, wo man auch von Gnade und Wahrheit umgeben ist.

Lili gab Fernsehinterviews gegen Bezahlung und trat in mehreren Talkshows auf; abends arbeitete sie unermüdlich an der Marriage-Miracle-Website, auf der sie Duke als reuigen Sünder verteidigte, der Jesus gefunden und jetzt sogar Wunder vollbringen konnte. Die Amulette mit seinem Gesicht – ruhiger Ausdruck, gepflegter Haarschnitt – sind immer noch im Angebot, nur 9,99 Dollar für die Plastikversion, 29,99 Dollar für Sterlingsilber. Viele Leute mit Eheproblemen in Lu's Diner, im Walmart oder in der Kirche tragen sie hier. Er antwortet auf ihre Gebete. »Er hilft!«, verkündet der Werbespot. Dann sagt Mrs. Butler mit rauchiger Stimme: »Untreue Ehemänner finden zu ihren Frauen zurück, alte Enttäuschungen werden vergessen, jeder Streit findet ein Ende. Gute Eheschaft statt Ehekrach, sonst Geld zurück.«

Als die belastenden Aufzeichnungen aufgetaucht waren, änderte Duke sein Plädoyer auf »schuldig«. Kaum jemand war überrascht, als er zum Tode verurteilt wurde. Immerhin ließ ihm der Staat Florida – der einzige Bundesstaat, der so großzügig war – die Wahl: Er durfte sich aussuchen, ob er auf dem elektrischen Stuhl hingerichtet oder mit der Giftspritze getötet werden wollte. Er gab bekannt, dass er die herkömmliche Methode bevorzuge, so bald wie möglich.

Psychogene Fuge

Der Infusionsschlauch war schon vor der Zeit mit dem Arm des Häftlings verbunden worden. Der Arzt wollte nicht öffentlich auf die lange Schatzsuche nach einer geeigneten Vene gehen. Der Häftling lag bereits auf seiner Trage und wartete hinter den Kulissen darauf, dass man ihn in den Hinrichtungsraum brachte. Nichts ging ihm durch den Kopf. Er bereute nichts, nicht einmal, dass er den Wärter vor den Kopf stieß, als er das besondere Angebot – Blaubeerpfannkuchen – ausschlug. Die Hure in Homa Bay, Kenia, arbeitete nicht. Sie litt den ganzen Tag über an Morgenübelkeit. Der Missionar hatte ihr ein Schlafzimmer in seinem hübschen Haus angeboten. Sie konnte nähen und putzen, und er wollte ihr beibringen, wie man gute Englische Küche zubereitet. Er überredete eine Dame aus einer Gemeinde mit erwachsenen Kindern dazu, ihren Silver-Cross-Kinderwagen zu stiften. Die Hure wollte ihr Kind Luke nennen, wenn es ein Junge oder Lucy, wenn es ein Mädchen war, und es zu einem rechtschaffenen Menschen erziehen, der seinen Körper nicht missbrauchte, wie sie es getan hatte. Wenn sie nicht arbeiten konnte, tadelte der Missionar sie nicht. Vom Schreibtisch aus konnte er sehen, wie sie durch seinen sinnlichen Englischen Garten der Lüste wanderte. Sie setzte behutsam einen Fuß vor den anderen. In einem schlichten weißen Kleid, worin sie wie eine schwangere Nonne aussah, schwankte sie hin und her. Sie versuchte, ihre Übelkeit, die ein Teil von Gottes Strafe war, durch Bewegung zu lindern. Der Missionar hatte Mitleid mit ihr. Er ging in die Küche und kochte Tee für sie beide, obwohl das ihre Aufgabe war. Als sie am Fenster vorüberging, pfiff der Teekessel, aber der Missionar konnte trotzdem ihr Gemurmel hören – sicherlich ein Gebet. Es klang wie afrikanischer Singsang. Die dröhnenden Polizeisirenen in Orlando machten Hector, den kubanischen Portier, fast taub. Wahrscheinlich ein Autounfall. Das Geräusch wurde lauter. Er nahm an, dass es etwas mit dem Gestank im vierten Stockwerk zu tun habe. Offenbar hatte jemand die Polizei gerufen. Vielleicht steckte das Mädchen mit den seltsamen blauen Augen in Schwierigkeiten. Er hatte oft über sie nachgedacht, und es war ihm manchmal geglückt, ein Gespräch mit ihr anzufachen, aber es war nie ein Freudenfeuer daraus geworden. Sie war so rein, dass sie seine unkeuschen Gedanken überhaupt nicht bemerkte. Und plötzlich sah er sie, caramba! – sie flog durch die Luft und kam genau auf ihn zu. Er versuchte nicht, sie aufzufangen. Er rannte weg und ging hinter einem Auto in Deckung. Duke Butler schlurfte zum harten Holzstuhl. Die Lederriemen sollten ihn am Boden halten, wenn sein letzter Abflug begann. Er sah äußerst elegant aus, als würde gleich der Tee serviert. Ein brauner Vorhang wurde vor die Fenster gezogen. Dahinter wartete das Publikum. Als der Missionar nach Nairobi zog, kamen seine Haushaltshilfe und ihre Tochter mit. Das kleine Mädchen nannte ihn »Vater«, weil ihn alle so nannten, seit er einen höheren Missionarsrang bekleidete. Es bereitete ihm größeres Vergnügen, das Wort aus dem süßen, vier Jahre alten Mund zu hören. Am Morgen des Weihnachtstags, als der Geschenkestrumpf für Lucy gefüllt war und an den Kamin gehängt werden konnte, rief der Missionar die Mutter des Kindes in sein Büro und teilte ihr mit belegter Stimme mit, dass sie eine Stunde habe, um ihre Sachen zu packen und zu verschwinden. Sie hatte in der Nacht zuvor einen Mann in ihr Zimmer geschmuggelt. Der Missionar nahm an, dass es sein Chauffeur war. Den wollte er ebenfalls feuern. Es war ein Jammer, dass die beiden Damen gehen mussten, denn die kleine Lucy war so unschuldig wie ein Lamm. Hector erinnerte sich an den Streit, den er gehört hatte. Er würde zuerst der Polizei und dann den Fernsehreportern alles darüber erzählen. Der Missionar hatte inzwischen festgestellt, dass Lucy und ihre Mutter gegangen waren, er vermisste das kleine Mädchen. Duke wurde die Krone aufgesetzt. Duke Butler suchte nach seiner Frau und entdeckte sie in der ersten Reihe. Ihr bewundernder Blick nahm ihm die Angst vor dem Unbekannten. Er konnte den Kopf nicht bewegen, aber er konnte sie anstarren. Sie hatten ihn gezwungen, die Brille abzunehmen, und sein Gesicht sah so verletzlich aus. Vlado sah die gleiche Szene in den Nachrichten, voller Entsetzen; er hatte noch nichts davon gewusst. Er war so damit beschäftigt gewesen, seine kleine Kernfamilie zusammenzuhalten, seit C. Perry erklärt hatte, er werde das Komponieren aufgeben und fortan in einem Wohnwagen in Tennessee hausen, wenn Vlado ihn und seine Familie finanziell nicht voll unterstütze. Vlado hatte Verständnis für C. Perrys Enttäuschung, da er keinen einzigen Auftrag bekam. Vlado würde sich um alles kümmern. Es war Abend in Dunmovin, als Jo Butler allein aus dem Krankenhaus heimkehrte. Tante Bessy und Duke hatten beschlossen, beim Sergeant zu bleiben – ihre Sache. Es war so langweilig im Krankenhaus, und komatös war Ulysses nicht eben ein Partylöwe. Jo ging ins Haus. Sie hasste die stille, trübsinnige Atmosphäre dort. Warum konnte es nicht ein heller und heiterer Ort sein? Sie sah, dass Tante Bessy ihre Bibel auf dem Küchentisch vergessen hatte, als sie zum Bus gerannt war, um ihren Bruder in Versailles zu besuchen. Jo wurde leicht ums Herz. Sie wusste, dass Bessy ihr Geld in der Bibel versteckte. Sie blätterte darin, zog einen großen Geldschein heraus, steckte ihn in ihren Büstenhalter und legte die Heilige Schrift wieder auf ihren Platz. Das Telefon stand im Flur. Es besaß magnetische Anziehungskraft und zog Jo an. »Ruf mich an«, hatte Jerry Bolin gesagt. Liebe war, wie Übelkeit, eine geistige und körperliche Empfindung, die sich auf die bevorstehende Besitzergreifung richtete. Das Telefon schimmerte, eine schwarze Sonne. Als sich der Vorhang vor den Zeugen öffnete, die gekommen waren, um die Hinrichtung zu beobachten, hatte die Frühlingshitze den gesamten Nordosten in den Schwitzkasten genommen. Genau in diesem Augenblick fiel in New York der Strom aus. Die Dominosteine kippten. Ein Kraftwerk nach dem anderen brach zusammen, und der Engpass setzte sich nach Süden fort und erreichte Orlando, sodass an der gesamten Ostküste die Lichter ausgingen. Es war morgens um kurz nach sieben. Menschen, die aufstehen sollten, taten es nicht. Sie blieben im Bett und schliefen miteinander. Auf der ganzen Welt kamen Menschen zum Höhepunkt, der sie näher zu Gott brachte. Am Tag, als Duke Butler starb, wurden 353 015 Kinder empfangen.

Das letzte Wort von Jo.

Okay, Tilda. Ich weiß nicht, was du mit Lilis Tagebuch anstellen wirst. Wenn es nicht nett zu mir ist, wird es dir leid tun. Auf jeden Fall hast du mir versprochen, dass ich das letzte Wort habe.

Vielleicht bin ich nicht die beste Mutter gewesen, aber am Tag seiner Hinrichtung habe ich meinen Sohn Duke Butler gerächt. Ich habe ihm Gerechtigkeit verschafft. Ich fuhr zu dem Haus in Versailles, in der Annahme, dass Lili Butler um keinen Preis das große Finale verpassen wollte. Ich parkte eine Meile vor dem Haus und ging den Rest zu Fuß. Dukes weißer Buick stand unter dem Carport. Der Garten war eindrucksvoll, der Rest nicht. Das Garagendach war undicht. Ich war nie im Haus meines Sohnes gewesen und guckte mich ein bisschen um. Außen Gold, innen oll. Zuletzt gestrichen, als Jesus noch lebte. Es lagen überall Bücher rum, auf den Stühlen, auf dem Sofa. Ich stibitzte eine Faltencreme, ein gerahmtes Foto von Duke mit Präsident Clinton im Oval Office. Dann stellte ich den Gasherd an, machte das Fenster an der Hintertür auf und ging wieder raus. In dem Moment fuhr Lilis Truck in die Einfahrt. Ich verzog mich hinter das Haus und wartete eine Weile, bevor ich das alte Geschenk von Dukes Vater Ludwig entkorkte. Eine wunderhübsche russische Handgranate, für einen besonderen Anlass gekauft, kurz bevor ich ihn abservierte. Ich hab sie behalten und mit nach Amerika genommen und die ganzen Jahre über aufbewahrt. Jetzt wollte ich feiern. Ich warf die Granate durch das Fenster, hörte mich selbst »Fliegeralarm!« schreien, dieses deutsche Wort kam einfach so aus meinem Mund, während ich wegrannte. Das Kawumm war wunderschön.

Neulich kam Anne zu Besuch, und ich gab ihr die Notizen, die Tilda für mich getippt hatte, die gleichen, die ich auch an Duke schickte. Es sollte alles auf den Tisch.

Sie liest nicht viel, aber als sie einmal angefangen hatte, konnte sie nicht mehr aufhören. Ich saß ihr direkt gegenüber, wir waren beide auf meiner Veranda, und ich sah ihren Gesichtsausdruck, als sie die Seiten umblätterte. Ich hörte sie leise flüstern: »Ach, du Scheiße.« Und dann stand sie auf, kam zu meinem Stuhl rübergewatschelt und heulte mich von oben bis unten voll.

Lili überraschte mich. MarriageMiracle.com hatte sie nach dem Brand Pastor Rick vermacht. Er zahlte etwas dafür, und das Geld schickte sie mir. Wie viel, das geht niemanden was an, aber es war genug, um mir das Grundstück und einen neuen Wohnwagen zu kaufen.

Nach dem Verlust ihres Gesichts und des Hauses wusste sie nicht wohin, also zog sie wieder nach Norden zurück, nach New York, wo sie hingehört. Sie lebt jetzt in 100 Riverside Drive mit ihrem alten Vater zusammen, Vlado Stone, der, von seinem Freund sitzengelassen, zu alt war, um einen neuen zu finden. Das ist für die Herren ebenso schwer wie für die Damen.

Lili ist inzwischen so fett wie Anne, gemütlich. Es ist ihr egal, was Leute über sie sagen, sie trägt Zeltkleider und engagiert sich für den Tierschutz, als »Abbitte« für etwas, wie sie sagt. Ich weiß das alles, weil es im Fernsehen kam, als ihr Vater neulich achtzig wurde. Sie haben die beiden zu Hause interviewt. Erkannt hätte ich sie nicht. Ihr Haar ist nachgewachsen, aber es ist weiß, kurz und fransig, als hätte sie es sich selbst mit einer Küchenschere im Badezimmerspiegel geschnitten. Ein Gesicht kann man das nicht nennen, aber sie zeigt es gerne allen. Ihr Spiegel kann sie nicht mehr belügen. Die beiden fläzten sich auf dem Sofa und sie sprachen darüber, dass Väter und Töchter das ideale Paar sind.